Stefan Winges, geboren 1957 in Rheydt, Studium in Bonn, lebt und arbeitet in Köln. Im Emons Verlag erschienen von ihm »Der vierte König« und »Honolulu Baby«.

Stefan Winges

Tod auf dem Rhein

Emons Verlag

Umschlagzeichnung: Heribert Stragholz
Druck und Bindung: Clausen & Bosse GmbH, Leck
Printed in Germany 2005
Originalausgabe 2004
ISBN 3-89705-318-7

www.emons-verlag.de

Inhalt

Der ägyptische Brief

Sherlock Holmes sprach nicht gerne davon, und auch dieser Abend sollte keine Ausnahme bilden.

Das genaue Datum ist mir entfallen, doch es muß irgendwann im Spätsommer 1903 gewesen sein. Ich erinnere mich noch deutlich an einen nassen, unwirtlichen und für die Jahreszeit ausgesprochen kühlen Tag, selbst für Londoner Verhältnisse. Tagsüber hatte ein schwerer Sturm gewütet und sich erst zum Abend hin einigermaßen beruhigt. Jetzt fegten immer noch heftige Regenböen durch die Baker Street und wirbelten abgerissene Zweige und erstes Herbstlaub vor sich her. Auf einmal schien der Winter vor der Tür zu stehen.

Seit einer Weile schon war kein Wort mehr gefallen. Holmes hatte sich mit Zeitung und Pfeife in seinen Sessel zurückgezogen. Mehr liegend als sitzend ruhte er nun bequem in den Polstern. Die langen Beine weit von sich gestreckt, widmete er sich seiner Lektüre und verqualmte dabei genüßlich die Luft mit dem fürchterlichen Kraut, das er als Tabak auszugeben pflegte.

Ich hatte noch einmal meinen alten Platz am Schreibtisch eingenommen. In den Schubladen warteten meine gesammelten Notizen über Holmes' frühere Fälle darauf, endlich für eine Veröffentlichung bearbeitet zu werden. Aber anstatt die Aufzeichnungen durchzugehen, saß ich einfach da und lauschte auf den Regen, der immer wieder prasselnd gegen die Scheiben schlug. Solange man warm und trocken auf der richtigen Seite des Fensters sitzt, gibt es wohl kaum ein anderes Geräusch, das so anheimelnd klingt. Im Kamin brannte ein kräftiges Feuer, und ein Topf mit heißem Punsch stand in Griffweite. Es gab also keinen Grund zur Klage.

»Mrs. Hudson hat sich diesmal selbst übertroffen, Holmes. Der Punsch ist vorzüglich. Sie sollten ihn wenigstens probieren!«

Da Holmes nicht reagierte, schenkte ich mir selbst den Rest ein. Bei dieser Witterung gab es nichts Besseres, um einer Lungenentzündung oder noch Schlimmerem vorzubeugen. Zumindest vertrat Mrs. Hudson diese Überzeugung, und ich war geneigt, ihr zuzustimmen. Mochte die Schulmedizin auch zu anderen Maßnahmen raten, zu Mitteln, die vielleicht genauso wirksam waren, bestimmt sogar, nur eben nicht so gut schmeckten. Ich nahm meine stärkende Dosis mit kleinen Schlucken ein und versuchte es noch einmal.

»Scheußliches Wetter, Holmes!«

Auch mein zweiter Anlauf, ein Gespräch zu beginnen, blieb erfolglos. Die Antwort, wenn es denn eine war, bestand lediglich in einem knappen Brummlaut, der alles und jedes bedeuten konnte. Ich sah zu Holmes hinüber, der hinter der aufgeschlagenen »Times« verborgen blieb und sich nicht weiter äußerte. Einmal abgesehen von den kleinen Rauchwolken, die er in regelmäßigen Abständen zur Decke aufsteigen ließ. Auf eine Unterhaltung schien er keinen Wert zu legen.

Aus Erfahrung wußte ich, daß es gegen Holmes' Launen kein Mittel gab, man mußte sie einfach hinnehmen. Ich lehnte mich zurück in den Lehnstuhl und trank langsam mein Glas aus. Wenn nicht gerade der Regen gegen die Fenster trommelte, war es leise im Zimmer. Das Knistern des Feuers betonte noch die Stille, genau wie das Ticken der Standuhr und das gelegentliche Rascheln der Zeitung. Verträumt ließ ich meinen Blick durch den Raum wandern, der mir nach all den Jahren so vertraut war. Überall gab es Spuren der mitunter zum Exzentrischen neigenden Gewohnheiten seines Bewohners. Etwa der türkische Pantoffel, in dem Holmes seinen Tabak aufbewahrte – während der Kohlenkasten selbstverständlich den Zigarren vorbehalten blieb –, oder seine noch unerledigte Korrespondenz, die er wie üblich mit einem Messer am Kaminsims aufgespießt hatte.

Nicht alle seine Marotten waren so harmlos. Holmes' allzu leichtfertigen Umgang mit Kokain habe ich schon des öfteren erwähnt, genau wie seinen fatalen Hang zur Violine. Auch die Einschußlöcher in der gegenüberliegenden Wand zeugten von einer manchmal leicht forcierten Extravaganz. Die gelochten Buchstaben »V.R.« über der Kommode rührten von einem regnerischen Nachmittag her. Holmes hatte sich die Zeit mit einer geladenen Pistole vertrieben und dabei die Wand mit dem Monogramm der Königin Victoria verziert. Eine Motiv-Wahl, die man nicht unbedingt von ihm erwartet hätte.

Ich mußte lächeln, als mir die Reaktion unserer Wirtin in den Sinn kam. Vermutlich war Holmes' Probe als Kunstschütze die einzige Bekundung von Patriotismus, die jemals auf energischen Widerspruch bei Mrs. Hudson gestoßen war. Daran hatte auch die makellose Präzision der ausgeführten Arbeit kaum etwas zu ändern vermocht.

Derart bohemehafte Eigenarten hatten das Zusammenleben mit ihm hin und wieder etwas schwierig gestaltet, aber in der Regel waren wir recht gut miteinander ausgekommen, Sherlock Holmes und ich. Außerdem ist mein Hang zur Respektabilität bei weitem nicht so ausgeprägt, wie er das gerne in spöttischer Übertreibung darstellt.

Seit meinem Auszug vor bald einem Jahr lebte Holmes allein hier, und das war nicht zu übersehen. Schon nach kurzer Zeit hatte er sich mit seinem Archiv in der ganzen Wohnung ausgebreitet. In den Ecken und an den Wänden türmten sich mittlerweile Schachteln und Mappen wild übereinander. Dabei konnte der erste Eindruck leicht täuschen. Was nach kolossaler Unordnung aussah, hatte in Wahrheit System. Holmes wußte stets genau, was sich wo in welcher Schachtel befand. Bei jedem meiner Besuche schienen die wackligen Stapel noch weiter angewachsen zu sein, und ich glaube nicht, daß Mrs. Hudson allzu glücklich darüber war.

Mich hatte diese Entwicklung nicht überrascht. Holmes war es schon immer schwergefallen, sich von irgend etwas zu trennen, das mit einem seiner Fälle zu tun gehabt hatte. Seitdem er wieder allein wohnte, konnte er seiner Sammelwut endlich freien Lauf lassen. Jetzt mußte er nicht mehr auf einen Mitbewohner Rücksicht nehmen, der es vorzog, seinen Morgenkaffee zu trinken, ohne erst den Frühstückstisch von den Relikten befreien zu müssen, die Holmes' nächtliches Hantieren mit Bunsenbrenner und Reagenzgläsern dort hinterlassen hatte. Vor allem wenn es sich dabei um die einschlägigen Beweismittel handelte, durch die Lady Colfax zweifelsfrei als Giftmischerin überführt worden war.

An der Wohnungseinrichtung selbst hatte er weiter nichts verändert. Die Möbel standen alle an ihrem gewohnten Platz und gaben mir das Gefühl, hier immer noch ein wenig zu Hause zu sein. Wenn ich nun Holmes in der Baker Street aufsuchte, schienen mein alter Sessel und der Schreibtisch nur auf mich gewartet zu haben. Ich mußte daran denken, wie oft ich hier gesessen hatte, um an den Berichten über seine kriminalistischen Untersuchungen zu arbeiten, stets begleitet von seinen kritischen Kommentaren.

Die Ergebnisse hatten nicht immer seinen Beifall gefunden. Holmes stand meinen literarischen Versuchen mit durchaus gemischten Gefühlen gegenüber. Nicht ganz frei von Eitelkeit, genoß er zwar den wachsenden Ruhm, den sie ihm bescherten, bemängelte aber gerne die ausgeprägte Tendenz zum Sensationellen, die meine Berichte angeblich auszeichnete.

Wir haben oft und lange über seinen Vorwurf diskutiert, und ich möchte behaupten, daß ich mich auf diesem Feld recht wacker gegen ihn geschlagen habe. Am Ende nämlich hat Holmes trotz seiner Bedenken einer Publikation meist zugestimmt. Allerdings nicht immer.

Ich zog die unterste Schublade auf, holte einen dicken Stapel Papier heraus und legte ihn vor mich auf die Tischplatte. Im Lauf der Jahre hatte sich einiges angesammelt. Die Blätter waren teils eng beschrieben, teils nur mit hastig notierten Stichworten versehen. Sie trugen alle meine Handschrift, und alle hatten sie mit Sherlock Holmes zu tun. Die meisten auch etwas mit mir. Mir wurde auf einmal bewußt, daß ich auch auf ein gutes Stück meiner eigenen Lebensgeschichte heruntersah, vielleicht auf das wichtigste.

Auf dem Boden der Schublade hatte ein verschnürtes Bündel gelegen. Es enthielt meine Aufzeichnungen über einen schon länger zurückliegenden Fall, der uns damals nach Deutschland an den Rhein geführt hatte. Gewiß zählte er zu Holmes' gefährlichsten Unternehmungen und leider auch zu denen, über die er lieber nichts aus meiner Feder lesen wollte.

Holmes hatte seinerzeit die Veröffentlichung meines Berichts abgelehnt und damit einer Bitte des Kölner Domkapitels entsprochen. Aus verständlichen Gründen nämlich war der Erzbischof persönlich vorstellig geworden, um auf Geheimhaltung zu dringen. Ein Verlangen, das sich vor allem auf die blasphemische Rolle bezog, welche die Heiligen Drei Könige in dieser so bedrückenden Angelegenheit gespielt hatten.

Gewiß mag der dringende Wunsch eines der höchsten katholischen Würdenträger eine Rolle gespielt haben, aber ich hatte immer den Eindruck, daß es da noch etwas anderes geben müsse, das Holmes zu seinem Veto veranlaßt hatte. Bisher war es bei der bloßen Vermutung geblieben, denn über seine Motive schwieg Holmes sich weiter beharrlich aus, und er konnte sehr stur sein. Überhaupt redete er nicht gern über die Kölner Affaire. Wenn ich davon anfing, reagierte er meist kurzangebunden und wechselte das Thema.

Als ich nun das Paket aufschnürte und die ersten Blätter überflog, zogen mich die früheren Ereignisse wieder in ihren Bann. Bald hielt es mich nicht mehr länger auf meinem Stuhl. Aufgewühlt ging ich im Zimmer auf und ab und überließ mich meinen Erinnerungen. Schließlich trat ich zum Kamin hinüber und legte einen Holzscheit nach.

Holmes senkte die Zeitung etwas und schaute mich über den Rand hinweg an. »Wirklich, Watson, ich bin gerne bereit, Ihnen den Sportteil abzutreten!«

Seinen spöttischen Ton ignorierte ich. »Vielen Dank, aber die Cricket-Ergebnisse interessieren mich im Augenblick weniger. Nein, es ist mehr die Vergangenheit, die mich beschäftigt.« Ich ging zurück zum Schreibtisch und hob den Stapel mit meinen Notizen hoch. »Cologne, Holmes, oder ›Köln‹, wie es ja im Deutschen heißt!«

»Was ist damit?«

»Mir scheint, daß unter all Ihren Fällen kaum einer so grauenvoll war und so ... so ...«, ich suchte einen Augenblick nach dem passenden Wort, »so bizarr wie ...«

»Ganz recht, Watson«, unterbrach mich Holmes, »da kann ich Ihnen nur zustimmen: bizarr! Ich sehe es noch deutlich vor mir, wie diese Furie von einem Weibsbild auf Sie losging – übrigens mit einer exzellenten Rechts-links-Kombination, wie Sie fairerweise zugeben müssen!«

»Nein!« Verblüfft sah ich ihn an und wollte etwas einwenden, aber er ließ mich nicht zu Wort kommen und redete einfach weiter.

»Zum Glück haben Sie sich wenigstens vor weiteren Attacken retten können, wenn auch erst in letzter Sekunde. Ihr Sprung aus dem Fenster damals war wirklich bemerkenswert, den macht Ihnen so schnell niemand nach, alter Freund.«

»Hören Sie, Holmes, jetzt übertreiben Sie!«

»Nein, nein, Watson, Sie sind zu bescheiden! Und ›bizarr‹ ist in der Tat eine treffende Bezeichnung für diesen Vorfall. Mir wäre sie auch als erste eingefallen.«

»Aber Holmes!« protestierte ich. »Davon rede ich doch gar nicht! Außerdem wissen Sie genau, daß diese leidige Geschichte mit dem Sprung nur auf einem schrecklichen Mißverständnis beruhte! Ich hatte nur höflich sein wollen, weiter nichts. Nur höflich!«

»Selbstverständlich, Watson. Etwas anderes wäre mir auch nie in den Sinn gekommen.«

»Ein Mißverständnis, jawohl! Das hätte mitten im Karneval jedem passieren können, sogar Ihnen, Holmes! Sie erinnern sich doch gewiß auch noch an einige recht – nun ja, um es einmal milde auszudrücken – eigenwillige Sitten der Einheimischen, nicht wahr, und –«

»O ja!« Wieder fiel mir Holmes ins Wort. »Sie denken jetzt bestimmt an jenen rituellen Paartanz der erwachsenen Männer, bei dem es offenbar darauf ankommt, die Hosenböden samt Inhalt mit reibenden Bewegungen gegeneinanderzupressen. Faszinierend, in der Tat! Unter völkerkundlichen Aspekten ein äußerst interessanter Brauch, der zudem das Herz eines jeden Darwinisten erwärmen dürfte. Gewiß habe ich diese Kölner Sitte nicht vergessen. – Wie könnte ich auch, Watson, wo Sie doch selbst zusammen mit Kapitän Küppers eine sehr eindrucksvolle Probe davon zum besten gegeben haben!«

»Dr. Watson!« Mrs. Hudson war in der Tür erschienen und hielt eine dampfende Punschkaraffe in den Händen. Mit entschiedener Mißbilligung sah sie mich an. Offenbar hatte sie Holmes' letzte Äußerungen mit angehört. »Ich denke nicht, daß sich ein Gentleman so aufführen sollte! Noch dazu in Ihrem Alter!«

»Aber nein, Mrs. Hudson, Sie verstehen das ganz falsch! Dieser Tanz gehört dort am Rhein zum guten Ton, jeder macht das an Karneval. Es handelt sich dabei um eine Art Folklore, wissen Sie, ähnlich wie das Röcke-Tragen bei den Schotten.«

»Dr. Watson hat völlig recht, Mrs. Hudson«, assistierte Holmes mir scheinheilig. »Es gab nicht den Hauch einer Unschicklichkeit. Im Gegenteil, nach meinem Eindruck wurde Dr. Watsons Darbietung vom einheimischen Fachpublikum sehr wohlwollend aufgenommen. Zu Recht, wie ich hinzufügen möchte. Durften wir doch alle miterleben, wie ein schlummerndes Talent zu seiner wahren Bestimmung fand.«

»Ha!« Mrs. Hudson schüttelte indigniert den Kopf. Was ein mildernder Umstand hätte sein können, schien im Gegenteil nur ihre resolute und wenig freundliche Einstellung gegenüber Fremden aller Art zu bestätigen. »Ich sage nur: Ausländer!«

»Mußten Sie unbedingt wieder davon anfangen, Holmes? Kapitän Küppers hatte mich damals praktisch gezwungen, bei diesem Tanz mitzumachen, und ich ...«

»Und Sie wollten nur höflich sein, gewiß.«

»Sehr richtig! Außerdem habe ich vorhin einen ganz anderen Brauch gemeint, nämlich die eigentlich recht charmante Regel, nach der es an Karneval erlaubt, ja sogar geboten ist, von den Damen einen Kuß einzufordern, und –«

»Bützen, mein lieber Watson, Bützen!« warf Holmes ein.

»Bützen?« Mrs. Hudson schaute mißtrauisch zwischen uns hin und her.

»Genau, Mrs. Hudson. So lautet meines Wissens der dort in Köln gebräuchliche Fachausdruck für diese Art von Tätigkeit: Bützen. Aber ich muß zugeben, daß mein Wissen mehr theoretischer Natur ist. Mit den praktischen Studien auf diesem Gebiet hat sich Dr. Watson hier befaßt und dabei wie gewöhnlich weder Mühe noch Gefahren gescheut.«

»Jetzt übertreiben Sie schon wieder, Holmes, und zwar maßlos! – Wie hätte ich denn ahnen können, daß diese sogenannte ›Jungfrau‹ gar keine war?«

Die Karaffe klirrte vernehmlich, als Mrs. Hudson sie ruckartig vor mir auf dem Tisch absetzte. Entrüstet stemmte sie die Arme in die Seite. »Offensichtlich war es höchste Zeit für Sie, wieder in den Stand der Ehe zu treten, Doktor! Ich frage mich nur, was die arme Mrs. Watson zu all dem sagen muß!«

Bevor ich etwas erwidern konnte, marschierte sie mit hocherhobenem Kopf hinaus und schloß geräuschvoll die Tür hinter sich.

»Ich muß gestehen, Watson, daß mich Ihre Frage etwas verwirrt.« In Holmes' Ton klang nichts als höfliche Verwunderung. »Immerhin hätte ich erwartet, daß ein Mann mit Ihrer Erfahrung, noch dazu als Mediziner ...«

»Herrgott, Holmes! – Daß diese ›Jungfrau‹ keine Frau war, habe ich gemeint! Keine Frau, sondern ein verkleideter Mann! Können Sie sich den Schock vorstellen? Ein Mann! Können Sie das, Holmes?«

»Deshalb brauchen Sie nicht gleich so zu schreien, Watson. Und um Ihre Frage zu beantworten: Ja, ich kann mir den Schock vorstellen. Schließlich war Ihnen die Überraschung deutlich genug anzumerken.« Holmes legte eine winzige Pause ein, bevor er fortfuhr. »Vor allem, als sich herausstellte, daß es sich dabei um den amtierenden Mittelgewichtsmeister der Rheinprovinz handelte.« Er zeigte mit dem Mundstück der Pfeife auf mich und nickte nachdenklich. »Mit einem ziemlichen guten linken Haken, wenn ich mich recht erinnere. Hat Ihrer Deckung damals ganz schön zugesetzt, alter Junge!«

»Was Sie nicht sagen, Holmes!« Unwillkürlich strich ich mir über die Kinnlade.

»Tut mir leid, Watson, ich wollte keine alten Wunden aufreißen. Es ehrt Sie natürlich, daß Sie nicht zurückgeschlagen haben. Alles andere wäre für einen Gentleman auch völlig inakzeptabel gewesen. Ich meine, Jungfrau bleibt Jungfrau, nicht wahr.« In seinen Mundwinkeln zuckte es verräterisch, dann konnte er sich nicht länger zurückhalten und lachte laut los.

Einen Moment lang starrte ich ihn wütend an, aber plötzlich verschwand mein Ärger, und ich stimmte in sein Lachen ein, bis mir die Tränen kamen.

»Ich glaube, das war der peinlichste Augenblick in meinem Leben, Holmes!« Mit einem Taschentuch wischte ich mir über die Augen.

»Dann sind Sie zu beneiden. Außerdem reagiert das schöne Geschlecht ja in aller Regel nicht mit einem tätlichen Angriff auf Sie, Watson, ganz im Gegenteil. Das kann ich jederzeit bezeugen.«

»Sehr beruhigend, Holmes.«

»Das männliche selbstverständlich auch nicht.«

»Vielen Dank«, antwortete ich leicht reserviert, »aber das wird hoffentlich nicht nötig sein!«

Nur zu gut konnte ich mich noch an die unangenehme Situation erinnern, als Holmes anläßlich einer kleinen Feier mit dem russischen Staatsballett genau diesen Eindruck erweckt hatte, und zwar in einer Art und Weise, die bei gewissen männlichen Mitgliedern des Ensembles zu Fehldeutungen führen mußte.

Ich füllte mein Glas wieder auf, trat ans Fenster und sah hinaus in die Dunkelheit. »Aber im Ernst, Holmes«, nahm ich nach einer Weile den Faden wieder auf, »als ich vorhin von Köln sprach, habe ich selbstverständlich nicht an den Karneval gedacht, sondern an die Affaire um die geraubten Reliquien. Damals hätte nicht viel gefehlt, und wir wären nicht mit unserem Leben davongekommen. Ich glaube, unter Ihren Fällen gibt es nur wenige, bei denen Ihr Erfolg so auf des Messers Schneide gestanden hat wie seinerzeit am Rhein. Was meinen Sie, Holmes?« Als keine Antwort kam, drehte ich mich wieder um. »Sie teilen doch meine Einschätzung, nicht wahr?«

Alles spöttische Funkeln war aus seinen Augen verschwunden. Holmes hatte die »Times« sinken lassen und hielt den Blick starr auf mich gerichtet, aber ich hatte den Eindruck, als sähe er durch mich hindurch. In Gedanken schien er auf einmal sehr weit fort zu sein.

»Der vierte König ...«, murmelte er langsam. Dann stopfte er mit mechanischen Bewegungen seine Pfeife, drehte sich zum Feuer und fiel in ein langes Schweigen.

Es war nicht schwer, zu erraten, woran Holmes wohl dachte. Mir selbst ging es ja nicht anders, auch mich nahmen die Erinnerungen an die Vorfälle in Köln gefangen. Wieder sah ich Holmes, Dr. Jones und mich in den unterirdischen Tempel eindringen, voller Angst, zu spät zu kommen. Zu spät, um das satanische Ritual noch zu stoppen. Zu spät, um Luzia von Bylandt vor dem grauenhaften Schicksal zu retten, das die Teufelsanbeter ihr zugedacht hatten. Und wieder spürte ich mein Entsetzen, als ich hilflos mit ansehen mußte, wie der Hohepriester einen halbgelähmten Holmes niedergerungen hatte, das blutige Messer schon zum tödlichen Stoß ausgeholt. Wirklich nur um Haaresbreite waren wir damals dem Tod entkommen.

Die schrecklichen Bilder standen mir immer noch klar und deutlich vor Augen. Ich konnte kaum glauben, daß all das tatsächlich schon beinahe acht Jahre zurücklag. Am Ende war die Angelegenheit noch gut ausgegangen. Die Heiligen Drei Könige waren wieder in den Kölner Dom überführt worden, wo sie bis heute verblieben sind. Luzia hatte ihren Dr. Jones geheiratet, und wie mir ein stolzer und glücklicher Pater Hieronymus gelegentlich schrieb, gab es mittlerweile auch schon einen Henry Jones junior, der sich prächtig zu entwickeln schien.

Ich verschnürte das Bündel mit den Aufzeichnungen wieder und legte es zurück in die Schublade. Den Bericht über die Kölner Angelegenheit unter Verschluß halten zu müssen, fiel mir nicht leicht. An dem Fall gab es einige Aspekte, die es verdient hätten, einem größeren Publikum vorgestellt zu werden. Mir blieb nur die Hoffnung, daß Holmes vielleicht eines Tages seine Meinung ändern und einer Veröffentlichung zustimmen würde.

An jenem Abend hätte ich mir gewiß nicht träumen lassen, daß ich so bald wieder von den Jones hören würde. Und erst recht nicht, daß dies der Auftakt von Ereignissen sein sollte, die nicht weniger dramatisch und gefährlich waren als die Affaire um den vierten König. Im Gegenteil.

Es war sechs oder sieben Wochen später, die Bäume hatten bereits all ihre Blätter verloren, als unser Hausmädchen an die Tür meines Arbeitszimmers klopfte und mir die Post hereinbrachte. Unter den üblichen Geschäftsbriefen, die alle etwas mit meiner Praxis zu tun hatten, fiel mir ein reichlich zerknitterter Umschlag auf. Er hob sich deutlich von den anderen ab. Ein Tintenfleck hatte den Absendervermerk verwischt und unleserlich gemacht. Seinem ramponierten Zustand war aber anzumerken, daß der Brief einen weiten Weg hinter sich haben mußte. Verwundert musterte ich den bärtigen Mann mit Fez, dessen Konterfei die exotische Briefmarke zierte. Ich hatte Post aus Ägypten bekommen.

Bestimmt hätte Holmes auf Anhieb einiges über den Brief sagen können, wahrscheinlich auch über den Absender. Der Umschlag wäre ein ideales Versuchsobjekt für ihn gewesen, um seine analytischen Fähigkeiten unter Beweis zu stellen. Holmes liebte solche kleinen Demonstrationen und freute sich jedesmal über die Verblüffung, die seine Deduktionen bei Fremden auslösten. Daran mußte ich jetzt denken und widerstand dem ersten Impuls, sofort den Umschlag aufzureißen. Statt dessen versuchte ich, Holmes' Methoden anzuwenden und so durch bloße Beobachtung und Kombination herauszufinden, wer mir aus Ägypten geschrieben haben könnte. Ohne großen Erfolg, wie ich zugeben muß.

Laut Stempel war der Brief in Luxor aufgegeben worden, einer Stadt in Mittelägypten, deren Name mir geläufig war, da er immer häufiger in Zeitungsmeldungen auftauchte. Erbaut auf den Ruinen des alten Theben, zog Luxor Archäologen magisch an, und nicht nur sie. Ihre sensationellen Ausgrabungen hatten den Ort als Reiseziel der mondänen Welt in Mode kommen lassen. Ägypten fing an, der Riviera Konkurrenz zu machen. Statt nach Nizza zu fahren, war es chic geworden, den Winter in einem der berühmten Grand-Hotels in Assuan oder Luxor zu verbringen. Das half mir allerdings nicht weiter, denn soweit ich wußte, weilte zur Zeit niemand dort, den ich kannte.

Als nächstes sah ich mir die Handschrift näher an. Meine Adresse war in energischen Zügen abgefaßt, ohne alle Schnörkel, was auf einen entschlossenen und männlichen Charakter schließen ließ. Dazu paßte die solide, aber nicht übertrieben luxuriöse Qualität des Papiers. Genau die Sorte, die etwa ein ehemaliger Offizierskamerad verwenden würde. – Und damit war ich mit meinem Latein auch schon am Ende.

Gewiß, »Buffy« Carrington fiel mir ein, ehemals Major in meinem alten Regiment. Er hatte ungefähr zur selben Zeit wie ich seinen Abschied genommen und war dann nach Ägypten gegangen. Aber er hatte mir noch nie geschrieben und konnte auch jetzt schwerlich damit angefangen haben, da er, wie ich zuverlässig wußte, schon seit einigen Jahren friedlich unter der Erde ruhte. Neugierig öffnete ich den Umschlag.

Mit Luxor hatte ich immerhin richtig gelegen. Es waren zwei Blätter, offensichtlich Briefbögen aus einem Hotel. In der oberen linken Ecke war jeweils die Adresse eingedruckt: »Winter Palace Hotel, Luxor«. Von diesem Hotel hatte ich schon einmal gehört, und ich kannte auch den Namen, der handschriftlich hinzugefügt war: »Mrs. Luzia Jones«.

Überrascht schaute ich auf die Eintragung herunter. Seit jenen Vorfällen in Köln hatte ich sie und Dr. Jones nicht mehr gesehen. Ich stand lediglich in losem Kontakt mit ihrem Onkel, Pater Hieronymus, der mir hin und wieder schrieb. Seinen Briefen war zu entnehmen, daß Luzia mit ihrer Familie glücklich in Amerika lebte, wo sie beide an einem kleinen, aber recht angesehenen College unterrichteten. Von einem Aufenthalt in Ägypten hatte ich nichts gewußt.

Es war auch kein gewöhnlicher Feriengruß. Luzia gehörte nicht zu den reichen Touristen, die im angenehmen Klima des Niltals überwinterten und ihre Zeit damit verbrachten, all ihre Bekannten mit Ansichtskarten so beliebter ägyptischer Motive wie Pyramiden, Kamelreiter oder Ramses-Statuen zu beglücken.

Gemeinsam mit dem kleinen Henry hatte sie ihren Mann nach Luxor begleitet, las ich. Jones' alter Professor, Dr. Blunt, leitete dort eine archäologische Expedition, die dem Grab eines Pharaos auf der Spur war. Er hatte Jones gebeten, kurzfristig als Assistent einzuspringen, da der Vorgänger völlig unerwartet in Ägypten gestorben war. Unerwartet und unter reichlich merkwürdigen Umständen, wie Luzia vorsichtig andeutete.

Überhaupt schienen die Grabungen unter keinem guten Stern zu stehen. Bei den Arbeiten hatte es wiederholt unglückliche Zwischenfälle gegeben. Mehrere der einheimischen Helfer waren verletzt worden, einige von ihnen schwer. Außerdem litt der

Professor an einem mysteriösen Fieber, das sich bisher hartnäckig allen Behandlungsversuchen der Ärzte widersetzt hatte. Da war es nicht verwunderlich, daß Gerüchte über den unvermeidlichen »Fluch der Pharaonen« unter den Arbeitern die Runde machten. Vor allem, da Dr. Blunt antike Tontafeln aus der Pharaonenzeit gefunden hatte, die über eine grauenhafte Bestrafung von Grabräubern berichteten. Jetzt hieß es, daß der Fluch des Tutenchamun über den Grabungsarbeiten liege und alle Teilnehmer der Expedition bedrohe. »Tutenchamun« – den Namen dieses Pharaos hörte ich zum ersten Mal.

Luzia selbst schien den Fluch des Pharaos und den Aberglauben der Einheimischen nicht allzu ernst zu nehmen. Ihr Brief war in leichtem Konversationston gehalten, voll mit amüsanten Anekdoten über die Ausgrabungen und den Streichen des jungen Henry, der offenbar den ganzen Schalk seiner Mutter geerbt hatte.

Aber irgend etwas stimmte nicht daran. Das heitere Geplauder blieb nur Oberfläche, zwischen den Zeilen klang etwas anderes durch. Beim zweiten Lesen wurde das Gefühl noch stärker. Ich glaubte, eine gewisse Unsicherheit herauszuhören. Luzia schien beunruhigt zu sein. Zumal sie sich am Ende sehr angelegentlich nach Holmes erkundigte und nachfragte, ob ich wüßte, wo er sich zur Zeit aufhielte.

Das war mehr als bloß höfliche Neugier, und es erklärte auch, warum sie mir geschrieben hatte. Sie wollte Holmes erreichen, nicht mich. Zweifellos hatte sie sich bereits vorher an Holmes gewandt, aber keine Antwort von ihm erhalten.

Nachdenklich legte ich die Blätter aus der Hand. Ich mußte daran denken, wie furchtlos Luzia damals in der Höhle gegen die Satanisten gekämpft hatte. Wenn sie nicht mit ihrer Peitsche deren Hohepriester, den angeblichen Monsignore Castelli, im letzten Augenblick gestoppt hätte ... ich glaube nicht, daß ich noch rechtzeitig hätte eingreifen können. Wahrscheinlich verdankte Holmes dieser schönen jungen Frau sein Leben. Ihr zartes Aussehen konnte leicht täuschen, Luzia verfügte über einen energischen und mutigen Charakter, und gewiß neigte sie nicht zu Hirngespinsten. An einen sagenhaften »Fluch der Pharaonen« konnte sie unmöglich glauben, dafür war eher ihr Mann zuständig. Nein, wenn Luzia sich wirklich Sorgen machte, dann nicht wegen irgendwelcher dubiosen Gerüchte unter den Einheimischen. Es mußte schon einen handfesten Grund dafür geben. Einen Grund, über den sie Holmes sicher mehr mitgeteilt haben durfte als mir.

Um so merkwürdiger war, daß Holmes ihr offenbar nicht geantwortet hatte. Ich beschloß, ihn aufzusuchen.

Seit unserer Zusammenarbeit im Fall Presbury hatte ich nichts mehr von Holmes gehört. Das lag nun fast drei Wochen zurück, also nicht übermäßig lange. Auch nach meinem Auszug bat Holmes mich hin und wieder bei einigen Fällen um meine Hilfe, aber darüber hinaus suchte er von sich aus keinen privaten Kontakt. Er war seit jeher ein Einzelgänger gewesen, und dieser Charakterzug hatte sich in den letzten Jahren noch verstärkt. Mich selbst nahmen das Eheleben und die mittlerweile florierende Praxis so sehr in Anspruch, daß ich nur selten Gelegenheit hatte, in der Baker Street vorbeizuschauen. Auch jetzt fand ich erst am nächsten Vormittag die Zeit, um Holmes einen Besuch abzustatten.

In 221 B traf ich nur Mrs. Hudson an. Damit hatte ich halb gerechnet. Von ihr erfuhr ich, daß Holmes bereits seit zwei Wochen unterwegs war.

»Von einer Stunde auf die andere ist er aufgebrochen, Dr. Watson, ohne mir zu sagen, wohin. Und gemeldet hat er sich seitdem auch noch nicht. Na, Sie wissen ja, wie er ist!«

Ich nickte. Bei Holmes war mit derart spontanen Aktionen immer zu rechnen. »Offenbar arbeitet er an einem Fall. Hat er gesagt, worum es geht?«

»Gar nichts hat er gesagt! Es ging ja auch alles so schnell. Sein Bruder war kaum eine Stunde wieder fort, da ist Mr. Holmes schon aufgebrochen.«

»Sein Bruder? Sir Mycroft ist hier gewesen?«

Mrs. Hudson nickte. »Ein wirklich vornehmer Herr, Dr. Watson.«

»Wie? O ja, gewiß, Mrs. Hudson, das ist er«, antwortete ich unaufmerksam. Der Besuch von Mycroft wunderte mich. Holmes hatte sich nie näher darüber ausgelassen, welche Position sein

Bruder offiziell in der Regierung bekleidete. – »Er ist so etwas wie die graue Eminenz im Foreign Office, Watson«, hatte er einmal beiläufig auf meine Frage geantwortet. – Aber vermutlich war er der wichtigste Berater des Premierministers. Soweit ich wußte, ging Mycroft in Downing Street und im Buckingham-Palast ein und aus, und sein Wort galt mehr als das von manchem Kabinettsmitglied.

Holmes hatte schon öfter in seinem Auftrag gearbeitet. Sogar die Regierung Ihrer Majestät mußte manchmal auf die speziellen Talente meines Freundes zurückgreifen. Gewöhnlich war er bei diesen Gelegenheiten in den Athenäum-Club gebeten worden, den Mycroft nur ungern verließ. Wenn also Sir Mycroft Holmes persönlich seinen Bruder in der Baker Street aufsuchte, mußte er ein besonders dringendes Anliegen haben. Das würde den plötzlichen Aufbruch erklären.

»Es muß ein wichtiger Fall sein, den Holmes übernommen hat. Womöglich geht es dabei um hohe Politik.«

»Das weiß ich nicht, Dr. Watson. Aber eins kann ich Ihnen versichern: Noch nie habe ich Mr. Holmes so ernst gesehen!«

»Nun, er wird den Fall schon lösen, Mrs. Hudson, Sie werden sehen!«

Sie nickte, vollkommen überzeugt von Holmes' Fähigkeiten, was mir im Augenblick aber nicht weiterhalf – Holmes war nicht da. Was sollte ich tun? Unschlüssig stand ich im Hausflur. Vielleicht hatte ich ja Luzias Schreiben falsch interpretiert und machte mir völlig unnötig Sorgen. Dann kam mir ein Einfall.

»Hören Sie, Mrs. Hudson, ich möchte einen Blick auf Holmes' Post werfen, die seit seiner Abreise eingegangen ist.«

Mrs. Hudson hatte nichts dagegen und führte mich hinauf in meine alte Wohnung.

Es war ein ansehnlicher Stapel. Die Briefe lagen ungeöffnet auf dem Schreibtisch. Ihre Menge verriet, daß Holmes' Dienste nach wie vor sehr gefragt waren. Jeder einzelne von ihnen barg wahrscheinlich eine Geschichte, die es wert war, erzählt zu werden. Mehrere Briefe kamen aus Übersee, zwei davon aus Ägypten. Nach ihnen hatte ich gesucht. Wie ich erwartet hatte, trugen sie Luzias Handschrift.

Mit einem unguten Gefühl schaute ich auf sie hinab. Zwei Briefe in zwei Wochen. Wenn ich meinen mitzählte, waren es sogar drei. Zu viele für einen harmlosen Gruß. In Ägypten mußte etwas vorgefallen sein. Etwas, das Luzia veranlaßt hatte, Holmes um Rat, wenn nicht gar um Hilfe zu bitten. Und Holmes war nicht zu erreichen!

»Stimmt etwas nicht, Dr. Watson?« Mrs. Hudson hatte mein Kopfschütteln richtig interpretiert.

»Ich hoffe nicht, Mrs. Hudson, ich hoffe nicht. Aber daß ausgerechnet jetzt niemand weiß, wo Holmes steckt, gefällt mir gar nicht!«

Den ganzen Tag über beschäftigte mich die Angelegenheit. Während ich meine Patienten verarztete, grübelte ich immer wieder darüber nach, warum Luzia Holmes und mir geschrieben hatte. Was mochte in Ägypten passiert sein? Und was sollte ich auf ihren Brief antworten?

Am nächsten Abend führte mich ein Krankenbesuch zufällig wieder durch die Baker Street. Auf dem Rückweg ließ ich den Kutscher vor 221 B halten. In der Wohnung brannte kein Licht, aber Mrs. Hudsons Räume im Parterre waren erleuchtet.

»Gut, daß Sie kommen, Dr. Watson!« Aufgeregt holte sie einen Umschlag von dem kleinen Tisch neben der Treppe, auf dem gewöhnlich die eingegangenen Briefe abgelegt wurden. »Der Bote hat es erst vor einer halben Stunde gebracht. Ein Telegramm!«

»Von Holmes? Ausgezeichnet, Mrs. Hudson. Was schreibt er, und wo hält er sich auf?«

»Nein, Dr. Watson, es ist ein Telegramm für Mr. Holmes! Aus Ägypten!«

»Aus Ägypten, sagen Sie?« Ich nahm ihr den Umschlag aus der Hand und sah auf den Absender. Das Telegramm war von Luzia aufgegeben worden.

»Die junge Dame steckt in Schwierigkeiten, nicht wahr?«

»Ich fürchte ja, Mrs. Hudson, danach sieht es aus. Was immer sie von Holmes will, es scheint sehr dringend zu sein.«

Ich hatte ihr einiges über die Ereignisse in Köln erzählt und welche Rolle Luzia dabei gespielt hatte. Genug, um mütterliche Schutzgefühle in ihr wachzurufen. Bekümmert sah sie mich an.

»Können Sie denn gar nichts unternehmen, Dr. Watson?«

Die gleiche Frage stellte ich mir auch. Einen Augenblick überlegte ich noch, dann nickte ich. »Doch, Mrs. Hudson, das kann ich. Würden Sie mir bitte den Brieföffner dort reichen?« Sie zögerte etwas. Ich legte ihr beruhigend die Hand auf den Arm. »Keine Angst, ich bin sicher, daß Mr. Holmes damit einverstanden wäre.«

»Nun gut, Dr. Watson, bestimmt haben Sie recht.«

Ich schnitt den Umschlag auf und überflog den Text des Telegramms. Er bestätigte meine Befürchtungen. Dr. Jones war bei einem Zwischenfall nur knapp mit dem Leben davongekommen, und Luzia glaubte nicht an einen Unfall. Außerdem war nicht nur der Zustand des erkrankten Professors kritisch geworden, offenbar zeigte auch der kleine Henry neuerdings die gleichen Symptome. Die Ärzte waren hilflos.

Fluch oder nicht, bei der Grabung ging es offenbar nicht mit rechten Dingen zu. Ein Satz blieb mir unverständlich: »Habe ihn wieder gesehen. Bin sicher. Kommen Sie sofort!« In diesem Augenblick stand mein Entschluß fest. Es war ein Hilferuf, laut und deutlich.

Ich ließ das Blatt sinken und begegnete Mrs. Hudsons fragendem Blick.

»Auf ihren Mann ist ein Anschlag verübt worden. Sie bittet Holmes, sofort zu kommen. Ich glaube, daß auch Mrs. Jones selbst in großer Gefahr schwebt.«

Meine Entscheidung war gefallen, ich würde die Sache selbst in die Hand nehmen. Durch meine Dienstzeit bei der indischen Armee hatte ich einige Erfahrungen mit Tropenkrankheiten gesammelt. Vielleicht konnte ich etwas für den Jungen und Professor Blunt tun. Am Wochenende war meine Frau nach Schottland abgereist, um eine ältere Tante zu pflegen, und die Praxis konnte ich getrost meinem Vertreter überlassen, einem tüchtigen jungen Mann. Ich setzte meinen Hut auf und griff nach der Türklinke.

»Machen Sie sich keine Sorgen, Mrs. Hudson, ich fahre selbst!

Richten Sie das bitte Holmes aus, wenn er sich meldet. Und er soll so schnell wie möglich nachkommen.«

»Nachkommen? Ja, wohin denn, Dr. Watson?« rief sie mir hinterher.

»Nach Ägypten, Mrs. Hudson. Nach Luxor!«

Ich sprang in den wartenden Hanson und gab dem Kutscher ein Zeichen. Auf einmal hatte ich es eilig. Mein Koffer wäre schnell gepackt, und mit etwas Glück würde ich den Spätzug nach Dover noch erreichen. Zwar wußte ich nicht, ob ich Luzia wirklich helfen konnte, aber ich wollte es wenigstens versuchen. Mit oder ohne Sherlock Holmes.

Der Fluch

Am frühen Morgen erreichte ich Luxor. Ich war abends in Cairo angekommen und hatte gleich den Nachtzug genommen, was sich als vernünftige Wahl herausstellte. Bei Tage mußte die Hitze in den Abteilen fürchterlich sein. Jetzt ließen sich die Temperaturen noch aushalten, aber das würde sich schnell ändern. Der wolkenlose Himmel versprach wieder einen heißen Tag.

Offensichtlich wurden wir erwartet. Auf dem Bahnsteig hatte sich eine bunt zusammengewürfelte Gesellschaft versammelt. Europäer, die ihre anreisenden Bekannten abholen wollten. Ägyptische Bahnbeamte mit Fez, die alles an Würde und Autorität ausstrahlten, was eine Uniform ihrem Träger überhaupt nur verleihen kann. Den größten Teil bildeten allerdings einheimische Händler und Kutscher, die begierig auf das erste gute Geschäft des Tages hofften. Mit ihren farbigen Djalabahs und Kopftüchern boten sie einen malerischen Anblick. Anders als in Alexandria oder Cairo waren auffallend viele von ihnen dunkelhäutig. Sie erinnerten daran, daß ja nur wenige Meilen weiter nilaufwärts die Grenze zum alten Nubien verlaufen war. Hier in Oberägypten traf der Orient auf das schwarze Afrika und bildete eine faszinierende Mischung.

Unwillkürlich kamen mir märchenhafte Bilder in den Sinn. Lange Karawanen, die durch die Wüste nach Theben zogen, vollbeladen mit den Schätzen Afrikas. Gold und Edelsteine vor allem, Tributzahlungen der nubischen Fürsten an die ägyptischen Pharaonen. Aus dem Baedeker wußte ich, daß nicht weit von hier, auf einer Insel bei Assuan, der Hauptumschlagplatz für Elfenbein gewesen war. Antike Märkte für Sklaven hatte es hier gegeben, für Gewürze und für nubisches Gold. Ein Ort vor allem hatte meine Phantasie angeregt: Kom Ombo. Hier hatten die Soldaten der Pharaonen ihre Kriegselefanten trainiert. »Kom Ombo« – das klang in meinen Ohren schon nicht mehr ägyptisch, sondern eher wie der Name einer sagenhaften Stadt tief im Innern des dunklen Kontinents, nach der Allan Quatermain auf der Suche war. Ich hatte die prächtigen Afrika-Geschichten von Rider Haggard immer gern gelesen.

Das lebhafte Geschrei rief mich aus meinen Träumereien zurück in die Gegenwart. Noch während wir langsam in den Bahnhof hineinfuhren, liefen Wasserverkäufer neben den Fenstern her und boten lautstark ihre Erfrischung an. Sie mußten sich dabei gegen die fliegenden Antiquitätenhändler behaupten, die womöglich noch lauter ihre Kostbarkeiten anpriesen. Soweit ich sie verstehen konnte, handelte es sich um Funde aus antiken Gräbern: Schmuck, Papyrus-Stücke, mit Hieroglyphen beschriftete Amulette und vor allem kleine altägyptische Figuren, die ich nach meiner ausgiebigen Lektüre diverser Reiseführer nun fachmännisch als Uschebtis klassifizieren konnte, als Grabstatuetten. Sogar mumifizierte Gliedmaßen wurden hochgehalten. Kurz gesagt, konnte man hier alles kaufen, was sich später über dem heimischen Kamin oder in der Vitrine ausgezeichnet machen würde. Zu sehr günstigen Preisen, versteht sich, und selbstverständlich war alles echt.

Als der Zug hielt, kam es vor den Waggontüren zu kleinen Rangeleien. Die Träger versuchten, sich gegenseitig aus dem Weg zu drängen, um an die Koffer der vornehmeren Passagiere zu kommen. Davon gab es überraschend viele, fast alle Plätze in der ersten Klasse waren besetzt. Meist von Europäern und Amerikanern mit großem Gepäck, die offensichtlich für längere Zeit in Luxor bleiben wollten. Mit einer gewissen Sorge sah ich ihnen beim Aussteigen zu. Vermutlich wäre es klüger gewesen, in einem der großen Hotels ein Zimmer zu reservieren.

Ich öffnete das Abteilfenster und lehnte mich hinaus, um nach Dr. Jones oder Luzia Ausschau zu halten. Von Dover aus hatte ich ein Telegramm geschickt und später noch eins aus Alexandria mit meiner genauen Ankunftszeit in Luxor. Ich konnte nur hoffen, daß sie ihre Adressaten auch erreicht hatten.

»Dr. Watson! Hallo!« Jones trat aus dem Schatten des Vordachs und winkte mir mit seinem Strohhut zu. Er hatte sich kaum verändert seit unserer letzten Begegnung. Die Stirn war etwas höher geworden, was zusammen mit der randlosen Brille die gelehrtenhaften Züge seines Gesichts verstärkte. Sonst sah man ihm seine vierunddreißig Jahre nicht an, immer noch wirkte er mit seiner bulligen Figur wie der Außenstürmer einer College-Mannschaft. Er schien sich über unser Wiedersehen zu freuen.

Ich winkte einen der Träger herbei und reichte ihm meinen Koffer einfach durch das Fenster. Dann stieg ich aus. Mit einem herzlichen Lächeln schüttelte Jones mir die Hand.

»Hatten Sie eine angenehme Reise?«

»Danke, ja. In Brindisi war die Zeit etwas knapp, beinahe hätte ich den Dampfer verpaßt, aber sonst ist alles gutgegangen. In nicht einmal fünf Tagen von London nach Luxor, das kann sich sehen lassen, nicht wahr? Ich bin natürlich sofort aufgebrochen, nachdem ich Ihr Telegramm gelesen hatte. Es klang sehr dringend.«

Jones nickte ernst. »Ich bin wirklich froh, daß Sie kommen konnten, Dr. Watson, und weiß gar nicht, wie ich Ihnen danken soll!«

Wenn er bedauerte, mich ohne Begleitung von Sherlock Holmes anzutreffen, dann war er viel zu taktvoll, um davon etwas merken zu lassen.

»Aber hören Sie, Jones, das war doch selbstverständlich! Es scheint, daß Sie hier meine ärztliche Hilfe gebrauchen können. Wie geht es dem kleinen Henry? Sein Zustand hat sich doch nicht verschlechtert, hoffe ich?«

»Nein, erfreulicherweise nicht, es geht ihm schon wesentlich besser als noch vor ein paar Tagen. Er hat manchmal noch leichtes Fieber, aber die Anfälle sind seltener geworden und auch schwächer.« Jones lächelte leicht. »Ich glaube, am meisten leidet er unter der verordneten Bettruhe, auch wenn wir sie etwas gelockert haben.«

»Na, Sie haben doch wohl von einem siebenjährigen Jungen nichts anderes erwartet, oder?«

Die Droschke brachte uns zum Hotel, dem »Winter Palace«, wo Jones ein Zimmer für mich gebucht hatte. Wir hielten uns nicht lange auf. Ich deponierte nur meinen Koffer dort, dann fuhren wir ein Stück die Nilpromenade entlang bis zur Bootsanlegestelle. Um zur Grabungsstätte zu kommen, mußten wir über den Fluß setzen. Die Königsgräber lagen alle auf der Westseite des Nils.

Wir nahmen eine Feluke, ein offenes Segelboot, wie es vermutlich schon seit der Pharaonenzeit auf dem Nil benutzt wurde. Ausgesprochen neu sah unser Boot auch nicht aus. Die Besatzung bestand nur aus dem Schiffer selbst, der im Heck kauerte, das Segel bediente und gleichzeitig mit seinen Zehen das Ruder lenkte. Die akrobatische Übung schien ihm keine Mühe zu bereiten.

Auf dem Wasser wehte ein leichter, stetiger Wind und bauschte das Segel. Ruhig glitten wir im Zickzackkurs über den Fluß, immer näher auf die felsigen Berge von Theben zu. Wir waren nicht allein unterwegs, zwischen den Anlegestellen herrschte ein reger Fährverkehr. An den Ufern selbst hatten viele Boote festgemacht, nicht nur Feluken, auch Kajütboote. Einige von ihnen erreichten eine ansehnliche Größe.

»Hausboote, Dr. Watson«, erklärte Jones. »Viele Archäologen wohnen auf solchen Booten, weil sie sich auf Dauer die großen Hotels nicht leisten können.«

Vor uns ankerte mitten im Fluß eine große Yacht, deren luxuriöse Decksaufbauten aus Mahagoni reich mit poliertem Messing verziert waren und in der Sonne blinkten. Unter dem aufgezogenen Sonnensegel deckte ein weißlivrierter Diener gerade zum Frühstück. Als wir sie unter ihrem Heck passierten, konnte ich auf dem Spiegel ihren Namen lesen: »Sorbek«. Der Name einer altägyptischen Gottheit in Krokodilsgestalt, wie ich mittlerweile wußte.

»So schlecht kann es den armen Archäologen nun auch wieder nicht gehen, scheint mir.«

»Nicht alle Boote werden von Archäologen bewohnt«, antwortete Jones ernsthaft. Seinen Hang zum Pedantischen hatte er in den letzten Jahren also auch nicht abgelegt. »Einige der reichen Magnaten, die ihre Winter in Ägypten verbringen, besitzen eigene Yachten, mit denen sie auf dem Nil kreuzen, bis hinauf zum ersten Katarakt. So lassen sich alle antiken Grab- und Tempelanlagen zwischen Cairo und Luxor oder Assuan bequem erreichen, sie liegen ja meistens unmittelbar am Fluß.«

Ich sah mich um. Die »Sorbek« war nicht die einzige Yacht, die hier vor Anker lag, und nicht einmal die größte.

Jones nickte. »Das Ausgraben ist zu einer beliebten Beschäftigung der oberen Zehntausend geworden. Das heißt, weniger das Ausgraben selbst, sondern mehr das Finanzieren der Expeditionen und das Sammeln der Beutestücke. Die eigentliche Arbeit überläßt man dann doch lieber uns Archäologen und den Einheimischen.« Er zeigte auf zwei große Yachten. »Dort drüben liegt die ›Ishtar‹, das Schiff von Professor Sayce. Und weiter hinten die ›Bedawin‹ von Davis.«

»Davis? Ich glaube, den Namen habe ich schon einmal gehört.«

»Das würde mich nicht wundern, er steht öfter in den Zeitungen. Theodore Davis ist Amerikaner, ein sehr reicher Amerikaner. Seit Jahren unternimmt er Ausgrabungen im Tal der Könige. Wenn man das so nennen kann. Er scheint das ganze Tal eher umpflügen zu wollen. Ich muß aber zugeben, daß er recht erfolgreich damit ist.«

»Er gräbt zusammen mit Ihnen?«

»Nein, wir haben die Arbeiten dort abgebrochen. In dieser Saison hat Professor Blunt den Ort verlegt. Wir graben jetzt in einem Seitental, ungefähr einen Kilometer vom Tal der Könige entfernt.«

Unser Boot näherte sich dem Ufer. Der Schiffer ließ das Segel herab und brachte die Feluke in einem sachten Bogen längsseits zum Landungssteg. Wir gingen an Land. Auf dem Steg drehte ich mich noch einmal um und sah über den Fluß. »Wissen Sie eigentlich, ob es hier noch Krokodile gibt?«

»Krokodile?« Jones sah mich irritiert an. »Das kann ich Ihnen nicht genau sagen. Soweit ich weiß, sind sie noch nicht völlig ausgerottet, aber begegnet ist mir noch keines.«

Ich hatte einfach den Falschen gefragt, fiel mir jetzt ein. Luzia hätte mir eine andere Antwort gegeben. Sie und der kleine Henry hatten ganz sicher schon Krokodile im Nil gesehen.

An der Anlegestelle warteten bereits mehrere Droschken darauf, Besucher zum Tal der Könige zu befördern. Alle wurden von Eseln gezogen, die besser als Pferde mit dem Klima zurechtkamen. Jones begrüßte einen der Kutscher, und wir stiegen in das reichlich wacklige und nicht gerade bequeme Gefährt. Wenigstens bot das Sonnenverdeck ausreichend Schutz. Ich nahm meinen Tropenhelm ab und wischte mir über die Stirn. Die Temperaturen waren merklich gestiegen seit meiner Ankunft.

Während der Fahrt wirkte Jones müde und angespannt. Ich konnte mir vorstellen, warum, und versuchte, ihn etwas aufzumuntern.

»Was Sie mir über Ihren Sohn gesagt haben, klingt doch sehr beruhigend. Anscheinend hat Henry das Ärgste überstanden!«

Jones nickte. »Trotzdem machen wir uns Sorgen, schon wegen Professor Blunt.«

»Das ist verständlich. Ihrem Telegramm war zu entnehmen, daß beide an den gleichen Symptomen leiden. Also besteht auch Grund zur Hoffnung, daß sich das Befinden des Professors ebenfalls wieder bessert. Ich werde ihn einmal gründlich untersuchen, dann sehen wir weiter.«

»Vielen Dank für Ihr Angebot, Dr. Watson, aber das ist nicht mehr nötig.« Die Trauer in seiner Stimme war nicht zu überhören.

»Er ist gestorben?«

»Vor zwei Tagen.«

»Es tut mir wirklich leid, das zu hören, Jones! Sie beide haben sich sehr nahegestanden, glaube ich.«

»Ja. Er war nicht nur mein Lehrer an der Universität, sondern ist mit der Zeit auch ein guter Freund geworden. Blunt war alleinstehend, und ich glaube, daß er uns gewissermaßen als Ersatzfamilie adoptiert hat. Henry war sein Patenkind, wissen Sie.« Jones räusperte sich und schaute auf die felsigen Berge vor uns. »Wir haben ihn gestern beerdigt. Wegen des Klimas hier konnten wir nicht länger warten. Aber damit wäre er sicherlich einverstanden gewesen. Für einen Archäologen gibt es wohl keinen passenderen Ort, um dort begraben zu werden, als Theben.«

Für einen kleinen Jungen allerdings schon. Jones' Sorgen konnte ich gut nachvollziehen. »Tropenkrankheiten sind manchmal unberechenbar. Eine Infektion kann sich bei einem alten Mann tödlich äußern und bei einem sonst gesunden Jungen vielleicht nur zu einem Schnupfen führen. Daß sich Henrys Zustand gebessert hat, ist ein sehr gutes Zeichen. Ich bin zuversichtlich, daß der Junge bei richtiger Pflege wieder völlig gesund werden wird!«

»Hoffentlich! Aber Sie wissen noch nicht alles. Es hat noch andere Fälle von Fieber gegeben, und der Professor ist auch nicht das erste Todesopfer.«

»Was ist passiert?«

»Schon im Frühjahr, lange vor unserer Anreise, ist der Photograph der Expedition an einem Fieber gestorben, ein Italiener. Ich habe gehört, daß er ein junger und kräftiger Mann gewesen sein soll.«

»Die beiden Fälle müssen nicht unbedingt etwas miteinander zu tun haben. Fiebererkrankungen sind in diesen Breiten nichts Seltenes.«

Jones nickte langsam. »Das haben die anderen Ärzte auch gesagt.« Sehr überzeugt klang er nicht.

Auf einmal ahnte ich, was ihn bedrückte. Es war nicht nur die Sorge wegen einer Infektion. Mir fiel Luzias Brief ein und was sie über die Gerüchte unter den Arbeitern geschrieben hatte. »Hören Sie, Jones, Sie glauben doch nicht etwa, daß die Erkrankungen mit dem Grab zusammenhängen könnten?«

Erst nach einer kleinen Pause antwortete er ausweichend: »Jedenfalls glauben die Einheimischen daran.«

»Sie reden jetzt vom Fluch, nicht wahr? Vom Fluch des Pharaos, dieses – wie heißt er doch gleich?«

»Tutenchamun.«

»Genau. Das haben Sie doch gemeint, oder? Den Fluch des Tutenchamun, der angeblich auf der Grabung liegen soll.«

»Nicht nur angeblich, Dr. Watson.« Jones schaute mich ruhig an. »Auf der Ausgrabung liegt ganz sicher ein Fluch.«

»Das kann nicht Ihr Ernst sein!«

Ich musterte ihn von der Seite. Das Beunruhigende an Dr. Henry Jones war, daß er solche haarsträubenden Theorien völlig nüchtern und sehr glaubwürdig vertreten konnte. Es klang bei ihm so, als wäre ein altägyptischer Fluch die natürlichste Sache der Welt.

»Es ist mein voller Ernst.« Jones rückte bedächtig seine Brille gerade. »Wissen Sie, Dr. Watson, ich glaube nämlich nicht, daß sich eine archäologische Ausgrabung wesentlich von Grabräuberei unterscheidet.«

»Ich muß schon sagen, Jones – für einen Wissenschaftler ist das eine seltsame Auffassung! Früher mag ja die Trennung von Forschung und Raub nicht immer klar und eindeutig gewesen sein, aber die Zeiten haben sich geändert. Mittlerweile setzt sich doch das Interesse der Wissenschaft mehr und mehr gegen die Profitgier skrupelloser Händler und Sammler durch. Immerhin finden jetzt die Grabungen unter offizieller Aufsicht statt.«

»Die allerdings noch sehr zu wünschen übrig läßt. Trotzdem stimme ich Ihnen zu, die Entwicklung geht in die richtige Richtung, das ist wahr. Nur spielt das in diesem Fall keine große Rolle, fürchte ich.«

»Was soll das heißen?«

»Es ist eine Frage des Standpunkts. Selbst wenn wir annehmen, daß Archäologen allein um der Wissenschaft willen nach den Gräbern suchen, ändert das nichts. Für uns mag das ja ein edler Beweggrund sein, den man nicht mit nackter Habgier auf eine Stufe stellen darf. Aber ich habe meine Zweifel, ob das auch die Priester damals so gesehen hätten.«

»Welche Priester?«

»Die Amun-Priester. Die zeremonielle Bestattung der Pharaonen gehörte zu ihren wichtigsten Aufgaben und war eine hochheilige Handlung. In den Augen dieser Priester dürfte jede Öffnung eines Grabes durch Unreine eine furchtbare Schändung darstellen. Gleichgültig, aus welchen Motiven sie erfolgt.«

»Nun ja, unter diesem Blickwinkel habe ich die Angelegenheit noch nicht betrachtet, das muß ich zugeben. Dann zählen Sie uns also auch zu den Unreinen?«

»Selbstverständlich! Die Grabkammer eines Pharaos stellte ein Allerheiligstes dar, dem sich außer der königlichen Familie und den Oberpriestern niemand nähern durfte. Wenn sogar dem größten Teil der Priester selbst der Zutritt verwehrt gewesen war, dann hätten wir mit Sicherheit als unrein gegolten.«

»Vermutlich haben Sie recht.«

»Davon bin ich überzeugt. Sehen Sie, Dr. Watson, wir wissen nicht allzu viel über die alten Ägypter, aber fest steht, daß der Totenkult das Zentrum ihrer Kultur bildete. Nahezu alles, was noch erhalten oder zumindest überliefert ist, hängt damit zusammen. Allein um ihre toten Pharaonen zu bestatten, haben sie einen unvorstellbaren Aufwand betrieben. Denken Sie nur an die Pyramiden, im Grunde sind sie nichts weiter als gigantische Grabmale, die alle Zeiten überdauern sollten!«

»Einen gewissen Erfolg kann man ihren Baumeistern wirklich nicht absprechen. Immerhin stehen sie noch.«

»Ja, die Pyramiden gehören zu den ältesten Bauwerken der Erde. Manchmal frage ich mich, ob unsere moderne Zivilisation etwas hinterlassen wird, das auch nur halb so lange hält.«

Auf meinen leicht scherzhaften Ton war Jones nicht eingegangen. Wahrscheinlich hatte er ihn nicht einmal bemerkt. Das alte Ägypten fiel nicht unter die Themen, über die man Scherze machte. Wenn es überhaupt solche Themen für ihn gab.

»Die ägyptische Geschichte umfaßt über drei Jahrtausende«, fuhr er mit bedächtigem Ernst fort, »und während dieser gewaltigen Zeitspanne drehte sich ihre gesamte Kultur um das Jenseits. Um das ewige Leben im Totenreich, das der Pharao dort als Gott führen sollte. Davon hing das Schicksal des ganzen Reiches ab, denn so konnte der Pharao sogar über seinen Tod hinaus noch für Frieden und Wohlstand im Land sorgen.«

Ich sah Jones von der Seite an. Sein professoraler Habitus kam immer deutlicher zum Vorschein, und als er jetzt weitersprach, konnte ich ihn mir sehr gut in seinem Hörsaal vorstellen.

»Nach altägyptischem Glauben kann die Seele auch nach dem Tod noch weiterexistieren, aber dafür ist sie auf ihre körperliche Hülle angewiesen. Aus diesem Grund erfolgte die Einbalsamierung der Leichen. Durch sie sollten die Körper für die Ewigkeit konserviert werden. Wir wissen, daß sich die heiligen Riten der Einbalsamierung und Bestattung über Monate hinzogen. Sie dienten in der Hauptsache dazu, dem Pharao eine sichere Reise in die Unterwelt zu garantieren. Darauf kam alles an, denn seine körperliche Unversehrtheit war ja für ein ewiges Sein dort unabdingbar.

Deshalb war eine verstümmelte Ankunft im Reich des Osiris vermutlich das Schlimmste, was sich die alten Ägypter vorstellen konnten. Um ihre Pharaonen davor zu schützen, haben sie deren Gräber nicht nur so haltbar wie möglich gebaut, sondern auch die eigentlichen Grabkammern versteckt und unzugänglich gemacht. Aber das war noch nicht alles. Es gab noch ein weiteres Mittel gegen ungebetene Besucher: Magie.«

»Magie? Ich verstehe, Sie meinen den Fluch.«

»Ja. Nach allem, was wir wissen, waren die Ägypter auf diesem Gebiet sehr bewandert. Schon in der Antike stand die damals bereits uralte Kultur im Ruf, über machtvolles geheimes Wissen zu verfügen. Sicher ist, daß sich die Ägypter ausgiebig mit Zauberei befaßt haben, denn der weitaus größte Teil der noch erhaltenen Inschriften und Papyri besteht aus magischen Texten. Die Flüche gegen Grabräuber gehörten zu den mächtigsten magischen Formeln, und die angedrohten Strafen waren furchtbar.«

»Mir ist klar, worauf Sie hinauswollen. Wenn auf jedem Grab ein Fluch liegt, dann auch auf dem Grab des Tutenchamun, und dieser Fluch bedroht nun alle, die ihn in seiner Totenruhe stören wollen.«

Jones nickte. »Davon müssen wir ausgehen.«

»Mag sein. Vielleicht verstanden die alten Ägypter wirklich eine Menge von Zauberei, aber genützt haben die Flüche offenbar nicht viel. Ich habe gelesen, daß alle Gräber geplündert worden sind.«

»Alle, die wir kennen, das ist richtig. Die kostbaren Grabbeigaben müssen einfach zu verlockend gewesen sein. Selbst die Flüche haben nicht verhindern können, daß viele der Gräber schon zur Pharaonenzeit ausgeraubt wurden.«

»Dann gibt es doch keinen Grund, sich ihretwegen große Sorgen zu machen.«

»Da wäre ich mir nicht so sicher. Über das Schicksal der Räuber ist nichts bekannt.«

»Sie wollen doch nicht behaupten, daß die Diebe nach getanem Frevel alle vom Fluch der Pharaonen hingestreckt worden sind! Das klingt zu sehr nach einem Schauermärchen, finden Sie nicht?«

Jones lächelte höflich. »Es hört sich tatsächlich etwas dramatisch an, da stimme ich Ihnen zu, trotzdem sollten Sie die Angelegenheit nicht auf die leichte Schulter nehmen, Dr. Watson. Bei modernen Grabungen ist ja noch nie ein unversehrtes Pharaonengrab gefunden worden. Niemand weiß also, was passieren kann, wenn ein solches Grab zum ersten Mal nach Tausenden von Jahren geöffnet wird.«

Ich wußte von früher, daß okkulte Schriften und Überlieferungen zum Fachgebiet von Jones gehörten, blieb aber skeptisch. Daß ein uralter Fluch für den Tod des Professors verantwortlich sein sollte, hielt ich schlicht für abenteuerlich.

»Na, es wird schon nicht so schlimm werden. Außerdem müssen Sie das Grab ja erst einmal finden!«

Er sah mich ruhig an und antwortete nicht sofort. Dann sagte er langsam: »Hoffen wir, daß Sie recht behalten, Dr. Watson.«

Da war sie wieder, diese unbeirrte Ernsthaftigkeit, und sie verfehlte nicht ihre Wirkung auf mich. Ich wurde etwas unsicher. Die Erinnerung an die Satanisten um den vierten König stimmte mich nachdenklich. Damals hatte Jones nämlich mit seinen kaum weniger abstrus klingenden Vermutungen richtig gelegen. Ein unbehagliches Schweigen entstand, während die Kutsche uns der antiken Nekropole immer näher brachte.

Mittlerweile hatten wir die Berge fast erreicht. Der Weg führte uns durch ein Dorf, dessen Einwohner anscheinend nur auf uns gewartet hatten. Auf der einzigen Straße standen die Händler Spalier und winkten uns zu. Kleine Jungen liefen neben unserem Wagen her, und die mutigsten sprangen sogar auf das Trittbrett, um uns ihre »Antiquitäten« unter die Nase zu halten. Das Sortiment deckte sich weitgehend mit dem Angebot der Bahnhofshändler. Offenbar war man auch hier auf Touristen vorbereitet.

»Meine Güte, Jones, wer soll diesen Ramsch kaufen?«

»Ach, Kunden finden sich genug. Übrigens ist nicht alles billige

Imitation, manche der Stücke sind tatsächlich echt. Archäologen sind ja nicht die einzigen, die mit Hacke und Spaten umgehen können. Einige der Familien in den Dörfern hier versorgen schon seit Generationen die Sammler und Händler mit Nachschub. Es würde mich nicht wundern, wenn sie Zugang zu Gräbern hätten, von deren Existenz die Forschung noch gar nichts weiß.«

Unmittelbar hinter dem Dorf begann die Wüste. Wir ließen nun das Niltal hinter uns und fuhren in die thebanischen Berge hinauf. Der Kontrast hätte nicht größer sein können. Eben noch hatten uns grüne Felder, Palmen und die üppige Vegetation des fruchtbaren Flußbettes umgeben, das einmal die Kornkammer der Antike gewesen war. Jetzt bewegten wir uns durch felsiges Geröll immer weiter in ein seit Urzeiten ausgetrocknetes Flußtal hinein. Rechts und links von uns ragten schroffe Felswände in die Höhe, zwischen denen sich die Hitze staute. Das Ganze machte einen sehr unwirtlichen und abweisenden Eindruck auf mich. Hier in dieser leblosen Ödnis schien man wirklich dem Totenreich ein Stück näher gekommen zu sein.

Ich holte meinen Baedeker aus der Tasche und schlug die Karte des berühmten Tals auf. Streng genommen gab es zwei Täler, die sich vor uns in westlicher und östlicher Richtung erstreckten. Wir hatten die Gabelung erreicht und fuhren in das Osttal hinein, das eigentliche »Tal der Könige«. Hier lagen die meisten der bekannten Pharaonengräber.

Jones wies auf einen flachen Ziegelbau, der sich am Taleingang unauffällig in die karge Landschaft einfügte. »Dort steht unser Expeditionshaus. Bis zu seinem Tod hat Professor Blunt darin gewohnt.«

Erst beim Näherkommen hatte ich das unscheinbare Gebäude bemerkt, dessen schmutziggraue Farbe als perfekte Tarnung wirkte. Es hob sich kaum von seiner Umgebung ab und machte auch keinen wesentlich freundlicheren Eindruck. Gegen die eleganten Yachten auf dem Nil wirkte es ausgesprochen armselig.

»Sieht nach einer spartanischen Unterkunft aus. Auf Luxus scheint der Professor keinen sehr großen Wert gelegt zu haben.«

Jones lächelte leicht. »Er wollte näher bei seinen Gräbern sein. Das war ihm wichtiger als neuzeitlicher Komfort.«

»Laut Karte dürfte es nicht mehr weit sein bis zu den Königsgräbern.«

»Nein, sie liegen ungefähr einen Kilometer weiter taleinwärts, aber wir müssen hier abbiegen.«

Jones dirigierte den Kutscher in ein schmales Seitental, das sich in die Berge hineinwand. Der enge Fahrstreifen war kaum mehr als ein Trampelpfad und bot gerade genug Platz für unser Fuhrwerk. Wegen der Steigung kamen wir nur noch im Schritttempo voran.

Während der Wagen über den holprigen Weg rollte und uns kräftig durcheinanderschüttelte, nahm ich unser Gespräch wieder auf. Einen Toten nämlich hatte Jones bisher noch nicht erwähnt.

»Sie haben mir noch nichts über Ihren Vorgänger erzählt, den Assistenten von Professor Blunt. Woran ist er gestorben? Nicht am Fieber, vermute ich.«

»Nein, Fieber war es nicht, sondern eine Schlange. George ist von einer Cobra gebissen worden.«

»Wie furchtbar! Kannten Sie ihn gut?«

»Wir sind zusammen aufs College gegangen. Später haben sich unsere Wege getrennt, aber der Kontakt ist nie ganz abgebrochen. Schon als Schuljunge hatte er davon geträumt, einmal in Ägypten Ausgrabungen vorzunehmen. Darüber konnte er stundenlang erzählen, ohne ein Ende zu finden. George Pendergast war der geborene Archäologe. Und ein guter Freund.«

»Es tut mir leid.«

Jones nickte und machte einen tiefen Atemzug. »Sie sehen, Dr. Watson, unsere Expedition ist vom Pech verfolgt. Bei drei Toten braucht man sich über die Gerüchte nicht mehr zu wundern. Von den anderen Zwischenfällen einmal ganz abgesehen.«

»Welche Zwischenfälle?«

»Ach, das Übliche halt. Bei Grabungen gibt es immer wieder kleinere Unfälle, die Arbeit ist mühsam und nicht ungefährlich. Erst letzte Woche ist ein Tragekorb gerissen, und die aufgeladenen Steine haben dem Träger mehrere Zehen zerquetscht. So etwas kommt dauernd vor. Einmal war unser Wasser offenbar verdorben, und wir haben es zu spät bemerkt. Mehrere von unseren Trageeseln sind daran gestorben und drei einheimische Helfer erkrankt. Zum Glück haben die Männer sich wieder erholt, weigern sich aber seitdem, weiter für uns zu arbeiten. Natürlich glauben sie nicht an einen Zufall. Wie gesagt, allein für sich ist das alles nichts Ungewöhnliches, aber es summiert sich.«

»Wenn ich das Telegramm richtig verstanden habe, wären Sie beinahe selbst Opfer eines Unfalls geworden.«

Jones hob abwehrend eine Hand. »Das klingt viel dramatischer, als es war. Mir ist nichts passiert, nur mein Feldbett und ein Teil des Zeltes sind zu Bruch gegangen. Es war unsere eigene Schuld. Um länger im Schatten zu stehen, hatten wir das Zelt viel zu nahe an der Felswand aufgebaut. Eine Dummheit, die sich prompt gerächt hat. Eine kleine Steinlawine ist abgegangen und hat zufällig das Zelt getroffen.«

Nachdenklich musterte ich die steilen Wände um mich herum. Ihre Höhe betrug sicher über hundert Meter. Wenn von dort oben Steine herunterschlugen, mußte ihre Wucht von tödlicher Wirkung sein.

»Was hat die Lawine ausgelöst?«

»Ein Tier vielleicht, aber genau wissen wir es nicht. Manchmal kommt eben Geröll herunter, einfach so. Das hat nichts zu bedeuten. Sehen Sie selbst.« Er zeigte auf die Umgebung, und ich verstand, was er meinte. Überall lagen Felsbrocken und loses Gestein herum und bedeckten fast den ganzen Talboden. Nur in der Mitte hatte man einen schmalen Fahrstreifen freigeräumt.

»Trotzdem scheint Ihre Frau anderer Meinung zu sein, sie denkt offenbar an einen Anschlag.«

»Ja, Luzia macht sich große Sorgen. Sie glaubt nämlich, oben auf dem Felsen eine Gestalt gesehen zu haben. Kurz bevor es zu dem Erdrutsch gekommen ist.«

»Tatsächlich? Nun, dann kann ich ihre Sorge sehr gut nachvollziehen!«

Jones schüttelte bedächtig den Kopf. »Ich halte die angebliche Gestalt für Einbildung. Niemand sonst hat etwas bemerkt. Wissen Sie, Luzia hat sich bei dem Vorfall sehr erschreckt. Sie hatte mich ins Zelt hineingehen sehen und mußte nun natürlich glauben, daß ich von den Steinen erschlagen worden war. Seitdem sieht sie überall Gefahren.«

»Sie haben sich in dem Zelt aufgehalten, als es passierte?«

»Nein, ich war gerade wieder hinausgegangen. Glücklicherweise.«

»Dann hat die Lawine Sie also nur knapp verfehlt!«

»Ich weiß, was Sie jetzt denken, aber wer sollte es ausgerechnet auf mein Leben abgesehen haben und warum?«

Einen Moment lang sah ich ihn irritiert an. Zwar kannte ich Jones und seine manchmal etwas seltsamen Ansichten, war jetzt aber doch erstaunt. Ein antiker Fluch schien ihm wesentlich mehr Sorge zu bereiten als die Möglichkeit eines handfesten Anschlags auf ihn.

»Wie auch immer, wir sollten alles in Erwägung ziehen. Vielleicht war der Steinschlag wirklich nur ein unglücklicher Zufall, das ist ja durchaus möglich. Wie Sie selbst sagen, treten allerdings bei Ihrer Expedition hier auffallend viele solcher Zufälle auf. Zu viele für meinen Geschmack. Es könnte auch einen anderen Grund geben, und ich denke jetzt nicht an einen Fluch, Jones! Auch wenn es sich dabei um ein altägyptisches Meisterstück dieser Gattung handeln mag. Ich habe eher den Eindruck, als wollte jemand Ihre Grabung sabotieren. Könnte es dafür ein Motiv geben? Warum sollte jemand verhindern wollen, daß der Professor ein Pharaonengrab entdeckt und ausgräbt?«

Jones zuckte mit den Achseln. »Die Frage läßt sich nicht so leicht beantworten. Wir haben auch schon daran gedacht, sind aber zu keinem Ergebnis gekommen. Es gibt zwar nationalistisch orientierte Kreise hier in Ägypten, die unsere Tätigkeit nicht gerne sehen. Sie befürchten, daß wir Ausländer nur ihre nationalen Schätze plündern wollen. Wie die Geschichte zeigt, ist ihre Sorge nicht unbegründet, aber ich bezweifle, daß diese Leute deshalb unsere Expedition sabotieren würden. Die Grabung selbst ist ja nicht das Problem, es kommt darauf an, was hinterher mit den Funden geschieht.«

»Ich nehme an, daß ein unversehrtes Pharaonengrab einen beträchtlichen Wert darstellt. Nicht nur für die Wissenschaft, meine ich.«

Jones lachte trocken. »Das ist wohl die größte Untertreibung, die ich je gehört habe, Dr. Watson! Denken Sie sich eine

Schatzkammer, die größte, die Sie sich ausmalen können – dann haben Sie eine ungefähre Vorstellung davon, was ein noch unberührtes Grab bedeutet! Sein Wert wäre unermeßlich.«

»Also der Traum eines jeden Schatzsuchers!«

»Das kann man wohl sagen. Für eine solche Beute würden Grabräuber sicher alles tun.«

»Würden sie auch über Leichen gehen?«

»Ich glaube schon«, sagte Jones langsam, »vermutlich sind sie nicht einmal die einzigen. Ich kenne einige Sammler, die genauso dazu imstande wären.«

»Aber für eine Sabotage kommen sie wohl kaum in Frage. Denn Gefahr droht von ihnen doch erst, nachdem etwas Wertvolles gefunden worden ist, nicht schon vorher.«

»Nicht unbedingt, Dr. Watson.« Jones sah mich nachdenklich an. »Nicht, wenn man eine Grabungslizenz übernehmen will. Um eine Expedition scheitern zu lassen, wäre Sabotage eine wirkungsvolle Methode. Die Behinderungen würden die Arbeiten nämlich deutlich verzögern, und Geldgeber sind oft nicht sehr geduldig.«

»Verläuft denn Ihre Grabung so erfolgversprechend, daß Ihnen jemand mit aller Gewalt die Lizenz wegnehmen will?«

»Was soll ich sagen? In der Archäologie hängt viel vom Zufall ab. Die größten Entdeckungen sind schon gemacht worden, weil jemand buchstäblich über etwas gestolpert ist, also aus reinem Zufall. Meiner Meinung nach wäre jede Prognose über unsere Aussichten nichts als Spekulation. Aber wenn Sie mit Dr. Santer sprechen, wird er Ihnen natürlich verkünden, daß wir kurz vor einem Durchbruch stehen.«

»Dr. Santer?«

»Der designierte neue Leiter der Grabung. Ein recht energischer junger Mann.«

Es war nicht zu überhören, daß Jones sich in der Beurteilung seines Kollegen sehr zurückhielt. Sie schienen nicht gut miteinander auszukommen.

»Das überrascht mich. Ich habe gedacht, daß Sie selbst jetzt die Nachfolge von Professor Blunt übernehmen würden.«

»Nein, offiziell bekleide ich bei der Grabung gar keine Funktion. Ich bin eigentlich nur hier, weil der Professor mich nach dem Tod von George dringend um mein Kommen gebeten hatte. Dabei ging es ihm weniger um fachliche Qualifikationen, glaube ich, denn Archäologie ist ja nicht eigentlich mein Arbeitsgebiet. Bei seiner Bitte müssen persönliche Gründe eine entscheidende Rolle gespielt haben.

Anscheinend hat der Professor mich vollkommen eigenmächtig hierhergeholt, ohne Rücksprache mit den Auftraggebern in Amerika. Deshalb ist meine Position hier etwas zweifelhaft. Das College hatte nämlich Dr. Santer schon zu Blunts neuem Stellvertreter bestimmt, und sicher wird er jetzt auch die Leitung übernehmen. Auf meine weitere Mitarbeit legt er keinen Wert, das hat er bereits klar zum Ausdruck gebracht. Mir ist das sehr lieb, nach dem Tod des Professors hält mich hier nichts mehr. Wir wollen Henry so schnell wie möglich nach Cairo bringen und anschließend weiter nach Deutschland.«

»Persönliche Gründe. Was meinen Sie damit?«

»Professor Blunt hatte Angst, Dr. Watson.«

Im Tal der Könige

Nach der letzten Wegkurve war endlich die Ausgrabungsstätte in Sicht gekommen. Von Jones wußte ich, daß erst seit Anfang der Herbstsaison hier gearbeitet wurde und das Lager noch nicht vollständig aufgebaut war. Trotzdem hatte ich etwas Eindrucksvolleres erwartet als nur eine unspektakuläre Ansammlung von behelfsmäßigen Bretterbuden und Zelten.

Das Tal beschrieb hier eine große Biegung und hatte sich merklich verbreitert. Beherrscht wurde es von einer steilen, nahezu senkrechten Felswand, die gerade voraus lag. Dort fand die eigentliche Grabung statt, und ich konnte jetzt gut verstehen, warum Jones die Arbeit als beschwerlich und sogar gefährlich beschrieben hatte. In halber Höhe der Wand, ungefähr fünfzig oder sechzig Meter über dem Boden, gab es einen kleinen Felsvorsprung, und von ihm aus führte ein künstlich angelegter Gang in den Berg hinein. Wie Jones erklärt hatte, konnte es nur einen einzigen Grund geben, warum die Ägypter damals diesen versteckten und gut getarnten Stollen in den Felsen getrieben hatten: Er mußte zu einem Grab führen.

In mühseliger Arbeit hatte man bereits einen Teil des sorgfältig zugeschütteten Ganges wieder freigelegt, ohne daß man bis jetzt auf eine Grabkammer gestoßen war. Niemand konnte voraussagen, wie tief er noch in den Berg hineinführte. Nur Dr. Santer war anscheinend davon überzeugt, daß man bald auf das Grab treffen würde, und trieb die Arbeiten fieberhaft voran.

Auch jetzt herrschte reger Betrieb. Auf dem Felsvorsprung hatte man einen Flaschenzug installiert, mit dem das oben abgetragene Material heruntergelassen wurde. Dutzende von einheimischen Helfern bedienten den Flaschenzug oder durchsiebten am Boden den Schutt nach Bruchstücken von Artefakten. Ich muß zugeben, daß ich von diesem Anblick etwas enttäuscht war. Es gab keine Spur von Abenteuerromantik oder Geheimnis. Das Ganze wirkte auf mich wie eine provisorische und sehr staubige Baustelle in der Wüste.

Jones beugte sich nach vorne zum Kutscher und wies auf ein

größeres Zelt, das etwas abseits stand, vielleicht hundert Meter entfernt von den anderen. Der Mann nickte und lenkte den Wagen darauf zu. Wir waren noch ein gutes Stück entfernt, als wir auf einmal wütendes Hundegebell hörten. Ein großer schwarzer Hund hatte sich aus der Personengruppe um den Flaschenzug gelöst und rannte laut bellend auf das Zelt zu. Nur einen Augenblick später folgte ihm eine europäisch gekleidete Frau, in der ich sofort Luzia vermutete. Sie rief irgend etwas über ihre Schulter, und bei der Bewegung fiel ihr der Sonnenhut herunter. Ich hatte mich nicht getäuscht, es war tatsächlich Luzia. Selbst auf die Distanz hin erkannte ich das leuchtendrote Haar. Mit einer Hand hatte sie ihre Röcke gerafft und lief nun überraschend schnell dem Hund hinterher. Mehrere der Arbeiter sahen ihr nach. Wieder rief sie ihnen etwas zu, das ich nicht verstehen konnte, und zeigte mit dem freien Arm auf das Zelt. Daraufhin legten einige der Männer ihre Werkzeuge auf den Boden und folgten ihr, allerdings weitaus gemächlicher und mit zunehmend größer werdendem Abstand.

»Was ist denn da los?« fragte ich.

»Das weiß ich nicht, aber ich glaube, daß Henry in dem Zelt liegt!«

Jones hatte sich aufgerichtet und redete aufgeregt in arabisch auf unseren Kutscher ein. Für einen sonst so zurückhaltenden Mann wirkte er plötzlich auffallend nervös. Vielleicht nahm er die Befürchtungen seiner Frau doch ernster, als er zugab. Der Fahrer ließ die Peitsche knallen, aber nur mit mäßigem Erfolg. Erst trottete der Esel ruhig noch einige Schritte weiter, bis er dann in einen schwerfälligen Trab fiel.

In diesem Augenblick wurde der Zelteingang aufgeschlagen, und zwei Männer in arabischer Kleidung sprangen heraus. Offensichtlich hatten auch sie den Hund gehört und zogen es nun vor, nicht auf seine Ankunft zu warten. Sie rannten in entgegengesetzter Richtung auf eine schmale Felsspalte hinter dem Zelt zu. Dort führte ein steiler Kletterpfad in die Felswand hinein, dessen Einstieg hoch genug über dem Boden lag, um Schutz vor dem angreifenden Tier zu bieten.

Es war knapp. Mehr als ein paar Zentimeter konnten es nicht

sein, die den Fuß des hinteren Mannes von den zuschnappenden Zähnen des Hundes trennten. Aber einmal oben, waren sie in Sicherheit. Ohne sich weiter um das wütende Gebell zu kümmern, kletterten die beiden Männer den Pfad hoch und waren schnell außer Sicht.

Der Hund versuchte erst ein paarmal vergeblich, den Felsen hochzuspringen, und schien dabei immer mehr in Rage zu geraten. Auf einen scharfen Kommandoruf hin machte er dann plötzlich kehrt und lief zurück zu Luzia, die mit ihm zusammen das Zelt betrat.

Jones hielt es nicht länger auf seinem Sitz. Noch während unsere Droschke langsam vorwärtsrollte, sprang er aus dem Wagen und rannte zum Zelt hinüber. Ich folgte ihm auf dem Fuße. Jones' Anspannung und Sorge wirkten ansteckend. Zwar verstand ich nicht, was hier vor sich ging, aber der Vorfall gefiel mir überhaupt nicht. Ganz sicher hatten die beiden flüchtigen Araber keinen Freundschaftsbesuch machen wollen.

Im Eingang trafen wir auf Luzia, die gerade aus dem Zeltinneren zurückkam und einen kleinen Jungen an der Hand hielt. Sie brauchte nichts zu sagen, die Erleichterung war ihr überdeutlich anzumerken. Lächelnd nickte sie mir zu. Es schien nichts Schlimmes passiert zu sein.

Jones ging in die Hocke und hielt den Jungen auf Armlänge von sich. »Alles in Ordnung, Henry?«

Der Junge nickte. »Natürlich. Indy hat sie ja vertrieben!« Der Stolz in seiner Stimme konnte nur seinem Hund gelten, der zwischen ihm und seiner Mutter Aufstellung genommen hatte und fast so groß war wie er selbst.

»Was ist geschehen?« fragte ich. Für eine ausführliche Begrüßung war jetzt nicht der richtige Zeitpunkt. »Wer waren diese Männer?«

»Diebe, Dr. Watson«, antwortete Luzia, »sie haben die Kisten von Professor Blunt durchwühlt. Wahrscheinlich hatten sie gehofft, dort etwas Wertvolles zu finden. Allerdings verstehe ich nicht, wie sie überhaupt auf diesen Gedanken kommen konnten. In den Kisten befindet sich nichts, was einen Diebstahl lohnen würde.«

»Fehlt denn etwas?«

»Ich glaube nicht. Viel Zeit hatten die beiden ja auch nicht, um fündig zu werden. Anscheinend ist ihnen entgangen, daß Henry auf einem der Feldbetten hinter dem Schreibplatz gelegen und seine verordnete Bettruhe auch tatsächlich eingehalten hatte. Von ihrer Suche ist er aufgeweckt worden und hat sofort um Hilfe gerufen, bevor die Männer es verhindern konnten.«

»Tapferer Junge! Und eine gute Stimme hat er offensichtlich auch. Sie standen doch ziemlich weit von dem Zelt entfernt, da ist es ein Glück, daß Sie Henrys Hilferuf überhaupt gehört haben.«

»Das habe ich gar nicht, Dr. Watson, aber Indy hier, der hat ihn gehört!«

Luzia tätschelte bei ihren Worten liebevoll den großen Hund, der mich während unseres Gesprächs sehr aufmerksam und nach meinem Empfinden durchaus kritisch fixiert hatte. Auch jetzt wandte er keinen Moment den Blick von mir ab. Das nachtschwarze Tier hatte entschieden etwas Unheimliches an sich. Unwillkürlich kam mir Anubis in den Sinn, der Wächtergott des Totenreiches, den die alten Ägypter gern mit einem Hundekopf abgebildet hatten. Ein Anubis, der sich allem Anschein nach noch nicht darüber klar war, ob ich eine Bedrohung für seine Schützlinge darstellte oder nicht. Aber auf Luzias Anweisung hin steckte er nun brav seine Schnauze in meine Hand und ließ sich von mir auf die Flanke klopfen, fast wie ein ganz normaler Hund.

Mittlerweile waren auch die einheimischen Arbeiter herangekommen und redeten aufgeregt auf uns ein. Jones antwortete ihnen in einem Gemisch aus Arabisch mit englischen Brocken und schien sich damit auch verständlich machen zu können. Luzia stellte mir den Aufseher Achmed vor, einen drahtigen alten Mann mit schwärzlichen Zähnen. Wortreich und voller Empörung ließ er sich über die nichtswürdigen Diebe aus, bei denen es sich selbstverständlich nur um Fremde handeln konnte, die Schande über alle Araber brachten. Das brauchte Luzia mir nicht erst zu übersetzen.

»Kommen Sie bitte herein, Dr. Watson.« Luzia führte Henry

zurück ins Zelt, Indy wich ihr dabei nicht von der Seite. Jones blieb draußen und redete weiter mit den Arbeitern. Auf sein Drängen hin schickte Achmed einige seiner Leute auf den Kletterpfad, um die Diebe zu verfolgen. Deren Vorsprung mußte inzwischen schon beträchtlich sein, und sicher versprach sich Jones nicht allzuviel von der Unternehmung, aber einen Versuch war es wert.

Ich folgte Luzia ins Zelt, um mir den kleinen Henry näher anzusehen. Schließlich war ich ja auch deshalb nach Ägypten gekommen. Luzia hatte den Jungen auf ein Feldbett gesetzt und strich ihm mit der Hand durchs Haar. Eine zärtliche Geste, in der viel von ihrer Sorge zum Ausdruck kam. Bei der Berührung zuckte Henry zusammen. Rasch trat ich zu ihm und tastete vorsichtig seinen Kopf ab. Er biß die Zähne aufeinander und gab keinen Laut von sich, als ich die ordentliche Beule an seinem Hinterkopf befühlte. Die beiden Araber hatten wohl mit ihm einige Mühe gehabt. Er war wirklich ein tapferer Junge.

Die Beule beunruhigte mich nicht allzusehr, damit wurde ein richtiger Junge schon fertig, aber Henry wirkte jetzt schwach und erschöpft. Sein Zustand gefiel mir genausowenig wie seiner Mutter. Man mußte kein Arzt sein, um zu sehen, daß der Junge krank war. Ich kontrollierte seinen Puls und nahm anschließend eine erste und vorläufige Untersuchung vor. Sie dauerte nicht lange, und ihr Ergebnis fiel nicht so schlimm aus, wie ich befürchtet hatte.

Laut Jones' Angaben hatte Henry die schlimmsten Anfälle schon überstanden. Das mochte stimmen, seine unnatürlich glänzenden Augen und die leicht erhöhte Körpertemperatur verrieten allerdings deutlich, daß er immer noch am Fieber litt. Völlig überwunden hatte er die Krankheit noch nicht, aber wie es aussah, befand er sich auf dem Weg der Besserung. Ich klappte meine Instrumententasche wieder zusammen und nickte Luzia beruhigend zu.

»Ich glaube, es besteht kein Anlaß mehr, sich ernsthaft Sorgen zu machen, Mrs. Jones. Die Krisis dürfte vorüber sein. Henry ist ein kräftiger Junge, und bei richtiger Pflege wird er sicher bald wieder gesund werden. Vor allem braucht er jetzt Ruhe und viel Schlaf, um sich gründlich zu erholen, also nach Möglichkeit Bettruhe.«

Henry verzog das Gesicht, die verordnete Kur traf offensichtlich auf wenig Gegenliebe bei ihm. Ich legte ihm die Hand auf die Schulter.

»Das mag vielleicht etwas langweilig sein, junger Mann, aber es geht nicht anders.« Mit dem Kinn deutete ich auf den schwarzen Hund, der während meiner ganzen Untersuchung neben dem Bett gesessen und jede meiner Bewegungen beobachtet hatte, friedfertig zwar, aber sehr wachsam. »Außerdem scheinst du ja genug Gesellschaft am Krankenbett zu haben, nicht wahr? Und eine tüchtige Wache noch dazu.«

Luzia lächelte. »Sie sollten das als Kompliment nehmen, Dr. Watson! Indy läßt sonst kaum jemanden außer mir und Henry an den Jungen heran. Ich glaube, er mag Sie.«

»Das haben Sie von Simba auch behauptet, wenn ich mich recht entsinne.« Trotzdem hatte ich es damals vorgezogen, seine angebliche Zuneigung zu mir lieber nicht ein zweites Mal auf die Probe zu stellen.

»Aber ja, und es stimmte auch!« Ihr Lächeln wurde breiter und nahm jenen eigentümlich schalkhaften Zug an, den ich sofort wiedererkannte. »Andernfalls ständen Sie jetzt wohl kaum vor mir, oder?«

Dagegen ließ sich nur schwer etwas einwenden. »Sie meinen, vollständig und an einem Stück? Vielleicht haben Sie recht.« Immerhin hatte Simba mich bei unserer ersten Begegnung nicht aufgefressen, was wahrer Liebe vermutlich schon recht nahekam, jedenfalls bei einem ausgewachsenen Löwen.

Luzia lachte leise, und mit ihrem Lachen löste sich nach und nach die Anspannung, unter der sie offensichtlich aus Sorge um Henry gestanden hatte. Ich stimmte ein und merkte verwundert, wie sie mir immer vertrauter wurde. Ihr Lachen wischte die acht Jahre, die wir uns nicht mehr gesehen hatten, einfach fort. Auf einmal schien wieder dieselbe Luzia von Bylandt vor mir zu stehen, die ich damals in Köln kennengelernt hatte, so wenig verändert kam sie mir vor.

Als wäre es erst gestern gewesen, so genau konnte ich mich

noch daran erinnern, wie sie im Haus ihres Onkels die Treppe heruntergeschritten war und Holmes und mich empfangen hatte. Seitdem war sie noch schöner geworden. Sie strich eine rote Haarlocke aus ihrem schmalen Gesicht und reichte mir die Hand, um die Begrüßung nachzuholen.

»Willkommen in Ägypten, Dr. Watson! Ich danke Ihnen, daß Sie den weiten Weg auf sich genommen haben.«

»Meine liebe Luzia, das war doch selbstverständlich!« Dann beantwortete ich die Frage, die auch sie nicht gestellt hatte. »Holmes konnte ich nicht mehr erreichen. Anscheinend ist er in einem dringenden Fall unterwegs, und niemand weiß, wo er sich aufhält. Aber ich habe ihm eine Nachricht hinterlassen und bin sicher, daß er so schnell wie möglich nachkommen wird, sobald er davon erfahren hat. Lange kann es bestimmt nicht mehr dauern.«

Luzia nickte langsam und sah an mir vorbei, ohne etwas zu sagen. Alle Heiterkeit war aus ihren Gesichtszügen verschwunden, und ihre grünen Augen hatten wieder einen ernsten Ausdruck angenommen. Offenbar war Henrys Gesundheitszustand nicht das einzige, weswegen sie sich Sorgen machte.

Draußen wurde eine ärgerliche Stimme laut, die sich über den Menschenauflauf vor dem Zelt und die Unterbrechung der Arbeiten beschwerte. Fragend sah ich Luzia an. »Dr. Santer, nehme ich an?«

»Unüberhörbar. Kommen Sie, Dr. Watson, ich mache Sie miteinander bekannt.«

Der dröhnende Baß paßte zu dem ungeschlacht wirkenden Hünen, der vor dem Eingang Aufstellung genommen hatte und einen Arm gebieterisch in die Seite stemmte. Der Mann mußte über Riesenkräfte verfügen. Mit lauten Befehlen trieb er die Helfer wieder an die Arbeit. Überraschend schnell wurden seine Anweisungen befolgt, sogar Achmed murmelte nur etwas vor sich hin, bevor er zurück zum Flaschenzug ging. Santer sah ihnen hinterher und strich über seinen wildwuchernden Schnauzbart. Er bot einen imposanten Anblick, und er war mir auf Anhieb unsympathisch.

»Faule Bande!« brummte er, dann wandte er sich wütend an Jones. »Was sollte denn das ganze Palaver bedeuten?«

Luzias Anwesenheit erzwang auch bei ihm wenigstens ein Minimum an Höflichkeit. Dennoch fiel seine Begrüßung ausgesprochen kühl aus, für Santer war ich nur ein weiterer ungebetener Gast, der die Arbeit aufhielt und ihm das Leben schwermachte. »Wenn Sie Arzt sind, dann sorgen Sie hoffentlich dafür, daß der Junge aus dem Lager fortgeschafft wird. Wir sind hier schließlich kein Krankenhaus!«

Brüsk wandte er sich ab, zog einen Briefumschlag aus seiner Jackentasche und wedelte damit vor Jones' Nase herum. »Übrigens, Jones, die offizielle Bestätigung ist endlich da: Ab heute übernehme ich die Leitung der Ausgrabung! Ich habe bereits einen neuen Assistenten angefordert, der in zwei Wochen hier eintreffen wird. Bis dahin können Sie meinetwegen noch bleiben, aber danach möchte ich Sie hier nicht mehr sehen! Weder Sie noch sonst jemanden von Ihrer Familie. Auch nicht Ihren Anhang.«

Dabei beschrieb er mit der Hand eine weitausholende, vage Geste. Ich hatte den Verdacht, daß er jetzt nicht von dem Hund sprach, zumindest nicht ausschließlich.

Jones räusperte sich und trat einen Schritt vor. Es war nicht zu übersehen, daß selbst einem sonst so ruhigen und bedächtigen Mann wie ihm angesichts des flegelhaften Benehmens der Kragen zu platzen drohte. Auch Santer blieb das nicht verborgen, vielleicht hatte er es sogar darauf angelegt. Kampflustig streckte er sein Kinn vor. Er war ein gutes Stück größer als Jones und auch um einiges schwerer. Trotzdem hätte ich nicht auf ihn gewettet.

Es war Luzia, die den Kampf entschied, bevor er begonnen hatte. »Ich kann Sie beruhigen, Dr. Santer. Wir haben nicht vor, uns noch weitere zwei Wochen dem zweifelhaften Vergnügen Ihrer Gesellschaft auszusetzen. Die Koffer sind bereits gepackt, und wir sind nur gekommen, um auch noch den Rest von Professor Blunts persönlichem Nachlaß abzuholen. Bei der Gelegenheit können wir uns auch gleich von Ihnen verabschieden. Guten Tag.«

Ohne eine Antwort abzuwarten, drehte sie sich um und ging zurück ins Zelt. Luzia hatte ruhig und ohne besondere Betonung gesprochen, aber für einen Moment schien die Temperatur um uns herum auf einen angenehm kühlen Wert gefallen zu sein. In Situationen wie diesen konnte sie ihre Herkunft nicht verleugnen. Das Eis in ihrer Stimme verdankte sie unverkennbar einer langen Reihe von Ahnen, die mit jemandem wie Dr. Santer allenfalls in der dritten Person gesprochen hätten.

Das mußte auch der überraschte Santer selbst fühlen, dessen Gesicht sich schlagartig und deutlich sichtbar ins Rötliche verfärbt hatte. Jetzt war ihm sein wahres Alter anzumerken, das er vorher durch ein barsches und martialisches Gehabe kaschiert hatte. Er konnte höchstens Mitte Zwanzig sein und erinnerte mich nun in seiner Verlegenheit an einen vorlauten Schuljungen, dem man vor den Augen seiner versammelten Schwestern und Cousinen die Ohren langgezogen hatte. Einen Augenblick stand er da wie ein begossener Pudel, bevor er zu seiner alten Überheblichkeit zurückfand. »Na, um so besser! Wünsche eine gute Reise!«

Herausfordernd warf er einen Blick in die Runde und schien auf eine Reaktion zu warten, die aber nicht kam. Nur Indy knurrte leise. Santer gab einen unverständlichen Laut von sich, machte kehrt und stapfte davon. Nach ein paar Schritten drehte er sich noch einmal halb um. »Und nehmen Sie ja den verdammten Köter mit!«

Ich sah ihm ungläubig hinterher. »Der Mann ist ja unmöglich, Jones! Wie kann man einer solchen Person die Leitung einer Ausgrabung anvertrauen?«

Jones zuckte mit den Achseln. »Seine Manieren lassen sehr zu wünschen übrig, das stimmt, aber es gibt schlechtere Archäologen als ihn.« Sein Zorn war schon wieder verraucht, und trotz seiner offenkundigen Abneigung gegen Santer bemühte er sich um ein faires Urteil. Das war typisch für ihn. »Außerdem hat seine Feindseligkeit mir gegenüber noch einen speziellen Grund. Dabei geht es um den Nachlaß von Professor Blunt, auf den Santer Anspruch erhebt. Er besteht auf der Herausgabe von bestimmten Papieren. Angeblich sollen sie zu den offiziellen Unterlagen der Expedition gehören, was der Professor aber anders gesehen hat. In seinem Testament hat er sie nämlich ausdrücklich als rein private Aufzeichnungen deklariert und ebenso ausdrücklich mir persönlich hinterlassen. Das muß ihm sehr am Herzen gelegen haben. Offensichtlich wollte er verhindern, daß Santer sie in die Hände bekommt.«

»Was ist denn so wichtig an den Papieren?«

»Ich weiß es nicht, zu mehr als einer flüchtigen Durchsicht bin ich bisher noch nicht gekommen. Soweit ich gesehen habe, sind Blunts gesammelte Aufzeichnungen über Tutenchamun darunter, an denen er seit vielen Jahren gearbeitet hat. Und dann noch sein privates Tagebuch, sieben oder acht Bände. Warum Santer ausgerechnet an diesen Büchern so brennend interessiert ist, ist mir ein Rätsel. Es handelt sich um rein persönliche Notizen, und alles, was die Ausgrabung und ihre Ergebnisse angeht, steht natürlich auch in dem offiziellen Journal der Expedition, das ab jetzt ja von Santer selbst weitergeführt wird.«

»Das ist alles?«

»Nein, nicht ganz. Da wäre noch das Amulett, und vermutlich geht es Santer hauptsächlich darum.«

»Welches Amulett?

»Altägyptisch, interessantes Stück. Es trägt Tutenchamuns Siegel und stammt möglicherweise von seinem Grab. Jedenfalls ist Santer davon überzeugt, und wenn es stimmen sollte, wäre das Amulett der erste bekannte Hinweis auf die Existenz des Grabes überhaupt.« Jones zeigte auf die Felswand. »Angeblich wurde es da oben gefunden. Deshalb ist auch die Grabung hierhin verlegt worden.«

»Angeblich? Dann hat Professor Blunt es nicht selbst dort gefunden?«

»Nein, der Finder war ein Bauer aus der Gegend, der zufällig den Stolleneingang entdeckt hat. Ich sagte Ihnen ja schon, daß viele der Einheimischen hier auf eigene Faust herumgraben, was ihnen sicher mehr einbringt als die Landwirtschaft. Die Nachfrage nach altägyptischen Antiquitäten ist groß, und die Preise steigen. So ist auch der Professor an das Amulett gekommen: Er hat es einfach gekauft. Und da liegt das Problem.«

»Inwiefern?«

»Sehen Sie, wenn Blunt das Amulett ausgegraben hätte, wären die Besitzverhältnisse unstrittig. Vorausgesetzt, die ägyptische Altertümerverwaltung hätte keinen Anspruch darauf erhoben, gehörte es jetzt dem College, das die Grabung veranstaltet und finanziert. Nun hat aber der Professor den Kauf privat abgewickelt und aus eigener Tasche bezahlt. Mit seiner Stellung als Grabungsleiter hatte die Angelegenheit zunächst einmal nichts zu tun. Es gab weder einen offiziellen Auftrag noch Geld dafür.«

»Mit anderen Worten, für Blunt zählte das Amulett zu seinem Privatbesitz.«

»Ja, ganz entschieden sogar. Schon vor seinen Fieberanfällen muß er mit dem Amulett sehr eigen gewesen sein. Er scheint es regelrecht unter Verschluß gehalten zu haben. Merkwürdigerweise auch und vor allem Santer gegenüber, was natürlich zu erheblichen Spannungen zwischen den beiden geführt hat.«

»Die Sie jetzt gewissermaßen geerbt haben, nehme ich an. Das Amulett gehört doch sicher zu den Dingen, die Blunt Ihnen persönlich vermacht hat?«

Jones nickte. »Deshalb gibt es den Streit zwischen uns. Santer leugnet, daß das Amulett persönliches Eigentum des Professors war, und daß der es ausgerechnet mir vermacht hat, akzeptiert er schon gar nicht. Er behauptet, daß es rechtmäßig allein der Expedition gehören kann, und fordert es unbedingt zurück. Er meint, daß es für seine Arbeit sehr wichtig sein könnte. In dem Punkt hat er ausnahmsweise einmal recht. Das Amulett sollte wirklich der Wissenschaft zugänglich sein.«

»Dann verstehe ich nicht ganz, warum Sie es Santer vorenthalten?«

»Aber das tue ich ja gar nicht!« Jones klang etwas empfindlich. »Selbstverständlich würde ich ihm und dem College das Amulett für Forschungszwecke zur Verfügung stellen – wenn ich es könnte.«

»Wie meinen Sie das?«

»Ich habe das Amulett nicht, Dr. Watson. Professor Blunt hat es mir zwar vermacht, das ist richtig, nur befand es sich nicht unter seinem Nachlaß. Wir haben alle Kisten und Koffer gründlich durchsucht, zweimal sogar, aber ohne Erfolg. Auch in seinen Räumen drüben im Expeditionshaus konnten wir es nicht finden. Das Amulett ist verschwunden.«

»Ich fange an, zu begreifen. Santer traut Ihnen nicht.«

»So ist es. Wir haben gestern ein Gespräch über das Thema geführt, und dabei hat er mir mehr oder weniger unverblümt unterstellt, ihn anzulügen. Und nicht nur das: Er ließ durchblicken, daß ich seiner Meinung nach das Amulett unterschlagen würde, um es später teuer an einen Sammler verkaufen zu können.« Auf einmal verzog er die Lippen zu einem jungenhaften Grinsen. »Das Gespräch hat dann nicht mehr sehr lange gedauert. Zum Glück war Luzia nicht dabei!«

»Zum Glück für Santer, meinen Sie.«

Jones nickte vergnügt. »Wissen Sie, Dr. Watson, das Verhältnis zwischen Santer und mir war von Anfang an nicht gerade herzlich, aber seit gestern ist die Situation unerträglich. Es wird wirklich Zeit, daß wir abreisen.«

»Was glauben Sie, wo das Amulett sein mag?«

»Ich habe nicht die leiseste Ahnung. Vielleicht hat der Professor es nur irgendwo sehr gut versteckt. Das wäre ihm zuzutrauen, so mißtrauisch, wie er sich zuletzt benommen hat. Oder jemand hat es gestohlen.«

»Wer wußte alles von dem Amulett?«

»Vermutlich jeder hier. Es war kein Geheimnis.«

»Also könnten auch die beiden Araber von vorhin davon gewußt haben?«

»Daran habe ich auch schon gedacht«, sagte Jones langsam. »Der Professor war alles andere als reich, abgesehen von dem Amulett besaß er nichts Wertvolles. Wenn die Kerle gezielt nach etwas gesucht haben sollten – wonach es beinahe aussieht –, dann kommt eigentlich nichts anderes in Frage.«

»So etwas habe ich vermutet.«

»Sicher, andererseits müßte es inzwischen auch allgemein bekannt sein, daß Blunts Amulett irgendwie abhanden gekommen ist. Der Wortwechsel gestern zwischen Santer und mir war laut genug, fürchte ich.«

»Ich verstehe.« Nachdenklich sah ich zu Dr. Santer, der mittlerweile den Flaschenzug erreicht hatte und wild gestikulierend die Arbeiter antrieb. Seine Stimme dröhnte bis zu uns herüber. »Demnach wußten also alle von dem Amulett, und von seinem Verschwinden dürfte wohl auch jeder gehört haben.«

»Ich denke schon.«

»Aber das muß ja nicht heißen, daß auch jeder daran glaubt.«

»Nein.« Jones war meinem Blick gefolgt und rieb sich das Kinn. »Nein, das heißt es noch lange nicht.«

»Wie weit würde Santer wohl gehen, um an das Amulett zu kommen?«

»Das ist eine interessante Frage, Dr. Watson.«

Indys Bellen lenkte unsere Aufmerksamkeit auf einen Reiter, der sich uns auf dem gleichen Weg näherte, den auch wir genommen hatten. Der Hund schien ihn zu kennen, er wedelte freudig erregt mit dem Schwanz und lief ihm dann übermütig bellend ein Stück entgegen.

Jones beschattete seine Augen und spähte zu dem Ankömmling hin. »Das muß Carter sein. Schaut wieder einmal nach, ob wir das Grab nicht doch gefunden haben. Das ist nämlich seine größte Angst, müssen Sie wissen. Die Vorstellung, daß jemand ihm zuvorkommen könnte, bereitet ihm wahrscheinlich schlaflose Nächte. Er ist genauso von Tutenchamun besessen, wie Professor Blunt es war, und trotz ihrer Konkurrenz sind die beiden recht gut miteinander ausgekommen.«

Jones' Lächeln und der leichte Spott verrieten deutlich seine Sympathie für Carter. Von Dr. Santer hätte er nie in diesem Ton gesprochen. »Übrigens ist er Engländer, Dr. Watson. Er wird Ihnen gefallen.«

»Ein Kollege von Ihnen?«

»Ja, das kann man wohl sagen. Auch Howard Carter ist einer von diesen geborenen Archäologen, genau wie George. Schon seit über zehn Jahren lebt er hier draußen und macht Ausgrabungen. Ihm verdankt Davis drüben im Tal der Könige seine wichtigsten Erfolge. Wirklich ein sehr tüchtiger Mann, und es ist ein Jammer, daß seine Karriere ein so schnelles Ende genommen hat. Bis vor kurzem nämlich war Carter noch Chefinspekteur für die Altertümer Oberägyptens.«

»Bis vor kurzem? Was ist denn passiert?«

»Er hat den Posten aufgegeben, nicht ganz freiwillig. Der Anlaß war ein Zwischenfall mit einer Reisegruppe von betrunkenen Franzosen, die unbedingt nachts eine Grabanlage besichtigen wollten, gewissermaßen als krönenden Abschluß eines feuchtfröhlichen Abends. Die ägyptischen Aufseher hielten sich an ihre Anweisungen und verweigerten ihnen den Zutritt, was die Franzosen ihrerseits nicht akzeptierten. Angeblich ist es bei der folgenden Diskussion zu Handgreiflichkeiten auf beiden Seiten gekommen. Carter wurde gerufen, und als er erschien, hat er sich vor seine Leute gestellt und die Betrunkenen hinauswerfen lassen. Dabei soll einer von ihnen verletzt worden sein. Es gab einen richtigen kleinen Skandal. Selbstverständlich legten die Franzosen offiziellen Protest ein und forderten eine formelle Entschuldigung, nicht nur der Altertumsbehörde, sondern auch von Carter persönlich. Damit wäre die Sache vermutlich erledigt gewesen.«

»Aber er hat sich geweigert, nehme ich an.«

»Genau, dazu war er nicht bereit. Natürlich wußte er, daß er deshalb seinen Dienst würde quittieren müssen. Nur spielte das in dem Moment keine Rolle für ihn, Carter fühlte sich im Recht. Und moralisch war er das auch.«

»Anständige Haltung von ihm, würde ich meinen.«

»Schon, aber nicht besonders klug, wenn man an die Folgen denkt. Immerhin hatte er von dem Posten gelebt und ist jetzt ohne festes Einkommen.«

Ich mußte lächeln. Das sagte ausgerechnet Jones! Jones, bei dem ich mir vollkommen sicher war, daß er an Carters Stelle nicht einen Deut anders gehandelt hätte. »Manchmal muß man eben seinen Prinzipien gewisse Opfer bringen. Was macht er denn jetzt?«

»Nun, er versucht, einen privaten Finanzier aufzutreiben, der seine geplanten Grabungen bezahlt. In der Zwischenzeit lebt er vom Verkauf seiner Bilder. Von Haus aus ist er nämlich Maler, genauer gesagt: Architekturzeichner. Seine Sachen sind wirklich reizvoll, Luzia hat ein hübsches Aquarell der Tempelanlage in Karnak von ihm. Außerdem verdingt Carter sich hier und drüben in Luxor als Fremdenführer zu den Ausgrabungsstätten. Archäologen sind bei den reichen Touristen zur Zeit sehr beliebt, Dr. Watson, und während der Saison kommt er wohl ganz gut zurecht.«

Wie Carter allerdings die heißen Sommermonate überstand, wenn die Touristen wieder abgereist waren und niemand seine Bilder kaufte, sagte Jones nicht. Neugierig sah ich dem Reiter entgegen, der uns nun erreicht hatte und von seinem Esel sprang. Jones begrüßte ihn herzlich und machte uns miteinander bekannt. Sein Alter überraschte mich. Carter konnte höchstens dreißig sein, mußte also schon als sehr junger Mann nach Ägypten gekommen sein. Er war mittelgroß und schlank, und um seine wach blickenden, dunklen Augen lag ein leicht ironischer Zug. Was Jones mir über ihn berichtet hatte, paßte zu diesem energisch wirkenden jungen Mann vor mir.

Prüfend sah er zu dem Stolleneingang in der Felswand hoch. »Wie kommen Sie voran, Jones?«

»Recht zügig. Santer versteht es, seine Leute zum Arbeiten zu bringen. Das muß man ihm lassen«, antwortete Jones und fügte harmlos hinzu: »Er behauptet, unmittelbar vor der Grabkammer zu stehen.«

»Soso. Vielleicht gibt es tatsächlich da oben irgendein Grab, aber bestimmt nicht das von Tutenchamun.«

»Was macht Sie so sicher?« fragte ich.

»Die Stelle hier ist zu abgelegen für ein Königsgrab. Ich habe nie verstanden, warum der Professor eingewilligt hat, die Grabung hierhin zu verlegen. Selbst wenn das Amulett tatsächlich da oben gefunden worden sein sollte, was ich übrigens bezweifle, folgt daraus nicht schon, daß auch das Grab hier sein muß. Nur ein arroganter Trottel wie Santer kann so etwas unbesehen glauben.« Carter schüttelte den Kopf. »Nein, Dr. Watson, ich bin fest davon überzeugt, daß Tutenchamun im Hauptwadi liegt, dem eigentlichen Tal der Könige, genau wie die anderen Pharaonen auch. Und ich werde ihn dort ausgraben.«

»Meinen Segen haben Sie, Carter, und den von Professor

Blunt vermutlich auch«, sagte Jones. »Ich habe gerade Dr. Watson erzählt, daß Sie nur noch auf einen Sponsor warten, um selbst wieder mit dem Graben anzufangen.«

»Tatsächlich?« Carter hob fragend seine Augenbrauen und sah mich hoffnungsvoll an. »Sie interessieren sich für Archäologie, Dr. Watson?«

Ich hob meine Hand, um das unausgesprochene Angebot abzulehnen. »Sehr schmeichelhaft von Ihnen, Mr. Carter, aber ich fürchte, jetzt schätzen Sie meine finanziellen Mittel falsch ein. Eine bescheidene Arztpraxis in Kensington ist leider keine Goldmine.«

»Bedauerlich!« Er seufzte und nickte enttäuscht. »Wirklich bedauerlich!«

»Ja, meine Frau ist der gleichen Ansicht.«

Carter lachte. »Es tut mir leid, Dr. Watson, ich wollte nicht unhöflich sein. Manchmal denke ich nur an meine eigenen Sorgen. Peinliche Angewohnheit.« Dann wurde er wieder ernst. »Sie sind wegen Henry hier, nicht wahr? Wie geht es dem Jungen? Es ist doch nichts Ernstes, oder?«

»Nein, ich denke nicht. Henry ist auf dem Weg der Besserung.«

»Das freut mich zu hören, ich hatte mir schon Sorgen gemacht! Ich habe zwar nie wirklich geglaubt, daß es einen Zusammenhang zwischen Blunts Fieber und Henrys Erkrankung geben könnte, aber trotzdem …« Carter verstummte und kraulte Indys Nacken. »Der Junge ist mir ans Herz gewachsen, wissen Sie. Wir drei hier haben schon so manchen Streifzug zusammen unternommen. Ich glaube, Henry kennt sich mittlerweile im Tal der Könige besser aus als die meisten Fremdenführer. Wenn er so weitermacht, wird aus dem Jungen mal ein guter Archäologe, warten Sie es ab!«

»Aber dazu muß er erst einmal wieder gesund werden, Mr. Carter.« Luzia war aus dem Zelt getreten und begrüßte Carter. Dann wandte sie sich ihrem Mann zu. »Wir sollten langsam damit anfangen, Professor Blunts Unterlagen zusammenzupacken, Henry.«

»Packen? Dann stimmt es also, Sie wollen mich tatsächlich

allein hier lassen? Allein mit Santer? Wie können Sie mir das antun?« Trotz seiner gespielten Übertreibung schien Carters Enttäuschung echt zu sein. Offensichtlich sah er die Jones nur ungern ziehen.

»Sie werden es überleben, Carter, und uns bleibt keine andere Wahl. Santer hat uns gewissermaßen hinausgeworfen.« Jones berichtete von Santers Auftritt.

Carter nickte. »Ich verstehe. Aber hören Sie, Dr. Watson, Sie können unmöglich wieder abreisen, ohne nicht wenigstens ein Pharaonengrab besichtigt zu haben! Was wollen Sie denn sonst daheim in London erzählen?«

»Mr. Carter hat recht, Dr. Watson«, stimmte Luzia sofort zu, »das würde ich mir nie verzeihen! Sie müssen unbedingt zu den Gräbern!«

Carter warf einen Blick auf seine Uhr. »Für eine kurze Visite reicht die Zeit bestimmt noch, und ich stelle mich gern als Cicerone zur Verfügung. Was meinen Sie?«

Luzia lächelte mich auffordernd an. »Kommen Sie, Dr. Watson! Einen besseren Führer als Howard Carter kann man sich nicht wünschen.«

Die Mumie

Carters freundliches Angebot nahm ich um so lieber an, da Luzia uns kurz entschlossen begleiten wollte. Ihr Mann würde mit dem Packen schon allein fertig werden, meinte sie, und Henry müsse das Bett hüten.

Wir zwängten uns zusammen in die Droschke und fuhren den gewundenen Weg zurück ins Hauptwadi, dem eigentlichen Tal der Könige. Während der Fahrt berichtete Carter über seine frühere Tätigkeit hier. In seiner Zeit als Inspekteur der Altertümerverwaltung war er offenbar sehr rührig gewesen. Neben den Ausgrabungen selbst hatte er mit ersten Restaurierungsarbeiten an den Gräbern begonnen und zu diesem Zweck einige der Grabanlagen mit elektrischer Beleuchtung ausstatten lassen.

»Meiner Meinung nach, Dr. Watson, gehört die Konservierung der Altertümer zu den wichtigsten Aufgaben der Archäologie. Das unterscheidet uns von bloßen Schatzsuchern. Leider sehen das nicht alle Kollegen so.«

Carters Maßnahmen hatten einen unerwünschten Nebeneffekt, über den er nicht sehr glücklich war. Durch sie nämlich wurde das Tal der Könige für Touristen noch attraktiver, und ihre Zahl stieg seitdem beständig an.

Als wir die Gräber erreichten, trafen wir allerdings niemanden sonst dort an. Die Mittagshitze hatte alle anderen Besucher vertrieben. Sogar von den Wächtern war nichts zu sehen, vermutlich lagen sie irgendwo im Schatten und hielten ihren Mittagsschlaf. Carter schickte die Droschke wieder ein Stück zurück zu einem flachen Ziegelbau am Eingang des Tales. Dort gab es eine Tränke für den Esel und ein Dach aus geflochtenen Palmblättern zum Schutz gegen die Sonne.

Ich sah mich um. Schroffe Felswände mit tiefen Einschnitten umgaben uns. Nichts regte sich, nicht einmal ein Windhauch bewegte die heiße Luft. Vom Himmel brannte die Sonne herunter und sorgte für eine Gluthitze im Tal. Wieder fühlte ich die bedrückende Ödnis dieser Gegend. Einem abweisenderen Ort war ich noch nie begegnet.

Carter hatte meinen Blick bemerkt. »Wir haben nur Glück, Dr. Watson, manchmal geht es hier zu wie auf einem Jahrmarkt. Ich schlage vor, wir beginnen mit Amenhotep II. dort drüben.«

»Amenhotep II.«, sagte ich langsam und versuchte, mich an den Baedeker zu erinnern. »Warten Sie, 18. Dynastie, glaube ich, ungefähr 1400 vor Christus?«

Carter zog amüsiert eine Braue hoch. »Ausgezeichnet!«

»Das Grab wurde erst vor kurzem entdeckt, nicht wahr?«

»Richtig, Loret hat es '98 ausgegraben. Leider war es schon vorher von antiken Grabräubern geplündert worden, die alles mitgenommen hatten, was ihnen wertvoll erschien, also alles Metallische und natürlich den gesamten Schmuck. Trotzdem handelt es sich um einen sensationellen Fund, denn zum ersten Mal – jedenfalls zum ersten Mal in neuerer Zeit – hat man hier die Mumie eines Pharaos in seinem eigenen Grab angetroffen. Ich wäre für mein Leben gern dabei gewesen.«

Das Bedauern in seiner Stimme war nicht zu überhören. Er wandte sich ab und ging voran. Wir folgten ihm auf einen schmalen, leicht ansteigenden Weg, der ungefähr fünfzig Meter weit in die Felsen hineinführte, bevor er die steil aufragende Wand erreichte.

»Als Loret die Grabkammer betrat«, fuhr Carter fort, »fand er dort den Sarkophag des Amenhotep, in dem noch immer dessen Mumie lag, seit über dreitausend Jahren. Davon träumt vermutlich jeder Archäologe, aber Loret hatte noch mehr Glück: In einer zugemauerten Seitenkammer entdeckte er noch weitere Sarkophage, die alle mit königlichen Kartuschen beschriftet waren. Und alle enthielten sie noch die Mumien der Pharaonen. Offensichtlich war Loret nicht nur auf ein Grab gestoßen, sondern auf ein ganzes Depot von Königsmumien. Ähnlich wie Brugsch '81 auf der anderen Seite des Berges, drüben in Dair Al Bahri.«

»Die Mumien wurden also schon in altägyptischer Zeit hier versteckt?«

»Ja, aufgrund der Beschriftungen wissen wir, daß um 1000 vor Christus Amenhoteps Grab restauriert wurde, und bei dieser Gelegenheit haben Amun-Priester die anderen königlichen Sarkophage aus deren eigenen Gräbern hierhin überführt, um sie vor Räubern zu schützen. Mit Erfolg, würde ich sagen, immerhin hat es dreitausend Jahre gedauert, bis Loret sie gefunden hat.«

Es klang nicht so, als wäre er mit allen Aktivitäten Lorets einverstanden. Ich fragte mich, ob Carter vielleicht einige von Jones' Auffassungen bezüglich Grabschändung teilte. Am Ende glaubte er womöglich auch noch an die Flüche.

»Wo sind die Mumien denn jetzt?«

»In Cairo. Sie werden dort im Museum verwahrt. Das heißt, mit einer Ausnahme: Amenhotep selbst haben wir nicht nach Cairo transportiert. Ich war der Meinung, daß der Pharao hier in seinem Grab verbleiben sollte, Dr. Watson, und habe ihn wieder zurück in die Krypta bringen lassen, nachdem Loret sie erst einmal ausgeräumt hatte.«

Carter war stehengeblieben, der Weg endete hier am Fuß der Bergwand. Vor uns lag der Einstieg in einen schmalen, dunklen Stollen. Aus dem Stein gehauene Stufen führten nach unten in den Berg hinein und verloren sich nach wenigen Metern in der Finsternis. Es mußte der Eingang zum Grab sein.

In einer Nische unmittelbar hinter dem Eingang war ein schwerer Schalter an der Wand befestigt. Als Carter ihn jetzt umlegte, flammte weiter hinten in dem Gang eine Glühbirne auf. Der Stollen führte steil nach unten.

»Der Generator steht in einem der leeren Gräber, und die Zuleitungen verlaufen unterirdisch«, erklärte Carter, sichtlich stolz auf sein Werk. »Kommen Sie!« Er stieg die Stufen hinunter.

Luzia folgte ihm, und ich bildete das Schlußlicht. Bevor ich meinen Kopf einzog, um nicht an die niedrige Decke zu stoßen, warf ich einen Blick zurück über die Schulter. Die Mittagshitze ließ die Luft flimmern, niemand war zu sehen oder zu hören. Das Tal lag vollkommen still und verlassen da. Wahrscheinlich hatte es hier zu Amenhoteps Zeiten auch nicht anders ausgesehen. Für die Ägypter war alles um uns herum einmal heiliger Boden gewesen, und etwas davon konnte ich immer noch spüren. Mit einem vagen Gefühl der Beklemmung betrat ich nun ein Grab, das vor bald dreieinhalbtausend Jahren für einen Gott-König angelegt worden war.

Die steile Treppe führte gut ein Dutzend Stufen nach unten. Es folgte ein langer, schmaler Gang, der ebenfalls stark abschüssig war. An den Wänden waren in größeren Abständen Lampen angebracht, deren Licht aber gerade ausreichte, um sehen zu können, wohin man trat. Wegen der Enge mußten wir hintereinandergehen, und unsere leicht gebückten Gestalten warfen bizarre Schatten auf Boden und Wände. Die Luft wurde immer stickiger, je tiefer wir uns in den Berg hineinbewegten.

Einer zweiten Treppe schloß sich ein weiterer Gang an, der noch steiler war als der erste. Er mündete in einer Art Kammer ohne Boden. So wirkte es wenigstens auf den ersten Blick. Es war ein großer, rechteckiger Schacht, der senkrecht nach unten abfiel, so tief, daß in dem spärlichen Licht sein Boden nicht mehr zu sehen war. Über diesen gähnenden Abgrund hatte man einen hölzernen Steg gelegt, der zu einem Durchbruch in der gegenüberliegenden Wand führte.

»Eine Schutzvorrichtung«, erklärte Carter die Funktion des Schachts, »er soll die Grabkammer vor dem Wasser schützen.«

»Wasser? Welches Wasser denn?«

»Regen, Dr. Watson. Er fällt zwar nicht sehr häufig hier, aber wenn, dann gleicht er einer Sintflut. Glauben Sie mir, ich habe es selbst schon erlebt. Sollte eine derartige Sturzflut durch den Gang herunterspülen, dann wird sie hier in dem Schacht aufgefangen, und die Grabkammer bleibt trocken. Wir nennen ihn deshalb Brunnenschacht.« Er ging mit schnellen Schritten über den Steg, der sich unter seinem Körpergewicht merklich durchbog. Am anderen Ende drehte er sich kurz um. »Übrigens ist er nicht so tief, wie es jetzt aussieht, höchstens sieben oder acht Meter.«

»Das ist sehr beruhigend, Mr. Carter.«

Luzia lachte leise, trotzdem fühlte ich mich wohler, als ich den Schacht heil überquert hatte und nun durch die Maueröffnung in eine weitere Kammer trat. Sie war wesentlich größer als der Brunnenschacht und diente offenbar als Vorraum zum eigentlichen Grab. Zwei Pfeiler stützten die Decke. Auf der linken Seite, im rechten Winkel zur ursprünglichen Richtung, gab es wieder eine Treppe. Carter war sie schon halb hinuntergestiegen und winkte uns zu. Luzia und ich folgten ihm nach.

Vom Fuß der Treppe aus konnte man die Grabkammer schon sehen. Wir durchquerten einen letzten schmalen Korridor, dann hatten wir sie erreicht. Schweigend blieben wir am Eingang stehen und ließen den überraschend großen Raum auf uns wirken.

»Beeindruckend, nicht wahr, Dr. Watson?« fragte Luzia nach einer Weile leise.

Ich nickte nur als Antwort. Mehrere Lampen sorgten hier für genügend Licht, um die Grabkammer betrachten zu können. Die Wände waren ringsum mit Malereien und Reliefs versehen. Als erstes fiel mir die Decke auf, deren dunkelblauer Grund ein goldenes Sternenfirmament zierte. Wie in der Vorkammer wurde sie auch hier von mächtigen rechteckigen Pfeilern getragen, insgesamt sechs Stück. Auch sie waren bemalt und zeigten Darstellungen des Pharaos zusammen mit den Gottheiten der Unterwelt. Einen großen Teil der Wände bedeckten neben Zeichnungen auch längere Passagen mit Hieroglyphen.

»Was Sie hier vor sich sehen«, erläuterte Carter mit leiser Stimme, »ist ein Buch. Das Buch Amduat. In ihm sind das Totenreich und seine Bewohner ausführlich beschrieben. Es soll dem Pharao während seiner gefahrvollen Reise durch die Unterwelt als Führer dienen und den Schutz der Götter für ihn sicherstellen. Bei den aufgemalten Texten handelt es sich also nicht um eine dekorative Ausschmückung des Grabes, sondern sie sind für den Pharao gedacht, als magisches Werkzeug gewissermaßen, um mit ihrer Hilfe die Gefahren des Jenseits bezwingen zu können.«

Langsam gingen wir durch die Grabkammer und betrachteten die Wandmalereien. Es fiel schwer, zu glauben, daß die feinen Arbeiten schon vor bald dreieinhalbtausend Jahren ausgeführt worden waren. Einige der Farben wirkten noch völlig frisch.

Im hinteren Teil der Kammer versperrte ein Holzgeländer zwischen dem letzten Säulenpaar den Zutritt zur eigentlichen Krypta, die noch einige Treppenstufen tiefer lag. Auch hier waren die Wände im oberen Teil mit Hieroglyphen beschriftet, die untere Hälfte einfarbig dunkel gestrichen. In ihrer Mitte stand der mächtige Sarkophag aus rötlichem Stein. Seine schwere

Deckelplatte war entfernt worden, so daß man von unserem Platz aus in sein Inneres hineinsehen konnte. Die kunstvoll gravierten Reliefs von Götterfiguren und Schriftzeichen auf den Sargwänden nahm ich erst später bewußt wahr. Zunächst gab es da etwas anderes, das alle Aufmerksamkeit auf sich zog. In dem offenen Sarkophag befand sich die Mumie von Pharao Amenhotep II.

Carter hatte eine Lampe so anbringen lassen, daß ihr Strahl auf den Schädel der aufgebahrten Mumie fiel, während der Rest der Krypta im Halbdunkel blieb. Der erzielte Effekt war ausgesprochen dramatisch.

Mit einer Hand stützte ich mich auf das Geländer und sah hinunter auf den Sarkophag. Unwillkürlich hatte ich meinen Tropenhelm abgenommen und bemerkte flüchtig, daß auch Carter seinen Hut in der Hand hielt. Immerhin standen wir einem Toten gegenüber, auch wenn der bereits vor sehr langer Zeit gestorben war. Sein Körper war noch in Tüchern eingewickelt, nur den Kopf hatte man freigelegt. Und dank der rituellen Einbalsamierungskunst der Ägypter bewahrte dieser ausgemergelte Kopf mit seiner pergamentartigen Haut und den schmutziggrauen Haaren immer noch seine individuellen Gesichtszüge und zeigte uns das Antlitz des Pharaos.

Niemand sprach ein Wort. Die Mumie strahlte eine fremdartige Würde aus, der man sich nicht entziehen konnte. Eine feierliche Ehrfurcht hatte uns ergriffen. Ehrfurcht vor dem einbalsamierten Leichnam eines Mannes, der einmal Pharao von Ober- und Unterägypten gewesen war, Herrscher der Welt und lebendiger Gott.

Mir fiel ein, was Jones während der Fahrt über Unreine gesagt hatte, über gewöhnliche Menschen wie ihn und mich, denen der Zutritt zu den Tempeln und Königsgräbern immer verwehrt gewesen war. Ich hatte ihm eher belustigt zugehört, aber jetzt glaubte ich zu verstehen, was er gemeint hatte. Wir gehörten nicht hierher, nicht an diesen Ort, der einer untergegangenen Kultur heilig gewesen war. Die Zeichnungen und magischen Inschriften an den Wänden waren nicht für unsere Augen bestimmt. So wenig wie für die Augen anderer Menschen. Nach dem Willen der alten Priester durften diese Texte nur von Göttern gelesen werden.

Selbstverständlich sträubte sich mein moderner Verstand gegen solche primitiven Vorstellungen, trotzdem begann ich, mich unwohl zu fühlen. Und daß jetzt plötzlich alle Lampen gleichzeitig erloschen, konnte daran auch nichts ändern. Von einem Augenblick auf den anderen waren wir von vollkommener Schwärze umgeben.

Carter brummte halblaut etwas, das sehr nach einem Fluch klang. Dann hörte ich, wie ein Zündholz angestrichen wurde, und gleich darauf beleuchtete die kleine Flamme sein ärgerliches Gesicht. Er hielt das brennende Streichholz über seinen Kopf und machte mit der anderen Hand eine beruhigende Geste.

»Kein Grund zur Aufregung! Wahrscheinlich wieder einmal ein Kurzschluß, in letzter Zeit passiert das häufiger, und –«

Weiter kam er nicht. Der Rest seines Satzes ging in einem ohrenbetäubenden Krachen unter. Gleichzeitig lief ein deutlich spürbarer Ruck durch den Boden, und das erschreckte mich noch weit mehr. Ein altes, tief in den Berg geschlagenes Pharaonengrab war nicht gerade der sicherste Aufenthaltsort, wenn die Erde bebte.

Mit einem gewaltigen Poltern stürzte jetzt eine Steinlawine aus dem Vorraum die Treppe hinunter und wälzte sich durch den Korridor. Einige Brocken flogen bis zu uns in die Grabkammer hinein. Dann erreichte uns auch schon eine dunkle Wolke aus Staub, die uns einhüllte und in meiner Kehle sofort einen heftigen Hustenreiz auslöste. Die Flamme von Carters Streichholz erlosch.

Auf den Lärm folgte eine gespenstische Stille, die nur durch unser Husten unterbrochen wurde. Aber das Geräusch, auf das wir alle angstvoll warteten, blieb aus. Es gab keinen weiteren Steinschlag und auch kein zweites Beben. Wenigstens die unmittelbare Gefahr schien vorüber zu sein. Die Grabkammer hatte gehalten, vorerst jedenfalls.

»Ist jemand verletzt?« hörte ich Carters besorgte Stimme. »Mrs. Jones?«

»Nein, mir ist nichts passiert«, antwortete Luzia heiser.

»Wie steht es mit Ihnen, Dr. Watson?«

»Alles in Ordnung. Und Sie selbst?«

»Nichts weiter.« Carter hatte ein neues Streichholz angezündet und wischte sich den Staub aus den Augen. Vermutlich sah ich auch aus wie ein Grubenarbeiter. »Wir haben noch einmal Glück gehabt.«

Luzia war zurück zum Korridor gegangen. »Es sieht so aus, als wäre im Vorraum die Decke eingebrochen. Wie konnte das geschehen?« rief sie herüber.

»Wahrscheinlich ist einer der Pfeiler umgekippt, vielleicht auch alle beide«, antwortete Carter. Überrascht sah ich ihn an, aber er redete schon weiter. »Vor drei Monaten ist drüben im Grab von Sethoy I. das gleiche passiert, allerdings in der Grabkammer selbst. Ein Pfeiler ist umgestürzt und hat dabei einen Teil der Decke mitgerissen. Zum Glück hielten sich gerade keine Besucher dort auf, sonst hätte es sicher Tote und Verletzte gegeben.«

»Sie verstehen es wirklich, uns aufzumuntern, Carter«, warf ich ein, wurde aber nicht weiter beachtet. Carter hatte sich offenbar in Rage geredet.

»Ich habe ja immer wieder gepredigt, daß viel zu wenig für die Instandhaltung der Gräber unternommen wird, nur wollte das niemand hören.«

»Nun, das dürfte sich ab heute wohl ändern, nehme ich an.«

»O ja, jetzt, wo es zu spät ist, Dr. Watson! Aber eins muß ich zugeben«, fuhr er ruhiger fort, »ich hätte nicht damit gerechnet, daß auch dieses Grab hier gefährdet ist. Es gab keinerlei Anzeichen dafür. Und die Pfeiler hier in der Kammer haben ja auch gehalten.«

Erschrocken zuckte ich zusammen. »Bis jetzt, meinen Sie wohl!« Ein etwa kieselsteingroßes Stück war aus der Decke gefallen und hatte meine Schulter gestreift. »Aber die Frage ist, wie lange noch?« Ich zündete mir selbst ein Streichholz an und leuchtet damit nach oben. »Sehen Sie das?«

Genau über mir verlief ein Riß in der Decke. Ich konnte nicht genau erkennen, wie lang er war, aber mit Sicherheit gab es ihn nicht bereits seit dreieinhalbtausend Jahren. Staub und kleine

Steinchen rieselten herunter. Der Anblick war alles andere als beruhigend. »Wenn der Riß sich weiter vergrößern sollte, könnte es hier unangenehm für uns werden.«

Carter nickte und musterte prüfend die Pfeiler. »Damit dürften Sie recht haben. Wir sollten das Grab so schnell wie möglich verlassen!«

Ich hatte keine Einwände, aber vom Eingang der Kammer her meldete sich Luzia zu Wort. »Das wird nicht so leicht sein, Mr. Carter.«

Wir gingen hinüber zu ihr. Luzia deutete auf die Steinmassen, die den Korridor und die Treppe bedeckten. Sie türmten sich hoch bis zur Decke. »Der Weg ist versperrt. Wir sind eingeschlossen.«

Plötzlich spürte ich einen sengenden Schmerz, das Streichholz war bis auf meine Finger heruntergebrannt. Ich blies die Flamme aus. Dunkelheit umgab uns und verlieh Luzias letztem Satz ungewollt eine reißerische Wirkung, fast wie bei einer billigen Theaterinszenierung.

Luzia schien das ähnlich zu empfinden. »Bemerkenswert, Dr. Watson, mit welch sicherer Hand Sie Ihre Effekte plazieren. Das verrät große Bühnenerfahrung.«

»Vielen Dank, Mrs. Jones.« Ich hätte schwören können, daß Sie ein Lachen unterdrückte. Aber trotz ihres leichten, amüsierten Tons führten wir hier kein Salonstück auf. Unsere Lage war durchaus ernst. Wir konnten die Grabkammer nicht verlassen, und niemand von uns wußte, ob sie nicht doch noch genauso einstürzen würde wie der Vorraum.

Carter überging unser kleines Geplänkel. »Jemand muß draußen den Lärm gehört haben!« sagte er nachdrücklich. »Wahrscheinlich ist jetzt schon Hilfe unterwegs, und bis dahin –«

»Still!« unterbrach ihn Luzia.

Ich hatte es auch gehört. Ein dumpfes Knirschen irgendwo über uns in der Decke, nicht einmal besonders laut, aber es klang alarmierend.

»Auf Hilfe können wir nicht warten, fürchte ich. So viel Zeit bleibt uns vielleicht nicht mehr!« Ich reichte Luzia meine Zündhölzer und krempelte mir die Ärmel hoch. Carter war schon auf den Steinhaufen gestiegen und hatte mit der Arbeit angefangen.

Luzia leuchtete uns, während Carter und ich in fieberhafter Eile Steinbrocken aus dem Weg räumten. Obwohl wir mit den bloßen Händen arbeiten mußten, war es nicht ganz so schlimm, wie ich befürchtet hatte. Die gesamte Treppe war zwar mit Steinen und Schutt aufgefüllt, aber wenigstens hatten sich die größeren Stücke nicht allzu fest ineinander verkeilt. Die meisten lagen nur lose aufeinander. Bis auf einen.

»Helfen Sie mir, Watson, er ist zu schwer für mich allein!« Carter zerrte an einem riesigen Brocken, der ganz oben, unmittelbar unter der Decke festklemmte. Ich faßte den Stein von der anderen Seite, und mit vereinten Kräften gelang es uns schließlich, ihn hin und her zu bewegen und dabei Stück für Stück herauszuziehen. Auf einmal kippte er nach vorne und rollte an Luzia vorbei hinunter auf den Korridorboden. Aufatmend sah ich ihm hinterher und wischte mir den Schweiß von der Stirn.

Danach ging es leichter. Wir gruben uns weiter vorwärts, immer dicht unter der Decke entlang. Bald konnten wir nur noch einzeln arbeiten. Der Platz reichte gerade noch für einen von uns, und auch das nur, solange wir flach auf dem Bauch lagen. Abwechselnd krochen wir in den schmalen Tunnel und holten einen Stein nach dem anderen heraus. Als Carter wieder an der Reihe war, verschwand er fast völlig in dem Steinhaufen, nur noch seine Schuhe schauten heraus. Ich mußte daran denken, daß die antiken Grabräuber wahrscheinlich auch nicht anders vorgegangen waren. Allerdings dürften sie besser ausgerüstet gewesen sein.

Auf einmal hörte ich Carter fluchen, dann robbte er rückwärts wieder zu uns. »Ich komme nicht weiter, Watson, irgend etwas blockiert vorne den Weg! Wir brauchen Licht.«

Luzia leuchtete in den Tunnel hinein. Das Hindernis, von dem Carter gesprochen hatte, war ein großes Felsstück, zu groß, um es herausholen zu können. Aber vielleicht war das auch gar nicht nötig. Im Licht konnte man deutlich sehen, daß es eine sauber gearbeitete Kante aufwies.

Ich zeigte auf eine schmale, dunkle Spalte unmittelbar neben dem großen Stein. »Es sieht so aus, als hätten wir es fast bis zur anderen Seite geschafft. Das muß ein Stück von einem der Pfeiler zu sein!«

Carter gab mir seine fast leere Streichholzschachtel, und ich kroch vorwärts bis zu dem blockierten Ende. An der Seite des Pfeilerstücks tastete ich nach der Spalte, dann entzündete ich eine Flamme und streckte die Hand mit dem brennenden Streichholz hindurch. Bevor es verlöschte, konnte ich noch erkennen, daß auf der anderen Seite der Raum frei war. Wie ich mir gedacht hatte, nur das Stück des Pfeilers trennte uns noch von der Vorkammer.

So gut es ging, stützte ich mich mit Händen und Füßen ab, preßte meine Schulter gegen das Steinstück und drückte mit aller Kraft. Nichts geschah. Beim zweiten Versuch glaubte ich eine leichte Bewegung zu spüren, und tatsächlich rutschte beim nächsten Mal der Stein ein Stück weit nach vorne. Kein großes Stück, aber weit genug, daß ich mich durch die entstandene enge Öffnung hindurchzwängen konnte. Das Geräusch von reißendem Stoff ignorierte ich.

Auf der anderen Seite kletterte ich ein Stück hinunter, bis ich mich aufrichten konnte, und zündete ein Holz an. Erleichtert atmete ich auf, ich stand tatsächlich in der Vorkammer. Carter hatte richtig vermutet. Eine der Säulen war umgekippt und auf die Treppe gefallen. Dabei hatte sie einen großen Teil der Decke mitgerissen. Aber die hintere Säule hatte gehalten, und das war unser Glück, denn wenn sie auch noch eingestürzt wäre, hätten wir uns den Weg wohl nicht so leicht freiräumen können.

Luzias Kopf tauchte aus dem Gang auf. Ich half ihr hinunter und leuchtete anschließend für Carter, der ihr nachfolgte. Wir waren alle heil aus der Grabkammer herausgekommen.

»Wir haben es geschafft, Carter!« Ich klopfte ihm auf die Schulter.

»Noch nicht ganz, Watson. Erst wenn wir wieder im Freien stehen, haben wir es geschafft.« Er zeigte auf den Pfeiler, der mehrere Risse aufwies. »Allzulange sollten wir uns nicht hier aufhalten! Wo ist Mrs. Jones?«

»Hier bin ich!« Luzia war schon weiter über die Trümmerstücke geklettert und stand in dem Durchgang zum Brunnenschacht. Dort erwartete uns eine böse Überraschung: Vom Steg war nicht mehr viel übrig. Offensichtlich waren beim Einsturz der Decke einige Steinbrocken bis hierhin geflogen und hatten ihn schwer getroffen. Das Geländer fehlte ganz, und von den Bodenbrettern gab es nur noch eins, das heil geblieben war. Alles andere mußte zertrümmert unten auf dem Boden der Brunnenkammer liegen. Ich beugte mich über den Rand, konnte aber nichts erkennen. In dem kümmerlichen Licht von Luzias Streichholz wirkte der Schacht wie ein schwarzer, bodenloser Schlund. Und nur eine einzige, viel zu schmale Planke führte hinüber.

»Das sieht nicht gut aus!«

»Nein, Dr. Watson, aber einen anderen Weg gibt es nicht.« Ohne weitere Zeit zu verschwenden, setzte Luzia einen Fuß auf das Brett und überprüfte dessen Festigkeit. Dann lief sie leicht und sicher auf die andere Seite.

Carter und ich sahen uns an. »Sie zuerst, Carter, ich bin schwerer als Sie.«

»Also schön.« Carter breitete die Arme aus und balancierte geschickt mit schnellen Schritten hinüber. Die Planke bog sich stark durch, und als er ungefähr die Mitte erreicht hatte, knackte sie vernehmlich. Aber sie hielt, auch Carter erreichte heil das andere Ende.

Jetzt wäre ich an der Reihe gewesen, aber ich zögerte. Carter war um einiges leichter als ich, und die Planke schien bereits angebrochen zu sein. Mein Gewicht würde sie nie aushalten. »Es hat keinen Zweck, ich warte besser hier! Versuchen Sie, von draußen ein zweites Brett zu holen, Carter! Und es wäre schön, wenn Sie sich beeilen könnten.«

»Keine Sorge, Watson! Irgend etwas werde ich schon auftreiben!«

Carter wandte sich zum Gehen, fuhr aber wieder herum, als Luzia plötzlich aufschrie. »Um Gottes willen! – Der Pfeiler!«

Hinter mir hörte ich ein nervenzerreißendes Knirschen, und ich brauchte mich gar nicht erst umzudrehen, um zu wissen, was passierte. Auch der zweite Pfeiler kippte. Unmittelbar neben mir kam jetzt ein Teil der noch heilen Decke heruntergestürzt, und das änderte schlagartig meine Beurteilung der Situation.

Mir blieb keine Wahl, ich mußte es versuchen. Hastig lief ich über die Planke. Schon bei meinem zweiten Schritt spürte ich, wie sie unter mir nachgab. Damit hatte ich gerechnet und warf mich mit aller Kraft nach vorne. Das Holz brach durch und fiel nach unten, aber ich war weit genug gesprungen. Mit meinen Händen hatte ich gerade noch den oberen Rand des Schachts erreichen können und prallte nun unsanft mit dem Körper gegen die Wand.

Einen scheinbar endlos langen Augenblick hing ich über der Tiefe, nur mit den Fingern an die Kante geklammert. Verzweifelt versuchte ich, mit den Füßen einen besseren Halt zu finden, aber die ägyptischen Steinmetze hatten gute Arbeit geleistet. Die senkrechte Wand des Schachts war völlig plan behauen und bot keinerlei Ausbuchtung oder Vorsprung, auf denen ich mich hätte abstützen können. Schon merkte ich, wie meine Finger langsam von der glatten Kante abrutschten. Lange konnte ich mich so nicht halten, darüber machte ich mir keine Illusionen. Sieben oder acht Meter wäre der Schacht tief, hatte Carter gesagt. Ein richtiger Abgrund war das natürlich nicht, aber um sich den Hals zu brechen, reichte es vollkommen.

»Alles in Ordnung, Watson, ich habe Sie!« hörte ich jetzt Carters Stimme dicht über mir. Gleichzeitig wurden meine Handgelenke gepackt, und dann zogen mich Carter und Luzia gemeinsam nach oben über den Rand.

Einen Moment blieb ich keuchend auf dem Boden sitzen und rieb mein Knie, mit dem ich gegen die Wand gestoßen war. »Vielen Dank, das war knapp!«

»Jetzt untertreiben Sie, Watson«, sagte Carter ruhig. Ich drehte mich um und blickte zurück. Während ich über dem Schacht gehangen hatte, war ein gewaltiges Krachen zu hören gewesen. Das kam mir erst jetzt klar zu Bewußtsein, und die Ursache für den Lärm lag dort vor mir. Luzia hatte ihr letztes Streichholz angezündet und leuchtete hinüber. Die Vorkammer war nur undeutlich zu sehen, aber was ich erkennen konnte, reichte aus, um Carter zuzustimmen. Der Raum lag mannshoch unter Trümmern begraben. Nach dem Wegbrechen des zweiten

Pfeilers war anscheinend auch noch der Rest der Decke eingestürzt. Es hatte wirklich nicht viel gefehlt, und die letzte Ruhestätte von Amenhotep II. wäre auch unser Grab geworden.

»Schnell, wir müssen nach oben! Wer weiß, ob der Gang hält!« drängte Luzia.

Sie hatte recht, noch waren wir nicht in Sicherheit. Carter half mir auf die Beine. Wir hasteten den steilen Gang hoch und weiter die erste Treppe hinauf. Hier ließ die Dunkelheit bereits merklich nach, und auf den obersten Stufen kam endlich der Eingang selbst in Sicht. Zunächst war es nur ein kleiner heller Fleck weit voraus, der aber rasch größer wurde, je mehr wir uns ihm näherten.

Luzia lief dicht vor mir, und auf einmal hatte ich das Gefühl, daß die Ereignisse sich wiederholten. Auch damals vor acht Jahren waren wir durch einen engen Tunnel geflohen, der jeden Moment über uns zusammenbrechen konnte. Und auch unser Glück schien sich zu wiederholen, denn wir erreichten ohne weitere Zwischenfälle die letzte Treppe und traten hinaus in das blendendhelle Tageslicht.

Erleichtert lehnte ich mich draußen gegen einen Felsbrocken. Mein Knie schmerzte, und ich war völlig verdreckt, aber das spielte im Moment keine Rolle. Die unmittelbare Gefahr war vorüber. Ich fühlte mich großartig.

Luzia klopfte Staub von ihrem Rock, was angesichts des Zustands ihrer Garderobe eher eine symbolische Geste war. Das schien sie selbst auch zu merken. Schnell gab sie ihre Versuche wieder auf und seufzte. »Das schöne Kleid! Ruiniert, fürchte ich.« Amüsiert schüttelte sie den Kopf. »Was wird Henry dazu sagen? Es war ein Geschenk von ihm.« Allzu ernst klang ihr Kummer allerdings nicht.

Ich ging auf ihren leichten Ton ein. »Selbstverständlich wird er wie jeder gute Ehemann mit Freuden die Gelegenheit nutzen, Ihnen ein neues Kleid zu schenken.«

»Das hoffe ich doch.« Um ihre Lippen spielte ein kleines Lächeln, als sie nun die Brauen hochzog. »Nehmen Sie es mir bitte nicht übel, Dr. Watson, aber das war die letzte Höhle, die ich mit Ihnen gemeinsam betreten habe!«

»Doch nicht etwa, weil jedesmal die Decke einstürzt? Ich muß schon sagen, Mrs. Jones, Sie enttäuschen mich! – Wo bleibt Ihre Abenteuerlust?«

Wir mußten beide lachen. Ich fühlte, wie die Anspannung in mir nachließ, und vermutlich ging es Luzia ähnlich. Über uns war nur freier Himmel, sonst nichts. Hier konnte uns keine Decke auf den Kopf fallen. Wir hatten es heil überstanden.

Carter schien unsere plötzliche Hochstimmung nicht zu teilen. Er bat mich um die Streichhölzer und zündete eine Lampe an, die in der Nische am Eingang gestanden hatte. Daneben lehnte eine Leiter. Als Carter sie nun aufnahm und sich über die Schulter legte, ahnte ich, was er vorhatte.

»Das kann nicht Ihr Ernst sein, Carter! Sagen Sie nicht, daß Sie noch einmal ins Grab zurückwollen!«

»Selbstverständlich will ich das, Watson. Keine Angst, ich denke nicht, daß noch Gefahr besteht. Der Gang scheint zu halten. Zum Glück ist wohl nur die Vorkammer eingebrochen. Ich muß wissen, wie das passieren konnte und wie groß der Schaden ist!«

Er würde sich nicht von seinem Vorhaben abhalten lassen, das war offensichtlich. Also versuchte ich es gar nicht erst, sondern sah ihm nur hinterher, wie er die Stufen hinunterstieg und schnell im Innern des Berges verschwand. Natürlich mußte jemand das Grab untersuchen, und Carter war vermutlich am besten dafür geeignet. Ich bezweifelte allerdings, daß er etwas Überraschendes herausfinden würde.

Denn was da unten passiert war, hätte ich ihm auch so sagen können. Ich war lange genug im Feld gewesen, um die Explosion einer Sprengmine zu erkennen, wenn ich sie hörte.

»Das ist seltsam, Dr. Watson.« Luzia war in den Eingang getreten und stand nun vor dem schweren Lichtschalter. Ihre Stimme klang wieder nüchtern, die Erleichterung über unser Entkommen war schon verflogen. Langsam sagte sie: »Ich könnte schwören, daß niemand von uns den Schalter berührt hat, seitdem wir aus dem Grab zurückgekommen sind.«

»Das ist richtig.« Ich stand auf und ging zu ihr. Der Schalthebel war nach unten umgelegt, und das konnte nur eins bedeuten. »Außer uns muß noch jemand anders hier gewesen sein.«

Luzia sah mich von der Seite an. Sie wirkte ruhig und gefaßt, und selbstverständlich wußte sie Bescheid. »Sie haben doch nicht etwa angenommen, Dr. Watson, daß der Einsturz ein Unfall war?«

»Nein, danach sieht es wirklich nicht aus, fürchte ich. Carter scheint übrigens derselben Meinung zu sein.«

»Bestimmt ist er das, er muß die Explosion ja auch gehört haben! Ich meine das Krachen vorhin, unmittelbar bevor die Decke heruntergestürzt ist – das war doch eine Explosion, nicht wahr?«

»Ja, da bin ich mir sicher.«

»Also wollte uns jemand umbringen!«

»Nein, so würde ich das nicht sagen.«

»Nicht? Und die Explosion? Der Einsturz des Grabes war doch offensichtlich geplant! Wir sollten dort unten den Tod finden.«

»Nicht wir, sondern Sie, Luzia! Jemand wollte Sie umbringen. Das glauben Sie doch auch! Nicht erst seit eben, sondern schon länger. Aus welchem Grund sonst hätten Sie so dringend an Holmes schreiben sollen?«

Sie nickte langsam und sah mich ernst an. »Sie haben natürlich recht, Dr. Watson. Und glauben Sie mir, es ist ein schrecklicher Gedanke, daß Sie und Mr. Carter allein meinetwegen in so große Gefahr geraten sind!«

»Machen Sie sich deshalb keine Sorgen, Mrs. Jones. Erzählen Sie mir lieber, was hier vor sich geht.«

»Wenn ich das nur wüßte!« begann Luzia, wurde aber von lauten Stimmen unterbrochen. Sie gehörten zu einer Gruppe von Arabern, die jetzt schnell den Weg aus dem Tal zu uns heraufliefen. Sie mußten den Krach gehört haben und deuteten offenbar unser verdrecktes Aussehen richtig. Aufgeregt bestürmten sie uns wild durcheinander mit Fragen, bis einer von ihnen, der eine Art Uniform trug und wohl zu den Wächtern des Tales gehörte, die Hand hob und einen Befehl gab. Sofort ebbte der Lärm ab, und der Wächter redete auf Luzia ein, die ihn halbwegs zu verstehen schien und seine Fragen mit pantomimischen Gesten zu beantworten versuchte.

Hinter mir hörte ich ein Geräusch und drehte mich um. Carter trat aus dem Eingang heraus und zog mich ein Stück zur Seite. Sein grimmiger Gesichtsausdruck verriet mir genug. Carter war fündig geworden.

»Haben Sie Feinde, Watson?«

»Nein. Jedenfalls keine, die mich ermorden wollen, wenn Sie das meinen. Der Pfeiler ist also nicht von allein umgekippt, oder?«

»Nein, ist er nicht. Jemand hat nachgeholfen.«

»Das dachte ich mir. Es klang nach einer Sprengladung, wissen Sie.«

»Es war auch eine. Zum Teufel, Watson, wer macht so etwas? Das Grab hätte völlig zerstört werden können!«

»Schockierend. Aber offen gesagt, glaube ich nicht, daß die Bombe in erster Linie das Grab treffen sollte.«

»Vermutlich nicht, nein.« Carter räusperte sich verlegen. »Die hatten es auf uns abgesehen, wir waren das Ziel.« Er zögerte und wischte sich den Staub aus den Augen. »Zumindest einer von uns.«

»Das denke ich auch. Wie steht es mit Ihnen, Carter? Haben Sie Feinde?«

»O ja, sicher.« Er zuckte mit den Achseln. »Das bringt der Posten eines Oberinspektors der Altertümerverwaltung nun einmal mit sich. In meiner Amtszeit habe ich mir nicht nur Freunde gemacht. Einige Leute hier sähen mich liebend gerne tot, und dem einen oder anderen wäre auch durchaus zuzutrauen, daß er nicht auf mein natürliches Ableben warten möchte. Aber deshalb würden sie nicht gleich ein Grab sprengen, das ist viel zu aufwendig. Ich denke eher an einen Schuß aus dem Hinterhalt. Außerdem bin ich jetzt ohne Amt für niemanden mehr eine Bedrohung.«

Carter sprach es nicht aus. Das war auch gar nicht nötig. Nur Luzia blieb noch übrig, und wir wußten beide, daß sie das eigentliche Ziel des Anschlags gewesen sein mußte.

»Ich nehme an, daß Sie von der Steinlawine gehört haben, die Dr. Jones beinahe in dem Zelt erschlagen hätte?«

»Nicht nur gehört, Watson, ich war sogar dabei. Jones hat

großes Glück gehabt damals. Es war wirklich knapp. Wenn er sich ein paar Sekunden länger in dem Zelt aufgehalten hätte, wäre er jetzt tot.«

»Viel gefehlt hat vorhin bei uns auch nicht.«

Carter nickte. »Ich verstehe schon, worauf Sie hinauswollen. Wir alle haben den Steinschlag für einen unglücklichen Zufall gehalten, nichts weiter.«

»Nur Mrs. Jones nicht.«

»Nein, aber warum sollte jemand versucht haben, ihren Mann umzubringen? Dafür gab es einfach keinen Grund. Also hat niemand Mrs. Jones ernst genommen. Ich übrigens auch nicht.«

»Ich könnte mir vorstellen, daß Sie mittlerweile etwas anders darüber denken.«

»Da haben Sie verdammt recht, Watson! Vielleicht war die Lawine genausowenig ein Unfall wie der Einsturz des Grabes, und Mrs. Jones hat tatsächlich jemanden oben auf dem Felsen gesehen.«

»Vielleicht sogar dieselbe Person, die uns ins Grab gefolgt ist und dort die Mine gezündet hat. Übrigens, wer es auch sein mag, sein Handwerk versteht er. Die Länge der Zündschnur war genau berechnet. Kurz vor der Explosion muß er das Grab verlassen und dabei den Schalter umgelegt haben. Das war saubere Arbeit.«

»Er ist hinein- und wieder herausgegangen«, sagte Carter und sah zu der Gruppe von Arabern hinüber, »gut möglich, daß ihn jemand dabei beobachtet hat.«

Als hätte sie ihn gehört, drehte sich in diesem Augenblick Luzia zu uns herum. »Bitte helfen Sie mir, Mr. Carter! Ich fürchte, meine Sprachkenntnisse reichen nicht. Aber wenn ich ihn richtig verstanden habe, behauptet der Mann hier, daß er gesehen hat, wie jemand aus dem Grab gekommen ist.«

»Sehr gut!« Carter trat zu dem Mann und befragte ihn in flüssigem Arabisch. Es war nur eine kurze Unterredung, und die Antworten schienen ihm nicht besonders zu gefallen. Sein anfänglich noch erwartungsvoller Gesichtsausdruck verdüsterte sich immer mehr. Schließlich schüttelte er enttäuscht den Kopf.

»Das hat uns noch gefehlt! Als ob ein Fluch allein noch nicht reichen würde!«

»Was meinen Sie, Carter?«

»Der Mann will eine Mumie gesehen haben!«

»Eine Mumie? Wie kommt er ausgerechnet auf eine Mumie?«

»Weil er eine lebhafte Phantasie hat, würde ich sagen. Und natürlich weil er abergläubisch ist, wie die meisten hier. Denken Sie nur an den Fluch des Tutenchamun, Watson, der den armen Blunt dahingerafft haben soll. So wird es jedenfalls hier unter den Leuten erzählt. Und Geschichten über wiedererwachte Mumien, die fortan Tod und Verderben über die Lebenden bringen, sind genauso beliebt wie Pharaonenflüche.« Carter klopfte Dreck von seinem Ärmel. »Sehr bedauerlich, aber der Mann kann uns nicht viel über unseren Bombenleger berichten, fürchte ich.«

»Was genau hat er denn gesehen?«

»Nicht viel, und nichts Genaues. Angeblich ist kurz vor dem Einsturz eine Gestalt aus dem Grabeingang herausgelaufen. Sie soll groß gewesen sein, auffallend groß sogar, und eine Art Umhang mit Kapuze getragen haben. Die Kapuze war übergezogen, so daß vom Kopf kaum etwas zu erkennen war.«

»Das ist alles?«

»Nein, aber bis hierhin klingt die Geschichte noch einigermaßen glaubwürdig. Jetzt fängt der märchenhafte Teil an. Der Umhang war angeblich nur lose übergeworfen und hat sich beim Laufen geöffnet. Darunter trug die Gestalt nun keine normale Kleidung, sondern war vollständig in Tücher eingewickelt, genau wie Amenhotep. Wenigstens behauptet das unser Zeuge. Außerdem will er für einen kurzen Moment das Gesicht der Person gesehen haben, und er schwört beim Bart des Propheten, daß es der Kopf einer Mumie war, der unter der Kapuze steckte.«

»In welche Richtung ist denn diese sogenannte Mumie geflüchtet? Vielleicht finden wir eine Spur von ihr!«

»Nein, danach habe ich ihn schon gefragt. Er sagt, daß sie nirgendwohin gelaufen ist, sondern sich in Luft aufgelöst hat. Von einem Moment auf den anderen soll sie verschwunden sein, als hätte der Erdboden sie verschluckt. Das war wohl etwas zu viel für unseren Mann hier. Er hat sich furchtbar erschrocken und schleunigst das Weite gesucht, behauptet er. Erst zusammen mit den anderen hat er sich wieder hierhingetraut.«

»Eine Mumie!« sagte Luzia leise.

»Ach was, Mrs. Jones, das ist nichts als Geschwätz! Der Mann will sich nur wichtig machen, glauben Sie mir! Ich bin mir nicht einmal sicher, daß er überhaupt jemanden gesehen hat.« Carter zuckte mit den Achseln. »Ich weiß nicht, wie viele solcher Geschichten mir in meiner Zeit hier bereits aufgetischt worden sind. Es ist schon erstaunlich, welcher Respekt der altägyptischen Zauberkunst immer noch entgegengebracht wird! Ihr Ruf hat sich offenbar gehalten, selbst über die Jahrtausende hinweg.« Plötzlich grinste er. »Immerhin höre ich jetzt zum ersten Mal, daß Mumien auch mit Sprengstoff hantieren.«

Die Geschichte klang absurd, da hatte Carter recht, aber ich sah mir den Mann, der sie uns erzählt hatte, näher an und wurde unsicher. Auf mich wirkte er nicht wie ein Lügner oder Aufschneider. Und da war noch etwas: Der Mann hatte Angst. »Hören Sie, Carter, eins steht doch fest: Jemand hat die Mine gelegt und muß noch vor der Sprengung das Grab wieder verlassen haben. Jeder, der zufällig in der Nähe gewesen wäre, hätte ihn sehen können. Vielleicht hat er diese Möglichkeit einkalkuliert und ...«

»Und sich als Mumie verkleidet, meinen Sie? Interessanter Gedanke, Watson.«

»Ich wollte damit nur sagen, so völlig verdreckt und verstaubt wie wir aussehen, könnten wir mit ein bißchen Phantasie leicht alle als altägyptische Mumien durchgehen, nicht wahr.«

»O ja, Sie bestimmt, Watson!« Carter zog amüsiert die Brauen hoch. »An Ihrer Stelle wäre ich vorsichtig – am Ende landen Sie noch als besondere Sehenswürdigkeit in einem Museum irgendwo in der amerikanischen Provinz.«

»Vielen Dank für den Rat, Carter. Ich hatte nämlich in der Tat eher auf das Britische Museum gehofft, wissen Sie.«

Luzia war ernst geblieben und ging nicht auf unseren scherzhaften Ton ein. »Sie irren, Mr. Carter«, sagte sie ruhig, »wenn Sie diese Mumie nur für ein Schauermärchen halten. Sie existiert wirklich.«

»Wie kommen Sie darauf?« fragte Carter überrascht.

»Weil ich sie auch schon gesehen habe.«

»Gesehen? Ich verstehe nicht ganz –«, fing Carter an, aber ich fiel ihm ins Wort. Ich konnte mir denken, wo Luzia die Mumie gesehen hatte.

»Sie meinen die Lawine! Die Gestalt oben auf dem Felsen, nicht wahr?«

Luzia nickte. »Das ist richtig, Dr. Watson.«

»Einen Moment!« Carter hob die Hand und sah Luzia ungläubig an. »Wollen Sie damit sagen, Mrs. Jones, daß eine Mumie die Lawine ausgelöst hat? Das ist doch nicht Ihr Ernst, oder?«

»Ich kann Sie beruhigen, Mr. Carter, selbstverständlich rede ich nicht von einer echten Mumie! Damals habe ich die Erscheinung zwar nur für einen kurzen Moment gesehen, aber die Beschreibung des Mannes hier trifft zu. An der Gestalt war etwas Seltsames, etwas, das sich nur schwer in Worte fassen läßt, und erst vorhin ist mir aufgefallen, wie sehr die Bezeichnung ›Mumie‹ auf sie paßt. Nur eins habe ich schon damals deutlich gespürt: daß von ihr Unheil ausgeht, großes Unheil.«

Carter runzelte die Stirn und schwieg. Unwillkürlich sah ich zu dem Zeugen hinüber, der die »Mumie« beobachtet hatte. Offensichtlich teilte er Luzias Eindruck von ihr, denn er schien sich ausgesprochen unwohl zu fühlen.

Die nachdenkliche Stille dauerte nur ein paar Sekunden. Ein Araber erschien unten am Fuß des Pfades und lief zu uns hinauf. Schon von weitem begann er laut zu rufen und gestikulierte wild mit den Armen. Als er näher kam, sah ich, daß er ebenfalls die Uniform der Talwächter trug. Endlich bei uns, rang er keuchend nach Atem und redete dabei stoßweise auf den anderen Wächter ein. Offenbar brachte er keine guten Nachrichten, denn kaum hatte er die ersten Worte ausgesprochen, als die ganze Gruppe aufgeregt und laut durcheinanderredete. Auch der auf einmal sehr bestürzt wirkende Carter ging hinüber zu den beiden Wächtern und schaltete sich in das Gespräch ein.

Etwas ratlos wandte ich mich an Luzia. »Verstehen Sie, worum es hier geht?«

»Nein, es tut mir leid, sie reden viel zu schnell für mich.« Dann legte sie plötzlich ihre Hand auf meinen Arm. »Aber warten Sie, ich glaube, es hat einen Unfall gegeben!«

»Noch einen?« Mit einem unguten Gefühl sah ich auf Carter, der gerade mit dem Wächter redete und dabei auf mich deutete. Der Mann nickte mehrmals, erwiderte etwas und winkte dann zu mir herüber.

»Was ist denn los, Carter?« fragte ich.

»Sie haben eine Leiche gefunden, hier ganz in der Nähe. Es handelt sich um den Wachmann, der auf die Gräber aufpassen sollte.«

»Um Himmels willen! Das kann kein Zufall sein!«

»Das denke ich auch. Ich habe erwähnt, daß Sie Arzt sind, Watson, und der Corporal bittet Sie, sich den Toten anzusehen. Sie haben doch nichts dagegen, hoffe ich.«

»Selbstverständlich nicht, bringen Sie mich zum Fundort!«

Niemand wollte zurückbleiben, also machten wir uns alle zusammen auf den Weg. Der Wächter führte uns zurück ins Tal. Ein Stück weiter abwärts zweigte ein schmaler Pfad ab, der auf einer kleinen Anhöhe endete. Hier hatte man einen behelfsmäßig wirkenden Wachtposten eingerichtet. Eine richtige Hütte gab es nicht, nur ein geflochtener Baldachin aus Palmblättern, der auf vier Stangen ruhte, sorgte für Schatten. Aber der Platz war gut gewählt. Von hier aus ließ sich der Eingang des Tales gut überblicken.

Dem Posten hatte das allerdings nichts geholfen. Seine weit geöffneten Augen waren starr in den Himmel gerichtet und würden nie mehr etwas wahrnehmen. Er saß aufrecht auf dem Boden, mit dem Rücken gegen den Felsen gelehnt, die Beine ausgestreckt. Seine Arme hingen schlaff herunter, und die Hände lagen in seinem Schoß.

Seine Haltung hatte etwas Gezwungenes an sich. Sie wirkte unnatürlich, als hätte jemand den Toten eigens in dieser Stellung arrangiert. Und genau das hatte der Mörder wohl auch getan. Von weitem sollte es aussehen, als schliefe der Wächter.

Auf den ersten Blick gab es keine äußeren Verletzungen, auch kein Blut. Vorsichtig hob ich den Kopf etwas an, aber das Genick war nicht gebrochen. Als ich seine Uniformweste aufschlug, sah ich die dunkle Verfärbung im Hemd. Es war nur ein kleiner, rotbrauner Fleck in der Herzgegend, mehr nicht. Der Mörder hatte gut getroffen, sein Opfer mußte auf der Stelle tot gewesen sein. Deshalb hatte die Wunde kaum geblutet.

Ich richtete mich wieder auf. »Der Mann ist erstochen worden, direkt ins Herz, vor höchstens einer Stunde.«

Carter übersetzte für den Corporal, der Befund schien weder ihn noch sonst jemanden zu überraschen. Einen Augenblick sahen wir schweigend auf den Leichnam hinunter, dann fragte Carter nachdenklich: »Was halten Sie davon, Watson?«

»Nun, das liegt doch auf der Hand: Offensichtlich ist hier ein Zeuge beseitigt worden!«

»Wie furchtbar«, sagte Luzia leise, »der arme Mann mußte sterben, nur weil er nicht sehen sollte, wer uns in das Grab gefolgt ist!«

Carter nickte. »Ich weiß zwar nicht, warum es jemand auf Sie und Ihren Mann abgesehen hat, Mrs. Jones, aber er scheint es damit sehr ernst zu meinen. Diese mysteriöse ›Mumie‹ geht über Leichen. Ich fürchte, Sie schweben in großer Gefahr!«

»Carter hat recht, Mrs. Jones!« pflichtete ich ihm bei. »Der tödliche Stich war äußerst präzise ausgeführt, was auf ein gewisses Können schließen läßt. Anscheinend wußte der Mörder genau, was er zu tun hatte. Ich bin mir sicher, daß es nicht sein erster Versuch auf diesem Feld war.«

»Und vermutlich auch nicht sein letzter! Sie sollten so schnell wie möglich abreisen, Mrs. Jones – solange der Kerl noch frei herumläuft, sind Sie hier nicht mehr sicher!«

Wir hatten beschlossen, Carters Rat zu befolgen und noch am gleichen Abend den Nachtexpreß nach Cairo zu nehmen. Während die Jones ihre letzten Reisevorbereitungen trafen, zog ich mich mit einem anständigen Cognac zurück auf die Terrasse des »Winter Palace«.

Vom Wasser her wehte eine sanfte Brise und sorgte für eine

angenehme Temperatur. Nach der Hitze im Tal der Könige wirkte sie beinahe kühl. Den Cognac in der Hand, lauschte ich auf das träge Plätschern des Nils unter mir. Hier draußen ließ es sich aushalten.

Die Sonne stand bereits sehr tief, und ihre glutrote Scheibe schien die Gipfel der Berge drüben auf dem Westufer zu berühren. Ihr Anblick war beeindruckend, sicher nicht anders als vor viertausend Jahren. Wahrscheinlich hatten auch damals schon hier an dieser Stelle Menschen gestanden und andächtig mitverfolgt, wie Amun-Re von der Himmelsgöttin Nuth verschlungen wurde, um am nächsten Morgen aufs neue geboren zu werden und so den Tod zu besiegen.

Der Zauber des geschichtsträchtigen Orts nahm mich gefangen. Ich lehnte mich in den bequemen Korbsessel zurück und sah zu, wie die Sonne langsam hinter den Bergen Thebens versank. Die nachfolgende Dämmerung dauerte nur kurz. Das kräftige Rot des Abendhimmels verblaßte rasch und wich der Dunkelheit. Schon funkelten einzelne Sterne am nachtblauen Firmament. Es wurde Zeit zum Aufbruch.

Trotzdem blieb ich noch sitzen und grübelte vor mich hin. Ich konnte mir lebhaft vorstellen, welche Gerüchte nach den heutigen Vorfällen unter den Einheimischen kursieren mußten. Wieder einmal hatte der Fluch des Tutenchamun seine Macht bewiesen und gezeigt, daß niemand ungestraft die ewige Ruhe des Pharaos störte. Und jetzt hatte der Fluch sogar leibhaftige Gestalt angenommen: Eine Mumie war aus ihrem Sarkophag auferstanden, um den Frevel der Grabschänder zu rächen. Selbst ein so energischer Mann wie Dr. Santer würde in Zukunft große Schwierigkeiten haben, noch Arbeiter zu finden.

Anlässe für die Gerüchte gab es genug. Die Expedition von Professor Blunt schien wirklich vom Unglück verfolgt zu sein. Erst der schreckliche Tod des Assistenten, dann Blunts mysteriöses Fieber, die Steinlawine und schließlich die eingestürzte Kammer im Grab von Amenhotep II. – da konnte in abergläubischen Gemütern leicht der Eindruck entstehen, als wollte eine übernatürliche Macht verhindern, daß Tutenchamuns Grab gefunden wurde. Es mußte so aussehen, als hinge der tödliche

Fluch des Pharaos drohend über allen Teilnehmern der Expedition. Und vielleicht war genau dieser Eindruck beabsichtigt.

Nachdenklich trank ich mein Glas aus. Wer immer die Lawine ausgelöst und die Bombe gezündet hatte, war ein Mensch aus Fleisch und Blut, mochte er auch noch so sehr nach einer Mumie aussehen. Nein, irgend jemand wollte mit aller Gewalt die Ausgrabung sabotieren, und dafür mußte es einen anderen Grund geben als nur einen antiken Fluch.

Ich stand auf und trat an die Brüstung, um einen letzten Blick auf den Nil zu werfen. Das Licht des aufgehenden Mondes ließ die Fluten des alten Flusses silbrig aufschimmern. Nichts hätte friedlicher wirken können.

»Zum Teufel, Holmes«, sagte ich halblaut, »wo stecken Sie nur?«

Der Baron

Erleichtert kletterte ich am nächsten Morgen in Cairo aus unserem Abteil. Es war meine zweite Nacht hintereinander gewesen, die ich in einem fahrenden Zug verbracht hatte. Ein wenig fühlte ich mich an meine Dienstzeit in Afghanistan erinnert. Der Komfort ägyptischer Züge lag nur geringfügig über dem indischen Standard, und damals war ich zwanzig Jahre jünger gewesen. Auch die vielen lauten Stimmen und das Menschengewimmel um uns herum hätte von einem der großen indischen Bahnhöfe stammen können. Selbst Luxor hatte dagegen noch beschaulich gewirkt, aber wenigstens war es hier in Cairo merklich kühler als in Oberägypten.

Wir hatten geplant, vor der Weiterfahrt nach Deutschland ein paar Tage in Cairo zu bleiben. Das milde Klima wäre Henrys völliger Genesung förderlich, und keiner von uns erwartete ernsthaft, daß die »Mumie« uns hierhin folgen würde. In Cairo sollten wir in Sicherheit sein. Außerdem gab es unaufschiebbare gesellschaftliche Verpflichtungen, wie Luzia lächelnd mitgeteilt hatte. Ein alter Freund ihrer Familie aus Köln bekleidete einen Posten im deutschen Generalkonsulat und lebte seit einigen Jahren hier in der Stadt. Seine Einladung, bei ihm zu wohnen, einfach auszuschlagen käme nicht in Frage. Aber das war nicht der einzige Grund, nicht einmal der wichtigste, offensichtlich freute sich Luzia auf den Besuch.

»Hoffentlich ist unser Telegramm noch rechtzeitig eingetroffen!« Jones war mit mir ausgestiegen und sah sich suchend um. Noch schien niemand gekommen zu sein, um uns abzuholen. Wir mußten warten. Henry nutzte die Gelegenheit, um zusammen mit Indy auf eigene Faust den Bahnhof zu erkunden.

In der Zwischenzeit luden Gepäckträger unsere Koffer aus und stellten sie auf den Bahnsteig. Viele waren es nicht. Für eine reisende Dame kam Luzia mit überraschend wenig Gepäck aus, und die männlichen Jones brauchten offenbar fast gar nichts. Das größte Teil war nicht einmal ein richtiger Koffer, sondern eine sperrige und anscheinend schwere Kiste mit Eisenbeschlägen, die sich deutlich vom restlichen Gepäck abhob. In ihr befand sich Professor Blunts Nachlaß.

Jones hatte die Hände in die Taschen gesteckt und sah nachdenklich auf die unansehnliche und arg verschrammte Kiste hinunter. »Es kann einen schon seltsam berühren, Dr. Watson, wenn man bedenkt, wie wenig an materiellen Dingen von einem langen Gelehrtenleben übrigbleibt.«

»Sie reden jetzt von Professor Blunt, nehme ich an?«

»Ja, diese schäbige Kiste da enthält alles, was er hinterlassen hat.«

»Nach viel sieht es nicht aus, da gebe ich Ihnen recht, trotzdem dürfte Dr. Santer Sie heiß darum beneiden.«

»Bestimmt tut er das.« Jones nickte gedankenverloren. »Auf Blunts Unterlagen war er beinahe genauso versessen wie auf das verschwundene Amulett. Aus welchem Grund auch immer.«

»Was haben Sie mit den Papieren vor?«

»Das kann ich noch nicht sagen. Es wird einige Zeit in Anspruch nehmen, sie zu sichten. Alles, was mit der Expedition zu tun hat, auch wenn es sich um persönliche Notizen handelt, sollte meiner Meinung nach der Forschung zugänglich sein. Deshalb werde ich wohl den größten Teil dem College zukommen lassen. Aber bevor ich die Aufzeichnungen aus der Hand gebe, will ich wissen, warum Blunt sie so ausdrücklich und ausschließlich für mich bestimmt hat. Es muß einen Grund geben, warum gerade Santer sie nicht in die Finger bekommen sollte.«

»Vermutlich derselbe Grund, warum Santer die Papiere so unbedingt haben will.«

»Ja, das nehme ich auch an. Blunt ist in den letzten Wochen immer verschlossener geworden und hat nicht darüber gesprochen, aber ich konnte es deutlich spüren, Dr. Watson: Der Professor hatte Angst. Und ich möchte wissen, warum.«

Jones' ruhige Stimme klang ernst und entschlossen. Ich konnte ihn gut verstehen. Professor Blunt war für ihn mehr als nur sein alter Lehrer gewesen. »Nun, nach dem, was gestern in dem Grab passiert ist, können wir wohl davon ausgehen, daß seine Angst auf mehr als bloßer Einbildung beruhte. Irgend jemand bedroht die Ausgrabung, und diese Gefahr entspringt weder einer Fieberphantasie noch bloßem Verfolgungswahn. Vielleicht findet sich unter den Papieren tatsächlich eine Erklärung dafür. Oder ein Hinweis auf die Identität dieser mysteriösen ›Mumie‹.«

»Ich hoffe es, Dr. Watson. Gleich morgen werde ich mit der Arbeit anfangen.«

Luzia war im Abteil geblieben und hatte von dort aus nach ihrem alten Freund Ausschau gehalten, der uns abholen sollte. »Da ist er ja!« rief sie auf einmal und streckte den Arm aus dem Fenster. »Max! Hallo, hier drüben sind wir!«

Eine laute Stimme antwortete ihr und übertönte mühelos den Lärm um uns herum. »Luzia! Endlich!«

Ich drehte mich um und sah am Ende des Bahnsteigs einen Europäer zu uns herüberwinken. Von zwei livrierten Ägyptern tatkräftig unterstützt, bahnte er sich nun den Weg durch die Menge. Neugierig musterte ich ihn. Er mochte Anfang Vierzig sein, ein stämmiger, mittelgroßer Mann mit kurzgeschorenem Bart und lebhaften, dunklen Augen. Als er uns erreichte, zog der Fremde schwungvoll den Hut und breitete die Arme aus. Neben der makellosen Erscheinung im weißen Leinenanzug kam ich mir nach der Zugfahrt etwas ramponiert vor.

»Meine liebe Luzia, ich bin untröstlich über die Verspätung!« Er beugte sich über Luzias Hand und hielt sie anschließend weiter fest. »Aber es war einfach kein Durchkommen! Erst ist eine Bahn mitten auf der Kreuzung liegengeblieben, dann mußte auch noch ein Lastkarren umstürzen und die ganze Straße blockieren – der Verkehr hier in Cairo wird wirklich immer schlimmer! Ich hoffe nur, daß ihr nicht zu lange warten mußtet!«

Nachdem der Fremde auch Jones und Henry herzlich begrüßt hatte, sah er mich erwartungsvoll an.

»Dr. Watson, darf ich Sie mit Baron Oppenheim bekannt machen? Max, Dr. Watson«, stellte Jones uns vor.

Der Baron reichte mir die Hand. »Es ist mir eine besondere Freude, Dr. Watson, Sie endlich persönlich kennenzulernen! Sie müssen nämlich wissen, daß ich Ihre bemerkenswerten Berichte seit Jahren aufmerksam und mit großem Vergnügen verfolge.«

»Sehr schmeichelhaft, Baron, aber solches Lob habe ich gar nicht verdient, fürchte ich. Für das Bemerkenswerte in meinen kleinen Schriften zeichnet ausschließlich Sherlock Holmes verantwortlich. Ich bin nur sein Chronist, weiter nichts.«

»Jetzt untertreiben Sie aber, Dr. Watson!« sagte Luzia ernst. »Selbst ein Sherlock Holmes kann stolz darauf sein, Sie zu seinen Freunden zählen zu dürfen.«

Verlegen räusperte ich mich. Darauf wußte ich nichts zu erwidern. Aber bevor die Situation peinlich werden konnte, lächelte Luzia amüsiert und legte ihre Hand auf Oppenheims Arm. »Also glaube ihm kein Wort, Max!«

»Selbstverständlich nicht!«

Die beiden Ägypter, offensichtlich Bedienstete Oppenheims, nahmen unser Gepäck auf, und der Baron führte uns durch das Bahnhofsgebäude. Er war mit einer geräumigen Privatkutsche gekommen, die in der Zufahrt vor dem Hauptausgang auf uns wartete. Kaum hatten wir das Gebäude verlassen, als sie auch schon vorfuhr. Der ebenfalls livrierte Kutscher sprang vom Bock herunter und half uns in den Wagen, während seine Kollegen unser Gepäck hinten verstauten.

Von einem Hotel hatte Oppenheim nichts wissen wollen und mich so liebenswürdig als Gast in sein Haus gebeten, daß ich der Einladung gerne folgte. »Sie wohnen natürlich bei mir, Dr. Watson! Gästezimmer habe ich genug, und es ist bereits alles für Sie vorbereitet. Außerdem müssen Sie mir unbedingt etwas von Sherlock Holmes erzählen!«

Ein Nilkanal verlief unmittelbar am Bahnhof entlang. Wir überquerten ihn und fuhren dann mitten hinein in ein arabisches Viertel, das am anderen Ende der Brücke begann. Rechts und links von der Hauptstraße zweigten malerische Gassen ab, auf denen Händler und Handwerker ihren Geschäften nachgingen. Genau wie ich waren die Jones zum ersten Mal in Cairo und schauten neugierig auf das lebhafte Treiben. Der Baron erwies sich als kundiger Führer und machte uns plaudernd auf Sehenswürdigkeiten am Wege aufmerksam.

Wir kamen nur langsam voran, und ich verstand nun gut, warum Oppenheim sich vorhin verspätet hatte. Halb Cairo schien auf den Beinen zu sein. Unmengen von Lastkarren waren unterwegs, per Hand oder von Eseln gezogen, Droschken und Kutschen jeder Größe und Bauart, dazu kamen eine ununterbrochen bimmelnde Straßenbahn, schwer bepackte Lastenträger, Radfahrer, verschleierte Frauen und die unvermeidlichen fliegenden Händler. Sogar von zwei Automobilen wurden wir unter lautem Hupen überholt. Kurz, es herrschte ein Lärm und Verkehr wie in London. Auf dem »Strand« hätte es kaum hektischer zugehen können.

Dieser Eindruck verstärkte sich noch, als wir nach gut einer halben Meile das eigentliche Stadtzentrum erreichten. Mit seinen breiten Alleen wirkte es ausgesprochen europäisch und bot das Bild einer modernen, geschäftigen Großstadt. Wir umrundeten den Eskebije-Platz, einen weitläufigen Park mit schönen Teichanlagen, Cafés und sogar einem Sommertheater, wie Oppenheim erläuterte. Das mondäne Herz des neuen Cairo war umgeben von repräsentativen Prachtbauten, wie dem Opernhaus und der Börse, die auch in London oder Paris hätten stehen können. Auch die großen Palasthotels lagen hier, unter ihnen das berühmte »Shepheards«.

Ich hatte erwartet, daß auch Oppenheim in diesem Viertel wohnte, und stellte nun erstaunt fest, daß wir offenbar das Zentrum passierten und das europäische Cairo hinter uns ließen. Nach und nach nahmen die Häuser, an denen wir vorbeifuhren, wieder einen arabischen Charakter an.

Der Baron schien meine Verwunderung bemerkt zu haben und nickte lächelnd. »Sie haben richtig beobachtet, Dr. Watson, das Morgenland hat uns wieder. Als ich '96 hierher nach Cairo zog, habe ich mich für ein traditionell arabisches Haus entschieden, etwas anderes kam für mich gar nicht in Frage. Seitdem lebe ich im ›Bab el Louk‹ und fühle mich dort sehr wohl.«

»Bab el Louk?«

»So wird dieses Viertel genannt. Hier leben fast nur Araber, und ich weiß, daß meine Entscheidung, mich ausgerechnet hier niederzulassen, nicht von allen Mitgliedern der diplomatischen Gemeinde goutiert wird. Besser gesagt, nur von den wenigsten. Es hat anfangs deswegen einiges Aufsehen gegeben. Die meisten

Europäer hier wollen strikt unter sich bleiben, was ich nicht verstehen kann. Bei mir ist es eher umgekehrt.« Er zog die Brauen hoch und sah mich aus großen Augen an. »Ich meine, man lebt doch nicht in einem Märchenland wie Ägypten, nur um dort genauso zu wohnen wie in Berlin oder London! Dann kann man ja auch gleich zu Hause bleiben! Wir sind übrigens bald da, es ist nicht mehr weit.«

Er schien keine Antwort zu erwarten, und so behielt ich meine Meinung für mich. Damals in Indien hatte ich nämlich einige Leute kennengelernt, die dem Reiz einer fremden Kultur verfallen waren und den engen Kontakt zu den Einheimischen gesucht hatten. In der Regel waren die Geschichten traurig ausgegangen, für beide Seiten.

Allerdings schien Oppenheim seine Herkunft auch gar nicht verleugnen zu wollen, und die Wahl seines Wohnsitzes konnte ich gut nachvollziehen. Der »Bab el Louk« war ein ausgesprochen schönes und gepflegtes Viertel. In den prachtvollen Villen, die von üppigen Gärten umgeben waren, residierten offenbar die vornehmen und reichen Ägypter. Auf ein solches, an einem kleinen Platz gelegenes Haus hielt unsere Kutsche nun zu. Die beiden Diener sprangen ab und öffneten das Tor zur Auffahrt. Während wir noch vorfuhren, kam ein weiterer Ägypter in Livree aus dem Haus gelaufen und nahm vor der Tür Aufstellung. Oppenheim stieg als erster aus und half Luzia aus dem Wagen.

»Willkommen! Ich hoffe, Sie alle fühlen sich wohl bei mir!«

Der Baron hatte nicht übertrieben, Zimmer würde es genug geben in seinem Haus, für das »Palast« wohl die passendere Bezeichnung gewesen wäre. Die Fassade des großen, zweigeschossigen Gebäudes war mit aufgemalten Ornamenten verziert. Oben lief eine Brüstung aus hübsch gemauerten Zinnen rund um das Flachdach und verlieh dem Ganzen etwas Wehrhaftes. Oppenheim war meinem Blick gefolgt.

»Gefallen sie Ihnen? Die Zinnen habe ich selbst erst anbringen lassen – zu einem richtigen arabischen Haus gehören sie einfach dazu, nicht wahr. Was denken Sie?«

»Unbedingt!«

Oppenheim lachte. »Vielen Dank! Aber bitte, kommen Sie doch herein!«

Auch das Innere des Hauses ließ deutlich die Vorlieben seines Besitzers erkennen. Von Luzia wußte ich, daß Oppenheim ein begeisterter Sammler von Orientalia war und auch über die nötigen finanziellen Mittel verfügte, um seiner mitunter kostspieligen Leidenschaft zu frönen. Im Zug hatte sie mir einiges über ihn und seine Extravaganzen erzählt. Er schien eine Art Doppelexistenz zu führen. Neben seiner offiziellen Rolle als Legationsrat am Deutschen Generalkonsulat und prominentes Mitglied der Cairoer Gesellschaft pflegte der Baron im Privaten offenbar einen Lebensstil, der eher dem eines reichen arabischen Paschas gemäß war als einem deutschen Beamten.

Während des Gesprächs hatte sich Luzia vertraulich zu mir herübergebeugt und ihre Stimme zu einem Flüstern gesenkt. »Angeblich soll es in seinem Haus einen Flügel geben, den noch nie ein anderer Europäer betreten durfte, Dr. Watson, und natürlich kursieren die wildesten Gerüchte!«

»Gerüchte? Welche Gerüchte?«

»Es heißt, daß Max sich dort einen regelrechten Harem halten soll.«

»Einen Harem?«

»Ja, so nennt man es doch, wenn mehrere –«

»Ich weiß, was ein Harem ist, Mrs. Jones! Aber bestimmt sind diese Gerüchte stark übertrieben – nichts als die üblichen, gehässigen Klatschgeschichten, nehme ich an!«

»Oh, da wäre ich mir nicht so sicher.«

Luzia hatte die Mundwinkel zu einem kleinen Lächeln verzogen. Die schockierende Aussicht, daß in den Geschichten doch ein Körnchen Wahrheit enthalten sein könnte, schien sie nicht besonders zu stören, im Gegenteil. Auf einmal mißtrauisch geworden, hatte ich mich zurückgelehnt und sie streng gemustert.

»Warum werde ich nur das Gefühl nicht los, daß Sie mich auf den Arm nehmen wollen, meine Liebe?«

»Das tut mir leid, Dr. Watson! Aber diese Gerüchte gibt es wirklich. Ich habe sie selbst schon gehört. Glauben Sie mir!«

Harmlos hatte sie meinen Blick erwidert und mich zur Aufgabe gezwungen. »Sie kennen den Baron wohl schon lange?«

»Ja, praktisch seit meiner Geburt. In Köln ist Max mit meinem älteren Vetter Otto zur Schule gegangen, und beide waren oft bei uns zu Besuch. Mein Vater hat ihn sehr gemocht, was kein Wunder war, denn niemand sonst hat ihm so ausdauernd zugehört, wenn er von seinen Forschungsreisen erzählte. Manchmal haben sie stundenlang zusammen in seinem Arbeitszimmer vor dem Kamin gesessen.« Bei dem Gedanken an ihr Elternhaus war ein träumerischer Ausdruck auf Luzias Gesicht erschienen. Sie hatte versonnen gelächelt und an mir vorbei aus dem Fenster geschaut. »Vaters altes Arbeitszimmer. An den Raum kann ich mich noch gut erinnern. Ich weiß nur nicht mehr, was mich damals mehr beeindruckt hat, der ausgestopfte Löwe gleich neben der Tür oder das präparierte Nilkrokodil.«

»Löwe oder Krokodil – das klingt sehr nach einem Kopf-an-Kopf-Rennen, würde ich sagen.«

»Stimmt, doch ich glaube, das Krokodil hat gewonnen. Es hing über dem Schreibtisch, Dr. Watson, und es war wirklich riesig. Aber es gab dort noch mehr zu bestaunen. Von ihren Afrika-Expeditionen sind meine Eltern immer vollbepackt heimgekehrt. Über die Jahre hatten sie so eine Unmenge an Material für ihre natur- und völkerkundlichen Studien zusammengetragen. Viel mehr, als in die Vitrinen hineinpaßte, mit denen das Zimmer zugestellt war. Vitrinen und vollgestopfte Bücherregale, es sah dort aus wie in einem Museum, nur nicht so ordentlich. Überall lagen Bücherstapel herum und fremdartige Stücke aus der Sammlung, die noch bearbeitet und katalogisiert werden mußten. Auch an den Wänden gab es keine freien Stellen mehr. Die waren nämlich bis zur Decke mit Landkarten, bunten Stichen und exotischen Waffen behangen.«

»Wissen Sie, Mrs. Jones, daß mich Ihre Schilderung ein wenig an das Cabinet meines Onkels erinnert, bei dem ich einmal meine Schulferien verbracht habe? Mein Onkel konnte zwar nur mit einem ausgestopften Dachs als Hauptattraktion aufwarten, aber der hat mir seinerzeit mächtig imponiert. Das war schon etwas anderes als unsere nüchternen und modernen Wohnungen heute.«

»Sie haben recht, Dr. Watson, es entsprach vermutlich dem damaligen Modegeschmack, sich so einzurichten. Aber bei uns – nun ja, bei uns war gewissermaßen alles echt, verstehen Sie? Hinter jedem Teil in diesem Zimmer verbarg sich eine abenteuerliche Geschichte, die mein Vater erzählen konnte, was er auch oft und gern getan hat. Es war ein zauberhafter Raum, im wahrsten Sinne des Wortes. Überall gab es etwas Geheimnisvolles zu entdecken, und das ist nicht ohne Folgen geblieben, fürchte ich. Einem vierzehnjährigen Jungen mußten afrikanische Speere und Masken natürlich wesentlich aufregender erscheinen als die mittelalterlichen Madonnen-Bilder, die daheim im Hause Oppenheim gesammelt wurden.«

»Ja, das kann ich mir gut vorstellen.«

»Mein Vater war es dann auch, der in Max die Liebe zum Orient geweckt hat. Genauer gesagt war es sein Lieblingsbuch, die Erzählungen aus Tausendundeiner Nacht. Mein Vater besaß eine mehrbändige Ausgabe, die wunderschön illustriert war, und ein Band davon hat eigentlich immer auf seinem Schreibtisch gelegen. Die Bekanntschaft mit diesem Buch muß für Max ein einschneidendes Erlebnis gewesen sein. Er selbst hat mir einmal gestanden, daß schon damals für ihn die Entscheidung gefallen wäre, sein Leben später ganz der Erforschung des Orients zu widmen. Und so ist es auch gekommen.«

»Wie romantisch!«

»Nicht wahr? Seine Familie war allerdings entsetzt, Max sollte natürlich in die elterliche Bank eintreten. Seitdem gilt er als schwarzes Schaf der Familie.«

An diese Unterhaltung aus dem Zug mußte ich jetzt denken, als ich Oppenheim die breite Treppe hinauf in den ersten Stock folgte. Nach der anstrengenden Fahrt wollten wir uns alle etwas ausruhen, und er hatte es sich nicht nehmen lassen, uns persönlich zu unseren Zimmern zu geleiten. Die Gästezimmer lagen an einem langen Korridor, dessen Wände üppig mit goldbesticktem Stoff bespannt waren. Dicke Teppiche in satten Farben bedeckten den Boden und dämpften fast vollkommen das Geräusch unserer Schritte. Mein Zimmer war das letzte in der Reihe, am Ende des Korridors. Gleich gegenüber führte eine schmale Stiege nach oben zur Dachterrasse.

»Ich hoffe, es gefällt Ihnen, Dr. Watson!« Der Baron öffnete die blaue Tür und bat mich hinein. »Vor einigen Jahren war übrigens schon einmal ein berühmter Schriftsteller hier zu Gast, fällt mir ein. Als Karl May mich damals besuchte, hat er ebenfalls in diesem Zimmer gewohnt. Also fühlen Sie sich wie zu Hause, Dr. Watson! Wir sehen uns beim Dinner.« Mit einer angedeuteten Verbeugung schloß er die Tür hinter sich.

Ich sah mich erst einmal um, der Raum hatte es verdient. Oppenheim schien eine Vorliebe für orientalische Stoffe zu haben. Nicht nur die Wände, sogar die Decke war hier mit Stoff verkleidet, was das Gefühl hervorrief, als befände man sich in einem großen Zelt. Die vielen Teppiche, die niedrigen Hocker und kleinen Klapptische verstärkten diesen Eindruck noch. Ein prachtvoller Vorhang aus schwerem Damast war nur halb vor das Fenster gezogen, und durch den Spalt konnte man hinaus in den üppigen Garten sehen. Das hereinfallende Licht malte gezackte Schatten von Palmblättern auf den Boden und ließ das Bettgestell golden aufglänzen.

Wenn »Bett« überhaupt eine angemessene Bezeichnung für dieses kostbare Meisterstück der Schmiedekunst war, das in der Mitte des Zimmers stand und dort auch hingehörte. Es hatte etwas von einem goldenen Käfig an sich, denn die hohen Seitenteile des eisernen Bettgestells wiesen ein vergoldetes Gitterwerk aus kunstvoll gearbeiteten Ornamenten auf. Auch die filigrane Kuppel, die den Betthimmel bildete, war mit ihnen verziert. Oben auf der Kuppel und den vier Bettpfosten prangte je ein zierlicher Halbmond.

Die weiche Auflage und die vielen Kissen wirkten ausgesprochen einladend, und bestimmt würde ich mich in dem Bett wohl fühlen, aber ganz sicher nicht wie zu Hause. Es war eindeutig das Ruhelager eines Sultans. Vor mir stand die späte Frucht der Lektüre eines Vierzehnjährigen. Vielleicht galt das für das gesamte Haus. Es sah beinahe so aus, als hätte der Baron sich einen Palast aus Tausendundeiner Nacht geschaffen und damit einen alten Traum verwirklicht.

Mein Koffer war bereits von einem Diener hierhergebracht worden. Als ich nun anfing, ihn auszupacken, mußte ich lächeln. Ich hatte den starken Verdacht, daß Oppenheim ein sehr glücklicher Mensch war.

Nach dem ausgezeichneten Dinner, für das Oppenheims französischer Maître verantwortlich zeichnete, gingen wir auf einen Mokka in die Bibliothek. Während des Essens hatte der Baron sich als amüsanter Plauderer erwiesen, der es verstand, sehr fesselnd von seinen oft abenteuerlichen Erlebnissen mit den Einheimischen zu erzählen. Allerdings zeigte schon ein oberflächlicher Blick auf die umfangreiche Sammlung an Fachliteratur in den Bücherregalen deutlich, daß seine Kenntnisse von Land und Leuten über das bloß Anekdotische weit hinausgehen mußten.

Jones widmete der Bibliothek natürlich mehr als einen flüchtigen Blick. Langsam und konzentriert ging er die Regale entlang, zog hier und da anerkennend nickend einen schweren Band heraus und blätterte darin herum. Sein Kaffee wurde kalt, aber ihn schien er genauso vergessen zu haben wie unsere Anwesenheit.

Um den Kaffee war es schade, denn einen besseren Mokka habe ich noch nie getrunken. Oppenheim schenkte mir noch einmal aus der zierlichen Silberkanne nach und nahm mir gegenüber Platz.

»Wußten Sie eigentlich, daß wir einen gemeinsamen Bekannten haben, Dr. Watson? Luzia hat mir erzählt, daß Sie mit Wilhelm Joest zusammen in Afghanistan waren.«

»Das ist richtig. Joest hatte sich damals eine Zeitlang unserem Feldzug angeschlossen, um die Bergvölker dort zu studieren. Ihn nach so langer Zeit plötzlich im Haus von Luzias Onkel, Pater Hieronymus, wiederzusehen, war eine große Überraschung für mich. Ich hatte ganz vergessen, daß er aus Köln stammte. Sie kannten ihn auch?«

»Noch aus Köln, und auch später in Berlin haben wir uns häufig gesehen. Der Professor hat mich dort in verschiedene wissenschaftliche Gesellschaften eingeführt. Sogar eine Reise in den Maghreb haben wir zusammen unternommen. Von seinem tragischen Tod haben Sie gehört, nehme ich an?«

»Ja, der Pater hat mir davon geschrieben. Als ich Joest damals in Köln noch einmal getroffen habe, steckte er gerade mitten in den Vorbereitungen für eine neue Expedition. Niemand hätte damit gerechnet, daß es seine letzte werden sollte.«

»Traurige Geschichte. Joest war wirklich ein bemerkenswerter Mann.«

Ich nickte. Angesichts von Oppenheims breitgestreuten Forschungsgebieten wunderte es mich nicht, daß die beiden sich gekannt hatten. Seine diplomatische Tätigkeit am Generalkonsulat ließ dem Baron offenbar noch genügend Zeit, um ausgedehnte Studienreisen in die arabischen Länder und Wüsten zu unternehmen. Wie er sagte, galt sein besonderes Interesse dabei den Beduinen. Seit Jahren erforschte er die Geschichte ihrer verschiedenen Stämme und hatte zu diesem Zweck bereits umfangreiche Stammtafeln angelegt.

»Darüber existieren bisher noch keine schriftlichen Zeugnisse, Dr. Watson, nur mündliche Überlieferungen!« antwortete Oppenheim auf meine unausgesprochene Frage und lachte dann. »Sollte ich je mit der Arbeit fertig werden, dann verdanken die Beduinen mir immerhin ihren ersten eigenen Adelskalender, so etwas wie einen arabischen ›Gotha‹!«

»Sicher ein faszinierendes Fachgebiet, Baron!«

»Ich gebe Ihnen natürlich völlig recht, Doktor – aber das ausgerechnet Sie zu diesem Urteil kommen, überrascht mich doch etwas! Sie, der Sie einem Sherlock Holmes bei seinen Fällen assistieren dürfen! Beneidenswert! – Dabei fällt mir ein, daß Sie noch gar nichts von ihm erzählt haben. Womit befaßt er sich denn im Augenblick?«

Ich konnte nur hilflos mit den Achseln zucken. »Das wüßte ich selbst gern.«

Dann entsprach ich seiner Bitte und berichtete über einige von Holmes' Fällen aus der jüngsten Zeit. Bald kamen wir auf die Ereignisse in Köln zu sprechen, die Oppenheim nur aus der Ferne hatte verfolgen können, da er damals gerade seinen Posten in Cairo angetreten hatte. Schließlich wandte sich unsere Unterhaltung den beunruhigenden Vorfällen im Tal der Könige zu.

»Eine Mumie, die es in einem Pharaonengrab auf Ihr Leben abgesehen hat. – Wissen Sie, Dr. Watson, ich habe den Eindruck, als gäbe es hier durchaus Verwendung für die außergewöhnlichen Fähigkeiten Ihres Freundes. Die Angelegenheit scheint nicht weniger undurchsichtig zu sein als die Geschichte damals in Köln.«

»Ich kann Ihnen nur zustimmen. Mir wäre es auch lieber, Holmes hier zu wissen.«

»Und offenbar auch genauso gefährlich«, fuhr Oppenheim langsam fort. »Es ist sogar möglich, daß die Gefahr noch wesentlich größer ist, als es den Anschein hat.«

»Malen Sie nicht den Teufel an die Wand, Baron!«

Nachdenklich rührte er in seiner Mokkatasse und schwieg. Offensichtlich hatte er mir gar nicht zugehört.

»Wie haben Sie das gemeint?« fragte ich schließlich nach. »Wissen Sie etwa mehr über die Sache?«

Oppenheim antwortete mit einer Gegenfrage. »Haben Sie eine Vorstellung davon, warum jemand Sie umbringen wollte? Denn das war doch zweifellos das Ziel des Anschlags. Die Ermordung des Wächters zeigt, wie ernst er gemeint war.«

»Oh, er war absolut ernst gemeint! Genauso ernst wie die Steinlawine, die beinahe Dr. Jones erschlagen hätte. Deshalb glaube ich auch, daß von uns dreien im Grab nur Mrs. Jones das eigentliche Ziel war. Ich weiß zwar noch nicht, welches Motiv dahintersteckt, wohl aber, wo wir es zu suchen haben. Es muß mit der Grabung von Professor Blunt zusammenhängen!«

»Das denke ich auch.« Jones hatte seine Inspektion der Bibliothek beendet und setzte sich zu uns. »Das Motiv hat etwas mit der Ausgrabung zu tun, besser ausgedrückt, mit dem Grab des Tutenchamun selbst. Wie ich schon Dr. Watson erklärt habe, lastet auch auf diesem Grab ein alter Fluch. Er bedroht jeden, der versuchen sollte, es zu öffnen.«

»Schön, das mag ja sein, aber die Bombe ist sicher nicht durch altägyptische Magie gezündet worden!« wandte ich ein.

»Nein, gewiß nicht«, antwortete Jones bedächtig, »das wollte ich auch nicht behaupten. Aber ein Fluch könnte doch die indirekte Ursache gewesen sein.«

»Indirekt? Was soll das heißen?«

»Nun, nehmen wir einmal an, daß es immer noch Menschen

gibt, die an die Kraft dieser alten Magie glauben und nun Angst haben. Angst davor nämlich, was passieren könnte, wenn ein solcher Fluch tatsächlich freigesetzt werden sollte. Die schrecklichen Folgen könnten womöglich alle treffen, nicht nur die Grabschänder allein.«

»Und weiter?«

»Ich halte es durchaus für denkbar, daß solche Menschen sehr weit gehen würden, um die Entdeckung eines Grabes zu verhindern. Das mag jetzt nach bloßem Aberglauben klingen, aber vergessen wir nicht, daß in neuerer Zeit noch nie ein unversehrtes Pharaonengrab gefunden worden ist. Wir wissen also nichts über das Risiko, das vielleicht mit seiner Öffnung verbunden ist.«

Selbstverständlich hatte er das völlig ernst gemeint. Ich räusperte mich. »Offen gestanden, Jones, halte ich das für eine sehr gewagte Hypothese! Immerhin leben wir mittlerweile im zwanzigsten Jahrhundert. Der Glaube an Pharaonenflüche ist doch nichts weiter als harmlose Folklore!«

Oppenheim schien meine Skepsis nicht zu teilen. »Nein, nein, Dr. Watson, sagen Sie das nicht! So unrecht hat Henry gar nicht, fürchte ich. Seit einiger Zeit höre ich immer wieder von einer obskuren Sekte, die anscheinend die altägyptische Religion wieder aufleben lassen will. Noch operiert sie weitgehend im Verborgenen, doch soll sie angeblich zur Sabotage der Ausgrabungen aufrufen.« Nachdenklich strich er über seinen Bart. »Bisher konnte ich nur vage Informationen erhalten, nichts Genaues, aber was Sie selbst im Grab von Amenhotep erlebt haben, könnte die Gerüchte bestätigen. Zumindest in einem wichtigen Detail.«

»Und das wäre?«

»Es betrifft das Oberhaupt der Sekte, sozusagen ihren Hohepriester. Niemand scheint ihn näher zu kennen, es kursieren nur einige recht bizarre Gerüchte über ihn.«

»Wollen Sie etwa damit andeuten, daß es sich um eine Mumie handeln soll?«

»Richtig. Schon deshalb habe ich die Geschichten nicht ernst genommen. Aber vielleicht war das zu voreilig, es scheint ja doch etwas dran zu sein. – Falls der Mann, der die ›Mumie‹ gesehen haben will, nicht maßlos übertreibt.«

»Das tut er nicht«, ertönte in diesem Augenblick Luzias nachdrückliche Stimme von der Tür her. Sie hatte Henry ins Bett gebracht und gesellte sich nun zu uns. »Ich habe die ›Mumie‹ auch gesehen, Max, sie stand oben auf dem Felsen, als der Steinschlag abging.« Luzia ließ sich auf ein großes ledernes Sitzkissen nieder und sagte dann ganz ruhig: »Außerdem glaube ich, daß ich ihr vorher schon einmal begegnet bin, in Luxor vor unserem Hotel. Die Beschreibung als ›Mumie‹ trifft die Gestalt recht gut.«

Überrascht sah ich sie an. Auch Jones wirkte verblüfft. »Davon hast du ja noch gar nichts erzählt!«

»Nein, damals habe ich der Sache weiter keine Bedeutung zugemessen, und es ist ja auch nichts Dramatisches passiert. Im Grunde genommen überhaupt nichts. Ich stand auf dem Balkon vor unserem Zimmer und habe hinunter in den Hotelgarten geschaut. Und da habe ich ihn dann gesehen. Er trug zwar einen weiten Umhang und hatte die Kapuze tief ins Gesicht gezogen, aber ein Mann war es, kein Zweifel. Er stand neben einer Palme und hatte mich offenbar beobachtet, das fühlte ich sofort. Kaum hatten sich unsere Blicke gekreuzt, war er auch schon verschwunden. Das Ganze hat nur einen Moment gedauert.«

Trotzdem schien die Begegnung einen tiefen Eindruck bei ihr hinterlassen zu haben.

»Vielleicht bilde ich mir nur etwas ein«, fuhr sie nach einer kleinen Pause fort, »aber ich glaube, es war dieselbe Person.«

Ich wußte nicht, warum, doch ich hätte schwören können, daß Luzia von der Identität der Personen felsenfest überzeugt war.

Oppenheim hatte ihr aufmerksam zugehört. »Also haben wir es mit jemandem zu tun, der zumindest wie eine Mumie aussieht«, sagte er langsam. »Das paßt. Der Anführer der Sekte soll angeblich ein wiederauferstandener Amun-Priester sein, der allen Archäologen und ihren Helfern einen schrecklichen Tod angedroht hat.«

»Und das fast zweitausend Jahre nach dem Untergang der

Pharaonen! Daran läßt sich erkennen, daß offenbar immer noch einige Elemente der altägyptischen Kultur lebendig geblieben sind. Bemerkenswert, wirklich bemerkenswert!« Jones schien eher fasziniert als beunruhigt zu sein.

»Gewiß!« Der Baron sah ihn einen Moment irritiert an, dann fuhr er fort. »Wie ich schon sagte, hat niemand diese Geschichten ernst genommen. Solche Verrückten gibt es schließlich immer. Soweit ich weiß, hat es auch bisher bei den verschiedenen Ausgrabungen hier in Ägypten keine außergewöhnlichen Vorfälle gegeben. Zumindest nichts, was die Gerüchte über die Existenz dieser Sekte bestätigt hätte. Abgesehen von einer Ausnahme.«

»Professor Blunts Expedition. Die Ausnahme sind wir.«

»Sie sagen es, Henry! Jetzt können wir die Gerüchte nicht mehr so einfach als Schauermärchen abtun, fürchte ich.«

»Der Versuch, uns im Grab von Amenhotep umzubringen, war jedenfalls keine leere Drohung!« stimmte ich zu.

»Nein, und die Ermordung des Wächters erst recht nicht. Ich mache mir wirklich Sorgen. Der Gedanke, daß diese Anschläge unter Umständen nur den blutigen Anfang einer ganzen Serie bilden könnten, ist beängstigend. Sollte dieser selbsternannte Amun-Priester seine Drohungen wahrmachen und auch noch die anderen Ausgrabungen sabotieren, dann dürfte bald kein Archäologe mehr sicher sein. Davon habe ich eben gesprochen, Dr. Watson.«

»Nun, diese Gefahr besteht möglicherweise«, sagte Jones nachdenklich, »aber vielleicht ist es gar kein Zufall, daß allein unsere Ausgrabung betroffen ist. Die Aktivitäten der Sekte könnten auch direkt etwas mit Tutenchamun selbst zu tun haben. Vielleicht wollen diese Leute ja gezielt verhindern, daß gerade sein Grab gefunden wird.«

Oppenheim lehnte sich zurück und sah Jones prüfend an. »Verhindern, daß es von Ihnen und Ihrer Expedition gefunden wird, wollen Sie wohl sagen.« Langsam nickte er. »Ja, das wäre durchaus möglich.«

»Sie denken jetzt an den Grabschatz?« fragte ich.

»Nein, Dr. Watson, und ich glaube, daß auch Henry etwas anderes gemeint hat. Vorausgesetzt, meine Informationen treffen zu, dann versteht diese Sekte sich gewissermaßen als legitime Amun-Priesterschaft. Was bedeutet, daß nur sie Zutritt zu den heiligen Gräbern haben darf, niemand sonst. Und es kommt noch etwas Entscheidendes hinzu: Wenn die Sekte tatsächlich die alte Religion wieder etablieren will, dann muß Tutenchamun für sie natürlich eine ganz besondere Bedeutung haben.«

»So ist es«, bestätigte Jones. Auch Luzia nickte ernst, außer mir schienen alle zu wissen, wovon der Baron redete.

»Warum?« fragte ich.

»Weil dieser Pharao schon einmal die Amun-Religion wieder eingeführt hat«, antwortete Jones. »Sein Vorgänger Echnaton war eine Art Ketzer. Er hatte in seiner Regierungszeit den alten Amun-Kult aufgehoben zugunsten einer Verehrung des Sonnengottes Aton. Über seine Motive läßt sich nur spekulieren, vermutlich wollte er damit auch die Macht der Amun-Priesterschaft brechen. Deshalb hatte er sogar seinen Regierungssitz weg aus Theben verlegt, wo die Priester traditionell besonders mächtig waren, und in der Wüste eine neue Hauptstadt bauen lassen, Amarna. Dauerhaften Erfolg hatte er aber nicht. Den Priestern ist es nämlich gelungen, seinen Nachfolger, der fast noch ein Kind war, unter ihren Einfluß zu bringen. Tutenchamun hat dann die ketzerischen Reformen seines Vorgängers rückgängig gemacht und den Amun-Kult wieder eingesetzt. Auch Theben wurde wieder Hauptstadt des Reiches.

Der Haß der Priester auf den Ketzer-Pharao war so groß, daß sie systematisch versucht haben, das Andenken an Echnaton und seine Regierungszeit zu vernichten. Ein unerhörter und einmaliger Vorgang in der langen altägyptischen Geschichte.« Jones rückte seine Brille zurecht und sah mich ruhig an. »Ich glaube, wenn sich wirklich jemand für einen echten Amun-Priester hält, dann dürfte ihm unsere gegenwärtige Kultur noch viel ketzerischer vorkommen als Echnatons Aton-Religion.«

Allmählich verstand ich, worauf er hinauswollte. »Und Tutenchamun steht für die Erneuerung des alten Glaubens.«

»Sehr richtig, Dr. Watson.«

»Mit anderen Worten: Wenn es dieser mysteriösen Sekte ernst ist, dann will sie selbst das Grab finden!«

»Ja, bevor es durch uns oder andere Archäologen entweiht werden kann. Das Grab soll vor den Unreinen geschützt werden, genau wie es die alten Priester gewollt hatten.«

»Aber das ist nicht ihr einziges Motiv.«

»Nein, vermutlich nicht. Ich glaube, daß sie das Grab selbst öffnen wollen. Da sich die Sekte sozusagen als neue Amun-Priesterschaft versteht, wäre das in ihren Augen selbstverständlich keine Entweihung. Im Gegenteil, die Entdeckung von Tutenchamun wäre ein machtvolles Zeichen für die Rückkehr des alten Kultes. Wenn ihnen das gelingt, könnte es durchaus der Beginn einer größeren Bewegung sein. Wir sollten die Bereitschaft der Einheimischen, an die Macht der altäyptischen Götter und die Magie ihrer Priester zu glauben, nicht unterschätzen.«

»Vor allem, wenn diese Bereitschaft noch gefördert wird«, ergänzte Oppenheim, »etwa indem man bei den Sabotageakten nachhilft, um den Eindruck zu erzeugen, als wären übernatürliche Kräfte am Werk.«

»Sie haben recht, Baron«, stimmte ich zu. »Das würde übrigens erklären, warum der Bombenleger zwar den Wächter ermordet, den anderen Zeugen aber verschont hat. Ich denke, daß es kein Fehler war, sondern Absicht. Der Mann wollte gesehen werden!«

»Besser gesagt, Dr. Watson, er wollte, daß eine Mumie gesehen wird. Eine Mumie, die der Fluch des Pharaos wieder zum Leben erweckt hat, um die Grabschänder zu strafen.«

»Offenbar glauben diese selbsternannten Amun-Priester selbst nicht allzu fest an den Unsinn, den sie verkünden, wenn sie schon zu solchen Taschenspielertricks greifen.«

»Nun, auf jeden Fall scheinen sie an den Erfolg von Blunts Ausgrabung zu glauben.« Oppenheim wandte sich an Jones. »Sind die Aussichten, das Grab zu finden, denn wirklich so gut, Henry? Ich dachte, daß es bisher noch keinerlei konkreten Hinweis auf die Existenz des Grabes gäbe?«

Jones berichtete von dem Amulett und auch von den Streitigkeiten mit Santer wegen der angeblich ungeklärten Besitzverhältnisse.

»Ein Amulett mit dem Königssiegel Tutenchamuns!« Der

Baron hatte überrascht seine Brauen hochgezogen. »Und man weiß, wo es gefunden wurde – das nenne ich in der Tat eine vielversprechende Spur! Kein Wunder, daß die Grabung sabotiert wird. Aber eins ist merkwürdig. Sie sagen, der Professor hat es gekauft?«

»Ja, Blunt hatte gute Kontakte zu den Einheimischen.«

»Trotzdem habe ich noch nie gehört, daß Grabräuber ihren Käufern auch noch die Fundorte ihrer Schätze angeben.«

»Das ist in der Tat ungewöhnlich.«

»Könnte es eine Fälschung sein?«

»Daran habe ich auch schon gedacht, aber der Professor hielt es für echt. Dr. Santer anscheinend auch, sonst hätte er nicht so vehement auf der Herausgabe bestanden.«

»Wenn es tatsächlich echt sein sollte, dann gibt es noch mehr Interessenten dafür, könnte ich mir vorstellen. Unsere Amun-Priester würden sicher alles versuchen, um das Amulett in ihren Besitz zu bringen.«

»Vielleicht haben sie das schon getan. Das Amulett ist nämlich verschwunden.«

»Verschwunden?«

»Ja.« Jones erzählte vom Streit mit Santer deswegen und erwähnte auch die beiden Araber, die Blunts Zelt durchwühlt hatten. »Es dürfte wohl klar sein, wonach sie gesucht haben. Nur ist ihnen offenbar jemand zuvorgekommen.«

»Sehr bedauerlich, der Diebstahl! Ich hätte mir das Amulett gerne näher angesehen. Trug es außer dem Siegel des Tutenchamun noch weitere Aufschriften?«

»Professor Blunt hat etwas von einem Fluch gegen Grabräuber gesagt, deshalb war er ja der Meinung, daß es wirklich aus dem Grab des Pharaos stammen könnte.«

»Weiter stand nichts darauf, nur ein Fluch?«

»Der Professor hat nichts anderes erwähnt.«

Oppenheim nickte leicht und fiel in ein nachdenkliches Schweigen.

Ich sah zu Luzia hinüber, die während des Gesprächs auffallend still geblieben war. »Wissen Sie, Mrs. Jones, es ist doch einigermaßen beruhigend, daß wir uns hier in Cairo befinden, weit entfernt von der Ausgrabung. Langsam fange ich selbst schon an, diese Flüche ernst zu nehmen!«

»Dazu besteht auch aller Grund, Dr. Watson.« Jones räusperte sich und rückte seine Brille zurecht. Er schien zu einem längeren Vortrag ausholen zu wollen, wurde aber vom Baron daran gehindert.

»Völlig richtig, Henry, solche mächtigen Flüche sollte man nicht auf die leichte Schulter nehmen, davon kann ich auch ein Lied singen!« Oppenheim hatte wieder seinen Plauderton angeschlagen und schaute lächelnd in die Runde. »Vor einigen Jahren hatte ich nämlich selbst mit einem alten Fluch zu tun, und es hätte leicht ernste Probleme geben können. Dabei war es noch nicht einmal ein ägyptischer!«

Wie erwartet, ließ der Baron sich nicht lange bitten und begann, von einer Expedition zu berichten, die er vor vier Jahren in das nördliche Mesopotamien unternommen hatte, um das Gelände für die Streckenführung der geplanten Bagdad-Bahn zu erkunden. »Bei dieser Gelegenheit habe ich auch nach Spuren alter Siedlungen gesucht, von denen es dort viele gibt. Die Gegend gehört ja zu den ältesten Siedlungsgebieten der Erde und ist bei weitem nicht so erforscht wie das Niltal hier. Ich bin überzeugt, daß dort noch große Aufgaben auf die Archäologie warten.« Oppenheim nickte nachdrücklich.

»Große Aufgaben!« wiederholte er noch einmal, bevor er fortfuhr. »Am Chabur, einem Nebenfluß des Euphrat, waren wir mehrere Tage zu Gast bei einem Beduinenscheich, und dort hörte ich zufällig von einem sonderbaren Vorfall, der mir keine Ruhe mehr ließ. Auf einem Hügel, dem Tell Halaf, war anläßlich einer Bestattung eine unheimliche Entdeckung gemacht worden. Als man das Grab ausgehoben hatte, war man überraschend auf alte steinerne Skulpturen gestoßen, die fremdartige Dämonen mit Menschenköpfen auf Tierkörpern darstellten. Ihr Anblick muß so furchterregend gewirkt haben, daß die Trauergemeinde den Ort fluchtartig verlassen und die Beerdigung an einer anderen Stelle vorgenommen hat.

Diesen Hügel wollte ich mir unbedingt näher ansehen. Nach vier Tagesmärschen erreichten wir den Tell Halaf. An seinem

Fuß lag ein kleines Dorf, dessen Einwohner uns zwar sehr gastfreundlich aufnahmen, aber den Zwischenfall bei dem Begräbnis entschieden leugneten. Alles gute Zureden und auch das Angebot von reichen Geschenken halfen nichts. Die Einheimischen blieben hartnäckig, von irgendwelchen alten Steinbildern hatten sie noch nie etwas gehört.

Was sollte ich tun? Unverrichteter Dinge wollte ich nicht wieder abziehen. Also rief ich als letztes Mittel meine eigenen Leute zusammen – wir waren ungefähr zwanzig Männer – und ließ den Muchtar, wie der Dorfvorsteher dort heißt, auf den Koran schwören. Als er dabei immer noch bei seiner Lüge blieb, warf ich ihm Meineid vor und verfluchte ihn.

Die Wirkung trat augenblicklich ein, allerdings nicht ganz die, die ich erhofft hatte. Die entrüsteten Dorfbewohner sprangen auf und zogen ihre Dolche. Einen kritischen Moment lang sah es so aus, als wollten sie ihren Gast ermorden, auch wenn das bei den Arabern als ungeheuerlicher Frevel gilt.

Natürlich hatten meine Männer ebenfalls ihre Waffen in den Händen. Die Situation war höchst dramatisch. Es wäre sicher zu einem fürchterlichen Gemetzel gekommen, wenn nicht einige Dorfälteste in letzter Sekunde dazwischengegangen wären und auf den Muchtar eingeredet hätten. Der Mann schien sich wegen seines Verhaltens zu schämen und gestand schließlich seine Lüge ein. Er gab zu, daß die Skulpturen existierten.«

»Ich verstehe nicht, warum er es überhaupt geleugnet hat.«

»Weil er Angst hatte, Dr. Watson. Das ganze Dorf lebte in Angst.«

»Angst wovor?«

»Vor dem Fluch selbstverständlich. Vergessen Sie nicht den ausgeprägten Aberglauben der Einheimischen, der in diesem Fall sogar durch die Ereignisse bestätigt wurde. Zumindest waren die Leute fest davon überzeugt. Als sie seinerzeit die Statuen in der Erde entdeckt hatten, wußten sie, daß in ihnen Dämonen hausen mußten, und befürchteten nun, diese Wesen geweckt zu haben. Zwar haben sie das Grab sofort wieder zugeschüttet. Aber anscheinend war es bereits zu spät gewesen, denn im selben Jahr gab es in der Gegend nicht nur eine Heuschreckenplage, sondern es traten auch Fälle von Cholera auf. Dazu blieb noch der Regen aus. All das führten die Leute auf einen alten Fluch zurück, der durch das Aufdecken der Steinbilder freigesetzt worden war. Diesen Fluch wollten sie nicht noch einmal heraufbeschwören und deshalb eine neuerliche Ausgrabung verhindern.

Trotzdem haben wir am nächsten Morgen den Hügel bestiegen und uns von den Dorfbewohnern die Fundstelle zeigen lassen. Wir nahmen eine Probegrabung vor, und das Ergebnis war überwältigend. Bessere Grabungsbedingungen als am Tell Halaf kann man sich nicht wünschen. Gleich unter der Oberfläche wurden wir auf Anhieb fündig. Die Geschichten waren nicht übertrieben gewesen.

Wir blieben nur drei Tage dort, aber in dieser kurzen Zeit fanden wir mehrere große Basaltskulpturen und legten Teile einer Tempelfassade frei, die mit Bildwerken und Inschriften verziert war. Nach meiner Einschätzung wurde die gesamte Anlage noch vor der assyrischen Eroberung errichtet, vermutlich von den Hethitern. Da wir weder die nötige Ausrüstung mit uns führten und auch keine Grabungserlaubnis besaßen, mußten wir schweren Herzens alles wieder zuschütten. Über die Kultur der Hethiter ist bisher nicht viel bekannt, aber der Tell Halaf könnte das ändern!«

»Ihren Bericht in der Fachpresse über diese bemerkenswerte Entdeckung habe ich gelesen, Max, und kann Ihnen nur zustimmen. Der Tell Halaf sollte unbedingt erforscht werden!«

»Das habe ich auch vor, Henry. Noch auf der Rückreise habe ich mir bei den türkischen Behörden die Grabungslizenz gesichert. Glauben Sie mir, auch ein hethitischer Fluch wird mich nicht daran hindern können.« Oppenheim erhob sich lächelnd. »Genausowenig sollten wir uns durch einen ägyptischen Fluch die Freude an unserem kleinen Fest morgen verderben lassen!«

Überrascht sah ich auf. »Ein Fest? Morgen?«

»Ja, es ist schon seit längerem geplant, wir stecken mitten in den Vorbereitungen. Es ist mir eine besondere Freude, Sie zu meinen Gästen zählen zu dürfen, Dr. Watson! Und machen Sie sich keine Sorgen, weil alles so kurzfristig arrangiert werden muß – für passende Kleidung ist gesorgt! Und jetzt bitte ich, mich zu entschuldigen, es wartet noch dienstliche Korrespondenz auf mich.« Er verbeugte sich kurz und ließ uns allein.

Passende Kleidung? Peinlich berührt sah ich an meinem Smoking herunter, der tatsächlich schon bessere Tage gesehen hatte.

Luzia lachte leise. »Ich fürchte, Sie haben da etwas falsch verstanden, Dr. Watson. Max hat natürlich orientalische Kleidung gemeint. Seine Kostümfeste sind in Cairo legendär, sogar in Luxor spricht man davon.«

Das Fest

Als ich am nächsten Morgen aufwachte, schien bereits die Sonne. Im ersten Augenblick glaubte ich, immer noch zu träumen, so unwirklich kamen mir das verschnörkelte Bettgestell und die weichen Polster vor, in denen ich mich wiederfand. Wohin ich auch sah, schimmerte es mir zwischen den satten Farben der Stoffe golden entgegen. Es lag nicht am Bett allein, auch die ornamentalen Muster der roten Wandbespannung waren mit goldenen Fäden durchwirkt. Oppenheims Gästezimmer lud in der Tat zum Träumen ein, und ich gab der Versuchung nach. Ausgestreckt auf dem prachtvollen Lager ruhend, genoß ich die seltene, aber sehr wohlige Empfindung, mich wie Ali Baba in seinem Palast zu fühlen.

Ich hatte ausgezeichnet geschlafen, nach Tagen zum ersten Mal wieder in einem richtigen Bett. Die anstrengende Reise war genauso vergessen wie das dumpfe Gefühl einer drohenden Gefahr, das mich noch gestern den ganzen Tag über unterschwellig belastet hatte. Jetzt sah alles viel weniger dramatisch aus. In einer modernen Weltstadt wie Cairo gab es keinen Platz mehr für eine Amun-Sekte oder Pharaonenflüche. Diese Leute stellten ein anachronistisches Kuriosum dar, mehr nicht, sie waren Verrückte. Gefährliche Verrückte, gewiß, aber wir befanden uns nicht mehr im Tal der Könige, hier in Cairo durften wir vor ihnen sicher sein. Beruhigt stand ich auf und kleidete mich an.

Im Flur begegnete ich niemandem, und spontan folgte ich einem plötzlichen Einfall. Statt hinunter in die Halle zu gehen, betrat ich die schmale Treppe, die gleich gegenüber von meinem Zimmer nach oben führte, und stieg hinauf auf das Dach. Wie bei allen traditionellen arabischen Häusern war es flach und bildete eine große Terrasse, die von einer umlaufenden Mauer gesichert wurde. Langsam schlenderte ich über das Dach und konnte mir gut vorstellen, hier auf sehr angenehme Art einen lauen Abend zu verbringen, einen anständigen Whisky in der Hand und nichts als den bestirnten Himmel über mir. Bequeme Sitzkissen, die verstreut auf dem Boden lagen, zeigten an, daß auch

Oppenheim den Ort zu schätzen wußte. Ich mußte über die hübschen Zinnen lächeln, mit denen der Baron die Brüstung geschmückt hatte. Sie machten nicht nur von unten einen sehr dekorativen Eindruck.

Auf einmal entdeckte ich sie und blieb überrascht stehen. Natürlich war mir bewußt gewesen, daß sie nur ein Dutzend Kilometer entfernt von Cairo lagen, aber ich hatte nicht damit gerechnet, sie von hier aus sehen zu können. Weit im Westen ragten über die Palmenwipfel und das Häusermeer Cairos die Spitzen der großen Pyramiden von Giseh auf. In der leicht dunstigen Luft blieb die Sicht etwas verschwommen, aber die markante Silhouette war unverwechselbar. Seltsam berührt starrte ich auf die fernen Spitzen der uralten Bauwerke, die aus einer Zeit stammten, als Cairo noch Memphis hieß. Um den Ausblick konnte man Oppenheim nur beneiden.

Zum Frühstück war auf der Gartenveranda gedeckt worden. Ich kam als letzter, aber Jones und Luzia leisteten mir noch mit einem Kaffee Gesellschaft, während Henry mit dem Hund im Garten herumtobte. Offensichtlich hatte der Junge keinerlei ärztliche Betreuung mehr nötig, und die Erleichterung darüber war seinen Eltern deutlich anzumerken. Ich berichtete von meiner Exkursion auf das Dach mit seinem spektakulären Ausblick und stimmte einem Ausflug zu den Pyramiden zu, den Luzia vorschlug. Sogar Jones wollte mitkommen, die Papiere des Professors müßten eben noch einen Tag warten.

Oppenheim schaute nur kurz heraus, um mich zu begrüßen. Als er von dem geplanten Ausflug hörte, stellte er uns seine Kutsche zur Verfügung. Wir nahmen sein Angebot gerne an und überquerten wenig später die große Nilbrücke zur Insel Bulak. Erst von dort aus gelangten wir über eine weitere Brücke auf das Westufer des Nils. Cairo lag nun hinter uns, und ein gut ausgebauter Fahrweg lief geradewegs auf Giseh zu. Die Fahrt durch das fruchtbare Niltal, vorbei an sorgfältig kultivierten Feldern und Plantagen, dauerte ungefähr eine Stunde, und während dieser Zeit kamen die Pyramiden immer wieder in den Blick. Nach und nach wuchsen sie zu gigantischer Größe heran.

Das letzte Stück des Weges führte steil bergan. Wie in Theben hatten die alten Baumeister auch hier in Memphis die Pharaonengräber außerhalb des Überschwemmungsgebietes angelegt. Die großen Pyramiden von Giseh standen auf einem hochgelegenen Felsplateau oberhalb des Niltals. Wir folgten der gewundenen Straße nach oben bis zum berühmten »Menahouse«, einem modernen Grand-Hotel, das anläßlich der Uraufführung von Verdis Oper »Aida« gebaut worden war und seitdem als Ausgangspunkt für die Pyramidenbesichtigung diente. Wir ließen die Kutsche hier im Schatten auf uns warten und gingen den Rest des Weges zu Fuß.

Schon nach wenigen Minuten hatten wir das Plateau erreicht und standen nun einem der sieben Weltwunder der Antike gegenüber. Außer uns gab es noch andere Reisende, die die Pyramiden besichtigen wollten, und man war auf uns alle vorbereitet. Ein kleiner Restaurantbetrieb offerierte Erfrischungen, Händler boten ihre Antiquitäten an, und ein Freilichtphotograph hatte seine Apparate aufgebaut. Seine rührigen Helfer hielten Reitkamele bereit und winkten uns eifrig zu. Für ein paar Piaster konnte man hier das obligatorische Ägyptenphoto von sich machen lassen, in stolzer Pose auf einem Kamel sitzend, mit den Pyramiden als dekorativem Hintergrund.

Ein besonders zudringlicher Araber schien es ausgerechnet auf mich abgesehen zu haben. Sein Kamel am Zügel hinter sich führend, lief er ein Stück weit neben mir her und zupfte an meinem Ärmel. »Photo, Effendi!« Nur mit Mühe gelang es mir, den lästigen Kerl abzuschütteln.

Langsam gingen wir um die Cheopspyramide herum, die größte von den dreien. Ihre Ausmaße waren gewaltig. Die bloße Monumentalität ihrer einfachen Form strahlte eine Erhabenheit aus, angesichts derer ich mir winzig und unbedeutend vorkam. Vermutlich hatten die alten Baumeister genau das beabsichtigt. Jones hatte recht, die Pyramiden waren für die Ewigkeit gebaut worden. Ich fragte mich, wie es die alten Ägypter wohl angestellt hatten, diese Riesenbauten zu errichten. Der erforderliche Aufwand mußte ungeheuerlich gewesen sein. Selbst für unsere moderne Technik wäre ein Bauwerk dieser Größe eine ernste Herausforderung.

Luzia schien meine Gedanken erraten zu haben. »Wußten Sie eigentlich, Dr. Watson, daß die Pyramiden über Jahrtausende die höchsten Steinbauten der Erde gewesen sind, genauer gesagt bis 1880?«

»Sind sie es denn nicht mehr?«

»Nein, unser Dom ist höher.«

»Ihr Dom? Ach, ich verstehe, Sie meinen den Kölner Dom.«

»Selbstverständlich! Stellen Sie sich vor, Dr. Watson, nach seiner Vollendung stand das höchste Bauwerk der Erde in Köln, wenigstens für eine kurze Zeit.«

»Ich gratuliere, Mrs. Jones.« Die verhaltene Begeisterung in ihrer Stimme war nicht zu überhören gewesen. Offensichtlich hatten auch die in Amerika verbrachten Jahre Luzias Stolz auf ihre Heimat nicht schmälern können. Sehr überrascht war ich nicht darüber. Schon damals, als wir in der Angelegenheit des vierten Königs in Köln zu tun hatten, war mir das eigenartige Verhältnis der Kölner zu ihrer Vaterstadt aufgefallen. Ein Verhältnis, das mit »Lokalpatriotismus« nur sehr unzureichend beschrieben ist.

Jones wollte sich die Grabkammer im Innern der Pyramide ansehen, also teilten wir uns, denn weder Luzia noch ich verspürten ein großes Verlangen danach, noch einmal ein Pharaonengrab zu betreten, und beschlossen, statt dessen zur Spitze der Pyramide hinaufzusteigen. Henry war begeistert. Wir ließen den Hund in der Obhut eines Wächters am Eingang des Grabes zurück und begannen mit dem Aufstieg.

Die Pyramide war wie eine Treppe angelegt, nur bestanden die »Stufen« aus großen Steinblöcken, die ungefähr halb mannshoch waren. Schon bald hörte ich auf, sie zu zählen. In meinem Reiseführer las ich später nach, daß es zweihundert waren, und sicher stimmte diese Zahl, aber vorher hätte ich gewettet, daß ich mindestens doppelt so viele Stufen hinaufgeklettert war.

Als wir endlich schwer atmend den Gipfel erreichten, entschädigte uns das grandiose Panorama für den beschwerlichen Aufstieg. Auf der einen Seite lag das langgezogene Niltal mit der Häusermasse von Cairo vor uns auf dem jenseitigen Ufer, und auf der anderen Seite erstreckte sich die große libysche Wüste scheinbar endlos weit bis zum Horizont. Am Fuß der Pyramide tauchte eine winzige Gestalt auf und winkte uns zu. Es mußte Jones sein, der die Grabkammer wieder verlassen hatte. Auch wir machten uns an den Abstieg.

Unten wurden wir von Jones und Indy erwartet, die sich in den Schatten des Grabeingangs zurückgezogen hatten. Mittlerweile stand die Sonne fast im Zenit, und die Temperaturen waren deutlich angestiegen. Zusammen mit der unangenehmen Hitze machte sich nun die Anstrengung des Kletterns bemerkbar. Sogar Henry ließ Zeichen von Müdigkeit erkennen, was aber auch an seiner gerade erst überstandenen Krankheit liegen konnte. Vielleicht war der Aufstieg doch etwas zu viel für ihn gewesen.

Die große Sphinx hoben wir uns für den nächsten Ausflug auf und schlenderten zurück zum »Menahouse«. Wir waren die letzten Besucher, alle anderen hatten sich bereits vor der Mittagshitze in Sicherheit gebracht. Vor dem Kiosk hielt nur noch eine einzige Droschke, die sich nun langsam in Bewegung setzte und auf uns zuhielt. Vermutlich wollte der Kutscher sich die letzte Gelegenheit, noch ein Geschäft zu machen, nicht entgehen lassen.

Der Photograph hockte unter einem großen Sonnenschirm und sah gelangweilt zu uns herüber. Aber der übereifrige Gehilfe schien mich wiederzuerkennen und kam hoffnungsvoll näher, sein Kamel im Schlepptau. Mein Kopfschütteln und die abwehrenden Gesten ignorierte er einfach und wiederholte gebetsmühlenartig sein »Effendi! Effendi! Photo, Effendi?«.

Hinter mir wurde das Klappern der Hufe immer lauter. Ich drehte mich um, um die Droschke vorbeizuwinken. In diesem Moment bäumte sich eins der Pferde laut wiehernd auf und preschte nach vorne. Sofort fiel das zweite Pferd in den wilden Galopp ein, und der Wagen schlingerte nun in waghalsigem Tempo mitten auf uns zu. Offensichtlich hatte der Kutscher die Kontrolle über die Tiere verloren.

»Schnell, aus dem Weg! Die Pferde gehen durch!« rief ich und machte einen Satz zur Seite. Jones und Luzia folgten, aber Henry stolperte und schlug auf den Boden. Mir stockte der

Atem, der Wagen war nur noch wenige Meter entfernt und würde den Jungen überrollen. Luzia schrie auf, und Jones stürzte nach vorne, um Henry zu packen. Ich sprang zu ihnen und wollte helfen, als plötzlich neben mir der aufdringliche Ägypter auftauchte. Er und sein Kamel, und das war unsere Rettung. Vor dem großen Tier scheuten die panischen Pferde und wichen im letzten Augenblick zur Seite aus. Nicht viel, aber es reichte, die Kutsche verfehlte uns um wenige Zentimeter und raste davon.

Der Ägypter rief ihr etwas auf arabisch hinterher, was ich zwar nicht verstand, aber der Tonfall fand meine volle Zustimmung. Dann drehte er sich zu mir und zeigte strahlend auf sein Kamel. »Photo, Effendi?«

Unter diesen Umständen konnte ich das Angebot nicht mehr ausschlagen. Ich bestieg das Kamel und ließ mich zum Photographen führen, der begeistert aufgesprungen war und nun seine sämtlichen ihm noch verbliebenen Platten belichtete. Als ich endlich wieder absteigen durfte, bedankte ich mich noch einmal bei unserem Retter und verabschiedete mich mit einem reichlich bemessenen Bakschisch. Die fertig entwickelten Bilder würde ein Bote später an Oppenheims Adresse abliefern.

Unsere Rückfahrt nach Cairo verlief recht schweigsam. Henry war schnell eingeschlafen, und wir anderen hingen unseren Gedanken nach. Daß Pferde durchgehen und Menschen von Kutschen überfahren werden, passierte jeden Tag. Trotzdem spürte ich ein Unbehagen, als ich über den Vorfall nachdachte, und ich brauchte nicht erst zu fragen, um zu wissen, daß es Jones und Luzia ähnlich ging.

Die Rede von einem »kleinen« Fest erwies sich als grandiose Untertreibung. Vielmehr schien sich an diesem Abend alles, was in Cairo Rang und Namen hatte, vollzählig im Hause des Barons treffen zu wollen. Nach Anbruch der Dunkelheit fuhr eine elegante Equipage nach der anderen vor, denen Gestalten in prächtigen orientalischen Gewändern entstiegen und vom Gastgeber in der Halle empfangen wurden. Meist handelte es sich um Mitglieder der europäischen Kolonie, aber die Gesellschaft war durchaus gemischt. Unter den Gästen gab es auch echte Araber.

Am Nachmittag hatte Oppenheim mir mitgeteilt, daß er nicht nur vornehme Ägypter aus der Hauptstadt selbst erwartete, sondern auch einige Beduinen eingeladen hatte, die sich zufällig zur Zeit in Cairo aufhielten. Aus seiner Sympathie für die stolzen Wüstenbewohner machte er kein Geheimnis. Seit Jahren schon unternahm er systematisch Forschungsreisen in die Wüsten, um Sitten und Sprachen der einzelnen Stämme zu studieren. Nur wenige Europäer waren auf diesem Gebiet so bewandert wie Oppenheim, der jetzt die eingetroffenen Beduinen in deren eigenen Dialekten begrüßen konnte. Offensichtlich genoß er bei ihnen hohes Ansehen.

Das große Haus füllte sich rasch, und ein ständiger Strom von plaudernden Gästen bewegte sich hin und her durch die Gesellschaftsräume. Überall herrschte eine angenehme und entspannte Atmosphäre, die sicherlich auch den Kostümierungen verdankt war. Sie ließen die sonst übliche Steifheit und Förmlichkeit gar nicht erst aufkommen. Manchmal sorgte eine besonders gelungene Verkleidung für Heiterkeit, und ausgelassenes Gelächter übertönte das Stimmengewirr. Auch mich trafen hin und wieder amüsierte Blicke, auf die ich mit, wie ich hoffte, einigermaßen würdevollen Verbeugungen antwortete.

Diese Aufmerksamkeit verdankte ich Oppenheim, und sie war mir anfangs etwas peinlich. Der Baron hatte nämlich Wort gehalten und aus seiner reichen Sammlung orientalischer Textilien eine Tracht für mich herausgesucht, die eines Sindbads würdig gewesen wäre. Mir schien sie zunächst leicht übertrieben, allerdings hatte sich mein Unwohlsein schnell gelegt, und mittlerweile fand ich sogar Gefallen an meinem Aufzug. Zumal zum Gewand nicht nur ein ausnehmend schöner Turban gehörte, sondern auch ein Dolch von imponierender Größe, der nun griffbereit an meiner Seite steckte.

Vermutlich habe ich damals mit meiner Erscheinung bei dem kleinen Henry einen bleibenden Eindruck hinterlassen. Aus den weit aufgerissenen Augen hatte jedenfalls der blanke Neid gesprochen, und seine Bewunderung für den wagemutigen Seefahrer schien rein und unverstellt zu sein. Bei Luzia war ich mir da nicht so sicher. Auch sie hatte mir lebhaft zu dem Kostüm gratuliert, trotzdem verspürte ich den leisen Verdacht, daß sich ihre Begeisterung womöglich aus anderen Quellen speiste als die ihres Sohnes.

Im Laufe des Abends trafen immer mehr Gäste ein, und selbst Oppenheims großzügige Räumlichkeiten hätten nicht alle Menschen aufnehmen können. Aber dafür war Vorsorge getroffen worden, als besondere Attraktion fand das Fest teilweise im Freien statt. Wie bei allen arabischen Häusern gab es auch hier einen Innenhof. Er trennte den offiziellen vorderen Teil des Gebäudes vom Hinterhaus ab, jenen berüchtigten Privaträumen des Barons, die angeblich außer ihm selbst kein Europäer betreten durfte.

Diesen geräumigen Innenhof hatte Oppenheim in ein riesiges Zelt verwandeln lassen. Große Planen überspannten den Hof, und bunte Decken mit gewebten Mustern verdeckten die Wände. Wie in einem echten Zelt war der Boden mit einer Unzahl von Teppichen vollständig ausgelegt worden. Es gab genügend niedrige Sitzkissen und bequeme Polster, aber viele der Gäste hatten sich einfach nach arabischer Manier direkt auf den kostbaren Teppichen niedergelassen und schienen das europäische Mobiliar nicht zu vermissen.

Einer Eingebung folgend hatte ich noch einmal nach dem Jungen geschaut, der schließlich doch noch eingeschlafen war, wenn auch unter Protest. Dann trat ich auf die Außengalerie hinaus, die man am Vorderhaus zur Hofseite hin angebaut hatte. Gestützt auf das Geländer sah ich nun herab auf das malerische Bild eines Beduinenlagers in der Wüste und mußte lächeln. Den Mittelpunkt des bunten Treibens bildete Luzia als Scheherazade. Sie saß mit untergeschlagenen Beinen auf einem zierlichen Diwan und wurde von etlichen Herren umlagert, die untereinander einen Wettbewerb um ihre Aufmerksamkeit auszutragen schienen. Trotz ihrer teilweise abenteuerlichen Aufmachung waren sie unschwer als junge Attachés aus den verschiedenen Konsulaten zu erkennen, die nun ihr ganzes diplomatisches Geschick einsetzten, um die Konkurrenz auszustechen. Ich konnte es ihnen nicht verdenken, Luzia sah wirklich hinreißend aus.

Ein Hauch von Parfüm streifte mich, und ich spürte eine Bewegung neben mir. »Ein reizendes Fest, nicht wahr?«

Ich drehte mich um. Die angenehm modulierte Altstimme hatte einen leichten Akzent, den ich nicht gleich einordnen konnte, aber sie paßte vollkommen zu der halbverschleierten Schönen, der ich mich so unversehens gegenüberfand. Es war die Art von Stimme, die einem Mann sehr gefährlich werden kann. Daß die Unbekannte ihr Kostüm als Haremsdame mit sichtlicher Rollenfreude trug, konnte diesen Eindruck nur unwesentlich mildern.

»Ausgesprochen reizend, in der Tat!« antwortete ich.

Sie lachte leise. »Wie ich mir gedacht habe, Sie müssen Engländer sein.«

Ich zog meinen Turban tiefer in die Stirn. »Dabei war ich der Meinung, einen präsentablen Sindbad abzugeben! Aber Sie haben recht, ich bin Engländer. Mein Name ist Watson, Dr. Watson.«

»Ah, dann habe ich schon von Ihnen gehört, Doktor, von Ihnen und Ihrem gefährlichen Abenteuer im Tal der Könige.«

»Tatsächlich?«

»Schauen Sie nicht so überrascht, mein Lieber – Ägypten ist klein, und solche Nachrichten verbreiten sich schnell. Sie wären beinahe in einem Pharaonengrab verschüttet worden, nicht wahr? Wie aufregend!«

»Nun ja, es war eine Erfahrung, die ich nur ungern wiederholen würde.«

»Das glaube ich Ihnen gern, aber ein wenig untertreiben Sie jetzt doch. Geben Sie es ruhig zu, Dr. Watson, einen Mann wie Sie reizt das Abenteuer! Sonst würden Sie wohl kaum hier in diesem Haus wohnen.«

»Ich verstehe nicht ganz?«

»Wirklich nicht?«

»Nein! Was ist mit dem Haus?«

»Oh, nichts weiter, nur daß es in Cairo einen gewissen Ruf hat. Man könnte fast behaupten, daß es berüchtigt ist. Zumindest kursieren in der Stadt die wildesten Geschichten darüber. Sie würden nicht glauben, was ich schon alles gehört habe.« Auf einmal beugte sie sich noch näher zu mir und senkte ihre Stimme zu einem Flüstern. »Sagen Sie, Dr. Watson, ist es wahr, daß Oppenheim sich hier einen richtigen Harem hält?«

Ich atmete den berückenden Duft ihres Parfüms ein und sah in die großen, erwartungsvoll geöffneten Augen dicht vor mir. »Wie können Sie nur derartigem Klatsch Glauben schenken?« antwortete ich mit belegter Stimme und räusperte mich. »Ich versichere Ihnen, daß Baron Oppenheim ein vollkommener Gentleman ist!«

Wieder lachte sie leise und richtete sich auf. »Selbstverständlich.« Dann nahm sie umstandslos meinen Arm und hakte sich ein. »Kommen Sie, Doktor, Sie müssen mir das Haus des Barons zeigen! Ich will alles sehen!«

Bereitwillig fügte ich mich ihrem Befehl und führte sie im Haus herum. Charmant plauderte sie dabei über alles und jedes, nannte mir aber nicht ihren Namen, und ich drang deswegen auch nicht weiter in sie. Zwischen uns herrschte jene zwanglose Vertraulichkeit, wie sie manchmal auf Maskenbällen zwischen völlig Fremden entstehen kann. Zusammen durchstreiften wir das große Haus und besuchten zuletzt auch noch die Dachterrasse.

Es war ein angenehm lauer Abend. Der klare, nachtblaue Himmel war übersät mit Sternen, und der Mond schien hell genug, daß wir uns ohne zusätzliche Lampe zurechtfanden. Lautes Grillengezirpe aus dem Garten mischte sich in das Stimmengewirr der anderen Gäste, das undeutlich aus dem Hof heraufschallte. Außer uns hielt sich niemand hier oben auf.

Meine Begleiterin war zur Brüstung geschlendert, hielt sich an den Zinnen fest und beugte sich vorsichtig darüber. Ich folgte ihr und sah ebenfalls hinunter. Unten auf der Straße standen Dutzende von Privatkutschen vor der Zufahrt, auch einige Automobile waren darunter. Bei mehreren Wagen brannten noch die Laternen und beleuchteten die Szene. Die Fahrer saßen auf ihren Böcken oder standen in kleinen Gruppen herum und warteten geduldig auf das Ende des Festes. Hin und wieder schnaubte eines der Pferde.

In diesem Moment wurde bei einem Wagen unmittelbar vor dem Tor eine Lampe angezündet. Der plötzlich aufflammende

Lichtschein fiel auf eine Gestalt, die hinter der Kutsche stand und vorher in der Dunkelheit nicht zu sehen gewesen war. Zufällig hatte ich gerade auf diese Stelle geschaut und begegnete jetzt einem bohrenden Blick aus zwei schwarzen Augen, die unter einer weiten Kapuze heraus zu uns hochgestarrt hatten. Sofort senkte der Mann seinen Kopf und trat einen Schritt zurück aus dem Licht der Laterne. Gleich darauf schien ihn die Dunkelheit verschluckt zu haben.

Ein kalter Schauer lief mir den Rücken herunter. Unser Blickkontakt konnte nur einen Sekundenbruchteil gedauert haben, aber seine Wirkung kam einem elektrischen Schlag gleich. Etwas absolut Böses hatte in dem Blick gelegen, und ich versuchte gar nicht erst, mir einzureden, daß ich mir das nur einbildete. Zu gut konnte ich mich an Luzias Bericht erinnern, an ihre unheimliche Begegnung mit dem Fremden vor ihrem Hotel in Luxor. An die tödliche Bedrohung, die sie dabei empfunden hatte. Das gleiche Gefühl spürte ich jetzt auch, eine furchtbare Gefahr lag in der Luft.

Genau wie Luzia hatte ich das Gesicht des Mannes nicht erkennen können, dazu war alles viel zu schnell gegangen. Trotzdem war ich mir völlig sicher, daß es sich um dieselbe Person handeln mußte. Erklären konnte ich mir diese Gewißheit nicht, sie war einfach da. Wenn mich nicht alles täuschte, hatte ich gerade die »Mumie« gesehen!

Und es gab noch etwas, dessen ich mir nun sicher war. Bei dem Zwischenfall heute morgen an den Pyramiden waren dem Kutscher nicht einfach die Pferde durchgegangen, nein, die Kutsche hatte uns überfahren sollen. Es war kein Unfall gewesen, sondern ein Anschlag, der auch um ein Haar erfolgreich verlaufen wäre. Nur das Eingreifen des Ägypters mit seinem Kamel hatte uns gerettet. Vorläufig, denn warum sollten sie es nicht noch einmal versuchen? Das unübersichtliche Fest bot eine ideale Gelegenheit für eine neue Teufelei, und es sah ganz danach aus, als wollte die Mumie sie auch nutzen.

Erst erstaunt, dann merklich verstimmt über die Hast, mit der ich sie die Terrasse hinunterkomplimentierte, ließ sich meine Haremsdame von mir zurück in die Halle geleiten. Für galante Höflichkeit blieb mir keine Zeit mehr. Schon von der Treppe aus winkte ich einen von Oppenheims Dienern herbei, der ein Tablett mit gefüllten Champagnergläsern trug. Ich reichte ihr ein Glas und bat sie in knappen Worten, mich zu entschuldigen. Ihre Reaktion fiel ausgesprochen kühl aus. »Bitte sehr!« Das Kinn in die Luft gestreckt, machte sie auf dem Absatz kehrt und rauschte davon. Suchend sah ich mich um.

Jones ausfindig zu machen, war nicht weiter schwierig. Auch eine dunkelblaue Djellabah und der aufgesetzte rote Fez veränderten ihn kaum. Zusammen mit einem würdigen alten Herrn, den er mir als Direktor der Bibliothek des Khediven vorstellte, hatte er sich in eine abgelegene Ecke zurückgezogen, um dort in Ruhe mit dem Kollegen zu fachsimpeln. Als ich ihm von meiner seltsamen Begegnung auf dem Dach erzählte, nickte er bestürzt. Er zweifelte keinen Augenblick daran, daß ich mit meinem Verdacht recht hatte.

»Henry! Er ist allein oben in seinem Zimmer, jemand sollte bei ihm sein!«

»Das denke ich auch. Gehen Sie nach oben, Jones! Ich sage dem Baron Bescheid.«

»Was ist mit Luzia?«

»Ich kümmere mich um sie. Aber machen Sie sich wegen ihr keine Sorgen, im Moment ist sie völlig sicher. Sie verfügt sogar über eine eigene Leibgarde.«

Jones lief eilig die Treppe hinauf. Ich mischte mich wieder unter die anderen Gäste und hielt nach Oppenheim Ausschau. Nach außen hin schien sich nichts geändert zu haben, überall herrschte die gleiche lebhafte Heiterkeit wie vorhin, aber mir war inzwischen jede Empfänglichkeit für die beschwingte Atmosphäre eines gelungenen Festes abhanden gekommen. Eine nervöse Anspannung hatte sich meiner bemächtigt, und einmal mißtrauisch geworden, musterte ich die kostümierten Personen um mich herum. Beinahe jeder von ihnen hätte ein verkleideter Amun-Anbeter sein können, der nur auf eine günstige Gelegenheit lauerte, um zuzuschlagen.

Diese Befürchtung war natürlich übertrieben, das wußte ich und versuchte, meine wachsende Nervosität zu kontrollieren.

Nur mit geringem Erfolg, denn auf einmal hatte ich das deutliche Gefühl, beobachtet zu werden. Ich drehte mich um, und aus den Augenwinkeln bemerkte ich gerade noch, wie sich ein Gesicht schnell von mir abwandte. Also hatte ich mich nicht getäuscht, ich war tatsächlich beobachtet worden, und in dem Blick hatte eine Intensität gelegen, die mir gar nicht gefallen wollte. Der Mann hatte einige Meter entfernt in der großen Flügeltür gestanden und ging nun rasch hinüber in den Salon. Bevor sein Rücken von anderen verdeckt wurde, konnte ich noch den Burnus und das Kopftuch einer Beduinentracht erkennen. Dann war der Mann verschwunden.

Ohne zu zögern, folgte ich ihm in den anderen Raum. An der Tür blieb ich stehen und schaute mich diskret um. Der Salon war voller Gäste, die in kleinen Gruppen beieinanderstanden oder auf einem der zahlreichen Sessel und Sofas Platz genommen hatten. Ich konnte meinen Mann nicht sofort ausmachen, und beinahe hätte ich ihn auch ganz übersehen. Er stand am anderen Ende des Zimmers und schien in die Betrachtung der antiken Krummsäbel versunken zu sein, mit denen Oppenheim die Wand dekoriert hatte. Sein Profil war mir zugewandt und zeigte ein hageres, faltenreiches Gesicht, dessen untere Hälfte von einem grauen Bart verdeckt wurde. Irritiert musterte ich ihn. Es war derselbe Mann, kein Zweifel, und doch wirkte er verändert. Eben noch hatte er sich geschmeidig bewegt und eine beunruhigende Präsenz ausgestrahlt, und jetzt stand dort ein würdevoller arabischer Herr, den das Alter schon leicht gebeugt hatte. Geheuer war mir diese Verwandlung nicht.

»Ah, Dr. Watson! Wie gefällt Ihnen das Fest? Ich hoffe, Sie amüsieren sich!« Oppenheims Stimme schreckte mich aus meinen Gedanken auf. Ich berichtete ihm kurz von meinen Befürchtungen und machte ihn unauffällig auf den Verdächtigen aufmerksam.

»Kennen Sie diesen Mann, Baron?«

Oppenheim sah zu dem Fremden hinüber und runzelte die Stirn. »Nein, Dr. Watson, ich glaube nicht«, sagte er langsam. »Merkwürdig. Er trägt zwar die Tracht der Schammar-Beduinen, aber ich kann mich nicht recht erinnern, ihn eben zusammen mit den anderen begrüßt zu haben. Nun, das läßt sich leicht feststellen, hier in Cairo dürfte es nicht viele Menschen geben, die ihren Dialekt beherrschen. Entschuldigen Sie mich für einen Augenblick!«

Der Baron näherte sich dem alten Mann und sprach ihn an. Sichtlich erfreut antwortete ihm der Araber, und nach einem kurzen, lebhaften Gespräch, das sich offenbar um die Waffensammlung drehte, kehrte Oppenheim lächelnd wieder zu mir zurück.

»Wir haben uns beide getäuscht, Dr. Watson. Scheich Omar gehört tatsächlich zu den Schammar. Seien Sie unbesorgt, von ihm droht bestimmt keine Gefahr. Sein Stamm lebt so weit entfernt, daß er unmöglich etwas mit einer Amun-Sekte zu schaffen haben kann. Außerdem sind sie gläubige Muslime.«

Oppenheim schien sich seiner Sache völlig sicher zu sein, doch ich blieb mißtrauisch. Ich konnte es nicht näher erklären, aber irgend etwas stimmte nicht mit diesem Beduinen. »Trotzdem sollten wir vorsichtig sein, Baron! Wenn diese angebliche ›Mumie‹ wirklich hier in Cairo ist, dann plant sie auch einen neuen Anschlag. Ihr schönes Kostümfest dürfte dem Kerl sehr gelegen kommen, fürchte ich. Es können sich leicht Fremde unter die Gäste schmuggeln.«

»Meine Diener passen zwar auf, aber Sie haben recht, Doktor: Wir sollten vorsichtig sein. Was schlagen Sie vor?« Er zögerte und strich mit der Hand über seinen Bart. »Notfalls könnte ich das Fest abbrechen.«

»Nein, das wird nicht nötig sein. Diese Leute haben es zwar auf Jones und Luzia abgesehen, und daß sie es damit todernst meinen, wissen wir inzwischen. Allerdings glaube ich nicht, daß sie einen offenen Überfall wagen. Wenigstens nicht hier und jetzt, dazu gibt es hier zu viele Menschen. Nein, wenn sie etwas vorhaben, dann heimlich.«

»Heimlich. – Sie denken jetzt an einen Attentäter, nicht wahr? An jemanden, den sie im Schutz der Kostümierungen unbemerkt hereinschleusen können? Die Gefahr besteht natürlich.«

»Ja, und in diesem Fall hätten wir es nur mit einer oder zwei

Personen zu tun, vor denen wir uns schützen müssen, mehr nicht. Es sollte reichen, wenn wir zusammenbleiben und uns in eines unserer Zimmer zurückziehen. Der einzige Weg hinauf führt über die Treppe und den Korridor, und die können wir von oben leicht kontrollieren. Wir brauchen nur dafür zu sorgen, daß uns niemand unerkannt zu nahe kommt. Solange uns das gelingt, müßten wir dort in Sicherheit sein.«

»Das glaube ich auch.« Oppenheim wirkte erleichtert und wandte sich zum Gehen. »Ich werde trotzdem noch einen zuverlässigen Mann zur Bewachung abstellen! Er soll die Treppe im Auge behalten.«

»Das kann nicht schaden«, stimmte ich zu und ging hinüber in den Hof.

Luzia wurde immer noch von ihren Verehrern umlagert. Ich hielt mich im Hintergrund und versuchte, ihren Blick aufzufangen. Als sie mich bemerkte, stand sie sofort auf und trat zu mir.

»Ist etwas passiert, Dr. Watson?« Sie mußte es mir angesehen haben.

»Noch nicht«, antwortete ich leise, »aber ich glaube, daß ich vorhin die Mumie draußen vor dem Haus gesehen habe!«

Luzia reagierte erstaunlich gefaßt. Sie sah mich nur einen Augenblick stumm an und nickte dann langsam. »Also doch! Die Kutsche heute morgen ... ich habe mir schon gedacht, daß es kein Zufall war.«

»Nein, es sieht so aus, als wären uns die Amun-Leute nach Cairo gefolgt.«

»Weiß Henry schon davon?«

»Ja, er ist oben bei dem Jungen, und wir sollten auch zu ihm.« Ich erklärte ihr meinen Plan. »Es ist sicherer, wenn wir alle zusammenbleiben. Der Baron will uns noch einen Wächter schicken.«

Zurück in der Halle, blieb ich am Fuß der Treppe stehen. Während Luzia nach oben eilte, schaute ich mich suchend um. Ich konnte den Beduinen nirgends entdecken. Er war nicht mehr im Salon gewesen und schien sich auch nicht hier in der Halle aufzuhalten. Scheich Omar war verschwunden.

Vielleicht hatte das nichts weiter zu bedeuten, aber es wollte mir gar nicht gefallen. Mit einem unguten Gefühl im Magen drehte ich mich um und stieg nach oben. Schon nach der zweiten Stufe hörte ich den Schrei. Er war nicht sehr laut und ging im allgemeinen Lärm unbemerkt unter. Nur ich schien ihn vernommen zu haben. Alarmiert hastete ich die Treppe hoch. Es war eindeutig Luzias Stimme gewesen.

Als ich um die Ecke des Korridors bog, glaubte ich, am Ende des langen Gangs für einen kurzen Moment eine undeutliche Bewegung wahrzunehmen. Es war nicht mehr als ein flüchtiger Eindruck, und ich achtete nicht weiter darauf. Es gab etwas anderes, das mir sofort ins Auge sprang und meine Befürchtungen bestätigte: Die Tür zum Zimmer der Jones stand weit offen. Ohne zu überlegen, stürmte ich hinein. Der Raum war leer.

»Hier, Dr. Watson!«

Luzias Stimme kam aus dem hinteren Zimmer. Ich lief zur offenen Verbindungstür. Der Raum sah aus wie ein Schlachtfeld. Umgestürzte Möbelstücke waren nicht die einzigen Spuren eines heftigen Kampfes, der hier stattgefunden haben mußte. Jones lag auf dem Boden, den Oberkörper halb aufgerichtet und gegen einen Sessel gelehnt. Neben ihm kniete Luzia und preßte ein blutgetränktes Taschentuch gegen seine Schläfe. Zwischen ihren Fingern quoll Blut hervor, lief über das Gesicht ihres Mannes und tropfte auf sein Hemd. Jones stöhnte leise.

»Um Gottes willen, was ist denn passiert?« Schnell trat ich zu ihm und ging in die Hocke. Vorsichtig nahm ich das Taschentuch hoch. Ein langer Riß führte von der Augenbraue zum Ohr. Wie alle Kopfwunden blutete er stark, aber die Verletzung schien nur oberflächlich zu sein. Es sah schlimmer aus, als es war.

Jones packte meinen Arm. »Schnell, Watson, beeilen Sie sich! Vielleicht ist es noch nicht zu spät!«

»Beeilen?« Dann sah ich das leere Bett und verstand. Der Junge war fort.

»Sie haben Henry mitgenommen!« antwortete Luzia mit erstickter Stimme.

»Weit können sie noch nicht sein!« Mit einem Satz war ich wieder auf den Beinen und stürzte zur Tür.

»Seien Sie vorsichtig, Watson, sie sind zu zweit!« rief Jones mit schwacher Stimme hinter mir her.

Ich rannte durch den Korridor. Vorhin war mir niemand entgegengekommen, also mußten sie in die andere Richtung geflüchtet sein. Mir fiel die Bewegung am Ende des Flurs wieder ein, und ich wußte nun, was ich da gesehen hatte. Jemand war die schmale Treppe zur Dachterrasse hinaufgestiegen. Ich hatte die Entführer nur knapp verpaßt.

Im Laufen zog ich den Dolch blank. Mein Revolver wäre mir zwar lieber gewesen, aber die schwere Waffe fühlte sich gut an. Dem Gewicht nach mußte der massive Knauf aus purem Gold bestehen. Hinter mir hörte ich jetzt Oppenheim irgend etwas rufen, kümmerte mich aber nicht darum. Auf Verstärkung konnte ich nicht mehr warten, jede Sekunde zählte. Im Moment war ich der einzige, der die Entführer vielleicht noch aufhalten konnte.

Es gab für sie nur einen Fluchtweg, und der führte über das Dach. Sich von dort abzuseilen, war nicht mehr als ein Kinderspiel und würde nur ein paar Sekunden dauern. Ich hätte jede Wette gehalten, daß auf der Straße schon eine Kutsche bereitstand. Viel Zeit blieb mir nicht mehr.

Endlich erreichte ich die Treppe, und dort wartete eine Überraschung auf mich. Durch die offene Dachluke drangen Stimmen zu mir herunter. Stimmen und Geräusche, die nur einen Schluß zuließen: Oben wurde gekämpft. Damit hatte ich nicht gerechnet. Anscheinend war ich doch nicht der einzige, der die Verfolgung aufgenommen hatte. Hastig stieg ich nach oben und steckte den Kopf durch die Luke.

Ich hatte mich nicht getäuscht. Auf dem Dach fand ein Kampf statt. Im Mondlicht sah ich, wie zwei Gestalten miteinander rangen. Und auch in einem anderen Punkt hatte ich recht behalten. Mit grimmiger Genugtuung erkannte ich in einem von ihnen den angeblichen »Scheich«. Jetzt hatten seine Bewegungen nichts mehr von einem alten Mann an sich, im Gegenteil, er kämpfte mit katzenartiger Gewandtheit.

Sein Gegner stand ihm darin in nichts nach. Er trug die Livree des Barons, mußte also der Diener sein, den Oppenheim als Wachtposten bereitstellen wollte. Eine gute Wahl, der Mann war wirklich zuverlässig. Offenbar hatte er sich tapfer den Entführern in den Weg gestellt und lieferte ihnen nun einen verbissenen Kampf.

Einen Kampf, den er allerdings zu verlieren drohte. Denn kaum hatte ich das Dach betreten, als der falsche Scheich den braven Mann mit einem gewaltigen Kinnhaken zu Boden streckte. Damit war die Sache entschieden. Der Scheich verschwendete keinen zweiten Blick an seinen reglos daliegenden Gegner, sondern eilte seinem Kumpan zu Hilfe. Der schien nämlich große Mühe damit zu haben, einen sich heftig sträubenden Henry zur Dachbrüstung hinüberzuschleifen.

Noch hatte mich keiner der beiden bemerkt, was nicht ewig so bleiben würde. Ich mußte den kleinen Vorteil nutzen. Zwei schnelle Sprünge brachten mich in Reichweite hinter den Scheich. Im letzten Augenblick mußte dieser die neue Gefahr doch gespürt haben. Er versuchte noch, sich wegzudrehen, aber es war zu spät. Aus der Bewegung heraus schmetterte ich ihm den schweren Knauf des Dolches auf den Hinterkopf. Und ich traf gut, der Mann stolperte hilflos noch zwei, drei Schritte vorwärts, bevor er bewußtlos zu Boden ging und liegenblieb.

Ich hielt mich nicht weiter mit ihm auf, sondern wandte mich sofort dem zweiten Entführer zu. Mittlerweile war ich ihm nahe genug gekommen und konnte ihn endlich deutlich erkennen. Schockiert blieb ich stehen. »Sie?«

Es fiel mir schwer, meinen Augen zu trauen. Der zweite Mann war niemand anderes als meine schöne Haremsdame! Sie hatte sich zu mir umgedreht und ging rückwärts weiter zum Dachrand. Mit einem Arm hielt sie Henry umklammert und preßte ihre Hand auf seinen Mund. Der Junge wehrte sich verzweifelt, konnte sich aber nicht befreien.

»Sie?« wiederholte ich. »Ausgerechnet Sie?« Und ich selbst hatte ihr auch noch den Weg auf die Dachterrasse gezeigt. Es durfte nicht wahr sein.

Sie antwortete mir mit einem wenig damenhaften Fluch und hob ihren freien Arm. Im Mondlicht schimmerte die kleine Pistole wie ein Schmuckstück. Ihre Mündung zeigte genau auf mich. Auf diese kurze Distanz konnte sie mich nicht verfehlen.

Eine scheinbar endlos lange Sekunde fiel der Schuß nicht, dann schrie die Frau plötzlich auf. Henry hatte ihr in die Hand gebissen und ließ jetzt einen wohlgezielten Tritt gegen ihr Schienbein folgen. Das reichte für seine Befreiung, der Junge riß sich von ihr los und lief auf mich zu. Ihm schien weiter nichts passiert zu sein.

Sie schoß nicht. Die Pistole fiel achtlos auf den Boden. Offensichtlich gab die Haremsdame die Entführung verloren und suchte ihr Heil in der Flucht. Geschickt kletterte sie über die Balustrade und verschwand gleich darauf aus meinem Blickfeld. Einen Moment sah es fast so aus, als habe sie sich in die Tiefe gestürzt, dann bemerkte ich das Seil, das an dieser Stelle um eine der Zinnen gebunden war. Genau, wie ich es mir gedacht hatte, es gab einen gut vorbereiteten Fluchtweg.

»Lauf nach unten, Henry, zu deiner Mutter!« befahl ich dem Jungen und wollte zur Brüstung gehen, als ich die Stimme hinter mir hörte. Sie ließ mich mitten in der Bewegung anhalten.

»Ich muß schon sagen, alter Freund, die Ehe scheint Ihnen gut zu bekommen!«

Verblüfft fuhr ich herum und starrte den Sprecher mit offenem Mund an, unfähig, einen Ton hervorzubringen.

Der »Scheich« hatte sich ächzend auf einen Arm aufgestützt und rieb sich mit der anderen Hand den Nacken. Schwerfällig kam er wieder auf die Beine. »Zumindest hat sie einen sehr gefährlichen Mann aus Ihnen gemacht, Watson. Alle Achtung!«

»Großer Gott!« Endlich fand ich meine Stimme wieder. »Holmes!«

»Dr. Watson, ist alles in Ordnung?« Oppenheim war in der Luke erschienen und betrat nun das Dach, eine Pistole in der Hand. Auch seine beiden Begleiter waren bewaffnet, dem Baron war es offensichtlich gelungen, auf die Schnelle einen Hilfstrupp zu organisieren. Sein ägyptischer Hausmeister blieb sichernd an der Treppe stehen, der andere Mann kam zusammen mit Oppenheim näher. Er war groß und kräftig, und trotz seiner orientalischen Tracht hätte ich in ihm jederzeit den preußischen Offizier erkannt, auch wenn er mir nicht schon als Major von Heckendorff vorgestellt worden wäre, der Militärattaché des deutschen Generalkonsulats in Cairo. Dicht hinter ihnen folgte

Luzia, und dann tauchte auch noch der notdürftig bandagierte Kopf von Jones in der Luke auf. Als Henry seine Mutter sah, lief er mit einem lauten Ruf in ihre Arme.

Den entstandenen Tumult nutzte der vermeintliche Diener, den Holmes eben niedergeschlagen hatte. Vermutlich war er schon länger wieder bei Bewußtsein gewesen und hatte nur auf einen günstigen Moment zur Flucht gewartet. Jetzt sprang er auf und rannte auf die Zinne mit dem Seil zu.

»Schnell, Watson, halten Sie ihn auf!«

Holmes' Ruf kam zu spät, ich war zu weit entfernt. Schon hatte der Mann ein Bein über die Brüstung geschwungen und sich nach dem Seil gebückt. Da fiel ein Schuß. Der Diener griff mit einer Hand an seine Brust und sackte in sich zusammen. Das Seil entglitt seinen kraftlosen Fingern. Langsam rutschte er zur Seite und stürzte dann mit einem heiseren Schrei ab. Es gab ein widerwärtiges Geräusch, als der Körper unten aufschlug. Der Schrei endete abrupt.

Unwillkürlich drehte ich mich nach Oppenheim um, aber der hob seine Pistole und schüttelte nur stumm den Kopf. Der Schuß war von der Straße aus abgegeben worden. Gebückt lief ich das letzte Stück zur Brüstung hinüber und ging hinter einer Zinne in Deckung. Der fremde Schütze konnte jederzeit das Feuer wieder aufnehmen. Als jedoch alles still blieb, streckte ich vorsichtig meinen Kopf durch die Maueröffnung und spähte nach unten.

Diesmal war es keine Verstellung. Er lag nahe am Haus und rührte sich nicht. Das würde er nie mehr. Seine grotesk verrenkte Haltung sagte mir auf den ersten Blick, daß der Mann den Sturz nicht überlebt haben konnte. Aufgeregt durcheinanderrufend, näherten sich von der Einfahrt her einige Kutscher der Leiche.

»Vorsicht, Watson!« gellte plötzlich Holmes' Stimme nah an meinem Ohr. Er riß mich hinter die Brüstung zurück, und im selben Augenblick hörte ich auch schon den Schuß. Unmittelbar vor mir splitterte ein Stück der gemauerten Zinne ab. Genau an der Stelle, an der sich nur einen Sekundenbruchteil zuvor noch mein Kopf befunden hatte. Offensichtlich wußte der Schütze mit seiner Waffe umzugehen. Auch Holmes hielt einen Revolver in der Hand, ließ ihn aber wieder sinken und richtete sich auf.

»Sehen Sie, Watson, dort!«

Ich wagte mich wieder aus meiner Deckung und hob den Kopf über die Brüstung. Holmes zeigte auf eine Kutsche mit geschlossenem Verdeck, die nahe an der Hauseinfahrt auf der Straße hielt. Ihre Tür stand weit offen. Gerade als ich hinsah, sprang eine Gestalt in den Wagen und schlug die Tür hinter sich zu. Trotz der Dunkelheit hatte ich die Haremsdame erkannt. Auf sie schien der Kutscher nur gewartet zu haben. Er warf einen Blick zurück über die Schulter zu uns herauf, dann ließ er die Peitsche laut knallend auf den Rücken der Pferde niedersausen. Mit einem Ruck fuhr der Wagen an und raste davon.

Erleichtert sah ich ihm hinterher, die Gefahr war vorerst gebannt. Auch den Kutscher hatte ich wiedererkannt, und ich zweifelte nicht daran, daß er es war, der auf mich geschossen hatte, genau wie auf seinen Komplizen. Auf einen Mord mehr oder weniger schien es der »Mumie« nicht anzukommen.

Holmes steckte seinen Revolver ein. »Sehr bedauerlich, daß sie ihren eigenen Mann umgebracht haben. Ich hätte gern gewußt, was er uns nicht hatte sagen dürfen.«

Ich starrte Holmes an. Seine Stimme hatte so ruhig und nüchtern geklungen, als wäre es das Selbstverständlichste auf der Welt, daß wir uns hier in Cairo begegneten, noch dazu unter so spektakulären Umständen. Natürlich glaubte ich nicht an einen Zufall. »Zum Teufel, Holmes, wo kommen Sie denn auf einmal her?«

Anscheinend war ich nicht der einzige, den diese Frage beschäftigte. Oppenheim musterte mißtrauisch den angeblichen Scheich und räusperte sich. »Habe ich Sie gerade richtig verstanden, Dr. Watson? Der Gentleman hier ist –«, begann er, wurde aber von Holmes unterbrochen.

»Ich muß mich wirklich bei Ihnen entschuldigen, Baron! Wie Dr. Watson sicher gern bestätigt, ist es sonst nicht meine Art, ohne Einladung auf einem Ball zu erscheinen, aber diesmal ließ es sich zu meinem Bedauern nicht vermeiden.«

»Dann stimmt es also, Sie sind tatsächlich Mr. Sherlock Holmes?« Völlig überzeugt klang Oppenheim immer noch nicht.

»Ganz recht, der bin ich.« Holmes deutete eine Verbeugung an. »Die kleine Maskerade von vorhin nehmen Sie mir hoffentlich nicht übel, Baron. Aber meine Ermittlungen hier lassen sich nur incognito durchführen. Deshalb war es unbedingt nötig, meine Identität zu verbergen.«

»Selbstverständlich, Mr. Holmes.«

»Und es ist von größter Wichtigkeit, daß sie auch weiterhin geheim bleibt!«

»Gewiß. Sie sprechen von Ermittlungen – demnach haben wir es nicht etwa nur einem glücklichen Zufall zu verdanken, daß Sie vorhin eingreifen und die Entführung von Henry verhindern konnten, nicht wahr?«

»Nein, Baron, und trotzdem wäre ich fast zu spät gekommen. Ich hätte natürlich damit rechnen müssen, daß sich Dr. Watson durch meine Tarnung nicht so leicht täuschen läßt und mißtrauisch wird.«

»Sie haben mit einem Anschlag gerechnet, Holmes?« Auf sein zweischneidiges Lob ging ich lieber nicht ein. »Also wissen Sie bereits von dieser obskuren ›Mumie‹?«

»Imhotep? So nennt er sich nämlich und läßt sich von seinen Anhängern als wiederauferstandener Hohepriester des Amun verehren.« Holmes nickte. »Sie vermuten richtig, Watson, ich verfolge ihn schon seit längerem. Ihn und seine Sekte. Dieser Mann ist äußerst gefährlich, das haben Sie inzwischen ja schon am eigenen Leib erfahren müssen.«

»Das kann man wohl sagen, Holmes! Aber woher wußten Sie ...?«

»Nicht jetzt, Watson!« wehrte Holmes ab. »Für Erklärungen ist später noch Zeit. Hier oben gibt es nichts mehr zu tun. Mit Ihrer Erlaubnis, Baron, möchte ich noch einmal in den Raum zurück, in dem sich der Überfall abgespielt hat.«

»Bitte, Mr. Holmes. Aber verraten Sie mir eines: Wie kommt es, daß Sie so perfekt die Sprache der Schammar beherrschen? Ich hätte schwören können, daß Sie ein echter Beduine sind!«

»Sehr schmeichelhaft, Baron, aber Sie übertreiben.« Holmes ging voraus zur Dachluke.

»Keineswegs. Ich kenne nur wenige Europäer, die den Dialekt der Haddedihn auch nur verstehen, geschweige denn so fehlerfrei sprechen können wie Sie!«

»Vor Jahren konnte ich Scheich Mohammed Emin einmal in einer unbedeutenden Angelegenheit behilflich sein. Damals weilte ich einige Zeit als Gast bei seinem Stamm, den Haddedihn, und bei dieser Gelegenheit habe ich hier und da ein paar Brocken aufgeschnappt. Leider kam ich nicht mehr dazu, meine Kenntnisse ihrer Sprache zu vertiefen.«

»Warum?«

»Nun, an sich war der kleine Dienst, den ich ihm erwiesen hatte, nicht weiter erwähnenswert, trotzdem schien der Scheich außerordentlich erfreut und dankbar zu sein. So dankbar, daß ich mich schließlich gezwungen sah, den Aufenthalt dort auf der Stelle zu beenden, obwohl das als grobe Unhöflichkeit gelten mußte. Ich fürchte, daß mein plötzlicher Aufbruch damals sehr ungnädig aufgenommen worden ist.«

Oppenheim sah ihn einen Augenblick an und nickte leicht. »Ich verstehe.« Weiter sagte er nichts, sondern verzog nur den Mund zu einem kleinen Lächeln.

»Davon haben Sie mir noch nie erzählt, Holmes! Was ist denn passiert?«

»Nichts ist passiert, Watson! Gerade um zu verhindern, daß etwas passiert, bin ich ja abgereist.«

Oppenheims Lächeln wurde breiter. »Sie meinen, Sie haben die Flucht ergriffen.«

Ich konnte die beiden nur verständnislos anstarren. Holmes seufzte und hob eine Augenbraue.

»Sehen Sie, Watson, Scheich Mohammed Emins Art, mir seine Dankbarkeit zu zeigen, war gewiß ebenso großherzig wie verlockend – und für einen christlichen Gentleman selbstverständlich vollkommen inakzeptabel. Erst recht für einen entschiedenen Junggesellen. Aber ich bin sicher, selbst Sie hätten an meiner Stelle genauso gehandelt!«

»Holmes!«

Flucht aus Cairo

Wir folgten Holmes die Treppe hinunter zu den Räumen der Jones. Mir fiel auf, wie sich die Atmosphäre auf einmal verändert hatte. Von der tödlichen Bedrohung, die noch vor wenigen Minuten über uns geschwebt hatte, war kaum noch etwas zu spüren. Das war bemerkenswert. Immerhin hatte es einen blutigen Überfall gegeben, man hatte auf uns geschossen, versucht, Henry zu verschleppen, und dann war auch noch vor unseren Augen ein Mann ermordet worden. – Genug, um für Aufregung zu sorgen, sollte man meinen, trotzdem schien ein anderes Ereignis das alles in den Schatten zu stellen: das plötzliche und unvermutete Erscheinen von Sherlock Holmes.

Natürlich brannte jeder von uns darauf, endlich zu erfahren, was es damit auf sich hatte, aber er hüllte sich in Schweigen.

Als wir unten ankamen, nahm Holmes eine rasche Untersuchung des Zimmers vor. Leicht verwundert bemerkte ich, daß er seine sonst übliche Gründlichkeit vermissen ließ. Nicht einmal seine Lupe kam zum Einsatz.

»Wonach suchen Sie eigentlich, Holmes?«

»Nach Indizien, Watson. Indizien, die eine bestimmte Vermutung von mir stützen können.«

Ich wußte, daß es wenig Sinn hatte, auf eine Erklärung von ihm zu drängen. Wir mußten uns gedulden.

Währenddessen berichtete Jones, was passiert war. Er hatte den Raum für kurze Zeit verlassen, um die Toilette aufzusuchen. Bei seiner Rückkehr überraschte er einen Fremden in der Livree von Oppenheims Bediensteten dabei, wie er sich an der Truhe zu schaffen machte, die Professor Blunts Nachlaß enthielt. Jones war selbstverständlich klar, daß es sich nicht um einen unehrlichen Diener handeln konnte, der nach Geld suchte, sondern um einen Schergen der Mumie. Als der Mann sich entdeckt sah, griff er sofort an. Der anschließende Kampf war heftig, aber nur kurz, und er endete damit, daß Jones unversehens von hinten niedergeschlagen wurde.

»Von einer zweiten Person hatte ich vorher nichts bemerkt,

sie muß wohl erst nach mir das Zimmer betreten haben. Daß es sich um eine Frau handelte, hätte ich nicht vermutet. Auf jeden Fall wußte sie genau, wie man zuschlagen muß. Ich ging zu Boden und verlor das Bewußtsein. Bestimmt war ich nur wenige Minuten ohnmächtig, aber als ich wieder zu mir kam, waren die beiden verschwunden und hatten Henry mitgenommen. Gleich darauf kam Luzia und hat mich gefunden.«

»Daß sie Henry entführen wollten, ist ein gutes Zeichen!« ließ sich Holmes überraschend vernehmen. Er war vor Blunts Truhe in die Hocke gegangen und untersuchte eingehend das massive Schloß. »Wirklich erfreulich!«

Der Baron hatte irritiert die Brauen hochgezogen und sah mich fragend an, aber ich konnte nur den Kopf schütteln. Was an der versuchten Entführung so erfreulich sein sollte, wußte ich auch nicht.

Holmes richtete sich wieder auf, packte einen der seitlichen Griffe und hob die Kiste etwas an. Dann ließ er sie wieder los, und mit einem harten Geräusch fiel die Kiste zurück auf den Boden. Zufrieden nickte er. »Wie ich mir gedacht habe: zu schwer!«

»Haben Sie etwas herausgefunden, Mr. Holmes?« fragte Oppenheim.

»Ja, meine Vermutung hat sich bestätigt. Die Amun-Leute haben es nicht bekommen. Diesmal war Imhotep erfolglos.«

»Nicht bekommen? Was denn? Und was macht Sie so sicher?«

»Nun, sonst wäre Dr. Jones jetzt nicht mehr am Leben. Sie hatten die Möglichkeit, ihn umzubringen, haben aber darauf verzichtet. Das ist ungewöhnlich. Bisher waren die Anschläge dieser Leute stets darauf ausgerichtet, zu töten. Denken Sie an das Grab, Watson, an das Grab von Amenhotep. Daß Sie und Mrs. Jones dort heil wieder herausgekommen sind, war bestimmt nicht beabsichtigt gewesen.«

Ich nickte. »Es war knapp, Holmes. Wir hatten Glück.« Wieder wunderte ich mich darüber, wie genau er anscheinend über die Vorfälle im Tal der Könige informiert war.

»Sogar großes Glück. Aber Dr. Jones hier haben sie absichtlich verschont. Hinzu kommt noch ein anderer Umstand, und der ist entscheidend: Sie haben versucht, den Jungen zu entführen.«

»Ja, schon – aber was schließen Sie daraus, Holmes?«

»Das liegt doch auf der Hand, Watson: Sie wollten ihn eintauschen!«

»Eintauschen? Gegen was denn?«

»Ja, Mr. Holmes, was haben die Leute gesucht?« wollte auch Oppenheim wissen.

»Weder Geld noch Schmuck oder sonstige Wertgegenstände. Offensichtlich waren sie nur an der Kiste interessiert, die anderen Schränke und Koffer haben sie ignoriert. Das ist kein Zufall. Wie Sie sehen, steht Professor Blunts Name hier mit großen Buchstaben auf dem Deckel, also wußten die Leute, was sie da vor sich hatten. Das Vorhängeschloß weist frische Kratzspuren auf. Sie müssen versucht haben, es aufzubrechen, allerdings ohne Erfolg, denn das Schloß ist erstaunlich solide und hat gehalten. Sicher wäre es ihnen gelungen, den Deckel aufzustemmen, wenn sie mehr Zeit gehabt hätten. Aber sie wurden von Dr. Jones gestört und mußten hinterher damit rechnen, daß jemand den Kampf gehört hatte.

Eine schwierige Situation für sie: Weder können sie die Kiste so schnell aufbrechen noch sie einfach mitnehmen, denn dazu ist sie zu schwer. Was sollen sie tun? Sie müssen sich schnell entscheiden und nehmen den Jungen mit als Ersatz, als Tauschpfand.«

»In der Truhe befinden sich nur die hinterlassenen Aufzeichnungen von Professor Blunt, sonst nichts«, sagte Luzia nachdenklich. »Sie meinen, Henry sollte gegen diese Papiere ausgetauscht werden?«

»Nein, Mrs. Jones, nicht nur gegen die Papiere. Ich bin mir zwar sicher, daß Imhotep auch an die Unterlagen heranwill – alles, was mit Tutenchamun zusammenhängt, interessiert ihn –, aber in erster Linie geht es ihm um das Amulett. Das will er schon seit längerem in seinen Besitz bringen.«

Verblüfft sah ich ihn an. »Sie wissen von dem Amulett, Holmes?«

»Selbstverständlich, Watson, deshalb bin ich ja hier! Ich habe fest damit gerechnet, daß Imhotep noch einmal versuchen wird, das Amulett zu stehlen. Es war nicht sein erster Anlauf heute.«

Ich mußte an die beiden Araber denken, die an der Ausgrabungsstätte das Zelt durchsucht hatten, bis sie der Hund aufgeschreckt und verjagt hatte. Holmes schien wirklich über alles im Bilde zu sein.

»Den Überfall konnte ich leider nicht mehr verhindern«, fuhr er fort. »Es tut mir leid, Jones, daß ich zu spät kam. Nun, wenigstens haben die Amun-Leute das Amulett nicht gefunden, und das ist die Hauptsache!«

»Aber hier hätten sie das Amulett nicht finden können, auch wenn sie völlig ungestört geblieben wären«, antwortete Jones verwundert. »Das Amulett ist verschwunden, und ich weiß nicht, wo es ist.«

»Offenbar ist Imhotep anderer Meinung.«

»Ja, so sieht es aus«, gab Jones zögernd zu. »Das ist merkwürdig. Wissen Sie, Mr. Holmes, ich habe bis jetzt angenommen, daß die Sekte das Amulett schon längst gestohlen hätte.«

»Diese Annahme dürfte durch die heutigen Ereignisse widerlegt sein.«

»Wenn Sie recht haben, Holmes, und die Amun-Anbeter haben das Amulett wirklich noch nicht in ihren Fingern, wer kommt dann noch für den Diebstahl in Frage?«

»Eine gute Frage, Dr. Watson.« Jones tastete nach seiner Bandage. »Santer scheidet wohl aus, seine Wut hat auf mich sehr echt gewirkt. Sonst wüßte ich niemanden. Auf jeden Fall befindet es sich nicht mehr in meinem Besitz.«

»Vielleicht doch, und Sie wissen es nur nicht«, sagte Holmes ruhig.

Es dauerte einen Moment, bis ich begriff. »Der Professor muß es versteckt haben, Holmes!«

»Sehr richtig, Watson! Sehr gut versteckt sogar.«

»Aber wo?« Jones blieb skeptisch. »Glauben Sie mir, Mr. Holmes, wir haben schon überall danach gesucht, und zwar sehr gründlich.«

»Gewiß, Dr. Jones. Aber die Frage ist weniger, wo man suchen muß, sondern vielmehr: bei wem?«

»Wie meinen Sie das?«

Holmes antwortete nicht sofort. Statt dessen machte er einen Schritt auf Henry zu und ging vor ihm in die Hocke. »Ich denke, darüber kann uns Henry mehr verraten, nicht wahr?«

»Henry?« Ich verstand, worauf Holmes hinauswollte, aber die Wendung war doch einigermaßen überraschend gekommen.

»Ja. Ein bemerkenswerter junger Mann. Henry hat bewiesen, daß ein anvertrautes Geheimnis bei ihm gut aufgehoben ist.«

»Ist das wirklich wahr, Henry?« fragte Luzia ungläubig. »Welches Geheimnis?«

Aber der Junge blieb fest. »Darüber darf ich nicht reden! Ich habe mein Ehrenwort gegeben.«

»Dein Ehrenwort? Wem?«

»Onkel William.«

»Wer ist Onkel William?« fragte Oppenheim erstaunt.

»Er meint den Professor«, erläuterte ich, »Blunt war Henrys Patenonkel.«

»Bitte!« Holmes hob die Hand. Unverwandt blickte er den Jungen an und sagte langsam. »Es ist richtig, sein Ehrenwort muß man halten, unter allen Umständen. Aber Du weißt, daß Onkel William gestorben ist?«

»Natürlich!« Henry nickte.

»Du solltest etwas für ihn aufbewahren, nicht wahr?«

Henry nickte wieder. »Ich mußte ihm versprechen, niemandem davon zu erzählen!«

Holmes legte ihm die Hand auf die Schulter. »Und das hast du auch nicht getan, das war sehr tapfer von dir. Onkel William hat sich nicht in dir getäuscht. Aber jetzt ist das Verstecken nicht mehr nötig. Der Professor hätte sicher gewollt, daß du den Gegenstand nun deinen Eltern übergibst.«

Holmes hielt seine Hand auf und wartete. Erst zögerte Henry noch einen Moment, dann griff er in seine rechte Hosentasche und holte ein Klappmesser heraus, zusammen mit zwei sehr schönen Kieselsteinen. Holmes runzelte die Stirn, es war offensichtlich nicht das, was er erwartet hatte. Henry nahm das Messer und die Steine in seine andere Hand und griff in die linke Tasche. Als er jetzt auch noch eine Schleuder zutage förderte, vertieften sich die Falten auf Holmes' Stirn.

Die Hosentaschen des Jungen schienen unerschöpflich zu sein. Ich mußte lächeln. Mir fiel ein, was ich früher alles mit mir herumgeschleppt hatte. Neben mir räusperte sich Oppenheim und wechselte einen amüsierten Blick mit Heckendorff.

Als Henrys Hand beim dritten Versuch wieder zum Vorschein kam, hielt sie einen Lederbeutel fest. Holmes gab einen knappen Brummlaut von sich, der ausgesprochen zufrieden klang, und nahm ihm das Fundstück ab.

»Sehr gut, mein Junge, ich danke dir!« Er richtete sich wieder auf, wog den Beutel kurz in der Hand und reichte ihn dann an Jones weiter. »Wie ich es mir gedacht habe! Danach haben die beiden gesucht.«

Jones öffnete den Beutel. Sein Gesichtsausdruck verriet Verblüffung, auch wenn die Entdeckung nicht mehr völlig unerwartet kam. »Sie haben recht, Mr. Holmes, es ist tatsächlich Professor Blunts Amulett!«

»Donnerwetter!« ließ sich Heckendorff vernehmen, und Oppenheim assistierte ihm. »Gratuliere, Mr. Holmes!«

Ich sah auf den Gegenstand in Jones' Hand und mußte daran denken, daß erst vor wenigen Minuten ein Mann seinetwegen gestorben war. Das Amulett hatte die Form eines Skarabäus. Es war nicht ganz handtellergroß und trug immer noch Spuren von antiker Farbe. Auf beiden Seiten waren Hieroglyphen eingraviert. Eine Kartusche umgab einige Zeichen, ein Rahmen, der nur einem Königsnamen vorbehalten war. Entziffern konnte ich sie nicht, wußte aber, daß es der Name von Tutenchamun sein mußte.

»Warum mag der Professor es ausgerechnet Henry anvertraut haben«, fragte ich Holmes, »einem kleinen Jungen?«

»Weil es bei ihm sicher war, Watson. Deshalb. Blunt ist offenbar mißtrauisch geworden und muß mit einem Diebstahl gerechnet haben. Wahrscheinlich hat er geglaubt, daß man das Amulett so schnell nicht bei dem Jungen suchen und daß Henry schon darauf aufpassen würde.«

»Daran zweifle ich ja nicht, Holmes, trotzdem scheint mir

Henry noch reichlich klein für eine solche Aufgabe zu sein.«

»Nein, Watson, das Versteck war gut gewählt. Der Junge hat seinen Auftrag zuverlässig erfüllt. Professor Blunt wäre gewiß sehr stolz auf ihn gewesen.«

Henry hatte uns zugehört und war sichtlich angetan von dem Lob.

Seine Mutter weniger. Luzia nahm das Amulett aus Jones' Hand und strich langsam mit dem Finger über die Hieroglyphen. »Der Fluch des Pharaos« sagte sie leise. Dann gab sie es zurück und schüttelte nachdenklich den Kopf. »Es gefällt mir nicht, daß es so lange bei Henry gewesen ist.«

»Das kann ich verstehen, aber zum Glück ist ja alles gutgegangen.«

»Ich weiß es nicht, Dr. Watson.« Besorgt legte sie ihre Hand auf die Stirn des Jungen und sah mich ernst an. »Erst Professor Blunt, dann Henry – beide haben das Amulett getragen, und beide sind am Fieber erkrankt.«

»Machen Sie sich deshalb keine Sorgen, Mrs. Jones, Henry ist so gut wie völlig genesen. Außerdem glauben Sie doch nicht ernsthaft, daß wirklich ein Fluch auf dem Amulett liegt und für die Erkrankungen verantwortlich ist!«

»So leicht sollte man die Gefahr nicht abtun, Dr. Watson!« Auch Jones wirkte beunruhigt, was mich nicht wunderte. »Immerhin hat es etliche sonderbare Vorfälle gegeben. Erst ist der Expeditionsphotograph am Fieber gestorben, dann Professor Blunt. Und sie waren nicht die einzigen Opfer, denken Sie an Pendergast!«

»Pendergast hatte doch kein Fieber.«

»Das ist richtig. Aber sein Tod muß den Professor tief erschüttert haben, denn seitdem hatte er Angst. Blunt wollte uns nichts Näheres darüber mitteilen, nur daß Pendergast unter rätselhaften Umständen gestorben ist. Und er ließ durchblicken, daß sein Tod mit dem Amulett zusammenhängt.«

»Nein«, wandte ich ein, »überlegen Sie doch: Wenn der Professor das Amulett dem Jungen anvertraut hat, dann kann er nicht an einen Fluch geglaubt haben! Er hätte Henry sicher nicht in Gefahr bringen wollen. Also muß seine Sorge einen anderen Grund gehabt haben. Es war gewiß nicht der Fluch, vor dem er Angst hatte.«

Ausgerechnet Holmes fiel mir in den Rücken. »Wie auch immer, Watson, in einem Punkt hat Dr. Jones sicher recht, Pendergasts Tod hatte etwas mit dem Amulett zu tun, und Blunts Angst war nur allzu begründet. Die Umstände des Todes seines Assistenten waren in der Tat etwas merkwürdig.«

»Was soll daran merkwürdig sein, Holmes? Wenigstens in diesem Fall ist die Todesursache doch ganz offensichtlich und kein bißchen mysteriös.«

»Wirklich, Watson?«

»Meines Wissens ist der Unglückliche jedenfalls nicht an einem Fluch der Pharaonen gestorben. Ich kann Ihnen versichern, Holmes, daß der Biß einer Cobra in der Regel völlig ausreicht, um den Tod herbeizuführen. Ein übernatürliches Hilfswerkzeug ist dabei überflüssig!«

»Ich gebe Ihnen recht, Watson. An Magie hatte ich auch nicht gedacht.«

»Nicht?«

»Nein. Seltsam an Pendergasts Tod ist etwas anderes. Wie konnte die Schlange ausgerechnet in sein Feldbett gelangen, das mitten in einem sorgfältig verschlossenen Zelt stand? Ich bin davon überzeugt, daß sich auch Professor Blunt diese Frage gestellt hat. Und die Antwort darauf scheint ihn sehr beunruhigt zu haben.«

»Feldbett?« Überrascht sah ich ihn an. Wieso wußte Holmes über solche Einzelheiten Bescheid?

Bevor ich danach fragen konnte, mischte sich Oppenheim in das Gespräch und erinnerte daran, daß vor seinem Haus auch ein Toter lag. »Ich muß die ägyptischen Behörden über den Vorfall informieren, Mr. Holmes.«

»Selbstverständlich, Baron. Aber vorher möchte ich einen Blick auf den Mann werfen, wenn Sie erlauben.«

Holmes, Oppenheim und Major von Heckendorff verließen das Zimmer. Nach einem Blick auf Jones war ich geblieben. Der dunkle Fleck auf seinem provisorischen Kopfverband hatte sich deutlich vergrößert, die Wunde mußte gesäubert und neu verbunden werden. Während ich mich darum kümmerte, brachte Luzia Henry wieder ins Bett und beseitigte anschließend die gröbsten Spuren des Kampfes. Sie blieb auffallend schweigsam dabei. Auch Jones und ich waren nicht sehr gesprächig. Wir waren soeben noch glimpflich davongekommen, aber uns allen war bewußt, daß die Mumie es erneut versuchen würde. Auch hier in Cairo gab es keine Sicherheit, auch hier lauerte die Gefahr.

Als Jones versorgt war, ließ ich die beiden allein und machte mich auf die Suche nach Holmes. Ich traf gleich draußen im Flur auf ihn. Er stieg gerade die Treppe hoch, allein, ohne Oppenheim. Wir gingen den Gang hinunter zu meinem Zimmer. Aus den Räumen im Erdgeschoß drang gedämpft der Lärm von unbeschwerten Stimmen zu uns empor, offenbar hatten die anderen Gäste noch nichts von dem Zwischenfall bemerkt.

»Haben Sie noch etwas herausgefunden, Holmes?«

»Nein. Die Untersuchung der Leiche hat nichts Neues ergeben, aber damit hatte ich auch nicht gerechnet. Es handelt sich wohl nur um einen entbehrlichen Handlanger von Imhotep, den dieser lieber tot sehen wollte, als daß er mit uns redete. Oppenheim war einigermaßen erleichtert, als sich herausstellte, daß der Mann nicht zu seinem Haushalt gehörte. Er trug nur eine gestohlene Livree. Den echten Diener haben wir schließlich gefunden, er lag im Stall bei den Pferden.«

»Ist er auch tot?«

»Nein, sie haben ihn nur gefesselt und geknebelt, außer einer Beule ist er unverletzt. Er hat Glück gehabt.«

Ich mußte an den ermordeten Wachtposten im Tal der Könige denken und nickte. »Und seine Komplizin? Wie ist sie ins Haus gekommen? Auf der Gästeliste dürfte sie nicht gestanden haben.«

»In gewisser Weise doch. Oppenheim hat sie engagiert.«

»Was sagen Sie da?«

»Es handelt sich um eine Künstlerin, Watson. Die junge Dame führt orientalische Tänze vor. Wenn ich Oppenheim richtig verstanden habe, dann sollte ihr Auftritt eine der Attraktionen des Abends werden. Darauf müssen wir nun verzichten.«

»Anscheinend läßt der Baron das Fest nicht abbrechen. Das wundert mich etwas.«

»Ich habe ihn darum gebeten. Je weniger Aufsehen wir erregen, desto besser. Von den Gästen hat offenbar niemand etwas von dem Zwischenfall hier oben bemerkt, und so soll es auch bleiben. Oppenheims Leute schaffen gerade unauffällig die Leiche beiseite.«

»Das wird der ägyptischen Polizei nicht gefallen.«

»Unterschätzen Sie die Verbindungen des Barons nicht, Watson. Nicht nur der zuständige Untersuchungsrichter, auch der Polizeichef höchstpersönlich stehen auf der Gästeliste. Sie sind diskret hinzugezogen worden und haben ihre Einwilligung gegeben. Niemand will einen Skandal. Und den gäbe es, wenn bekannt würde, daß eine Bande religiöser Fanatiker auf ausländische Archäologen Jagd macht. Also geht es hier offiziell nur um gewöhnlichen Einbruch und versuchten Diebstahl. Dabei wurde einer der Täter getötet, die anderen konnten entkommen. Das klingt harmloser. Es ist dem Baron sogar gelungen, mich aus der Angelegenheit herauszuhalten. Mein Incognito bleibt also vorerst gewahrt. Noch weiß Imhotep nicht, daß ich ihm auf den Fersen bin. Das ist immerhin ein Vorteil.«

Trotzdem machte Holmes einen sehr ernsten und besorgten Eindruck. Ich schloß die Tür hinter mir und lehnte mich dagegen. »Sie wissen erstaunlich viel über Blunts Expedition und die Amun-Sekte! Was geht hier vor, Holmes? Weshalb sind Sie in Ägypten?«

»Wegen der Antiquitäten, Watson.« Holmes setzte sich in einen der niedrigen Sessel und schlug die Beine übereinander. »Und weil mich Monsieur Gaston Maspero darum gebeten hat.«

»Maspero?«

»Der Direktor der ägyptischen Altertümerverwaltung, er hat meine Hilfe angefordert. Ich soll für ihn eine Serie von Antiquitätendiebstählen aufklären, die ihn sehr beunruhigt. Sogar aus dem ägyptischen Museum in Cairo sind in den letzten Monaten wertvolle Stücke verschwunden. Offenbar ist eine gut organisierte Bande von Dieben am Werk, die auch vor Morden nicht zurückschreckt. Zwei Museumswächter wurden tot aufgefunden.«

»Eine Bande, Holmes? Ich verstehe, Sie glauben, daß die Amun-Sekte dahintersteckt, nicht wahr?«

»Nein, Watson, ich weiß es. Daß es sich nicht um irgendwelche einfachen Diebe handeln kann, habe ich von Anfang an vermutet. Grabräuber hat es in Ägypten gegeben, seit die Pyramiden stehen, aber hier liegt die Sache anders. Auffallend ist, daß von den gestohlenen Antiquitäten bisher nichts auf dem Markt aufgetaucht ist, weder hier noch in Europa oder den Vereinigten Staaten. Maspero läßt die Häfen seit längerem verstärkt überwachen, trotzdem wurde bis jetzt nichts gefunden. Wahrscheinlich sind die Antiquitäten noch in Ägypten, und ich denke nicht, daß sie überhaupt verkauft werden sollen. Offenbar haben die Diebe andere Pläne mit ihnen. Die Frage ist nur, welche?«

»Wenn Oppenheims Informationen zutreffen, dann versuchen sie, die alte Amun-Religion wieder zu beleben. Vielleicht benötigen sie die gestohlenen Gegenstände, um ihren Kult ausüben zu können.«

»Das ist möglich«, sagte Holmes nach einer kleinen Pause.

»Eins steht jedenfalls fest: Was immer sie vorhaben, sie gehen dafür über Leichen!«

Holmes lehnte sich zurück und drückte die Fingerspitzen gegeneinander. »Nun, es gibt wohl kaum etwas Gefährlicheres als religiöse Fanatiker, Watson.«

»Das habe ich gemerkt. Jones und Oppenheim glauben, daß Tutenchamun eine besondere Bedeutung für die Sekte hat, weil er als Symbol für die Erneuerung des alten Glaubens steht. Deshalb sind diese Leute auch so an seinem Grab interessiert. Und an Blunts Ausgrabung. Sie wollen verhindern, daß jemand anderes als sie das Grab findet.«

Holmes nickte. »Nicht nur das, Watson, sie verfolgen auch die Ausgräber selbst. Das bereitet mir Sorge. Sie scheinen es auf die Mitglieder der Blunt-Expedition abgesehen zu haben, offenbar auch auf Mrs. Jones. Ich bin sicher, daß die Sprengung des

Grabes von Amenhotep in erster Linie ihr galt.« Holmes kniff die Augen zusammen. »Anscheinend hat Imhotep sogar eigenhändig die Bombe gezündet.«

»Angeblich soll dieser Imhotep geschworen haben, alle zu töten, die die heiligen Gräber entweihen.«

»Und das ist sein Ernst, fürchte ich. Seit dem Zwischenfall von heute morgen bei den Pyramiden ist jedenfalls klar, daß die Jones auch hier in Cairo in Gefahr sind. Das war kein Unfall, Watson, der Kutscher wollte Sie absichtlich überfahren.«

»O ja, das wollte er ganz bestimmt!« Dann fiel es mir auf. »Zum Teufel, Holmes, woher wissen Sie überhaupt davon?«

Statt einer Antwort griff Holmes unter seinen Umhang, holte einen verschlossenen Umschlag hervor und gab ihn mir. Ich öffnete ihn und sah überrascht auf die Photographien hinunter. Es war ungefähr ein Dutzend, alle in Postkartengröße, und alle zeigten dasselbe Motiv, je aus einem geringfügig veränderten Blickwinkel aufgenommen. Ein ausgesprochen malerisches Motiv. Alle zeigten sie mich, hoch zu Kamel, mit den großen Pyramiden von Giseh im Hintergrund.

»Photo, Effendi?«

Ich blickte auf. Holmes hatte sich vorgebeugt und auf einmal Haltung und Tonfall des lästigen Arabers angenommen.

»Das waren Sie?«

»Selbstverständlich, Watson. Ich dachte schon, Sie hätten mich erkannt. Ihr Bakschisch war mehr als großzügig, wissen Sie. Allerdings sind die Aufnahmen auch sehr gelungen, der Photograph, hat Sie recht gut getroffen, alter Freund – Mrs. Watson wird sich bestimmt darüber freuen.«

»Vielen Dank, Holmes, wenn Sie möchten, lasse ich Ihnen gerne einen Abzug einrahmen!«

»Das wäre nett. Und vergessen Sie Mrs. Hudson nicht!«

»Bestimmt nicht.« Ich steckte die Photographien wieder zurück in den Umschlag. »Sagen Sie, Holmes, wer ist dieser Imhotep eigentlich?«

»Das versuche ich herauszufinden. Ohne großen Erfolg bisher.« Sein kleines amüsiertes Lächeln war verschwunden. Holmes' hagere Gesichtszüge wirkten mit einem Mal noch schärfer als sonst. »Über seine wahre Identität habe ich noch nichts Näheres in Erfahrung bringen können. Vor einigen Jahren ist er hier in Ägypten aufgetaucht, scheinbar aus dem Nichts. Seine Anhänger glauben daher auch, daß er einem Grab entstiegen ist, und halten ihn für den ins Leben zurückgekehrten Hohepriester des Amun. Für Imhotep, der gekommen ist, um den alten Glauben wiederherzustellen.«

»Anscheinend paßt sein Äußeres perfekt zu dieser Rolle, Holmes. Er muß tatsächlich wie eine Mumie wirken, wenn der Mann, der ihn im Tal der Könige gesehen hat, nicht maßlos übertrieben hat.«

Holmes schüttelte den Kopf. »Das hat er nicht.«

»Sind Sie ihm selbst schon begegnet?«

»Dreimal, Watson, aber nur von weitem, und da habe ich nicht viel von ihm sehen können, weil er vermummt war. Das ist er offenbar immer. Keiner scheint ihn richtig zu kennen, auch nicht seine Anhänger, trotzdem haben alle Angst vor ihm. Seine rechte Hand ist übrigens eine Frau, die ebenso schön wie skrupellos und gefährlich sein soll. Aber das wissen Sie besser als ich, Watson, Sie haben ja schon ihre nähere Bekanntschaft gemacht.«

»Sie war näher, als mir lieb ist. Immerhin hat die Frau nicht auf mich geschossen, so skrupellos scheint sie doch nicht zu sein.«

»Das wird sich zeigen. Wir werden in Zukunft wohl noch mehr von ihr und der Amun-Sekte hören.«

»Das denke ich auch. Hören Sie, Holmes, ist es nicht ein sonderbarer Zufall, daß Sie einen Fall in Ägypten übernehmen, in den auch die Jones involviert sind?«

»Die Welt ist klein, Watson.«

»Dann war es wohl auch keine Überraschung für Sie, in Cairo ausgerechnet auf mich zu treffen, oder?«

»Überraschung? Im Gegenteil, Watson, wenn Sie nach dem Erhalt von Mrs. Jones' Telegramm nicht den nächsten Zug genommen hätten, wären Sie nicht der John Hamish Watson, den ich kenne. Natürlich habe ich mich nicht in Ihnen getäuscht.«

»Also wußten Sie von dem Telegramm?«

»Es ist mir gelungen, in Luxor einen Blick darauf zu werfen«, sagte er leichthin, »auf dem Postamt gab es ein kleines Gedränge.« Dann stand er auf und reichte mir die Hand. »Wissen Sie, alter Freund, ich bin froh, daß Sie hier sind. Auf Ihre Hilfe zählen zu können, ist sehr beruhigend.«

»Danke, Holmes. Das können Sie! Die Kerle werden es noch einmal versuchen, nicht wahr?«

»Ja, davon bin ich überzeugt, und leider auch von etwas anderem: Es dürfte gefährlich werden.«

»Gut, daß ich meinen Revolver mitgebracht habe.«

»Sie werden ihn brauchen, fürchte ich. Allerdings hätte der Baron Ihnen bestimmt aushelfen können. Seine Waffensammlung umfaßt vermutlich nicht nur antike Krummsäbel. Apropos, Watson«, er tastete vorsichtig seinen Hinterkopf ab, »womit haben Sie eigentlich eben zugelangt, mit einem Totschläger?«

»Um Himmels willen, nein! – Ein Zierdolch, Holmes, es war nur ein Zierdolch!«

Holmes zog überrascht eine Augenbraue hoch. »Ein Zierdolch?«

»Genau.« Ich zupfte meine bestickte Weste zurecht. »Er gehört zu meinem Kostüm, verstehen Sie.«

»Tatsächlich?«

»Hören Sie, Holmes, es tut mir natürlich schrecklich leid. Ich konnte ja nicht ahnen, daß Sie es sind!«

»Nein, das konnten Sie wirklich nicht, Sie haben recht. Es war meine eigene Schuld.« Holmes seufzte leicht. »Aber wenn Sie das nächste Mal glauben, mich unbedingt niederschlagen zu müssen, Watson, dann nehmen Sie doch bitte den Turban!«

Wir kehrten zurück in das Zimmer der Jones, die Holmes erst jetzt herzlich begrüßen konnten. Vor allem Luzia schien sehr erleichtert über seine Ankunft zu sein.

Als sich kurz darauf auch Oppenheim einstellte, hielten wir eine Art Kriegsrat ab und berieten über die Situation. Holmes berichtete, wie ihn seine Nachforschungen über die Antiquitätendiebstähle auf die Spur der Amun-Sekte geführt hatten.

Er trug immer noch den Beduinenumhang, hatte aber das

Kopftuch und den falschen Bart abgelegt. Seinen energischen Gesichtszügen merkte man deutlich die Besorgnis an. Diesen Ausdruck von konzentrierter Anspannung kannte ich nur zu gut an ihm und wußte, daß die Lage ernst sein mußte. Trotzdem wirkte allein seine Anwesenheit ermutigend, auch wenn das, was er uns über Imhotep mitzuteilen hatte, nicht gerade beruhigend war.

»Er ist zwar heute wieder einmal erfolglos geblieben, aber so schnell wird er sich nicht geschlagen geben«, schloß er seinen Vortrag und riet dringend zur Abreise aus dem Orient.

»Dazu haben wir uns bereits entschlossen, Mr. Holmes«, stimmte Luzia zu. »Wir wollen gleich morgen aufbrechen.«

»Gut. Dr. Watson und ich werden Sie begleiten.«

»Nicht nur Sie allein, meine Herren!« warf Oppenheim ein. »Wenn Sie erlauben, Mr. Holmes, werde auch ich mit von der Partie sein. Es gefällt mir nicht, wenn Gäste in meinem eigenen Haus überfallen werden, ganz und gar nicht. Dafür zu sorgen, daß ihr sicher nach Köln gelangt, ist das mindeste, was ich tun kann, Luzia! Versuch gar nicht erst, mich davon abzubringen! Außerdem wollte ich schon seit längerem wieder einmal bei der Familie vorbeischauen. Es macht also überhaupt keine Mühe, meine Liebe!«

Holmes schien mit Oppenheims Entschluß gerechnet zu haben und nickte leicht. »Ihre Gesellschaft ist sehr willkommen, Baron! Ein Wächter mehr.«

»Demnach nehmen Sie an, Mr. Holmes, daß Imhotep uns weiter verfolgen wird, auch wenn wir Ägypten verlassen?« fragte Luzia langsam.

»Er wird es versuchen«, antwortete Holmes ruhig.

»Das glaube ich auch.« Jones' bedächtige Stimme klang nachdenklich. »Das Amulett des Tutenchamun muß wirklich von außerordentlicher Bedeutung für die Amun-Sekte sein.«

»Offensichtlich.«

»Was schlagen Sie vor, Mr. Holmes, was sollen wir tun?«

»Zunächst einmal dürfen wir keine Zeit verlieren. Wir müssen aufbrechen, bevor Imhotep einen neuen Überfall organisieren kann. Wenn es uns gelingt, unbemerkt Alexandria zu erreichen, haben wir eine gute Chance, ihn abzuschütteln. Zumindest für eine Weile.«

»Warum so pessimistisch, Holmes? Selbst wenn er uns bis Alexandria auf den Fersen bleiben sollte, wird er uns doch kaum auf die Fähre nach Brindisi folgen. Das Risiko dürfte er nicht eingehen.«

»Ich hoffe doch, Watson.«

»Verstehe, Sie meinen, weil wir ihn dort auf dem Schiff stellen könnten?«

»Nein, weil wir gar nicht an Bord sein werden.«

»Was soll das heißen, nicht an Bord?«

»Wir werden nicht die übliche Route über Brindisi nehmen, sondern statt dessen von Alexandria nach Konstantinopel übersetzen. Die ›Zarin Katharina‹ läuft morgen nachmittag aus, und Kabinen für die Passage nach Konstantinopel sind bereits gebucht.«

»Das sieht ja fast nach einer Flucht aus, Holmes!«

»Es ist auch eine, Watson. Sie sollten die Gefahr, die von Imhotep ausgeht, nicht unterschätzen.«

»Konstantinopel«, sagte Oppenheim gedehnt, »und von dort aus weiter mit dem Orientexpreß.« Er nickte zustimmend. »Die Strecke ist nur unwesentlich länger.«

»Vor allem ist sie sicherer, Baron, das ist der entscheidende Punkt. Wenn wir erst an Bord der ›Zarin Katharina‹ sind, werde ich mich wohler fühlen. Sorge macht mir allerdings die Abreise. Wenn Imhotep uns auf dem Weg zum Bahnhof sieht, weiß er, daß wir nach Alexandria wollen. Vermutlich läßt er schon jetzt das Haus hier beobachten. Wir können nur versuchen, schneller zu sein als er.«

»Ich glaube, wir können noch etwas mehr tun, Mr. Holmes, nämlich den Hauptbahnhof umgehen. Zufällig ist auch der Direktor der Eisenbahngesellschaft heute mein Gast. Ich werde ihn bitten, einen unauffälligen Waggon nur für uns allein am Güterbahnhof bereitstellen zu lassen, damit dürfte selbst ein Imhotep nicht rechnen.«

»Eine ausgezeichnete Idee, Baron!« Holmes erhob sich und verkündete überraschend, sich verabschieden zu müssen. »Ich bin sicher, daß wir heute nacht nichts mehr von der Amun-Sekte zu befürchten haben. Mrs. Jones, meine Herren.« An der Tür nahm er mich beiseite. »Wenn es Ihnen nichts ausmacht, Watson, möchte ich Sie bitten, mein Gepäck abholen zu lassen und mit nach Alexandria zu transportieren. Es ist unter dem Namen Sigerson im ›Hotel du Nil‹ deponiert.«

»Sie fahren nicht zusammen mit uns?«

»Nein, Watson, ich habe noch eine Kleinigkeit hier zu erledigen. Wir sehen uns morgen in Alexandria.«

Nach einer kurzen Nachtruhe brachen wir am nächsten Morgen schon früh auf. Wir führten keinerlei Gepäck mit uns, das würden zwei zuverlässige Dienstboten unauffällig besorgen. Sollte uns tatsächlich jemand beobachten, mußte es so aussehen, als wollten wir nur einen Ausflug unternehmen. Es war mit dem Kutscher ausgemacht, daß er sich auf Umwegen dem Güterbahnhof nähern sollte. So brauchten wir fast eine Stunde für die Strecke, die uns erst durch das Regierungsviertel führte, bevor wir in den arabischen Teil von Cairo gelangten. Der Verkehr war überall gleich lärmend und dicht. In meiner Jackentasche steckte der geladene Revolver, aber ich konnte während der Fahrt niemanden entdecken, der uns zu folgen schien.

Am Bahnhof wurden wir von Oppenheim empfangen. Er hatte alles vorbereitet und führte uns sofort zu einem Nebengleis, wo ein kleiner Zug wartete. Die Lokomotive stand bereits unter Dampf, und aus dem Führerstand beugte sich nun ein Mann heraus. Ungeduldig winkte er zu uns herüber. Wir liefen die sechs oder sieben Waggons entlang zum letzten Wagen, dessen Tür offenstand, und kletterten hinein. Kaum hatten wir die schwere Tür hinter uns geschlossen, als der Zug sich auch schon in Bewegung setzte.

Ich sah mich um. Mein erster Eindruck war richtig gewesen, wir befanden uns in einem Gepäckwagen. Oppenheim hatte meine Musterung bemerkt und lächelte.

»Es schien mir eine gute Tarnung zu sein, Dr. Watson. Außerdem mußte ich ja einen plausiblen Grund angeben, weswegen ich einen Waggon ausgerechnet auf dem Güterbahnhof benötige.« Er zeigte auf mehrere sehr große Stoffballen, die im hinteren Teil des Wagens auf dem Boden lagen und mit dicken Seilen verschnürt waren.

Neugierig trat ich näher. »Was ist denn das?«

»Nur ein Zelt, Dr. Watson. Mein Bruder bat mich darum, ihm ein echtes Beduinenzelt mitzubringen. Er möchte seinen Gartenfesten daheim eine orientalische Note verleihen, wissen Sie.«

»Ein Zelt? Meine Güte, es muß ja riesig sein!«

»Nun, für hundert Personen reicht es bestimmt. Und es läßt sich noch auf andere Weise nutzen.« Er bückte sich, um einen zusammengerollten Teppich aufzuheben, der ebenfalls zu seinem Gepäck gehörte. Ich half ihm dabei. Gemeinsam rollten wir ihn auf und legten ihn über die Zeltbahnen. Er war groß genug, daß wir alle auf ihm Platz fanden. Ein wenig erinnerte es mich an ein Zigeunerlager, aber ich war schon wesentlich unbequemer gereist.

Wir verließen die Stadt zunächst in südlicher Richtung, fuhren dann westwärts in einem großen Bogen um Cairo herum nach Norden und liefen schließlich in den Hauptbahnhof ein. Dort wurde unser Waggon an den Zug nach Alexandria angekoppelt. Während des Rangiermanövers hatte ich an einer kleinen vergitterten Fensterluke Posten bezogen und beobachtete das lebhafte Treiben auf den Bahnsteigen. Niemand schien sich für unseren Waggon zu interessieren. Als der Zug wieder Fahrt aufnahm und aus dem Bahnhof dampfte, war ich mir sicher, daß unsere Abreise aus Cairo unbemerkt geblieben war.

Offensichtlich hatte niemand den Kaiserlichen Legationsrat Freiherr Max von Oppenheim samt Begleitung in einem einfachen Gepäckwagen vermutet. Die Täuschung war gelungen.

Wir erreichten Alexandria noch rechtzeitig genug, um uns auf der »Zarin Katharina« einschiffen zu können. Hinter dem pompösen Namen verbarg sich ein kleiner Dampfer, der für eine russische Linie die Strecke Alexandria–Konstantinopel befuhr. Holmes schien eine gute Wahl getroffen zu haben, die gebuchten Kabinen machten einen angenehmen Eindruck, und alles hätte zufriedenstellend sein können – wenn Holmes nur selbst auch an Bord gewesen wäre. Aber es gab noch kein Lebenszeichen von ihm, und viel Zeit blieb ihm nicht mehr. Es war nicht zu übersehen, daß sich die Mannschaft auf das Ablegemanöver vorbereitete.

Voller Unruhe standen wir an Deck und hielten Ausschau nach Holmes. Unter uns ertönte ein Befehl, und zwei Matrosen fingen an, die Landungsbrücke einzuziehen. Plötzlich bog ein Einspänner um das Hafengebäude und jagte im vollen Galopp den Kai hinunter auf uns zu. Es mußte Holmes sein, die hagere Gestalt im Fond war unverwechselbar. Oppenheim beugte sich über die Reling und rief den Matrosen etwas zu. Aber da hatte die Kutsche auch schon die Anlegestelle erreicht und hielt an. Die Tür flog auf, und Holmes sprang heraus. Mit zwei schnellen Schritten war er an der Kaimauer, mit dem dritten hechtete er über den rasch größer werdenden Spalt zwischen Mauer und Landungsbrücke und landete sicher auf der anderen Seite, bevor der Steg von den Matrosen ganz eingeholt wurde. Im selben Augenblick ertönte durchdringend die Sirene, Hafenarbeiter lösten die Vertäuung von den Pollern, und die »Zarin Katharina« legte ab.

»Das war knapp, Holmes! Wo haben Sie nur gesteckt?« begrüßte ich ihn, als er wenig später zu uns auf das Passagierdeck stieg.

»Ich war drüben am neuen Hafen, Watson. Die Fähre nach Brindisi ist eben ausgelaufen, und ich wollte mich vergewissern, daß eine gewisse junge Dame auch tatsächlich mitgefahren ist.«

Natürlich wußte ich, von wem er sprach. »Sie meinen, Imhoteps Leute sind jetzt auf dem anderen Schiff?«

»So ist es.«

»Also genau, wie Sie vermutet haben, Mr. Holmes!« Oppenheim nickte anerkennend. »Gratuliere!«

Holmes antwortete nicht sofort. Statt dessen zog er seine Pfeife aus der Tasche und begann, sie zu stopfen. Sein Gesichtsausdruck wirkte ernst. »Nein, Baron, zum Gratulieren ist es noch zu früh, fürchte ich.«

»Aber Holmes, das bedeutet doch, daß wir Imhotep abgehängt haben!«

»Nicht unbedingt, Watson.« Holmes trat zur Reling und stützte sich auf das Geländer. Mittlerweile hatten wir den Hafen verlassen. Querab in einigen Meilen Entfernung stand eine Rauchsäule über dem Wasser, die zur Fähre nach Brindisi gehören mußte. Holmes sah mit zusammengekniffenen Augen hinüber.

»Nicht unbedingt«, wiederholte er leise.

Durch das Land der Skipetaren

Bei ruhiger See dauerte die Überfahrt von Alexandria nach Konstantinopel nur zwei Tage. Während dieser Zeit bekamen wir Holmes kaum zu Gesicht, nicht einmal zu allen Mahlzeiten erschien er. Darauf angesprochen, hatte er nur mit den Schultern gezuckt und lapidar erwidert: »Seit fünf Tagen habe ich nicht mehr geschlafen, Watson. Ich muß die Zeit nutzen.«

Nachdem unser Dampfer glücklich die Dardanellen passiert und das Marmara-Meer durchquert hatte, hielt er endlich direkt auf Konstantinopel zu. Als wir in den Bosporus einfuhren, versammelten wir uns alle an Deck, um das berühmte Panorama zu betrachten. Rings um uns lag die Hauptstadt des Osmanischen Reiches ausgebreitet, und vom Wasser aus war der Anblick der zahlreichen Moscheen, Minarette und Paläste beeindruckend. Auf der riesigen Reede wimmelte es von Booten und Schiffen in allen Größen und Bauarten, die zwischen den einzelnen Stadtteilen verkehrten und dazu hier in dieser Stadt manchmal sogar auf einen anderen Kontinent übersetzen mußten.

Die »Zarin Katharina« legte in Galata an, einem auf der europäischen Seite gelegenen Stadtteil. Auf dem modernen Kai, der den großen Linien, die regelmäßig Konstantinopel anliefen, als Ankerstelle diente, herrschte lärmender Betrieb. Hier hatten bereits mehrere andere Dampfer festgemacht und löschten ihre Ladung.

Holmes drängte zur Eile, bis zur Abfahrt des Zuges blieb uns nicht viel Zeit. Dank Oppenheims Diplomatenpaß und einer diskret gezückten Brieftasche ließen sich zwar die amtlichen Formalitäten rasch erledigen. Trotzdem wurde die Zeit knapp, denn der Sirkeci-Bahnhof, die Endstation des Orientexpreß, befand sich in Stambul, und das lag auf der anderen Seite des Goldenen Horns.

Zwei Droschken brachten uns und unser Gepäck über die Galatabrücke auf das jenseitige Ufer. Unterwegs kamen wir nur langsam voran, weil die Brücke genauso mit Menschen und Fahrzeugen überfüllt war wie schon der Kai. Ungeduldig, aber doch neugierig musterte ich die Menschen auf der Brücke, und dabei fielen mir besonders die Kopfbedeckungen auf. Anders als die Ägypter in Cairo oder gar Luxor trugen viele der türkischen Männer europäische Kleidung, aber nur wenige auch die passenden Hüte dazu. Die meisten von ihnen hielten weiterhin am traditionellen türkischen Fez fest, dessen leuchtendrote Farbe überall in der Menge aufblitzte. Seine Kombination mit Krawatte und moderner Straßenkleidung ergab eine reizvolle Mischung von Orient und Okzident.

Gleiches galt für das prachtvolle Bahnhofsgebäude, das erst vor wenigen Jahren eigens für die berühmte neue Eisenbahnlinie erbaut worden war. Es lag nicht weit vom Ende der Brücke entfernt, nahe am Uferkai. Trotzdem mußten wir fürchten, zu spät zu kommen, die fahrplanmäßige Abfahrtszeit war schon überschritten. Aber wir hatten Glück, als wir den Bahnhof betraten, sahen wir den Orientexpreß noch auf Gleis eins stehen, wenn auch schon unter Dampf. Offenbar hatte man nur auf uns gewartet, denn mehrere uniformierte Bedienstete der Eisenbahngesellschaft führten uns sofort eilig zum letzten Waggon des Zuges. Mit Hilfe einer kleinen Armee von Gepäckträgern verfrachteten sie auch noch Oppenheims Zelt in den Gepäckwagen, der gleich hinter unserem Waggon angehängt war und den Abschluß des Zuges bildete.

Kaum war unser Gepäck verladen, als draußen auf dem Bahnsteig Signalpfiffe ertönten und die Lokomotive mit rhythmisch stampfendem Geräusch Fahrt aufnahm. Langsam rollten wir aus dem Bahnhof. Die Strecke verlief zuerst am Topkapi Serail vorbei, dann rund um Stambul am Bosporusufer entlang und würde uns anschließend weiter quer durch Europa bis nach Köln führen, ohne daß wir den Zug verlassen mußten. Ein beruhigendes Gefühl, nicht einmal Imhotep konnte uns jetzt noch einholen.

Erleichtert sank ich in die bequemen Lederpolster zurück. Erst jetzt fiel mir die luxuriöse Einrichtung auf. Für die Wandvertäfelung hatte man Teakhölzer gewählt und sie mit Intarsien geschmückt. Alle Metallteile bestanden aus poliertem Messing, und die Zwischentüren wiesen Füllungen aus geschliffenem

Glas mit dekorativen Ornamenten auf. Den Boden bedeckten schwere Teppiche. Selbst für den legendären Orientexpreß war die Ausstattung bemerkenswert üppig. Außerdem waren wir allein. Außer uns gab es keine anderen Fahrgäste in dem Waggon.

Ich wußte, daß Oppenheim telegraphisch von Cairo aus Plätze reserviert hatte, aber mit einem eigenen Wagen nur für uns allein hatte ich nicht gerechnet.

»Der Zug war bereits vollständig ausgebucht«, erläuterte der Baron, »es gab nicht einen einzigen freien Platz mehr. Zum Glück habe ich einmal bei einem offiziellen Anlaß die Bekanntschaft von Monsieur Nagelmackers gemacht, dem Direktor der Eisenbahngesellschaft, und mich deshalb persönlich an ihn gewandt. Er schickte mir ein Kabel zurück und bot mir einen Sonderwagen an, den ich auch umgehend geordert habe.«

»Mir gefällt es hier, Max, und Indy offensichtlich auch!« Luzia hatte in einem der Sessel Platz genommen und tätschelte den Hund, der sich vor ihr auf den Boden gelegt hatte und nun zufrieden grunzte. »Wir hätten es wesentlich schlimmer treffen können.«

Oppenheim dankte mit einer kleinen Verbeugung. »Wenigstens ist es kein Gepäckwagen, wolltest du wohl sagen! Der Direktor ließ mir übrigens ausrichten, daß seine Gesellschaft diesen Salonwagen gewöhnlich für den Fürsten von Bulgarien bereithält.«

»Für den Fürsten von Bulgarien?« wiederholte ich erstaunt.

»So ist es«, erwiderte er, »es stört Sie hoffentlich nicht, daß es sich um einen Ausländer handelt, Dr. Watson.« Natürlich machte er sich über mich lustig, aber seinem spöttischen Lächeln fehlte jede Schärfe. »Ich kann Ihnen nämlich versichern, daß der Fürst auf mich den Eindruck eines vollkommenen Gentlemans gemacht hat.«

»Es freut mich, das zu hören, Baron«, ging ich auf seinen Ton ein, »bei fürstlichen Herrschaften kann man dessen ja nie sicher sein.«

Über die Kosten für den Wagen, deren Höhe sich ebenfalls auf einem fürstlichen Niveau bewegen durfte, hatte er kein Wort verloren. Mir wurde allmählich bewußt, wie reich der Baron sein mußte. Luzia hatte mir zwar erzählt, daß seine Familie in Köln seit Generationen ein Bankhaus führte, aber ich hatte mir keine genaue Vorstellung davon gemacht, was das eigentlich bedeutete. Jetzt mußte ich an eine flüchtige Bemerkung von ihr denken. Beiläufig hatte sie erwähnt, daß sich die Oppenheims durchaus mit den Rothschilds messen konnten. Wie es aussah, schien sie damit keineswegs übertrieben zu haben.

»Während der Fahrt steht uns der Salon hier zur Verfügung«, erklärte der Baron, »und im hinteren Teil des Wagens gibt es ein Wasch-Cabinet und vier Doppel-Abteile. Das dürfte für uns genügen, denke ich.«

Holmes hatte inzwischen den Wagen inspiziert und schien mit dem Ergebnis zufrieden zu sein. »Ein fürstliches Schlafabteil, Holmes! Was halten Sie davon?« fragte ich ihn.

»Mrs. Watson wird begeistert sein, wenn sie davon erfährt«, war sein einziger Kommentar. Es brauchte schon mehr als einen Fürsten von Bulgarien, um Sherlock Holmes zu beeindrucken. »Mich interessiert mehr die Sicherheit, die uns ein eigener Wagen bietet. Hinter uns ist nur noch der Gepäckwagen. Außer dem Zugpersonal hat also niemand Zutritt, und die Verbindungstür zum nächsten Wagen ist leicht zu bewachen. Ich schlage vor, daß wir uns das Essen hier im Salon servieren lassen. Dann brauchen wir während der Fahrt den Wagen nicht zu verlassen.«

»Ist diese Vorsicht wirklich nötig, Holmes? Wie soll Imhotep uns jetzt noch folgen können? Er weiß ja nicht einmal, daß wir längst im Orientexpreß sitzen und nach Köln unterwegs sind.«

»Da wäre ich mir nicht so sicher, Watson! Fest steht, daß er über unsere Abreise aus Cairo informiert war. Deshalb haben seine Leute in Alexandria nach uns Ausschau gehalten und die Fähre nach Brindisi genommen. Sie werden schnell gemerkt haben, daß es das falsche Schiff war und wir eine andere Route gewählt haben. Also ist es nur eine Frage der Zeit, bis Imhotep herausgefunden hat, daß wir in diesem Zug sind.«

Oppenheim nickte. »Ich stimme Ihnen zu, Mr. Holmes, aber was könnte er schon ausrichten? Niemand ist schneller als der Orientexpreß! Und mit etwas Glück erreichen wir ja Köln, bevor er uns überhaupt ausfindig gemacht hat.«

»Unterschätzen Sie den Mann nicht, Baron!« sagte Holmes langsam, und ihm war deutlich anzumerken, daß er Oppenheims Optimismus nicht teilte. »Allerdings haben Sie in einer Hinsicht recht, denn was immer Imhotep auch unternehmen wird, er braucht dazu eine gewisse Vorbereitungszeit. Also dürften wir zumindest in den nächsten vierundzwanzig Stunden nichts zu befürchten haben.«

Die Ausstattung meines geräumigen Abteils konnte sich durchaus mit dem Luxus des Salons messen. Auch hier hatte man an nichts gespart, um die Reise so bequem wie möglich zu gestalten. Ich wußte die Annehmlichkeit zu schätzen, denn immerhin würde die Fahrt bis Köln fast drei Tage dauern. Ein Schaffner hatte bereits meinen Koffer bereitgestellt, und ich zog mich für das Abendessen um.

Oppenheim war dem Vorschlag von Holmes gefolgt und hatte in der Zwischenzeit den großen Tisch im Salon zum Dinner decken lassen. So blieben wir unter uns und genossen in zunehmend heiterer Atmosphäre eine Mahlzeit, die dem kulinarischen Ruf des Orientexpreß mehr als gerecht wurde. Nur das gedämpfte rhythmische Geräusch der Lokomotive und ein gelegentliches leichtes Schlingern erinnerten daran, daß wir uns in einem Zug befanden. Hin und wieder huschten draußen vor den Fenstern Lichter von Bahnhöfen und Städten vorbei und brachten uns die rasende Geschwindigkeit zu Bewußtsein, mit der wir durch die Nacht brausten. Noch vor zwei Generationen hätte niemand eine so komfortable und schnelle Art zu reisen für möglich gehalten.

Unser erster Reisetag verlief zunächst ruhig und angenehm. Noch in der Nacht hatten wir die Türkei verlassen und waren durch Ostrumelien gefahren. Vormittags passierten wir dann die Grenze zum eigentlichen Bulgarien.

Während draußen die wildromantische Berglandschaft des Balkans vorüberzog, saß ich zusammen mit Luzia und Oppenheim plaudernd im Salon zusammen. Abgesehen vom Hund, der sich in einer Ecke zusammengerollt hatte, waren wir allein. Henry hatte sich mit dem Lokomotivführer angefreundet und verbrachte seitdem jede Minute auf dem Führerstand. Jones arbeitete in seinem Abteil weiter die Papiere des Professors durch, womit er schon auf dem Schiff begonnen hatte. Auch Holmes ließ sich nicht sehen, er war gleich nach dem Frühstück in sein Abteil zurückgekehrt. Fast hatte es den Anschein, als könnte er Schlaf nicht nur nach-, sondern auch vorholen.

Gegen Mittag erreichten wir Sofia, die Hauptstadt Bulgariens. Den Halt nutzte Luzia, um den Hund auszuführen. Henry und ich begleiteten sie. Auf dem Bahnsteig wurden wir mit neugierigen Blicken bedacht, die uns und dem Sonderwagen galten. Offensichtlich kannte man hier den Wagen des Fürsten.

Bei der Rückkehr wurden wir von Holmes empfangen, der nicht sehr glücklich über unseren Ausflug war und mir Vorhaltungen machte. »Gratuliere, Watson! Wenn Imhotep den Bahnhof überwachen läßt, weiß er jetzt, wo wir sind.«

»Übertreiben Sie jetzt nicht etwas, Holmes? Er kann doch nicht jeden Bahnhof überwachen lassen!«

»Warum nicht? Ich an seiner Stelle würde es tun. Na, wenigstens haben Sie daran gedacht, mir die ›Times‹ mitzubringen!« Kurzerhand nahm er mir die Zeitung aus der Hand und setzte sich mit ihr an den Tisch. »Vielen Dank, Watson.«

»Keine Ursache, Holmes.«

Den Nachmittag verbrachte ich damit, einen Brief an meine Frau zu schreiben. Holmes war immer noch mit der »Times« beschäftigt, und auch Luzia hatte ihre Lektüre, einen Band mit Erzählungen von Edgar Allan Poe, mit in den Salon gebracht. Eine Weile blieb es still, dann klappte sie ihr Buch zu und fragte Holmes, wie er über Detektivgeschichten dachte, zum Beispiel über den »Entwendeten Brief«, den sie gerade las.

Holmes sah von der »Times« hoch. »Über die literarischen Qualitäten des Autors maße ich mir kein Urteil an, dafür ist Dr. Watson zuständig, aber was detektivische Methoden angeht, Mrs. Jones – so steht für mich eins fest: Offensichtlich hat Mr. Poe noch nie ein Zimmer durchsucht.«

»Demnach halten Sie wohl nicht viel von seinen kriminalistischen Fähigkeiten, Holmes?« fragte ich.

Holmes zog eine Braue steil nach oben. »Nehmen Sie es mir

bitte nicht übel, Watson, aber der Mann war Schriftsteller, weiter nichts.«

Luzia lachte. »Professor Blunt war da anderer Ansicht. Er hat immer gesagt, Poe wäre ein guter Archäologe geworden.«

Holmes merkte auf. »Professor Blunt?«

»Ja, von ihm habe ich das Buch, es war seine Lieblingslektüre und hat in der Truhe gelegen, zusammen mit dem restlichen Nachlaß.«

»Tatsächlich?« Holmes bat um den Band, musterte ihn aufmerksam und blätterte die Seiten durch, bevor er ihn wieder zurückgab. »War sonst noch etwas in der Kiste, das nichts mit der Expedition zu tun hat?« Seine Stimme klang nachdenklich.

Auch ich wunderte mich etwas darüber, was so ein schon recht schäbiges und zerlesenes Exemplar dort zu suchen hatte.

»Nein«, antwortete Luzia, »soweit ich weiß, nicht.«

Holmes nickte leicht, sagte aber nichts.

»Sicher nur ein Zufall, Holmes«, warf ich ein.

»Schon möglich, Watson.« Er sah mich einen Moment lang ausdruckslos an, dann wandte er sich wieder seiner Lektüre zu.

Rechtzeitig zum Tee fanden sich auch Oppenheim und Jones wieder im Salon ein. Wir hatten gerade die Grenze überquert und befanden uns bereits auf serbischem Gebiet. Die nächste Station war Nisch. Mittlerweile machte sich die Entfernung zu Ägypten bemerkbar. Die Temperaturen waren deutlich gefallen, und auf den höheren Berggipfeln entlang der Strecke lag bereits Schnee. Wien und damit auch Köln rückten immer näher.

»Wie kommen Sie voran, Dr. Jones?« fragte Holmes. »Haben Sie in den Unterlagen des Professors etwas gefunden, was das Interesse Imhoteps daran erklären könnte?«

»Ich bin mir nicht sicher, Mr. Holmes. Die Arbeit ist doch wesentlich mühseliger, als ich gehofft hatte.« Jones lächelte kurz und wurde für seine Verhältnisse geradezu scherzhaft. »Professor Blunt besaß viele Tugenden, aber eine leserliche Handschrift zählte leider nicht dazu. Außerdem sind ab einem bestimmten Datum einige seiner Aufzeichnungen verschlüsselt. Vielleicht geht es Imhotep genau um diese Passagen.«

»Verschlüsselt? Sein eigenes Tagebuch?« Überrascht setzte

ich meine Tasse ab. »Etwas umständlich für den persönlichen Gebrauch, finden Sie nicht?«

»Ja, offensichtlich hat er damit gerechnet, daß es in fremde Hände fallen könnte, und wollte bestimmte Informationen geheimhalten.«

»Welche Informationen?« wollte Oppenheim wissen.

Jones rückte an seiner Brille. »Nun, aus dem nichtverschlüsselten Kontext der Stellen geht eindeutig hervor, daß in ihnen von Tutenchamun die Rede ist, von seinem Grab und auch von dem Amulett.«

»Tutenchamun«, wiederholte Oppenheim, »dann können wir wohl annehmen, daß es Imhotep und seine Leute waren, die nach Blunts Willen die verschlüsselten Informationen auf keinen Fall erhalten sollten.«

»Genausowenig wie das Amulett!« ergänzte ich. »Wie denken Sie darüber, Holmes?«

»Ich denke, daß Sie Dr. Santer nicht vergessen sollten, Watson«, antwortete er ruhig. »Was steht denn genau in den betreffenden Textstellen, Dr. Jones?«

»Das weiß ich nicht, ihre Entschlüsselung ist mir bisher noch nicht gelungen. Auch Luzia hat es schon vergeblich versucht. Der Professor muß einen sehr komplizierten Code benutzt haben, wenn ihn sogar eine Mathematikerin nicht versteht.« Jones zeigte auf eine Mappe, die er mitgebracht hatte. »Ich habe die chiffrierten Aufzeichnungen kopiert, damit man sie besser lesen kann. Zu allem Überfluß nämlich ist allein schon Blunts Handschrift in diesen Passagen noch schwerer zu entziffern als gewöhnlich.«

Holmes beugte sich über die Blätter und vertiefte sich in die Lektüre des Textes. Sein Gesicht nahm dabei jenen Ausdruck äußerster Konzentration an, der so typisch für ihn war. Ich zweifelte nicht daran, daß er das Rätsel von Blunts Geheimschrift lösen würde. Seine beiden Abhandlungen über Kryptographie waren zwar an entlegener Stelle publiziert worden, genossen aber in Fachkreisen hohes Ansehen. Ich selbst hatte schon öfter Gelegenheit gehabt, über seine bemerkenswerten Fähigkeiten auf diesem Gebiet zu staunen.

Aber so einfach ließ sich Blunts Code offenbar nicht entziffern. Nach einigen Minuten zeigten sich scharfe Falten auf Holmes' Stirn. Schließlich ließ er das Blatt sinken und lehnte sich zurück. »Seltsam«, sagte er leise, kniff die Augen zusammen und schüttelte langsam den Kopf. »Wirklich seltsam.«

»Ich kann Ihnen nur zustimmen, Mr. Holmes«, sagte Luzia mit einem kleinen Lächeln, »und ich muß zugeben, daß ich für diese Schlußfolgerung etwas länger gebraucht habe als Sie.« Dann fuhr sie in ernsthaftem Ton fort. »Ein solcher Code ist mir bisher noch nie begegnet. Ich habe bereits alle mir bekannten Verfahren der Dechiffrierung angewandt, leider ohne Erfolg. Professor Blunts Tagebuch scheint ein Buch mit sieben Siegeln zu sein.«

»Das wird sich noch herausstellen, Mrs. Jones«, antwortete Holmes nachdenklich.

Im Handumdrehen begannen die beiden eine angeregte Fachsimpelei über mathematische Dekodierungsmethoden, der ich bald nicht mehr folgen konnte. Nach den Blicken zu urteilen, die Oppenheim und Jones miteinander wechselten, war ich da nicht der einzige. Aber es gab noch etwas, das ich nicht verstand. Wie kam Blunt dazu, sein Tagebuch auf so raffinierte Art und Weise zu verschlüsseln, daß selbst Holmes vor einem Rätsel stand?

»Ich wußte gar nicht, daß Professor Blunt ein Experte für Kryptographie war«, wandte ich mich an Jones.

»Das war er auch nicht«, antwortete er, »im Gegenteil, er hat immer beklagt, daß ihm jede mathematische Begabung fehlte.«

»Dann hat er entweder maßlos untertrieben, oder aber«, ich zeigte vorsichtig mit dem Kinn auf Holmes und Luzia, »er scheint sehr strenge Maßstäbe an sich angelegt zu haben.«

»Sie haben recht, Watson«, sagte Holmes, ohne den Kopf zu heben, »das ist in der Tat merkwürdig.« Dann sah er auf. »Ich würde gern einen Blick auf das Original werfen, Dr. Jones.«

»Selbstverständlich, Mr. Holmes.« Jones zog aus seiner ausgebeulten Jackentasche einen dicken, abgegriffenen Band im handlichen Oktav-Format heraus und legte ihn vor uns auf den Tisch. »Das ist nur der letzte Band«, erläuterte er, »und der einzige, der teilweise verschlüsselt ist. Hier zum Beispiel, sehen Sie?« Er schlug das Buch auf und zeigte auf eine Stelle.

Neugierig trat ich hinter Holmes und sah zu, wie er die Seiten umblätterte. Es war ein faszinierendes Buch. In Blunts fast mikroskopisch kleiner Handschrift fanden sich persönliche Bemerkungen und Berichte über verschiedene Grabungen, ergänzt durch Skizzen der Grabstellen, Karten und Lagepläne. Blunt hatte sich die Mühe gemacht, viele der Fundstücke akkurat abzuzeichnen und mit Maßangaben zu versehen. Es gab sorgfältig kopierte und zum Teil auch kolorierte Inschriften aus den Gräbern, die sehr malerisch wirkten. Auch in den Textabschnitten waren häufig einzelne Worte oder auch ganze Sätze in Hieroglyphenschrift verfaßt. Zum Ende hin tauchten immer wieder längere Passagen in unverständlichem Buchstabensalat auf.

Das Ganze umgab etwas Geheimnisvolles. Es war ein Buch, das zum Träumen verführte, und in einem Roman von Stevenson oder Rider Haggard würde es unfehlbar die Karte zu einem alten, sagenhaften Schatz enthalten.

Holmes stand auf. »Mit Ihrer Erlaubnis, Dr. Jones, leihe ich mir den Band für eine Weile aus. Ich möchte ihn gründlicher untersuchen. Sie entschuldigen mich.« Er nahm das Buch und zog sich damit in sein Abteil zurück. Die Kopien hatte er auf dem Tisch liegengelassen.

Holmes ließ sich den ganzen Nachmittag über nicht mehr blicken. Niemand von uns wollte ihn stören, aber als die Kellner den Tisch deckten, ging ich nach hinten und klopfte an sein Abteil, um ihn abzuholen. »Es ist Zeit für das Dinner, Holmes!«

»Danke, Watson, warten Sie nicht auf mich!« antwortete er durch die verschlossene Tür.

Erst als der zweite Gang aufgetragen wurde, erschien Holmes endlich und entschuldigte sich in knappen Worten für die Verspätung. Auch während der restlichen Mahlzeit blieb er wortkarg und wirkte leicht abwesend. Vermutlich war er in Gedanken immer noch mit dem Dekodieren beschäftigt. Sein Verhalten überraschte mich nicht. Wenn Holmes sich einmal in eine Aufgabe verbissen hatte, vergaß er meist alles andere um sich herum. Dann konnte es eben passieren, daß er noch in Straßenkleidung zum Dinner erschien, was Oppenheim und Luzia sehr wohl mit amüsierten Blicken registrierten, ohne es weiter zu kommentieren.

Jones hingegen hatte es nicht einmal bemerkt, aber der war ja genauso. Ich hätte jede Wette gehalten, daß er nur seinen Smoking trug, weil Luzia dafür gesorgt hatte.

Nach dem Essen quengelte Henry so lange, bis seine Mutter ihm erlaubte, noch einmal seinen neuen Freund, den Lokomotivführer, zu besuchen. Wie der Blitz war der Junge verschwunden, bevor sein Vater möglicherweise Einspruch erheben konnte.

Oppenheim braute eigenhändig einen türkischen Mokka für uns und erzählte dabei eine haarsträubende Geschichte, wie er einmal zwangsweise an einem Raubzug von Beduinen hatte teilnehmen müssen. Mir kamen zwar leise Zweifel, ob der Baron nicht vielleicht doch ein wenig übertrieb, aber unterhaltsam war sein Bericht allemal. Wie das Abenteuer damals ausgegangen war, sollte ich nie erfahren, denn Oppenheim wurde brüsk unterbrochen.

Holmes hatte plötzlich seine Hand gehoben. »Ruhe, bitte!«

In seinem unerwarteten Befehl hatte so viel Autorität gelegen, daß Oppenheim mitten im Satz aufhörte zu reden und ihn überrascht ansah. Holmes stand vom Tisch auf und ging zu einem der Fenster.

»Was haben Sie denn, Holmes?« fragte ich, aber dann fiel es mir auch auf: Der Zug fuhr unnatürlich langsam. Die Strecke führte hier durch eine abgelegene, wilde Berglandschaft mit engen Kurven und vielen Steigungen, auf denen die Lokomotive immer wieder ihr Tempo drosseln mußte, aber jetzt bewegten wir uns langsamer als nötig, schien mir.

Holmes drehte sich zu uns herum. »Hören Sie!«

Niemand von uns sprach ein Wort. Alle lauschten wir in die eingetretene Stille hinein. Etwas ratlos sagte ich schließlich: »Tut mir leid, Holmes, ich höre nichts!«

»Sie haben es erfaßt, Watson!«

»Was wollen Sie damit –«, begann ich, aber Luzia unterbrach mich.

»Die Lokomotive! Sie ist kaum noch zu hören.«

Endlich verstand ich. Ich hatte mich schon so an das permanente Geräusch der Dampfmaschine gewöhnt, daß ich es gar nicht mehr bewußt wahrnahm. Als ich jetzt besonders darauf achtete, merkte ich, daß es tatsächlich leiser geworden war. Sogar sehr viel leiser.

»Wir scheinen zu halten.« Oppenheim runzelte die Stirn und sah auf seine Uhr. »Merkwürdig, wenn ich mich recht erinnere, ist laut Fahrplan hier kein Zwischenstopp vorgesehen. Bis Belgrad brauchen wir mindestens noch drei Stunden.«

Ich stand auf und ging hinüber zu Holmes ans Fenster. Oppenheim hatte recht. Die Dämmerung war bereits angebrochen, aber ich konnte genug erkennen, um zu sehen, daß wir nur noch im Schrittempo rollten. Irgend etwas stimmte nicht.

»Es geht los, Watson!« sagte Holmes leise.

Was er damit meinte, wurde schon im nächsten Augenblick klar. Glas splitterte, als plötzlich die vordere Tür aufgetreten wurde und drei oder vier wild aussehende Gestalten mit lautem Gebrüll in den Wagen stürmten. Der vorderste hielt eine Pistole in der Hand, ein Schuß krachte, und wo eben noch Holmes gestanden hatte, schlug eine Kugel in die Holzvertäfelung ein. Zu einem zweiten Schuß kam er nicht mehr, Indy hatte ihn bereits mit wütendem Bellen angefallen und sich in seinen Arm verbissen. Der Mann schrie auf und ließ die Pistole fallen. Sofort drängten sich zwei seiner Kumpane an ihm vorbei. Den ersten schickte Holmes mit einem Kinnhaken zu Boden, aber der zweite sprang ihn an und warf ihn nach hinten. Ineinander verkrallt, rollten sie unter den Tisch.

Ich konnte ihm nicht helfen, denn in der Tür tauchten noch weitere Männer auf und stürzten sich auf uns. Luzia schleuderte den Kupfertopf mit dem brühendheißen Kaffee auf sie und brachte so den Angriff ins Stocken. Jones hatte unterdessen scheinbar mühelos einen der schweren Sessel hochgehoben und hielt ihn wie einen Schutzschild vor sich. Zwei der Angreifer konnte er damit zurückdrängen, doch ein dritter nutzte die entstandene Lücke und lief brüllend auf mich zu. In seiner Rechten schwang er ein gewaltiges Messer.

Nur um Millimeter fuhr die Klinge an meinem Hals vorbei. Den zweiten Hieb blockte ich ab, und es gelang mir, sein Handgelenk zu packen. Der Mann versuchte, sich aus meinem Griff herauszuwinden, aber an reiner Kraft konnte ich es mit ihm aufnehmen. Für einen Moment standen wir uns Auge in Auge gegenüber, und er keuchte mir seinen nach Knoblauch stinkenden Atem ins Gesicht. Dann spürte ich sein Knie, das er mir in den Unterleib rammte. Ich stöhnte auf und ließ seine Hand los. Unfähig, mich zu wehren, sackte ich in mich zusammen und sah nur noch, wie mein Gegner erneut mit dem Messer ausholte. Aber der tödliche Stoß blieb aus. Jemand schoß, und die Kugel riß den Mann zur Seite. Das Messer fiel aus seinen kraftlos gewordenen Fingern. Er schrie auf, torkelte ein, zwei Schritte zurück und preßte die andere Hand auf seinen Rockärmel, der sich rot verfärbte.

»Sind Sie verletzt, Dr. Watson?« hörte ich Oppenheims Stimme.

Der Baron kniete mit einem Bein auf dem Boden und hielt die noch rauchende Pistole in der Hand, die der erste Angreifer verloren hatte. Mit seinem Schuß hatte er mir das Leben gerettet.

Bevor ich ihm antworten konnte, wurde hinter mir die Tür zu den Abteilen aufgestoßen. Jetzt würden sie uns von zwei Seiten in die Zange nehmen. Ich richtete mich wieder auf und wappnete mich innerlich gegen eine neue Attacke. Tatsächlich stand in der Tür einer von diesen Banditen, aber statt uns anzugreifen, rief er nur laut einen knappen Befehl. Dann drehte er sich um und lief nach hinten, zum Ende des Waggons.

Sein Kommando schien das Signal zum allgemeinen Rückzug gewesen zu sein, denn sofort ließen auch die anderen vom Kampf ab, packten ihre verwundeten Kameraden und zogen sich durch die vordere Tür zurück. So plötzlich, wie er angefangen hatte, war der Spuk auch wieder vorbei. Der ganze Überfall konnte nicht länger als eine halbe Minute gedauert haben. Die einsetzende Stille wirkte nach dem Kampflärm fast unheimlich.

Holmes war ans Fenster getreten. »Sie sind abgesprungen«,

verkündete er, und seine Stimme klang weniger erleichtert als vielmehr verwundert.

Auch mir kam die Angelegenheit nicht geheuer vor. »Warum haben die so schnell aufgegeben, Holmes? Beinahe so, als hätten sie es gar nicht ernst gemeint? Dabei waren sie doch in der Überzahl.«

»Vielleicht haben sie ja schon erreicht, was sie wollten, Watson.«

Jones schreckte auf. »Die Papiere!« rief er und lief zu seinem Abteil.

Luzia sah ihm hinterher. »Die Männer waren doch gar keine Ägypter, Mr. Holmes«, sagte sie zweifelnd.

»Nein«, stimmte Oppenheim zu, »auf mich machten sie den Eindruck von Serben oder Albanern.«

Holmes nickte. »Gewöhnliche Banditen, weiter nichts. Ganz sicher gehören sie nicht der Amun-Sekte an.«

»Sie denken an gedungene Mörder?« fragte ich.

»Selbstverständlich, Watson. Selbst der Orientexpreß ist nicht so schnell wie ein Telegramm. Und offensichtlich hat Imhotep keine Sekunde verloren, sobald er wußte, daß wir in diesem Zug sind. Der Überfall geht natürlich auf sein Konto. Ich sagte Ihnen ja schon, daß Sie ihn nicht unterschätzen dürfen.«

Jones kehrte aus seinem Abteil zurück und ließ sich in einen Sessel fallen. Man mußte ihn nur ansehen, um zu wissen, daß Holmes' Vermutung zutraf. »Es ist alles weg!« sagte er niedergeschlagen. »Das Amulett, die Tagebücher, sogar die Kopien. Sie haben einfach die ganze Truhe mitgenommen!«

»Also war der Kampf hier im Wagen nicht viel mehr als ein Ablenkungsmanöver, nur damit sie ungestört Blunts Unterlagen beiseite schaffen konnten«, sagte Oppenheim langsam und strich mit der Hand durch seinen Bart. »Jetzt hat Imhotep das Amulett doch noch bekommen.«

»Ich fürchte, das ist im Moment unser geringstes Problem!« sagte Holmes mit plötzlich veränderter Stimme und lief nach vorne zur Verbindungstür. Alarmiert durch seinen Ton, folgten wir ihm nach draußen auf die offene Plattform. Es gab wirklich Grund zur Sorge. Der Zug fehlte.

Weit in der Ferne konnten wir eben noch die Rücklichter des nächsten Waggons erkennen, bis sie auf einmal verschwanden, als der Zug in eine Kurve bog und ein großer Felsen die Sicht verdeckte.

Luzia fand als erste die Sprache wieder. »Sie haben uns abgekoppelt!«

Das erklärte allerdings die sinkende Geschwindigkeit. Und auch, warum das Geräusch der Lokomotive vorhin immer leiser geworden war. »Zum Teufel, Holmes! Jetzt sitzen wir hier in dieser gottverlassenen Wildnis fest!«

»Im Gegenteil, Watson, wir sitzen alles andere als fest!«

Das traf zu, ich hatte nur nicht darauf geachtet. Aber die Steigung war bereits überwunden. Soweit ich es erkennen konnte, lag nun eine steile, abschüssige Strecke vor uns, die dazu auch noch kurvenreich zu sein schien. Der Waggon hatte schon wieder spürbar Fahrt gewonnen und wurde durch sein eigenes Gewicht und den angehängten Gepäckwagen immer schneller. Es war nur noch eine Frage der Zeit, wann wir in einer der vielen Kurven entgleisen mußten. Und genau das schien auch beabsichtigt zu sein.

Oppenheim fluchte leise. »Also deshalb sind sie einfach abgesprungen, den Rest sollte der Waggon von allein besorgen!«

»So viel zu Ihrer Theorie, Watson, die Kerle hätten es nicht ernst gemeint«, kommentierte Holmes trocken. »Wir müssen versuchen, die Geschwindigkeit des Wagens zu drosseln. Selbst abspringen können wir nicht mehr.«

Es stimmte, wir hatten den richtigen Zeitpunkt verpaßt. Um die Trasse hier entlangführen zu können, hatte man teilweise den Weg durch die Berge freisprengen müssen. Auf der einen Seite der Schienen fiel das Gelände oft metertief steil ab, während auf der anderen Seite fast senkrecht aufsteigende Felswände unangenehm nahe an die Waggons herankamen. Außerdem war unser Tempo schon zu hoch. Niemand von uns hätte einen Absprung unverletzt überstanden.

Auf der Plattform befand sich eine Handbremse für Notfälle, und Jones und Oppenheim versuchten bereits, an dem großen Stellrad zu drehen. Ohne Erfolg, entweder war die Bremse eingerostet oder absichtlich blockiert worden. Holmes und ich packten mit an, und mit vereinten Kräften gelang es uns schließlich, das Rad zu bewegen, aber nur um eine Drehung, danach saß es wieder fest, und diesmal anscheinend endgültig. Es war schwer zu sagen, ob die Bremsen vielleicht schon griffen, und es spielte auch keine Rolle, stoppen konnten wir den Wagen auf diese Weise bestimmt nicht. Im Gegenteil, er beschleunigte weiter.

Er rumpelte bedrohlich, als wir die nächste Kurve mit rasanter Fahrt nahmen, und einen Augenblick fürchtete ich schon, der Waggon wäre aus dem Gleis gesprungen. Es folgte eine längere Strecke mit gerader Schienenführung, die dafür mit einer neuen Gefahr aufwartete. Luzia stieß einen Warnruf aus und zeigte nach vorne.

Weit voraus, aber doch näher als vorhin, war unser Zug wieder in Sicht gekommen, und der Abstand würde sich weiter verringern. Bei dem starken Gefälle setzte er natürlich seine Bremsen ein und fuhr nun wesentlich langsamer als wir. Ohne es zu wollen, mußte ich an den schrecklichen Unfall von vor zwei Jahren denken, der damals durch alle Zeitungen gegangen war. Das Unglück hatte sich hier ganz in der Nähe zugetragen. Ein außer Kontrolle geratener Tankzug war hinten auf den Orientexpreß aufgefahren und explodiert. Überlebt hatte damals niemand.

Die Erinnerung an die Katastrophe war nicht sehr ermutigend, auch wenn unser Waggon wahrscheinlich eher entgleisen würde, als mit dem Zug zu kollidieren. Ich bemühte mich, beide Aussichten zu ignorieren, und stemmte mich zusammen mit den anderen wieder gegen das Rad. Es gab erneut etwas nach, aber mehr als eine Handbreit war es nicht.

»Wir schaffen es nicht, Holmes!« keuchte ich. »Wir sind immer noch viel zu schnell!«

»Das sehe ich auch, Watson, versuchen Sie es trotzdem weiter!« Er wandte sich ab und griff nach der Türklinke. »Kommen Sie, Mrs. Jones, ich brauche Ihre Hilfe! Ihre auch, Baron! Wie viele Leute, sagten Sie, passen in Ihr Zelt?«

»Mindestens hundert«, antwortete Oppenheim irritiert, »aber

was soll das jetzt?« Dann stockte er und schlug aufgeregt mit der Hand auf das Geländer. »Natürlich, Holmes, Sie haben recht! Es könnte funktionieren!«

Holmes war schon nach hinten gerannt. »Das muß es, Baron, eine andere Chance haben wir nicht!« rief er über die Schulter. Luzia und Oppenheim folgten ihm.

Ich wußte nicht, was Holmes vorhatte, und verschwendete auch keinen Gedanken daran. Mit aller Kraft versuchten Jones und ich weiterhin, die blockierte Bremse zu betätigen. Trotz der eisigen Kälte und des schneidenden Fahrtwindes hier draußen fühlte ich, wie mir vor Anstrengung der Schweiß ausbrach. Auch Jones liefen Tropfen über sein Gesicht. Verbissen arbeiteten wir daran, das Rad Zentimeter um Zentimeter zu drehen. Dabei zwang ich mich, nicht dauernd nach dem Zug zu sehen, dem wir uns immer mehr näherten.

Plötzlich ging ein harter Ruck durch den Waggon und brachte mich aus dem Gleichgewicht. Jones fing mich auf. »Die Bremsen, Watson! Sie packen endlich!« rief er begeistert.

Ich schüttelte den Kopf. Das konnte es nicht sein, das Stellrad saß genauso fest wie vorher. Trotzdem wurde der Wagen jetzt merklich langsamer.

Jones wischte sich mit dem Handrücken den Schweiß von der Stirn. »Was ist passiert?« fragte er ratlos.

Ich lehnte mich zur Seite und schaute am Waggon entlang zurück. Jetzt verstand ich auch, was Holmes gemeint hatte. »Das Zelt, Jones!« rief ich. »Es ist Oppenheims Zelt!«

Wie ein gewaltiges Segel hing das aufgeblähte Zelt hinter dem Gepäckwagen und bremste durch seinen enormen Luftwiderstand die Geschwindigkeit immer mehr ab.

Aber für Jubel war es noch zu früh. Wir waren bereits auf erschreckend kurze Distanz an den Zug vor uns herangekommen. Deutlich konnten wir zwei Schaffner sehen, die auf der Heckplattform des letzten Wagens standen und ebenso hektisch wie nutzlos Signallampen hin und her schwenkten. Wenigstens hatten sie die Gefahr erkannt und schienen das einzig Richtige getan zu haben, was in ihrer Macht stand: Sie bremsten den Zug nicht mehr ab. Trotzdem war die Differenz in den Geschwindigkeiten immer noch viel zu groß. Wir mußten kollidieren, es war unvermeidlich.

»Schnell, Watson!« schrie Jones. »Helfen Sie mir!«

Ich sprang zurück an das Bremsrad, und mit einer letzten verzweifelten Kraftanstrengung gelang es uns tatsächlich, die Blockierung zu lösen. Endlich griffen die Bremsen mit einem schreiend lauten Kreischen, das durch Mark und Bein ging und in meinen Ohren wie Engelsmusik klang.

Aber womöglich war es zu spät! Immer noch viel zu schnell fuhren wir auf den Zug zu, und die beiden Schaffner uns gegenüber wichen von der Plattform nach hinten zurück in das Innere des Waggons.

»Festhalten!« schrie Jones.

Dann war es soweit. Es gab einen donnernden Schlag, als die Wagen mit den Puffern zusammenstießen. Der Aufprall warf mich um. Erst wurde ich nach vorne gegen das Geländer geschleudert, dann prallte ich unsanft gegen die Rückwand und ging zu Boden. Auch Jones riß es von den Beinen.

Dem gewaltigen Krach nach zu urteilen, mußte drinnen einiges von der Einrichtung zu Bruch gegangen sein, aber die Wagen selbst hatten gehalten. Hastig verkuppelten die Schaffner unseren Waggon wieder mit dem Zug und überschütteten uns mit aufgeregten Fragen.

Mühsam stand ich auf. Wir waren einigermaßen heil davongekommen.

Eine Überraschung

Hinter mir hörte ich einen halberstickten Ausruf und drehte mich um. Luzia stand in der Tür zum Salon und sah erschrocken auf Jones herunter, der immer noch auf dem Boden lag. »Henry!« wiederholte sie noch einmal und ging auf ein Knie. Ich beugte mich zu ihnen, und gemeinsam halfen wir Jones wieder auf die Beine. Einen Augenblick stand er noch leicht schwankend und schüttelte benommen den Kopf, dann lächelte er beruhigend und nahm seine Frau in die Arme. »Keine Sorge, mir ist nichts passiert!«

»Wie steht es mit Ihnen, Watson, sind Sie verletzt?« Holmes war Luzia gefolgt und musterte mich fragend.

»Nein, nicht der Rede wert«, antwortete ich und massierte dabei meine Schulter, die ich mir eben übel gestoßen hatte. »Aber was ist mit Ihnen, Holmes? Sie bluten!«

»Ich weiß.« Er tupfte mit seinem Taschentuch das Blut von der Stirn und winkte ab. »Eine Schramme, Watson, mehr nicht.«

Auch Oppenheim schien den Zusammenprall gut überstanden zu haben. Er hinkte nur etwas, als er jetzt vorsichtig über die im Salon verstreut herumliegenden Glasscherben stieg. Anders als die stabilen Außenfenster, hatten die Türfüllungen den Stoß nicht verkraftet. Überhaupt war alles, was nicht fest installiert gewesen war, umgestürzt und zum Teil zerbrochen. Aber der Schaden hielt sich in Grenzen.

Der Baron stemmte theatralisch die Fäuste in seine Hüften und runzelte die Stirn. »Eine schöne Bescherung ist das!«

»Ja, schade um Ihren guten Mokka, Baron!« Ich trat zu ihm und hob eine Tasse auf, die zu meinem Erstaunen heil geblieben war. Er nahm sie seufzend aus meiner Hand und ließ den Blick durch das ramponierte Interieur des Wagens schweifen. Es war nicht schwer zu erraten, woran er dachte.

»Vermutlich wird Seine Hoheit nicht sehr begeistert sein«, sagte ich.

»Das fürchte ich auch!« Er erlaubte sich ein kleines Grinsen und zuckte mit den Achseln. »Aber das werde ich schon mit der

Bahngesellschaft regeln. Wissen Sie, Dr. Watson, es hätte sehr viel schlimmer kommen können! Wenn Holmes nicht auf diese verrückte Idee mit dem Zelt gekommen wäre ...«

Er vollendete den Satz nicht, und das war auch nicht nötig. Wäre der Waggon wie geplant entgleist, hätte sicher niemand von uns die Katastrophe überlebt. So war außer einigen Prellungen, Platzwunden und ein paar Scherben nicht viel passiert. Und die leichten Blessuren wurden mehr als nur aufgewogen durch ein Gefühl von trotzigem Triumph, das Oppenheim ähnlich wie ich zu empfinden schien. Wieder einmal war ein Mordanschlag Imhoteps fehlgeschlagen.

Indy bellte plötzlich und lief schwanzwedelnd an uns vorbei nach vorne, um Henry zu begrüßen. Der Junge hatte sich während des Überfalls in der Lokomotive aufgehalten. Jetzt war er in der Tür aufgetaucht und sah sich mit großen Augen um. Ich war mir ziemlich sicher, daß der Junge sein hartnäckiges Betteln von vorhin mittlerweile sehr bedauerte. So hatte er nämlich das eigentliche Abenteuer verpaßt.

Mit ihm waren noch mehr Männer vom Zugpersonal erschienen. So gut es ging, richteten sie den Salon und die Abteile wieder her und halfen uns dann, Oppenheims Zelt wieder abzumontieren. Es hing immer noch aufgebläht hinter dem Gepäckwagen, und diese unkonventionelle Art, einen Waggon abzubremsen, sorgte für reichliches Kopfschütteln unter den Eisenbahnern. Befriedigt stellte Oppenheim fest, daß die starke, dicht gewebte Leinwand die extreme Belastung ausgehalten hatte, außer ein paar angerissenen Nähten war das Zelt heil geblieben.

Später am Abend saßen wir alle im Salon zusammen. Nach der ersten Euphorie über den glücklich überstandenen Anschlag war eine gewisse Ernüchterung eingekehrt. Zwar waren wir alle mit dem Leben und sogar weitgehend unverletzt davongekommen, trotzdem war der Überfall nicht völlig erfolglos verlaufen. Die Bande hatte das Amulett und die Kiste mit Blunts Aufzeichnungen erbeutet. Damit stand auch zweifelsfrei fest, was sowieso alle vermutet hatten: daß hinter der Aktion nur Imhotep stecken konnte, niemand sonst.

Besonders Jones schien den geraubten Papieren nachzutrauern und wirkte niedergeschlagen. »In der Truhe befand sich das Lebenswerk des Professors. Jetzt ist es für immer verloren«, sagte er bedrückt.

»Hören Sie, Jones, daran läßt sich nichts mehr ändern, und das ist sehr bedauerlich, gewiß, aber denken Sie lieber daran, was noch alles hätte passieren können!« versuchte ich, ihn etwas aufzumuntern. »Wir haben immerhin großes Glück gehabt.«

Oppenheim räusperte sich. »Sagen Sie das nicht, Dr. Watson – so ein Verlust kann wirklich schmerzen! Ich hoffe nur, Mr. Holmes, daß Sie nicht allzusehr an ihrem Smoking gehangen haben!« Er lehnte sich in den Sessel zurück und schlug die Beine übereinander. »Ganz ausgezeichnet gearbeitet, übrigens.«

»Vielen Dank, Baron.« Holmes lächelte leicht. »Ich werde das Kompliment meinem Schneider ausrichten.«

Jones blickte auf und runzelte die Stirn. Auch ich wunderte mich. »Offenbar ist mir die Pointe entgangen, Holmes. Was ist mit Ihrem Smoking?«

Plötzlich begann Luzia zu lachen. »Also deshalb haben Sie sich vorhin zum Essen nicht umgezogen!«

Holmes nickte. »Es war mir sehr unangenehm, ließ sich aber nicht vermeiden.«

Es dauerte einen Moment, dann verstand auch ich, worum es ging. »Wollen Sie damit sagen, daß Sie, während wir mit dem Dinner auf Sie gewartet haben, einfach Blunts Nachlaß ausgetauscht haben?«

»Genau, Watson, gegen den Inhalt meines Koffers. Den Rest der Reise werde ich wohl mit einer sehr eingeschränkten Garderobe bestreiten müssen, fürchte ich, aber diesen Preis war es mir wert.«

»Sie haben die Papiere von Professor Blunt wirklich gerettet, Mr. Holmes?« fragte Jones ungläubig.

»Die Aufzeichnungen liegen wohlverwahrt in meinem Koffer, Dr. Jones. Blunts gesamter Nachlaß, bis auf das Amulett.«

»Bravo, Holmes!« gratulierte ich ihm. »Die Kerle werden Augen machen, wenn sie die Kiste öffnen! Und Sie haben völlig recht: Was zählt da schon ein alter Smoking – der ist schließlich zu ersetzen, nicht wahr!«

»Es freut mich, das aus Ihrem Mund zu hören, Watson, auch wenn ich von Ihnen nichts anderes erwartet habe. Immerhin ist es beruhigend zu wissen, daß Sie mir nichts übelnehmen.«

»Nichts übel nehmen?« Auf einmal mißtrauisch geworden, sah ich ihn prüfend an. Harmlos erwiderte er meinen Blick. Auffallend harmlos. »Was soll ich Ihnen nicht übel nehmen, Holmes?« fragte ich langsam.

»Daß ich Ihre Tropenausrüstung mit in die Kiste gepackt habe, alter Freund.«

»Holmes!«

»Tut mir leid, Watson, es mußte sein. Ohne Ihren Helm hätte ich nicht wieder das richtige Gewicht erreicht.«

»Ach, tatsächlich?«

Luzia legte ihre Hand auf meinen Arm. »Beruhigen Sie sich, Dr. Watson, in Köln werden Sie kaum Verwendung für einen Tropenhelm haben!«

»Vielen Dank, Mrs. Jones, das ist ein wahrhaft tröstlicher Gedanke!«

Weder sie noch Oppenheim gaben sich übertriebene Mühe, ihre Heiterkeit zu verbergen. Nur Jones war ernst geblieben.

»Sie sagten eben ›bis auf das Amulett‹, wandte er sich an Holmes, »hätten Sie es denn nicht auch noch in Sicherheit bringen können?«

»Selbstverständlich, aber es schien mir ratsamer, gerade das nicht zu tun. Ich habe das Amulett und Ihre Abschriften der verschlüsselten Textstellen absichtlich in Ihrem Abteil gelassen, Dr. Jones. Die Männer sollten sie dort leicht finden, zusammen mit Blunts Truhe. Zweifellos hatten sie präzise Anweisungen, wonach sie suchen mußten, und genau das haben sie auch gefunden und mitgenommen. Das dürfte uns zumindest eine Ruhepause verschaffen.«

»Vielleicht gibt sich Imhotep sogar mit dem Amulett als Beute zufrieden und verzichtet auf weitere Anschläge!« warf Oppenheim ein.

»Vielleicht, Baron«, antwortete Holmes knapp. »Das Amulett ist zwar für uns verloren, aber Dr. Jones hat eine detaillierte Zeichnung davon angefertigt, samt aller Inschriften, wie ich gesehen habe.«

»Das ist richtig«, bestätigte Jones.

»Und diese Zeichnung haben wir noch«, fuhr Holmes fort, »der Verlust hält sich also in Grenzen. Viel entscheidender ist, daß Imhotep nicht an die Informationen gelangt ist, die Blunt immerhin für wichtig genug gehalten hat, um sie zu verstecken.«

»Aber Sie haben ihm doch meine Kopien überlassen!« In Jones' Stimme schwang unüberhörbar ein Vorwurf mit. »Und die sind soviel wert wie die originalen Aufzeichnungen selbst. Wenn es Imhotep gelingen sollte, den Code zu dechiffrieren, dann weiß er alles, was der Professor geheimhalten wollte.«

»Diese Gefahr besteht nicht, Dr. Jones«, antwortete Holmes gelassen. »Soll Imhotep ruhig versuchen, die Texte zu entziffern – Erfolg wird er damit nicht haben. Niemand kann diesen Code entziffern.«

»Wie können Sie da so sicher sein, Holmes?«

»Ganz einfach, Watson, weil es gar kein Code ist.«

»Kein Code?« Überrascht sah ich erst ihn an, dann Luzia, auf deren Stirn nachdenkliche Falten erschienen waren.

»Nein, es handelt sich nur um eine willkürliche Abfolge von Buchstaben, in denen keinerlei Botschaft versteckt ist, das ist alles. Deshalb sind die Kopien wertlos.« Holmes griff in seine Tasche und holte Blunts Tagebuch heraus. »Allein das Original zählt.«

»Ich verstehe nicht, Holmes, wo ist der Unterschied?«

Leicht ungeduldig hob er eine Braue. »Die geheime Botschaft, Watson, liegt nicht in den Buchstaben, sondern zwischen ihnen.«

Jones schüttelte auf einmal den Kopf. »Meine Güte, warum bin ich nicht von allein darauf gekommen!«

Auch Oppenheim lachte leise. »So ein alter Schuljungentrick!«

Holmes stellte eine Kerze auf den Tisch, nahm das Buch und stand auf. »Ein kleines chemisches Experiment wird Ihnen schnell demonstrieren, was ich meine. Zünden Sie bitte die Kerze an, Watson!«

Ich folgte seiner Anweisung und sah zu, wie Holmes nun vorsichtig ein Blatt des Tagebuchs über die Flamme hielt. Nach kurzer Zeit schon verfärbte sich das Papier, und zwischen den Zeilen wurden bräunliche Schriftzüge sichtbar, mit denen das Blatt unter dem vermeintlichen Code beschrieben war.

»Nicht zu fassen, Holmes! Geheimtinte!« Ich konnte Oppenheim nur zustimmen und mußte ebenfalls lachen.

»So ist es, Watson.« Holmes setzte sich wieder. »Ziegenmilch, nehme ich an.«

»Wie sind Sie darauf gekommen, auf eine Geheimtinte?«

»Durch einen Hinweis von Professor Blunt selbst, der mir jetzt erst auffällt«, antwortete Luzia an seiner Stelle. »Ich muß blind gewesen sein.«

»Nun, anscheinend bin ich es immer noch. Von welchem Hinweis reden Sie?«

»Von Edgar Allan Poe, Dr. Watson. Denken Sie an die Geschichte vom entwendeten Brief: Das beste Versteck ist das offensichtlichste! Vielleicht hat der Professor das Buch sogar nur deshalb mit in die Truhe gepackt.«

»Was sehr leichtsinnig von ihm war, Mrs. Jones, denn der Band von Poe war ein mehr als deutlicher Hinweis.« Holmes fuhr mit den Fingern über die Seiten von Blunts Tagebuch. »Selbstverständlich mußte die Lösung für die Geheimschrift etwas Einfaches sein, also kein Code, den nicht einmal eine Mathematikerin entschlüsseln kann. Als ich die Blätter genauer untersucht habe, ist mir der winzige Unterschied in der Glätte des Papiers natürlich aufgefallen.« Er zuckte mit den Schultern. »Wie Sie sehen, Watson, im Grunde nur eine einfache Kombination. Elementar.«

»Ausgezeichnet, Mr. Holmes!« Oppenheim nickte anerkennend. »Was in dem Tagebuch steht, läßt sich jetzt leicht lesen. Damit sind wir im Vorteil. Imhotep hat zwar das Amulett erbeutet, aber da hier nicht mit einer Geheimtinte zu rechnen ist, reicht Henrys Kopie völlig, um die Inschriften entziffern zu können.«

»Wir kennen doch die Inschrift bereits, Baron, Tutenchamuns Siegel und der obligatorische Fluch.«

»Das ist richtig, Dr. Watson, aber erst die halbe Wahrheit. Es gab ja noch weitere Schriftzeichen, auf der Rückseite. Haben Sie diese Hieroglyphen inzwischen übersetzen können, Henry?«

»Ja, ich denke schon«, antwortete Jones zögerlich, »zwar bin ich kein richtiger Ägyptologe, aber ich glaube doch, die Aufschrift korrekt entziffert zu haben.«

»Und, was steht noch auf dem Amulett?« fragte ich ihn.

»Es dürfte sich um eine Prophezeiung handeln.« Holmes lehnte sich zurück und legte die Fingerspitzen gegeneinander. »Nicht wahr, Dr. Jones?«

Jones riß erstaunt die Augen auf. »Es stimmt, das Amulett war tatsächlich noch mit einer Prophezeiung versehen! Wie konnten Sie davon wissen, Mr. Holmes?«

»Eine Prophezeiung!« Oppenheim beugte sich vor. »Geht es dabei vielleicht um die angekündigte Rückkehr eines Pharaos?«

Offenbar war Holmes nicht der einzige, der über mehr Informationen verfügte, als er uns bisher mitgeteilt hatte. Überrascht sah ich von Oppenheim zu Holmes, der den Baron unter halbgeschlossenen Lidern hervor scharf gemustert hatte. Ich kannte ihn gut genug, um die Befriedigung zu erkennen, die in dem Blick lag. Als wäre eine bestimmte Vermutung von ihm nun endgültig bestätigt worden. Oppenheim erwiderte den Blick ruhig. Auch er schien ihn richtig zu deuten. Was ging hier vor?

»Sie haben recht, Max, und ich wüßte gerne, aus welcher Quelle Ihr Wissen stammt!« Jones schien leicht verärgert zu sein. »Die Aufschrift auf dem Amulett lautet sinngemäß so: In den Zeiten der Not wird ein Zeichen am Himmel erscheinen und damit die Rückkehr des Pharaos aus dem Totenreich ankündigen, der eine neue Herrschaft antreten und alle Fremden vertreiben wird.« Jones nahm seine Brille ab und begann, sie zu putzen. »Sein Name wird zwar in der Prophezeiung nicht eigens erwähnt, aber da es sich um ein Amulett handelt, das mit einiger Sicherheit aus seinem Grab stammt, denke ich, daß hier von der Rückkehr des Tutenchamun die Rede ist.«

Umständlich steckte er sein Taschentuch wieder ein, setzte die Brille auf und sah in die Runde. »Wenn mich nicht alles täuscht, Mr. Holmes, dann haben weder Sie noch der Baron uns alles gesagt, was Sie über die Prophezeiung und das Amulett wissen! Jetzt wäre ein günstiger Zeitpunkt, um das nachzuholen.«

»Jawohl«, assistierte ich, »heraus mit der Sprache!«

»Oh, da gibt es nicht viel zu erzählen.« Oppenheim hob beschwichtigend seine Hände. »Es war nur eine Vermutung von mir, weil ich bereits früher von einer solchen Prophezeiung gehört habe. Vor einigen Jahren nämlich sind schon einmal Papyri mit ähnlichen Aufschriften entdeckt worden.«

»1896, von Quibell bei Theben«, ergänzte Holmes ruhig.

»Richtig, bei seinen Grabungen im Ramesseum. Auch Grenfell und Hunt haben solche Texte gefunden, die allerdings aus einer viel späteren Dynastie stammen. Es scheint, daß die Prophezeiung bei den Ägyptern über viele Jahrhunderte hinweg tradiert worden ist. Immer ging es um die verheißene Rückkehr eines Pharaos, ohne daß dabei ein bestimmter König genannt wurde. Zumindest war das bisher so, jetzt gibt es einen Hinweis.«

»Das Amulett ist mehr als nur ein Hinweis, Baron«, sagte Holmes bestimmt, »es ist ein Beleg. Durch das Amulett wird eine eindeutige Verbindung der Prophezeiung zu Tutenchamun hergestellt. Soweit ich weiß, zum ersten Mal. Das erklärt einiges. Jetzt wissen wir auch endgültig, warum es für Imhotep so wichtig ist.«

»Das fürchte ich auch«, stimmte Oppenheim düster zu.

Etwas irritiert sah ich sie an, beide wirkten ausgesprochen ernst. »Aber Holmes, davon sind wir doch immer schon ausgegangen, daß für Imhotep und seine Sekte Tutenchamun eine besondere Bedeutung hat. Daß der Pharao als Symbol für die Wiederherstellung des Amun-Kultes steht. Warum sollte uns gerade diese Verbindung auf einmal so beunruhigen? Ich meine, diese Leute mögen ja sehr gefährlich sein, aber letztendlich handelt es sich doch nur um eine Handvoll religiöser Fanatiker!«

»Vielleicht auch nicht, Dr. Watson.« Auch Luzia hatte die beiden nachdenklich gemustert. »Ich habe den Eindruck, daß Max und Mr. Holmes jetzt nicht nur an eine fanatische Sekte denken. Es scheint viel mehr dahinterzustecken!«

»Das trifft leider zu, meine Liebe.« Oppenheim lehnte sich zurück. »Nicht lange, nachdem die Prophezeiung zum ersten Mal bekannt wurde, kamen Gerüchte über eine neue politische Bewegung auf. Es soll sich um eine Art Geheimbund handeln, der im Untergrund arbeitet. Angeblich plant er einen Umsturz, um die Fremdherrschaft in Ägypten zu beenden. Dabei soll es nicht nur um eine Vertreibung der Briten gehen, sondern auch um den Sturz des Khediven und eine Trennung vom Osmanischen Reich. Ziel des Bundes ist offenbar ein starkes und unabhängiges Ägypten, das wieder im alten Glanz erstrahlen soll.«

»Also ein neues Pharaonenreich!«

»Ja, darauf läuft es wohl hinaus, Dr. Watson, auf eine Rückkehr der Pharaonen.«

»Genau wie es in der Prophezeiung verkündet wird.«

»So ist es. Aber das ist auch schon alles, was wir über den Bund wissen. Von irgendwelchen Aktivitäten ist nichts bekannt, nichts, das belegen würde, daß tatsächlich eine Gefahr von ihm ausgeht. Es ist nicht einmal ausgemacht, daß er überhaupt existiert. Die Gerüchte über einen Geheimbund könnten ebensogut nur leeres Gerede sein. Solche abenteuerlichen Verschwörungstheorien tauchen in Cairo mit schöner Regelmäßigkeit auf, und niemand macht sich ihretwegen ernsthaft Gedanken.«

»Was in unserem Fall allerdings ein leichtfertiger Fehler war«, bemerkte Holmes.

»Offensichtlich. Jetzt stellen sich die Dinge natürlich etwas anders dar. Daß Imhotep so sehr an dem Amulett gelegen ist, scheint auf eine Verbindung seiner Amun-Sekte zu diesem mysteriösen Geheimbund hinzuweisen.«

»Nun, Baron, es dürfte sich um viel mehr als eine bloße Verbindung handeln.« Holmes klang etwas ungeduldig, »Imhotep ist der Kopf, der hinter beiden steckt. Wir müssen davon ausgehen, daß die Amun-Sekte sich nicht mit religiöser Spinnerei allein begnügt, sondern auch politische Ziele verfolgt, und daß Tutenchamun dabei eine besondere Rolle spielt. Deshalb haben wir allen Grund zur Sorge.«

»Sie meinen das Grab!« fuhr Jones alarmiert auf. »Wenn Tutenchamun nicht nur für die Erneuerung des alten Glaubens steht, sondern auch für ein neues Pharaonenreich, dann wäre es möglich, daß die Entdeckung seines Grabes als erstes Zeichen für die Erfüllung der Prophezeiung angesehen wird.«

Holmes nickte. »Das halte ich sogar für wahrscheinlich. Daher rührt auch das tödliche Interesse der Sekte an der Ausgrabung. Und an Professor Blunt, dem führenden Experten für Tutenchamun. Sollte das Grab von der Sekte gefunden werden, wäre das ein Signal, dessen Wirkung unabsehbare Folgen haben könnte.«

»Sie denken doch nicht wirklich an einen Umsturzversuch, Holmes?« fragte ich.

Seine Antwort kam erst nach einer kleinen Pause, und sie klang sehr ernst. »Diese Möglichkeit können wir nicht ausschließen, Watson.«

Eine bedrückte Stille folgte seinen Worten. Ich mußte an den blutigen Mahdi-Aufstand denken und an das Schicksal General Gordons in Khartum. Es waren keine erfreulichen Gedanken.

Schließlich brach Luzia das Schweigen. »Wenn wir der Prophezeiung auf dem Amulett folgen, dann wird die Rückkehr des Pharaos durch ein bestimmtes Omen angekündigt, durch ein Zeichen am Himmel. Was könnte das bedeuten?«

»Das ist schwer zu sagen«, antwortete Jones zögernd, »vermutlich ist damit eine Sonnenfinsternis gemeint.«

»Daran habe ich auch schon gedacht«, sagte Oppenheim, »und das hätte sein Gutes, in dem Fall brauchten wir uns nämlich keine großen Sorgen zu machen. Wenigstens vorerst.«

»Keine Sorgen?« fragte ich überrascht. »Warum?«

»Ganz einfach, Dr. Watson, weil es erst im Jahre 1905 eine Sonnenfinsternis in Ägypten geben wird. Am dreißigsten August, um genau zu sein.«

Unschlüssig sah ich zu Holmes hinüber, der nichts darauf erwiderte, sondern nur flüchtig die Stirn runzelte.

»Mir fällt es schwer, an eine Verschwörung zu glauben, die tatsächlich ein neues Pharaonenreich zum Ziel haben soll«, sagte Luzia zweifelnd. »Selbst wenn das Grab von Tutenchamun gefunden werden sollte – es könnte doch längst geplündert worden sein, wie alle anderen Königsgräber bisher auch. Das wäre ein sehr schlechtes Omen für die Sekte, könnte ich mir vorstellen. Und dann ein ›Zeichen am Himmel‹, von dem man nicht einmal weiß, wie es aussehen sollte ...« Langsam schüttelte sie den Kopf. »Eine reichlich schmale und unsichere Basis, um daraus auf die bevorstehende Rückkehr der Pharaonen zu schließen, scheint mir. Sogar für einen gläubigen Amun-Anhänger.«

»Völlig richtig, Luzia!« stimmte Oppenheim ihr eifrig zu. »Die ganze Geschichte klingt mehr als abenteuerlich. Eine Verschwörung von Pharaonenbündlern, die einen Umsturz planen! – Nein, wenn die Gefahr eines Aufstands droht, dann eher von islamischen Nationalisten, nicht von irgendwelchen obskuren Amun-Anbetern! Die Ägypter mögen ja abergläubisch sein, aber das hat nichts mit ihrer antiken Vergangenheit zu tun. Erst recht nicht mit der alten Religion, dafür sorgt schon der Islam.«

»Dann ist Ihr Wissen über Imhotep, die Amun-Sekte und eine mögliche Verschwörung aber bemerkenswert ausführlich, Baron«, sagte Holmes ruhig.

»Das verdanke ich Major von Heckendorff.« In Oppenheims Mundwinkeln tauchte ein kurzes Lächeln auf. »Unser Militär-Attaché wittert nämlich überall Verschwörungen, und dieser ominöse Geheimbund hat sich zu einer fixen Idee bei ihm entwickelt. Auf seine Bitte hin habe ich einige Nachforschungen angestellt und einen Bericht darüber geschrieben. Offen gestanden, Mr. Holmes, weiß ich nicht, was ich von der ganzen Angelegenheit halten soll. Die politischen Voraussetzungen einer solchen Pharaonenverschwörung sind schlicht absurd. Deshalb habe ich auch die vagen Gerüchte über einen Geheimbund, der an die Erfüllung einer antiken Prophezeiung glaubt und auf einen Umsturz hinarbeitet, lange für bloße Erfindungen gehalten. Aber jetzt sieht es so aus, daß es diesen Geheimbund vielleicht doch gibt und daß er mit der Amun-Sekte zusammenhängt. Sie ist offenbar gut organisiert und geht über Leichen, das hat sie eindeutig bewiesen. Und wenn sie wirklich hinter dem Überfall steckt, ist nicht abzusehen, was sie noch alles unternehmen wird. Vielleicht will Imhotep auch noch an die echten Aufzeichnungen des Professors heran, sobald er erst einmal erkannt hat, daß die Kopien für ihn wertlos sind.«

»In diesem Punkt stimme ich Ihnen ohne Einschränkung zu, Baron: Die Gefahr ist noch nicht vorüber. Und was den geheimnisvollen Pharaonenbund betrifft, so kann ich persönlich seine Existenz bestätigen.«

»Tatsächlich? Wie denn?«

»Nun, ich genieße die zweifelhafte Ehre, vorübergehend zu seinen Mitgliedern gehört zu haben.«

Verblüfft starrten wir ihn an, mit dieser Eröffnung hatte niemand von uns gerechnet. Ungerührt holte Holmes seine Pfeife aus der Jackentasche und begann, sie mit Tabak zu stopfen. Er hatte in eher beiläufigem Ton gesprochen, und doch lag jetzt ein Ausdruck in seinen scharfgeschnittenen Zügen, der mich von neugierigen Fragen abhielt. Den anderen schien es ähnlich zu gehen.

»Als wichtigstes muß Blunts Tagebuch in Sicherheit gebracht und sorgfältig durchgearbeitet werden«, fuhr Holmes ruhig fort. »Wir müssen herausfinden, was der Professor geheimhalten wollte. Vermutlich war ja das Amulett das eigentliche Ziel von Imhoteps Handlangern, aber solange nicht klar ist, was in dem restlichen Nachlaß enthalten ist, müssen wir auf einen weiteren Überfall gefaßt sein. Wie der Baron schon sagte.«

Jones nickte. »Ich tue, was ich kann, Mr. Holmes. Jetzt weiß ich ja, wie die verschlüsselten Stellen zu lesen sind.«

»Glauben Sie denn ernsthaft, Holmes, daß der Arm der Sekte sogar bis nach Köln reichen könnte?«

»Hoffen wir, daß ich mich irre, Watson«, antwortete er lapidar und erhob sich.

Oppenheim war ebenfalls aufgestanden. »Zumindest können wir in Köln auf Unterstützung rechnen. Ich werde für ausreichende Bewachung durch die Polizei sorgen. Der zuständige Kommissar dort ist ein alter Schulkamerad von mir.«

Ich folgte Holmes in sein Abteil und schloß die Tür hinter mir. »Sie sind mir eine Erklärung schuldig, Holmes! Offenkundig haben Sie mir eine Menge verschwiegen. Von wegen Antiquitäten – die Regierung hat Sie nach Ägypten geschickt, Sie waren nur wegen des Geheimbundes dort! Das hätten Sie mir ruhig sagen können.«

»Beruhigen Sie sich, Watson. Ich versichere Ihnen, daß ich wirklich durch den Direktor der Altertümerverwaltung beauftragt worden bin, eine Reihe von Antiquitätendiebstählen zu untersuchen.«

»Wie Sie meinen, Holmes«, sagte ich kühl und wandte mich zur Tür. Meine Hand lag schon auf der Klinke, als er sich räusperte.

»Allerdings muß ich zugeben, daß bei diesem Auftrag die treibende Kraft im Hintergrund mein Bruder Mycroft war.«

Ich fuhr herum. »Also doch, ich habe es gewußt! Sie sind in geheimer Mission in Ägypten gewesen, Holmes!«

»Das könnte man sagen, Watson.« Holmes verzog den Mund zu einem amüsierten Lächeln. »Meine Mission ist sogar so geheim, daß nicht einmal die Regierung Ihrer Majestät davon weiß.«

»Was soll das heißen?«

»Daß ich nicht in offiziellem Auftrag der britischen Regierung handle, sondern durch Mycroft im Alleingang nach Cairo beordert worden bin. Mein Bruder macht sich gewisse Sorgen und hat mich in eigenem Ermessen nach Ägypten geschickt. Sozusagen privat, was mir auch wesentlich lieber ist.«

Das glaubte ich ihm aufs Wort. »Es ging bei Ihrem Auftrag von Anfang an um Imhotep und seine Sekte, nicht wahr?«

»Richtig, Watson. Weder die Regierung in London noch die britisch-ägyptischen Behörden in Cairo haben bisher die Berichte über die Amun-Sekte und eine mögliche Verschwörung ernst genommen. Nur Mycroft hat es getan und einen Zusammenhang vermutet. Meine Ermittlungen haben seinen Verdacht auch sehr schnell bestätigt. Ich bin überzeugt, daß der Amun-Kult nur als Tarnung benutzt wird, und zwar von Personen, deren Ziele weniger religiös als vielmehr politisch ausgerichtet sind.«

»Planen diese Leute wirklich einen Aufstand?«

Holmes antwortete nicht sofort, sondern zündete seine Pfeife an. »Ich fürchte, ja. Danach sieht es wenigstens aus.« Nachdenklich blies er den Rauch in die Luft. »Die Sekte ist sehr streng und hierarchisch aufgebaut, fast nach militärischem Muster. Wie viele Mitglieder ihr angehören, habe ich bisher nicht in Erfahrung bringen können, nur daß sie über große Hilfsmittel verfügen muß. Und mit Imhotep hat sie eine äußerst energische Führerpersönlichkeit an der Spitze, auch wenn niemand ihn näher zu kennen scheint. Wie ernst es ihm mit der Errichtung eines neuen Pharaonenreichs ist, wird sich noch zeigen, Watson, aber eins steht jetzt schon fest: Dieser Geheimbund ist sehr gefährlich. Allein die jüngsten Vorfälle beweisen das zur Genüge.«

»Dennoch scheinen Sie Zweifel zu haben, Holmes.«

Er nickte langsam. »Mein Urteil ist noch nicht abgeschlossen«, sagte er dann zögernd. »Sie haben ja selbst vorhin die Ausführungen des Barons gehört, Watson, und ich stimme seiner Analyse zu: Alle Voraussetzungen für einen erfolgreichen Aufstand fehlen, und die politischen Vorstellungen des Geheimbundes sind mehr als obsolet. Das ist vollkommen richtig. Aber ich halte Imhotep nicht für einen Verrückten. Er ist weder ein religiöser noch ein politischer Spinner. Irgendeine Teufelei geht da vor, Watson. Und wenn sogar Mycroft sich deswegen Sorgen macht, wäre es ein Fehler, die Gefahr zu unterschätzen.«

»Gewiß, Holmes!« Ich wußte, daß er vor den Geistesgaben seines Bruders den höchsten Respekt hatte, und nach meinen wenigen persönlichen Erfahrungen mit Sir Mycroft Holmes konnte ich ihm da nur beipflichten.

»Hinzu kommt noch, daß mein Bruder nicht der einzige zu sein scheint, den die merkwürdigen Vorfälle im Zusammenhang mit der Sekte beunruhigt haben. Das hat mich etwas überrascht.«

»Noch jemand? Wer denn?«

»Offenbar sind auch die Deutschen bereits im Bilde, sonst hätten sie nicht ihren fähigsten Mann in Arabien auf Imhotep und seine Truppe angesetzt.«

»Die Deutschen? Verstehe, Holmes, Sie reden von ihrem Militär-Attaché, oder? Ich muß sagen, daß Major von Heckendorff wirklich einen recht tüchtigen Eindruck macht.«

»Das mag zutreffen, Watson, aber an ihn hatte ich nicht gedacht.«

»Nicht? An wen denn dann?«

»Denken Sie nach, Watson!«

»Holmes«, ungläubig sah ich ihn an, »Sie meinen doch nicht etwa Oppenheim?«

»Wen sonst? Haben Sie denn ernsthaft geglaubt, Watson, daß ein Mann mit seinen Qualitäten tatsächlich auf einem untergeordneten Posten im Generalkonsulat sitzt und sich dort nur um Handelsbeziehungen kümmert? Nein, denken Sie nur an seine Sprachkenntnisse, an seine engen Kontakte zu den Stammesfürsten, die vielen ›Forschungsreisen‹ durch den gesamten Orient! – Alles eine ideale Tarnung für seine eigentliche Tätigkeit.«

»Nämlich?«

»Unser Baron ist selbstverständlich der Leiter des deutschen Nachrichtendienstes für den arabischen Raum.«

Oppenheims kaltblütiges Verhalten während des Überfalls kam mir in den Sinn, und ich mußte Holmes recht geben. Ein normaler Handelsattaché sah anders aus. »Dann ist Oppenheim also ein Geheimagent?«

»Richtig, Watson, der beste, den die Deutschen in Ägypten haben. Mein Bruder hat mich schon vor der Abreise über ihn informiert, sogar bis nach London ist der Ruf des Barons gedrungen. Offensichtlich aus gutem Grund, wie seine Anwesenheit hier beweist. Er muß schon seit längerem der Amun-Sekte auf der Spur sein.«

»Das würde erklären, warum er so gut über sie informiert ist«, stimmte ich zu. »Aber ich habe den Eindruck, daß Oppenheim die ganze Angelegenheit sehr skeptisch beurteilt. Die Prophezeiung etwa mit ihrem ›Zeichen am Himmel‹ scheint er für baren Unsinn zu halten.«

»Trotzdem wußte er auf den Tag genau, wann die nächste Sonnenfinsternis zu erwarten ist. Nein, Watson, der Baron nimmt die Sache ernster, als er zugibt. Viel ernster. Und dazu besteht auch alle Veranlassung, fürchte ich.«

»Glauben Sie, Oppenheim ahnt, warum Sie wirklich hier sind, Holmes?«

Seine Reaktion auf meine harmlose Frage kam überraschend. Holmes' Gesicht erstarrte zu einer düsteren Maske. »Warum ich wirklich hier bin?« wiederholte er tonlos und schien dabei durch mich hindurchzusehen.

»Daß Sie gewissermaßen auch in offiziellem Auftrag handeln, genau wie er selbst, meine ich.«

»Es gibt keinen offiziellen Auftrag, ich helfe nur meinem Bruder«, antwortete er abweisend. Dann stand er mit einer steifen Bewegung auf. »Außerdem habe ich noch meine eigenen Gründe, die Jones nach Köln zu begleiten.« Ohne ein weiteres Wort drehte er mir den Rücken zu und zog die Vorhänge vor das Fenster. »Gute Nacht, Watson!« Sein Ton machte unmißverständlich klar, daß das Gespräch beendet war.

»Gute Nacht, Holmes«, erwiderte ich und verließ das Abteil. Draußen auf dem Gang blieb ich einen Moment stehen. Diesen Ausdruck auf seinem Gesicht kannte ich und wußte, daß es zwecklos war, jetzt noch mehr erfahren zu wollen. Aber was immer Holmes' Gründe sein mochten – eins fühlte ich sehr deutlich: Es roch geradezu nach Gefahr.

Wie recht ich damit haben sollte, konnte ich damals allerdings noch nicht ahnen.

Der Aeronaut

Der Rest der Zugfahrt verlief ohne weitere Zwischenfälle. Wohlbehalten erreichten wir am nächsten Tag Wien, wo unser Waggon an den Expreß nach Ostende angekoppelt wurde, dessen Strecke durch Köln führte.

Holmes hatte unsere kurze Unterhaltung vom Vorabend mit keinem Wort mehr erwähnt, und ich sprach ihn auch nicht darauf an. Überhaupt ließ er sich wenig blicken, die meiste Zeit über blieb er in seinem Abteil und war damit beschäftigt, die verschlüsselten Stellen in Blunts Tagebuch lesbar zu machen und sie zu kopieren. Auch Jones hatte sich wieder an die Arbeit gemacht und sichtete mit Luzias Hilfe den restlichen Nachlaß. Da Henry nur zu den Mahlzeiten, und auch dann noch unter Protest, seinen Platz in der Lokomotive verließ, blieben Oppenheim und ich meist allein im Salon. Abgesehen von Indy, der anscheinend eine Vorliebe für mich entwickelt hatte und sich unter meinen Sessel zu legen pflegte.

Oppenheims Vorrat an Anekdoten schien unerschöpflich, meinerseits erzählte ich einiges aus dem Afghanistan-Feldzug, weder die Speise- noch die Weinkarte ließen das geringste zu wünschen übrig, und so brausten wir quer durch Europa, als säßen wir bequem in einem Londoner Club.

Es dämmerte bereits, als wir in die riesige Halle des Kölner Hauptbahnhofs einfuhren. Seit meinem letzten Aufenthalt hier schien sich nicht viel verändert zu haben. Das Gedränge auf dem Bahnsteig war womöglich noch etwas lebhafter geworden und der Verkehr draußen auf dem Bahnhofsvorplatz noch lauter und hektischer als vor acht Jahren. Aber der Dom strömte immer noch die gleiche majestätische Ruhe aus. Im letzten Tageslicht ragte der gewaltige Bau scheinbar bis in den Himmel hinauf, höher als selbst die großen Pyramiden von Giseh, wie ich jetzt wußte.

Luzia hatte mir berichtet, daß ihr Onkel Pater Hieronymus, der Sherlock Holmes und mich seinerzeit in der Angelegenheit des vierten Königs um Hilfe gebeten hatte, nicht mehr in Köln wohnte. Vor zwei Jahren schon, an seinem achtzigsten Geburtstag, hatte er alle seine kirchlichen Ämter niedergelegt und auch die Lehrtätigkeit am Jesuitenkolleg beendet. Umsorgt von seiner treuen Haushälterin lebte er seitdem bei seinem Neffen auf dem alten Familiensitz der Bylandts in Ahrenfels im Bergischen Land, ein gutes Stück von Köln entfernt.

Auch wir sollten dort während unseres Aufenthalts wohnen, aber als wir nun endlich in Köln ankamen, war es bereits zu spät, um noch am selben Abend weiter nach Ahrenfels zu fahren. Für die Nacht nahmen wir Logis im Domhotel. Nur Oppenheim verabschiedete sich und fuhr zu seiner Wohnung im elterlichen Stadtpalais.

Nach dem Dinner schlug Holmes einen kleinen Spaziergang vor, und ich nahm seine Einladung gerne an, immerhin hatten wir tagelang in einem engen Waggon gesessen. Gemeinsam schlenderten wir durch verwinkelte und nur spärlich beleuchtete Gassen. Hier schien seit dem Mittelalter die Zeit stillgestanden zu haben. Der Weg führte uns hinunter zum Rhein. Während ich auf die dunklen Fluten herabsah, mußte ich daran denken, daß wir erst vor wenigen Tagen an den Ufern eines anderen alten und mächtigen Flusses gestanden hatten, Tausende von Kilometern entfernt.

»Wissen Sie, Holmes, manchmal kommen mir die Fortschritte der modernen Technik beinahe unheimlich vor. Wenn das so weitergeht, dann werden irgendwann die Menschen morgens in London aus dem Haus gehen und rechtzeitig in Cairo zum Fünf-Uhr-Tee erscheinen!«

»Schon möglich, Watson«, stimmte Holmes zerstreut zu. Offensichtlich hatte er mir nur mit halbem Ohr zugehört. Ich drehte mich zu ihm. Holmes hatte sich vom Fluß abgewandt und sah gedankenverloren auf eine Litfaßsäule, die einige Meter entfernt auf der Uferpromenade stand. Als ich seinem Blick folgte, wußte ich, daß er nicht einen einzigen Gedanken an die zukünftigen Triumphe einer glorreichen Technik verschwendet hatte. Im Gegenteil, es war die Vergangenheit, die ihn in ihren Bann gezogen hatte.

Das große Plakat rief auch in mir Erinnerungen wach. Wieder gastierte ein Zirkus auf den Rheinwiesen bei Deutz. Ich ging näher an die Säule heran, um die aufgeführten Namen der Artisten lesen zu können. Einige von ihnen kannte ich.

»Sehen Sie nur, Holmes«, rief ich erstaunt, »Samsonia tritt wieder auf, die ›Stärkste Frau der Welt‹, und hier: Madame Fatima! Sie erinnern sich doch noch an die alte Wahrsagerin, nicht wahr? Es scheint sich um denselben Zirkus zu handeln wie damals.« Ich sah zurück über die Schulter. »Es ist Ihre alte Truppe, Holmes!«

Er nickte nur und musterte stumm das Plakat. Ein Blick in sein verschlossenes Gesicht genügte, um zu wissen, daß er nicht über eine Erneuerung seines Engagements nachdachte. Es würde keine Vorstellung des »Einarmigen Geigers« mehr geben. Genausowenig wie einen Auftritt der Zapaneks.

Ohne es zu wollen, mußte ich wieder an die Ereignisse damals in Köln denken, und Holmes schien es ähnlich zu gehen. Schweigsam setzten wir unseren Spaziergang fort.

Zeitig am nächsten Morgen fuhr Oppenheim mit einem geräumigen Automobil vor. Holmes, die Jones und das Gepäck samt Hund paßten ohne große Schwierigkeiten in den Fond. Ich sollte vorne neben dem Baron Platz nehmen.

Oppenheim trug seine auffällige Fahrermontur mit sichtlichem Stolz. Die helmartige Kopfbedeckung aus Leder und die große, dichtschließende Schutzbrille verliehen seinem Aussehen etwas Fremdartiges. Wie ein großes Insekt hockte er hinter dem Steuer, und seine Arme, die auf dem Lenkrad lagen, wirkten wie zwei Fühler. Als ich mich neben ihn setzte und mich in meinen Schal einwickelte, reichte er auch mir eine Staubbrille. »Die werden Sie brauchen, Dr. Watson!«

Damit sollte er recht behalten. Sobald wir die Rheinbrücke passiert und die östlichen Vororte Kölns mit ihrem immer noch dichten Verkehr hinter uns gelassen hatten, beschleunigte der Baron das Tempo immer mehr, soweit es die Straßen und die Rücksicht auf die Passagiere zuließen. Bäume und Felder schienen nur so an uns vorbeizufliegen. Ich wurde auf meinem Sitz gehörig durchgeschüttelt und stieß mir einige Male unsanft die

Knie, achtete aber bald nicht mehr darauf. Längst hatte mich der Rausch der Geschwindigkeit gepackt.

Für mich war es die erste größere Tour, die ich mit einem Automobil unternahm, und der Baron tat wirklich alles, um sie zu einem unvergeßlichen Erlebnis zu machen. Er fuhr wie der Teufel. Auf diese Weise schafften wir die rund siebzig Kilometer bis Ahrenfels in gut zwei Stunden.

»Für einen so schwerfälligen Wagen eine recht passable Zeit, nicht wahr?« rief Oppenheim mir zu, als wir an dem Ortsschild vorbeifuhren, und ich nickte kennerhaft. »Mit dem neuen Daimler allerdings hätten wir für die Strecke nicht einmal halb so lange gebraucht«, fuhr er fort, »trotz der miserablen Straßenverhältnisse hier draußen!«

»Jetzt übertreiben Sie, Baron!«

»Aber nein, Dr. Watson! Ein Cousin von mir besitzt einen Daimler und fährt sogar Rennen damit!«

»Scheint mir eine passende Sportart für einen Gentleman zu sein.«

»Sehr richtig! Wissen Sie, Dr. Watson, ich spiele auch mit dem Gedanken, mir einen anständigen Wagen zuzulegen.«

Ich nickte, da war er nicht der einzige.

Oppenheim hatte die Geschwindigkeit stark gedrosselt, als wir durch Ahrenfels fuhren. Das war nötig, weil unsere Ankunft nicht unbemerkt geblieben war. Ich lehnte mich über die Tür hinaus und winkte der sicherlich vollzählig versammelten Dorfjugend zu, die neben und hinter unserem Wagen herlief. Allerdings schien ich sie damit weit weniger zu beeindrucken als Oppenheim, der jetzt mehrmals hintereinander die Hupe ertönen ließ und johlende Begeisterung hervorrief.

Der Familiensitz der Bylandts lag etwas außer- und oberhalb des Dorfes. Sobald wir Ahrenfels durchquert hatten, kam er in Sicht. Zusammen mit mehreren Nebengebäuden stand das alte, nicht sehr große Herrenhaus auf einer kleinen Anhöhe und war umgeben von Weiden und Obstwiesen. Die Lage war gut gewählt, von dort oben mußte man einen hübschen Ausblick über Hügel, Täler und Felder haben.

Nicht weit hinter dem Dorf verließen wir die Landstraße und

bogen in die lange, sanft ansteigende Auffahrt ein. Vor einer großen Scheune war bereits ein Automobil geparkt. Der Baron hielt unseren Wagen daneben an und stellte den Motor ab. Steifbeinig stieg ich aus, nahm die Brille ab und klopfte mir den Staub von den Schultern. Dabei sah ich mich um.

Das Anwesen wirkte auf malerische Art heruntergekommen. Alles war blitzsauber, und die vielen Blumenkästen vor den Fenstern verrieten die gleiche sorgfältige Pflege wie der kleine Kräutergarten neben dem Haus. Eine Pflege, hinter der ich unwillkürlich die liebevolle Hand von Frau Küppers vermutete, Pater Hieronymus' Haushälterin. Aber die mit verwitterten Schieferplatten gedeckten Dächer der Gebäude waren windschief und bogen sich zum Teil bedenklich durch. Dort, wo das Mauerwerk nicht von Efeu überwuchert war, kamen Risse und schadhafte Stellen zum Vorschein. Offenkundig fehlte das Geld für eine gründliche Renovierung, und das schon länger. Die Bylandts waren nicht reich, kein Vergleich mit Oppenheims Familie.

Wir wurden bereits erwartet. Pater Hieronymus und Frau Küppers hatten vor der Haustür gestanden und unsere Anfahrt beobachtet. Jetzt stiegen sie die kleine Freitreppe herunter, um uns zu begrüßen. Der Pater hatte sich kaum verändert seit unserer letzten Begegnung. Seiner schon etwas gebeugten und zerbrechlich erscheinenden Gestalt sah man das hohe Alter an, trotzdem wirkte er beinahe jugendlich, als er nun leichtfüßig heranschritt und seine Nichte und den kleinen Henry umarmte. Ein glücklicheres Lächeln habe ich selten gesehen. Auch Holmes und mich hieß er herzlich willkommen, und ich hatte den Eindruck, daß er sich aufrichtig über unser Wiedersehen freute. Von den weniger angenehmen Begleitumständen unserer Anwesenheit schien er noch nichts zu wissen.

Während wir selbst das Gepäck aus dem Wagen luden, fragte Luzia nach ihrem Vetter, dem eigentlichen Hausherrn.

»Ich weiß wirklich nicht, wo Otto so lange bleibt!« antwortete ihr Onkel. »Er ist heute morgen schon vor Tagesanbruch abgeholt worden und hat versichert, daß er auf jeden Fall wieder rechtzeitig zurückkäme, um euch zu empfangen.« Pater Hieronymus zog seine Stirn in Falten. »Langsam fange ich an, mir

Sorgen zu machen. Er müßte längst hier sein. Hoffentlich ist ihm nichts passiert!«

Der Pater schien tatsächlich beunruhigt zu sein, und gleiches galt auch für Frau Küppers, die das aber unter einem ruppigen Ton zu verbergen suchte. »Er wird sich noch den Hals brechen«, schimpfte sie, »dafür hat Gott den Menschen nicht geschaffen!«

Etwas ratlos sah ich sie an und wollte gerade fragen, was sie damit meinte, als ich einen leisen Ruf zu hören glaubte und mich umschaute. Außer uns war weit und breit niemand zu sehen. Wahrscheinlich hatte ich mich getäuscht, aber dann hörte ich ihn wieder, und diesmal deutlicher. Auch die anderen hatte es gehört.

Jemand rief: »Hallo!«, nur klang die Stimme weit weg und merkwürdig verzerrt, wie auf hoher See.

Plötzlich fing Indy an, wild zu bellen, und Henry rief aufgeregt: »Da oben! Seht doch! Ein Ballon!«

Es stimmte, fast unmittelbar über uns schwebte ein großer Ballon. Seine Flughöhe schätzte ich auf drei- oder vierhundert Meter, und ein kräftiger Wind dort oben trieb ihn rasch über uns hinweg. In der Gondel befanden sich zwei Personen. Eine von ihnen beugte sich aus dem Korb und winkte zu uns herunter.

»Das muß Otto sein!« Um besser sehen zu können, hatte Luzia ihre Augen gegen die blendende Sonne beschirmt. Dabei lächelte sie amüsiert. »Otto hat das Ballonfahren also immer noch nicht aufgegeben!«

»Nein«, bestätigte die Haushälterin mit deutlicher Mißbilligung in der Stimme, »Gott sei's geklagt!«

Luzia legte beruhigend die Hand auf ihren Arm. »So gefährlich, wie es aussieht, Frau Küppers, ist es doch gar nicht.«

»Ja, wenn er sich nur damit begnügen würde!«

Wovon sie redete, verstand ich einen Augenblick später. Luzias Vetter war auf den Rand der Gondel gestiegen und hielt sich mit einer Hand an den Seilen fest, die den Ballon mit der Gondel verbanden. Mit der anderen Hand winkte er noch einmal zu uns herunter – dann ließ er einfach los.

»Großer Gott, er stürzt ab!« rief ich, aber schon öffnete sich aus einer Art Rucksack, den er auf dem Rücken trug, ein zweiter, wesentlich kleinerer Ballon und bremste seinen Fall stark ab. Natürlich hatte ich bereits davon gelesen und kannte auch einschlägige Abbildungen, trotzdem war es faszinierend, zum ersten Mal mit eigenen Augen einen Absprung mit dem Fallschirm beobachten zu können. Leicht schaukelnd hing der Mann in einem Geschirr unter dem Schirm und schwebte nun mit mäßiger Geschwindigkeit nach unten, als sei es die harmloseste Sache der Welt.

Der Wind trieb ihn auf eine Wiese ganz in unserer Nähe zu, und wir setzten uns dorthin in Bewegung. Auf den letzten Metern kam mir sein Fall plötzlich gar nicht mehr so gemächlich vor. Seine Geschwindigkeit war immer noch so groß, daß er sich bei der Landung auf dem Boden mehrmals überschlug. Trotzdem schien ihm nichts passiert zu sein. Sofort stand er wieder auf, um dem Kameraden oben im Ballon seine glückliche Landung zu signalisieren. Dann befreite er sich von seinem Rucksack und sah uns lachend entgegen.

Luzia machte uns mit ihrem Vetter bekannt, dem Baron Otto von Bylandt. Eine gewisse Familienähnlichkeit war nicht zu verkennen, was hauptsächlich an der Augenfarbe lag. Wie seine Cousine hatte Bylandt grüne Augen. Er war fast so groß wie Holmes und genauso hager, nur fehlte ihm jeder asketische Zug. Ich wußte, daß er einige Jahre älter als Luzia war, aber das fiel kaum auf. Seine schlaksige Unbekümmertheit hatte etwas Jungenhaftes und war mir auf Anhieb sympathisch. Ungewöhnlich für einen Deutschen seiner Generation, die sonst geschlossen ihrem Kaiser nachzueifern schien, trug er keinen Schnurrbart, sondern war glatt rasiert.

»Ich muß mich für die Verspätung entschuldigen und überhaupt für den dramatischen Auftritt! Aber der Ballonflug war lange geplant und konnte nicht mehr verschoben werden. Der Fallschirm mußte endlich offiziell getestet werden. Er wird den hohen Herren gefallen, denke ich, das neue Modell ist schon recht ordentlich.«

»Sogar bemerkenswert, wenn Sie erlauben.« Holmes betrachtete den auf dem Boden ausgebreiteten Fallschirm. »Mir schien, Sie haben Ihren Fall gesteuert, Baron?«

»Das ist Ihnen aufgefallen, Mr. Holmes? Sind Sie denn selbst schon gesprungen?«

»Gelegentlich.«

»Holmes, davon haben Sie mir nie etwas erzählt!«

»Nein, Watson, es schien mir nicht weiter erwähnenswert zu sein. Eine unbedeutende Angelegenheit in New York, und sie liegt schon einige Jahre zurück. Daß ich bei diesem Anlaß die Bekanntschaft von Mr. Baldwin gemacht habe, war das einzig Erfreuliche bei einem ansonsten völlig unbefriedigenden Fall. Es ging nur um Geld, Watson, und sogar Inspektor Lestrade hätte die Lösung in einer halben Stunde herausfinden können.«

»Donnerwetter!« Bylandt klang beeindruckt. »Sie kennen Baldwin, den Artisten?«

»Flüchtig, er wies mich damals in die Technik des Springens ein. Aber Ihr Schirm, Baron, scheint anders konstruiert zu sein als Baldwins Fallballon.«

»Sehr richtig, Mr. Holmes!« Bylandt nickte eifrig. »Daran arbeite ich zur Zeit, unter anderem. Ich habe ein paar kleine Verbesserungen vorgenommen, das Ganze ist natürlich noch nicht völlig ausgereift, aber ich verspreche mir einiges davon. Wenn Sie möchten, stelle ich Ihnen gern einen von den neuen Schirmen zur Verfügung, dann können Sie es selbst ausprobieren! Was halten Sie davon?«

»Sehr gern, vielen Dank.«

»Fein, also abgemacht!« Bylandt schlug erfreut die Hände zusammen. »Und Sie, Dr. Watson? Wie steht es mit Ihnen?«

»Mit mir? – Sie meinen, ich soll freiwillig fünfhundert Meter in die Tiefe springen? Nur an einem Stück Tuch? Ich denke gar nicht daran!«

»Ich versichere Ihnen, daß keinerlei Gefahr besteht.«

»Das sagen Sie, Baron! Nein, keine zehn Pferde brächten mich dazu!«

Luzia lachte. »Aber, aber, Dr. Watson, wenn wir auf diese Weise einen ganzen Waggon abbremsen konnten, werden wir auch noch Sie sicher zur Erde bringen!«

»Solange der Schirm nur groß genug ist«, ergänzte Holmes ruhig.

Bylandt horchte auf. »Einen Waggon abbremsen?« fragte er interessiert.

Holmes berichtete von dem abgekoppelten Salonwagen und seinem unkonventionellen Bremsmanöver mit Oppenheims Beduinenzelt. »Es funktioniert nach dem gleichen Prinzip wie ein Fallschirm.«

»Aber ja!« stimmte Bylandt begeistert zu. »An diese Einsatzmöglichkeit habe ich noch gar nicht gedacht, ich muß sie unbedingt einmal testen! Hören Sie, ganz in der Nähe verläuft eine wenig befahrene Nebenstrecke – die wäre geradezu ideal für einen kleinen Versuch! Gefälle gibt es genug, und ein Waggon wird sich schon auftreiben lassen, kein Problem!«

Wir halfen Bylandt dabei, seinen Fallschirm zusammenzuraffen. Anschließend gingen wir zurück zum Haus. Frau Küppers hatte dort ein zweites Frühstück für uns vorbereitet, und es fiel ihr nicht schwer, Oppenheim zu überreden, seinen Aufbruch noch etwas zu verschieben.

Jones und Luzia berichteten nun über die glücklich überstandenen Anschläge in Ägypten bis hin zum Überfall im Orientexpreß. Obwohl sie so schonend wie möglich vorgingen und einiges auch verschwiegen, genügte es, um den Pater und Frau Küppers vor Entsetzen erstarren zu lassen.

Bylandt hingegen schien eher fasziniert zu sein. »Alle Achtung, eine lebendige Mumie, und sie wollte euch an den Kragen! Wie machst du das nur, Luzia? Ich meine, das klingt fast so aufregend wie die Geschichte damals mit den Heiligen Drei Königen. Du glaubst ja gar nicht, wie oft ich es bedauert habe, daß ich ausgerechnet während dieser Zeit im Ausland sein mußte! Anscheinend verpasse ich immer alles Spannende.«

Der Pater seufzte und schüttelte langsam den Kopf. »Darüber solltest du wirklich nicht scherzen, Otto!« Ihm war anzusehen, daß auch er an die Ereignisse seinerzeit in Köln denken mußte und daß diese Erinnerung ihn bedrückte. »Ich mache mir Sorgen, Mr. Holmes. Glauben Sie, daß wir wieder mit etwas ähnlich Schrecklichem rechnen müssen?«

Als Holmes nicht sofort antwortete, fragte der Pater leise nach: »Deshalb sind Sie doch hier, nicht wahr?«

Alle Augen richteten sich auf Holmes, der mit unbewegtem Gesicht in seine Rocktasche griff und die Pfeife herausholte. »Ja, deshalb bin ich hier«, antwortete er ruhig.

Unbehagliche Stille folgte seinen Worten.

Bylandt runzelte die Stirn und warf einen skeptischen Blick in die Runde. »Nun, dieser Imhotep scheint ja tatsächlich gefährlich zu sein, keine Frage, aber halten Sie es denn für möglich, Mr. Holmes, daß er und seine merkwürdige Sekte sogar hier in Deutschland aktiv werden können? Eine leibhaftige Mumie und ägyptische Amun-Anbeter – und das bei uns in Ahrenfels?« Seine Stimme klang ungläubig.

»Zumindest dürfte es schwierig für sie werden«, warf ich ein, »dafür sorgen wir schon, keine Angst!«

»Genau!« Oppenheim nickte zustimmend. »Ich habe gestern abend noch mit Kommissar von Stamm geredet, und er hat mir seine Unterstützung zugesichert. Er will zwei zuverlässige Inspektoren hier herausschicken, die das Anwesen bewachen sollen. Wir können nicht vorsichtig genug sein. Ich hoffe, du hast keine Einwände, Otto!«

»Nein, nein, Max, selbstverständlich nicht! Wenn ihr alle die Sache so ernst nehmt, muß ja wohl etwas dran sein, nehme ich an«, antwortete Bylandt. »Polizeischutz«, sagte er dann gedehnt und blies seine Backen auf, »also, eins steht fest: Das wird im ›Goldenen Krug‹ ordentlich für Gesprächsstoff sorgen!«

Holmes zog eine Braue hoch. »Hoffen wir, daß es dabei bleibt, Baron.«

Nach der Mahlzeit zogen sich Holmes und Jones zurück, um die Durchsicht von Professor Blunts Tagebuch endlich abzuschließen. Luzia blieb plaudernd bei ihrem Onkel sitzen, während Henry mit dem Hund verschwand, um die nähere Umgebung zu erkunden. Oppenheim machte sich für die Rückfahrt bereit. Bylandt und ich begleiteten ihn hinaus zu seinem Wagen. Mit Interesse verfolgte ich dabei ihre Fachsimpelei über die Vorzüge und Schwächen der einzelnen Automobilmodelle, ohne allzuviel davon zu verstehen.

Als Oppenheim nun mit einem letzten grüßenden Hupsignal den Hof verließ und die Auffahrt hinunterrollte, sah ich ihm bewundernd hinterher. »Es ist schon erstaunlich, wozu menschlicher Erfindungsgeist in der Lage ist, Baron! Nehmen Sie nur das Automobil, und Sie haben ein vollkommenes Beispiel für den Fortschritt von Wissenschaft und Technik in unserer Zeit.«

Bylandt steckte seine Hände in die Hosentaschen und nickte lässig. »Ganz nett, so ein Wagen, basiert aber im Grunde auf einer Technik von gestern, die ein bißchen aufgemöbelt worden ist durch den Verbrennungsmotor. Beinahe altmodisch.«

»Altmodisch? Jetzt machen Sie sich über mich lustig!«

Er lachte unbekümmert. »Sie sind hoffentlich nicht empfindlich, Dr. Watson! Und bedenken Sie: Immerhin gibt es das Rad schon seit einigen Jahrtausenden, das müssen Sie doch zugeben.«

»Nun ja, so gesehen haben Sie natürlich recht.«

»Eben.« Wir schlenderten zurück zum Haus. »Der wirkliche Fortschritt, Doktor, findet nicht auf der Straße statt, sondern in der Luft!«

»In der Luft? Sie reden von Ballons?«

»Keineswegs, ich rede von der Luftfahrt, ihr gehört die Zukunft! Und ich habe die Hoffnung, durch meine eigenen aeronautischen Experimente, so bescheiden sie auch sein mögen, selbst etwas zum Fortschritt beitragen zu können.«

»Tatsächlich?« Interessiert sah ich ihn an, und mir kam der starke Verdacht, daß er der einzige war, der seine Beiträge so ohne weiteres ›bescheiden‹ nennen durfte. »Aeronautische Experimente?« fragte ich.

»Damit beschäftige ich mich zur Zeit.« Er nickte gewichtig und zeigte zur großen Scheune hinüber. »Dort drüben in meiner Werkstatt.«

Ein Bericht in der »Times« fiel mir ein. »Selbstverständlich habe ich schon von Graf Zeppelin und seinem lenkbaren Luftschiff gehört, die Meldungen sind ja durch die Weltpresse gegangen. Forschen Sie auch in dieser Richtung, Baron?«

»Wie Zeppelin, meinen Sie?« Bylandt schüttelte den Kopf, er schien von den sensationellen Erfolgen des Grafen nicht so begeistert zu sein. »Nüchtern betrachtet, Doktor, ist Zeppelins Luftschiff nicht viel mehr als ein lenkbarer Ballon, ob der nun starr ist oder nicht. Nein, mich interessieren richtige Flugmaschinen, also solche, die schwerer sind als Luft. Leider haben mir diese Dummköpfe vom Ministerium die Unterstützung entzogen, alle Mittel gehen nur noch an Zeppelin und seine Gesellschaft. Deshalb bin ich jetzt auf mich allein gestellt, und das verzögert natürlich die Arbeit. Am Ende werden diese Amerikaner noch schneller sein.«

»Welche Amerikaner?«

»Ein Brüderpaar, mit dem ich in Korrespondenz stehe. Eigentlich bauen sie Fahrräder, basteln aber nebenbei auch noch an Flugmaschinen herum. Tüchtige Leute, sehr tüchtige sogar, und vor allem scheinen sie sich nicht mit finanziellen Problemen abplagen zu müssen wie ich. Um Geld zu verdienen, arbeite ich gerade an Verbesserungen für die Fallschirme. Wenigstens dafür wird gezahlt.« Er zuckte mit den Achseln. »Na, es gibt schlimmere Arten, sein Geld zu verdienen, als aus Ballons zu springen!«

»Aber nicht allzu viele, würde ich sagen.«

Bylandt lachte und hielt mir die Tür auf. In der großen Eingangshalle blieb ich neben dem ausgestopften Löwen stehen und bewunderte die exotische Waffensammlung über dem Kamin. Vor allem ein prächtiger Eingeborenenspeer hatte es mir angetan. Es war der größte Speer, den ich je gesehen hatte, eine fürchterliche Waffe.

»Afrikanisch, wenn ich mich nicht täusche?« fragte ich.

»Zulu«, bestätigte Bylandt, »ein Geschenk meines Onkels.«

»Ihres Onkels?« Einen Moment lang war ich irritiert.

Als Bylandt meinen erstaunten Blick bemerkte, lachte er. »Nein, nicht von Pater Hieronymus! Ich meinte meinen anderen Onkel, Luzias Vater.«

»Richtig, er war ja Afrika-Forscher.«

Bylandt nickte. »Mein Vater hat ihn ein paarmal auf seinen Expeditionen begleitet und ist jedesmal mit reicher Beute heimgekehrt.«

»Das ist nicht zu übersehen.« Jede ehemals freie Stelle an den Wänden war mit Jagdtrophäen dekoriert. Für meinen Geschmack waren es entschieden zu viele.

»Scheußlich, nicht wahr? Aber was soll man machen? Die Trophäen waren sein ganzer Stolz. Vater war ein leidenschaftlicher Großwildjäger, hat alles geschossen, was ihm vor die Flinte kam. In der Beziehung war er noch schlimmer als sein Bruder. Sie haben von dessen Schicksal gehört, nehme ich an?«

»O ja, traurige Geschichte.« Luzia hatte mir erzählt, daß ihre Eltern auf dem Weg zu einer neuen Expedition beide ertrunken waren, als ihr Schiff vor Sansibar in einen Sturm geraten und gekentert war. »Ich kann schon verstehen, daß Sie die Trophäen hängen lassen, Baron. Aus Pietät, gewissermaßen.«

»Ach was, Doktor, mit Pietät hat das nichts zu tun. – Sie kennen unsere Ahnenportraits nicht, die mein Vater auf den Speicher ausgelagert hat! Und die müßte ich ja wohl oder übel wieder aufhängen, wenn ich die Trophäen abnähme.«

Das Tagebuch

Gegen Abend kehrte Oppenheim wieder aus Köln zurück. Schon von weitem sah ich die beiden Scheinwerfer seines Wagens, als er die lange Auffahrt zu uns hinauffuhr. Vermutlich hatte seinerzeit ein wehrhafter Vorfahre der Bylandts den Hügel mit Bedacht ausgewählt, um gerade hier sein Haus zu bauen. Die Lage bot auch heute noch einen strategischen Vorteil: Niemand würde sich so einfach unbemerkt dem Anwesen nähern können.

Oppenheim war nicht allein gekommen. In der uniformierten Gestalt, die jetzt mit einiger Mühe aus dem Wagen kletterte, erkannte ich sofort einen alten Bekannten wieder. Der gewaltige, kahlrasierte Schädel mit dem passenden Kaiser-Wilhelm-Schnurrbart war unverwechselbar, auch wenn Kommissar von Stamm in den vergangenen Jahren einiges an Gewicht zugelegt hatte. Ohnehin nicht allzugroß, ließ ihn sein ansehnlicher Leibesumfang noch kleiner wirken. Er hielt sich immer noch kerzengerade, und genau wie früher zeigte sein Kinn herausfordernd in die Höhe, aber seiner zackigen Straffheit fehlte heute alles Feindselige.

Bei unserer ersten Begegnung damals im Kölner Dom war das noch anders gewesen. Es hatte seine Zeit gebraucht, bis von Stamms anfängliche Animosität gegenüber der ungebetenen Konkurrenz aus dem fernen London umgeschlagen war in offene Bewunderung von Sherlock Holmes' Fähigkeiten. Diesmal fiel seine Begrüßung sehr herzlich aus, der Kommissar schien sich über unser Wiedersehen zu freuen.

»Oppenheim hat mir ja eine abenteuerliche Geschichte erzählt, Mr. Holmes! Ägyptische Mumien und Flüche und so weiter – wirklich haarsträubend!« Er klemmte sein Monokel ins Auge und sah Holmes fragend an. »Ich hoffe doch, daß er wie üblich stark übertrieben hat, wie?«

»Ich fürchte, das hat er nicht, Kommissar«, antwortete Holmes ruhig.

Von Stamm musterte ihn einen Moment, dann nickte er langsam. »Also doch! Ich habe es geahnt, wieder so eine üble Angelegenheit! Aber diesmal sind wir wenigstens vorbereitet, ich habe zwei meiner besten Inspektoren mitgebracht. Sie werden das Anwesen hier im Auge behalten.«

Er stellte uns die beiden stämmigen Männer in Zivil vor, die mit ihm zusammen im Wagen gesessen hatten und nun mit einer ersten Inspektion der Örtlichkeiten ihre Arbeit aufnahmen. Oppenheim und der Kommissar folgten uns ins Haus.

Während des Dinners frischten Bylandt, Oppenheim und von Stamm alte Erinnerungen aus ihrer gemeinsamen Schulzeit auf. Gewöhnlich entzieht sich ja allen nicht unmittelbar Beteiligten die Faszination solcher Geschichten, aber unser Gastgeber entpuppte sich als begnadeter Erzähler. Er präsentierte seine Anekdoten so pointiert und amüsant, daß wir anderen beinahe ständig lachen mußten. Sogar Pater Hieronymus ließ sich davon anstecken. Nur Holmes blieb auffallend schweigsam.

Als Bylandt nun den Kommissar beiläufig mit »mein lieber Amadeus« anredete, sah ich ungläubig auf.

»›Amadeus‹?« rutschte es mir heraus.

Von Stamm legte seine Gabel aus der Hand und seufzte. »Mein zweiter Vorname, Dr. Watson, lachen Sie ruhig. Was soll man machen? – Meine selige Frau Mutter liebte eben Mozart über alles. Eigentlich heiße ich ja Wilhelm, aber das hat mir nicht mehr viel geholfen, nachdem einmal die Katze aus dem Sack war. Und dafür hat natürlich jemand gesorgt.«

Ein Blick in Bylandts selbstzufriedenes Gesicht genügte, um zu wissen, wer dieser Jemand gewesen war.

»Können Sie sich vorstellen, Doktor, was es für einen Jungen bedeutet, den Rest seiner Schulzeit nur noch ›Amadeus‹ gerufen zu werden? Ich meine, für einen Jungen mit meiner Statur?«

»Sie haben mein volles Mitgefühl, Kommissar.«

»Warum? ›Amadeus‹ klingt doch sehr hübsch!« warf Bylandt harmlos ein.

»Das finde ich auch!« sagte Luzia nachdrücklich. »Mir hat der Name immer gut gefallen, viel besser als einfach nur ›Wilhelm‹!«

»Tatsächlich? Und das sagen Sie mir erst jetzt, meine Liebe?«

Beim anschließenden Kaffee wurde die Stimmung wieder ernster. Uns allen war bewußt, daß wir uns nicht zu einem Ehemaligentreffen versammelt hatten und daß unsere Lage alles andere als angenehm war. Niemand konnte voraussehen, was Imhotep als nächstes unternehmen würde.

Oppenheim räusperte sich. »Sie waren vorhin bemerkenswert still, Mr. Holmes. Ich hoffe, es besteht kein neuer Anlaß zur Sorge! Sind Sie inzwischen mit Blunts Papieren weitergekommen?«

»Ja, das bin ich, Baron.« Holmes lehnte sich zurück. »Dr. Jones und ich haben den gesamten Nachlaß durchgesehen. Auch das Tagebuch ist mittlerweile vollständig entziffert.«

»Und? Haben Sie etwas Neues herausgefunden?«

Mit ruhigen Bewegungen begann Holmes, seine Pfeife zu stopfen. »Nun, sagen wir lieber, ein Verdacht von mir hat sich bestätigt, Watson.« Bevor ich nachfragen konnte, welchen Verdacht er meinte, meldete sich von Stamm zu Wort.

»Muß ja ein merkwürdiges Tagebuch sein! Ich habe da etwas von einer Geheimschrift gehört, stimmt das?«

»Ja, das ist richtig«, antwortete Jones, »zum Ende hin sind immer mehr Eintragungen verdeckt vorgenommen worden. Aber davon abgesehen, handelt es sich um ein ganz gewöhnliches Tagebuch, das Professor Blunt während der Expedition geführt hat. Ich glaube, unter Archäologen ist das so üblich. Sein Inhalt deckt sich vermutlich weitgehend mit dem offiziellen Journal der Ausgrabung, in dem der Verlauf und die Ergebnisse der Arbeiten festgehalten werden. Nur eben ergänzt durch persönliche Aufzeichnungen und Kommentare des Professors, und es sind ausschließlich solche privaten Passagen, die Blunt verschlüsselt hat.«

»Ist schon kurios, aus seinem eigenen Tagebuch ein Geheimnis zu machen! Aber ich nehme an, der alte Herr hatte wohl einen vernünftigen Grund dafür, oder?«

»So ist es, Kommissar.« Holmes blies eine Rauchwolke in die Luft. »Da wir jetzt wissen, was Blunt geheimhalten wollte, und auch vor wem, können wir mit einigem Recht behaupten, daß er sogar einen sehr vernünftigen Grund hatte.«

»Und der wäre?«

»Der Professor hatte Angst.«

»Zum Teufel, Holmes, spannen Sie uns nicht länger auf die Folter! Was steht denn nun in dem Tagebuch?« wollte ich endlich wissen.

Holmes nickte Jones zu, und der fing auf seine nüchterne und leicht pedantische Art mit einem Vortrag an. »In seinen Notizen hat Professor Blunt den Verlauf der gesamten Grabungsexpedition festgehalten, und entsprechend umfangreich ist dann auch das Tagebuch geworden. Der für uns interessante Teil beginnt mit den Aufzeichnungen darüber, wie der Professor an das Amulett gekommen ist.«

»Sie meinen das Amulett, das bei dem Überfall im Zug gestohlen worden ist? Das Amulett von diesem ... diesem ...« Der Kommissar schnippte suchend mit den Fingern.

»Von Tutenchamun«, ergänzte Jones, »richtig. Blunt hat es in Luxor gekauft.«

»Erstaunlich!« Bylandts Stimme klang verwundert. »Ich dachte immer, Archäologen würden mit Hacke und Spaten arbeiten, nicht mit der Brieftasche.«

Jones schien den scherzhaften Ton nicht einmal bemerkt zu haben, sondern antwortete völlig ernsthaft. »Das ist nichts Ungewöhnliches. Seit jeher haben die Einheimischen in der Umgebung der antiken Stätten nach dem Gold der Pharaonen und anderen Schätzen gegraben. Für sie ist es mittlerweile ein lukratives Geschäft, vor allem seit der neuesten Ägypten-Begeisterung hier bei uns. Oft wissen diese Leute besser über die Lage der Gräber Bescheid als die Archäologen.

Wie die meisten seiner Kollegen unterhielt auch der Professor gute Kontakte zu einigen der illegalen Ausgräber und hatte öfter Fundstücke von ihnen gekauft, aber etwas Vergleichbares wie das Amulett war ihm vorher noch nie angeboten worden. Blunt war natürlich begeistert und hat auf der Stelle den geforderten, ungewöhnlich hohen Preis aus seiner eigenen Tasche bezahlt.

Noch am selben Tag hat er die Nachricht über den sensationellen Kauf seinem College nach Amerika gekabelt, und nur zwei Wochen später erschienen zwei Fremde im Ausgrabungslager, um das Amulett im Auftrag und mit Genehmigung des Verwaltungsrats zu begutachten. Deren offizielles Beglaubigungsschreiben war zwar echt, auch die Anweisung, ihnen in jeder Beziehung behilflich zu sein, aber der Professor hatte offenbar starke Vorbehalte gegen den ungebetenen Besuch. Die beiden Männer waren ihm nicht geheuer. Außerdem hat er das Amulett als seinen Privatbesitz betrachtet und gab es nur widerstrebend für eine Untersuchung aus der Hand.«

»Zwei Fremde? Davon haben Sie uns aber bisher noch nichts gesagt.«

»Richtig, Dr. Watson, das wäre auch nicht möglich gewesen. Ich habe selbst erst durch die Lektüre von Blunts Tagebuch von diesem Besuch erfahren. Vor allem einer der Männer muß ihm auf Anhieb suspekt gewesen sein, wie aus den Aufzeichnungen sehr deutlich hervorgeht. Leider gibt Blunt keine genaue Beschreibung von ihm. Bis auf die auffallende Körpergröße bleibt sein Aussehen merkwürdig unbestimmt. Obwohl er mit Sicherheit kein Araber ist, eher ein Europäer, trägt der Mann arabische Kleidung, die eigentlich nur seine Augen freigibt. Augen, die Blunt als ›stechend‹ bezeichnet. Jedenfalls macht der Fremde einen starken und sehr beunruhigenden Eindruck auf den Professor. Wie tief die Wirkung ist, zeigt eine für ihn doch erstaunliche Formulierung. Blunt schreibt an der betreffenden Stelle nämlich, daß den Fremden ein ›Hauch des Bösen‹ umgebe.«

»Wie poetisch!« Bylandt hatte spöttisch eine Braue hochgezogen. Er schien zu einem ironischen Kommentar ansetzen zu wollen, begnügte sich aber mit einem verlegenen Räuspern, als er unsere ernsten Mienen bemerkte. Vermutlich hatten wir anderen alle den gleichen Gedanken.

Ich sah zu Holmes hinüber, der sich in eine Wolke aus Tabaksqualm eingehüllt hatte und keine Regung von sich gab. Auch Oppenheim wirkte verschlossen, und Luzia hielt ihren Blick gesenkt. Sie schien sich nur für die Kaffeetasse vor ihr auf dem Tisch zu interessieren. Was nicht zutraf, dessen war ich mir sicher. Genau wie Blunt hatte auch Luzia schon den »Hauch des Bösen« gespürt. Und sie war nicht die einzige von uns. Ich mußte an jenen Abend in Cairo denken, an den Kutscher vor Oppenheims Haus und meinen kurzen Blickwechsel mit ihm. Professor Blunt hatte durchaus die richtigen Worte für die Wirkung gefunden, die von Imhotep ausging.

»Die Begegnung fand abends statt«, fuhr Jones fort, »und der unheimliche Fremde hielt sich dabei sehr im Hintergrund. Die Begutachtung des Amuletts hat er hauptsächlich seinem Begleiter überlassen, einem jungen Amerikaner, der offensichtlich vom Fach ist und dem Professor mit sofortiger Wirkung als Mitarbeiter zugeteilt wird.«

»Dr. Santer«, sagte ich.

»Genau, Dr. Santer. Blunt ist nicht sehr glücklich über diese Regelung, fügt sich aber. Seine anfängliche Befürchtung, daß auch der andere Fremde im Lager bleiben könnte, erfüllt sich nicht. Der Mann verschwindet einfach. Am nächsten Tag bricht der Professor nach Cairo auf. Die Reise ist schon seit längerem geplant, es geht um einen wichtigen Termin bei der Altertümerverwaltung. Da die Angelegenheit sich unerwartet in die Länge zieht, bleibt er mehrere Tage fort. Bei seiner Rückkehr wird er von Dr. Pendergast, seinem langjährigem Assistenten, bereits dringend erwartet.

Im Lager herrscht Aufregung. In Blunts Abwesenheit nämlich ist der Verkäufer des Amuletts noch einmal aufgetaucht und hat eine kleine Grabfigur angeboten, wieder mit dem Siegel des Tutenchamun. Die Nachricht elektrisiert Blunt. Alles deutet darauf hin, daß der Mann tatsächlich das Grab des Pharaos gefunden hat.

Und das ist noch nicht alles, Pendergast wartet mit einer weiteren, noch größeren Überraschung auf. Er selbst war nicht dabei, als der Grabräuber wieder erschien, aber der neue Mitarbeiter, Dr. Santer, hat ihm die Figur abgekauft, und offenbar für sehr viel Geld gleich noch etwas anderes mit: genaue Angaben über den Fundort!

Blunt kann es nicht glauben, ein solches Verhalten wäre mehr als nur ungewöhnlich. Warum sollte der glückliche Finder seine Quelle preisgeben? So viel Geld kann ihm Santer gar nicht geboten haben. Auch sein Assistent war zunächst skeptisch, aber als sie die Angaben des Mannes überprüft haben, sind sie an der bezeichneten Stelle fündig geworden. Hoch oben in einer schwer zugänglichen Felswand außerhalb des eigentlichen Tals der Könige haben sie tatsächlich einen künstlichen Einstieg in den Berg gefunden. Der Stollen liegt gut versteckt und ist wie üblich sorgfältig wieder mit Schutt aufgefüllt worden. Nur direkt unterhalb der Decke verläuft ein winziger Kriechgang, den offenbar erst der Grabräuber freigelegt hat. Für Pendergast sieht es wie der Eingang zu einem antiken Grab aus. Sollten die Fundstücke daraus stammen, könnte es sogar tatsächlich das von Tutenchamun sein. Dr. Santer jedenfalls ist davon überzeugt.

Die Geschichte kommt Professor Blunt nicht geheuer vor. Er hat noch nie gehört, daß ein Grabräuber freiwillig seinen Fundort verraten hat. Außerdem liegt seiner Theorie zufolge Tutenchamuns Grab nicht so allein und abseits der anderen Pharaonengräber, sondern ebenfalls im Tal der Könige. Er ist zwar mit seinen Untersuchungen und Berechnungen noch nicht so weit, um wirklich gezielt danach graben zu können, aber das ist nur noch eine Frage der Zeit.«

»Berechnungen?« fragte Oppenheim interessiert. »Was meint er damit?«

»Das kann ich nicht mit Sicherheit sagen.« Jones nahm seine Brille ab und begann sie zu putzen. »Verstreut über das gesamte Tagebuch finden sich immer wieder Hinweise auf bestimmte, aber nicht näher erläuterte Untersuchungen Blunts, die sich mit der Lage des Grabes befassen. Dabei handelt es sich im wesentlichen nur um Andeutungen – meist geht es um irgendwelche Messungen –, auf ausführlichere Passagen zu diesem Thema bin ich nicht gestoßen. Allerdings sind an verschiedenen Stellen aus den letzten Bänden mehrere Seiten herausgerissen worden, und der Kontext läßt darauf schließen, daß sie jeweils mit Tutenchamun zu tun hatten. Wahrscheinlich bezieht sich der Professor auf diese fehlenden Seiten.«

»Das ist merkwürdig«, sagte Oppenheim nachdenklich. »Sie meinen also, daß ausgerechnet diese Stellen aus dem Buch entfernt worden sind? Und Sie haben sie wohl auch sonst nicht in Blunts Truhe gefunden, Henry?«

»Nein. Die Aufzeichnungen sind verloren, fürchte ich.«

»Nicht ganz«, warf Holmes ein und zog ruhig an seiner Pfeife. »Ich habe alle Stellen in den Tagebüchern, an denen Blätter herausgetrennt wurden, einer eingehenden Untersuchung unterzogen, vor allem die jeweils nächstfolgenden Seiten. Leider ist die Handschrift des Professors nicht nur unleserlich, sondern auch nicht besonders kräftig. Deshalb fanden sich kaum durchgedrückte Schriftzüge der vorhergehenden Seiten, und wenn doch, dann waren sie in der Regel unbrauchbar. Nur auf einer Seite waren die Eindrücke tief genug, um mit ihrer Hilfe die vorhergehende, nun fehlende Seite rekonstruieren zu können.«

Er legte ein Blatt vor sich hin und faltete es auseinander. »Das Ergebnis war recht interessant.«

Wir alle beugten uns über den Tisch. Sogar ich erkannte schnell, daß es sich um eine Karte vom Tal der Könige handeln mußte. Auf ihr war die Lage der Gräber eingezeichnet und mit verschiedenen Markierungen versehen, hauptsächlich Zahlen, deren Bedeutung ich nicht auf Anhieb erschließen konnte.

Jones hatte seine Brille wieder aufgesetzt und betrachtete konzentriert die Karte. »Das sind Maßangaben«, sagte er langsam und sah zu Holmes auf. »Es sieht aus, als hätte der Professor alle schon bekannten Gräber noch einmal penibel vermessen.«

»Das ist auch meine Ansicht, Dr. Jones.«

»Wer könnte die Blätter herausgerissen haben, Holmes?« fragte ich.

»Blunt selbst natürlich, und anschließend dürfte er sie wohl verbrannt haben.«

»Aber warum sollte er so etwas tun?«

»Sein Lebenswerk vernichten, meinen Sie? Eine gute Frage, Watson!« Holmes nickte leicht. »Die Antwort ist schlicht und einfach: aus Furcht.«

»Furcht wovor?«

»Zunächst einmal vor Dr. Santer, das geht aus einem der verschlüsselten Einträge gegen Ende des Tagebuchs klar hervor. Blunt wollte unter allen Umständen verhindern, daß seine Berechnungen Dr. Santer oder dessen unheimlichem Begleiter in die Hände fallen. Lieber nahm er sein Wissen um Tutenchamun mit in den Tod, als daß die beiden das Grab dadurch leichter finden könnten.«

»Dann dürfte die von Ihnen rekonstruierte Karte vermutlich der einzige noch existierende Hinweis auf die Überlegungen des Professors sein«, sagte Oppenheim mit einem Seufzer. »Sehr bedauerlich, ich hätte gern erfahren, was er so Wichtiges über Tutenchamun herausgefunden hat.«

Holmes lehnte sich zurück und musterte Oppenheim mit einem Blick, den ich nicht einordnen konnte. »Damit stehen Sie vermutlich nicht allein, Baron«, sagte er ruhig, »aber über die Theorien des Professors können wir höchstens spekulieren. Sicher ist nur eins: Blunt hat das Grab im Tal der Könige vermutet.«

»Jedenfalls nicht in dieser Felswand!« bestätigte Jones. »Freiwillig hätte er seine Grabungen im Tal der Könige bestimmt nicht aufgegeben. Aber die Entscheidung war bei seiner Rückkehr schon gefallen«, fuhr er mit seinem Bericht fort, »über seinen Kopf hinweg. Dr. Santer hat den Kauf der Figur und die Entdeckung des Stollens gleich dem College telegraphiert, und auch die Antwort liegt bereits vor: Die Grabung soll verlegt werden an den neuen Fundort. Alle Arbeiten im Tal der Könige, die seit Monaten ohne Erfolge geblieben sind, sollen sofort eingestellt werden. Eine neue Lizenz ist schon beantragt.

Blunt ist über das eigenmächtige Handeln von Santer empört. Es kommt zu einem heftigen Streit zwischen ihnen. Santer macht sich über die angeblich unsystematische Arbeit des Professors lustig. Blunt grabe mal hier, mal da, und immer ohne Ergebnis, das müsse aufhören. Jetzt gebe es das Amulett und die Figur, beide mit dem Siegel des Pharaos, und dazu noch eine eindeutig lokalisierte Fundstelle, also endlich eine begründete Aussicht auf eine erfolgreiche Grabung.

Der Professor muß erkennen, daß er auf verlorenem Posten steht. Offenkundig steht das College hinter Santer, besser gesagt, die eigentlichen Finanziers der Expedition. Überrascht hört er, daß einer der Verwaltungsräte, ein Mister van Buren, sich sogar selbst in Ägypten aufhält. Er kreuzt mit seiner Yacht auf dem Nil und wird demnächst Luxor erreichen. Mit einem Aufpasser direkt vor Ort ist die Machtverteilung eindeutig, und Santer macht auch kein Geheimnis daraus. Unverblümt erklärt er dem Professor die Situation: Entweder Blunt ist mit von der Partie und beginnt sofort mit der Freilegung des Stollens, oder er darf in Zukunft nur noch als Privatier im Tal der Könige herumstochern. Selbstverständlich ohne Geld und ohne Ausrüstung. Angesichts der Alternativen ist Widerstand zwecklos. Außerdem will natürlich auch der Professor den Gang freilegen. Also fügt er sich, das Tal läuft ihm ja nicht davon.«

Jones hatte sich Kaffee nachgeschenkt und verrührte nun mit langsamen Bewegungen den Zucker. Als er weitersprach, hielt er den Blick auf den dunklen Wirbel in seiner Tasse gerichtet.

»Daneben deutet Blunt aber noch einen weiteren Grund für sein Einlenken an. Er will weder Santer noch gar den anderen Fremden bei der Grabung nach Tutenchamun dabeihaben. Deren massives Interesse an dem Pharao und ihr rücksichtsloses Auftreten hat nicht nur mit Archäologie zu tun. Es muß noch etwas anderes dahinterstecken, und zwar nichts Gutes, da ist sich der Professor ganz sicher.«

Fragend sah ich zu Holmes hinüber, der darauf nicht reagierte, sondern nur mit unbewegtem Gesicht weiter seine Pfeife rauchte. Daß auch Dr. Santer tief in die Affaire verwickelt war und offenbar in engem Kontakt mit Imhotep stand, schien ihn nicht allzusehr zu überraschen, im Gegenteil. Ich war überzeugt, daß Holmes davon schon gewußt hatte, und zwar lange vor der Lektüre von Blunts Tagebuch.

Jones legte den Löffel aus der Hand und trank einen Schluck Kaffee. Dann fuhr er mit seinem Bericht fort.

»Nun, wie auch immer – die neue Grabungslizenz wird überraschend schnell erteilt, fast postwendend. Jemand mit viel Einfluß muß in Cairo nachgeholfen haben, und zweifellos hat sich Mr. van Buren nicht zufällig gerade zu diesem Zeitpunkt dort aufgehalten. Weil das Lager sofort verlegt werden kann, steht nun fast noch die gesamte Saison zur Verfügung. Die Grabung in dem Schacht beginnt, und trotz der schwierigen Umstände geht die Arbeit gut voran. Selbst der Professor ist gespannt auf das Ergebnis und freundet sich halbwegs mit der neuen Situation an.

Der trügerische Frieden dauert aber nicht lange. Schon wenige Tage später läßt ein Zwischenfall sein Mißtrauen und sein ungutes Gefühl schlagartig wieder aufleben. In der Nähe der Grabungsstätte wird eine Leiche gefunden. Der Tote liegt in einer Seitenschlucht, unmittelbar am Fuß einer Felswand. Dort muß er schon seit einiger Zeit gelegen haben, lange genug, um inzwischen auch von den Tieren entdeckt worden zu sein. Der entstellte Leichnam bietet einen furchtbaren Anblick, aber der eigentliche Schock trifft Blunt, als er in dem Toten den Mann wiedererkennt, der ihm das Amulett verkauft hat.«

Oppenheim nickte, als hätte er nichts anderes erwartet.

»Man nimmt an, daß der Tod ein Unfall gewesen sein muß«, redete Jones weiter. »Offensichtlich hat der Mann die steile Felswand nach weiteren Grabeingängen abgesucht, ist dabei abgestürzt und beim Aufprall zerschmettert worden. Jedenfalls lautet so die offizielle Version. Dem Professor ist dabei allerdings unbehaglich zumute. Schon die Geschichte, daß der Grabräuber für viel Geld seine Quelle verkauft habe, hat er kaum glauben können. Und jetzt soll der Mann auch noch verunglückt sein! Das gefällt ihm überhaupt nicht.

Pendergast, sein Assistent, scheint wegen der Leiche sogar noch mehr betroffen zu sein als Blunt selbst. Er verhält sich den Tag über auffallend schweigsam. Am Abend sucht er den Professor in dessen Zelt auf, um mit ihm zu reden. Seine Nervosität ist deutlich zu spüren, und Blunt begreift sehr schnell, daß sie nicht unbegründet ist. Was der Assistent ihm zu berichten hat, ist wirklich bestürzend.

Der Vorfall hat sich an jenem Abend während Blunts Abwesenheit zugetragen, an dem der Grabräuber wieder ins Lager gekommen war, um die Statuette zu verkaufen. Weil Pendergast keinen Schlaf finden konnte, hat er im Mondschein einen ausgedehnten Spaziergang über den Bergpfad und durch die Wüste unternommen. Erst auf dem Rückweg bemerkte er, daß er nicht als einziger so spät noch unterwegs war. Auf dem gegenüberliegenden Bergrücken sah er gegen das Mondlicht drei menschliche Gestalten zusammenstehen.

Ganz sicher war Santer dabei, seine hünenhafte Statur ist ja unverwechselbar. Die anderen beiden waren in arabischer Tracht gekleidet, aber Pendergast glaubt, anhand von Körperhaltung, Größe und Bewegung den merkwürdigen Fremden erkannt zu haben, der Santer bei seiner Ankunft begleitet hatte. Und die dritte Person könnte durchaus der Tote gewesen sein.

Pendergast hat sich zwar etwas über die nächtliche Szene gewundert, ihr aber weiter keine Bedeutung beigemessen und ist zum Lager zurückgekehrt. Erst als dann die Leiche gefunden wurde, hat er wieder an den Vorfall denken müssen. Denn der Tote lag genau unterhalb der Stelle, an der die Gruppe gestanden hatte.«

Wieder nickte Oppenheim. »Das muß erst recht ein Schock für den Professor gewesen sein, nehme ich an.«

»Ja, das war es«, bestätigte Jones. »Ein Verdacht drängt sich ihm auf. Der Verdacht, daß jemand beim tödlichen Sturz des Mannes nachgeholfen hat. Und zwar erst, nachdem der arme Kerl gezwungen worden war, sein Geheimnis zu verraten. Vielleicht sind die Wüstenfüchse nicht allein für den schrecklichen Zustand der Leiche verantwortlich. Auch sein Assistent hegt ähnliche Befürchtungen. Deshalb hat er sich vorhin ein bißchen in Santers Zelt umgesehen und dabei seltsame Unterlagen gefunden.

Ob der Professor schon einmal etwas von einer neuen Amun-Sekte gehört habe?«

»Amun-Sekte!« Kommissar von Stamm schüttelte den Kopf und brummte etwas vor sich hin, das mißbilligend klang und von Jones einfach ignoriert wurde.

»Blunt erfährt zum ersten Mal von der Sekte und hört seinem Assistenten verwundert zu. Plötzlich unterbricht sich Pendergast und bedeutet dem Professor, still zu sein. Auch Blunt hat ein Geräusch gehört. Einen Moment lauschen sie in die Stille hinein, dann sehen sie draußen nach. Vor dem Zelt ist niemand, aber unmittelbar neben dem Eingang finden sie Abdrücke von Stiefeln. Von auffallend großen Stiefeln. Die Spuren könnten auch älter sein, gewiß, trotzdem fühlen sie sich unbehaglich. Es sieht aus, als habe jemand ihr Gespräch belauscht. Blunt beschließt, Dr. Santer bei der nächsten Gelegenheit zur Rede zu stellen.

Dazu kommt es nicht. Am nächsten Morgen wird der Professor durch lautes Rufen geweckt. Vor dem Zelt des Assistenten haben sich die ägyptischen Grabarbeiter versammelt und reden aufgeregt durcheinander. Blunt kommt gerade rechtzeitig, um mit anzusehen, wie eine tote Cobra aus dem Eingang getragen wird. Bestürzt läuft er in das Zelt hinein, aber jede Hilfe kommt zu spät: George Pendergast liegt tot in seinem Feldbett. An der Todesursache besteht kein Zweifel, offensichtlich hat ihn die Schlange gebissen.«

»Um Himmels willen!« Von Stamm hatte die Augen weit aufgerissen und fuhr sich mit dem Zeigefinger zwischen Hals und Kragen, der ihn auf einmal sehr zu beengen schien. »Welch eine grauenhafte Vorstellung! Eine Schlange im Bett!« Sein Atem ging auf einmal leicht keuchend. »Widerlich!« stieß er hervor.

Der Kommissar zeigte alle Anzeichen einer schweren Phobie. Mir fiel wieder ein, wie sehr er damals im Kölner Dom unter Höhenangst gelitten hatte. Vermutlich gäbe er ein ergiebiges Studienobjekt ab, um an ihm die neuesten medizinischen und psychologischen Theorien solcher Krankheiten zu überprüfen. Aber selbstverständlich hatte er recht, der arme Pendergast mußte einen furchtbaren Tod gestorben sein.

»Tut mir leid um Ihren Freund, Jones!« sagte ich leise.

Jones nickte knapp. Als er mit seinem Bericht fortfuhr, klang seine Stimme sarkastisch und bitter. »Auch Santer gibt sich entsetzt. Wie konnte Pendergast nur so unvorsichtig sein, weder sein Zelt richtig zu verschließen noch das Bett zu kontrollieren? Hier wimmelt es doch von Schlangen und Skorpionen! Das ist Ägypten – da muß man damit rechnen, schon mal eine Cobra in seinem Bett vorzufinden.

Es ist nicht direkt ausgesprochen, aber der Professor fühlt sehr deutlich die unterschwellige Drohung. Auch ihm könnte jederzeit ein ähnlicher ›Unfall‹ zustoßen. Er bekommt Angst und weiß nicht genau, was er jetzt tun soll. Schließlich schickt er mir ein Telegramm und bittet mich um Hilfe, seinen alten Schüler und Freund.«

Jones verstummte und sah bedrückt vor sich nieder. Er hatte im Tal der Könige zwei Freunde verloren. Niemand von uns sagte etwas, bis er nach einer kurzen Pause seinen Bericht wieder aufnahm.

»Nach Georges Tod übernimmt Santer faktisch die Regie der Ausgrabungen. Da er durch van Buren, der inzwischen mit seiner Yacht ›Sorbek‹ vor Luxor ankert, bedingungslos unterstützt wird, ist der Professor machtlos dagegen. Aber das ist gar nicht mehr so wichtig, Blunt hat andere Sorgen. Er ist nämlich dem Hinweis von Pendergast nachgegangen und hat Erkundigungen über die Amun-Sekte eingezogen. Was er dabei erfährt, gefällt ihm nicht und beunruhigt ihn nur noch mehr. Ihm kommt der erschreckende Verdacht, daß es sich bei Santers Begleiter um den geheimnisvollen Anführer der Sekte handelt. Deshalb stellt er seine Nachforschungen auch sehr diskret an, vor allem, nachdem er Santer einmal dabei ertappt hat, wie er in seinen, Blunts, Unterlagen wühlte.«

»Das würde erklären, warum der Professor auf die Geheimschrift ausgewichen ist«, warf Oppenheim ein.

»Ja, erst seit diesem Vorfall hat Blunt begonnen, seine Aufzeichnungen zum Teil zu verschlüsseln. Santer sollte nicht erfahren können, daß er über die Pläne, den alten Amun-Kult wieder aufleben zu lassen, informiert ist. Selbstverständlich erkennt der Professor schnell, welche Schlüsselrolle Tutenchamun bei diesen Bemühungen zufallen muß, und kommt zum gleichen Schluß wie auch wir später: Die Mitglieder der neuen Sekte wollen das Pharaonengrab selbst finden und für ihre obskuren Zwecke mißbrauchen.

Offensichtlich hat Santer etwas mit ihnen zu tun und gehört vielleicht sogar selbst der Sekte an. Daß er so von dem College-Vertreter protegiert wird, erschreckt den Professor. Es scheint, als wäre die Sekte im Begriff, seine Expedition zu unterwandern, auch wenn sich Blunt nicht recht vorstellen kann, was sie eigentlich genau vorhat.

Fest steht für ihn nur, daß Santer und der unheimliche Fremde etwas Teuflisches im Schilde führen. Mit Archäologie hat das nichts mehr zu tun, diese Leute gehen über Leichen. Blunt ist mittlerweile überzeugt, daß Pendergasts schrecklicher Verdacht zutrifft: Santer und der Fremde haben in jener Nacht den Grabräuber vom Felsen in die Tiefe gestoßen. Sein Absturz war genausowenig ein Unfall wie der Tod von Pendergast. Daran kann nach den kaum verhüllten Drohungen Santers ihm gegenüber kein Zweifel mehr bestehen, und Blunt selbst könnte das nächste Opfer sein.«

»Dann verstehe ich nicht, daß er noch länger im Tal der Könige geblieben ist!« sagte von Stamm verwundert. »Warum hat der Professor nicht einfach seinen Posten als Leiter der Ausgrabung aufgegeben und sich in Sicherheit gebracht?«

Jones nickte. »Aus mehreren Eintragungen geht hervor, daß er mit diesem Gedanken gespielt, sich aber dann doch anders entschieden hat.«

»Wissen Sie auch, warum?«

»Ich glaube, dafür gibt es eine einfache Erklärung, die trotzdem für Außenstehende nur schwer nachvollziehbar sein dürfte, Herr Kommissar.« Jones verzog den Mund zu einem traurigen kleinen Lächeln. »Professor Blunt war eben mit Leib und Seele Archäologe. Und lieber setzte er sich der Gefahr aus, das Schicksal seines Assistenten zu teilen, als darauf zu verzichten, einen antiken Grabeingang freizulegen.«

»Ah ja. Verstehe.« Der Kommissar räusperte sich und brachte so auch ohne viele Worte seine Meinung deutlich zum Ausdruck.

Jones trank seinen Kaffee aus und setzte die leere Tasse ab. »Viel mehr gibt es nicht zu berichten«, sagte er, »abgesehen von zwei Vorfällen. Kurz nach Pendergasts Tod bricht zum ersten Mal bei Blunt das rätselhafte Fieber aus. In der Folge werden die Anfälle heftiger und treten in immer kürzeren Abständen auf. Anfangs führt der Professor noch sehr nüchtern Buch über sein Leiden, das er für eine normale Tropenkrankheit hält. Später ändert sich der Ton, Blunt wird argwöhnisch. Er äußert mehrmals den Verdacht, daß sein Fieber keine natürliche Ursache haben könnte.

Überhaupt zeigen die letzten Eintragungen des Professors seine zunehmende Angst. Offensichtlich hängt sie eng mit einer Begegnung zusammen, die ihn zutiefst verstört haben muß. Unmittelbar vor unserer eigenen Ankunft ist anscheinend Santers Begleiter noch einmal ins Lager gekommen und hat den Professor aufgesucht. Auf ausdrückliche Anordnung von van Buren hin soll er das Amulett auf dessen Yacht nach Luxor bringen. Blunt weigert sich. Wegen des Amuletts führt er schon einen Dauerstreit mit Santer, und er gibt es auch nicht an den Fremden heraus. Es kommt zum Streit zwischen ihnen. Dabei muß etwas vorgefallen sein, das den Professor in Angst und Schrecken versetzt hat.« Jones schwieg und schob nachdenklich die Tasse auf dem Tisch hin und her.

Dem Kommissar dauerte die Pause zu lange. »Heraus mit der Sprache, Jones! Was ist da passiert?« fragte er ungeduldig.

»Nun«, antwortete Jones langsam, »ich nehme an, daß Blunt bei dieser Gelegenheit das Gesicht des Fremden gesehen hat.«

»Sein Gesicht?«

»Ja, darauf lassen die Aufzeichnungen schließen, auch wenn sie bereits unter dem Einfluß des Fiebers stehen und zum Teil sehr wirr ausfallen.«

»Donnerwetter! Muß ja ein furchtbarer Anblick gewesen sein!«

»Furchtbar genug, daß Blunt hinterher selbst nicht so genau wußte, ob er nicht doch nur phantasiert hatte. Denn wie er notiert, wies der Fremde das Gesicht einer Mumie auf, die wieder lebendig geworden war. Blunt hätte diesen Eindruck gern dem Fieber zugeschrieben, aber ganz sicher war er sich eben nicht.

Das Erlebnis scheint den Verlauf der Krankheit beschleunigt zu haben, sein Fieber wurde nun rasch schlimmer, und die Anfälle häuften sich. Als wir endlich im Lager eintrafen, litt Blunt schon unter ständigen Wahnvorstellungen. Nur noch gelegentlich und für kurze Zeit erlangte er ein halbwegs klares Bewußtsein wieder. Anscheinend hat der Professor bei diesen Gelegenheiten versucht, mich vor einer schrecklichen Gefahr zu warnen. Aber was er da von lebendigen Mumien redete, war wirr und unzusammenhängend. Ich habe es für eine seiner Fieberphantasien gehalten.

Nach unserer Ankunft verschlechterte sich sein Zustand immer mehr, nur kurz vor seinem Tod muß Blunt doch noch einen lichten Moment erlebt haben. Leider zu einem Zeitpunkt, als Luzia und ich nach Luxor gefahren waren. Howard Carter hat uns später davon erzählt. Er war gerade auf seiner täglichen Tour durch das Tal. Wie üblich hat er Blunt dabei besucht und ihn dieses Mal bei klarem Bewußtsein angetroffen. Der Professor setzte ein Testament auf, in dem er mir seinen persönlichen Besitz vermachte, und ließ es von seinem ägyptischen Vorarbeiter und Carter als Zeugen unterschreiben. Anschließend riß er die einschlägigen Blätter aus seinem Tagebuch und verbrannte mit ihnen sein Lebenswerk.«

Jones lehnte sich zurück. »Das war im wesentlichen alles. Der letzte Eintrag des Tagebuchs gilt dem Amulett. Es soll nicht in Santers Hände fallen, und Blunt weiß auch schon einen sicheren Ort dafür, an dem niemand so schnell danach suchen wird.«

Nachdem Jones seinen Bericht beendet hatte, herrschte ernstes Schweigen in der Runde.

Es war schließlich Bylandt, der als erster das Wort ergriff. Langsam schüttelte er den Kopf. »Ich muß schon sagen, Henry, die Archäologie scheint ja ein gefährliches Metier zu sein, nichts als Mord und Totschlag! Daneben nimmt sich die Aeronautik direkt harmlos aus.«

»Dir fehlte eben schon immer der Sinn für das Abenteuer, Otto!« Oppenheim lächelte kurz. »Aber du hast völlig recht. Sowohl der Grabräuber als auch Blunts Assistent wurden ermordet, davon müssen wir aufgrund des Tagebuchs wohl ausgehen. Und dahinter steckt die Amun-Sekte, denn der geheimnisvolle Fremde war selbstverständlich niemand anderes als Imhotep! Sie stimmen mir doch zu, Mr. Holmes?«

Holmes nahm seine Pfeife aus dem Mund. »Vollkommen, Baron.«

»Beide Morde wurden anschließend als Unfälle vertuscht«, fuhr Oppenheim nachdenklich fort. Ich wußte, woran er gerade dachte. Es hatte noch einen Toten bei der Ausgrabung gegeben.

Offenbar war das auch dem Kommissar nicht entgangen. »Wir sollten den Professor nicht vergessen!« sagte er. »Was ist mit seiner Krankheit? Wir haben doch eben gehört, daß Blunt selbst befürchtet hat, sein Fieber könnte unnatürlichen Ursprungs sein. Wie denken Sie darüber, Doktor?«

»Das ist schwer zu sagen«, antwortete ich, »in diesen Breiten ist eine Fiebererkrankung nichts Ungewöhnliches. Auch nicht ein tödlicher Verlauf, Blunt war schließlich nicht mehr der jüngste. Andererseits könnte ein tödliches Fieber auch durch bestimmte Substanzen künstlich hervorgerufen werden, um so einen natürlichen Tod vorzutäuschen.«

»Also ist der Professor vergiftet worden?«

»Möglich wäre es.«

»Das dachte ich mir.« Von Stamm zwirbelte seine Bartspitzen nach oben. »Da haben wir es ja wieder einmal mit einer feinen Mörderbande zu tun!«

»Es gibt noch eine andere Möglichkeit als Gift«, wandte Jones bedächtig ein. »Daß das Amulett gestohlen worden ist, hat vielleicht auch seine guten Seiten.«

Oppenheim runzelte seine Stirn. »Sie meinen den Fluch, mit dem das Amulett beschriftet ist, nicht wahr?«

»Ja, den meine ich. Den Fluch des Tutenchamun.«

Bylandt beugte sich vor und sah Jones ungläubig an. »Henry, Sie nehmen doch nicht etwa ernsthaft an, daß ein alter Pharaonenfluch den Professor umgebracht hat, oder?«

»Ich weiß, wie seltsam das klingt«, antwortete Jones ruhig, »aber man sollte es nicht von vorneherein ausschließen. Immerhin sind die Personen, in deren Besitz es war, alle gestorben oder erkrankt: der Grabräuber, der Professor und auch Henry. Seitdem der Junge das Amulett nicht mehr trägt, hat er keine Beschwerden mehr.«

»Nein, die Besserung ist bereits vorher eingetreten«, wandte ich ein, »und zwar aus dem einfachen Grund, weil die Infektion bei ihm eben abgeklungen ist! Henry ist ein kräftiger, gesunder Junge, und der Professor war alt, er hat das Fieber nicht mehr verkraften können. Mit einem Fluch hat das gar nichts zu tun. Außerdem ist der Grabräuber nicht an einem Fieber gestorben, und Pendergast auch nicht.«

»Das ist richtig, Dr. Watson. Aber der Fluch bezieht sich ja auch nicht auf ein Fieber, sondern auf den Tod.«

Sein nüchterner Ton war irritierend. Nur Jones konnte so etwas aussprechen, ohne daß es gleich lächerlich klang. Ihm fehlte einfach jeder Obskurantismus. Mit dem Zeigefinger schob er seine Brille zurück über die Nasenwurzel und erwiderte ruhig meinen Blick. Seine unaufgeregte Ernsthaftigkeit blieb auch diesmal nicht ohne Wirkung.

Der Kommissar murmelte zwar etwas davon, daß bei Jones anscheinend immer irgend etwas Übernatürliches mit im Spiel sein müßte, hielt sich aber ansonsten mit einem Kommentar zurück. Ganz wohl schien er sich nicht zu fühlen, und ich wußte, warum. Auch von Stamm konnte sich bestimmt noch gut an die Affaire um den vierten König erinnern.

Bylandt und er wollten nun mehr über die mysteriöse Amun-Sekte erfahren. Oppenheim kam ihrem Wunsch nach und teilte ihnen in gedrängter Form mit, was wir bisher über Imhotep und seine Gefolgsleute herausgefunden hatten.

Von Stamm hörte aufmerksam zu und fuhr sich anschließend mit der Hand über den kahlrasierten Schädel. »Ich habe dich doch richtig verstanden, Max: Die Todesfälle bei der Grabung, die versuchte Entführung in Cairo und der Überfall im Orientexpreß – all das geht auf das Konto der Amun-Sekte, die allem Anschein nach auch noch politische Ziele verfolgt, nämlich die Neuerrichtung eines Pharaonenreiches. Deshalb suchen diese Leute nun mit aller Gewalt nach dem Grab des Tutenchamun. Wegen der Prophezeiung, die die Vertreibung der Fremden aus Ägypten mit der Rückkehr eines Pharaos beginnen läßt, und weil laut Amulett damit Tutenchamun gemeint sein muß.«

»Richtig. Deshalb ist das Amulett auch so wichtig für sie.«

»Nun gut, das haben sie ja mittlerweile erbeutet. Aber wie ist die Lage jetzt? Droht weiterhin Gefahr von diesen Leuten? Ich meine, hier in Ahrenfels?«

»Das hängt davon ab, wie sehr sie an den Papieren des Professors interessiert sind. Zwar hat Blunt bis auf die rekonstruierte Karte alle Hinweise auf das Grab vernichtet, und auch die dürfte bei der Suche nicht sehr hilfreich sein, aber das alles wissen die Amun-Leute ja nicht. Also könnten sie auch weiterhin versuchen, den Nachlaß in ihren Besitz zu bringen. Damit müssen wir wohl rechnen.«

»Verstehe.« Der Kommissar nickte. »Aber wir sind hier nicht in Ägypten oder auf dem Balkan! Sollten die Kerle es tatsächlich wagen, sich hier bei uns blicken zu lassen, wird ihnen das noch leid tun. Dafür werden meine Männer schon sorgen!« Er streckte sein Kinn vor und blickte sich kampflustig um.

»Unterschätzen Sie nicht, mit wem wir es hier zu tun haben, Kommissar!« Holmes blies gelassen eine Rauchwolke in die Luft. »Ich bezweifle, daß Imhotep vor der preußischen Polizei allzu großen Respekt hat.«

»Vermutlich nicht«, stimmte Jones zu, »aber ich glaube, daß wir zumindest vorerst nicht viel zu befürchten haben. Ob überhaupt noch eine Gefahr besteht, hängt meiner Meinung nach vom Ausgang der Grabung ab. Solange Imhotep und Santer überzeugt sind, die Lage des Grabes bereits zu kennen, werden sie sich kaum die Mühe machen, noch an die Unterlagen des Professors heranzukommen.«

»Ich fürchte, Sie irren sich, Dr. Jones«, sagte Holmes ruhig. »Es gibt noch ein anderes Motiv, Blunts Tagebuch zu stehlen oder wenigstens zu vernichten.«

»Ein anderes Motiv? Wovon reden Sie da, Holmes?« fragte ich.

»Von der Antwort auf eine Frage, die ich mir – wie ich leider zugeben muß – bereits viel früher hätte stellen müssen, Watson. Auf die Frage nämlich, wer Blunts Ausgrabung im Tal der Könige finanziert.«

»Aber das wissen wir doch längst, Holmes: sein College!«

»Wirklich, Watson? Und wie kommt Ihrer Meinung nach ein kleines und unbedeutendes College irgendwo in Kentucky dazu, ausgerechnet in Ägypten eine doch sehr kostspielige Grabungskampagne zu veranstalten?«

»Offen gestanden, habe ich darüber noch nicht nachgedacht.« Ich warf Jones einen fragenden Blick zu.

»Nicht aus eigener Kraft, Mr. Holmes«, antwortete Jones zögernd, »dazu wäre das College allein nie in der Lage gewesen. Aber vor ein paar Jahren wurde eine private Stiftung gegründet mit dem Auftrag, dort einen eigenen Lehrstuhl nur für ägyptologische Forschungen einzurichten. Die bereitgestellten Mittel reichten aus, um ihn finanziell sehr üppig auszustatten. Professor Blunt hat damals den Ruf sofort angenommen und war begeistert von den Möglichkeiten, die ihm geboten wurden.«

»Jetzt begreife ich allmählich, worauf Sie hinauswollen, Mr. Holmes.« Oppenheim strich sich mit einer nachdenklichen Geste durch den Bart. »Eine private Stiftung – das erklärt natürlich, warum Blunt gegen van Buren so machtlos war. Wer ist denn der generöse Spender hinter der Stiftung, Henry?«

»Soweit ich weiß, handelt es sich um eine anonyme Stiftung. Der oder die Spender werden durch ein Kuratorium vertreten, dessen Syndikus, eben jener van Buren, mit im Verwaltungsrat der Universität sitzt.«

»Und dort über entsprechenden Einfluß verfügt.«

»Das nehme ich an. Immerhin bildet die Stiftung die mit Abstand wichtigste Einnahmequelle des Colleges.«

»Es tut mir leid«, wandte ich ein, »aber ich verstehe immer noch nicht, warum das ein besonderer Grund für Imhotep und seine Leute sein sollte, das Tagebuch zu stehlen!«

»Das liegt doch auf der Hand, Watson!« erwiderte Holmes. »Die Stiftung ist eine perfekte Tarnung. Niemand würde Fragen stellen, wenn eine seriöse wissenschaftliche Expedition nach dem Grab des Tutenchamun sucht.«

»Tarnung, Holmes?«

»Nun, Blunts Aufzeichnungen bestätigen nur, was ich vorher bereits vermutet hatte. Es gibt offensichtlich eine Verbindung zwischen der Amun-Sekte und dem College, besser gesagt: der Stiftung, auf deren Initiative hin die Ausgrabung überhaupt erst in Angriff genommen wurde. Santers Beziehung zu Imhotep und seine Rückendeckung durch den eigens nach Luxor angereisten Syndikus der Stiftung lassen daran keinen Zweifel mehr.

Die Expedition sollte von Anfang an den Interessen der Sekte dienen. Deshalb mußten alle störenden Hindernisse beseitigt werden, ohne jeden Skrupel, bis hin zum Mord. Diesen Zusammenhang hat der Professor erkannt, und ich bin sicher, daß Santer das wußte oder doch vermutete. Er und Imhotep haben dann auch nicht lange gezögert. Blunt mußte sterben, damit er sein Wissen nicht weitergeben konnte.«

»Das würde erklären, warum Santer neben dem Amulett auch so auffällig an den nachgelassenen Papieren interessiert war«, stimmte Jones nachdenklich zu. »Er mußte ja befürchten, daß Blunt sich Notizen über seine Erkenntnisse gemacht hat.«

»Allerdings. Jemand hat sich sehr bemüht, die Verbindung von Santer und der College-Stiftung zur Amun-Sekte zu verschleiern. So sehr, daß er auch vor zwei Morden nicht zurückgeschreckt ist. Wir können also davon ausgehen, daß er alles unternehmen wird, damit sie auch in Zukunft geheim bleibt. Die Gefahr eines neuen Überfalls ist noch nicht vorüber. Imhotep wird auch weiterhin versuchen, das Tagebuch in seinen Besitz zu bringen.«

»Einen Augenblick, Holmes! Wollen Sie damit etwa sagen, daß die Amun-Sekte hinter der Stiftung steckt?«

»Ich glaube nicht, daß Mr. Holmes das sagen wollte, Dr. Watson«, sagte Oppenheim langsam. »Es dürfte sich eher umgekehrt verhalten, nicht wahr?«

»So ist es, Baron.«

Ungläubig sah ich Holmes an. »Sie meinen, die Sponsoren einer kleinen amerikanischen Universität richten eine archäologische Grabung aus, nur um auf diese Weise einen Aufruhr in Ägypten anzuzetteln?«

»Darauf läuft es hinaus, Watson.«

»Aber warum? Etwa um die Rückkehr der Pharaonen zu erreichen oder den Amun-Kult wiederaufleben zu lassen? Das kann doch nicht Ihr Ernst sein, Holmes!«

Statt einer Antwort steckte Holmes nur seine Pfeife in den Mund und rauchte ungerührt weiter.

»Es klingt tatsächlich absurd«, begann Oppenheim nachdenklich, »aber –«

»Ich bin wirklich froh, das aus deinem Mund zu hören, Max!« unterbrach ihn Bylandt. »Mich erinnern die Geschichten über wiederkehrende Pharaonen und lebendige Mumien nämlich verdächtig an einen Schauerroman.«

»Sehr richtig!« assistierte ihm von Stamm.

Oppenheim nickte. »Ja, das ganze Unternehmen hat etwas Unsinniges und Unwirkliches an sich, das läßt sich nicht leugnen. Irgend etwas stimmt dabei nicht! Ich weiß nur noch nicht, was.« Er zuckte unzufrieden mit den Schultern. »Aber die Aktivitäten der Sekte sprechen eine klare Sprache. Sie meint es zweifellos ernst, tödlich ernst.«

Da hatte er natürlich recht. Imhotep und seine Anhänger mochten verrückte Spinner sein, gefährlich waren sie trotzdem. »Was mögen diese Leute wohl als nächstes vorhaben, Holmes?«

»Ich bin mir nicht sicher, Watson. Aber die Schnelligkeit, mit der Imhotep unsere Verfolgung aufgenommen und den Überfall im Zug organisiert hat, legt den Schluß nahe, daß für ihn der Zeitfaktor wichtig sein muß.«

»Wie meinen Sie das?«

»Was immer er in Ägypten vorhat, es wird bald geschehen! Sollte Imhotep wirklich einen Aufstand planen, dann steht der vermutlich kurz bevor.«

»Dagegen müssen wir etwas unternehmen, Holmes!«

»Ganz recht, Watson.«

»Und zwar je eher, desto besser!« stimmte auch Oppenheim zu. »Eine ausführliche Denkschrift über die Sekte und die politischen Zusammenhänge ist bereits in Arbeit. Vorab werde ich morgen schon meinem Ministerium über die jüngsten Vorfälle und unsere Folgerungen telegraphisch Bericht erstatten und dabei dringend raten, auch die englischen und ägyptischen Behörden über die drohende Gefahr zu informieren. Außerdem will ich meine privaten Kontakte nutzen, um einige einflußreiche Personen in Cairo vor Imhotep zu warnen.«

»Das kann nicht schaden, Baron, obwohl London bereits Bescheid weiß. Ich habe von Wien aus ein längeres Kabel geschickt. Die Behörden in Ägypten werden also wachsam sein. Aber die Angelegenheit bleibt undurchsichtig. Sie haben hoffentlich nichts dagegen, wenn ich Sie und den Kommissar morgen zurück nach Köln begleite, Baron. Ich möchte mich mit meinem Bruder in Verbindung setzen, sicherlich kann Mycroft mehr über die Stiftung in Erfahrung bringen.«

»Selbstverständlich, Mr. Holmes, ich freue mich über Ihre Gesellschaft. Sie haben übrigens recht, die Ausgrabungen in Ägypten sind bestimmt sehr teuer. Es muß eine Menge Geld geflossen sein und immer noch fließen. Vielleicht kann ein Bankhaus mit internationalen Geschäftsverbindungen mehr und vor allem schneller etwas darüber herausfinden als offizielle Stellen. Ich werde meine Familie bitten, Erkundigungen einzuziehen.«

»Jede Hilfe ist willkommen, Baron.« Holmes steckte Blunts Karte vom Tal der Könige wieder ein und erhob sich. Auch wir anderen standen auf, es war spät geworden. Als wir uns für die Nacht verabschiedeten, bemerkte ich, wie Holmes und Luzia einen Blick wechselten. Mir fiel auf, wie schweigsam Luzia den ganzen Abend gewesen war. Sie hatte sich kaum an dem Gespräch beteiligt.

Nachdenklich ging ich auf mein Zimmer. Wieder hatte ich das Gefühl, daß ich längst noch nicht alles wußte, und ich nahm mir vor, Holmes am nächsten Morgen darauf anzusprechen.

Eine noble Geste

Ich schlief ungewöhnlich tief in den Morgen hinein und wachte erst auf, als die Sonnenstrahlen hell auf mein Bett fielen. Die Anstrengungen der langen Reise vom Nil an den Rhein und mehr noch der damit verbundene Klimawechsel hatten ihren Tribut gefordert. Als ich endlich das Frühstückszimmer betrat, kam mir Frau Küppers entgegen, um frischen Kaffee zu bereiten. Sie schien auf mich gewartet zu haben, nahm mir meine Verspätung aber nicht übel, da sie die Zeit für eine ausführliche Plauderei mit Luzia genutzt hatte.

Holmes, Oppenheim und der Kommissar waren schon vor Stunden nach Köln aufgebrochen. Auch Jones und Pater Hieronymus hatten sich längst wieder zu ihren Büchern in die Bibliothek zurückgezogen. Nur Luzia saß noch am Tisch und leistete mir nun mit einer Tasse Kaffee Gesellschaft, damit ich beim Frühstück nicht völlig allein bleiben mußte. Sogar von Henry war nichts zu sehen. Anscheinend wich der Junge seinem Onkel Otto nicht mehr von der Seite, um ja keines der aufregenden Experimente zu verpassen, denen Bylandt drüben in seiner Werkstatt nachging.

Es war ein prachtvoller Tag im Spätherbst, wie geschaffen für einen ausgedehnten Spaziergang durch die reizvolle Umgebung. Luzia war der gleichen Meinung. Nach dem Frühstück brachen wir auf, einen sehr zufriedenen Hund im Gefolge. Das Herbstlaub der Wälder leuchtete in satten, warmen Farbtönen von Rotbraun bis Ocker, und mit ihren heckengesäumten Feldern und Wiesen erinnerte mich die Landschaft an das heimatliche England. Der Kontrast zum Tal der Könige hätte kaum größer ausfallen können. Auf einmal schien die Bedrohung durch Imhotep und seine Sekte genauso weit hinter uns zu liegen wie Cairo und der Nil. Hier in Ahrenfels wirkte alles so ruhig und beschaulich, daß mir der Revolver in meiner Manteltasche bald ein wenig übertrieben vorkam.

Auch der Rest des Tages verlief friedlich, obwohl ihn einige der auf dem Anwesen herumlaufenden Hühner nur mit knapper

Not überlebten. Bylandt hatte nämlich angeboten, mir Unterricht im Chauffieren zu geben. Er erwies sich als ausgezeichneter Lehrer. Unter seiner Anleitung verbrachte ich den halben Nachmittag mit ersten Fahrversuchen. Die Bedienung des Automobils fiel mir wesentlich leichter, als ich befürchtet hatte. Meine anfängliche Nervosität hinter dem Steuer legte sich schnell, und als ich schließlich mit einem Tempo von annähernd dreißig Kilometern in der Stunde die Auffahrt hinunterraste, stand mein Entschluß fest. Sobald ich wieder in London wäre, würde ich mir einen eigenen Wagen zulegen.

Gerne hätte ich Holmes meine neuerworbenen Künste vorgeführt, mußte aber darauf verzichten. Holmes kehrte an diesem Abend nicht mehr aus Köln zurück. Statt dessen brachte ein Bote ein Telegramm von ihm. Er hatte es in aller Eile aufgegeben, um seinen Zug noch zu erreichen. Wie Holmes schrieb, rechnete er nicht damit, länger als zwei oder drei Tage fortbleiben zu müssen, und vertraute mir den Schutz der Jones während seiner Abwesenheit an. Sein lapidares »Verlasse mich auf Sie, Watson« schmeichelte mir zwar, trotzdem hätte ich es vorgezogen, auch noch den Grund für seine plötzliche Abreise zu erfahren, den Grund und das Ziel. Darüber fand sich kein Wort in dem Kabel.

Am nächsten Tag begleitete ich Luzia und Henry zu einem Ausflug nach Köln. Ich hatte ihr von dem Zirkusplakat erzählt, und sie wollte nun die Gelegenheit nutzen, ihren alten Freunden einen Besuch abzustatten. Bylandt fuhr den Wagen.

Der Jahrmarkt auf den Rheinwiesen in Deutz hatte offenbar nichts von seiner Attraktivität verloren, er zog noch genauso viele Menschen an wie vor acht Jahren. Vielleicht war das Gedränge sogar noch lauter und enger geworden. Vorbei an den bunten Buden und Ständen schlenderten wir zur Mitte des riesigen Platzes, wo die Zirkustruppe wieder ihr großes Zelt aufgebaut hatte.

Bis zum Beginn der nächsten Vorstellung dauerte es noch etwas. Wir gingen um das Zelt herum zum auf der Rückseite gelegenen Eingang zur Manege. Dort befanden sich neben den Wagen der Zirkusangehörigen auch die schweren Löwenkäfige. Je näher wir ihnen kamen, desto durchdringender roch es nach den Ausdünstungen der Raubtiere. Eine kleine Gruppe bereits kostümierter Artisten stand vor dem Eingang zusammen und vertrieb sich die Zeit bis zu ihrem Auftritt. Unter ihnen, unverwechselbar in Frack und Zylinder, war auch der Zirkusdirektor, der uns als erster sah und Luzia sofort erkannte. Wild gestikulierend lief er uns ein Stück entgegen und empfing uns mit überschwenglicher Freude. Die anderen folgten ihm etwas gemächlicher, ohne uns deshalb weniger herzlich zu begrüßen.

Alle waren etwas älter geworden, aber viel verändert hatte sich nicht. Mit dem Zylinder in der Hand wedelnd und genau wie früher scheinbar am Rande der Hysterie stehend, hüpfte der Direktor herum wie ein Springteufel. Auch Samsonia, die »stärkste Frau der Welt«, verbog immer noch Eisenstangen, als wären sie aus Pappe. Nur Rosa hätte ich beinahe nicht wiedererkannt. Das Zigeunermädchen war zu einer bemerkenswert schönen Frau herangewachsen. Sie erzählte, daß sie nach dem Tod ihrer Mutter vor einigen Jahren deren Nachfolge auf dem Jahrmarkt angetreten hatte. Nun sagte sie selbst als »Madame Fatima« die Zukunft aus ihrer Kristallkugel voraus.

Weitere Mitglieder der Truppe gesellten sich zu uns. Viele von ihnen erkundigten sich bei mir nach Sherlock Holmes. Offenbar war dessen Vorstellung als »Einarmiger Geiger« unvergessen geblieben, und sein Rückzug von der Manege wurde allgemein bedauert. Ich versprach, das Kompliment auszurichten.

Luzia war unterdessen an einen der Käfige herangetreten und rief leise einen Namen. Ich wußte, daß sie hauptsächlich deshalb den Ausflug gemacht hatte. Es gab noch einen alten Bekannten hier, den es zu begrüßen galt. Jemanden, den Luzia mit der Flasche aufgezogen hatte. Tatsächlich erhob sich jetzt in einer Ecke des Käfigs ein mächtiger Löwe von seinem Lager. Er gähnte und streckte sich ausgiebig, dann machte er einen schnellen Schritt an das Gitter heran und streckte eine gewaltige Pranke durch die Stäbe, in Luzias Richtung und soweit es ging. Nach einhelliger Ansicht der Umstehenden drückte Simba damit höchstes Entzücken aus. Diese in meinen Augen reichlich gewagte Interpretation schien sogar zu stimmen. Denn als Luzia nun ihrerseits noch näher an das Gitter herantrat und selbst einen Arm hindurchsteckte, ließ der Löwe sich ruhig von ihr die Mähne zerzausen und leckte hinterher noch genüßlich Luzias Hand.

»Kommen Sie ruhig näher, Dr. Watson«, rief sie mir zu, »Simba erkennt Sie wieder und freut sich bestimmt darüber, Sie zu sehen!«

»Vielen Dank. Die Freude ist ganz meinerseits.« Trotzdem begnügte ich mich damit, unsere Bekanntschaft aus sicherer Distanz zu erneuern.

In diesem Augenblick begann die kleine Kapelle im Zirkuszelt einen Marsch zu spielen, offenbar das Signal für den bevorstehenden Beginn der Vorstellung. Der Direktor stülpte seinen Zylinder auf und hastete durch den Eingang in die Manege. Wir folgten ihm zu unseren Plätzen in der ersten Reihe.

Nach der Vorstellung fuhren wir in die Stadt hinein und trennten uns dort. Luzia war mit ihren ehemaligen Mitstreiterinnen aus dem Frauenverein im »Großen Kurfürsten« zum Essen verabredet. Wir setzten sie vor dem Hotel ab und parkten den Wagen in einer Garage. Bylandt führte Henry und mich in eine der für Köln so typischen volkstümlichen Gaststätten, die zu einer Brauerei gehörten und hauptsächlich ihr heimisches Bier, das »Kölsch«, ausschenkten. Noch von meinem letzten Besuch her wußte ich, daß sich diese Brauhäuser bei der Bevölkerung großer Beliebtheit erfreuten, quer durch alle Stände. Hier tranken Patrizier und Tagelöhner gleichermaßen ihr Bier zu einer deftigen Mahlzeit, deren rustikale Schlichtheit zur Einrichtung paßte. Deshalb wunderte es mich nicht, daß der Wirt in Bylandt einen Stammkunden begrüßte.

Wenig später gesellte sich auch Oppenheim zu uns. Ich fragte ihn nach Holmes' plötzlicher Abreise, aber der Baron wußte auch nicht viel mehr darüber. Nur daß Holmes mehrere Telegramme verschickt hatte, unter anderem auch an seinen Bruder Mycroft. Dessen Antwort mußte der Auslöser für seinen Aufbruch gewesen sein, denn nachdem er das Kabel aus London erhalten hatte, war Holmes sofort zum Bahnhof gefahren.

»Seine einzige Erklärung war, daß er gewisse Informationen seines Bruders überprüfen müsse«, sagte Oppenheim, »und daß keine Zeit mehr verloren werden dürfte. Um welche Informationen es sich dabei handelte, hat er für sich behalten. Aber ich soll für ihn Erkundigungen über eine bestimmte Geschäftsverbindung einziehen. Bis jetzt habe ich noch keine Antwort aus Berlin erhalten.«

»Und Sie wissen auch nicht, wohin Holmes gefahren ist?«

»Nein, das hat er nicht gesagt.«

Das Gespräch wurde unterbrochen, als der Kellner nun an unseren Tisch trat und die bestellten Gerichte servierte.

»Kluger Kopf, dieser Mycroft«, sagte Oppenheim nach einer Weile, mit deutlichem Respekt in der Stimme.

»Das kann ich nur bestätigen! Selbst Holmes bewundert ihn.«

»Schien nicht besonders überrascht zu sein, daß Holmes einer Verbindung zwischen Blunts Ausgrabung und der Amun-Sekte auf die Spur gekommen ist. Er mußte wohl schon vorher einen entsprechenden Verdacht gehegt haben. Von der seltsamen Stiftung für das College nämlich hatte er bereits gehört und sogar erste Erkundigungen über sie einziehen lassen. Ich weiß aber nicht, mit welchem Ergebnis. Darüber hat sich Holmes ausgeschwiegen.« Sein Bedauern war nicht zu überhören.

»Ja, Holmes kann mitunter sehr stur sein«, tröstete ich ihn, »vermutlich ist er abgereist, um diesen Hinweisen nachzugehen.«

»Das denke ich auch.« Oppenheim nickte und seufzte dann. »Hoffentlich findet er etwas heraus! Ich muß gestehen, daß ich immer noch vor einem Rätsel stehe. Nach wie vor bin ich mehr als skeptisch, was die Erneuerung des Pharaonenreiches angeht – ich meine, so etwas kann doch niemand ernsthaft in Erwägung ziehen! Trotzdem läßt sich natürlich nicht leugnen, daß von Imhotep und seiner Sekte sehr konkrete Gefahren ausgehen. Deshalb habe ich auch gestern einen vorläufigen Bericht nach Berlin gekabelt. Bis ich mit dem vollständigen Rapport fertig bin, wird es wohl noch einige Tage dauern.«

Nach dem Essen verließ Oppenheim uns, um sich wieder seiner großen Denkschrift zu widmen. Da uns bis zum vereinbarten Treffen mit Luzia noch etwas Zeit blieb, schlug ich vor, dem Dom einen Besuch abzustatten. Als Henry erfuhr, daß man die Türme besteigen konnte, war er damit einverstanden. Gemeinsam mit Bylandt machte er sich an den Aufstieg und konnte nicht verstehen, daß ich lieber in den Dom hineingehen wollte.

Im ersten Moment war ich überrascht, im Innern der Kirche so viele Menschen anzutreffen. Geleitet von halblaut redenden Führern bewegten sich Dutzende von Besuchergruppen ehrfürchtig von einer sakralen Sehenswürdigkeit zur anderen. Dann fiel mir ein, wie Pater Hieronymus erzählt hatte, daß zur Zeit die diesjährige Generalversammlung der Katholiken Deutschlands in Köln tagte. Bestimmt gehörte eine Domführung zum Pflichtprogramm der Teilnehmer.

Zügig durchquerte ich das riesige Längsschiff und betrat nach einem Rundgang durch den Chor die im Sakristeigebäude liegende Schatzkammer. Vor dem Prunkstück der Sammlung blieb ich stehen. Wenn es etwas gab, worauf die Bezeichnung »Schatz« vollkommen zutraf, dann war es der mächtige goldene Dreikönigenschrein. Helles Licht aus mehreren elektrischen Lampen ließen sein Gold und die Edelsteine, mit denen er verziert war, blendend aufglänzen.

Der Schrein galt als das hervorragendste Werk mittelalterlicher Goldschmiedekunst in ganz Europa, und doch wog sein künstlerischer und materieller Wert für gläubige Katholiken nichts gegen seinen Inhalt. Denn in ihm wurden die Gebeine der Heiligen Drei Könige aufbewahrt, die Kölns kostbarsten Besitz bildeten, seitdem Erzbischof Rainald von Dassel sie im Jahre 1164 aus Mailand hierhin als Kriegsbeute überführt hatte, wie eine routinierte Stimme neben mir erklärte.

Denn auch hier in der Schatzkammer war ich nicht der einzige Besucher. Unter den wachsamen Augen der Domschweizer drängten sich zehn oder zwölf Personen um den Schrein und bewunderten das berühmte Kunstwerk, während sie ihrem Reiseführer zuhörten.

Ich trat einen Schritt zurück und überließ dem Mann das Feld, der sich nun in salbungsvollen Worten über Geschichte und spirituelle Bedeutung der Reliquien ausließ. Soweit ich es beurteilen konnte, übertrieb er dabei nicht allzuviel. Es stimmte ja, daß man den Dom hauptsächlich deswegen erbaut hatte, um den Heiligen Drei Königen eine würdige Ruhestätte zu geben. Und das war den Kölnern zweifellos gelungen. Auch der Schrein selbst hätte nicht prunkvoller ausfallen können, er war tatsächlich das vollkommen angemessene Gehäuse für die Reliquien.

Was hätte der Führer wohl gesagt, fragte ich mich, wenn er gewußt hätte, daß ich die bekrönten Schädel der Drei Könige einmal umstandslos in eine Decke gewickelt mit mir herumgetragen hatte? Noch dazu, nachdem ihnen vorher von mörderischen Satanisten die entscheidende Rolle in einem grauenhaften blasphemischen Ritual zugedacht worden war? Einem Ritual, das für Luzia unweigerlich tödlich ausgegangen wäre, wenn Holmes nicht in letzter Sekunde noch eingegriffen hätte?

Aber die Rolle der Reliquien in dieser Affaire war nur einem kleinen Kreis von Eingeweihten bekannt, was nach dem Willen des Domkapitels auch so bleiben sollte. Vielleicht war es ja besser so.

Nachdem die Touristengruppe weitergegangen war, blieb ich noch einen Augenblick allein vor dem goldenen Schrein stehen. Weil man den schweren Deckel verschlossen hatte, konnte ich von den Reliquien nichts sehen, wußte aber, daß sie wohlverwahrt dort lagen. In Gedanken versunken verließ ich die Schatzkammer und ging langsam durch ein Seitenschiff zurück zum Westportal.

Die Gewißheit, daß die Heiligen Drei Könige wieder sicher und unversehrt an ihrem angestammten Platz im Kölner Dom ruhten, war beruhigend. Trotzdem hatte der Anblick des Schreins düstere Erinnerungen in mir wachgerufen. Erinnerungen, die mich immer noch beschäftigten, als ich nun ein Café gleich gegenüber dem Dom aufsuchte, um dort auf Luzia und Bylandt zu warten.

Luzia erschien als erste. Ihre gehobene Stimmung wirkte ansteckend und vertrieb rasch meine ernsten Gedanken. Sie hatte von ihrem Treffen eine erfreuliche Nachricht mitgebracht, denn der unermüdliche Kampf ihres alten Frauenvereins war nicht ohne Erfolg geblieben. Anscheinend hatte das preußische Kultusministerium endlich Gymnasialklassen für Mädchen genehmigt.

»Die Genehmigung gilt zwar nur vorläufig und zur Probe, aber das spielt keine Rolle. Es sind die ersten Mädchenklassen in ganz Preußen!«

»Meine Glückwünsche!«

»Vielen Dank! Und das ist nur der Anfang! Demnächst werden Frauen auch hier in Preußen an den Universitäten studieren dürfen! Warten Sie nur ab, Dr. Watson, nicht mehr lange, und es wird sogar Ärztinnen geben!«

»Vermutlich haben Sie recht.«

Allerdings stand ich der Aussicht, demnächst in meinem Beruf auf Kolleginnen zu stoßen, mit eher gemischten Gefühlen gegenüber. Meine Vorbehalte entgingen Luzia nicht, und im Handumdrehen verwickelten wir uns in eine lebhafte Diskussion darüber, ob die Medizin ein auch für Frauen geeignetes Studienfach sei oder nicht. Unser Gespräch wurde nur kurz unterbrochen, als Bylandt und Henry mit dem Wagen vorfuhren und uns abholten. Während der Rückfahrt setzten wir unsere Kontroverse fort. Dabei hatte ich bald das unbehagliche Gefühl, immer mehr in die Defensive zu geraten, und die verblüffende Tatsache, daß Bylandt offenbar auf ganzer Linie die Position seiner Cousine teilte, war alles andere als hilfreich.

Den nächsten Tag verbrachte ich mit weiteren Fahrübungen und dem Studium der einschlägigen Literatur, die reichlich in Bylandts Bibliothek vertreten war. Unter anderem fand ich dort ein zerlesenes Exemplar des zweibändigen Standardwerks von Baudry de Saunier vor, und selbstverständlich bezog Bylandt mehrere deutsche und französische Automobilfachzeitschriften. Sein Hauptinteresse mochte der Aeronautik gelten, dennoch verfolgte er aufmerksam die technische Entwicklung auch auf anderen und vergleichsweise rückständigen Forschungsgebieten.

Meine eigenen Fortschritte in der Beherrschung des Automobils wurden von den beiden bei uns stationierten Polizisten mit kritischen Kommentaren begleitet. Die Männer waren froh über die Abwechslung, die ich ihnen bot. Weder auf dem Gut selbst noch in Ahrenfels oder auf ihren regelmäßigen und ausgedehnten Kontrollgängen durch die Umgebung war ihnen etwas Ungewöhnliches aufgefallen, das auf eine drohende Gefahr schließen ließ. Im Gegenteil, alles machte einen ausgesprochen friedlichen Eindruck. Holmes' Befürchtungen schienen sich nicht zu erfüllen, worüber sich niemand beklagte.

Die beschauliche Ruhe wurde erst durch die nachmittägliche Ablösung der beiden Inspektoren gestört. Kommissar von Stamm war persönlich mit zu uns herausgefahren, und als er nun aus dem Wagen stieg und seine Schutzbrille abnahm, wirkte er deutlich erschüttert. Er brachte schlechte Nachrichten aus Köln.

»Auf dem Jahrmarkt hat es heute morgen einen furchtbaren Zwischenfall gegeben«, teilte er uns mit. »Samsonia ist tot, sie wurde ermordet!«

»Samsonia ermordet? Um Gottes willen!« Luzia legte eine Hand auf ihren Mund und sah den Kommissar entsetzt an.

»Und das ist noch nicht alles.« Von Stamm nickte grimmig. »Neben der Toten lagen nämlich noch drei weitere Leichen. Bei den anderen Toten handelt sich um bisher noch unbekannte Männer. Alle vier waren sie übel zugerichtet. So etwas habe ich in meiner langen Dienstzeit noch nicht oft gesehen.«

»Was ist denn genau passiert?« fragte ich.

»Ich weiß es nicht, Watson, die näheren Umstände sind noch ungeklärt. Fest steht nur, daß dort ein fürchterlicher Kampf stattgefunden haben muß. Und eins kann ich Ihnen versichern, sie hat es diesen Schurken nicht leichtgemacht!«

Das konnte ich mir sehr gut vorstellen. Man mußte geradezu tollkühn sein, um es mit Samsonia aufzunehmen. Deshalb stand ich vor einem Rätsel. »Warum ist es überhaupt zu dem Kampf gekommen?«

Der Kommissar zuckte mit den Schultern. »Wegen der Löwen, nehme ich an.«

»Was soll das heißen?«

»Meiner Meinung nach hat Samsonia die Männer dabei überrascht, wie sie die Löwen vergiften wollten, und dann versucht, sie daran zu hindern. Wir haben bei den Käfigen entsprechend präpariertes Fleisch gefunden, das anscheinend an die Tiere verfüttert werden sollte.«

»Also hat Samsonia ihr Leben geopfert, um das der Löwen zu retten!«

»Ja, sie war eine tapfere Frau, und die Löwen hat sie auch retten können, wenigstens die meisten. Nur für Simba ist sie zu spät gekommen, der muß als erster von dem Fleisch gefressen haben und ist an dem Gift gestorben.«

»Armer Simba«, sagte Luzia leise.

»Merkwürdig! Warum sollte jemand die Löwen vergiften wollen?«

»Wenn ich das wüßte, Dr. Watson, wäre ich schon ein gutes Stück weiter! Bis jetzt kenne ich ja noch nicht einmal die Identität der toten Männer. Aber das ist nur eine Frage der Zeit, darum werde ich mich persönlich kümmern. Ich will wissen, was da passiert ist, und warum! Die ganze Geschichte gefällt mir nicht, ganz und gar nicht!« Langsam strich er mit der Hand über seinen kahlen Schädel. »Sie sehen also, Imhotep ist nicht meine einzige Sorge, in Köln haben wir auch genug eigene Probleme. Deshalb muß ich auch einen der Männer aus Ahrenfels abziehen, so leid es mir tut. Ich brauche ihn dringend für die Ermittlungen in der Zirkussache.«

»Natürlich.«

»Gut. Außerdem sieht es für mich so aus, als würde hier auch weiterhin alles ruhig bleiben, Dr. Watson.«

»Machen Sie sich keine Sorgen, Kommissar, wir kommen hier draußen notfalls sehr gut allein zurecht!«

»Freut mich, das zu hören. Übrigens gibt es für meine kurze Visite auch noch einen erfreulicheren Grund!« Von Stamm zog einen Umschlag aus seiner Rocktasche und reichte ihn Luzia. »Das hätte ich beinahe vergessen! Oppenheim bat mich, dies hier zu überbringen, und auf die Antwort soll ich warten.«

Luzia öffnete den Umschlag und überflog das beiliegende Billett. »Wie nett, eine Einladung in die Oper, schon für morgen.«

»Eine Premiere, sie spielen Wagner. Lohengrin ist in Köln seit über zehn Jahren nicht mehr gegeben worden. Wie ich gehört habe, soll der neue Heldentenor gut sein. Trotzdem wird er es in Köln sehr schwer haben, fürchte ich. So leicht tritt schließlich niemand aus dem Schatten des großen Emil Goetze.«

Etwas verwundert sah ich den Kommissar an. Eine ausgeprägt musische Ader hätte ich nicht bei ihm vermutet. Er wippte leicht auf den Fußballen, und seine wichtige Miene verbot jeden Zweifel an seiner Kennerschaft.

Mir gefiel der Gedanke nicht besonders, in Köln übernachten zu müssen. »Was soll denn mit Blunts Papieren während der Vorstellung geschehen? Wir können sie ja schlecht mit in die Oper nehmen.«

»Keine Angst, ich werde mit Henry hierbleiben und darauf aufpassen!« antwortete Jones. »Zur Not gibt es ja auch noch einen Polizisten als Wache. Ich glaube allerdings nicht, daß wir im Moment etwas zu befürchten haben. Außerdem liebt Luzia die Oper, und sie würde sich bestimmt über Ihre Begleitung freuen, Dr. Watson!«

Da Luzia sich der Bitte anschloß, konnte ich nicht ablehnen.

»Also abgemacht!« Von Stamm streifte seine Handschuhe über und setzte die Schutzbrille auf. »Dann sehen wir uns morgen abend in der Oper!«

Kölns neues Stadttheater am Rudolfplatz war erst ein Jahr zuvor fertiggestellt worden, erläuterte Bylandt mit sichtlichem Lokalstolz. Der imposante Bau im Neobarockstil lag am »Ring«, der berühmten Prachtstraße, die um das alte Köln herumführte und den Übergang zur sogenannten »Neustadt« bildete. Als man vor zwanzig Jahren angefangen hatte, die mittelalterliche Stadtmauer abzutragen, war gleichzeitig auf dem davor gelegenen freien Schußfeld mit der Bebauung begonnen worden. Wo noch vor kurzem Bauern ihren Kohl angepflanzt hatten, gab es nun auf einmal ganze Stadtviertel mit moderner Architektur, die bei den Kölnern als repräsentative Wohngegend sehr beliebt waren.

An die ehemalige Stadtmauer erinnerten jetzt nur noch die als Denkmäler konservierten mittelalterlichen Stadttore. Eins von ihnen, die mächtige Hahnentorburg, stand dem Theater gegenüber auf der anderen Seite des Platzes.

Als wir dort eintrafen, mußten wir uns erst in die lange Schlange der Equipagen und Automobile einreihen, die darauf warteten, vor dem Eingang des Theaters vorfahren zu können. Die Kölner Gesellschaft schien sich vollzählig zur Premiere des neuen Tenors zu treffen.

Trotz der großzügigen Anlage wurde es im Foyer beinahe etwas eng. Immer mehr Damen und Herren in großer Abendtoilette fanden sich ein. Von allen Seiten hörte man angeregtes Geplauder, ein angenehmer Duft von Parfüm lag in der Luft, und die Juwelen der Damen funkelten mit den riesigen Kronleuchtern um die Wette.

Mir fiel auf, wie wenig an Galauniformen zu sehen war, bei den Herren dominierte eindeutig der zivile Frack. In Berlin hätte sich zu einem ähnlichen Anlaß wohl ein anderes Bild geboten, aber ich wußte, daß Köln stolz war auf seine lange Tradition als freie Handelsstadt. Dem preußischen Druck, aus ihr eine Festung zu machen, hatte sie zähen Widerstand entgegengesetzt, der zuletzt auch von Erfolg gekrönt gewesen war. Allerdings hatte sie für die gnädige Erlaubnis, ihre eigene Stadtmauer einreißen zu dürfen, eine gigantische Summe an Berlin zahlen müssen.

»Beeindruckend, nicht wahr?« Kommissar von Stamm war neben mich getreten und wies auf die großflächigen Wandmalereien. In gewisser Weise mußte ich ihm recht geben. Das gesamte Foyer war in einem modisch-symbolistischen Stil ausgemalt, der nicht unbedingt zur Bescheidenheit neigte. Die Bilder hatten die Entwicklungsgeschichte des Menschen seit der Urzeit zum Thema, wobei eine triumphierende Germania offenbar die Gegenwart verkörpern sollte.

»Wirklich sehr hübsch.«

»Sie sagen es«, stimmte Bylandt mir zu und räusperte sich. »Wissen Sie, Watson, in einer Zeitschrift wurde die Bemalung hier einmal als ›kraftvoll und eigenartig‹ bezeichnet«, sagte er nachdenklich, »und damit scheint mir durchaus etwas Wahres getroffen zu sein.«

Sein Ton und der versonnene Gesichtsausdruck waren womöglich eine Spur zu harmlos. Jedenfalls stemmte von Stamm seine Arme in die Seite und stieß kampflustig mit dem Kinn in die Höhe. »Was soll das heißen, bitte schön?«

Sicher wäre es zu einer hitzigen ästhetischen Debatte gekommen, wenn Oppenheims Ankunft dies nicht verhindert hätte. Viele der umherflanierenden Opernbesucher kannten den Baron und begrüßten ihn nun lebhaft. In kürzester Zeit hatte er mich der versammelten Hautevolee der Domstadt vorgestellt, deren Hauptinteresse freilich Luzia galt, die heute seit Jahren zum ersten Mal wieder in der Kölner Gesellschaft auftrat. Selbstverständlich hatte man hier die Nichte von Pater Hieronymus nicht vergessen, aber für die höfliche Aufmerksamkeit gerade seitens der jüngeren Herren gab es wohl noch weitere Gründe, die ich gut verstehen konnte. Im Unterschied zu den anderen Damen trug Luzia nur ihren Familienschmuck und ein schlichtes Abendkleid. Trotzdem war sie offenbar nicht nur in meinen Augen die mit Abstand schönste Frau des Abends.

Als ein dezenter Gong uns aufforderte, die Plätze im Saal einzunehmen, brachen wir auf. Auf dem Weg zur Treppe kam es zu einer kurzen Begegnung mit zwei Herren, deren Atmosphäre sich merklich von der heiteren Stimmung im Foyer abhob. Trotz ihrer tadellos geschnittenen Fräcke erkannte ich auf den ersten Blick, daß es sich nur um Militärs in Zivil handeln konnte und gewiß nicht um irgendwelche Subaltern-Offiziere. Der ältere von ihnen strahlte jene Aura von Macht und Autorität aus, auf die ich schon einmal während meiner aktiven Zeit in Indien gestoßen war, als ich dort einen kommandierenden General zu behandeln gehabt hatte.

Aber für den Generalsrang war der Mann vor mir noch zu jung, er mochte vielleicht Ende Dreißig sein. Neugierig musterte ich ihn. Er war mittelgroß, schlank und hielt sich sehr aufrecht. Das dichte, fast schwarze Haar lag eng am Kopf an und war straff zurückgebürstet, was sein glattrasiertes Gesicht noch kantiger erscheinen ließ. Einen flüchtigen Moment lang begegnete ich einem scharfen Blick aus seinen dunklen Augen, dann klemmte er mit einer eleganten Bewegung ein Monokel in sein rechtes Auge und sah uns ruhig entgegen. Sein Begleiter, ein blonder junger Mann von Anfang Zwanzig, war der typische Sohn aus guter Familie, dem der Adjutantenposten bereits in die Wiege gelegt worden war.

Als der Baron die beiden bemerkt hatte, war er stehengeblieben und hatte eine Augenbraue hochgezogen. »Etzfeld!«

Seine Stimme klang überrascht, und er wirkte von dem Zusammentreffen unangenehm berührt, was auf Gegenseitigkeit zu beruhen schien. Die Begrüßung fiel nämlich so kühl aus, wie es die Umgangsformen gerade noch erlaubten. Bei der nachfolgenden Vorstellung wurde ich von Oberst von Etzfeld und seinem Adjutanten Leutnant Graf Ruppitz nur mit der Andeutung eines Kopfnickens beehrt. Also hatte ich richtig vermutet, beide waren sie Offiziere in Zivil.

»Sie hier in Köln anzutreffen, wundert mich etwas, Oberst«, sagte Oppenheim steif, »ich hätte Sie in Berlin vermutet.«

»Ganz recht, und ich kann Ihnen versichern, Oppenheim, daß der Aufenthalt in der Provinz mir keine besondere Freude bereitet. Aber der Dienst für das Vaterland verlangt eben gewisse Opfer.« Von Etzfelds kultivierte Stimme klang aufreizend herablassend.

»Sie haben mein Mitgefühl, Herr Oberst«, konterte Bylandt mit einem verbindlichen Lächeln, »aber was heißt schon ›Provinz‹? Wie ich gehört habe, soll sich Berlin doch in den letzten hundert Jahren einigermaßen gemacht haben – für ein aufstrebendes Dorf in der Heide, meine ich.«

Der Oberst ignorierte ihn und wandte sich an Oppenheim. »Übrigens habe ich Ihr Telegramm gelesen und von der zu erwartenden Denkschrift gehört. Bitte, Oppenheim, tun Sie mir einen Gefallen, und fassen Sie sich kurz! Es gehen auch so schon genügend unwichtige Papiere über meinen Schreibtisch und halten mich von der Arbeit ab. Da haben mir Märchengeschichten aus Tausendundeiner Nacht gerade noch gefehlt!«

»Wirklich?« Oppenheim gab sich überrascht. »Ich wußte ja gar nicht, daß meine Berichte auch im Kriegsministerium so eifrig gelesen werden. Aber ich kann Sie beruhigen, mein lieber Etzfeld – ich werde den Herrn Staatssekretär einfach bitten, meine Denkschriften als vertraulich einzustufen, dann werden Sie in Zukunft gewiß davon verschont bleiben, sie lesen zu müssen, Oberst.«

Der Gong ertönte zum zweiten Mal, um den Beginn der Vorstellung anzukündigen, und der Baron nutzte die Gelegenheit. »Sie entschuldigen!« Mit einer knappen Verbeugung ließ er von Etzfeld und seinen Begleiter einfach stehen und führte seine Gäste die Treppe hoch zur Familienloge der Oppenheims. Im Vorbeigehen bemerkte ich, daß der Oberst bleich geworden war. Er hatte sich gut unter Kontrolle, nur ein unbeherrschtes Zucken seines Augenlids verriet, daß er innerlich vor Wut kochte. Oppenheim hatte ihm keine Gelegenheit zu einer Antwort gelassen.

In der Loge nahm Bylandt neben mir Platz. Ich beugte mich zu ihm und fragte ihn leise, in welchem Verhältnis Oppenheim und der Oberst zueinander standen. »Es scheint persönliche Animositäten zwischen ihnen zu geben, oder? Was sie sich da gegenseitig an den Kopf geworfen haben, waren ja wohl nur notdürftig kaschierte Beleidigungen.«

»Das haben Sie ganz richtig beobachtet, Watson«, antwortete Bylandt amüsiert.

»Was ist denn zwischen ihnen vorgefallen?«

»Tja, Genaues weiß ich auch nicht.« Er spitzte die Lippen. »Ich will es einmal so ausdrücken: Die Gattin des Oberst soll eine auffallende Schönheit sein, und es heißt, daß dieser Umstand dem guten Oppenheim nicht verborgen geblieben sein soll.« Bylandt lehnte sich in den Sitz zurück. »Unser Max genießt einen gewissen Ruf, wissen Sie.«

»Ich verstehe. Und dieser Ruf scheint dem Oberst bekannt zu sein.«

»So ist es«, nickte Bylandt vergnügt, »so ist es!«

Das erklärte allerdings die Feindseligkeit zwischen den beiden.

Dem Beifall nach zu urteilen, schienen die Kölner mit ihrem neuen Tenor zufrieden zu sein. Nach dem vierten Vorhang erhoben wir uns von unseren Plätzen und verließen die Loge.

Lautes Stimmengewirr im Foyer zeigte an, daß die Leistung des Orchesters von den Besuchern einer überwiegend freundlichen Kritik unterzogen wurde. Ich fragte mich, was wohl Holmes von der Vorstellung gehalten hätte. Bestimmt wäre er in der Lage gewesen, genau anzugeben, wann die Streicher ihren Einsatz verpaßt hatten, auch wenn das sonst niemandem aufgefallen war.

Ich löste mich von unserer Gruppe und schlenderte durch eine der großen Türen nach draußen. In den Arkaden vor dem Eingang warteten Gäste darauf, daß ihre eigenen Wagen oder eine freie Droschke vorfuhren. Auch hier drehten sich die Unterhaltungen meist um die Oper und den neuen Tenor.

Aber nicht nur. Gerade als ich wieder zurück ins Foyer gehen wollte, ließen mich ein paar Gesprächsfetzen aufhorchen, bei denen wiederholt der Name Oppenheim fiel. Ich hatte vorher nicht darauf geachtet und wußte also nicht, worum es bei dem Gespräch ging, aber der Ton gefiel mir nicht. Ich hörte nun genauer hin und hatte schnell die Redenden ausfindig gemacht. Zwei Stufen unter mir und einige Meter entfernt standen Oberst von Etzfeld und Graf Ruppitz zusammen. Offensichtlich redeten sie über Oppenheim, recht laut und nicht sehr freundlich.

»Diese Oppenheims, Rothschilds und wie sie sonst noch heißen. Vergessen alle, wo sie herkommen und hingehören. Eine Bande von Geldverleihern, nichts weiter. Und jetzt laufen sie einem auch noch in der Gesellschaft über den Weg. Diese Emporkömmlinge glauben wohl, sich mit Geld alles kaufen zu können!«

»Sehr richtig, Herr Oberst, es ist ausgesprochen lästig! Sogar im Offizierscasino ist man neuerdings vor Krämern nicht mehr sicher!«

»Warten Sie nur ab, Ruppitz, demnächst wird man auch noch Hottentotten das Patent ausstellen!«

»Na, ein großer Unterschied wäre das ja nicht mehr.«

»Das stimmt allerdings. ›Baron‹ – daß ich nicht lache! Was bildet sich dieser hergelaufene Judenlümmel eigentlich ein, daß er es wagt, mich einfach stehenzulassen? Eine bodenlose Frechheit!«

In diesem Moment hatte ich die Stufe über ihnen erreicht. »Ich bitte um Entschuldigung, aber reden die Herren vielleicht über den Baron Max von Oppenheim?«

Graf Ruppitz fuhr zu mir herum. »Was fällt Ihnen ein, ein privates Gespräch zu belauschen?«

»Von Belauschen kann keine Rede sein, mein Herr! Sie haben so laut gesprochen, daß ich völlig unfreiwillig Zeuge Ihrer Unterhaltung wurde. Deshalb wiederhole ich meine Frage: Haben Sie mit Ihren Worten Baron Oppenheim gemeint?«

»Und wenn es so wäre? Ich wüßte nicht, was Sie das anginge.« Von Etzfeld klemmte sein Monokel ins Auge. »Wer sind Sie überhaupt?«

»Mein Name ist Watson, Dr. John Hamish Watson. Wir sind uns vor der Aufführung bereits vorgestellt worden.«

»Ach ja, ich erinnere mich.« Er ließ das Glas wieder fallen und tauschte mit seinem Begleiter einen belustigten Blick. »Ein Herr Doktor.« Mehr Geringschätzung hätte man nicht in den Ton legen können.

Seine blasierte Arroganz brachte mich in Rage. »Sehr richtig, Doktor der Medizin. Außerdem Captain bei den 5. Northumberland-Füsilieren im Ruhestand. Und als Offizier fordere ich Sie auf, Sir, Ihre beleidigenden Äußerungen über Baron Oppenheim auf der Stelle zurückzunehmen!«

»Tatsächlich? Und wenn ich das nicht tue – Herr Doktor?«

»Dann, Sir, sähe ich mich zu meinem nicht allzu großen Bedauern gezwungen, Sie eigenhändig diese Stufen hinunterzubefördern und –«

Eine Hand legte sich auf meinen Arm und hielt mich zurück. »Vielen Dank, Watson, aber das wird nicht nötig sein, denke ich.«

Die ruhige Stimme gehörte Oppenheim. Er war neben mich getreten und wandte sich nun an den Oberst. »Auch ich habe einen Teil Ihrer Äußerungen über mich mit angehört, Oberst von Etzfeld«, sagte er sehr kühl, »und ich verlange eine Erklärung.«

Inzwischen waren die Umstehenden auf die kleine Szene aufmerksam geworden und hatten ihre Gespräche unterbrochen. Allen war klar, daß Oppenheim es ernst meinte, und alle wußten, was das bedeutete.

Auch der Oberst wirkte entschlossen. »Es gibt nichts zu erklären«, antwortete er kalt. Aus seinem Tonfall war jetzt alles Herablassende verschwunden, und einen Augenblick lang standen sich beide sehr aufrecht und steif gegenüber, die Gesichter zu Masken erstarrt.

Oppenheim nickte langsam. »Dann erwarten Sie bitte in Kürze den Besuch meines Sekundanten.«

»Es wird mir ein Vergnügen sein. Der Herr findet mich im ›Hotel du Nord‹.«

»In einer halben Stunde?«

»In einer halben Stunde.«

Mehr gab es nicht zu sagen. Nach einer knappen Verbeugung, die wir ebenso förmlich beantworteten, drehte sich der Oberst auf dem Absatz um und ging mit seinem Adjutanten rasch auf eine Droschke zu. Oppenheim sah ihm mit unbewegter Miene nach und griff in seine Tasche. Um uns herum setzten zögerlich die Gespräche wieder ein.

»Kommen Sie, Watson.« Der Baron stieg die Stufen hinunter. Ich folgte ihm ein Stück auf den breiten Gehweg hinaus. Wortlos klappte er ein silbernes Etui auf und bot mir eine Zigarette an. Seine Hand zitterte nicht, als er mir Feuer gab. Ruhig fragte er mich, ob ich bereit wäre, medizinischen Beistand zu leisten.

»Selbstverständlich, Baron.«

»Ich danke Ihnen, Watson.«

Schweigend rauchten wir ein paar Züge. Sehr wohl fühlte ich mich nicht, und ich wußte nicht, was ich sagen sollte. Der Gedanke, daß es ohne meine Einmischung vielleicht gar nicht erst zu der Forderung gekommen wäre, bedrückte mich. Deshalb hörte ich jetzt erleichtert Bylandts Stimme hinter mir und drehte mich um. Der Kommissar hatte ihm und Luzia die Tür aufgehalten und schüttelte lachend den Kopf über eine seiner Bemerkungen. Fröhlich plaudernd kamen sie auf uns zu. Von dem Vorfall hier draußen hatten sie nichts bemerkt.

Oppenheim gab seinem auf der anderen Straßenseite mit dem Wagen wartenden Chauffeur ein Zeichen. Dann sah er mit einem unbeschwerten Lächeln auf den Lippen den anderen entgegen. Bylandt beendete gerade seine Anekdote über einen alten

Schulfreund, deren Pointe ich zwar nicht verstand, die aber mit lautem Gelächter quittiert wurde. Vor allem der Baron schien noch nie eine witzigere Geschichte gehört zu haben.

Während sein Wagen vorfuhr, nahm Oppenheim den Kommissar unauffällig beiseite, um mit ihm zu sprechen. Die ausgelassene Stimmung von Stamms änderte sich schlagartig, als er erfuhr, worum es ging. Bestürzt hörte er zu, und schließlich nickte er mehrmals hintereinander ernsthaft. Der Kommissar schien auf einmal Haltung angenommen zu haben.

Ganz anders als Bylandt, der seine Cousine nun meiner Obhut anvertraute und sich empfahl. Wir sollten ruhig schon ohne ihn losfahren, er würde etwas später nachkommen. Amüsiert lächelnd sah ihm Luzia hinterher, wie er zielstrebig Kurs auf eine andere kleine Gesellschaft nahm, die gerade aus dem Foyer gekommen war und sehr aufgeräumter Stimmung zu sein schien. Offenbar kannte er mehrere der Herren, die ihn mit großem Hallo begrüßten. Dann ließ er sich der einzigen Dame des Kreises vorstellen, und selbst auf die Entfernung hin war nicht zu verkennen, daß sie der eigentliche Grund für Bylandts Exkursion gewesen sein mußte.

Oppenheim stieg zu Luzia und mir in den Wagen und nickte dem Fahrer zu. Auch von Stamm würde erst später zu uns stoßen, berichtete er beiläufig. Den Grund konnte ich mir denken. Als der Wagen wendete und die Richtung zu unserem Hotel einschlug, sah ich den Kommissar hinüber zu Bylandt gehen.

Im Restaurant des Domhotels war ein Tisch für uns reserviert. Oppenheim ließ Champagner kommen, stieß mit uns auf den neuen Tenor an und plauderte wie schon während der Fahrt weiter unbeschwert über Wagner, Gott und die Welt. Rechtzeitig zum Souper erschienen Bylandt und der Kommissar. Auch sie ließen sich nichts anmerken, und beinahe wäre mir das kaum wahrnehmbare Nicken, mit dem von Stamm einen fragenden Blick des Barons beantwortete, entgangen. Bedeuten konnte die Antwort nur eines: Die Forderung war überbracht und angenommen worden.

Die Kellner servierten die späte Mahlzeit. Ein wenig wunderte ich mich über meinen Appetit, aber den anderen schien es ebenfalls ausgezeichnet zu schmecken. Die angeregte Konversation wurde hauptsächlich von Bylandt bestritten, der mit einigen Geschichten über aeronautische Abenteuer aufwartete, die ebenso haarsträubend wie amüsant waren, und natürlich alle selbst erlebt. Über das bevorstehende Duell fiel kein Wort.

Als Luzia schließlich vom Tisch aufstand, um sich auf ihr Zimmer zurückzuziehen, war es schon weit nach Mitternacht. Der Ton, in dem sie sich von Oppenheim verabschiedete, verriet sie. Ohne daß es ausgesprochen worden wäre, wußte ich auf einmal, daß sie längst über alles im Bilde war.

Nachdem Luzia uns verlassen hatte, änderte sich die Stimmung am Tisch. Mit einem Schlag war alle Heiterkeit verschwunden. Nüchtern berichtete der Kommissar, welche Einzelheiten er mit der gegnerischen Seite vereinbart hatte. Etzfeld war mit allem einverstanden gewesen, auch mit den Pistolen. Das Duell sollte schon am frühen Morgen stattfinden, auf den Rheinwiesen außerhalb Kölns. Bis dahin blieben nur noch wenige Stunden.

Oppenheim nahm die Mitteilung ohne erkennbare Regung auf und verabschiedete sich von uns. Von Stamm begleitete ihn ins Foyer. Als er zurückkam, trug er eine schwarze Tasche bei sich, die er anscheinend vorhin an der Rezeption deponiert hatte.

»Hier, Doktor, die ist für Sie«, sagte er und reichte mir die Tasche.

Ich öffnete sie und nahm eine schnelle Inspektion ihres Inhalts vor. Wie erwartet, fanden sich die nötigsten medizinischen Instrumente. Sorgfältig verschloß ich sie wieder. »Ich kann nur hoffen, daß ich morgen nichts davon benutzen muß!«

»Ja, aber damit würde ich nicht rechnen, Dr. Watson«, sagte von Stamm düster. »Ich habe gehört, daß Etzfeld ein gefürchteter Schütze ist. Zwei seiner Duelle sollen tödlich ausgegangen sein.«

Aufregung und Sorge ließen mich erst nicht einschlafen, doch am nächsten Morgen hatte Bylandt Mühe, mich zu wecken. Es war sechs Uhr, als er mich abholte, und draußen setzte gerade die Morgendämmerung ein. In der Hotelhalle warteten Oppenheim und der Kommissar auf uns, der seinen Uniformmantel mit den goldenen Knöpfen gegen einen schlichten dunklen Überzieher getauscht hatte. Auch in Preußen waren Duelle offiziell verboten und strafbar.

Bylandts Wagen stand bereits vor dem Eingang. Er selbst setzte sich hinter das Steuer, wir stiegen in den Fond. Neben ihm auf dem Sitz lag ein flacher Koffer aus Holz mit angestoßenen Ecken. Den Deckel zierte ein kleines Familienwappen. Während der Fahrt wurde kaum geredet. Steif saßen wir in den Polstern und starrten schweigsam ins Leere. Vermutlich sah ich ebenso bleich und angespannt aus wie die anderen.

Trotz der frühen Stunde waren die Straßen schon recht belebt. Immer wieder mußten wir schwere und hochbeladene Fuhrwerke überholen. Wir verließen die Stadt in nördlicher Richtung auf einer alten Straße, die noch von den Römern angelegt worden war. Der Verkehr wurde immer dünner, und als wir das bewohnte Gebiet ganz hinter uns gelassen hatten, befanden wir uns bald allein auf weiter Flur. Schließlich bog Bylandt in eine Nebenstraße ein, die kaum mehr als ein befestigter Weg war und durch Wiesen und Felder hinunter zum Fluß führte. Kurz vor dem Deich versperrte uns eine kleine Schafherde die Durchfahrt. Vorsichtig bahnten wir uns einen Weg durch die Tiere hindurch, die keinen sehr großen Respekt vor unserer Hupe zeigten.

Wir waren nicht die ersten. Schon aus einiger Entfernung sahen wir die zweispännige Kutsche. Sie stand oben auf dem Deichweg und hob sich deutlich gegen den Morgennebel ab. Ungefähr zehn Meter hinter ihr hielt Bylandt den Wagen an und ließ uns aussteigen. Auch der Verschlag der Kutsche öffnete sich nun. Der Oberst und seine drei Begleiter, alle in Schwarz mit dunklen Hüten, kamen uns langsam entgegen. Genau wie ich trug einer von ihnen eine Arzttasche.

In der Mitte zwischen den beiden Fahrzeugen trafen wir zusammen. Die Begegnung fiel betont zeremoniös aus. Viele Worte wurden nicht gewechselt. Von Stamm unternahm einen förmlichen Versuch, die Angelegenheit doch noch gütlich zu regeln, aber der Oberst war zu keinerlei Entschuldigung bereit. Niemand hatte etwas anderes erwartet.

Wir folgten einem kleinen Fußpfad den Deich hinunter auf die Rheinwiesen. Das Duell sollte bei einer großen Trauerweide stattfinden, die nahe am Ufer stand. Mittlerweile war die Sonne vollständig aufgegangen und löste mit ihren Strahlen die letzten Reste des Morgennebels auf. Außer uns war niemand zu sehen, der Deich schützte uns vor fremden Blicken. Trotz der angespannten Situation fiel mir die Schönheit der Flußlandschaft auf. Weit draußen fuhr ein Lastkahn auf dem Rhein stromabwärts. Als wir den Baum erreichten, stieg eine Handvoll Krähen aus dem Wipfel auf und flog dann laut krächzend über uns hinweg. Ich sah ihnen nach und fragte mich, welches Omen in früheren Zeiten die Auguren wohl darin gesehen hätten.

Von Stamm hatte den Koffer mit den Pistolen getragen. Vor der Weide blieb er stehen und öffnete ihn. Bylandt und Graf Ruppitz, einer der gegnerischen Sekundanten, inspizierten die Waffen. Es waren sehr alte Duellpistolen, einschüssig mit langem, glattem Lauf und wundervoll gearbeitet. Es gab nichts an ihnen auszusetzen. Die Sekundanten luden sie sehr sorgfältig und übergaben die geladenen Pistolen wieder dem Kommissar. Wortlos legten Oppenheim und der Oberst Hut und Rock ab, wie es das Reglement verlangte.

Der Kommissar packte beide Waffen am Lauf und hielt sie dem Oberst zur Auswahl hin. Etzfeld zögerte nur einen Moment, nahm eine der Pistolen und wog sie prüfend in der Hand. Dann drehte er sich zur Seite, hob den Arm in Schußposition und visierte einmal über den Lauf. Auch Oppenheim machte sich rasch mit seiner Waffe vertraut. Anschließend nickten beide ihren Sekundanten zu. Auf ein Zeichen von Stamms hin nahmen sie Aufstellung, Rücken an Rücken, die Pistole vor sich in Brusthöhe haltend, mit dem Lauf nach oben. Das Duell konnte beginnen.

Alle sahen wir den Kommissar an, der schon gestern von den Sekundanten zum Leiter des Zweikampfs gewählt worden war. Von Stamm räusperte sich und trat vor, um sein Amt auszuführen. Er setzte zu einem letzten Versuch an, um das Duell noch zu verhindern, aber der Oberst unterbrach ihn brüsk.

»Sparen Sie sich die Mühe, Kommissar, und fangen Sie endlich an!«

»Also gut. Meine Herren, Sie kennen die Regeln.«

Oppenheim und der Oberst nickten knapp, trotzdem erläuterte von Stamm sie noch einmal. »Ich werde langsam und laut bis sechs zählen. Bei jeder Zahl gehen die Herren einen Schritt in entgegengesetzter Richtung. Erst nach dem zehnten Schritt dürfen sie sich einander zuwenden und schießen, nicht vorher. Vereinbart wurde ein einmaliger Schußwechsel. Auf die Einhaltung der Regeln werden die Herren Sekundanten wachen.«

Ich sah zu Bylandt und Ruppitz hinüber, die sich so postiert hatten, daß sie den Weg, den der jeweils gegnerische Duellant zurücklegen mußte, genau beobachten konnten. Beide hielten nun einen Revolver in den Händen. Sollte einer der Kämpfer sich regelwidrig zu früh drehen und zu feuern versuchen, wäre der gegnerische Sekundant verpflichtet, von seiner Waffe Gebrauch zu machen.

Bylandt und der junge Graf wirkten beide sehr ernst und entschlossen. Um ihr Amt beneidete ich sie nicht. Niemand wußte schließlich vorher, wie die zum Zerreißen angespannten Nerven aller Beteiligten auf den ungeheuren Druck der Situation reagieren würden.

Ich konnte mich nur zu gut an einen tragischen Vorfall erinnern, der sich seinerzeit in Lahore abgespielt hatte, als ich dort stationiert gewesen war. Auch damals war es um einen Zweikampf gegangen, dessen Anlaß ich längst vergessen hatte, nicht aber den schrecklichen Ausgang. Captain de Vere, einer der Duellanten, war beim letzten Schritt über eine Wurzel gestolpert, und der unglückliche Major Hicks, der gegnerische Sekundant, hatte in seiner Nervosität die Situation falsch bewertet und geschossen. De Vere war zwar nicht tödlich getroffen worden, hatte aber wegen der Verletzung den Dienst quittieren müssen und würde sein Leben lang ein steifes Bein behalten. Obwohl er den unglücklichen Schützen großmütig von jeder Verantwortung freigesprochen hatte, war Major Hicks mit seiner Schuld nicht fertig geworden. Seinen katastrophalen Fehler hatte er sich nicht verzeihen können und nur noch einen Ausweg gesehen. Wenige Wochen nach dem Vorfall war er bei einem Scharmützel mit Aufständischen auf dem Feld geblieben.

»Sind Sie bereit, meine Herren? – Eins!«

Der Kommissar begann langsam und mit lauter Stimme zu zählen. Oppenheim und der Oberst bewegten sich bei jeder Zahl einen Schritt voneinander fort. Ihre steife Haltung und die abgezirkelten Bewegungen der Schritte verliehen ihnen etwas Automatenhaftes. Außer von Stamms Stimme war nichts zu hören. Wahrscheinlich klang sie selbst in seinen eigenen Ohren fremd und seltsam schrill. Uns allen war klar, daß der Kampf tödlich enden mußte. Zwölf Schritte sind für einen guten Schützen kein Problem, und beide waren sie mehr als nur gut.

»Sechs!«

Kaum war das Kommando gefallen, als alles blitzschnell ging. Von einem Moment auf den anderen war jede Steifheit wie weggeblasen. Nach dem letzten Schritt wirbelten beide Gegner herum und zielten mit den Pistolen aufeinander. Ich hätte nicht sagen können, ob einer von ihnen schneller reagierte als der andere. Aber es fiel nur ein Schuß, ein einziger, dem ein halbunterdrückter Schrei folgte. Ich zog scharf die Luft ein.

Es war Oppenheim, der aufgeschrien hatte. Der Oberst mußte doch einen Sekundenbruchteil schneller gewesen sein und war als erster zum Schuß gekommen. Und er hatte getroffen. Oppenheim wankte stark, sank aber nicht zu Boden. Er beugte den Oberkörper nach vorne und preßte mit einem vernehmlichen Stöhnen seine linke Hand auf die rechte Schulter. Ich sah, daß sich dort der weiße Stoff des Hemdes rot verfärbte, und atmete erleichtert auf. Der Schuß hatte Oppenheim nur verwundet, und eine Schulterverletzung würde ihn so schnell nicht umbringen.

Der Oberst war zu voreilig gewesen. Er hatte schon abgedrückt, noch bevor er sein Ziel genau im Visier gehabt hatte. Jetzt ließ er die rauchende Pistole sinken und sah mit weit aufgerissenen Augen ungläubig auf Oppenheim. Dessen rechter Arm hing kraftlos herunter. Jeden Augenblick konnte ihm die Pistole aus der Hand fallen. Schon öffneten sich die Finger, da ließ Oppenheim die Wunde los, griff mit der linken nach unten und nahm die Pistole aus der anderen Hand. Ächzend richtete er sich wieder auf und stellte sich erneut in Position. Schweiß lief ihm über das Gesicht, und er atmete schwer, aber er hielt sich aufrecht und suchte den Blick des Oberst. Das Duell war noch nicht zu Ende.

Einen Moment lang standen sich die beiden Männer regungslos gegenüber. Auch von uns machte niemand eine Bewegung. Dann hob Oppenheim ganz langsam den gestreckten linken Arm und zielte mit der Pistole sorgfältig auf seinen Gegner. Auf diese Distanz konnte er ihn nicht verfehlen. Etzfeld wußte, daß er verloren war. Aus seinem Gesicht schien alles Blut gewichen zu sein, so bleich war es. Die Augen zu engen Schlitzen zusammengekniffen, starrte er auf Oppenheim, ohne sich zu rühren. Nur seine Backenmuskeln arbeiteten heftig.

Der Augenblick schien sich endlos zu ziehen, da durchbrach ein – so kam es mir wenigstens vor – absurd lautes Knacken die angespannte Stille: Der Baron hatte mit dem Daumen den Hahn zurückgezogen. Etzfeld biß die Zähne zusammen und reckte trotzig sein Kinn der zu erwartenden Kugel entgegen. Aber Oppenheim riß plötzlich den Arm hoch und schoß in die Luft.

Damit war der Bann gebrochen. Ähnlich wie die anderen hatte ich unwillkürlich den Atem angehalten und stieß ihn nun mit einem pfeifenden Geräusch aus. Es klang wie ein gemeinsames Aufstöhnen. Ich packte meine Tasche und lief hinüber zu Oppenheim, der unsicher auf den Beinen stand. Seine Waffe hatte er fallengelassen und preßte wieder die Hand auf seine Wunde.

Bylandt war als erster bei ihm. Gemeinsam stützten wir ihn und warteten auf den Oberst, der sich nun langsam mit gemessenen Schritten näherte, gefolgt von seinen Sekundanten. Wortlos übergab er dem Kommissar seine Pistole, und ebenso stumm blieb er vor Oppenheim stehen. Auch der Baron sagte nichts. Etzfeld war immer noch kreidebleich, sein Gesicht maskenhaft versteinert. Ich war mir sicher, daß er Oppenheims noble Geste nur als tiefe Demütigung empfinden konnte. Der Baron hatte sich dadurch einen Feind fürs Leben geschaffen.

Aber dieses Duell wenigstens erklärte von Stamm offiziell für beendet, der Ehre war Genüge getan. Beide Seiten stimmten zu, und nach einer letzten förmlichen Verbeugung trennten sich die Parteien. Etzfeld kehrte mit seinen Sekundanten zu ihrer Kutsche zurück.

Vorsichtig nahm ich eine erste Untersuchung der Schußwunde vor. Oppenheim hatte Glück gehabt. Die Kugel war unterhalb des Schlüsselbeins eingedrungen, hatte die Schulter durchschlagen und war am Rücken wieder ausgetreten, ohne allzu großen Schaden anzurichten. Arterie und Knochen hatte sie verfehlt. Trotzdem blutete die Wunde stark, und sicher schmerzte sie. Oppenheim stöhnte leise, als ich anfing, ihn zu verbinden.

»Keine Sorge, Baron«, beruhigte ich ihn, »es ist nichts Ernstes. Allerdings werden Sie wohl eine Weile auf das Tennisspielen verzichten müssen, fürchte ich.«

Anschließend brachten wir ihn zum Wagen. Oppenheim ließ sich mit einem Ächzen in die Polster sinken. Schweiß lief ihm über das Gesicht, und er schloß erschöpft die Augen. Vor allem der Aufstieg zum Deichweg schien ihn sehr angestrengt zu haben. Bylandt reichte ihm eine Taschenflasche mit Cognac. Der Baron bediente sich. Mit einem Nicken gab er die Flasche zurück und wandte sich an mich.

»Danke für Ihre Hilfe, Watson!«

»Ach was, nicht der Rede wert«, wehrte ich ab. »Übrigens war das eben sehr anständig von Ihnen, Oppenheim! – Wenn man bedenkt, daß der Kerl Sie umbringen wollte!«

»Stimmt.« Bylandt nahm auch einen Schluck aus der Flasche. »Etzfeld hätte nie in die Luft geschossen!«

»Schon möglich, aber etwas anderes kam natürlich nicht in Frage.« Der Baron versuchte ein Lächeln. »Seine Frau hätte mir sonst nie verziehen!«

Dann verlor er das Bewußtsein.

Ein raffinierter Plan

Das Rumpeln des Wagens auf der Heimfahrt brachte Oppenheim schnell wieder zu sich. Es war nicht zu übersehen, daß die Wunde ihn schmerzte. Trotzdem schlug er einen scherzhaften Konversationston an, dem wir uns anschlossen. Bald lachten wir aus vollem Hals über seine und Bylandts Anekdoten. Für einen zufälligen Beobachter mußte es so aussehen, als käme eine Handvoll Nachtschwärmer von einem ausgelassenen Fest zurück. Die heitere Stimmung war nicht einmal gespielt, sondern drückte nur unsere Erleichterung aus. Das Duell hätte auch anders ausgehen können.

In Köln ignorierte Bylandt souverän alle Verbotsschilder und hielt mit dem Wagen direkt vor der Haustür des Oppenheimschen Stadthauses. Ein noch sehr junges Dienstmädchen öffnete uns. Als sie das blutige Hemd unter dem lose übergeworfenen Mantel bemerkte, wäre sie beinahe in Ohnmacht gefallen, wenn Bylandt nicht hinzugesprungen wäre und sie aufgefangen hätte. Der Baron beruhigte sie und nahm ihr das Versprechen ab, niemandem ein Wort über seine Verwundung zu sagen.

Wir brachten Oppenheim hinauf in seine Wohnung. Ohne Proteste ließ er sich ins Bett legen, weigerte sich aber strikt, nach dem Arzt der Familie schicken zu lassen, gegen meinen ausdrücklichen Rat. Wie er sagte, vertraute er völlig meinen medizinischen Fähigkeiten und ließ sich nicht umstimmen. Er wollte alles unnötige Aufsehen vermeiden.

Mir blieb nichts anderes übrig, als seine Entscheidung zu akzeptieren. Solange die Wunde sich nicht entzündete, stand nicht viel zu befürchten.

»Sie müssen Oppenheims Situation verstehen, Doktor«, meinte der Kommissar, als wir wieder im Wagen saßen, »immerhin sind Duelle bei uns streng verboten. Wenn die Sache bekannt würde, könnte ihn das unter Umständen seine Karriere im diplomatischen Dienst kosten. Und Sie wissen ja, wieviel ihm an seinem Posten in Cairo liegt. Das gleiche gilt für den Oberst, deshalb wird Etzfeld ebenfalls schweigen, da bin ich mir ganz sicher.«

Vermutlich hatte auch von Stamm selbst nichts gegen eine möglichst diskrete Behandlung der Angelegenheit einzuwenden. Daß ausgerechnet ein Kommissar den Vorsitz bei einem Duell übernommen hatte, wollte er bestimmt nicht an die große Glocke gehängt wissen.

Im Hotel wurden wir bereits ungeduldig von Luzia erwartet, die sich voller Sorge nach Oppenheim erkundigte. Bestürzt hörte sie vom Verlauf des Duells. Erst als ich ihr mehrfach versicherte, daß die Verwundung meiner Ansicht nach nicht sehr gravierend wäre und kein Grund zu ernster Sorge bestünde, beruhigte sie sich wieder. Weit genug wenigstens, um uns einen geharnischten Vortrag über so unzivilisierte und anachronistische Unsitten wie das Duellieren zu halten. Trotzdem ließ sie sich zu einem gemeinsamen Frühstück mit den Barbaren überreden.

Als wir bei einer letzten Tasse Kaffee saßen, brachte ein Kellner ein Telegramm an unseren Tisch. Es war gerade an der Rezeption abgegeben worden, für Dr. Watson. Verwundert öffnete ich den Umschlag.

»Von Holmes?« fragte der Kommissar.

»Nein, nein, es kommt aus Ägypten, von Howard Carter.« Mir fiel wieder ein, daß ich Carter gebeten hatte, mich über die Fortschritte der Expedition auf dem laufenden zu halten, und ihm das Domhotel als meine Kölner Adresse angegeben hatte.

»Carter?« Luzia beugte sich vor. »Was schreibt er denn?«

Ich überflog das recht lange Telegramm. »Bei den Grabungen in der Felswand ist Santer tatsächlich auf eine Grabkammer gestoßen und hat mit der Freilegung begonnen. Anscheinend sind aber schon vorher Grabräuber dort gewesen. Carter glaubt nicht, daß Santer noch viel finden wird, trotz des Amuletts.«

»Welches Amulett?«

»Carter schreibt, daß am Eingang der Grabkammer ein Amulett gefunden wurde, das offenbar dem von Professor Blunt in allen Einzelheiten genau gleicht. Es trägt das Siegel des Pharaos und auch die gleiche Inschrift mit der Prophezeiung seiner Wiederkehr. Offenbar stammen beide Amulette von derselben Fundstätte. Trotzdem bezweifelt Carter immer noch, daß es sich bei der Kammer um das Grab von Tutenchamun handelt. Sobald er etwas Neues erfahren hat, will er sich wieder melden.«

»Ein zweites Amulett«, sagte Luzia langsam, »und auch noch mit derselben Prophezeiung. Merkwürdig.«

»Es könnte natürlich ein Zufall sein.« Aber davon war ich ebensowenig überzeugt wie sie. Eine andere Möglichkeit lag wesentlich näher.

»Das ist sehr unwahrscheinlich.« Luzia schüttelte den Kopf. »Nein, Dr. Watson, ich denke eher, daß Professor Blunts Amulett ein zweites Mal ausgegraben worden ist.«

»Das glaube ich auch. Santer muß ja irgendwie erklären, wie er an sein Amulett gekommen ist.«

»Wenn es sich wirklich um dasselbe Amulett handeln sollte, wäre das aber sehr leichtsinnig von diesem Santer«, sagte von Stamm, »denn damit würde er doch eine Verbindung der Expedition mit dem Überfall zugeben!«

»Was aber nur schwer zu beweisen sein dürfte«, wandte Bylandt ein. »Wenn ich das richtig verstanden habe, dann hat doch bisher kaum jemand Blunts Amulett zu Gesicht bekommen. Wer also sollte die Identität feststellen können?«

»Richtig«, stimmte ich ihm zu, »beweisen läßt es sich vermutlich nicht, aber der Kommissar hat recht: Santer und Imhotep müssen befürchten, daß zumindest wir zu diesem Schluß kommen und jetzt über sie Bescheid wissen.«

»Diese Möglichkeit scheint sie nicht weiter zu stören.«

»Nein, und gerade das gefällt mir nicht.«

»Na ja, Ägypten ist weit weg.« Bylandt zuckte mit den Achseln. »Wahrscheinlich rechnen sie nicht damit, daß wir so schnell davon erfahren. Sie können ja nicht ahnen, daß Carter Ihnen sofort ein Telegramm schickt, Watson.«

»Das nicht, aber sie machen auch kein Geheimnis aus ihrer Entdeckung. Im Gegenteil. Carter schreibt, daß Santer mehreren Zeitungen Interviews gegeben hat und Photographien des Amuletts in der Cairoer Presse abgebildet sind. Offenbar hat sein Fund einigen Wirbel in Ägypten verursacht, und Santer scheint alles zu tun, um das Aufsehen noch zu vergrößern.

Demnächst wird man auch hier in den Zeitungen darüber lesen können.«

Luzia spielte nachdenklich mit ihrem Kaffeelöffel. »Also muß der Zeitpunkt der ›Entdeckung‹ des Amuletts für ihn und Imhotep wichtiger sein als die mögliche oder sogar sichere Demaskierung von Santer als Komplizen der Amun-Sekte.«

Ich nickte. »Das kann nur bedeuten, daß sie irgend etwas vorhaben, und zwar in nächster Zukunft. Holmes scheint mit seinen Befürchtungen richtig gelegen zu haben.«

Unbehaglich sahen wir uns an.

»Möchte wissen, wo der überhaupt steckt!« brummte von Stamm schließlich und drückte damit nur aus, was wir alle gerade dachten.

Nach dem Frühstück brachen wir auf. Der Kommissar begleitete uns noch bis zu Oppenheims Wohnung, um zu hören, wie es ihm ging. Wir trafen den Baron in seinem Bett an. Er wirkte sehr erschöpft, hatte aber kein Fieber, wie ich erleichtert feststellte. Noch während ich seine Temperatur maß, schlief er wieder ein. Für seine Genesung war das die beste Therapie. Beruhigt verabschiedete sich von Stamm von uns.

Wir überquerten den Rhein und schlugen die Richtung nach Ahrenfels ein. Sobald wir die Vorstädte mit ihrem immer noch dichten Verkehr hinter uns gelassen hatten, hielt Bylandt den Wagen am Straßenrand an. Wir tauschten die Plätze, und den Rest der Strecke saß ich hinter dem Steuer. Wenn Luzia sich unwohl dabei fühlte, so ließ sie es sich nicht anmerken. Ihre Sorge wäre aber auch unnötig gewesen. Unter Bylandts kundiger Aufsicht brachte ich uns wohlbehalten bis nach Ahrenfels.

In der Eingangshalle lag ein Telegramm für mich. Holmes hatte sich endlich gemeldet. Er bat mich, ihn in Köln zu treffen.

»Keine schlechten Nachrichten, hoffe ich!« Bylandt sah mich erwartungsvoll an.

»Holmes will morgen zurücksein. Ich soll ihn vom Bahnhof abholen.«

»Hat er denn etwas herausfinden können?«

»Darüber steht hier nichts. Aber anscheinend hält er sich gerade in Rotterdam auf.«

»Rotterdam?«

»Dort ist das Telegramm aufgegeben worden. Mehr weiß ich auch nicht.«

Am Nachmittag zog Bylandt sich in seine Werkstatt zurück, um noch einige Vorbereitungen zu treffen. Für den nächsten Tag war wieder ein Ballonflug mit einem Testabsprung angesetzt. Jones schlug mir einen Spaziergang vor, und zusammen mit dem Hund schlenderten wir durch die Wiesen und Felder zum Dorf hinunter. Meinen Bericht über Oppenheims Duell kommentierte er nur mit einem verständnislosen Kopfschütteln. In bezug auf Zweikämpfe schien er die Meinung seiner Frau zu teilen.

Carters Telegramm interessierte ihn wesentlich mehr. Genau wie Luzia und ich war er davon überzeugt, daß es sich bei dem angeblich neuentdeckten Fund nur um das im Zug gestohlene Amulett handeln konnte. Und er zog auch den gleichen Schluß daraus.

»Imhotep scheint das Amulett wirklich dringend zu benötigen«, sagte Jones langsam. Nachdenklich bückte er sich nach einem Aststück auf dem Boden und warf es kraftvoll in einem weiten Bogen über das Stoppelfeld. Ein begeisterter Indy lief hinterher und brachte es zurück. Diesmal war ich an der Reihe.

Jones sah dem Hund nach. »Es sieht so aus, als hätten wir Ägypten keinen Augenblick zu früh verlassen, Dr. Watson.«

Mir gefiel Carters Telegramm genausowenig.

Im »Goldenen Krug«, dem ersten und einzigen Haus am Platze, herrschte wenig Betrieb. Außer uns gab es nur noch einen weiteren Gast, und auch er schien kein Einheimischer zu sein. Als wir den Schankraum betraten, unterhielt sich der Wirt gerade mit ihm. Dabei fiel der Name Bylandt. Der Wirt deutete zu uns herüber, aber der Fremde schüttelte den Kopf, zahlte sein Bier und verließ rasch das Lokal. Sein Aufbruch wirkte etwas überhastet, beinahe so, als hätte er eine Begegnung mit uns vermeiden wollen.

Den Eindruck schien auch der Wirt zu haben. »Soll doch einer die Stadtmenschen verstehen!« wunderte er sich, während er für uns zwei Bier zapfte. »Erst will er von mir alles über den Baron wissen, aber wenn ich ihm sage, daß er sich doch gleich an die Herrschaften wenden soll, wo Sie doch Gäste des Barons sind, da verschwindet er einfach ab durch die Mitte!«

»Kannten Sie den Mann?«

»Nein, den habe ich vorher noch nie gesehen. Wollte wohl den Baron ausspionieren, aber da ist er natürlich bei mir an den Falschen geraten!«

»Ausspionieren?«

»Jawohl, und er wäre nicht der erste, der gerne gewußt hätte, an welcher neuen Erfindung der Baron gerade bastelt da oben in seiner Werkstatt. Man hört ja die wildesten Geschichten!« Vertraulich beugte er sich über den Tresen und sah uns auffordernd an. Natürlich würde alles unter uns bleiben.

Wir nahmen unsere Gläser und setzten uns an einen Fenstertisch. »Was halten Sie davon?« fragte ich.

»Sie meinen den Fremden?« Jones nahm seine Brille ab und begann sie zu putzen. »Vielleicht wollte er wirklich nur etwas über Ottos neueste Arbeiten in Erfahrung bringen«, sagte er ruhig.

»Ja, vielleicht.«

Es gab allerdings auch noch ein anderes Motiv, warum sich jemand so für Bylandt interessieren sollte. Für ihn oder seine Gäste. Ich war froh, daß Holmes bald wieder zurückkommen würde.

Den Rest des Tages über blieb alles ruhig, und bald dachte ich nicht mehr an den Fremden im Gasthof. Beim gemeinsamen Frühstück am nächsten Morgen hatte ich den kleinen Vorfall längst vergessen. Meine leichte Nervosität hatte einen anderen Grund. Es sollte meine erste größere Automobiltour werden, bei der ich völlig auf mich allein gestellt war. Trotzdem freute ich mich auf die Fahrt mit dem Mercedes nach Köln.

Auch Bylandt schien sehr aufgeräumter Stimmung zu sein. Mit einem vergnügten Lächeln verstaute er noch zwei Flaschen Champagner in einen bereits wohlgefüllten Proviantkorb. »Wünschen Sie mir Glück, Doktor! Wenn heute alles gutgeht, kann ich meine Testreihe endlich abschließen.«

»Ich muß schon sagen, Baron – die Aeronautik scheint alles andere als eine trockene Wissenschaft zu sein! Den Champagner benötigen Sie wohl für Ihre Experimente, nehme ich an?«

»Selbstverständlich!« Bylandt nickte betont ernsthaft.

»Und gleich zwei Flaschen. Sie sind zu beneiden!«

»O ja, Sie wissen gar nicht, wie sehr!« Bylandt spitzte die Lippen und hob seine Brauen. Nicht einmal Holmes konnte derart selbstzufrieden aussehen. »Die heutige Fahrt hoffe ich nämlich in angenehmster Gesellschaft zu verbringen, Dr. Watson. Ich erwarte einen Gast an Bord, eine junge Dame aus Frankreich mit einem bemerkenswerten Interesse für die Ballonfahrt. Sie sehen, wie unterschiedlich die Folgen eines Opernbesuchs sein können – dem armen Oppenheim beschert er eine Kugel, mir dagegen den charmantesten Passagier, den man sich nur wünschen kann. C'est la vie, Dr. Watson!«

»Verstehe. Deshalb auch der Champagner.«

»Gewiß. Es gibt kein besseres Mittel, um in großen Höhen die Lebensgeister zu stärken. Das haben ausführliche Versuche zweifelsfrei bewiesen.«

»Nun, wenn das so ist, dann bleibt mir ja nur noch übrig, Ihnen ›bon voyage‹ zu wünschen, Baron.«

»Vielen Dank, Doktor, das wünsche ich Ihnen auch! Und bringen Sie mir den Wagen heil zurück!«

Ohne Zwischenfälle erreichte ich Köln. Mir blieb sogar noch Zeit genug, um eine Ehrenrunde über die Ringstraße zu drehen, bevor ich den Wagen vor dem Bahnhof abstellte. Kurz nachdem ich den überfüllten Bahnsteig betreten hatte, lief der Zug aus Holland in die riesige Bahnhofshalle ein. Trotz des Gedränges und der Dampfschwaden erkannte ich Holmes sofort, seine karierte Jagdmütze ragte ein gutes Stück über die anderen Köpfe heraus. Er war schon aus seinem Abteil auf den Bahnsteig gesprungen, bevor der Zug endgültig seine Fahrt gestoppt hatte.

Hastig kam er auf mich zu. Auf den ersten Blick sah ich, daß die Lage ernst sein mußte. Holmes' Züge wirkten angespannt. Mit einer langen Begrüßung hielt er sich nicht auf.

»Haben Sie etwas herausgefunden, Holmes?«

»Ja, und es ist viel schlimmer, als ich befürchtet hatte, Watson, sehr viel schlimmer!«

»So reden Sie doch, Holmes!«

»Später, Watson, erst will ich von Ihnen hören, was hier passiert ist. Aber das können Sie mir unterwegs erzählen, wir müssen sofort zu Oppenheim! Wo steht Ihre Droschke?«

»Hier entlang.« Ich fügte mich seinen Anweisungen, außerdem wollte ich selbst auch nach dem Baron sehen. »Wir brauchen keine Droschke, Holmes, ich werde selbst fahren! Bylandts Wagen steht gleich vor dem Eingang.«

»Sie?« Holmes musterte mich erstaunt.

»Jawohl. Auch ich habe meine Zeit nicht vertrödelt. Bylandt hat mir Unterricht im Chauffieren erteilt.«

»Ausgezeichnet, Watson!« Er nickte anerkennend. »Demnach scheint hier in Köln während meiner Abwesenheit nichts Gravierendes vorgefallen zu sein.«

»So würde ich das nicht ausdrücken, Holmes.« Während der Fahrt berichtete ich ihm von Oppenheims Duell.

»Etzfeld?« fragte Holmes scharf. »Etwa Oberst von Etzfeld?« Er gab mir eine knappe, aber überraschend exakte Beschreibung des Oberst.

»Sie kennen den Mann, Holmes?«

»Nein, Watson, ich bin ihm nie begegnet.«

»Dafür wissen Sie aber sehr genau, wie er aussieht!«

»Die Beschreibung hat mir Mycroft gegeben.«

»Mycroft? Was hat denn Ihr Bruder mit dem Oberst zu tun?«

Holmes antwortete nicht auf meine Frage. »Etzfeld«, murmelte er, »also hat Mycroft nicht übertrieben.«

»Wie meinen Sie das, Holmes?«

Aber er hatte mir gar nicht zugehört. Nachdenklich starrte er nach vorne. »Was soll gerade jetzt dieses Duell, und ausgerechnet mit Oppenheim?« Er schien zu sich selbst gesprochen zu haben, trotzdem antwortete ich ihm.

»Das kann ich Ihnen verraten, Holmes.« Ich erzählte ihm, was ich von Bylandt über den amourösen Hintergrund der Spannungen zwischen Etzfeld und Oppenheim erfahren hatte. Holmes zog nur eine Augenbraue hoch, ohne meinen Bericht noch auf andere Weise zu kommentieren.

Sein Schweigen dauerte mir zu lange. »Sie glauben nicht daran, oder?«

»Nein, Watson«, lautete die knappe Antwort.

»Warum denn nicht?«

»Warum? – Weil der kommende Mann im deutschen Generalstab sich nicht einfach wegen einer Lappalie wie Eifersucht duelliert, deshalb.«

»Der kommende Mann? Generalstab?« Ich drehte mich um und starrte ihn an. »Zum Teufel, Holmes, was hat das alles zu bedeuten?«

»Genau das werden wir Oppenheim fragen.« Ungerührt zeigte er nach vorne. »Übrigens glaube ich nicht, daß die junge Dame dort unbedingt von uns mitgenommen werden will, Watson.«

Erschrocken trat ich auf die Bremse und wich der Radfahrerin aus. Den Rest der Fahrt über konzentrierte ich mich auf die Straße.

Oppenheim empfing uns in seinem Arbeitszimmer. Gestützt von vielen Kissen, lag er dort halbwegs bequem auf einem großen Sofa, sah allerdings sehr bleich und angestrengt aus. Ich nahm eine schnelle Untersuchung vor. Fieber hatte er nicht, und der Verband um seine Schulter wies keine frischen Blutflecken auf. Die Wunde hatte sich nicht entzündet. Obwohl er unter starken Schmerzen zu leiden schien, lehnte er die Einnahme von betäubenden Mitteln ab, um einen klaren Kopf zu behalten. Als ich mit meiner Kontrolle fertig war, lehnte er sich erschöpft zurück.

»Ich denke, Mr. Holmes«, sagte er frostig, »Sie sind mir eine Erklärung schuldig!«

Verblüfft sah ich von ihm zu Holmes hinüber, der in einem Sessel Platz genommen und schweigend das Ende meiner Untersuchung abgewartet hatte.

»Das ist richtig, Baron, und ich kann nur hoffen, daß Sie das, was ich zu sagen habe, vollkommen zufriedenstellen wird.« Gelassen schlug Holmes die Beine übereinander. »Aber beantworten Sie mir bitte zuerst eine Frage. Haben Sie das Konto durch Berlin überprüfen lassen, worum ich Sie gebeten hatte?«

»Ja, das habe ich. Vor einer Stunde ist die Antwort aus dem Ministerium gekommen. Sie war nicht sehr ergiebig.« Oppenheim griff neben sich auf einen kleinen Tisch, der mit Papieren übersät war. Oben auf dem Stapel stand ein Telefonapparat. Er zog das oberste Blatt heraus und las den Text des Telegramms vor. »Es liegen keinerlei Informationen vor; wem das Konto gehört, ist nicht bekannt.«

»Mit dieser Antwort habe ich gerechnet.«

»Das dachte ich mir fast.«

»Aber es war natürlich nur die halbe Antwort.«

»Ja, so könnte man es ausdrücken.« Oppenheim ließ das Telegramm sinken und musterte Holmes ausdruckslos. »Offiziell liegen keine Informationen vor, heißt das, aber eben habe ich einen vertraulichen Anruf aus Berlin erhalten. Ein alter Bekannter aus dem Kriegsministerium wollte mich sprechen. Es war eine sehr deutliche Warnung. In was ich denn da hineingeraten sei, wollte er wissen, und ich solle um Himmels willen aufpassen. Näheres konnte und durfte er mir nicht sagen, da die Angelegenheit offenbar unter strengste Geheimhaltung fällt.«

Holmes kniff die Augen zusammen, sagte aber nichts.

»Also habe ich ein wenig nachgedacht«, fuhr Oppenheim fort. »Meine – oder besser gesagt: Ihre – Nachfrage muß dort in Berlin einigen Wirbel verursacht haben, vor allem in einer operativen Abteilung des Generalstabes, die …«

»Die von einem gewissen Oberst von Etzfeld geleitet wird«, vollendete Holmes ruhig den Satz.

»Richtig. Sie wußten es bereits vorher, nicht wahr?«

Holmes stützte seine Ellbogen auf die Lehnen und legte die Fingerspitzen gegeneinander. »Sagen wir, ich brauchte noch eine letzte Bestätigung für meine Theorie.«

»Tatsächlich?« Der Sarkasmus in Oppenheims Stimme war

nicht zu überhören. »Nun, Sir, ich bin entzückt, daß ich Ihnen behilflich sein konnte.«

»Dafür muß ich mich bei Ihnen entschuldigen, Baron! Daß Etzfeld so schnell und so entschieden reagieren würde, habe ich nicht vorausgesehen, und das tut mir aufrichtig leid.«

»Holmes! Soll das etwa heißen, daß Sie mit Ihrer Anfrage nur eine Reaktion provozieren wollten?«

»Sehr richtig, Watson.«

»Dann war Oppenheim so etwas wie ein Köder?«

»Nicht ganz. Die Anfrage war der Köder, nicht der Baron.«

»Aber er wäre um ein Haar erschossen worden, Holmes! Wie konnten Sie nur so unverantwortlich handeln?«

Holmes gab keine Antwort, sondern sah mich nur kühl an.

»Beruhigen Sie sich, Dr. Watson, es ist ja nicht viel passiert«, sagte Oppenheim langsam. »Außerdem habe ich den Eindruck, daß es hier um eine Angelegenheit geht, die ein gewisses Risiko rechtfertigt.«

Holmes nickte ernst. »Ich fürchte, da haben Sie recht, Baron.«

»Dann sollten Sie uns besser mitteilen, was Sie in Rotterdam in Erfahrung bringen konnten, Mr. Holmes.« Er verzog den Mund zu einem kleinen Lächeln. »Jetzt, wo Sie wissen, auf welcher Seite ich stehe. Denn das wollten Sie doch herausfinden.«

»Ich muß zugeben, diesbezüglich gewisse Zweifel gehabt zu haben, und wußte kein anderes Mittel, um Gewißheit zu erlangen. Die Entscheidung ist mir nicht leichtgefallen, das versichere ich Ihnen, Baron.«

Allmählich beschlich mich das Gefühl, nur die Hälfte von dem zu verstehen, worüber die beiden redeten. »Vielleicht verrät mir jemand, warum der deutsche Generalstab so empfindlich auf Nachfragen zu einem mysteriösen Bankkonto reagiert, daß er deswegen Oppenheim gleich umbringen will?«

»Sie übertreiben, Watson! Es war ja nicht der ganze Generalstab, sondern nur der Chef einer wenn auch wichtigen Abteilung. Und daß er tatsächlich mit eigener Hand den Baron zum Schweigen bringen wollte, ist sehr erfreulich.«

»Erfreulich, Holmes? Manchmal kann ich Ihren Humor wirklich nicht teilen! Wie können Sie so etwas sagen?«

Holmes überhörte meinen Protest und begann mit einem Bericht über seine Nachforschungen. »Watson weiß bereits Bescheid, und vermutlich dürfte auch Ihnen mittlerweile klar sein, Baron, daß ich nicht nur in Ägypten war, um dort Antiquitätendiebstähle aufzuklären.«

»Das ist mir nicht entgangen.«

»Meinem Bruder war die Amun-Sekte schon seit längerem nicht geheuer. Deshalb hat er mich nach Cairo geschickt, ich sollte mehr über Imhotep und seine wahren Ziele herausfinden. Mycrofts Verdacht erwies sich schnell als sehr begründet. Die vermeintlich rein religiösen Sektierer entpuppten sich als subversiver politischer Geheimbund, der unter Ausnutzung von antiken Prophezeiungen den Umsturz in Ägypten zu planen scheint.«

Oppenheim runzelte die Stirn und brummte etwas Unverständliches, äußerte sich aber nicht weiter.

»Aus den Papieren von Professor Blunt geht hervor, daß die Sekte mit der Grabungsexpedition in Verbindung steht«, fuhr Holmes fort, »genauer gesagt, mit deren Finanziers. Offiziell wird die Ausgrabung von einem kleinen amerikanischen College durchgeführt, aber finanziert wird sie ausschließlich durch eine private Stiftung. Über sie hat Mycroft Nachforschungen anstellen lassen. Das Ergebnis war recht interessant. Hinter der Stiftung verbirgt sich ein Konsortium von Geschäftsleuten, und auf den ersten Blick scheint es sich dabei um eine ganz harmlose, normale Geschäftsverbindung von Investoren zu handeln. Die zentrale Figur ist ein Südafrikaner, der sich zur Zeit selbst in Ägypten aufhält. Ein gewisser van Buren, Professor Blunt hat ihn auch in seinem Tagebuch erwähnt.«

»Richtig, Holmes! Seine Yacht liegt vor Luxor.«

»Ja, wahrscheinlich will er persönlich die Ausgrabungen dort überwachen. Mr. van Buren pflegt nämlich ausgesprochen vielseitige Interessen, und immer im großen Stil. Er beschäftigt sich nicht nur mit dem Im- und Export von allen möglichen Produkten, sondern hält Finanzbeteiligungen, ist im Immobiliengeschäft tätig und spekuliert an der Börse. Sogar mit dem Antiquitätenhandel hat er sich schon befaßt.«

»Also mit allem, womit man Geld verdienen kann.«

»So sieht es aus. Aber – und das ist merkwürdig – van Buren scheint es nicht auf große Gewinne abgesehen zu haben. Zumindest hat er in den letzten Jahren keine gemacht. Er gibt nur sehr viel Geld aus, und zwar überall auf der Welt.«

Ich mußte an die »Sorbek« denken, van Burens luxuriöse Yacht, die ich auf dem Nil gesehen hatte. »Vielleicht ist der Mann einfach nur reich und besitzt irgendwo in Südafrika eine Goldmine oder Diamantenfelder.«

»Nein, das hat Mycroft bereits überprüft. Trotzdem muß van Buren über reichlich Kapital verfügen. Die Frage ist: Woher stammt es? Und warum sollten er und das Konsortium ausgerechnet die Suche nach einem Pharaonengrab finanzieren? Noch dazu über einen seltsamen Umweg, als wollten sie die Sache verheimlichen?«

»Das ergibt keinen Sinn, Holmes.«

»Oberflächlich betrachtet nicht, Watson.«

»Nicht, wenn es ihnen um Geld oder wissenschaftlichen Ruhm geht«, stimmte Oppenheim nachdenklich zu.

»Außerdem gibt es noch einen anderen merkwürdigen Umstand. Die Gründung der Stiftung fällt nämlich genau mit dem Beginn der Aktivitäten von Imhotep und seiner Sekte zusammen.«

»Mit anderen Worten, kurz nachdem vor einigen Jahren zum ersten Mal eine Inschrift mit der prophezeiten Rückkehr des Pharaos entdeckt worden ist.«

»So ist es, Baron.«

»Das könnte auch ein Zufall gewesen sein«, sagte ich.

»Theoretisch, ja. Allerdings halte ich einen kausalen Zusammenhang für sehr viel wahrscheinlicher, Watson.«

»Aber das wäre doch noch ungereimter, Holmes!« wandte ich ein. »Warum sollten irgendwelche Geschäftsleute einen Aufstand in Ägypten fördern oder sogar erst anzetteln?«

»Richtig, Watson. Deshalb war ich von Anfang an überzeugt, daß es sich bei diesem Konsortium nicht um normale Investoren handeln kann. Die Leute haben ein anderes Motiv, als nur gute Geschäfte zu machen, und van Buren muß auch über eine besondere Geldquelle verfügen. Eine Quelle, die offenbar sehr reichhaltig sprudelt.«

»Ich ahne, worauf Sie hinauswollen, Mr. Holmes«, sagte Oppenheim langsam, »aber es gibt einen entscheidenden Fehler in Ihrer Theorie: So gefährlich Imhotep und seine Leute bei einzelnen Aktionen auch sein mögen, ein von ihnen veranstalteter ›Aufstand‹ hat nicht die geringste Aussicht auf Erfolg! Er würde nie von der Bevölkerung getragen werden, und überhaupt fehlten ihm alle materiellen Voraussetzungen! An dieser grundsätzlichen Einschätzung von mir hat sich nichts geändert, gleichgültig, woher das Geld fließt.«

»Welche Theorie denn?« fragte ich. »Was soll worauf hinauslaufen?« Dann fing ich an zu begreifen. »Holmes! Diese Geldquelle – Sie glauben, daß sie hier in Deutschland liegt?«

»Nein, Watson, das glaube ich nicht – sondern ich weiß es. Meine Nachforschungen haben ergeben, daß van Buren über eine sorgfältig getarnte Verbindung Zugriff auf ein bestimmtes Konto bei einer kleinen Privatbank hat, hinter dem Mycroft schon seit langem einen geheimen Finanztopf des deutschen Kriegsministeriums vermutet. Zu Recht, wie wir nun annehmen dürfen.«

»Einen Moment, Holmes! Wollen Sie etwa damit sagen, daß hinter der Amun-Sekte die ... die deutsche Regierung steckt? Vielleicht sogar der Kaiser selbst?«

»Ich gebe zu, Watson, diese Möglichkeit erwogen zu haben, mag sie auch reichlich abenteuerlich erscheinen.«

»Wirklich, Holmes – ›abenteuerlich‹ dürfte wohl kaum die richtige Bezeichnung für eine solche Behauptung sein!«

»Nun, um sie zu überprüfen, habe ich Oppenheims Anfrage in Berlin veranlaßt. Die prompte Reaktion kam schneller, als ich erwartet hatte, und zu meinem großen Bedauern ist sie auch sehr viel heftiger ausgefallen.«

»Keine Sorge, ich lebe ja noch«, wehrte Oppenheim ab und beobachtete Holmes aus schmalen Augen. Er schien noch bleicher als vorhin geworden zu sein.

»Andererseits war die Reaktion auch recht aufschlußreich«, fuhr Holmes fort. »Wir wissen nun mit Bestimmtheit, daß im

Kriegsministerium ein geheimes Projekt verfolgt wird, das mit der Amun-Sekte zusammenhängt.«

Der Baron setzte zu einem Protest an, aber Holmes hob gebieterisch seine Hand und redete einfach weiter. »Das ist noch nicht alles. Die Art und Weise, wie Baron Oppenheim ausgeschaltet werden sollte, verrät mir, daß man schon eine interne Nachforschung unter allen Umständen verhindern wollte. Daraus folgt, daß es für die Unternehmung keine Autorisierung von höherer Stelle gibt. Also dürfte das Projekt nicht nur geheim, sondern auch illegal sein.«

»Selbstverständlich ist es illegal!« empörte sich Oppenheim. »Was denken Sie denn!«

»Aus diesem Grund habe ich auch die Ernsthaftigkeit, mit der Etzfeld Ihnen den Garaus machen wollte, als beruhigendes Zeichen gewertet. Immerhin zeigt sie uns, daß nicht etwa die deutsche Regierung mit im Spiel ist, sondern nur der Oberst und eine vermutlich sehr kleine Gruppe im Generalstab.«

»Trotzdem, Holmes, auch das ist eine ungeheuerliche Vorstellung!«

»Gewiß, Watson.«

»Ungeheuerlich, in der Tat!« Oppenheim nickte, wirkte aber nachdenklich. »Etzfeld wäre ehrgeizig und tollkühn genug, um auf eigene Verantwortung irgendeine gewagte Geheimoperation durchzuführen, die ihm im Falle des Gelingens den Weg nach ganz oben freimachen würde. Ich verrate Ihnen wohl kein Staatsgeheimnis mehr, wenn ich Ihnen sage, daß sein Name für einen der Chefposten im Großen Generalsstab gehandelt wird, nicht wahr?«

»Nein, der Oberst ist auch in London kein Unbekannter mehr.«

»Und genau da liegt das Problem, Mr. Holmes! Etzfeld ist alles andere als ein Dummkopf, deshalb würde er kein zum Scheitern verurteiltes Unternehmen starten. Schon gar kein so unsinniges wie die Neuerrichtung der Pharaonenherrschaft in Ägypten.«

»Jetzt urteilen Sie etwas vorschnell, Baron«, erwiderte Holmes ruhig. »Weder steht fest, daß es bei dieser Operation tatsächlich um die Pharaonenherrschaft geht, noch daß sie keine Aussichten auf Erfolg hat.«

Oppenheim merkte auf. »Offensichtlich wissen Sie mehr, als Sie uns bisher gesagt haben, Mr. Holmes!«

»Jawohl!« assistierte ich. »Was haben Sie eigentlich in Rotterdam gemacht?«

»Geholfen, ein Schiff zu beladen. Und offen gesagt fürchte ich, daß ich langsam zu alt für diese Art von körperlicher Arbeit werde.«

»Welches Schiff denn, und warum?«

»Die ›Belle Hélène‹, Watson, ein Dampfer von sechstausend Tonnen. Ihr Heimathafen ist Marseille, Kapitän und Mannschaften sind Franzosen, aber gechartert wurde sie von Mr. van Buren – und zwar für eine Fracht nach Alexandria. Das hatte Mycroft erfahren. Um die als ›landwirtschaftliche Maschinen‹ deklarierte Ladung unauffällig untersuchen zu können, habe ich mich als Hafenarbeiter verdingt. Zunächst mußte ich tatsächlich Pflug- und Mähmaschinen mit verladen, aber gut versteckt im hintersten Winkel des Laderaums bin ich noch auf etwas anderes gestoßen.

Das Schiff transportiert modernste Karabiner und Maschinengewehre, genug, um ein ganzes Bataillon auszurüsten, und dazu noch eine große Menge Sprengstoff. Mit diesen Waffen könnte eine kleine, aber gut trainierte und geführte Truppe großes Unheil anrichten. Ich denke, wir haben Grund zur Annahme, daß die Amun-Sekte unter Imhotep diese Kriterien erfüllt.«

Daran zweifelte ich nicht im geringsten. Ich mußte an den Guerilla-Krieg der Buren denken und wie schwer es den britischen Truppen gefallen war, sie zu schlagen. Es war ein blutiger Sieg gewesen, mit vielen Toten und großem Elend. »Holmes, diese Waffen dürfen nicht nach Ägypten gelangen!«

»Das werden sie auch nicht, Watson! Die ›Belle Hélène‹ ist zwar heute mit der Flut ausgelaufen, aber die Royal Navy wird sich um sie kümmern. Ich habe Mycroft bereits informiert.«

»Die Ausrüstung der Sekte mit modernen Waffen verändert natürlich die Situation.« Oppenheim hatte seinen Oberkörper aufgerichtet und betrachtete mit zusammengekniffenen Augen eine große Karte von Ägypten, die über seinem Schreibtisch hing. Langsam sagte er: »Zum Teufel, Holmes, Sie könnten recht haben! Der ›Pharaonenaufstand‹ wäre die perfekte Tarnung!« In seiner Stimme schien unfreiwillige Bewunderung mitzuschwingen. »Ein raffinierter Plan, das muß ich zugeben. – Riskant, aber raffiniert!«

»Wie Sie schon sagten, Baron, Oberst von Etzfeld ist ein kluger Kopf.«

»Tarnung wofür?« Ratlos sah ich von Holmes zu Oppenheim und dann auf die Karte. Was konnte der Oberst mit einer getarnten militärischen Aktion in Ägypten erreichen wollen? Auf einmal fiel es mir wie Schuppen von den Augen. »Großer Gott! Holmes! Sabotage! Sie sagten doch, eine große Menge Sprengstoff wäre an Bord! Glauben Sie, diese Burschen wollen den Kanal zerstören?«

»Ich fürchte ja, Watson, das haben sie vor! Mit dem Suez-Kanal würden sie die Lebensader des Empires treffen.«

»Natürlich, Holmes, der Weg nach Indien!«

»Und der Plan könnte aufgehen!« Oppenheim schien immer noch fassungslos zu sein.

»Ja, möglich wäre es.« Holmes nickte. »Vielleicht gelingt es ihnen nicht, den Kanal zu zerstören, aber das ist auch nicht nötig. Allein eine schwere Beschädigung, die ihn für ein paar Jahre unpassierbar macht, wäre bereits Schaden genug. Die strategischen Interessen des Empires wären ernsthaft bedroht. Und genau das dürfte Etzfelds Ziel sein.«

»Es ist unglaublich!« Oppenheim schüttelte den Kopf. »Etzfeld und seine Leute müssen seit Jahren daran gearbeitet haben – seitdem diese Prophezeiung zum ersten Mal aufgetaucht ist, nehme ich an. Sie gründen einen obskuren Geheimbund, sorgen für einiges Aufsehen, damit es authentisch wirkt – denken Sie nur an Imhoteps Auftritt als ›Mumie‹! –, und das alles ist nichts weiter als eine Tarnaktion! Wirklich unglaublich. Sogar die Geheimhaltung ist ihnen gelungen. Nicht einmal ich habe etwas bemerkt, obwohl ich doch in Cairo saß und alles praktisch unter meinen Augen abgelaufen ist!«

»Niemand hat etwas bemerkt, Baron. Niemand bis auf Mycroft. Deshalb hat er mich nach Ägypten geschickt.«

»Gratuliere, Mr. Holmes!« Oppenheim deutete eine Verbeugung an und lehnte sich zurück in die Kissen. »Dadurch, daß Sie die Verschwörung aufgedeckt haben, ist der Plan verbrannt. Etzfeld kann nicht wagen, ihn doch noch durchzuführen, weil die Verbindung des Aufstands zu ihm enttarnt ist. Er weiß, daß niemand in der Armeeführung ihn decken würde, selbst wenn sein Unternehmen Erfolg hätte. Denn jetzt müßte es so aussehen, als stünde der deutsche Generalstab hinter der Sabotage des Kanals, und das könnte unter Umständen ein Kriegsgrund sein.«

»Etwas in der Art hat Mycroft angedeutet«, sagte Holmes ernst. »Aber Sie irren sich, Baron. Die Verbindung ist nicht so eindeutig und offensichtlich, wie sie annehmen. Der Oberst könnte die Spuren, die zu ihm führen, beseitigen, und auf einen bloßen Verdacht hin, ohne konkrete Beweise, wird die britische Regierung so schnell keinen Krieg mit dem Deutschen Reich beginnen.«

»Spuren beseitigen, Holmes? Welche denn?«

»Uns, zum Beispiel.«

Daran hatte ich noch gar nicht gedacht. »Wahrscheinlich haben Sie recht, Holmes, aber es sieht nicht so aus, als würde im Moment viel Wert auf Verschleierung gelegt werden.«

Holmes sah mich überrascht an. »Was soll das heißen, Watson?«

Ich berichtete von Carters Telegramm über den angeblichen Fund bei der Grabung. »Nach Geheimhaltung sieht das für mich nicht aus. Damit gibt Santer doch den Raub des Amuletts und auch den Mord-Anschlag im Orientexpreß zu. Zumindest die Verbindung der Amun-Sekte zu ihm selbst und der Expedition.«

»Aber nur, sofern sich beweisen läßt, daß es sich um dasselbe Amulett handelt.«

»Ich verstehe. Sofern und solange es noch jemanden gibt, der das beweisen könnte, meinen Sie.«

»Richtig. Außerdem belegt das noch nicht, daß van Buren

hinter dem Raub oder der Sekte steckt, geschweige denn Etzfeld. Allerdings läßt sich aus Carters Telegramm etwas anderes folgern. Anscheinend mußte das Amulett gerade jetzt ›gefunden‹ werden, trotz des Risikos, daß wir dadurch die Zusammenhänge durchschauen. Das kann nur bedeuten, daß der Aufstand unmittelbar bevorsteht. Dem Oberst bleibt also nicht mehr viel Zeit, um seine Spuren zu vernichten.«

Oppenheim nickte. »Damit hat er schon angefangen, würde ich sagen. Zumindest hat er es versucht. – Weshalb sonst sollte er so hastig ein Duell mit mir provozieren wollen?«

»Ihre Anfrage in Berlin muß den Oberst ordentlich aufgeschreckt haben, Baron.«

»Es scheint so, Dr. Watson. Aber es gibt noch einen anderen Grund. Etzfeld weiß, daß ich an einer Denkschrift über die Sekte arbeite, und das dürfte ihm noch viel weniger gefallen.«

»Inwiefern?«

»Weil sie auch dem Kaiser vorgelegt werden wird.«

»Dem Kaiser?« Verblüfft starrte ich ihn an. »Der Kaiser liest Ihre Berichte?«

»Nun, ob Seine Majestät sie auch tatsächlich liest, kann ich nicht mit Bestimmtheit sagen«, antwortete Oppenheim mit einem kleinen Lächeln, »aber mir wurde das Privileg zur direkten Vorlage gewährt, ja.«

»Und genau das sollte verhindert werden«, stimmte Holmes zu, »oder zumindest verzögert. Offenbar unter allen Umständen!«

»Aber weshalb, Holmes? Warum ist der Kaiser für Etzfeld so wichtig?«

»Denken Sie an den Zeitfaktor, Watson! Allem Anschein nach ist die Operation bereits angelaufen, vielleicht handelt es sich nur noch um Stunden, bis der Aufstand beginnen soll – und der Kaiser ist der Oberbefehlshaber aller deutschen Truppen! Einer direkten Order von ihm müßte Etzfeld gehorchen. Mit einem einzigen Wort könnte der Kaiser seinen Plan sofort stoppen.« Holmes wandte sich an Oppenheim und sagte langsam: »Ich nehme doch an, daß der Kaiser einen solchen Befehl geben würde?«

»Selbstverständlich würde er das, Holmes! Deshalb wollte ja Etzfeld unbedingt verhindern, daß der Kaiser von mir informiert wird.« Oppenheim griff hinter sich und zog an einem Klingelzug. »Aber vielleicht ist es noch nicht zu spät! Wenn ich mich beeile, erreiche ich noch den Expreß nach Berlin.« Er setzte sich aufrecht hin und stand schwerfällig auf. Dabei verzog er sein Gesicht, die Bewegung schien ihm Schmerzen zu bereiten.

»Was haben Sie vor, Baron?« fragte ich besorgt.

»Ich gehe selbst zum Kaiser, um ihm persönlich vorzutragen!«

»In Ihrem Zustand? Die Wunde könnte wieder aufbrechen!«

Oppenheim winkte ungeduldig ab. »Er muß von dem Wahnsinn erfahren und Etzfeld stoppen! Zum Glück kenne ich einen seiner Adjutanten recht gut. Ich bin sicher, den Kaiser sofort nach meiner Ankunft sprechen zu können!«

»Aber die Reise ist möglicherweise gefährlich! Der Oberst könnte versuchen, Sie aufzuhalten. Und diesmal, ohne sich dabei an die Regeln zu halten.«

»Nein, Watson, das glaube ich nicht«, sagte Holmes ruhig, »nicht wenn er den Baron für zu schwer verwundet hält, um auch nur sein Krankenbett verlassen zu können.«

»Das ist er ja auch!«

»Sie übertreiben, Dr. Watson. Außerdem wird Karl mich begleiten, unser Chauffeur. Er war früher Korporal bei den Deutzer Kürassieren und ist ein guter Schütze.«

Offenbar stand sein Entschluß fest. Ein Diener kam herein und meldete einen Besucher, der sich nach dem Befinden des Barons erkundigen wollte. Oppenheim warf einen Blick auf die Visitenkarte. »Es ist Graf Ruppitz.«

»Damit war zu rechnen.« Holmes stand auf. »Es ist besser, wenn er Sie gar nicht erst zu Gesicht bekommt, Baron. Gehen Sie hinaus und sprechen Sie mit ihm, Watson, Sie wissen ja, was zu tun ist!«

»Wie Sie meinen, Holmes.«

Im Vorzimmer wartete steif und förmlich der Sekundant von Oberst Etzfeld. Aufmerksam hörte er sich meinen Bericht über Oppenheims Zustand an. Holmes' Anweisung folgend, dramatisierte ich dabei Gefährlichkeit und Schwere der Verwundung. Der Baron schwebte zwar nicht in Lebensgefahr, brauchte aber absolute Bettruhe und wäre noch viel zu schwach, um Besuch zu empfangen.

Trotzdem bestand Graf Ruppitz höflich und entschieden darauf, den Baron zu sehen. Ich bat ihn zu warten und ging zurück in Oppenheims Zimmer. Hastig bereiteten wir alles für die Visite vor. Holmes entfernte die verräterischen Schriftstücke von dem Bestelltisch neben dem Bett und räumte auch das Telephon fort. Anschließend verschwand er hinter einem großen Paravent. Als ich Ruppitz nun in das Krankenzimmer führte, spielte Oppenheim seine Rolle hervorragend. Er wirkte so schwach und hinfällig, daß mir beinahe selbst angst und bange um ihn wurde. Auf jeden Fall überzeugte sein Theater den Grafen. Ruppitz verabschiedete sich mit Genesungswünschen, die ernst gemeint klangen. Ich begleitete ihn hinaus in das Vorzimmer. Vielleicht täuschte ich mich, aber der junge Mann schien erleichtert darüber zu sein, daß Etzfeld seinen Gegner nicht tödlich getroffen hatte.

Bei meiner Rückkehr saß Oppenheim bereits hinter seinem Schreibtisch. Hektisch sortierte er Papiere und steckte einen Teil davon in eine schon überquellende Mappe. Holmes sah mich fragend an.

»Ich glaube, wir waren einigermaßen überzeugend«, sagte ich, »mit dem Baron dürfte Etzfeld vorerst nicht mehr rechnen.«

»Sehr gut, Watson! Damit hätten wir ein Problem weniger und können uns um die anderen kümmern. Baron Oppenheim ist ja nicht der einzige, dem Gefahr durch den Oberst droht.«

»Das sagten Sie bereits, Holmes. Aber glauben Sie denn ernsthaft, daß Etzfeld es auch auf uns abgesehen haben könnte? Woher sollte er überhaupt von Ihnen erfahren haben, Sie waren doch incognito in Ägypten?«

»Wenn er auch nur annähernd der Mann ist, für den ich ihn halte, Watson, dann weiß Oberst von Etzfeld inzwischen, daß ich ihm auf der Spur bin. Trotzdem wird er sich im Moment mehr für Dr. Jones interessieren, nehme ich an. Besser gesagt, für Blunts Tagebuch, das in seinem Besitz ist.«

»Wie kommen Sie darauf?«

»Der Oberst muß befürchten, daß es in dem Tagebuch Hinweise auf die wahren Zusammenhänge gibt, und alles, was auf eine Verbindung der Amun-Sekte zu van Buren und der Stiftung hindeutet, könnte auch Etzfeld selbst belasten. Derart kompromittierendes Material läßt er ganz sicher nicht einfach in den Händen von Dr. Jones. Er wird alles unternehmen, um es zu vernichten, und er wird nicht lange damit warten.«

»Erst Santer und Imhotep, jetzt auch noch der Oberst. Eine Menge Interessenten für ein einfaches Tagebuch.«

»Ja. Blunt scheint so etwas geahnt zu haben. Wir sollten so schnell wie möglich nach Ahrenfels aufbrechen, Watson.«

»Ich bin bereit, Holmes. Aber was könnte Etzfeld schon tun? Auch noch Dr. Jones zum Duell provozieren? Immerhin sind wir hier nicht auf dem Balkan, und Etzfeld ist auch kein Räuberhauptmann, sondern Oberst im Generalstab.«

»Gewiß.« Holmes zog eine Braue hoch. »Nur ist für einen Zivilisten dieser Unterschied nicht immer auf Anhieb erkennbar, Watson. Außerdem hat sich der Oberst mit einigen Personen eingelassen, die er wohl kaum mit in sein Offizierscasino nehmen dürfte.«

»Sie meinen Imhotep und seine Anhänger. Aber wenn Sie recht haben, Holmes, und der Aufstand kurz bevorsteht, dann müßten die Halunken doch alle in Ägypten sein!«

»Nicht unbedingt, Watson«, erwiderte er langsam, und der besorgte Ausdruck in seinem scharfgeschnittenen Gesicht gefiel mir gar nicht.

Das Telefon klingelte. Kommissar von Stamm war in der Leitung, und als er hörte, daß wir bei Oppenheim waren, wollte er Holmes sprechen. »Es scheint dringend zu sein«, sagte Oppenheim und reichte ihm den Hörer.

Holmes nahm ihn und hörte aufmerksam zu. Hin und wieder nickte er, dann runzelte er auf einmal die Stirn. »Kommissar? ... Hallo? ... von Stamm?« Zögernd ließ er den Hörer sinken. »Die Verbindung wurde unterbrochen.«

»Was wollte der Kommissar von Ihnen, Holmes?«

Nachdenklich sah er mich an. »Anscheinend ist von Stamm

bei Ermittlungen in der Zirkusangelegenheit auf etwas gestoßen, was ihn sehr beunruhigt. Leider konnte er mir nicht mehr sagen, was er herausgefunden hat. ›Zirkusangelegenheit‹ – Wissen Sie, was damit gemeint ist, Watson?«

»Richtig, Holmes, davon habe ich Ihnen noch gar nichts erzählt.« In der Aufregung über Oppenheims Duell hatte ich den blutigen Vorfall im Zirkus ganz vergessen. Ich berichtete Holmes vom Tod Samsonias und der Löwen. Es war bestimmt eine traurige Nachricht, aber mit einer so heftigen Reaktion hatte ich nicht gerechnet.

»Jemand hat Simba vergiftet?« Holmes sprang auf. »Und das erfahre ich jetzt erst! Schnell, Watson, wir müssen sofort zum Kommissar!«

Nummer 14

Kommissar von Stamm hatte von seiner Privatwohnung aus angerufen, wir mußten also quer durch die Stadt. Holmes brauchte mich nicht erst zur Eile anzutreiben, seine Reaktion auf den Anruf war deutlich genug. Anscheinend zählte jede Sekunde. Nach einer Fahrt im halsbrecherischen Tempo erreichten wir den Königsplatz, einen hübschen kleinen Park in der Neustadt, der von eleganten Häusern gesäumt wurde. In einem davon lag von Stamms Junggesellenwohnung.

Als wir um den Platz fuhren, wären wir um ein Haar mit einer zweispännigen Kutsche zusammengestoßen. Sie war aus einer der kleinen Seitenstraßen herausgeschossen und raste nun in vollem Galopp auf uns zu. Nur mit Mühe konnte ich ihr ausweichen. Holmes drehte sich um und schaute der Kutsche hinterher, die unter lautem Peitschengeknalle davonjagte. Offenbar hatte es da jemand noch eiliger als wir.

»Konnten Sie den Flegel erkennen, Holmes?«

»Nein, Watson, die Scheiben waren verhangen.«

Ich warf ihm einen Blick zu. Holmes' Miene war undurchdringlich. Er sprach es nicht aus, aber an eine zufällige Begegnung glaubte er genausowenig wie ich. Vielleicht war jemand vor uns bei von Stamm gewesen.

Vor dem Haus des Kommissars hielt bereits eine Mietdroschke. Ich setzte unseren Wagen dahinter. Als wir ausstiegen, öffnete sich auch der Verschlag der Droschke, und ein Mann stieg aus. Verwundert erkannte ich den Polizisten, mit dem ich heute morgen noch in Ahrenfels gesprochen hatte.

»Was tun Sie hier, Inspektor?« fragte ich den Mann. »Warum haben Sie Ihren Posten verlassen?«

»Wissen Sie es denn noch nicht, Dr. Watson?« antwortete er überrascht. »Der Kommissar hat die Bewachung abgebrochen. Es besteht keine Gefahr mehr.«

»Keine Gefahr mehr? Wovon reden Sie da? – Holmes, hier stimmt etwas nicht!«

Aber Holmes war schon die Stufen hochgestürmt und hämmerte mit den Fäusten gegen die Haustür. Eilig folgten wir ihm. Holmes erklärte dem bestürzt zuhörenden Inspektor das Nötigste. Auf unser Klingeln und Klopfen reagierte zunächst niemand, dann erschien endlich ein Dienstmädchen und öffnete die Tür. Verschreckt trat es beiseite, als der Inspektor »Polizei!« rief und wir an ihm vorbei in den Hausflur hasteten. Der Inspektor wies auf die Treppe. »Wir müssen nach oben, Mr. Holmes, der Kommissar wohnt im ersten Stock!«

Wir liefen die Treppe hinauf. Von Stamms Wohnungstür war verschlossen, und auf unser Klopfen hin rührte sich nichts. Ohne lange zu zögern, gab Holmes ein Zeichen. Der Inspektor und ich traten zwei Schritte zurück, dann warfen wir uns gemeinsam gegen die Tür und brachen sie aus ihren Angeln.

Im Flur war niemand zu sehen, aber wir waren nicht allein in der Wohnung. Die Flügeltür zum Arbeitszimmer stand weit offen. Von dort hörten wir schwere Schritte und Geräusche, als würden Möbelstücke verrückt. Plötzlich wurde eine Hand sichtbar, die sich an den Türrahmen klammerte, dann trat der Kommissar um die Ecke und blieb in der Tür stehen. Entsetzt prallten wir zurück.

»Großer Gott!« flüsterte ich und mußte schlucken.

Von Stamm sah furchtbar aus. Sein Gesicht war dunkel verfärbt und geschwollen, die Züge grauenhaft verzerrt. Blutiger Schaum stand ihm vor dem Mund. Mit der freien Hand hielt er verkrampft seinen Hals umklammert. Er versuchte anscheinend verzweifelt, irgend etwas zu sagen, aber aus seiner Kehle drang nur ein unverständliches Gurgeln. Jetzt ließ er den Türrahmen los, streckte den Arm nach vorne und torkelte auf uns zu. Weiter als einen Schritt kam er nicht, dann riß er den Kopf nach hinten und griff auch mit der anderen Hand an seinen Hals. Mit einem gurgelnden Schrei kippte er zur Seite und schlug schwer auf den Boden.

Es war der gräßlichste Tod, den ich je mit ansehen mußte. Denn daß von Stamm tot war, stand fest.

Trotzdem lief ich hinüber und ging neben ihm auf die Knie, um seinen Puls zu fühlen. Es war zwecklos, ich konnte nichts mehr für ihn tun. Niemand konnte das. Erschüttert sah ich auf ihn hinunter. Die schrecklich hervorgequollenen Augen des Kommissars standen weit offen, aber ihr Blick war gebrochen. Ich wollte gerade wieder aufstehen, als mich Holmes' ruhige, aber scharfe Stimme zurückhielt.

»Still, Watson, keine Bewegung!«

Ich verharrte reglos. In seinem Ton hatte etwas gelegen, das keinen Widerspruch zuließ. »Was ist denn, Holmes?« Dann hörte ich es auch und spürte, wie sich meine Nackenhaare aufrichteten. Es war ein Fauchen, nicht sehr laut, aber eindringlich, ein Geräusch, das unter die Haut ging. Das Fauchen klang beinahe wie von einer in die Enge getriebenen Katze. Aber eben nur beinahe. Es stammte auch nicht von einer Katze.

Schweiß lief mir über den Rücken. Ich hatte so ein Fauchen schon einmal gehört, vor Jahren in Indien, bei einer Gelegenheit, an die ich mich nur ungern erinnerte. Aber nicht einmal im Traum hätte ich daran geglaubt, ihm ausgerechnet hier in Köln noch einmal zu begegnen. Das Geräusch kam von der Seite. Aus den Augenwinkeln heraus sah ich in die Richtung, und mein Herzschlag schien auszusetzen. Über von Stamms Todesursache brauchte ich mir keine Gedanken mehr zu machen, ich wußte nun, woran er gestorben war. Keinen Meter von mir entfernt hatte sich eine Cobra aufgerichtet. Sie mußte dem Kommissar aus dem Zimmer gefolgt sein.

Natürlich sollte es in Köln keine Cobras geben, aber jetzt starrten mich zwei Reptilienaugen unverwandt an. Unfähig, mich zu rühren, erwiderte ich den Blick. Unsere Köpfe befanden sich ungefähr auf gleicher Höhe, was die Situation keinesfalls angenehmer für mich machte. Die Schlange pendelte leicht hin und her, den Nacken drohend breit aufgebläht. Wieder ließ sie das leise Fauchen hören und bog den Kopf zurück. Gleichzeitig näherte sie sich in einer fließenden Bewegung noch weiter. Jeden Augenblick mußte der tödliche Biß erfolgen, und ich war ihm hilflos ausgeliefert.

Da nahm ich eine schnelle Bewegung an meiner Seite wahr. Holmes stand auf einmal neben mir, etwas blitzte auf, und mit der Klinge seines Stockdegens spießte er den Kopf des Reptils gegen den Türrahmen. Das leise Fauchen steigerte sich zu einem durchdringenden Zischen, bevor es erstarb. In einem kurzen Todeskampf wand sich der Schlangenleib um die Klinge und wurde dann schlaff.

Mit einem Satz sprang ich auf, nur weg von der Cobra, und stieß rücklings mit dem Inspektor zusammen, der den ganzen Vorgang fassungslos mit angesehen hatte. Erst jetzt löste er sich aus seiner Erstarrung und fing mich auf.

Holmes steckte die Klinge wieder zurück in die Stockscheide. »Alles in Ordnung mit Ihnen, Watson?«

»Ja, aber es war knapp! Vielen Dank, Holmes!«

Er nickte nur und stieg ungerührt über die tote Schlange weg, um sich im Arbeitszimmer umzusehen. Ich machte einen Bogen um die Cobra und ging hinterher. Auch der Inspektor folgte. Ein Sessel und der schwere Schreibtischstuhl lagen umgekippt auf dem Boden, offensichtlich hatte von Stamm sie in seinem Todeskampf umgeworfen. Die Tischplatte war mit Papieren übersät, auch auf dem Boden lagen Blätter verstreut herum. Die meisten von ihnen schienen polizeiliche Akten zu sein, an denen der Kommissar vermutlich gerade gearbeitet hatte, bevor er gebissen wurde.

Holmes trat hinter den Tisch und bückte sich. Die unterste Schublade war aufgezogen, auch sie enthielt Akten. Holmes nahm die obersten heraus, überflog sie und legte sie wieder zurück. Als er sich aufrichtete, lag ein harter Zug um seinen Mund. Flüchtig musterte er noch einmal den Raum, dann wandte er sich um. »Kommen Sie, Watson, hier gibt es nichts mehr für uns zu tun.«

»Das ist ja furchtbar! Eine Tragödie!« Der Inspektor hatte endlich seine Sprache wiedergefunden. »Wie konnte so ein gräßlicher Unfall nur passieren?« Er schien immer noch nicht so recht fassen zu können, daß sein Chef in dessen eigener Wohnung von einer Giftschlange getötet worden war. Angewidert starrte er auf das tote Reptil. »Wie kommt überhaupt eine Cobra aus Indien hierher nach Köln?«

»Nicht aus Indien, Inspektor, sondern aus Ägypten. Eigentlich ist es auch gar keine Cobra, sondern eine Uräusschlange, das Wahrzeichen des Unteren Königreiches. Und für ihre Anwesenheit hier gibt es einen naheliegenden Grund, fürchte ich. Jemand wollte mit ihrer Hilfe den Kommissar ermorden.«

»Ermorden, Mr. Holmes? Warum denn?«

»Vermutlich, um seine Ermittlungen zu verhindern. Aber erklären Sie mir doch bitte, Inspektor, warum Sie selbst hier sind und nicht in Ahrenfels! Sie sollten doch das Anwesen bewachen?«

»Das stimmt, aber Kommissar von Stamm hat mich heute morgen zurückbeordert. Ich sollte mich hier bei ihm melden.«

»Zurückbeordert, sagen Sie. Wie denn?«

»Durch ein Telegramm, in Ahrenfels gibt es ja noch kein Telephon. Es kam heute morgen, kurz nach Dr. Watsons Aufbruch.«

»Wie ich mir gedacht habe: Sie wurden von dort weggelockt, Inspektor. Sie verstehen, was das bedeutet, Watson?«

»Natürlich, Holmes! Etzfeld plant einen Anschlag!«

»Genau. Wir müssen sofort nach Ahrenfels, Watson! Vielleicht kommen wir diesmal noch rechtzeitig!«

Es war ein Rennen gegen die Zeit, und ich hatte nicht vor, es zu verlieren. Solange wir uns noch durch den dichten Verkehr in der Stadt arbeiten mußten, hupte ich fast ununterbrochen. Für höfliche Rücksichtnahme war jetzt nicht der rechte Augenblick. Immer wieder sah ich das gräßliche Bild des sterbenden Kommissars vor mir. Was in Ahrenfels passieren könnte, wollte ich mir gar nicht erst vorstellen.

Mir fiel die Kutsche ein, mit der wir vor dem Haus beinahe zusammengestoßen wären. Vielleicht hatte von Stamms Mörder darin gesessen und wir ihn nur um wenige Sekunden verpaßt. Holmes stimmte mir zu und blieb während der restlichen Fahrt einsilbig. Äußerlich wirkte er völlig ruhig und beherrscht, aber ich spürte deutlich, daß seine Nerven bis zum Äußersten angespannt waren. Ein tödlicher Ernst ging von ihm aus.

Mittlerweile machte mir die Bedienung des Mercedes kaum noch Schwierigkeiten. Routiniert nahm ich nun Kurven, ohne merklich abzubremsen, und auf geraden, gut ausgebauten Strecken gab ich Vollgas. So rasten wir nicht selten mit über siebzig Kilometern in der Stunde über die Chausseen.

Nach einer Rekordzeit kam Ahrenfels in Sicht. Laut hupend durchquerten wir das Dorf mit hoher Geschwindigkeit und bogen dahinter von der Landstraße ab. Ausgerechnet als wir die lange Auffahrt hinauffuhren, passierte es. Im Grunde war ja die Auffahrt nicht viel mehr als ein gewundener, unbefestigter Feldweg, und in der letzten Kurve vor dem Haus verlor ich die Kontrolle über das Steuer. Der Wagen scherte aus, wir holperten ein Stück über die Wiese und rammten schließlich einen Apfelbaum. Zum Glück nur noch mit mäßigem Tempo.

Der Aufprall warf mich nach vorne gegen das Lenkrad. Ich spürte einen heftigen Schlag in die Magengrube, das war alles. Holmes war mit dem Kopf gegen einen dicken Ast auf seiner Seite gestoßen und preßte nun eine Hand gegen die Stirn. Zwischen den Fingern tropfte Blut herunter.

»Holmes, sind Sie verletzt?«

»Nicht der Rede wert, Watson, es ist nur ein Kratzer.« Er stieg aus und tupfte mit einem Taschentuch beiläufig das Blut aus seiner Stirn. »Den Wagen hat es jedenfalls schlimmer getroffen. Die Vorderachse scheint gebrochen.«

»Sie haben recht.« Ich ging in die Hocke, um mir den Schaden genauer anzusehen. »Das wird Bylandt nicht gefallen.«

»Vermutlich nicht, aber das bereitet mir im Moment keine großen Sorgen, Watson. Und Bylandt offenbar auch nicht«, sagte Holmes düster. »Ich fürchte, wir sind wieder zu spät gekommen!«

Ich drehte mich um und verstand, was er meinte. Vom Haus her kamen uns Bylandt, der Pater und Frau Küppers eilig entgegen. Bylandt rief etwas Unverständliches und gestikulierte wild mit den Armen. Auf den ersten Blick war zu erkennen, daß etwas passiert sein mußte. Ich stand auf und machte mich auf das Schlimmste gefaßt.

»Holmes!« rief Bylandt. »Luzia und der Junge sind entführt worden!«

»Entführt?« Holmes kniff die Augen zusammen. »Also ist noch nicht alles verloren, Watson!« sagte er halblaut zu mir.

»Gut, daß Sie endlich da sind, Doktor!« wandte sich Bylandt an mich, als er uns erreicht hatte. Für seinen Mercedes hatte er nur einen flüchtigen Blick übrig. »Henry ist schwer verletzt, kommen Sie schnell!«

Jones sah tatsächlich übel zugerichtet aus. Bleich und ohne Bewußtsein lag er auf einem Sofa in der Halle. Jemand hatte seinen Kopf notdürftig mit einer Bandage versehen, die sich am Hinterkopf rot verfärbte. Als ich den blutgetränkten Verband abwickelte, um mir die Wunde anzusehen, stöhnte Jones leise auf und öffnete die Augen.

»Sie waren zu viert, Watson«, sagte er mühsam, »ich konnte sie nicht aufhalten. Sie haben Luzia und Henry mitgenommen und das Tagebuch.« Plötzlich klammerte er sich an meinem Arm fest und versuchte sich aufzurichten. »Sie müssen sie retten, Watson!«

»Machen Sie sich keine Sorgen, Jones, wir werden Luzia und den Jungen finden!«

Die Anstrengung war zuviel für ihn gewesen. Kraftlos sank er zurück und verlor wieder das Bewußtsein. Vorsichtig untersuchte ich die Verletzung. Das viele Blut stammte von einer großen Platzwunde am Hinterkopf. Er war mit einem stumpfen Gegenstand äußerst brutal niedergeschlagen worden, aber der Hieb hatte nicht zu einem Schädelbruch geführt, wie ich erleichtert feststellte. Falls keine inneren Kopfverletzungen vorlagen, konnte Jones mit einer schweren Gehirnerschütterung davonkommen.

»Wie geht es ihm, Dr. Watson?« fragte Pater Hieronymus leise.

»Nun, die Knochen sind noch heil, das ist ein gutes Zeichen, Pater. Ich werde ihm einen neuen Verband anlegen, mehr kann ich vorerst nicht für ihn tun. Wir müssen abwarten.«

Inzwischen hatte Holmes in der Bibliothek nachgesehen. »Es stimmt, die Kiste mit Blunts Papieren und seinem Tagebuch ist verschwunden.« Fragend sah er Bylandt an. »Was genau ist passiert?«

»Als ich ankam, war schon alles vorbei, Holmes. Ich habe nur noch Henry hier in der Halle gefunden. Er lag mitten in einer Blutlache auf dem Boden. Ein furchtbarer Anblick. Im ersten Augenblick dachte ich schon, er wäre tot.«

»Viel gefehlt hat auch nicht«, stimmt ich ihm zu. »Daß Jones noch lebt, hat er nur seinem außergewöhnlich harten Schädel zu verdanken!«

»Das würde erklären, warum er einfach liegengelassen worden ist«, sagte Holmes nüchtern. »Vermutlich haben auch die Entführer seine Verletzung für tödlich gehalten.«

Entsetzt sah der Pater ihn an. »Wie können Menschen nur so etwas tun, Mr. Holmes? Und jetzt sind Luzia und Henry in ihrer Gewalt!«

»Wenigstens hat man Sie und Frau Küppers verschont, Pater.«

»Das ist richtig.« Pater Hieronymus nickte, aber weder für ihn noch für seine Haushälterin schien das ein Trost zu sein. Eingesperrt in einen Schuppen, hatten die beiden hilflos mit ansehen müssen, wie die Männer Luzia und den Jungen zu ihrem Wagen geschleppt hatten und mit ihnen weggefahren waren. Allerdings nicht, ohne vorher noch den Hund niederzuschießen, der sie wütend attackiert hatte. Indy war tot.

»Also haben die Entführer ein Automobil benutzt, keine Kutsche?«

»Nein, Mr. Holmes, es war ein großes schwarzes Automobil mit geschlossenem Verdeck.«

»Den Wagen habe ich auch noch gesehen«, bestätigte Bylandt. »Ich war ja schon ganz in der Nähe und dachte, unser Wachtposten wäre abgelöst worden. Was hier wirklich vor sich gegangen war, wußte ich nicht. Aber selbst wenn, hätte ich trotzdem nichts unternehmen können.«

»Wie meinen Sie das?«

»Weil ich in der Luft war, Holmes, oben im Ballon. Ich wollte meinen letzten Testsprung über Ahrenfels absolvieren, und auch der Ballon sollte hier landen. Als ich absprang, war der Wagen schon einige Kilometer entfernt.«

»In welche Richtung ist er gefahren?«

»Nach Osten.«

»Was ist mit dem Ballon?« fragte ich. Ihn hätten wir auf der Herfahrt sehen müssen. »Warum ist er nicht gelandet?«

»Das wüßte ich auch gerne! Mertens ist einfach weitergeflogen.« Bylandt zuckte mit den Schultern. »Es könnte natürlich etwas mit dem Champagner zu tun haben. Mertens hatte nämlich noch zwei Flaschen in Reserve, und Sie kennen ja den Wankelmut der Damen, Doktor.«

Holmes runzelte die Stirn. »Der Damen?«

»Wir hatten noch einen Gast an Bord, Holmes.« Bylandt begann, von seiner Opernbekanntschaft zu erzählen.

»Ich verstehe«, unterbrach ihn Holmes, »könnte es sein, Baron, daß die Fahrt überhaupt erst auf Drängen der jungen Dame zustande gekommen ist?«

Bylandt sah ihn nachdenklich an. »Wenn ich es recht überlege, ja«, sagte er gedehnt. »Sie sprach so begeistert über die Aeronautik, daß ich sie auf der Stelle zu einer Ballonfahrt eingeladen habe. Den Termin hat sie selbst bestimmt. Etwas kurzfristig, aber wer kann schon einer charmanten Französin widerstehen? Auch wenn Sie sich später als Holländerin herausgestellt hat. Als sehr charmante Holländerin immerhin, mit einem nicht minder exotischen Namen.«

»Lautete ihr Name vielleicht Hari? Mata Hari?«

»Allerdings!« antwortete Bylandt überrascht. »Sie kennen die Dame, Holmes?«

»Nicht so gut wie Dr. Watson.«

»Wie bitte?« Dann fiel bei mir der Groschen. »Sie meinen die orientalische Tänzerin von Oppenheims Fest in Cairo, nicht wahr, Holmes? Imhoteps rechte Hand! Aber damals nannte sie sich anders.«

»Nun, auch Mata Hari dürfte nicht ihr richtiger Name sein, Watson.« Holmes steckte einen Finger in den Mund und hob ihn dann hoch, um die Windrichtung festzustellen. »Westwind. Also ist der Ballon nach Osten geflogen, in die gleiche Richtung, die auch die Entführer eingeschlagen haben?«

Bylandt nickte. »Wollen Sie etwa damit sagen, Holmes, daß es da einen Zusammenhang gibt? Daß die ganze Ballonfahrt vielleicht nur inszeniert wurde?«

»Um Sie aus Ahrenfels fortzulocken. Sehr richtig, Baron. Genau wie den Polizisten, der angeblich vom Kommissar zurückgerufen worden ist. – Aber das wissen Sie ja noch gar nicht.«

Holmes berichtete über von Stamms Ermordung. Entsetzt und fassungslos hörten die anderen ihm zu. Als er die Giftschlange erwähnte, bekreuzigte sich Pater Hieronymus und murmelte ein leises Gebet vor sich hin. Frau Küppers tupfte mit einem Taschentuch Tränen aus ihren Augen. Offensichtlich hatten sie den Kommissar sehr gemocht.

Auch Bylandt wirkte erschüttert. »Mein Gott, wir sind zusammen in die Sexta gegangen! Der arme Amadeus – eine Cobra, wie grauenhaft! Und jetzt haben sie auch noch Luzia entführt!« Langsam schüttelte er den Kopf. »Was geht hier eigentlich vor, Holmes?«

»Jemand will, daß sich eine alte Prophezeiung erfüllt.« In knappen Worten erklärte Holmes, was er über Etzfeld und dessen Verbindung zu Imhotep herausgefunden hatte.

»Der Suez-Kanal? Sind Sie sicher, Holmes?« Bylandt starrte ihn an. »Das ist ja eine unglaubliche Geschichte!«

»Gewiß. Aber der Überfall hier zeigt mir, daß sie richtig ist. Anscheinend will Etzfeld verhindern, daß ich etwas davon beweisen kann, indem er alle möglichen Hinweise auf ihn vernichtet.«

»Blunts Tagebuch, meinen Sie.«

»Es geht nicht nur um das Tagebuch.« Holmes zögerte. »Ich fürchte, daß auch Luzia und Henry in großer Gefahr schweben.«

»Das kann man wohl sagen, Holmes!« stimmte ich zu. »Offenbar geht der Oberst über Leichen, um sich zu schützen.«

»Das mag ja sein, trotzdem verstehe ich nicht, wie der kleine Henry ihm gefährlich werden könnte!« Bylandt schien immer noch Zweifel zu haben. »Warum ausgerechnet eine Entführung? Ich meine, warum hat er Luzia nicht gleich umbringen lassen?«

»Eine gute Frage, Baron.«

»Aber im Moment wohl eher von rein akademischem Interesse!« sagte ich ungeduldig. »Was sollen wir jetzt tun, Holmes? Das ist doch die entscheidende Frage! Vielmehr, können wir überhaupt etwas unternehmen? Wir wissen ja nicht einmal, wohin der Oberst Luzia und den Jungen hinbringen läßt.«

»Das ist nicht gesagt, Watson. Allzu viele Straßen, die ein

großes Automobil befahren kann, wird es in dieser abgelegenen Gegend nicht geben, nehme ich an.«

»Nein, vermutlich nicht, daran habe ich noch gar nicht gedacht!« Bylandt holte eine Karte von der Umgebung und breitete sie auf dem Tisch aus. »Sie haben recht, Holmes. Im Grunde kommen nur diese drei Strecken in Frage.«

Und nur eine von ihnen führte in die richtige Richtung. Holmes folgte mit dem Finger der Route bis zu einem markierten Gebiet, ungefähr fünfundzwanzig Kilometer östlich von Ahrenfels entfernt. »Was ist das hier? Es sieht nach einem militärischen Sperrgebiet aus.«

»Das ist es auch, ein ehemaliges Artillerieversuchsgelände, das aber seit einigen Jahren anders genutzt wird. Wie, weiß anscheinend niemand so genau. Auf jeden Fall wird es streng abgeschirmt. Sogar das Überfliegen ist nicht gestattet. Deswegen hatte ich selbst schon mehrfach Ärger bei Ballonfahrten gehabt. Beim letzten Mal mußte ich sogar notlanden, weil Soldaten auf mich geschossen und dabei die Hülle getroffen hatten. Angeblich waren es nur fehlgegangene Warnschüsse, aber dafür schienen sie mir sehr genau gezielt zu sein. Zum Glück flog ich damals mit einem Heißluftballon, sonst stünde ich jetzt nicht mehr hier bei Ihnen.«

»Klingt nach einer geheimen Anlage, Holmes! Das könnte ihr Ziel sein!«

»Sehr richtig, Watson. Ich glaube auch nicht, daß der Wagen rein zufällig in diese Richtung gefahren ist. Wahrscheinlich wartet der Oberst dort schon auf das Tagebuch.« Nachdenklich sah er auf die Karte hinunter und tippte mit dem Finger auf die markierte Stelle. »Es sieht so aus, als läge der Schlüssel zur Rückkehr des Tutenchamun genau hier, mitten in Deutschland, und nicht etwa im Tal der Könige«, sagte er leise, dann hob er den Kopf. »Wir dürfen keine Zeit mehr verlieren, Watson. Selbst wenn Oppenheim in Berlin Erfolg hat, könnte es für Luzia und den Jungen dann bereits zu spät sein. Wir müssen unbedingt zu diesem Stützpunkt!«

»Natürlich, Holmes, aber wie?« Das einzige verfügbare Automobil im Umkreis von zehn Meilen hatte ich vorhin zu

Schrott gefahren. »Der Mercedes ist nicht mehr zu gebrauchen.«

»Dann nehmen wir eben eine Kutsche, Watson. Notfalls reiten wir!«

»Das wird nicht nötig sein.« Bylandt zog seine Augenbrauen hoch. »Ich denke, da habe ich eine bessere Idee!« sagte er langsam.

Wir folgten Bylandt nach draußen zur Scheune. Er öffnete die Tür und legte einen Schalter um. Elektrisches Licht aus Bogenlampen erhellte einen großen Raum, der als Werkstatt eingerichtet war. Bylandt bemerkte Holmes' überraschten Blick. »Den Strom erzeuge ich selbst«, erklärte er beiläufig, »mittels Wind- und Wasserkraft. Nicht viel, aber für meine Arbeiten hier reicht es.«

Neugierig sah ich mich um. Der Raum war vollgestopft mit Arbeitstischen und verschiedenen Werkbänken. Überall standen oder lagen halbfertige Konstruktionsteile herum, deren Bestimmungszweck mir rätselhaft blieb. An den Wänden reihte sich ein Werkzeug an das andere, und von der Decke hingen mehrere seltsame Gebilde aus Holz und Stoff herab. Abbildungen von ähnlich aussehenden Teilen hatte ich schon in Magazinen gesehen und wußte, daß es sich um Fluggleiter handelte.

»Das sind nur Modelle, Dr. Watson«, erläuterte Bylandt. »Sehr hilfreich, um bestimmte Flugeigenschaften der richtigen Gleiter schon vor dem Bau testen und analysieren zu können. Selbstverständlich sind sie vollkommen maßstabsgetreu.«

»Selbstverständlich.« Meine leise Hoffnung, daß Bylandt uns vielleicht zu einem zweiten Automobil führen würde, schwand immer mehr. Unbehaglich musterte ich die Gleiter und mußte daran denken, daß der berühmte Lilienthal vor wenigen Jahren mit so einem Gerät tödlich verunglückt war.

In der Rückwand der Werkstatt befand sich eine weitere Tür. Dahinter lag der größere Teil der ehemaligen Scheune, deren beachtliche Ausmaße mir jetzt erst bewußt wurden. Bylandt schaltete die Beleuchtung ein. Auch hier gab es mehrere Arbeitstische, und entlang der Wände waren verschiedene Baumaterialen gelagert, aber im Vergleich zur Werkstatt wirkte die Halle eher leer. Bis auf ein merkwürdiges, sehr großes Gerät in der Mitte. Beeindruckt blieb ich stehen.

Unverkennbar handelte es sich nicht um ein Modell. Die mit Stoff bespannten Doppelflügel hatten sicherlich eine Spannweite von zwölf Metern. Wesentlich kleinere Flügel waren senk- und waagerecht auch am Ende des Rumpfs angebracht, einer reichlich fragilen Konstruktion aus Draht und Holzstangen. Das Ganze erinnerte mich entfernt an eine riesige künstliche Libelle, nur wirkte es bei weitem nicht so stabil.

Bylandt schien das anders zu empfinden. Er stemmte die Arme in die Seite und sah uns triumphierend an. »Nun, meine Herren, was halten Sie davon?«

»Ein Lilienthal-Gleiter!« sagte ich vorsichtig.

»Nein, Watson, das glaube ich nicht.« Holmes umkreiste den Flugapparat und blieb auf dessen Rückseite stehen. Nachdenklich tippte er gegen einen etwa mannsgroßen, flachen und in sich verdrehten Holzbalken, der offenbar beweglich an einer Nabe befestigt war. Zu beiden Seiten des Rumpfes war an den Flügeln ein solches Teil angebracht. »Das sind Luftschrauben, nicht wahr?«

»Propeller, jawohl!« Bylandt nickte begeistert. »Es hat lange gedauert, bis ich die optimale Form dafür gefunden habe.«

»Und ein Motor. Jetzt verstehe ich, was Sie meinten, Baron. Sie haben einen selbstfliegenden Gleiter gebaut!«

»So ist es, Mr. Holmes, so ist es!«

Etwas in der Art hatte ich befürchtet. »Einen Augenblick! Habe ich das richtig verstanden – mit diesem ... diesem bißchen Stoff und Gestänge wollen Sie uns fünfundzwanzig Kilometer weit fliegen?« Ungläubig starrte ich auf den Apparat. »Wodurch soll es überhaupt so lange in der Luft gehalten werden?«

»Durch die Tragflächen, Watson, und die Geschwindigkeit natürlich.« Bylandt wippte sichtlich mit sich zufrieden auf den Fußballen. »Auftrieb, verstehen Sie?«

»Und das funktioniert?«

»Theoretisch ja.« Er holte mit den Armen zu einer umfassenden Geste aus. »Wissen Sie, im Grunde basiert die ganze Konstruktion auf einfachen physikalischen Prinzipien. Problematisch wird es erst, wenn –«

»›Theoretisch‹?« unterbrach ich ihn. »Was soll das heißen: ›theoretisch‹?«

»Nun ja, die Aeronautik ist eine noch recht junge Wissenschaft. Da passiert es eben hin und wieder, daß in der Praxis Schwierigkeiten auftreten, mit denen vorher niemand rechnen konnte. Das macht sie ja gerade so spannend!«

Es war nicht ganz die Antwort, auf die ich gehofft hatte. Ich zeigte auf den Gleiter. »Sind Sie schon einmal damit geflogen?«

»Mit diesem Modell noch nicht, nein. Nummer 14 ist ja gerade erst fertiggestellt worden. Offiziell ist der erste Flugversuch für Sonntag vorgesehen. Ein Photograph ist schon bestellt, damit alles dokumentiert werden kann. Außerdem hat sich der Aeronautik-Club vollzählig angemeldet. Das wird eine große Sache, Watson!«

»Nummer 14«, sagte ich langsam und fühlte, wie ein bestimmter Verdacht immer stärker wurde. »Was ist mit seinen dreizehn Vorgängern? Waren die in der Luft?«

»Es gab gewisse Mängel. Mal lag es an der Steuerung, mal am Gewicht, mal an den Propellern. Dann waren es Größe und Form der Tragflächen, die immer wieder verändert werden mußten. Natürlich waren auch die ersten Motoren viel zu schwach.« Bylandt spreizte die Arme. »Es war eben alles noch nicht ausgereift. So etwas braucht seine Zeit. Übrigens auch das Fliegen selbst. Eine Flugmaschine läßt sich nicht so leicht handhaben wie ein Mercedes. Aber machen Sie sich keine Sorgen, Watson, bei der Nummer 14 hier stimmt alles. Sie ist nahezu perfekt.«

»Wenn ich Sie recht verstehe, Baron, sind also die bisherigen Flugversuche allesamt gescheitert?«

»Wie kommen Sie denn darauf? Nur durch solche Experimente lassen sich Fehlerquellen aufzeigen und beseitigen!«

»Schön und gut, aber geflogen sind Sie mit so einem Ding noch nicht, oder?«

»Nein, natürlich nicht!« Pikiert zog er seine Brauen hoch. »Niemand ist bisher mit ›so einem Ding‹ geflogen, Watson! – Und ich hoffe inständig, daß das auch bis Montag so bleibt! Nach allem, was ich gehört habe, arbeiten die beiden Amerikaner nämlich ebenfalls an einem neuen Modell. Angeblich soll es schon so gut wie fertig sein. Sehr groß kann mein Vorsprung unmöglich sein.«

Holmes hatte inzwischen seine Inspektion beendet und trat zu uns. »Sind Sie sicher, Baron, daß Sie uns mit Ihrem Flugapparat zum Oberst bringen können?«

Bylandt zögerte etwas und rieb sich das Kinn. »Eine Garantie kann ich Ihnen natürlich nicht geben. Aber das Prinzip ist richtig, und alle erkannten Mängel sind soweit wie möglich behoben worden.« Dann straffte er sich, und es klang fast etwas pathetisch, als er nun mit fester Stimme antwortete: »Jawohl, Mr. Holmes, ich bin davon überzeugt! Nummer 14 wird fliegen!«

»Also gut! Wann können wir starten?«

»Sofort, wenn Sie mir behilflich sind.«

»Was sollen wir tun?«

Bylandt schraubte den Tankverschluß auf. »Als erstes müssen wir auftanken. Benzin finden Sie dahinten.« Er drückte mir eine große Blechkanne in die Hand und zeigt hinüber zu einer Anzahl Fässer, die in einer Ecke der Halle aufgestapelt waren. Holmes nahm ebenfalls eine Kanne und folgte mir.

»Holmes, ist das wirklich Ihr Ernst? Wir werden uns den Hals brechen!«

»Vielleicht, Watson, aber das Risiko müssen wir wohl eingehen. Oder wollen Sie etwa noch einmal zu spät kommen?«

Er hatte recht, es gab keine Alternative zu Bylandts Flugmaschine.

Der Baron hatte drei Gläser auf eine Werkbank gestellt und hielt eine Flasche hoch. »Es ist zwar kein Champagner, aber Cognac tut es auch.« Schwungvoll schenkte er bis zum Rand ein. »Das Kind muß schließlich getauft werden, nicht wahr!«

Dankbar nahm ich mein Glas in Empfang. Der Cognac würde die Aussicht auf meine nächste Zukunft um einiges erträglicher machen.

»Meine Herren!« Bylandt hob das Glas und wandte sich seiner Flugmaschine zu. »Auf Nummer 14!«

»Auf Nummer 14!«

Wir leerten die Gläser in einem Zug und warfen sie nach alter Fliegersitte hinter uns gegen die Wand. Anschließend halfen wir, auch den Tank zu füllen.

»Das sollte reichen.« Bylandt drehte den Verschluß wieder fest. »Damit müßten wir eigentlich bis zum Stützpunkt kommen.«

Sein prüfender Blick auf Holmes und mich war mir nicht entgangen. Ich hatte die gleichen Bedenken. »Hören Sie, Baron, sind wir zu dritt nicht viel zu schwer für den Apparat?«

»Stimmt, das könnte ein Problem werden«, antwortete er gedehnt. »Aber die Konstruktion müßte stabil genug sein für die zusätzliche Belastung, und der neue Motor von Daimler ist extrem leistungsfähig. Hat mich ein Vermögen gekostet! Außerdem habe ich an ihm noch ein paar kleine Änderungen vorgenommen, die uns jetzt hoffentlich nützen.« Fatalistisch zuckte er mit den Achseln. »Wir werden ja sehen, Dr. Watson. Notfalls muß halt einer von Ihnen abspringen.«

Entgeistert starrte ich ihn an. »Was sagen Sie da?«

»Kleiner Scherz, Watson!« Aufgedreht schlug er mir auf die Schulter. »Nur keine Angst, es wird schon gutgehen!« Offenbar hatte er für einen Augenblick die schlimmen Umstände vergessen, die uns zu dem Flugversuch zwangen. Die Aufregung über den bevorstehenden Start schien Bylandt in eine Euphorie versetzt zu haben, die ich beim besten Willen nicht teilen konnte.

Holmes anscheinend auch nicht. Er wurde ungeduldig und drängte zur Eile. Seitdem wir den Tod des Kommissars hatten mit ansehen müssen, war er ausgesprochen wortkarg geblieben. Das war kein gutes Zeichen. Ich kannte ihn lange genug, um deutlich zu merken, wie besorgt er war. Auch jetzt verriet mir ein Blick in seine scharfen Gesichtszüge, unter welch ungeheurer Anspannung er stand. Und ich wußte, daß es nicht etwa der Gedanke an den waghalsigen Flug war, der Holmes so stark beunruhigte, wie ich es selten bei ihm erlebt hatte.

Zur Rückseite hin ließ sich die Scheune fast auf ihrer ganzen Breite öffnen. Gemeinsam zogen wir das riesige zweiflügelige Tor auf. Die Öffnung war sogar für den Gleiter breit genug. Ohne viel Mühe rollten wir den trotz seiner Größe überraschend leichten Flugapparat ins Freie. Draußen warteten bereits Pater Hieronymus und Frau Küppers auf uns, um beim Start zu assistieren. Offensichtlich taten sie das nicht zum ersten Mal.

Inzwischen hatte die Dämmerung eingesetzt, aber Bylandt schien das nicht zu kümmern, noch war es hell genug, und der Flug würde nicht lange dauern. Hinter der Scheune lag eine große, leicht abschüssige Wiese, die sich ungefähr zweihundert Meter in westlicher Richtung erstreckte, was für einen Start günstig war, da hier Westwinde vorherrschten, wie Bylandt erläuterte. Sie reichte bis zum Ufer eines mit Weiden bepflanzten Bachlaufs. Bylandt hatte die Wiese noch zusätzlich für seine Flugversuche als Startbahn präpariert. Sämtliche Bäume und Sträucher waren entfernt und Unebenheiten im Boden soweit es ging ausgeglichen worden.

Holmes band seine Jagdmütze unter dem Kinn fest. »Wo sollen wir uns plazieren, Baron?« fragte er.

Darauf hatte ich noch gar nicht geachtet. Das Flugzeug war nur mit einem Sitz ausgestattet, auf der Mitte der unteren Tragfläche, gleich vor dem Motor.

»Wir müssen das Gewicht möglichst gleichmäßig verteilen«, antwortete Bylandt. »Das Beste wird sein, Sie legen sich rechts und links neben dem Sitz auf die Tragfläche und halten sich an den Streben fest. Es könnte allerdings etwas unbequem werden, fürchte ich.«

Auf seine Anweisung hin drehten wir den Apparat so, daß seine Nase exakt gegen den Wind zeigte. Anschließend blockierte Bylandt die Räder durch Holzkeile, die mit langen Schnüren versehen waren. Ihre Enden nahmen Frau Küppers und der Pater und stellten sich damit ganz selbstverständlich zu beiden Seiten der Maschine auf. Sie schienen genau zu wissen, was sie zu tun hatten. Bylandt knöpfte seine Jacke zu und kletterte in den Führersitz. Dort zog er mehrere Hebel, um die Höhen- und Seitenruder zu überprüfen, die beweglich am Rumpfende angebracht waren. Auf diese Erfindung war er besonders stolz, hatte er berichtet, sie sollte das Manövrieren der Maschine vereinfachen und damit das entscheidende Problem des eigentlichen

Fliegens lösen. Theoretisch. Mit einem mulmigen Gefühl im Magen sah ich zu, wie sich die relativ kleinen Steuerruder bewegten, und konnte nur hoffen, daß sich seine optimistischen Erwartungen auch in der Praxis erfüllten.

Offenbar zufrieden mit dem Test, winkte Bylandt uns zu. Weil er die elektrische Zündung wegen eines Defektes ausgebaut hatte, mußten wir den Motor mit der Hand anwerfen. Holmes und ich nahmen vor den Propellern Aufstellung. Auf Bylandts Kommando griffen wir in die Blätter und rissen sie nach unten. Nichts tat sich. Wir versuchten es erneut, und diesmal sprang der Motor knatternd an. Hastig trat ich einen Schritt zurück. Der Propeller schwang herum und vollführte eine Drehung, auch noch eine zweite, aber dann setzte der Motor schon nach wenigen Takten wieder aus. Bylandt beugte sich nach hinten und veränderte die Ventileinstellungen, dann gab er uns ein Zeichen.

»Zündung!«

Wir hängten uns mit aller Kraft in die Propeller. Der Motor sprang wieder an, stotterte ein paarmal und lief dann gleichmäßig. Auch die Propeller bewegten sich. Sie drehten sich immer schneller, bis ihre Bewegung nur noch als schattenhafter Kreis wahrzunehmen war. Ein starker Windstrahl ging von ihnen aus. Bylandt winkte uns zu. Alles war bereit, der Start konnte beginnen.

Ich steckte immer noch in meiner Fahrermontur und setzte die Staubbrille auf. Holmes und ich wechselten einen stummen Blick, dann kletterten wir vorsichtig auf die Tragfläche. Wir mußten darauf achten, uns nur auf die Holzspanten aufzustützen und dabei die Stoffbespannung nicht zu beschädigen. Ich spürte, wie die Spanten sich unter mir durchbogen, aber Bylandt schien recht zu behalten, sie hielten mein Gewicht aus. In einem anderen Punkt hatte er sogar ganz bestimmt recht, gemütlich würde der Flug nicht werden. Ausgestreckt auf einigen dünnen Holzleisten, den lauten Motor unmittelbar neben mir und einen mit rasender Geschwindigkeit rotierenden Propeller im Rücken, war meine Lage alles andere als bequem. Hinzu kam, daß die Flugmaschine anfing, immer stärker zu vibrieren.

Bylandt schien das alles nicht sonderlich zu stören, im Gegenteil, er nickte mir begeistert zu und zeigte mit dem Daumen nach oben. »Festhalten!« schrie er durch den Lärm, aber diese Aufforderung brauchte ich nicht mehr. Längst hatte ich mich an die senkrechten Streben zwischen den beiden Tragflächen geklammert.

Auf ein Zeichen Bylandts hin zogen Pater Hieronymus und Frau Küppers die Bremskeile von den Rädern weg. Der Pater stand auf meiner Seite, und daß er sich nun bekreuzigte, wirkte nicht sehr beruhigend auf mich. Bylandt gab Gas, der Motor steigerte seinen Lärm noch, und die Flugmaschine setzte sich in Bewegung. Gezogen von ihrem eigenen Gewicht und geschoben von den Propellern rollte sie die abschüssige Wiese hinunter und wurde immer schneller.

Jede Unebenheit auf der Startbahn machte sich schmerzhaft als Stoß bemerkbar, und mehr als einmal waren wir nahe daran, umzustürzen. Dann, auf einmal, hörte das Rumpeln auf, und nur noch das Vibrieren der Konstruktion selbst war zu spüren. Es dauerte einen Moment, bis mir klar wurde, was das bedeutete. Wir mußten uns vom Boden gelöst haben. Also hatten wir es tatsächlich geschafft: Wir flogen!

Trotz des Motorenlärms hörte ich Bylandt neben mir laut jubeln und fiel selbst mit ein. Ein vorher noch nie erlebtes Glücksgefühl durchströmte mich, das jäh endete, als wir plötzlich wieder nach unten sackten und hart auf den Boden aufschlugen. Ich hatte es gewußt, von Anfang an gewußt: Wir waren viel zu schwer!

Krampfhaft klammerte ich mich fest. Jeden Augenblick konnten uns auf der holprigen Strecke die Stützräder wegbrechen, und das wäre unser Ende. Noch hielten die Räder. Die rasende Fahrt ging weiter, konnte aber trotzdem nicht mehr lange dauern, denn wir hatten das Ende der Startbahn fast erreicht. Mit Schrecken sah ich die Weiden auf mich zustürzen und schrie eine überflüssige Warnung. Was oben von der Scheune aus wie harmloses Buschwerk gewirkt hatte, entpuppte sich nun als ausgewachsener Baumbestand, der uns den Weg versperrte.

Ein Aufprall schien unvermeidlich, da hob sich die Maschine

wieder vom Boden ab und blieb diesmal in der Luft. Wir gewannen an Höhe, aber zu langsam, wie mir schien, viel zu langsam. Aus den Augenwinkeln sah ich, wie Bylandt mit verzerrtem Gesicht das Höhenruder umklammert hielt. Und wirklich stieg die Maschine jetzt steiler nach oben. Nur noch wenige Meter trennten uns von den Bäumen. Wir konnten es noch schaffen. Unwillkürlich legte ich einen Arm schützend unter meinen Kopf, als wir mit unserem Fahrgestell die Spitzen der biegsamen Weidenäste streiften. Dann waren wir auch schon über das gefährliche Hindernis hinweg. Offenbar hatten die Zweige keinen Schaden angerichtet. Der Start war doch noch gelungen, wir waren endgültig in der Luft!

Meine Erleichterung hielt nicht lange an. Jetzt verstand ich auch, was Bylandt gemeint hatte, als er über die Schwierigkeiten beim Fliegen geredet hatte. Die Maschine wackelte bedenklich und vollführte bockige Bewegungen scheinbar in alle Richtungen, die der Baron mit hektischen Steuermanövern auszugleichen versuchte. Zum Teil gelang ihm das auch, immerhin blieben wir in der Luft. Schweiß lief ihm über das Gesicht, und ich war mir sicher, daß er die schneidende Kälte des Fahrtwindes genausowenig spürte wie ich selbst.

Plötzlich neigte sich die Maschine zu meiner Seite hin. Die Tragfläche schien nach unten wegzukippen. Ich klammerte mich noch fester an die Streben und versuchte zusätzlich, auch mit den Füßen irgendwo Halt zu finden. Entsetzt starrte ich zum Ende des Flügels, der geradewegs zum Boden zeigte, wie es mir vorkam. Für einen endlos langen Moment gähnte unter mir ein Abgrund. Mein Magen sackte nach unten, wobei ich nicht einmal genau hätte angeben können, wo das im Augenblick war. Dann richtete sich die Tragfläche wieder auf in eine halbwegs waagrechte Position. Bylandt war nur eine Kurve geflogen und lag nun auf Ost-Kurs. Mit der schon tiefstehenden Sonne im Rücken flogen wir unserem Ziel entgegen.

Bylandt erwies sich als geschickter Pilot. Es gelang ihm immer besser, die rollenden und schlenkernden Bewegungen auszutarieren und die Maschine einigermaßen ruhig zu halten. Besonders wohl fühlte ich mich dennoch nicht. Zu deutlich war mir bewußt, daß ich nur von ein bißchen Stoff und Holz gehalten hoch in der Luft hing, während tief unter mir Felder, Hügel und Bäume mit der Geschwindigkeit eines Schnellzuges dahinrasten.

Nach einigen Minuten rief Bylandt irgend etwas zu Holmes und zeigte mit dem Arm nach vorne. Was er sagte, konnte ich nicht verstehen, wußte aber, was gemeint war. Weit voraus war ein einsam liegender großer Gebäudekomplex in Sicht gekommen, den ich sofort als militärische Anlage erkannte. Es konnte sich nur um den geheimen Stützpunkt handeln. Wir flogen genau darauf zu.

In diesem Augenblick fing der Motor an zu stottern und setzte nach einigen Takten ganz aus. Die plötzliche Stille war erschreckend. Nummer 14 war zwar aus einer Gleiterkonstruktion hervorgegangen, aber nicht für die zusätzliche Last von zwei Passagieren ausgelegt. Ohne den Propellerschub würden wir abstürzen. Bylandt hatte größte Mühe, die Maschine zu halten, zumal jetzt Holmes sich in die Hocke aufrichtete und dadurch das Gleichgewicht noch mehr störte. Holmes beugte sich über den Motor. Ich konnte nicht sehen, wie er es anstellte, aber der Motor sprang wieder an. Für meine Ohren klang das Geräusch völlig normal, trotzdem schien Bylandt nicht damit zufrieden zu sein. »Wir müssen hinunter!« rief er und zeigte mehrmals nach unten.

Mittlerweile waren wir dem Sperrbezirk recht nahe gekommen. Ich konnte nun schon einzelne Gebäude der Anlage unterscheiden. Besonders eine riesige Halle fiel mir auf, die nicht nur sehr lang und breit war, sondern auch bemerkenswert hoch sein mußte, wie an den langen Schatten zu erkennen war. Und noch etwas anderes sah ich: ein großes Automobil, das sich dem Stützpunkt auf der Zufahrtsstraße näherte. Es war nicht nur der einzige Wagen mit geschlossenem Verdeck, den ich während des Fluges gesehen hatte, sondern überhaupt das einzige Automobil hier draußen. Das konnte kein Zufall sein. Wir hatten Luzia wiedergefunden, und wie es aussah, noch rechtzeitig. Holmes hatte die richtige Entscheidung getroffen – vorausgesetzt, daß wir heil auf dem Boden ankamen.

Über unsere Landung hatte ich mir bisher noch gar keine Gedanken gemacht. Das sollte sich nun ändern. Bylandt hatte die Maschine heruntergezogen und steuerte auf ein kleines Tal zu, das nur durch einen Hügelrücken vom Sperrbezirk getrennt wurde. Wir flogen bereits so tief, daß wir von dort aus nicht mehr gesehen werden konnten. Durch das Tal erstreckte sich eine schmale Wiese, die als Kuhweide diente.

Bylandt zeigte auf die Weide und ging noch weiter herunter. Offenbar hatte er vor, dort zu landen. Ich konnte nur hoffen, daß er wußte, was er tat. Die Wiese erschien mir auf einmal lächerlich klein, winzig geradezu, und sie kam schnell näher, viel zu schnell, obwohl Bylandt den Motor gedrosselt hatte. Wenigstens flogen wir ruhig in einem flachen Winkel darauf zu und wurden auch immer langsamer, je tiefer wir kamen.

Alles schien gutzugehen, wir überflogen in geringer Höhe die letzten Büsche und erreichten das Rasenstück. Bylandt wollte gerade zur Landung ansetzen, da fiel der Motor wieder aus. Wir sackten nach unten und schlugen hart mit den Rädern auf. Ich hörte ein lautes Krachen unmittelbar unter mir, als das Fahrwerk wegknickte, aber wir hatten immer noch zuviel Fahrt. Die Maschine hob sich wieder für einen Augenblick in die Luft, um dann nach einem kurzen Hüpfer abermals unsanft auf dem Boden zu landen. Diesmal endgültig.

An der Unterseite des Rumpfes hatte Bylandt zur Sicherheit Kufen angebracht, die zum Glück um einiges stabiler zu sein schienen als das Fahrwerk. Wie auf einem Schlitten rutschten wir nun rumpelnd über die Wiese, sprengten dabei eine kleine Herde Kühe auseinander und kamen schließlich nur Zentimeter vor dem Stamm einer mächtigen Eiche zum Stehen.

Einen Moment blieb es still, dann räusperte sich Bylandt. »Meine Herren, wir sind gelandet!« sagte er feierlich.

Das ließ sich nicht bestreiten. Vorsichtig kletterte ich von der Tragfläche hinunter. Erst als ich wieder festen Boden unter den Füßen spürte, atmete ich erleichtert auf. Ich hatte es heil überstanden, genau wie Holmes war ich ohne jede Verletzung geblieben. Bylandt hatte weniger Glück gehabt. Als er sich umdrehte und aufstehen wollte, verzog er schmerzhaft das Gesicht und stöhnte auf. Bei der Landung war er heftig mit der Schulter gegen eine der Streben gestoßen, berichtete er. Wir halfen ihm aus dem Sitz und gingen zu einem kleinen Grashügel ein paar Schritte abseits. Dort untersuchte ich schnell seine Schulter, die möglicherweise gebrochen war.

Bylandt mußte starke Schmerzen haben, was ihn aber nicht sehr zu belasten schien. Vielmehr wirkte er ausgesprochen euphorisch. »Was habe ich Ihnen gesagt, Holmes? – Nummer 14 wird fliegen! Und sie ist geflogen!« sagte er begeistert. »Ist Ihnen eigentlich klar, meine Herren, daß wir soeben den ersten richtigen Flug in der Geschichte der Menschheit unternommen haben? Ab jetzt gehört der Himmel uns! Das ist ein historischer Moment, auch wenn außer uns niemand davon weiß. Noch nicht, jedenfalls.«

Hinter uns wurde ein splitterndes Knirschen laut. Ich drehte mich um und sah gerade noch, wie die letzten heil gebliebenen Streben zwischen den Tragflächen einknickten und die gesamte Flugmaschine in sich zusammenbrach. Nummer 14 war nur noch ein Wrack.

Bylandt sah auf die traurigen Überreste seiner Erfindung und schluckte. »Den Testflug am Sonntag werde ich wohl streichen müssen«, sagte er langsam.

»Es sieht ganz danach aus. Tut mir leid für Sie, Baron!«

»Na ja, so wichtig ist es auch wieder nicht, Watson. Dann baue ich eben Nummer 15!«

Holmes hatte inzwischen die Karte auf dem Boden ausgebreitet. Wir beugten uns über sie. Das Sperrgebiet begann tatsächlich unmittelbar hinter dem Hügelrücken. Bylandt hatte uns so nahe an das Ziel herangebracht, wie es nur möglich war.

»Wie kommen wir hinein?« fragte ich.

»Das wird sich zeigen, Watson. Wir nehmen den kürzesten Weg querfeldein über den Hügel, dann sehen wir weiter.« Holmes faltete die Karte wieder zusammen. »Ich fürchte, wir müssen Sie allein hier zurücklassen, Baron.«

»Machen Sie sich um mich keine Sorgen! Bestimmt wird demnächst hier ein Bauer auftauchen, um die Kühe heimzutreiben.«

»Ja, vermutlich.«

»Sie müssen vorsichtig sein, Holmes. Das Gelände ist nicht nur durch einen Zaun gesichert, ich habe hier auch Patrouillen mit Wachhunden gesehen.«

»Selbstverständlich. Das war zu erwarten.«

Bylandt nickte. »Dann viel Erfolg!« Er streckte die Hand aus. »Holen Sie Luzia und den Jungen wieder heil da heraus, Holmes!«

»Das werden wir, Baron.« Holmes schüttelte seine Hand und stand auf. »Haben Sie Ihren Revolver, Watson?«

»Selbstverständlich, Holmes!«

Im Sperrbezirk

Holmes nahm den Hügel im Laufschritt. Ich hatte einige Mühe, mit seinem Tempo mitzuhalten. Als ich keuchend kurz hinter ihm den Gipfelkamm erreichte, zog Holmes mich herunter in die Hocke. »Still, Watson!« befahl er leise und zeigte nach unten. Hinter einem Felsbrocken nahmen wir Deckung.

Vor uns fiel ein Steilhang etwa zehn oder zwölf Meter ab. Dahinter erstreckte sich das Gelände des Stützpunktes. Unterhalb des Hangs lag ein unbefestigter Feldweg, den vermutlich die Bauern aus der Gegend mit ihren Karren benutzten. Begrenzt wurde er durch einen Zaun aus dichtem Maschendraht, der an der Spitze zusätzlich mit Stacheldraht umwickelt war. Und um ganz sicherzugehen, hatte man noch in regelmäßigen Abständen Pfosten mit Schildern aufgestellt. Obwohl es bereits stärker dämmerte, konnte ich die großen Buchstaben des nächsten Schildes von hier aus lesen: »Militärischer Sperrbezirk! Betreten verboten!«. Die Warnung war unmißverständlich.

Auf der anderen Seite verlief ein ausgetretener Fußweg den Zaun entlang, auf dem gerade zwei Soldaten mit geschulterten Karabinern Patrouille gingen. Zum Glück für uns führten sie keinen Hund mit sich. Die Männer befanden sich ungefähr auf unserer Höhe und gingen gemächlich weiter. Sie unterhielten sich halblaut und warfen nicht einmal einen flüchtigen Blick in unsere Richtung. Offenbar war unsere Landung mit dem Flugapparat unbemerkt geblieben.

Wir mußten warten, bis sie außer Sicht- und Hörweite waren. Der Sperrbezirk umfaßte ein weitläufiges Gebiet von vielen Quadratkilometern, in dem mehrere Täler lagen. Von hier oben konnten wir nur einen kleinen Teil des Geländes einsehen, allerdings den für uns interessantesten. Das letzte Tageslicht fiel auf mehrere Gebäude, zwei- bis dreihundert Meter von uns entfernt. In der Mehrzahl handelte es sich um die typischen flachen Militärbaracken, mit einer bemerkenswerten Ausnahme. Etwas abseits von ihnen stand die riesige Halle, die mir schon aus der Luft aufgefallen war. Jetzt wirkte sie noch beeindruckender, ihre Maße waren in der Tat gewaltig. Sie konnte es leicht mit den meisten Bahnhofshallen, die ich kannte, aufnehmen. Der Kontrast zu den niedrigen Gebäuden neben ihr ließ sie noch kolossaler erscheinen.

Welchem Zweck sie diente und wozu man ein derartiges Monstrum auf einen so abgelegenen Stützpunkt wie diesen gebaut hatte, konnte ich mir nicht erklären. Aber daß die gewaltige Halle den Grund barg für die strenge Abschirmung des Geländes, lag auf der Hand. Der Gedanke, daß dort unten an einem streng geheimen Armeeprojekt gearbeitet wurde, gefiel mir nicht sehr. Wenigstens schien es ausgesprochen ruhig auf dem Stützpunkt zuzugehen, außer den beiden Posten konnte ich niemanden ausmachen. Vielleicht waren die Männer gerade beim Essenfassen.

»Der Wagen, Watson!« Holmes zeigte auf das zweistöckige Hauptgebäude, in dem Licht brannte. Ich hatte ihn auch schon bemerkt. Vor dem Haus stand ein einzelnes Automobil, und ich hätte jede Wette gehalten, daß es derselbe Wagen war, den ich beim Anflug gesehen hatte, und daß Luzia und Henry darin gesessen hatten. Die beiden befanden sich hier auf dem Stützpunkt.

»Wie sieht Ihr Plan aus, Holmes?« fragte ich leise.

»Ich habe keinen, Watson. Fest steht nur, daß wir auf uns allein gestellt sind und daß wir schnell handeln müssen. Sehr schnell. Ich fürchte für Luzia und den Jungen das Schlimmste!«

»Aber was sollte ihnen hier zustoßen können, Holmes?« Diese Frage war mir schon länger durch den Kopf gegangen. Etwas paßte nicht zusammen. »Ich meine, das hier ist nicht irgendeine Verbrecherbande, sondern die deutsche Armee. Und die wird kaum Luzia oder dem Jungen etwas antun.«

»Sie haben völlig recht, Watson. Die deutsche Armee würde auch keine junge Mutter und ihr Kind entführen, um sie dann an einem entlegenen Ort umzubringen. Genau das wird aber mit ihnen geschehen, wenn wir es nicht verhindern!«

»Ich verstehe nicht, warum der Oberst so etwas tun sollte.«

»Begreifen Sie doch, Watson! Es geht nicht mehr allein um den Oberst. Etzfeld ist weniger an Luzia interessiert als an den

Papieren von Professor Blunt, und sobald er die hat, stellt Luzia keine Gefahr mehr für ihn dar. Zumindest keine, die ein ausreichendes Motiv für einen Mord abgäbe.

Es gibt nur zwei Personen, die Etzfeld wirklich fürchten muß, weil sie sein Unternehmen gefährden könnten: nämlich Oppenheim, den er dank Ihrer Hilfe kaltgestellt glaubt, und mich. Nein, Watson, hier geht es nicht mehr um bloße Politik.«

»Nicht?« Mein alter Verdacht, daß bei der ganzen Geschichte noch etwas anderes im Spiel sein mußte, etwas, von dem Holmes noch nichts erzählt hatte, schien sich endlich zu bestätigen. »Und worum geht es?«

»Um Haß, Watson.«

»Haß?«

»Um tödlichen Haß, um genau zu sein. Oder welches Motiv würden Sie unterstellen, wenn jemand sogar Ihren Lieblingslöwen vergiften ließe? Luzia ist in größter Gefahr, Watson, glauben Sie mir!«

Verblüfft sah ich Holmes an. Ich mußte an seine heftige Reaktion denken, als er von Simbas Tod erfahren hatte, aber einen Sinn konnte ich darin immer noch nicht entdecken. »Was meinen Sie damit, Holmes?«

Statt mir zu antworten, sprang er auf. »Kommen Sie, Watson, die Luft ist rein!«

Auf die Patrouille hatte ich gar nicht mehr geachtet. Sie war um ein dichtes Gehölz gebogen und befand sich nun außer Sichtweite. Holmes rannte den Hang hinunter zum Zaun und kletterte in affenartiger Geschwindigkeit daran hoch. Der Stacheldraht schien ihn dabei kaum zu behindern. Auf der anderen Seite sprang er wieder hinunter und winkte ungeduldig. Ich folgte ihm, nicht ganz so schnell und elegant und immer noch verwirrt über seine rätselhaften Worte, was mich allerdings davon abhielt, allzusehr daran zu denken, daß wir gerade dabei waren, in ein streng geheimes militärisches Sperrgebiet der deutschen Armee einzudringen. Ich war mir nicht sicher, wie Spionage in Friedenszeiten geahndet wurde, und wollte es auch gar nicht so genau wissen.

Wir liefen dicht am Zaun entlang auf die Gebäude zu. Mittlerweile war es schon so dunkel geworden, daß wir kaum noch befürchten mußten, jemand könnte uns hier draußen entdecken. Bis auf zwanzig Meter waren wir an die Häuser herangekommen, als es dort schlagartig hell wurde. Jemand hatte die elektrische Außenbeleuchtung eingeschaltet. Hastig duckten wir uns hinter einen großen Holzstapel, der ordentlich mit einer Plane abgedeckt war, und sondierten die Lage.

Vor uns befand sich eine große, freie Fläche, die früher sicher als Appell- und Exerzierplatz gedient hatte, als das Gelände noch ein regulärer Artilleriestützpunkt gewesen war. Aus dieser Zeit stammten die flachen Baracken, die jetzt bis auf zwei oder drei nicht mehr benutzt zu werden schienen. Auch das Haupthaus, Sitz von Verwaltung und Kommandantur, hatte seine beste Zeit schon länger hinter sich. Der gesamte Komplex wirkte irgendwie verlassen und bereit zum Abriß. Bis auf den gewaltigen Neubau, den man auf der anderen Seite des Platzes errichtet hatte.

Aus der Nähe sah er noch beeindruckender aus. Die Halle war bestimmt zweihundert Meter lang, ungefähr fünfzig Meter breit und kaum weniger hoch. Zu unserer Seite hin gab es einen langgestreckten Ziegelanbau, der trotz seiner vier Stockwerke geradezu winzig wirkte. In regelmäßigen Abständen hatte man große Masten aufgestellt und mit Scheinwerfern bestückt, welche die Außenwände der Halle anstrahlten. Vermutlich zogen sie sich um das gesamte Gebäude herum und sollten verhindern, daß sich jemand unbemerkt nähern konnte. Ein Doppelposten sicherte den Eingang des Nebentraktes, zwei weitere Soldaten gingen auf Streife. Wahrscheinlich gab es auf der anderen Seite noch mehr Wachen, und im Falle eines Alarms würde es hier in kürzester Zeit von Soldaten wimmeln.

Es fiel mir schwer, meinen Blick von der riesigen Halle abzuwenden. Zu gern hätte ich gewußt, welches militärische Geheimnis sich darin verbarg.

Holmes' Ellbogen riß mich aus meinen Gedanken. »Da sind sie, Watson!«

Die Tür der Kommandantur hatte sich geöffnet, und mehrere Personen traten heraus. Unter ihnen war auch eine Frau, die ein Kind an der Hand führte. Erleichtert atmete ich auf, denn bei den beiden konnte es sich nur um Luzia und Henry handeln. Alle anderen trugen Uniform.

Die kleine Gruppe stieg die niedrige Treppe hinunter und ging über den Appellplatz auf die Halle zu. Dabei durchquerten sie den Lichtkegel einer der Lampen, rotes Haar schimmerte auf, und ich erkannte auch Luzias Kleid. Endlich hatten wir Gewißheit. Diesmal waren wir nicht zu spät gekommen. Luzia und der Junge schienen wohlauf zu sein.

Als die Leute die Halle erreichten, salutierten die beiden Posten. Jemand öffnete die Tür, und zusammen mit den anderen betraten Luzia und Henry das Gebäude. Kurz darauf wurden dort mehrere Fenster hell.

»Was machen wir jetzt, Holmes?« Wenn wir zu Luzia wollten, mußten wir ebenfalls in das Gebäude, und es gab anscheinend nur diese eine Tür. »Wir kommen wir an den Posten vorbei?«

»Gar nicht, Watson. Wir gehen durch die Halle. Innen muß es ja eine Verbindung zum Anbau geben.«

Das stimmte sicherlich, half uns aber nicht viel weiter, denn dazu mußten wir erst einmal in die Halle selbst hineinkommen. »Das könnte schwierig werden.«

Holmes überlegte einen Augenblick, dann wies er auf eine kaum noch wahrnehmbare dunkle Linie hinter den Baracken. »Wir probieren es an der Rückseite!«

Ich verstand, was er meinte. Die dunkle Linie bestand aus Buschwerk, das einen kleinen Bach säumte. Er schlängelte sich in einem weiten Bogen um die Gebäude herum, näherte sich dann wieder an und schien dicht an der hinteren Schmalseite der Halle vorbeizufließen. Einen Versuch war es wert.

Wir liefen ein Stück zurück, wandten uns dann seitlich und rannten geduckt über freies Gelände, bis wir den Bach erreichten. Alles blieb ruhig, anscheinend hatte uns niemand bemerkt. Im Schutz der Büsche folgten wir dem Bachlauf bis zur Rückseite der Halle. Hinter einem Haselnußstrauch gingen wir in Deckung. Keine zehn Meter von uns entfernt drehte die Streife ihre Runde. Ohne zu stoppen, gingen die Soldaten an unserem

Versteck vorüber und bogen um die Ecke der Halle. Für eine kurze Zeitspanne würden wir hier allein sein.

Ich zeigte auf eine kleine Tür in der Hallenwand. Offenbar ein Nebeneingang, der nicht extra bewacht wurde. »Wir haben Glück, Holmes!«

»Da wäre ich nicht so sicher, Watson«, sagte er langsam. »Überhaupt ist es mir etwas zu ruhig hier. Und dann die Hunde. Seltsam.«

»Welche Hunde, Holmes? Ich habe keine gesehen!«

»Sehr richtig, Watson – genau das gefällt mir nicht.«

Trotzdem mußten wir es versuchen. Wir rannten über die hell beleuchtete Fläche hinüber zur Tür. Sie war verschlossen, stellte Holmes aber nicht vor große Probleme. Wir traten in die Halle und drückten die Tür hinter uns leise wieder ins Schloß. Das Ganze hatte höchstens eine halbe Minute gedauert.

Auf dem Steinboden hallten unsere Schritte unangenehm laut. Mein erster Eindruck war, daß die Halle leer zu sein schien. Es war dunkel hier, nach dem elektrischen Licht draußen fast finster. Nur aus einigen weit entfernten Fenstern des Bürotrakts an der Seite fiel spärliches Licht nach innen. Zu wenig, um den riesigen Raum auszuleuchten, aber allmählich gewöhnten sich unsere Augen an die Dunkelheit.

»Sehen Sie nur, Watson!« Holmes hatte den Kopf in den Nacken gelegt und deutete nach oben.

Ich hob den Blick. Zuerst konnte ich nicht viel erkennen, über mir schien nichts als undurchdringliche Schwärze zu herrschen. Dann bemerkte ich schattenhafte Konturen und sah genauer hin. Es stimmte, irgend etwas war da oben. Etwas Gigantisches. Etwas, das allem Anschein nach die ganze Halle ausfüllte und bedrohlich über uns hing. Erschrocken trat ich einen Schritt zurück.

»Großer Gott, Holmes!« rief ich. »Was um Himmels willen ist das?«

»Wenn mich nicht alles täuscht, Watson«, erwiderte Holmes langsam, »dann stehen wir gerade vor dem Zeichen des Pharaos.«

»Gratuliere, Mr. Holmes!« ertönte jetzt eine schneidende Stimme hinter unserem Rücken. »Das haben Sie völlig richtig erkannt!«

Große Bogenlampen flammten plötzlich auf und tauchten die Halle in gleißendes elektrisches Licht. Einen Moment lang war ich geblendet. Mit der Hand schirmte ich meine Augen ab, drehte mich um und sah mich vier oder fünf Soldaten gegenüber, die ihre Karabiner im Anschlag hielten. In ihrer Mitte stand Oberst von Etzfeld mit einem selbstzufriedenen Lächeln auf den Lippen.

Holmes neben mir wirkte nicht sonderlich überrascht über die Entwicklung. Er hatte wieder einmal recht gehabt, es war zu einfach gewesen. Der Oberst hatte uns eine Falle gestellt, und wir waren hineingetappt.

»Der berühmte Sherlock Holmes!« intonierte Etzfeld nun mit gespielter Ehrfurcht und klemmte sein Monokel ins Auge. »Ich muß gestehen, Sie unterschätzt zu haben. Natürlich hatte ich erwartet, daß Sie den Weg zu uns heraus finden würden – schließlich haben wir ja eine deutliche Spur gelegt, nicht wahr –, aber so früh habe ich dann doch nicht mit Ihnen gerechnet. Offensichtlich hat Ihr treuer Begleiter Dr. Watson in seinen Berichten bei der Darstellung Ihrer Fähigkeiten nicht übertrieben.«

Etzfeld deutete eine ironische Verbeugung an, die Holmes erwiderte.

»Ich kann das Kompliment nur zurückgeben, Herr Oberst. Die Entführung Luzias war ein geschickter Zug, um mich auf den Stützpunkt zu locken. Auch wenn der Köder natürlich reichlich plump war. Aber Sie wußten, daß wir keine andere Wahl hatten, als die Verfolgung aufzunehmen.«

Der Oberst nickte selbstgefällig. »So ist es!«

»Sie geben es also zu!« So viel dreiste Eitelkeit war mehr, als ich ertragen konnte. »Sie sollten sich schämen! Wie können Sie als Offizier eine junge Dame und ihr Kind entführen! Ein derartiges Verhalten ist nicht nur unehrenhaft, sondern ausgesprochen schäbig, wenn Sie mich fragen! In meinem alten Regiment wüßte man sehr genau, wie man mit Ihnen zu verfahren hätte, das kann ich Ihnen versichern – ›Herr‹ Oberst!«

»Aber, aber.« Etzfeld hob amüsiert seine Hand. »Was heißt

denn ›Entführung‹? Ein kleiner Ausflug, nichts weiter, und der Junge war begeistert von unserem Zeppelin hier!« Er breitete seine Arme aus und wies nach oben.

Inzwischen hatte ich selbst schon in dem silbrigglänzenden Ungetüm ein gewaltiges Luftschiff erkannt. Wie ein riesiger Wal schwebte es reglos über uns. Selbstverständlich war mir bewußt, daß es durch eigenen Auftrieb in der Luft gehalten wurde. Trotzdem verspürte ich jetzt das beklemmende Gefühl, der Koloß könnte jederzeit herabsinken und uns mit einem ungeheuren Gewicht zerquetschen.

»Wirklich beeindruckend.« Holmes' Stimme verriet nicht mehr als höfliches Interesse. »Ich habe gar nicht gewußt, daß die deutsche Armee an einem eigenen Luftschiff arbeitet.«

»Natürlich nicht, Mr. Holmes, niemand hat das! In gewisser Weise liegt darin ja gerade der Sinn von Geheimhaltung, könnte man sagen. Aber das Versteckspielen hat bald ein Ende, sehr bald sogar. Nicht mehr lange, und wir werden unseren ›Imperator‹ der Weltöffentlichkeit vorstellen.«

»›Imperator‹ – ein passender Name für Ihr Schiff, Oberst.« Holmes musterte den Zeppelin aufmerksam. »Es scheint wesentlich größer zu sein als das LZ 1, mit dem Graf Zeppelin über den Bodensee gefahren ist.«

»Das trifft zu. Seine Länge beträgt exakt 198, der Durchmesser 24,5 Meter, wenn Sie es genau wissen wollen.«

»Offensichtlich sind Sie hier dem Grafen und seinen Ingenieuren in der Entwicklung weit voraus.«

Geziert spitzte Etzfeld seine Lippen und gab sich betont bescheiden. »Ein wenig, Mr. Holmes, ein wenig. Der Armee stehen eben andere Möglichkeiten zur Verfügung als einer Gruppe von Zivilisten, mögen sie auch sehr tüchtig sein. Unser Luftschiff ist in der Tat nicht nur größer als LZ 1, sondern auch beträchtlich schneller, bei Probefahrten hat es bereits eine Geschwindigkeit von fünfundsechzig Stundenkilometern erreicht. Wie Sie unschwer erkennen können, haben wir die Steuerruder am Heck erheblich verändert und dadurch die Manövrierfähigkeit entscheidend verbessert. Aber das Bemerkenswerteste am ›Imperator‹ sind seine neuen Motoren!« Mit Genuß ließ sich der

Oberst über technische Details aus, die mir nichts sagten, mit denen Holmes aber offenbar etwas anfangen konnte. Seine hageren Gesichtszüge nahmen einen immer nachdenklicheren und besorgteren Ausdruck an.

Etzfeld beendete seinen kleinen Vortrag mir einer triumphierenden Geste. »Sie sehen also, Mr. Holmes, auf Ihre Regierung in London wartet noch eine böse Überraschung. Die britische Marine mag ja immer noch die Weltmeere beherrschen, aber die Lüfte – die werden uns gehören!«

Weiter hinten in der Halle entstand Bewegung. Eine Tür des Seitengebäudes wurde geöffnet, und eine Kolonne marschierte auf die große Führergondel des Zeppelins zu. Es waren keine Wachsoldaten, die Männer sahen mehr nach technischem Personal aus. Sie klappten eine Metalleiter aus und kletterten einer nach dem anderen hinauf in die Gondel. Offenbar handelte es sich um die Besatzung des Luftschiffs. Einer der Männer löste sich aus der Gruppe und näherte sich uns. Seiner Uniform nach gehörte er der Marine an. Etzfeld ging ihm ein Stück entgegen. Als der Fremde vor ihm salutierte, blitzten die vier goldenen Streifen auf seinem Ärmel hell auf.

Der Kapitän des »Imperator« erstattete Meldung. »Die Vorbereitungen sind fast beendet, Herr Oberst, alles läuft planmäßig. Das Wetter ist optimal, nur schwacher Wind aus Westsüdwest. Start in einer Stunde, wie vorgesehen.«

»Der Zeitfaktor, Watson!« sagte Holmes leise. »Es ging um den Start, der Termin ist vermutlich schon lange festgelegt.«

»Was ist denn so wichtig an dem Start?«

»Denken Sie an die Prophezeiung, Watson, an das ›Zeichen am Himmel‹! Der ›Imperator‹ ist das Signal für den Aufstand!«

»Schon gut, das habe ich ja verstanden, Holmes! Und der Zeppelin mag auch gewaltig genug sein, um von ungebildeten ägyptischen Bauern als Botschaft der Götter angesehen zu werden – aber was nützt Imhotep und seiner Amun-Sekte ein Himmelszeichen hier am Rhein?«

Der Oberst war zurückgekehrt und hatte meinen letzten Satz gehört. »Wer redet denn vom Rhein, Dr. Watson?« verkündete er stolz.

Holmes nickte. »Deshalb mußten Sie Oppenheim unbedingt ausschalten! Sein Bericht hätte den Start unter Umständen verzögert und damit Ihren Plan gefährdet. Selbst Sie in Ihrer Position können ein Geheimprojekt von der Größe eines Zeppelinbaus nicht in eigener Regie durchgeführt haben, Oberst.«

»Das ist leider richtig. Die wahre Macht liegt ja immer in den Händen irgendwelcher Bürokraten und Pfennigfuchser!«

»Aber sie konnten das Projekt für Ihre eigenen Ziele zweckentfremden, nicht wahr? Ihre Macht dürfte ausreichen, um die Route zu ändern. Und wenn das Schiff erst einmal unterwegs ist ...«

»Genau, Mr. Holmes, wenn der Morgen graut, sind wir schon sehr weit weg. Niemand wird mehr nach der Änderung im Plan fragen, wenn ich Erfolg habe. Im anderen Fall spielt das auch keine Rolle mehr. Wie Sie richtig vermuten, wird die Jungfernfahrt Ägypten zum Ziel haben. Ich bin überzeugt, daß der ›Imperator‹ über dem Nil und den Pyramiden schwebend einen grandiosen Anblick bieten wird. Gut möglich, daß manche der Einheimischen dabei an das prophezeite Zeichen am Himmel denken werden, wer weiß?«

»Sie wollen nach Ägypten fliegen? Von hier aus?« Ungläubig sah ich von ihm zu Holmes hinüber. »Unmöglich, die Strecke ist viel zu lang!«

»Nicht zu lang für unser Luftschiff, Dr. Watson.« Der Oberst schien sich seiner Sache sehr sicher zu sein.

Holmes sagte nichts. Das war kein gutes Zeichen.

»Es wird eine historische Fahrt werden«, fuhr Etzfeld fort, »und die Herren können sich glücklich schätzen, daß es ihnen noch vergönnt sein wird, den Start mitzuerleben. Ich hoffe, Sie wissen das zu würdigen! Immerhin könnte ich Sie als Spione auch auf der Stelle erschießen lassen.«

Holmes schüttelte den Kopf. »Das werden Sie nicht wagen, Oberst.«

»Warum nicht? Etwa weil Sie eine Berühmtheit sind oder weil Sie Ihren Bruder informiert haben, den mächtigen Sir Mycroft? – Und das haben Sie doch, nicht wahr?«

»Selbstverständlich. Unser Tod würde beträchtliches Aufsehen erregen und zu für Sie sehr unangenehmen Nachforschungen führen.«

»Oh, ich weiß nicht! Sehen Sie, zwei unbekannte Männer werden arretiert, als sie versuchen, in ein militärisches Sperrgebiet einzudringen, und anschließend bei einem Fluchtversuch erschossen. Daß es sich dabei um Sherlock Holmes und Dr. Watson handelt, stellt sich erst später heraus. Sehr tragisch, das Ganze, aber auch mysteriös: Sollte der große Sherlock Holmes etwa ein Spion gewesen sein? Ich glaube nicht, daß die britische Regierung in diesem delikaten Fall allzu energisch intervenieren wird. Sind Sie nicht auch dieser Meinung, Mr. Holmes?«

Ich starrte Etzfeld an. Sein scheinbar harmloser Tonfall täuschte nicht darüber hinweg, daß er es ernst meinte. »Das wäre glatter Mord!«

»Aber nein, Dr. Watson – das ist Politik, weiter nichts.«

Seine Kaltschnäuzigkeit verschlug mir für einen Augenblick die Sprache.

»Und was ist mit dem Kommissar?« fragte ich dann. »Nennen Sie das etwa auch Politik, daß Sie ihn auf so bestialische Weise ermorden ließen?«

»Welcher Kommissar?« fragte er überrascht.

»Kommissar von Stamm, natürlich!«

»Von Stamm wurde ermordet? Wovon reden Sie da?«

»Von Stamm ist heute nachmittag getötet worden. Eine ägyptische Cobra hat ihn gebissen«, sagte Holmes ruhig.

»Eine Cobra?«

»In seiner eigenen Wohnung«, bestätigte Holmes. »Ein merkwürdiger Zufall, nicht wahr?«

»Davon habe ich nichts gewußt«, sagte Etzfeld langsam und wirkte dabei fast ein wenig bestürzt.

Ich wollte etwas sagen, aber Holmes hielt mich zurück. Er trat einen Schritt vor und sah Etzfeld eindringlich an. »Das glaube ich Ihnen sogar, Oberst, und ich frage mich, ob Sie überhaupt eine Vorstellung davon haben, mit wem Sie sich da einlassen!«

Etzfeld antwortete nicht direkt. Einen Moment lang schien er durch Holmes hindurchzustarren. Dann streckte er sein Kinn vor und winkte seinen Leuten zu.

»Abführen!« befahl er knapp. »Bringen Sie die Männer in mein Büro!«

Jeder Fluchtversuch wäre zwecklos gewesen, ständig waren mindestens zwei Karabiner auf uns gerichtet. Die Wachsoldaten eskortierten uns zu dem angebauten Verwaltungstrakt an der Längsseite der Halle. Über eine große Außentreppe aus Metall waren die einzelnen Stockwerke zu erreichen. Weiterhin aufmerksam bewacht, stiegen wir die Stufen hinauf. Etzfelds Büro lag in der obersten Etage.

Der Raum war nüchtern eingerichtet, in der Mitte stand ein einfacher Schreibtisch, davor einige Stühle und an der Rückwand eine Reihe von Aktenschränken. Allerdings wurde die Schlichtheit der Möblierung durch den Ausblick mehr als wettgemacht. Fast die gesamte Front des Büros war verglast und zur Halle hin ausgerichtet. Vor uns schwebte der »Imperator« in seiner wahrhaft majestätischen Größe und bot ein überwältigendes Bild. Erst von hier oben ließen sich die gewaltigen Dimensionen des Zeppelins richtig ermessen. Er ragte immer noch turmhoch über uns hinaus, obwohl wir uns im dritten Stock befanden.

Holmes schien der grandiose Anblick weit weniger zu beeindrucken als mich. Er war nahe an die Scheibe herangetreten und sah mit düsterer Miene in die Halle hinunter. Mittlerweile herrschte dort reger Betrieb. Soldaten und Bedienungsmannschaften liefen geschäftig durcheinander. Offensichtlich war man dabei, letzte Hand an die Startvorbereitungen zu legen.

»Es sieht nicht gut aus, Holmes!« sagte ich leise.

»Sie haben recht, die Zeit läuft uns davon. Ich fürchte, nicht einmal Oppenheim kann den Start jetzt noch verhindern.« Seine Stimme klang bedrückt. Dann straffte er sich und nickte entschlossen. »Aber es gibt noch ein anderes Problem, um das wir uns kümmern müssen, Watson. Und dafür ist es hoffentlich noch nicht zu spät!«

»Meinen Sie nicht, daß es langsam an der Zeit wäre, mir reinen Wein einzuschenken, Holmes?«

Auf einmal hatte ich genug von all den Andeutungen. Ich wollte endlich wissen, was er mir bisher verschwiegen hatte. Es ging hier nicht nur um eine perfide politische Intrige mit unabsehbaren Konsequenzen, sondern auch noch um etwas anderes. So viel stand für mich fest. Und was immer dieses andere auch sein mochte, es mußte etwas mit Luzia zu tun haben, dafür hätte ich meine Hand ins Feuer gelegt.

»Nennen Sie mir endlich den wahren Grund, weshalb jemand Luzia nicht nur umbringen will, sondern aus Haß sogar ihren Löwen vergiftet! Offenbar glauben Sie nicht, daß Oberst Etzfeld dahintersteckt, also: wer sonst? Wer soll Luzia so sehr hassen? Und was hat dieser Jemand mit der Amun-Sekte und Etzfelds wahnwitzigem Plan zu tun?«

Ich mußte wohl, ohne es zu merken, lauter geworden sein, denn plötzlich spürte ich etwas Hartes und Spitzes in meinem Rücken. Einer der beiden Soldaten, die zu unserer Bewachung abgestellt waren, stieß mich mit seinem Karabiner an. »Ruhe!« befahl er rauh und nahm wieder seinen Posten neben der Tür ein.

Gegen ein leises Gespräch schien der Mann keine Einwände zu haben. »Warum haben Sie mich nicht eingeweiht, Holmes?« fragte ich gedämpft. »Sie haben doch von Anfang an gewußt, was hier gespielt wird!«

»Nein, Watson, das wußte ich nicht«, antwortete er ernst. »Nicht mit Gewißheit. Zunächst war es nur ein vager Verdacht, kaum mehr als ein dumpfes Gefühl, das durch einige Formulierungen in Luzias Brief ausgelöst wurde.« Holmes zögerte. »Nun, Sie wissen ja, was ich von derartigen Anwandlungen halte, Watson.«

Das erklärte sein Schweigen. Holmes hätte mir gegenüber nie ein Wort darüber verloren. Er legte größten Wert darauf, seine Urteile allein aufgrund von Beobachtung und Kombination zu fällen. Auf unbestimmte Ahnungen gab er nichts. Um so merkwürdiger war, daß er in diesem Fall die Regel gebrochen zu haben schien und seinem Gefühl gefolgt war.

»Also hat Luzia Sie doch noch in der Baker Street erreicht. Holmes, Sie wären auch ohne Mycrofts Auftrag nach Ägypten aufgebrochen, nicht wahr? Nur wegen Luzias Brief!«

»Das ist richtig. Mycrofts Bitte kam mir natürlich sehr gelegen, zumal sich schnell herausstellte, daß es anscheinend einen Zusammenhang gab zwischen den Aktivitäten von Imhoteps Sekte und Blunts Tutenchamun-Grabung. Auf diese Weise konnte ich unauffällig im Hintergrund bleiben und trotzdem Luzia und Dr. Jones im Auge behalten. Durch die Vorfälle bei der Grabung erhärtete sich mein Verdacht. Erst recht nach dem Entführungsversuch in Cairo und dem Überfall auf uns im Orientexpreß.«

»Also ging es dabei nicht nur um das Amulett und die Unterlagen des Professors?«

»In erster Linie schon, aber nicht ausschließlich. Die Leute waren auf mehr als nur einen Diebstahl aus, der Waggon sollte entgleisen und uns alle mit in den Tod reißen. – Etwas übertrieben, wenn Imhotep wirklich nur an das Amulett gelangen wollte. Genauso übertrieben wie die Sprengung von Amenhoteps Grab. Beides waren Mordanschläge, Watson, eindeutig.«

»Die auch beinahe gelungen wären, viel gefehlt hat nicht!«

»Nein, und sie galten nicht nur Luzia. Trotzdem hatte ich immer noch Zweifel, bis ich heute morgen von der Vergiftung Simbas erfuhr. Der Mord am Kommissar war dann nur noch die endgültige Bestätigung.«

»Die Cobra, Holmes, daran mußte ich auch schon denken. Auch Professor Blunts Assistent ist durch einen Schlangenbiß gestorben, genau wie von Stamm, und der Professor hatte Imhotep im Verdacht! Glauben Sie, daß es wieder derselbe Täter war? Vielleicht sogar Imhotep selbst? Hier in Köln?«

»Ich bin davon überzeugt. Er hat nicht einmal versucht, seine Täterschaft zu verschleiern, die Schlange war ein unmißverständlicher Hinweis. Ich sollte erfahren, wer den Kommissar ermordet hat. Imhotep ist hier irgendwo auf dem Stützpunkt, Watson. Vermutlich hat er vor, mit dem Zeppelin zurück nach Ägypten zu fliegen.«

»Aber warum sollte er den Kommissar umbringen? Von Stamm hatte doch nichts mit den Ausgrabungen oder den Papieren des Professors zu tun! Und ich sehe auch nicht, wie er dem Oberst hätte gefährlich werden können.«

»Richtig.«

»Also fehlt ein Motiv.«

»Nein, Watson, im Gegenteil. Der Mörder von Stamms hatte ein klares, einfaches und sehr starkes Motiv, nämlich Rache.«

»Rache?« Damit hatte ich nicht gerechnet.

»Ja, und sein Blutdurst ist noch lange nicht gestillt. Als nächstes Opfer scheint er sich Luzia ausgesucht zu haben. Wir stehen selbstverständlich auch auf seiner Liste.«

»Aber Rache wofür?«

Holmes gab keine direkte Antwort. »Nach allem, was wir über Imhotep wissen, scheint ihn niemand genau zu kennen. Seine Rolle als auferstandene Mumie bietet ihm eine perfekte Tarnung. Auch seinen Sektenmitgliedern gegenüber gibt er sich zugeknöpft und geheimnisvoll. Selbst mir ist es nie gelungen, näher an ihn heranzukommen. Ich habe ihn nur dreimal aus der Entfernung gesehen, jedesmal nur kurz und nie sehr deutlich. Aber er hat mich an jemanden erinnert.«

»Imhotep? An wen?«

»Sie haben ihn doch auch schon gesehen, in Cairo. Ist Ihnen nichts aufgefallen?«

Ich dachte zurück an den Kutscher vor Oppenheims Haus. An den stechenden Blick unter der Kapuze. Unseren kurzen Blickwechsel hatte ich nicht vergessen, aber ich hätte nicht behaupten können, daß der Mann mich an jemanden erinnerte. »Ich glaube nicht, nein.«

»Imhotep hat schon einmal versucht, Luzia umzubringen, Watson. Damals konnten wir es buchstäblich in der letzten Sekunde noch verhindern. Anscheinend will er sein Werk doch noch vollenden.«

»Damals?« Mein Mund wurde trocken. Ich fühlte einen unangenehmen Verdacht in mir aufsteigen. »Holmes, Sie meinen jetzt nicht den Überfall im Zug, nicht wahr?«

»Nein, Watson, ich rede vom ›Großen Ritual‹.«

Ich schluckte. »Großer Gott, Holmes – Sie reden vom vierten König!«

»Das tue ich«, sagte Holmes ohne besondere Betonung. »Hinter der lebenden Mumie verbirgt sich niemand anderes als Castelli.«

Schockiert sah ich ihn an. Seine Behauptung war ungeheuerlich. Holmes erwiderte meinen Blick ohne erkennbare Gefühlsregung. Er meinte es ernst.

Ich mußte an das grauenvolle Opferritual der Satanisten denken, an den verbissenen Kampf in der Tempelhöhle, bei dem wir nur um Haaresbreite einem schrecklichen Tod entronnen waren. Schon damals war Holmes davon überzeugt gewesen, daß auch Castelli, dem Anführer der Teufelsanbeter, die Flucht aus dem Flammeninferno gelungen war. Und daß wir noch von ihm hören würden. Seine düstere Vorahnung schien sich nun erfüllt zu haben.

»Imhotep und Castelli sollen ein und dieselbe Person sein? Sind Sie sicher, Holmes?«

»Absolut.«

»Großer Gott!« wiederholte ich noch einmal. »Das würde allerdings die Gerüchte über sein Aussehen erklären. Der Mann muß damals in der Höhle fürchterliche Verbrennungen erlitten haben. Wahrscheinlich ist er gräßlich entstellt. Da ist es kein Wunder, wenn abergläubische Menschen ihn für eine echte Mumie halten.«

»Ja. Castelli hat sein Handicap geschickt in einen Vorteil verwandelt. Ich nehme an, daß er sich nur vermummt in der Öffentlichkeit zeigt. In einem Umfeld wie der Amun-Sekte kann er sich einigermaßen frei bewegen, ohne aufzufallen.«

»Sie haben recht, Holmes, es geht hier für uns um Leben und Tod! Wenn einer Grund hat, uns in die Hölle zu wünschen, dann Castelli. Der Mann muß uns abgrundtief hassen, vor allem aber Sie und Luzia! Jetzt verstehe ich auch, warum Sie so alarmiert auf die Tötung Simbas reagiert haben.«

»Weil dadurch für mich endgültig feststand, daß wir es mit Castelli zu tun haben. Mit ihm als Täter gab es für eine scheinbar sinnlose Tat auf einmal ein plausibles Motiv. Übrigens muß der Kommissar zu dem gleichen Schluß gekommen sein, darauf deutet seine hinterlassene Botschaft hin.«

»Welche Botschaft?«

»Seine Papiere, die auf dem Boden lagen. Eine bemerkenswerte Leistung, Watson. Von Stamm hat im Todeskampf noch die Kraft und Besonnenheit aufgebracht, diese bestimmte Schreibtischschublade herauszuziehen. Sie enthielt seine alten Akten über den Domraub und die Satanisten. Er wußte, daß wir diesen Hinweis auf seinen Mörder verstehen würden.«

»Tapferer Mann, der Kommissar.«

Holmes nickte stumm.

»Was sollen wir jetzt tun?«

»Wir müssen Zeit gewinnen, Watson.« Er wandte sich vom Fenster ab und setzte sich in einen der Stühle. Gelassen schlug er die Beine übereinander. »Und dafür sorgen, daß der Oberst Luzia nicht einfach Castelli überläßt.« Aus seiner beherrschten Stimme war jede Spur von Niedergeschlagenheit verschwunden. Holmes wirkte kalt und entschlossen. Offensichtlich gab er die Sache noch lange nicht verloren.

Der Oberst ließ uns nicht lange warten. Bei seiner Rückkehr erschien er in Begleitung von Graf Ruppitz, der uns mit einem knappen Nicken begrüßte. Unser Wiedersehen schien ihm unangenehm zu sein.

Etzfeld nahm hinter seinem Schreibtisch Platz, öffnete eine Schublade und legte einen Band aus Blunts Tagebuch auf den Tisch. Beiläufig blätterte er es durch, dann riß er einige Blätter heraus. Es war nicht schwer zu erraten, daß es sich um die codierten Seiten handeln mußte. Lässig wedelte er damit in der Luft herum und schüttelte amüsiert den Kopf.

»Der älteste Trick der Welt! Es ist schon erstaunlich, was sich Amateure alles einfallen lassen. – Wissen Sie, Dr. Watson, ich wäre gar nicht überrascht zu hören, daß der alte Herr die Räuberpistolen aus Ihrer Feder mit Begeisterung verschlungen hat.« Er zündete ein Tagebuchblatt an, sah zu, wie es Feuer fing, und warf es in den Metallpapierkorb neben sich, wo es verbrannte. Dann nahm er das nächste Blatt.

»Das Buch zu verbrennen, wird Ihnen nicht viel nützen, Oberst. Genausowenig wie unser Tod«, bemerkte Holmes ruhig. »London weiß über alles Bescheid.«

Ungerührt verbrannte Etzfeld ein Blatt nach dem anderen. »Soso, London weiß Bescheid. Und worüber, Mr. Holmes? Daß wir eine Gesellschaft finanziell unterstützen, die zum Wohle der

Wissenschaft eine Grabungsexpedition in Ägypten durchführt? Oder daß wir ein Luftschiff gebaut haben? – Das wird bald die ganze Welt wissen!«

»Dann wird auch die ganze Welt von dem anderen Schiff erfahren.«

»Welches andere Schiff?«

»Die ›Belle Hélène‹. London weiß alles über das Schiff, den Zielhafen und natürlich auch über die Fracht. Ich selbst habe die Waffen gesehen und meinen Bruder informiert.«

Der Oberst ließ ein weiteres Blatt brennend in den Papierkorb fallen und lehnte sich zurück. Mit unbewegter Miene sah er Holmes an. »Tatsächlich?«

»Jawohl, und die Royal Navy wird sie auf den Grund des Meeres schicken!« platzte ich heraus.

»Das hoffe ich, Dr. Watson!« Etzfeld zog seine Brauen hoch und nickte leicht. »Das hoffe ich doch sehr!«

Verblüfft sah ich zuerst ihn, dann Holmes an. Der schien zu begreifen, worauf der Oberst hinauswollte. »Die ›Belle Hélène‹ ist ein französisches Schiff und fährt unter französischer Flagge«, sagte er langsam.

»Sehr richtig, Mr. Holmes. Vergessen Sie vor allem nicht die armen französischen Seeleute, die Ihre britische Marine ›auf den Grund des Meeres schicken‹ wird, wie Dr. Watson sich so poetisch ausgedrückt hat!« Mit einem theatralischen Seufzer schüttelte Etzfeld den Kopf. »Und die ›Schöne Helene‹ wird untergehen, das kann ich Ihnen versichern.«

Endlich verstand ich. »Also war das Aufbringen des Schiffes durch die Navy von Anfang an geplant.«

»So ist es, Dr. Watson. Das Eingreifen Ihrer stolzen Marine war Teil des Plans, aber daß Mr. Sherlock Holmes höchstpersönlich bei der Durchführung behilflich sein würde, habe ich natürlich nicht voraussehen können.«

»Dann haben Sie wohl auch nicht voraussehen können, daß Ihnen die Waffen fehlen, wenn das Schiff versenkt wird! Ohne sie hat der Aufstand keine Chance.«

Etzfeld lächelte nur selbstgefällig und griff nach dem nächsten Blatt. Es war Holmes, der mit ruhiger Stimme antwortete.

»Die nötigen Waffen sind längst in Ägypten, Watson. Imhotep und der Oberst hatten ja jahrelang Zeit, um alles von langer Hand vorzubereiten. Das letzte Schiff sollte Alexandria gar nicht mehr erreichen, sondern aufgebracht werden, wenn es soweit ist. Was offenbar jetzt der Fall ist. Der Aufstand steht unmittelbar bevor.«

»Jawohl – sobald das Zeichen am Himmel erscheint und dem geknechteten ägyptischen Volk die Rückkehr ihres Pharaos verkündet!«

Wütend ballte ich die Fäuste. »Freuen Sie sich nur nicht zu früh, Oberst! So viele Waffen können Sie gar nicht eingeschmuggelt haben, und Sie werden schon noch merken, daß mehr als eine Bande von Halsabschneidern dazu gehört, um die Briten aus Ägypten zu vertreiben. Der Aufstand wird jämmerlich scheitern!«

»Selbstverständlich wird er das.«

»So?« Seine Antwort brachte mich aus dem Konzept, was Etzfeld amüsiert bemerkte.

Holmes beugte sich vor. »Aber Sie rechnen damit, daß er lange genug andauern wird, um unter seinem Deckmantel den Kanal zu zerstören.«

»Aber nein, wir wollen den Kanal doch nicht zerstören. Ein bißchen beschädigen, hier und da. Es reicht, wenn er für die nächsten Jahre unpassierbar sein wird. Dann dauert die Fahrt nach Indien etwas länger. Ach ja, teurer wird sie natürlich auch, sogar viel teurer.«

»Und es muß dazu noch so aussehen, als steckten die Franzosen dahinter, um den britischen Einfluß in Ägypten zu schwächen! Dadurch könnten die Beziehungen zwischen den beiden Ländern empfindlich gestört werden.«

»Gratuliere, Mr. Holmes! Sie haben die Pointe begriffen.« Etzfeld lehnte sich zurück und nickte grimmig. »Wenn es erst zum Bruch zwischen England und Frankreich gekommen ist, dann dürfte es sogar Ihrem ›Empire‹ sehr schwer fallen, uns weiterhin so klein zu halten wie bisher. Dann werden die Karten neu gemischt, Mr. Holmes, und das Deutsche Reich wird endlich den Platz auf der Welt einnehmen, der ihm zukommt!«

»Ein guter Plan, Oberst, das muß ich zugeben. Aber geben Sie sich keinen Illusionen hin, Mycroft wird sich nicht täuschen lassen.«

»Na und?« Etzfeld zuckte mit den Achseln. »Mehr als ein paar reichlich wilde Spekulationen wird Ihr Bruder nicht vorweisen können. Und selbst wenn London damit an die Öffentlichkeit träte, dann müßte es auch die Verbindung zu Ihnen und Ihrer Spionagetätigkeit hier zugeben. Sherlock Holmes und Dr. Watson als Spione erschossen – ich glaube nicht, daß die britische Regierung dafür die Verantwortung übernehmen möchte. Eher dürfte es eine Meldung geben, daß Sie beide irgendwo in Afrika verschollen sind. Sicher wird man Ihnen bewegende Nachrufe in der ›Times‹ widmen, meine Herren. Vielleicht erhebt man Sie sogar in den Adelsstand – posthum, versteht sich.«

»Was Sie vorhaben, ist ein Verbrechen – und das wissen Sie auch. Damit überschreiten Sie weit Ihre Kompetenzen. Soweit ich weiß, steht auch in Deutschland auf Hochverrat die Todesstrafe. Man wird Sie zur Verantwortung ziehen, Oberst!«

»Schon möglich, dieses Risiko gehe ich ein. Einer muß schließlich die Initiative ergreifen und energisch handeln! Diese ewige Zauderei der Diplomaten und Minister dauert schon viel zu lange. Es wird Zeit, daß jemand den Stein ins Rollen bringt, der Rest ergibt sich dann von allein. Vielleicht werden einige der hohen Herren tatsächlich nicht begeistert sein, aber das spielt alles keine Rolle mehr, wenn das Unternehmen erst Erfolg hat, und das wird es, darauf gebe ich Ihnen mein Wort!

Wie Sie sehen, Mr. Holmes, steht der Start unmittelbar bevor. Es gibt nichts, das mich jetzt noch aufhalten könnte!«

»Sind Sie jetzt nicht etwas voreilig, Oberst?« sagte Holmes ruhig.

Etzfeld stutzte. »Wieso?« fragte er mißtrauisch.

»Nun, zumindest gibt es eine Person, die Sie auch jetzt noch aufhalten und mit einem einzigen Wort Ihr ganzes Unternehmen stoppen kann.« Holmes ließ seine Uhr aufspringen. »Und diese Person dürfte mittlerweile über alles Vorgefallene informiert sein. Ich glaube nicht, daß Seine Majestät, der Kaiser, sehr über Ihr Vorhaben erbaut sein wird. Immerhin könnte es um die Frage von Krieg und Frieden gehen. Was denken Sie?«

Der Oberst stützte sich auf die Tischplatte und kniff die Augen zusammen. »Sie bluffen doch nur, Holmes! Woher sollte der Kaiser davon erfahren haben?« Dann brach er ab. Nachdenklich sah er über unsere Köpfe hinweg. Zum ersten Mal schien seine überhebliche Zuversicht erschüttert zu sein.

»Sie hätten eben besser zielen sollen, Oberst!« warf ich ein. Diesen Triumph konnte ich mir einfach nicht verkneifen.

Etzfeld begriff. »Oppenheim!« sagte er langsam. »Oppenheim hat Zugang zum Kaiser!«

Holmes nickte. »Der Baron hält sich in diesem Augenblick in einer Privataudienz beim Kaiser auf.«

»Oppenheim soll in Berlin sein?« Etzfeld sah Graf Ruppitz fragend an. »Das ist doch unmöglich! Er ist schwer verwundet, absolut bettlägerig.«

»Jawohl!« bestätigte Ruppitz und bedachte mich mit einem bösen Blick. »Davon habe ich mich persönlich überzeugt, und Sie selbst haben den Befund so dargestellt, Doktor!«

»O ja, ich erinnere mich. Der Zustand des Patienten war tatsächlich besorgniserregend. Um so mehr freut es mich, Ihnen mitteilen zu können, daß eine überraschende Wendung zum Guten eintrat, kurz nachdem Sie uns verlassen hatten, Graf. Es scheint, daß Ihr fürsorglicher Besuch beim Baron ungeahnte Heilkräfte freigesetzt hat.«

Unbeherrscht schlug der Oberst mit der flachen Hand auf die Tischplatte. »Unsinn, Sie haben meinen Sekundanten getäuscht und belogen, Dr. Watson!«

»Wirklich, Oberst, Sie sollten die medizinischen Fähigkeiten meines Kollegen nicht unterschätzen«, bemerkte Holmes harmlos. »Manchmal vollbringt Dr. Watson wahre Wunder.«

»Vielen Dank, Holmes!«

Alles Blut schien aus Etzfeld Gesicht gewichen zu sein. »Machen Sie sich keine falschen Hoffnungen, Holmes!« zischte er. »Für Sie und Dr. Watson ändert sich gar nichts. Außerdem – warum sollte der Kaiser auf Oppenheim hören, auf einen jüdischen Emporkömmling, der sich mit seinem Geschwätz nur wichtig machen will?«

»Und wenn er es doch tut? Wenn er dem Baron glaubt, daß Sie hinter seinem Rücken und überhaupt ohne jede Autorisierung eine Verschwörung angezettelt haben, die einen Kriegsgrund für England abgeben könnte? Was, glauben Sie, wird der Kaiser davon halten? Und was wird er unternehmen?«

Weiß vor Wut, biß Etzfeld die Zähne zusammen und starrte Holmes stumm an. Seine Kiefermuskeln arbeiteten heftig. Ihm war deutlich anzusehen, daß er sich nur noch mühsam beherrschen konnte.

Eine Ordonnanz klopfte und meldete, daß der Kapitän den Oberst bat, persönlich in die Führergondel des Zeppelins zu kommen. Die Angelegenheit wäre äußerst dringend. Etzfeld nickte und stand auf. Offenbar hatte er sich wieder unter Kontrolle.

»Wir werden sicher noch Gelegenheit haben, uns zu verabschieden, meine Herren«, sagte er kalt. »Graf Ruppitz wird Ihnen hier inzwischen Gesellschaft leisten. Nur damit wir uns richtig verstehen: Meine Leute haben Order, beim geringsten Fluchtversuch zu schießen!«

Ich rief ihm nach, als er bereits in der Tür stand: »Was wird der Kaiser erst davon halten, wenn er erfährt, daß Sie völlig Unschuldige wie von Stamm ermorden lassen, Oberst?«

Er fuhr herum und herrschte mich an. »Sind Sie schwerhörig? Ich sagte Ihnen doch schon, daß ich mit dem Tod des Kommissars nichts zu tun habe!«

»Und was ist mit Mrs. Jones und ihrem Jungen?«

»Was soll mit ihnen sein?« Etzfeld machte eine wegwerfende Geste. »Sobald wir über dem Nil sind, werden sie nach Ahrenfels zurückgebracht. Wofür halten Sie mich?«

Mit einem lauten Knall fiel die Tür hinter ihm ins Schloß.

Das Zeichen des Pharaos

»Wir müssen handeln!« raunte Holmes mir zu.

Das war leicht gesagt. Kaum hatte der Oberst das Büro verlassen, als einer der beiden Wachsoldaten sich wieder vor der Tür postierte und uns ausdruckslos ansah. Sein Karabiner war nicht mehr direkt auf uns gerichtet, aber ich hatte dennoch den Eindruck, daß er den Schießbefehl sehr ernst nahm. Sein Kamerad bezog auf der anderen Seite des Raumes Stellung und versperrte uns so den zweiten potentiellen Fluchtweg durch die Hintertür in der Rückwand. Graf Ruppitz lehnte sich gegen den Schreibtisch. Auch er war bewaffnet, an seinem Koppel steckte ein Pistolenhalfter. Unsere Chancen, etwas unternehmen zu können, standen nicht besonders gut.

»Wie denn, Holmes?« fragte ich ebenso leise.

»Sagen Sie einfach ›nein‹, Watson!«

Was diese sonderbare Anweisung bedeuten sollte, war mir schleierhaft. Holmes erklärte sich auch nicht weiter, sondern griff in seine Jackentasche. Sofort schwenkten die Gewehrläufe zurück in unsere Richtung. Auch Ruppitz versteifte sich und griff nach seinem Revolver. Langsam zog Holmes seine Hand wieder aus der Tasche, zusammen mit seiner Pfeife und einem Beutel Tabak. Harmlos wies er auf den Schreibtisch.

»Da gleich neben Ihnen ein halbvoller Aschenbecher steht, Leutnant, nehme ich doch an, daß in diesem Büro das Rauchen erlaubt ist.«

Ruppitz nickte knapp. »Bitte.« Seine Haltung entspannte sich wieder etwas, aber er wirkte immer noch nervös. Mir fiel wieder auf, wie jung er noch war. Ganz sicher hatte er keinerlei Kampferfahrung, selbst eine Situation wie diese durfte ungewohnt für ihn sein. Offenbar hatte er schon von dem berühmten Sherlock Holmes gehört. Ohne Erfolg versuchte er, eine hochmütig-unbeteiligte Miene aufzusetzen. Die verstohlenen Blicke, mit denen er Holmes musterte, verrieten deutlich seine Neugier und auch einen gewissen Respekt. Mir kamen Zweifel, ob der Oberst wirklich einen so unerfahrenen Mann wie ihn vollständig in seine Pläne eingeweiht hatte. Es fiel mir schwer zu glauben, daß Ruppitz etwa über die Aktivitäten von Imhoteps Sekte Bescheid wußte. Vielleicht ließ sich daraus für uns ein Vorteil ziehen.

Holmes unterbrach meine Gedanken, indem er mir die gestopfte Pfeife hinhielt. »Haben Sie Feuer, Watson?«

»Wie?« Ich wollte schon in meine Jacke greifen, als ich seinen Blick auffing. Sein Befehl fiel mir wieder ein. Bedauernd klopfte ich auf meine angeblich leeren Taschen. »Tut mir leid, Holmes, nein.«

Ruppitz zögerte einen Moment, dann siegte seine Erziehung. Er kam uns zwei Schritte entgegen und bot Holmes seine eigenen Zündhölzer an.

»Vielen Dank, Leutnant.« Holmes steckte in aller Ruhe seine Pfeife in Brand. »Graf Ruppitz, nicht wahr?«

»Das ist richtig.« Ruppitz deutete eine winzige Verbeugung an.

»Ist Ihnen eigentlich klar, Graf, daß Ihr Kommandeur im Begriff ist, Hochverrat zu begehen?«

Ruppitz lächelte spöttisch. »Aus dem Munde eines Spions klingt diese Anklage reichlich seltsam!«

»Sie wissen, daß das nicht stimmt«, entgegnete Holmes unbeirrt. »Wir sind genausowenig Spione wie Kommissar von Stamm, für dessen Tod Oberst von Etzfeld die Verantwortung trägt.«

Das Lächeln verschwand schlagartig. »Wie können Sie so etwas behaupten? Das ist ungeheuerlich!«

»Haben Sie schon einmal mit angesehen, wie jemand an einem Schlangenbiß stirbt, Leutnant?« fragte Holmes ernst. »Der Kommissar hatte keinen leichten Tod, das kann ich Ihnen versichern. Es war ein grauenhafter Anblick. Niemand sollte so sterben müssen, und ganz gewiß nicht von Stamm!«

Die Autorität in Holmes' Stimme schien Eindruck auf den jungen Mann zu machen. Unsicher räusperte er sich und suchte nach einer Entgegnung. Bevor er etwas sagen konnte, beugte ich mich eindringlich vor.

»Wollen Sie wirklich, daß es noch mehr unschuldige Opfer

gibt, Graf? Denken Sie doch an Mrs. Jones und ihren Sohn! Von Etzfeld hat die beiden entführen lassen, das hat er sogar zugegeben!«

»Ich bitte Sie! – Die Entführung war eine rein taktische Maßnahme, Dr. Watson, die sich bedauerlicherweise nicht umgehen ließ. Wie Sie sehen, hat sie ihren Zweck voll und ganz erfüllt.«

»Ich glaube nicht, daß sich Ihr ägyptischer Verbündeter damit zufriedengeben wird«, sagte Holmes kalt. »Sie scheinen nur sehr wenig über Imhotep zu wissen, Leutnant. Mrs. Jones und dem Jungen droht das gleiche Schicksal wie dem Kommissar. Deshalb sind wir hier; um einen weiteren Mord zu verhindern!«

»Das ist eine absurde Beschuldigung, Mr. Holmes! Sie haben doch eben selbst gehört, was der Herr Oberst gesagt hat. Mrs. Jones und ihr Junge werden nach Ahrenfels zurückgebracht.«

»Etwa mit dem Luftschiff?«

»Natürlich nicht!«

Holmes zeigte auf die verglaste Front. »Und wie erklären Sie das da unten?«

In der Halle waren inzwischen die Startvorbereitungen weitergelaufen. Eine kleine Abteilung Soldaten marschierte auf die Kabinengondel des Zeppelins zu. Zwei von ihnen zogen einen Handwagen, auf dem eine große Kiste stand. Sie mußte ein beträchtliches Gewicht haben, denn nur mit vereinten Kräften gelang es den Männern nun, die Kiste über die schmale Leiter hinauf in die Gondel zu befördern. Aber das hatte Holmes nicht gemeint.

Luzia und Henry waren ebenfalls da draußen, und offensichtlich nicht aus freiem Willen.

Den Soldaten war eine Gruppe Zivilisten gefolgt, vier oder fünf Männer, deren Hüte und lange Mäntel sich deutlich von den Uniformen abhoben. In ihrer Mitte gingen Luzia und der Junge. Als sie die Leiter erreichten, weigerte sich Luzia anscheinend, hinaufzusteigen. Es kam zu einem heftigen Wortwechsel, den einer der Männer rabiat beendete, indem er Henry packte und dessen Arm verdrehte. Daraufhin gab Luzia ihren Widerstand auf und kletterte hastig die Leiter hinauf. Die Männer folgten ihr mit dem Jungen.

Bis jetzt schien den beiden noch nichts Ernstes passiert zu sein, aber daß man sie in den Zeppelin gebracht hatte, gefiel mir gar nicht.

Graf Ruppitz war neben Holmes getreten, um besser durch die Scheibe sehen zu können. Auch die beiden Wachen waren für einen Moment durch das Geschehen in der Halle abgelenkt. Darauf hatte Holmes nur gewartet. Die Pfeife fiel zu Boden.

»Jetzt, Watson!«

Mit einem Satz war er auf den Beinen. Der völlig überraschte Ruppitz hatte keine Chance, Holmes hob ihn scheinbar mühelos an und warf ihn gegen den Posten, der die Tür bewachte. Beide taumelten mehrere Schritte rückwärts und krachten gegen die Tür. Sofort sprang Holmes hinterher.

Der andere Wachsoldat stand nur da und sah mit weit aufgerissenen Augen zu. Alles ging so schnell, daß ihm keine Zeit mehr zur Reaktion blieb. Als der Mann endlich seinen Schreck überwunden hatte und den Karabiner in Anschlag bringen wollte, war es zu spät. Da hatte ich ihm schon meine Schulter in den Bauch gerammt und umklammerte ihn mit beiden Armen. Mit aller Kraft stürmte ich vorwärts, quer durch den Raum, bis die Rückwand meinen Lauf abrupt stoppte. Ich spürte einen zuckenden Schmerz in der Schulter, obwohl der Aufprall durch den massigen Körper des Wachsoldaten erheblich gedämpft worden war. Der Mann erschlaffte und sackte in sich zusammen. Um ihn brauchten wir uns vorerst nicht mehr zu kümmern.

Das gleiche galt für die beiden anderen Soldaten, die regungslos auf dem Boden lagen. Holmes hatte ganze Arbeit geleistet. Ächzend richtete ich mich wieder auf und massierte meine Schulter. Zu Schulzeiten hatte ich zwar einen passablen Rugby-Stürmer abgegeben, aber das war lange her. Seit meiner Verwundung damals in Afghanistan hatte ich keinen Ball mehr angefaßt. Ich sah zu Holmes hinüber, der sich über den bewußtlosen Leutnant beugte und ihm die Pistole aus dem Halfter zog. Anerkennend nickte er mir zu.

»Guter Lauf, Watson!«

»Danke, Holmes. Ich bin etwas aus der Übung, fürchte ich.«

»Nun – dann bin ich froh, Ihnen früher nie auf dem Spielfeld begegnet zu sein! Trotzdem hätten Sie besser nicht so laut geschrien.«

Damit hatte er recht. Ein Schuß krachte, dann noch einer, und eine der Fensterscheiben zersplitterte mit einem lauten Knall. Aus einem Reflex heraus duckte ich mich hinter den Schreibtisch. Holmes lief gebückt zur Tür und legte den Lichtschalter um. Im Dunkeln gaben wir ein schlechteres Ziel ab. Von draußen waren aufgeregte Rufe und Kommandos zu hören, denen weitere Schüsse folgten. Kugeln schlugen in Decke und Rückwand ein, und sirrende Querschläger irrten gefährlich durch den Raum.

Ich riskierte einen Blick über die Tischplatte. Soldaten liefen in der Halle auf die Treppe zu, spritzten aber auseinander, als Holmes jetzt in rascher Folge mehrere Kugeln auf sie abfeuerte und anschließend sofort wieder in Deckung ging. Mit dem Rücken kauerte er sich gegen die Wand und winkte mich heran.

»Den Karabiner, Watson, schnell!«

Holmes' Schüsse wurden mit einer donnernden Salve beantwortet. In dem Kugelhagel gingen auch noch die restlichen Scheiben zu Bruch und überschütteten uns mit einem Regen aus Glasscherben. Unsere Lage begann, ausgesprochen ungemütlich zu werden. Auf allen vieren kroch ich zu dem betäubten Wachposten, nahm seinen Karabiner und robbte damit hinüber zur Frontseite. Vorsichtig hob ich meinen Kopf über die Fensterbank und sah hinunter in die Halle.

Holmes kontrollierte das Magazin seiner Pistole und schob es wieder zurück in die Waffe. »An der Rückwand der Halle gibt es einen Sicherungskasten, Watson. Gleich neben der Seitentür.«

»Ja, ich sehe ihn!« Die Distanz betrug ungefähr achtzig Meter. Ich visierte das Ziel an und drückte ab. Der erste Schuß ging daneben, dafür splitterte es im selben Augenblick unmittelbar neben mir. Warmes Blut lief über meine Backe, rührte aber nur von einigen Glassplittern her, die Kugel selbst hatte mich verfehlt. Ich lud eine neue Patrone in die Kammer und zielte noch einmal. Holmes richtete sich halb auf und feuerte sein Magazin leer, um mir wenigstens für einen Moment Feuerschutz zu geben. Ich zog den Abzug und glaubte schon, wieder danebengetroffen zu haben, als plötzlich eine Stichflamme aus dem Kasten schoß und einen Funkenregen niedergehen ließ. Auf einen Schlag verlöschten die Bogenlampen in der Halle. Das Schießen hörte auf.

»Volltreffer, Holmes!« jubelte ich.

Im ersten Augenblick war es stockfinster, dann sah ich die Flammen. Der getroffene Sicherungskasten brannte. Auch unten in der Halle hatte man den Brand bemerkt, und nach den hysterisch klingenden »Feuer!«-Rufen zu urteilen, schien das Feuer fast eine Panik auszulösen. Ich erstarrte – daran hatte ich noch gar nicht gedacht. Der Zeppelin! Soweit ich wußte, bestand seine Füllung aus Wasserstoff. Also hingen über uns Tausende von Kubikmetern eines höchst brennbaren Gases! Wenn der Zeppelin Feuer fing, würde von uns allen nicht mehr viel übrigbleiben.

Das war auch den Soldaten klar und erklärte ihre angstvolle Reaktion. Offenbar gelang es ihnen aber, den Brand auf der Stelle zu löschen, denn von den Flammen war nach wenigen Sekunden nichts mehr zu sehen. Vereinzelte Lampen leuchteten jetzt auf, anscheinend war die Stromversorgung nicht völlig ausgefallen. Der Lichtstrahl eines Scheinwerfers streifte unsere Front und erhellte das Büro für einen Augenblick.

»Kommen Sie, Watson, wir müssen hier raus!«

Holmes stand bereits in der hinteren Tür und ging nun in den angrenzenden Raum hinüber. Ich kroch ein Stück zurück, bevor ich aufstand und ihm folgte. Es stimmte, viel Zeit würde uns nicht bleiben, um die entstandene Verwirrung ausnutzen zu können. Neben mir nahm ich eine undeutliche Bewegung wahr, einer von unseren Bewachern regte sich wieder und kam stöhnend auf die Beine. Danach klang es jedenfalls, denn erkennen konnte ich nicht viel. Erst als jetzt erneut ein Scheinwerfer das Büro erfaßte, sah ich Graf Ruppitz, der sich schwankend auf einen Stuhl stützte. Mit der anderen Hand tastete er kraftlos nach seinem leeren Halfter. »Halt, stehenbleiben!« befahl er mühsam mit schwacher Stimme, dann versagten seine Beine, und er sackte seitlich weg. Aufhalten würde er uns nicht mehr.

Hinter Etzfelds Büro lag ein zweiter Raum, der ihm vermutlich als Notunterkunft diente. Darauf deutete ein massives Feldbett hin, über das ich beinahe gestolpert wäre.

»Holmes, wo sind Sie?« rief ich leise und rieb mir mein Schienbein.

»Am Fenster!« antwortete er. »Wir haben Glück, Watson, es gibt einen Fluchtweg.«

Jetzt sah ich auch seine schemenhafte Gestalt vor mir, die sich schwach gegen den Sternenhimmel abhob. Die beiden Fenster des Raumes zeigten hinaus auf den freien Platz vor der Halle. Offenbar waren auch hier draußen die großen Lampen ausgefallen. Nur die Sterne und der gerade aufgegangene Mond spendeten Licht. Holmes hatte ein Fenster geöffnet und sich auf die Fensterbank geschwungen. »Beeilen Sie sich, Watson!« sagte er noch, dann war er verschwunden.

Als ich das Fenster erreichte und mich über die Brüstung beugte, war er schon einige Meter unter mir und kletterte schnell immer tiefer. Also das hatte er mit »Fluchtweg« gemeint. Gleich neben dem Fenster führte ein Fallrohr von der Dachrinne senkrecht nach unten. Für Holmes war das ein bequemer Abstieg. Ich hätte die Aussicht, zehn oder zwölf Meter an einem dünnen, schwankenden Eisenrohr hinunterklettern zu müssen, nicht unbedingt als »Glück haben« bezeichnet. Allerdings war das immer noch besser, als untätig darauf zu warten, daß Etzfelds Leute wild um sich schießend durch die Tür stürmten.

Ich stieg auf die Fensterbank, griff nach dem Rohr und schwang mich aus dem dritten Stock. Einen Augenblick hing ich frei in der Luft, dann fand ich mit den Füßen Halt auf den dicken Schellen, mit denen das Fallrohr in der Wand befestigt war. So schnell es ging, arbeitete ich mich halb rutschend, halb kletternd nach unten. Das Rohr hatte Holmes' Gewicht ausgehalten, trotzdem klang das vernehmliche Knirschen der Befestigungsschrauben wenig vertrauenerweckend. Das letzte Stück ließ ich mich einfach fallen und war froh, wieder festen Boden unter den Füßen zu spüren.

Unten wurde ich von Holmes schon ungeduldig erwartet. »Schnell, Watson, wir müssen zurück in die Halle, bevor hier Posten aufziehen!«

Es gefiel mir zwar nicht, aber er hatte natürlich recht. Wir mußten alles versuchen, um Luzia und Henry zu befreien. Auch wenn ich nicht die geringste Vorstellung hatte, wie wir das anstellen sollten. Ich konnte nur hoffen, daß Holmes einen Plan hatte.

Holmes rannte los, und ich blieb ihm dicht auf den Fersen. Wir liefen an der Außenwand entlang zum hinteren Ende der Halle. An der Ecke machten wir kurz halt, aber die Rückseite war leer, der kleine Seiteneingang wurde immer noch nicht bewacht. Keuchend erreichten wir zum zweiten Mal die Stahltür. Holmes zog sie einen Spaltbreit auf und steckte vorsichtig seinen Kopf hindurch.

»Alles in Ordnung, Watson!«

Ich folgte ihm und drückte leise die Tür hinter mir wieder ins Schloß. Diesmal hatten wir wirklich Glück, niemand hielt sich in der Nähe der Tür auf.

In der Halle war es immer noch dunkel. Weiter vorne brannten einige Scheinwerfer, die auf Etzfelds Büro ausgerichtet waren und die zerschossene Fensterfront anstrahlten. Dort gab es auch Bewegung. Ein Trupp Soldaten war die Treppe hinaufgestiegen und näherte sich mit angelegten Gewehren dem Büro. Etzfeld befand sich nicht unter ihnen, aber wir hörten jetzt seine laute Stimme.

»Geben Sie auf, Holmes! Es hat ja doch keinen Zweck!«

»Sehr gut, Watson«, sagte Holmes leise, »sie haben offenbar von unserer Flucht noch nichts bemerkt.«

Ein schwacher Geruch von Pulverdampf mischte sich mit dem scharfen Gestank des ausgebrannten Sicherungskastens gleich neben uns. Hier durften wir nicht bleiben, jeden Augenblick konnten Techniker erscheinen, um sich um die defekten Stromleitungen zu kümmern. Wir liefen unter dem Zeppelin hindurch zur anderen Seite der Halle, dort schien alles ruhig zu sein. Die Aktivitäten der Soldaten konzentrierten sich im Augenblick auf das Bürogebäude.

Vorsichtig arbeiteten wir uns an der Wand entlang weiter nach vorne. Mittlerweile hatten sich unsere Augen einigermaßen an die Dunkelheit gewöhnt. Trotzdem mußten wir ständig aufpassen, um nicht gegen das Material anzulaufen, das hier in Mengen gelagert war, hauptsächlich Ersatzteile, Karren und immer wieder riesige Gerüste. Auf der Höhe der Kabinengondel stießen wir auf einen großen Stapel Sandsäcke, die vermutlich als Ballast für das Luftschiff verwandt wurden. Sie gaben eine gute Deckung ab, wenigstens vorübergehend. Wir befanden uns nun im Rücken der Soldaten, die letzte Vorbereitungen trafen, um das Büro zu stürmen. Wir hörten halblaute Kommandos und ein metallisches Klicken, als die Männer ihre Karabiner durchluden. Dann ertönte wieder die unnatürlich laute und leicht verzerrte Stimme des Oberst. Anscheinend benutzte er ein Megaphon.

»Holmes! Dr. Watson! Ergeben Sie sich und kommen Sie mit erhobenen Händen heraus! Sie wollen doch nicht, daß Mrs. Jones etwas passiert, Holmes!«

»Erwartet Etzfeld etwa von mir, daß ich auf einen so plumpen Trick hereinfalle?« Holmes klang ehrlich verwundert.

»Auf jeden Fall wird er bald herausfinden, daß wir nicht mehr in dem Büro sind, Holmes!«

»Das ist anzunehmen, Watson. Außerdem wird es nicht ewig dunkel bleiben, bestimmt gibt es hier irgendwo noch ein Notaggregat. Viel Zeit bleibt uns also nicht mehr.«

»Was sollen wir tun, Holmes?«

»Wir müssen auf das Luftschiff, so schnell wie möglich! Luzia und der Junge sind noch an Bord, und ich glaube nicht, daß Etzfeld nur unseretwegen den Start verschieben wird. Es kann jeden Moment soweit sein. Wenn der ›Imperator‹ ohne uns startet, können wir nichts mehr für die beiden tun, fürchte ich.«

»Sie denken, daß der Oberst Luzia und Henry mitnehmen will?«

»Nein, die beiden auf das Luftschiff zu bringen, war mit Sicherheit Imhoteps Idee. Der Oberst dürfte keinen Wert auf zusätzliche Passagiere legen.«

»Bestimmt nicht, aber warum sollte denn Imhotep …?« Ich brach ab und schluckte. »Großer Gott!«

»Genau, Watson, er will sie ja nicht bis nach Ägypten mitnehmen«, antwortete Holmes ruhig. »Aha.«

Seine letzte Bemerkung galt der Notbeleuchtung. In größeren Abständen waren an den Längswänden Lampen angebracht, die jetzt aufflammten. Ihre Leistung reichte bei weitem nicht an die der großen Bogenlampen heran, trotzdem gaben sie genügend Licht, um auf den ersten Blick erkennen zu können, daß unsere Aussichten, unbemerkt ins Schiff zu gelangen, sehr schlecht waren. Der Aufstieg zur Kabine wurde bewacht, eine kleine Abteilung Soldaten hatte dort Posten bezogen. Sie schienen zwar nicht mit uns hinter ihrem Rücken zu rechnen und sicherten die Leiter nur zur anderen Seite hin, aber dieser Weg ins Schiff war für uns versperrt. Und einen anderen gab es nicht.

»Das sieht nicht gut aus, Holmes! An den Männern kommen wir nicht so einfach vorbei!«

Holmes zeigte nach oben. »Das müssen wir auch nicht, Watson. Wir versuchen es über die Motorengondel.«

Der Zeppelin wurde von drei Propellern angetrieben, die trotz ihrer beachtlichen Größe geradezu winzig wirkten – gemessen an den kolossalen Maßen des Luftschiffs. Ihre Motoren hatte man außerhalb des eigentlichen Schiffskörpers in separaten Gondeln untergebracht, die fest mit dem Rumpf verbunden waren. Eine befand sich unter dem Zeppelin mittschiffs achtern, die beiden anderen waren weiter vorne je seitlich am Rumpf installiert und in der Höhe nach oben versetzt.

Schräg über uns, etwa zwanzig Meter entfernt, hing die Steuerbordgondel. Sie hatte die Größe eines kleinen Bootes mit hohem Schanzkleid und offenem Heck. Der vordere Teil war überdacht und verkleidet, vermutlich um den Motor vor Regen zu schützen. Den Propeller hatte man an die Bugspitze verlegt. Ich verstand, was Holmes meinte. Während der Fahrt mußte der Motor gewartet werden können, also mußte es auch von dort aus eine Verbindung ins Schiffsinnere geben. Als ich nun darauf achtete, sah ich sie auch. Zwei der nach oben laufenden Verbindungsstreben zwischen Gondel und Schiffskörper waren parallel angeordnet und mit Quersprossen versehen. Durch eine Öffnung in der Schiffshaut führte diese Leiter nach innen.

Soweit ich es sehen konnte, hielt sich im Augenblick niemand in der Motorengondel auf. Anders als die große Kabine wurde sie nicht eigens bewacht. Wozu auch, sie hing mehrere Meter über dem Boden, und es gab keine Leiter für den Aufstieg.

»Wie stellen Sie sich das vor, Holmes?« fragte ich leise. Aber Holmes war verschwunden. Gebückt hatte er unsere Stellung verlassen und war zu einem der vollgestopften Regale an der Wand hinter uns gelaufen. Als er kurz darauf zurückkam, trug er ein zusammengerolltes Seil über seiner Schulter.

»Damit müßte es gehen, Watson! Wenn ich oben bin, lasse ich für Sie das Seil herunter.«

»Oben? Wie wollen Sie das schaffen, Holmes, es sind mindestens vier Meter!«

»Schon möglich. Mehr Sorgen mache ich mir wegen des Lichts. Aber das läßt sich nicht ändern, wir müssen es riskieren.«

Holmes hatte recht, ausgerechnet in Höhe der Gondel brannte eine Lampe der Notbeleuchtung. Bei einem Versuch, in die Gondel zu gelangen, wären wir völlig ungeschützt. Ein zufälliger Blick eines Wachsoldaten in unsere Richtung genügte, um uns auffliegen zu lassen. Während ich unsere Chancen überschlug, unentdeckt zu bleiben, kam uns der Zufall zu Hilfe. Die Lampe flackerte kurz auf und verlöschte. Beruhigendes Halbdunkel umgab uns.

Jetzt dröhnte auch noch Etzfelds Stimme durch die Halle. »Zum letzten Mal, Holmes! Geben Sie auf, oder wir stürmen!« Mit Sicherheit achtete in diesem Augenblick keiner der Männer darauf, was in ihrem Rücken geschah. Eine günstigere Gelegenheit würde nicht kommen.

»Vorwärts, Watson!«

Geduckt liefen wir auf den Zeppelin zu und hielten unter der Gondel. Aus der Nähe betrachtet, schien sie mir noch höher zu hängen.

»Schnell, helfen Sie mir hoch, Watson!«

Ich verschränkte die Finger ineinander und hielt meine Hände in Bauchhöhe, damit Holmes sie als Tritt nutzen konnte. Als Kinder nannten wir so etwas Räuberleiter. Es war nicht das erste Mal in den langen Jahren meiner Bekanntschaft mit Sherlock Holmes, daß ich auch noch im gesetzteren Alter auf derartige Fertigkeiten zurückgreifen mußte. Damit war bei Holmes eigentlich ständig zu rechnen. Immerhin kam ich so nicht aus der Übung.

Holmes setzte seinen Fuß in meine Hände und stieg mir auf die Schultern. So gut es ging, ignorierte ich dabei den Schmerz von meiner Prellung und stellte mich möglichst gerade hin. Holmes reckte sich und versuchte, die Haltestange zu packen, die am Gondelboden befestigt war. Es reichte nicht, zwei oder drei Zentimeter fehlten. Holmes schwankte kurz, fing sich aber gleich wieder. Erneut richtete er sich auf und streckte seine Arme nach oben. Diesmal berührten seine Fingerspitzen schon die Stange, konnten sie aber immer noch nicht fassen. Mit ausgebreiteten Armen hielt ich die Balance und stellte mich vorsichtig auf die Fußballen. Mehr konnte ich nicht tun, und sehr lange würde ich die Anstrengung nicht aushalten. Aber das war auch nicht nötig, auf einmal ließ das Gewicht auf meinen Schultern nach und verschwand dann völlig. Holmes war es gelungen, die Stange zu ergreifen, er hing nun lang ausgestreckt in der Luft.

Ich wußte, zu welchen Kraftanstrengungen Holmes in der Lage war, wenn es sein mußte. Trotzdem verblüffte mich die scheinbare Leichtigkeit, mit der er sich nun langsam in die Höhe zog, mit den Füßen Halt fand und über die Gondelwand kletterte. Nichts hätte müheloser aussehen können.

Mir stand der schwierigste Teil noch bevor, und ganz sicher würde ich nicht so elegant in die Gondel steigen wie Holmes. Ich ging in die Hocke und wartete darauf, daß er für mich das Seil herunterließ. Niemand hatte Alarm geschlagen, anscheinend war die Aktion unbemerkt geblieben. Bis jetzt. Das konnte sich jederzeit ändern, denn die defekte Lampe flackerte nun ein-, zweimal auf, um dann ruhig weiterzubrennen. Sie leuchtete mich hervorragend aus. Hastig legte ich mich flach auf den Boden, was allerdings gegen das ungemütliche Gefühl, wie auf einem Präsentierteller zu liegen, nicht viel half.

Plötzlich gellte ein aufgeregter Schrei durch die Halle. »Da! Am Fenster!« Unmittelbar darauf fiel ein einzelner Schuß. Offenbar hatte jemand aus lauter Nervosität abgedrückt und löste damit eine unregelmäßig abgefeuerte Salve aus, die nun mit ohrenbetäubendem Krachen losdonnerte.

Trotz des Lärms entging mir nicht das Klicken hinter meinem Rücken. Ich erstarrte, das Geräusch kannte ich. So klang es, wenn ein Karabiner durchgeladen wurde. Also hatten sie mich doch noch entdeckt, das Spiel war aus. Langsam drehte ich mich um, gefaßt auf ein triumphierendes Grinsen hinter einem Gewehrlauf. Doch da stand niemand und legte auf mich an, statt dessen sah ich nur eine schmale Klappleiter aus Aluminium vor mir, die aus der Gondel heruntergelassen wurde und nun den Boden berührte.

»Worauf warten Sie denn noch, Watson?« rief Holmes leise von oben.

Auf der anderen Seite des Zeppelins fielen immer noch Schüsse. Mit etwas Glück würde niemand auf mich achten. Ich sprang auf, griff in die Sprossen und kletterte nach oben. Es ging wesentlich bequemer und vor allem viel schneller als mit einem Seil, was auch dringend nötig war. Denn gerade, als ich über das Schanzkleid stieg, dröhnte Etzfelds Kommando »Feuer einstellen!« zu uns herüber. Stille trat ein.

»Nicht schießen!« Die leisere Stimme gehörte Graf Ruppitz. Weil der Zeppelin zwischen uns schwebte, konnte ich ihn nicht sehen, stellte mir aber vor, wie er nun mit einem weißen Taschentuch dramatisch aus dem zerschossenen Bürofenster winkte. »Nicht schießen!« rief er noch einmal. »Die Gefangenen sind geflohen, Herr Oberst! Über die Rückseite, durch ein Fenster! Sie haben das Gebäude verlassen!«

»Jetzt würde ich zu gern das Gesicht des Herrn Oberst sehen, Holmes! Die Nachricht wird ihm sicher nicht gefallen!«

»Damit könnten Sie recht haben, Watson. Natürlich erwartet er, daß wir versuchen werden, auf das Schiff zu kommen, und wird jetzt entsprechende Maßnahmen ergreifen, um das zu verhindern.«

»Jawohl, aber die kommen etwas spät, fürchte ich. Damit, daß wir schon längst an Bord sind, wird er bestimmt nicht rechnen!«

»Hoffentlich, Watson.« Holmes hatte die Leiter wieder hochgezogen und klappte sie nun mehrfach zusammen. Dabei gab es jedesmal ein leises Klicken. Dieses harmlose Geräusch hatte ich eben gehört und für einen Karabiner gehalten.

In der Halle wurde es lebendig. Stimmen, die unverkennbar

Feldwebeln gehörten und kein Megaphon benötigten, um überall verstanden zu werden, brüllten hektische Befehle. »Wachkompanie ausschwärmen und die Halle sichern! Erster und zweiter Zug nach draußen und das Gelände durchkämmen, die Gefangenen dürfen nicht vom Stützpunkt entkommen! Los, los – Bewegung, Männer!«

Das Trampeln von schweren Stiefeln war zu hören, als Soldaten in kleinen Trupps begannen, die Halle zu durchsuchen. Wir nahmen hinter dem Schanzkleid Deckung. Eine überflüssige Vorsichtsmaßnahme, denn niemand sah nach oben. Um so gründlicher kontrollierten die Männer jeden Winkel am Boden. Wären wir noch dort gewesen, hätten sie uns finden müssen. Ganz sicher bestand nun nicht mehr die geringste Chance, unbemerkt auf das Luftschiff zu gelangen. Es war knapp gewesen, buchstäblich im letzten Moment hatten wir es noch geschafft. Jedenfalls so gut wie, nur eine verschlossene Luke über uns am Ende der Leiter trennte uns noch vom Schiffsinneren.

»Hoffentlich finden wir uns überhaupt in diesem Ungetüm zurecht, Holmes!«

»Keine Sorge, Watson, das wird unser geringstes Problem sein. Die Luke da oben dürfte auf einen Laufgang führen, der die hintere Maschinengondel mit der großen Führerkabine verbindet. Wir brauchen ihm also nur zu folgen, er wird uns zu Luzia und Henry bringen.«

Verwundert sah ich ihn an. »Ich wußte gar nicht, daß Sie mit der Konstruktion von Zeppelinen so vertraut sind, Holmes.«

»Nun, ›vertraut‹ wäre etwas übertrieben. Meine Kenntnisse rühren von einem ausführlichen Gespräch mit Bylandt her. Der Baron hält zwar nicht viel von Luftschiffen, scheint aber trotzdem alles über sie zu wissen.« Unvermittelt hob er die Hand. »Still, Watson!«

Ich hatte die Stimmen auch gehört. Sie klangen zwar gedämpft, waren aber schon recht nahe und gehörten nicht zu einem der Suchtrupps am Boden. Sie kamen eindeutig aus dem Schiff.

»Das Schott, Watson!« flüsterte Holmes und zog mich hinter den Motor.

Über uns wurde die Luke geöffnet, und zwei Männer kletterten nacheinander die Leiter hinunter. Soweit ich erkennen konnte, trugen sie keine Waffen, und sie schienen auch keine normalen Soldaten zu sein. Vermutlich handelte es sich um Mechaniker, die sich um den Motor kümmern sollten. Beim Abstieg kehrten sie uns den Rücken zu, was unsere Arbeit erleichterte. Als der erste die Gondel erreichte, wurde er von Holmes schnell und diskret mit einem schweren Schraubenschlüssel in Empfang genommen und gleich an mich weitergereicht. Seinen Kameraden ereilte kurz darauf das gleiche Schicksal. Wir legten die Bewußtlosen auf den Boden ab. Wenn noch mehr Besatzungsmitglieder kämen, würde es eng werden.

»Behalten Sie die beiden im Auge, Watson!« Ohne auf meine Einwände zu warten, stieg Holmes die Leiter hoch und verschwand durch die Luke.

Kaum war er außer Sicht, als neue Kommandos durch die Halle gebrüllt wurden. »Achtung, Bodenmannschaften! Alles klarmachen zum Aussetzen! Positionen einnehmen!«

Die Bogenlampen flammten wieder auf und tauchten die Halle in strahlendes Licht. Geblendet schloß ich für einen Moment die Augen und kauerte mich neben unsere Gefangenen. Die dickgefütterte Montur der Mechaniker erinnerte mich an die Kleidung für Chauffeure, vor allem ihre Schutzbrillen und Lederhelme. Ich mußte an unseren stürmischen Flug mit Bylandts Maschine denken, viel angenehmer durfte es in der teilweise offenen Gondel während der Fahrt auch nicht sein. Rasch untersuchte ich die beiden. Wie erwartet, waren sie nur bewußtlos. Holmes konnte einen Schlag sehr genau dosieren, mehr als leichte Kopfschmerzen würden die Männer nicht davontragen.

»Hallo, da oben!« Die laute Stimme gleich unter mir ließ mich erstarren. Jemand hatte zur Gondel hinaufgerufen. »Hallo!« Der zweite Versuch klang schon wesentlich ungeduldiger. Ignorieren konnte ich den Ruf nicht. Hastig nahm ich einem der Bewußtlosen Helm und Brille ab und zog sie an. Dann richtete ich mich auf, um über Bord zu sehen. Es war kein schöner Anblick. Unten standen zehn oder zwölf Soldaten, angeführt von einem Unteroffizier.

»Schlaft ihr etwa da oben?« rief er und stemmte seine Fäuste in die Seiten. »Tut mir leid, wenn ich die Herren geweckt habe!«

Ein paar der Männer lachten, und alle sahen sie zu mir hoch. Einen bangen Moment wartete ich darauf, erkannt zu werden, aber nichts passierte. Offenbar schien niemand an meinem Aussehen etwas Merkwürdiges zu finden, die Tarnung war gelungen. Beschwichtigend hob ich eine Hand und überlegte fieberhaft, was in aller Welt die Leute von einer Gondelbesatzung nur wollen konnten. Der Unteroffizier gab mir einen Hinweis.

»Das Tau, Mann! Nun mach schon!« rief er und winkte ungeduldig.

Ich sah mich um, innen am Schanzkleid hing aufgerollt ein starkes Seil, das mußte er gemeint haben. Zögerlich hob ich es an, immer noch unschlüssig, was ich damit anfangen sollte. Dann sah ich, daß es von außen mit dem Gondelboden fest vertäut war, und verstand, was von mir erwartet wurde. Mühsam hievte ich das schwere Tau über die Bordwand und ließ es zu den Männern herunterfallen.

»Na endlich!«

Die Soldaten ergriffen das herunterhängende schwere Seil und stellten sich hintereinander in einer Reihe auf. Gelassen warteten sie auf weitere Befehle. Ihr Interesse an mir schienen sie verloren zu haben. Demonstrativ nahm ich den großen Schraubenschlüssel in die Hand und schaute mich möglichst harmlos um. Es sah nicht gut aus, überall in der Halle war man anscheinend mit den letzten Startvorbereitungen beschäftigt. Viel Zeit würde uns nicht mehr bleiben.

Ich wußte nicht, ob der Oberst schon an Bord gegangen war. Von meiner Position aus konnte ich den Eingang zur Führerkabine nicht mehr sehen, nur die Außenwand mit der umlaufenden Haltestange, die mit Ballastsäcken beschwert war. Da die Kabine mittschiffs und deshalb wesentlich tiefer hing als unsere Motorengondel, waren die Säcke bequem vom Boden aus zu erreichen. Soldaten besetzten nun die Haltestange und entfernten einen Sandsack nach dem anderen.

Befreit von dem Ballast, schwamm der gigantische Zeppelin jetzt frei in der Luft. Er wurde nur noch durch die Mannschaften an den Haltestangen und Tauen unten gehalten. Das Gemisch seiner Gasfüllung mußte genau austariert sein. Es durfte gerade nur so viel Auftrieb erzeugen, wie die Männer mit ihrem Gewicht noch ausgleichen konnten.

Fast die gesamte Stirnwand der Halle wurde von einem riesigen Tor eingenommen, dessen beide Flügel nun langsam nach außen schwangen. Um den Zeppelin besser in die Halle hinein- und auch wieder hinausmanövrieren zu können, hatte man seine Bugspitze durch eine lange Stange mit einem Schienenwagen verbunden. Dessen Führungsschienen liefen längs durch die Halle und setzten sich nach draußen auf der weitläufigen freien Fläche noch fort. Der ehemalige Appellplatz diente nun als Startfeld.

Auch um den Wagen herum hatten Mannschaften Aufstellung genommen. Mir fiel auf, wie still es mittlerweile in der Halle geworden war, alle schienen bereit zu sein und nur noch auf das Kommando zum Start zu warten. Als der laute Befehl »Luftschiff marsch!« jetzt endlich gegeben wurde, legten sich die Männer ins Zeug. Teils gezogen, teils geschoben wurde der Zeppelin nun buchstäblich von Hand bewegt und mit dem Heck voran ins Freie gebracht. Die Ausschiffung ging nur im Schrittempo vor sich und war begleitet von lauten Kommandos. Ständig mußte die Bewegungsrichtung durch unterschiedlichen Zug an den Seilen korrigiert werden. Einen Gegenstand von der Größe eines Zeppelins auf diese Weise zu steuern, war sicher alles andere als einfach, und die heikelste Stelle der Passage erforderte regelrechte Präzisionsarbeit. Denn trotz ihrer gewaltigen Ausmaße schien mir die Toröffnung nur unwesentlich größer zu sein als der Durchmesser des Luftschiffs.

Offenbar verstand die Mannschaft ihr Handwerk. Ohne große Probleme dirigierte sie den Zeppelin immer weiter nach draußen. Einen Zwischenfall gab es erst, als sich das Luftschiff schon halb im Freien befand. Plötzlich hatte ich den Eindruck, als käme die Hallenwand auf mich zu, aber das war nur Einbildung. In Wahrheit schwenkte der Schiffskörper langsam herum.

Sofort setzten hektische Kommandos ein. Anscheinend hatte eine Windböe das ungeschützte Heck erfaßt und drohte nun, den Zeppelin gegen den Torrahmen zu drücken. Mit aller Kraft stemmten sich die Männer unter mir gegen das Tau und setzten dabei ihr ganzes Gewicht ein, um einen Aufprall zu verhindern. Trotzdem näherten wir uns immer mehr der Wand. Eine weitere Abteilung Soldaten kam angerannt, um ihre Kameraden zu unterstützen. Auf einmal lag Angst in der Luft. Von dem, was aufgeregt durch die Halle gerufen wurde, verstand ich nur Bruchstücke, aber das reichte mir.

Ihre Sorge galt nicht möglichen Kratzern oder verbogenen Konstruktionsteilen, sondern die Männer fürchteten eine Explosion. Einen ähnlichen Unfall hatte es wohl schon einmal hier auf dem Stützpunkt gegeben, und er schien nicht gut ausgegangen zu sein. Hilflos packte ich die Reling und starrte auf den immer schmaler werdenden Abstand zwischen Wand und Schiffskörper. Dabei versuchte ich, möglichst nicht daran zu denken, daß der über mir schwebende riesige Zeppelin bis zum Rand mit Wasserstoff gefüllt war und daß ein Funke genügte.

Aber wir hatten Glück, die Böe legte sich wieder. Es gelang den Männern, das Luftschiff ohne Havarie durch das Tor zu bugsieren, auch wenn es zeitweise so aussah, als wäre kaum mehr als eine Handbreit Platz zwischen der Schiffshaut und dem Torrahmen geblieben. Sobald der Zeppelin ganz im Freien schwebte, schwenkte er gemächlich an der beweglich gelagerten Bugstange herum und drehte seine Nase in den schwachen Wind. Die Bodenmannschaft zog uns noch weiter auf das Startfeld hinaus.

Über mir wurde die Luke aufgezogen. Für einen Augenblick tauchte Holmes' Kopf in der Öffnung auf. Er warf einen prüfenden Blick in die Gondel und stieg dann die Leiter herunter. Ein großer Beutel hing über seiner Schulter.

»Endlich, Holmes!« begrüßte ich ihn. »Haben Sie Luzia gefunden?«

Holmes streifte den Beutel ab und nickte. »Sie und Henry werden in einer Kabine gefangengehalten.«

»Und – was ist mit Imhotep, haben Sie ihn auch gesehen?«

»Ja, das habe ich«, antwortete er kurzangebunden. Ich konnte sein Gesicht nicht deutlich sehen, aber in seiner Stimme schwang ein Ton mit, den ich vorher noch nicht gehört hatte. Er erinnerte mich an polierten Stahl. »Castelli ist bei ihnen in der Kabine.«

»Castelli? Sind Sie wirklich sicher, Holmes? Ich meine, daß er tatsächlich Castelli ist?«

»Vollkommen sicher, Watson. Imhotep ist Castelli, glauben Sie mir.« Holmes öffnete seinen Beutel. »Und er will seine Rache.«

»Was machen wir denn jetzt? Haben Sie schon einen Plan?«

Holmes griff in den Beutel und holte zu meiner Überraschung einen Verbandskasten heraus. »Zunächst sollten wir uns um unsere eigenen Gefangenen kümmern, Watson.«

Das war richtig, die beiden Männer auf dem Gondelboden hätte ich fast vergessen. Als wir ihnen jetzt mit Verbandsmaterial Arme und Hände auf dem Rücken zusammenbanden, kamen sie wieder zu sich. Klebepflaster auf ihrem Mund sorgten dafür, daß ihr Protest nicht zu laut wurde. Ein anderes Problem würde sich nicht so leicht lösen lassen.

»Holmes, wie sollen wir den Start jetzt noch verhindern können?«

»Gar nicht, Watson. Das brauchen wir auch nicht, im Gegenteil. Nur mit dem Zeppelin haben wir eine Chance, zusammen mit Luzia und dem Jungen heil den Stützpunkt zu verlassen. Der ›Imperator‹ soll ruhig starten, er darf nur nicht nach Ägypten fliegen. Und das wird er auch nicht.« Holmes beugte sich über den Motor und hielt mir seine offene Hand hin. »Ihren Schraubenschlüssel bitte, Watson!«

»Was haben Sie vor, Holmes?«

Er gab mir keine Antwort. Begleitet von wütendem Zappeln und halberstickten Protestlauten der Mechaniker hantierte Holmes mit dem Werkzeug am Motor herum. Ich konnte nur hoffen, daß er auch wußte, was er tat. Nach einer Weile richtete er sich wieder auf und nickte zufrieden. »Das müßte reichen.« Mit dem Taschentuch wischte er sich das Schmierfett von den Fingern. »Mein Plan, Watson, ist recht simpel. Ich habe vor, den Zeppelin möglichst bald nach dem Start zur Landung zu zwingen.«

»Sabotage, Holmes!«

»Genau, darauf läuft es hinaus, Sabotage. Motoren, die Steueranlage, Gasventile – es wird sich an Bord schon genug finden lassen, das wir zerstören oder beschädigen können. Wir müssen nur dafür sorgen, daß die Besatzung beschäftigt ist, während wir versuchen, Luzia und Henry zu befreien. Und bei einer Havarie haben die Männer bestimmt Wichtigeres zu tun, als zwei Gefangene zu bewachen.«

»Ja, das nehme ich an. Hoffentlich gilt das auch für Castelli und seine Leute.«

»Damit würde ich nicht rechnen, Watson.« Holmes hatte sich zu voller Größe aufgerichtet und wirkte sehr ruhig und entschlossen.

»Verstehe, Holmes.« Langsam nickte ich. »Nun, das läßt sich wohl nicht ändern. Ich wünschte nur, ich hätte meinen Revolver noch!«

»Da kann ich Ihnen aushelfen, Watson!« Holmes griff noch einmal in den Beutel und holte eine Luger heraus. Offensichtlich hatte er sich bei der Inspektion vorhin nicht nur in der Bordapotheke bedient. Er reichte mir die Waffe und ließ selbst eine zweite Pistole in seine Jackentasche gleiten. Dann hob er den Kopf. »Hören Sie das?«

Auch mir war es aufgefallen. Die Befehle und Rufe hatten aufgehört, sogar die Stimmen der Soldaten unter uns waren verstummt. Auf dem gesamten Startfeld herrschte angespannte Stille. Ich lehnte mich über die Reling und sah nach unten. Der Zeppelin wurde nicht mehr vorwärtsgezogen, sondern nur noch gehalten. Offenbar hatten wir die Startposition erreicht.

Ein lautes Kommando durchbrach die Stille. »Achtung: Leinen los!«

Die Männer ließen das Gondeltau los und traten einen Schritt zurück. Ihre Kameraden an den Haltegriffen der Kabine blieben weiter auf ihrem Posten. Allein durch ihr Gewicht wurden wir noch am Boden gehalten. Ihnen galt das nächste Kommando. Auf den Befehl »Luftschiff – hoch!« hin wurde der Zeppelin förmlich in die Luft geworfen. Befreit von der Last stiegen wir nun nahezu senkrecht nach oben.

Trotz allem kam der plötzliche Aufstieg für mich unerwartet.

Ich mußte schlucken, und mit einem flauen Gefühl im Magen starrte ich hinunter auf die schnell kleiner werdenden Mannschaften, die über den geglückten Start jubelten und begeistert zu uns hochwinkten. Ihre Stimmen wurden immer leiser, je höher wir stiegen. Mir wurde leicht schwindlig.

»Statischer Auftrieb, Watson«, erklärte Holmes beiläufig, während er das Tau einholte und wieder am Schanzkleid festmachte. »Die Motoren werden erst in einer Höhe von hundert Metern gezündet. Dann steigen wir weiter auf unsere Reisehöhe.«

»Reisehöhe?«

»Ich habe eben etwas von fünfhundert gehört.«

»Beruhigend, Holmes. Wirklich beruhigend.« Zum zweiten Mal an diesem Tag hatte es mich in die Lüfte verschlagen, erst mit Bylandts Flugmaschine, jetzt mit dem Zeppelin. Wo sollte das noch hinführen? Auf einmal wünschte ich mich zurück ins neunzehnte Jahrhundert.

Holmes hielt noch eine Überraschung für mich bereit. Sein Beutel, den er aus dem Schiff mitgebracht hatte, war offenbar unerschöpflich. Was jetzt daraus auftauchte, schien eine Art Rucksack zu sein. Holmes trug ihn in eine Ecke der Gondel und legte ihn dort auf zwei ähnlich aussehende Säcke, die ich bisher nicht weiter beachtet hatte. Jetzt sah ich sie mir genauer an. Was ich für bloßes Ballastmaterial gehalten hatte, war etwas ganz anderes.

»Das sind Fallschirme, nicht wahr?«

»Richtig, Watson! Unsere Rückfahrkarten.«

»Was sagen Sie da, Holmes? Das kann nicht Ihr Ernst sein!«

»Ich fürchte, doch. Es gibt keinen anderen Fluchtweg. Einen Kampf gegen die gesamte Besatzung und Castellis Männer zu wagen, wäre aussichtslos. Wir müssen auf Schnelligkeit und Überraschung setzen: Wir holen Luzia und Henry aus der Kabine, bringen sie zurück zur Gondel und springen ab.«

»Wir springen ab. Aus fünfhundert Metern Höhe!«

»Das ist immer noch sicherer als eine Notlandung.«

Ich brauchte einen Moment, um die lapidare Antwort zu verkraften. Holmes meinte es wirklich ernst.

»Ich sehe nur drei Fallschirme.«

»Das stimmt, ich werde an Bord bleiben.«

»Was soll das heißen, Holmes?«

»Luzias Befreiung ist nicht unsere einzige Aufgabe, Watson. Denken Sie an Etzfelds Plan! In Ägypten warten Imhoteps Anhänger nur auf ein Zeichen, um mit dem Aufstand zu beginnen. Auf dieses Zeichen hier, um genau zu sein. Sollte der ›Imperator‹ den Nil erreichen, gibt es da unten ein Blutbad. Das müssen wir verhindern.«

Das stimmte natürlich, aber mir wurde klar, daß es noch einen anderen Grund gab, weshalb er nicht sofort mit uns das Schiff verlassen wollte. Holmes schwieg einen Augenblick. Als er weiterredete, lag kalte Entschlossenheit in seiner Stimme. »Außerdem darf uns Castelli nicht ein zweites Mal entkommen. Auf keinen Fall. Und dafür werde ich sorgen.«

»Dann bleibe ich auch!«

»Nein, Watson, Sie müssen sich um Luzia und den Jungen kümmern! Für Ungeübte ist der Absprung nicht ungefährlich, zumal in der Dunkelheit. Die beiden könnten medizinische Hilfe benötigen, falls bei der Landung ein Unglück passieren sollte.«

»Schon möglich.« Ich beugte mich noch einmal über die Reling und warf einen Blick in die Tiefe. Das beleuchtete Startfeld, die Mannschaften, sogar die gewaltige Halle wirkten mittlerweile winzig. Dabei hatten wir noch lange nicht unsere Flughöhe erreicht. »Zum Teufel, Holmes – medizinische Hilfe werde ich selbst nötig haben!« Dann drehte ich mich um und nickte. »Also gut, gehen wir!«

Holmes kletterte als erster die Leiter hoch ins Schiff und verschloß hinter mir sorgfältig die Luke. Überrascht sah ich mich um, mit der Enge hier drinnen hatte ich nicht gerechnet. Vor uns lag ein schmaler, leicht ansteigender Gang, der weiter in das Schiff hineinführte und durch vereinzelte elektrische Lampen nur schwach ausgeleuchtet wurde. Niemand war zu sehen oder zu hören. Über, neben und sogar unter uns hingen aufgeblähte Stoffsäcke von der Größe eines Hauses, die jeden Schall wie Watte schluckten. Je tiefer wir uns ins Schiffsinnere hineinbewegten, desto mehr kam ich mir vor wie im Bauch eines riesigen Wals.

Nach ungefähr zehn Metern stießen wir im rechten Winkel auf einen etwas breiteren Laufgang. Wie Holmes erklärte, war es der mittlere von dreien, die sich alle längs durch das Schiff zogen. Uns gegenüber mündete der Abgang zur Backbordgondel. Wir wandten uns bugwärts, und nach wenigen Schritten erreichten wir einen senkrechten Steigschacht, der nach oben und unten führte, jeweils zu den anderen Laufgängen.

»Wir müssen nach unten, Watson«, sagte Holmes leise und verschwand in dem dunklen Schacht. Ich folgte ihm auf die senkrechte Leiter, die scheinbar endlos nach unten führte. Erst nachdem wir schon einige Meter hinabgeklettert waren, sah ich tief unter mir ein schwaches Licht. Dort mußte der untere Laufgang liegen. Kurz bevor wir unten ankamen, setzte ein vernehmliches Brummen ein. Das konnte nur eins bedeuten: Die Motoren waren gestartet. Wir nahmen Fahrt auf.

Der untere Laufgang folgte der geschwungenen Linie des Schiffsrumpfes und war leicht gebogen. Wir hörten schon die Stimmen, bevor wir die Männer sehen konnten. Sie kamen uns aus der Bugrichtung entgegen. Holmes zeigte nach oben. »Schnell, Watson!« Hastig kletterten wir zurück in den Schacht. Die Stimmen kamen näher. Wenn die Männer ebenfalls nach oben wollten, sah es nicht gut für uns aus, verstecken konnten wir uns hier nirgends. Wir hatten Glück. Sie gingen unter uns vorbei weiter zur hinteren Motorengondel. Als das Stimmengemurmel wieder verebbte, ließ sich Holmes vorsichtig hinunter. Dann winkte er mir zu. »Alles in Ordnung, Watson!«

Der Gang war frei, aber jederzeit konnten noch mehr Mitglieder der Besatzung auftauchen. Schnell liefen wir weiter nach vorne, bis der Gang vor einem verschlossenen Schott endete, dem Zugang zur großen Kabinengondel. Holmes zog die Tür einen Spaltbreit auf und schlüpfte dann ganz hindurch. Ich folgte ihm dicht auf den Fersen. Außer uns war niemand zu sehen.

Die Kabine hatte auffallende Ähnlichkeiten mit einem Eisenbahnwaggon, nur war sie ein gutes Stück größer. Hinter dem Schott setzte sich der Gang noch ungefähr fünfzehn Meter fort.

Am anderen Ende befand sich ein verschlossener Durchgang, der vermutlich zur Brücke führte. Zu beiden Seiten gingen Türen zu den einzelnen Abteilen ab. Gleich die erste rechts neben mir stand offen. Flüchtig nahm ich einen festinstallierten Tisch und gepolsterte Sitzbänke wahr, die mich noch mehr an ein Zugabteil erinnerten. Alle anderen Türen waren verschlossen, und hinter einer von ihnen wurden Luzia und Henry gefangengehalten.

»Es ist das vorletzte Abteil auf der linken Seite!« flüsterte Holmes und setzte sich in Bewegung. Aber schon nach zwei Schritten erstarrte er. Die Klinke von Luzias Tür war heruntergedrückt worden. Mit einem Satz sprang er in das offene Abteil, und ich brauchte keine besondere Aufforderung, um ihm genauso schnell zu folgen. Holmes schloß die Tür bis auf einen schmalen Spalt, durch den wir auf den Gang hinaussehen konnten.

Ein Mann war aus Luzias Kabine getreten. Eindeutig gehörte er nicht zur normalen Besatzung. Er trug keine Uniform, sondern einen Schlapphut mit breiter Krempe und einen schweren dunklen Mantel. Um seinen Hals war zusätzlich ein dicker Schal gewickelt, trotz der eher moderaten Temperaturen schien er zu frieren. Sein Gesicht konnte ich nicht erkennen, da er uns den Rücken zukehrte, während er die Tür von außen wieder abschloß. Allerdings hatte ich eine bestimmte Vermutung, und Holmes beantwortete meinen fragenden Blick mit einem stummen Nicken. Der Mann vor uns mußte Imhotep sein. Besser gesagt: Castelli. – An den Gedanken, daß es sich um ein und dieselbe Person handelte, hatte ich mich immer noch nicht gewöhnt. Ohne sich nach uns umzuwenden, verließ Castelli nun den Raum durch die vordere Tür in Richtung Brücke.

Sobald der Gang frei war, rannten wir zu Luzias Kabine. Holmes ging in die Hocke. Für das Schloß brauchte er nicht mehr als zehn Sekunden. Er richtete sich wieder auf und steckte den Dietrich zurück in seine Tasche. »Nach Ihnen, Watson!«

Ich hatte die Klinke schon in der Hand und drückte die Tür nach innen auf. Es ging sehr schnell und kam völlig unerwartet. Bevor ich ein Wort sagen konnte, erhielt ich einen heftigen

Schlag seitlich gegen den Kopf. Für einen Moment wurde mir schwarz vor Augen, dann verlor ich durch den nachdrängenden Holmes mein Gleichgewicht und stolperte kopfüber in die Kabine. Bevor ich unsanft auf der Polsterbank landete und schützend meine Arme anwinkeln konnte, mußte ich auch noch einen zweiten Treffer einstecken.

»Um Himmels willen – Dr. Watson!« hörte ich jetzt Luzias überraschte Stimme. Sie ließ einen ausgesprochen solide wirkenden Schirm sinken, mit dem sie beidhändig ausgeholt hatte. Ihr nächster Schlag hätte mir sicher die Nase gebrochen. »Und Mr. Holmes! Was machen Sie denn hier?«

»Eigentlich sind wir gekommen, um Sie beide zu retten«, antwortete ich und betastete vorsichtig meinen Schädel.

Holmes drängte zur Eile. Für eine ausführliche Begrüßung fehlte uns wirklich die Zeit. Wir erläuterten Luzia in aller Kürze unseren Fluchtplan. Sie stimmte sofort zu und nahm Henry an die Hand. Die Aussicht auf einen Absprung mit dem Fallschirm schien sie nicht sehr zu schrecken, und über den Ernst unserer Lage auf dem Zeppelin gab sie sich keinen Illusionen hin. »Wissen Sie, wer an Bord ist, Mr. Holmes?«

Holmes nickte knapp. »Ja, ich habe ihn gesehen. Kommen Sie!«

Wir mußten die Kabine verlassen haben, bevor Castelli oder sonst jemand von der Besatzung zurückkehrte und Alarm schlagen konnte. Bis jetzt hatten wir Glück gehabt, und es hielt auch noch weiter an. Unbehelligt erreichten wir den Steigschacht und kletterten hoch zum Mittelgang.

»Hier müssen wir uns trennen«, sagte Holmes ernst. »Dr. Watson wird Sie beide in die Gondel bringen, Mrs. Jones. Dort finden Sie die Fallschirme. Warten Sie nicht auf mich«, mahnte er eindringlich, »sondern springen Sie sofort! Ich verlasse mich auf Sie, Watson!«

»Keine Sorge, Holmes. Und viel Erfolg!«

»Danke.« Er griff in die Leitersprossen und wandte sich noch einmal kurz zu uns um. »Wir sehen uns am Boden, Watson!« Ohne ein weiteres Wort stieg er den Schacht nach oben und war schnell außer Sichtweite.

»Hoffentlich!« sagte ich leise und sah ihm einen Augenblick nach. Dann gab ich mir einen Ruck. »Wir müssen weiter! Es ist nicht mehr weit, der Seitengang zur Gondel zweigt gleich dahinten ab.«

»Er kommt nicht mit uns?« fragte Luzia.

»Noch nicht.« Ich erklärte ihr unterwegs, was Holmes vorhatte und warum. Sie hörte mir schweigend zu. Schließlich schüttelte sie ungläubig den Kopf.

»Das ist erschütternd, Dr. Watson. Alles nur wegen einer politischen Intrige!«

»Nicht nur. Ich fürchte, daß Castelli auch noch seine eigenen Pläne verfolgt.«

»Das stimmt, er will uns alle umbringen«, sagte sie mit erstickter Stimme. Plötzlich standen Tränen in ihren Augen. »Genau wie Henry.«

»Aber nein, Ihr Mann ist nur verletzt, Luzia! Wie schwer, kann ich nicht sagen, aber er wird ganz sicher überleben, glauben Sie mir!« Endlich konnte ich einmal eine gute Nachricht verkünden. »Castelli war etwas zu nachlässig, er hat Jones' Zähigkeit unterschätzt. Und das war nicht sein einziger Fehler, jetzt bekommt er es mit Sherlock Holmes zu tun!«

Das Schott zur Gondel war noch verschlossen. Ich zog es auf und kletterte als erster die Leiter hinunter. Hier draußen war der Motorenlärm natürlich wesentlich lauter zu hören. Anscheinend lief der Motor einwandfrei. Was immer Holmes mit ihm angestellt haben mochte, für meine Ohren klang er völlig normal. Etwas anderes stimmte nicht. Vor allem nicht der bohrende Druck, den ich plötzlich in meinem Rücken spürte, ausgelöst von einem spitzen und sehr harten Gegenstand. Auch ohne ihn sehen zu können, wußte ich sofort, um welche Art von Gegenstand es sich handelte.

Niemand hätte am Fuß der Leiter mit einer Pistole auf mich warten dürfen.

Eine Hand preßte sich auf meinen Mund, und dicht an meinem Ohr flüsterte eine Stimme leise: »Keinen Laut!« Ich wurde zur Seite gezerrt. Die befreiten Mechaniker nahmen meinen Platz an der Leiter ein. Hilflos mußte ich mit ansehen, wie die beiden nun auch Luzia und Henry in Empfang nahmen. Dann erhielt ich einen kräftigen Stoß, der mich hinüber zu den gestapelten Fallschirmen beförderte. Ich drehte mich um. Die Pistole war immer noch auf mich gerichtet. Ein ziemlich junger Soldat hielt sie in der Hand, und etwas in seinem Gesichtsausdruck sagte mir, daß er bei der geringsten Bewegung von mir abdrücken würde. Als die beiden anderen Männer sich nun revanchierten und mir mit ihren alten Fesseln die Hände zusammenbanden, achtete er sorgfältig darauf, daß seine Schußbahn stets frei blieb. Erst als sie mit ihrer Arbeit fertig waren, ließ er die Waffe sinken, ohne sie schon in sein Halfter zurückzustecken. Aufmerksam behielt er mich im Auge.

Die Mechaniker dagegen kümmerten sich nicht weiter um mich, sondern beugten sich argwöhnisch über den Motor. Von ihrer halblaut geführten Unterhaltung verstand ich nur Bruchstücke. Offenbar berieten sie darüber, welchen Schaden Holmes vorhin angerichtet haben könnte.

Über uns hörte ich jemanden rufen. In der Luke war ein zweiter Soldat aufgetaucht, der ebenfalls eine Pistole in der Hand hielt. Auf ihn schien unser Wächter gewartet zu haben.

»Vorwärts!« kommandierte er und zeigte unmißverständlich nach oben. Jeder Widerstand wäre zwecklos gewesen, also kletterten Luzia und Henry zurück in das Luftschiff. Ich folgte ihnen auf die Leiter, was wegen meiner Fesseln beschwerlich und nicht ganz ungefährlich war. Den Abschluß bildete der Soldat.

Unter sorgfältiger Bewachung nahmen wir nun wieder den gleichen Weg zurück zur Kabinengondel. Unterwegs begegneten wir niemandem, meine ohnehin nur geringe Hoffnung, daß Holmes vielleicht unsere Gefangennahme bemerkt hätte und eingreifen würde, erfüllte sich nicht. Von ihm war keine Spur zu sehen.

Wir durchquerten die große Kabine sowie einige dahinter liegende kleinere Räume und betraten schließlich die Brücke. Der halbrunde Raum füllte den Bug der Gondel aus und trug seinen Namen zu Recht, tatsächlich erinnerte er an die Kommandobrücke eines richtigen Schiffes. Weder der große Kompaß noch ein Maschinentelegraph fehlten, daneben gab es noch eine ganze

Reihe anderer Meßgeräte und Anzeigen, deren Funktion sich mir nicht auf Anhieb erschloß. Vorne im Bug stand der Kapitän und erwiderte die gelegentlichen Meldungen der beiden Rudergänger mit ebenso knappen Kommandos. Ein zweiter Offizier suchte mit einem Fernglas den Horizont ab. Die Männer waren so in ihre Arbeit vertieft, daß sie kaum Notiz von unserer Ankunft nahmen.

Auf die andere Person, die sich außer ihnen noch auf der Brücke aufhielt, traf das nicht zu. Oberst von Etzfeld drehte sich bei unserem Eintritt herum und kam auf uns zu. So sehr er sich um Beherrschung bemühte, gelang es ihm doch nicht, Wut und Sorge völlig zu verbergen. Luzia und Henry bedachte er mit einem finsteren Blick. Offensichtlich paßte ihm ihre Anwesenheit auf dem Zeppelin nicht. Noch weniger schien ihm aber zu gefallen, daß Holmes jetzt nicht bei uns war.

»Nur einer?« herrschte er unsere Bewacher an. »Was soll das heißen, Unteroffizier? Wo ist der andere Gefangene?«

Hinter mir schlug der Soldat die Hacken zusammen. »Das weiß ich nicht, Herr Oberst. In der Gondel haben wir außer der Frau und dem Kind nur noch diesen Mann hier angetroffen, sonst niemanden!«

Etzfeld biß die Zähne zusammen und nickte langsam. Plötzlich drehte er ruckartig seinen Kopf zu mir. »Wo ist Holmes?« fragte er drohend.

»Darauf erwarten Sie doch hoffentlich keine Antwort von mir!«

»Wir werden ja sehen, Doktor«, erwiderte er kalt und wandte sich wieder an den Soldaten. »Ihr Name?«

»Unteroffizier Müller, Herr Oberst!«

»Nehmen Sie sich ein paar Leute, Müller, und durchsuchen Sie das Schiff! Jeden Winkel! Und schicken Sie unseren Gast zu mir.«

»Zu Befehl, Herr Oberst!« Hastig verließen die beiden Soldaten die Brücke.

Etzfeld musterte mich und hob spöttisch eine Augenbraue. »Nun, sehr weit kann unser Mr. Holmes ja nicht kommen, nicht wahr?«

»Höhe fünfhundert«, meldete jetzt einer der Rudergänger.

Der Kapitän trat neben Etzfeld. »Wir haben unsere Flughöhe erreicht, Herr Oberst! Kurs liegt an. Alles verläuft planmäßig.«

»Danke, Herr Kapitän.« Triumphierend hob Etzfeld sein Kinn. Ein wenig schien er seine überlegene Haltung wiedererlangt zu haben. »Sie sehen, Dr. Watson, Ihr kleiner Feuerzauber vorhin auf dem Stützpunkt hat Ihnen nicht viel genutzt! All Ihre Mühe war vergebens. Holmes hat den Start nicht verhindern können, und er wird auch meine Operation in Ägypten nicht durchkreuzen!«

»Da wäre ich mir nicht so sicher, Oberst«, antwortete ich so kühl wie möglich, »noch sind wir nicht über dem Nil!«

Tod auf dem Rhein

Der runde Bug der Gondel war großflächig verglast. Durch die schrägen Scheiben konnte ich nun tief unter uns vereinzelte Lichter sehen. Sie gehörten zu Dörfern und Gehöften, die wir gerade überflogen. In fünfhundert Metern Höhe, was ich lieber nicht so genau gewußt hätte.

Etzfeld schien mir etwas entgegnen zu wollen, verzichtete aber darauf, als hinter mir die Tür geöffnet wurde. Auf einen Schlag veränderte sich die Atmosphäre. Beklemmung lag auf einmal in der Luft. Sogar die Temperatur schien um ein paar Grad gefallen zu sein, wenigstens kam es mir so vor. Ich brauchte mich nicht erst nach ihm umzudrehen, um zu wissen, daß Castelli die Brücke betreten hatte. Langgezogene, seltsam keuchende Atemzüge näherten sich. Obwohl sie nicht sehr laut waren, schienen sie doch jedes andere Geräusch im Raum zu übertönen.

Niemand sprach ein Wort, als die hagere Gestalt nun an uns vorbeiging, leicht gebeugt und trotzdem jeden anderen im Raum an Körpergröße überragend. Er trug immer noch den weiten schwarzen Mantel, der wie ein Umhang wirkte. Sein hochgeschlagener Kragen und der tief in die Stirn gezogene Hut ließen nicht viel von seinem Gesicht sehen, doch das wenige genügte mir schon. Dieses Mal erkannte auch ich ihn wieder. Nicht nur an seinem scharfen Profil. Es war die häßliche, rotgezackte Narbe, die quer über seine Backe lief und jeden Zweifel ausschloß. Bei unserem letzten Zusammentreffen vor acht Jahren hatte Luzias Peitsche ihn für sein Leben gezeichnet.

Castelli trat zu Etzfeld hinüber, dem diese Nähe unangenehm zu sein schien. Kaum merklich rückte er etwas von ihm fort. Auch der Kapitän machte alles andere als einen erfreuten Eindruck. Angewidert verzog er das Gesicht und sah sofort weg, als Castelli nun mit einer langsamen Bewegung den Hut abnahm und sich zu uns herumdrehte.

Der Anblick war grauenhaft. Natürlich war ich auf einiges gefaßt gewesen, trotzdem mußte ich jetzt schlucken. Die große

Peitschennarbe war noch das Harmloseste an ihm, seine andere Gesichtshälfte sah furchtbar aus. Offensichtlich hatte Castelli zwar damals noch aus der brennenden Höhle entkommen können, aber es war mit Sicherheit keine leichte Flucht gewesen. Gesicht und Kopfhaut wiesen die schlimmsten Verbrennungen auf, denen ich in meiner Praxis je begegnet war. Daß Castelli seine Wunden überhaupt überlebt hatte, kam einem kleinen Wunder gleich.

Die Flammen hatten ihm sämtliche Kopf- und Gesichtshaare abgesengt, und der kahle, gräßlich entstellte Schädel mit seinen ausgemergelten Gesichtszügen verliehen ihm tatsächlich etwas Mumienhaftes. Bei seinem Aussehen konnte ich sehr gut nachvollziehen, wie es zur Legende von Imhotep gekommen war, dem aus dem Grab zurückgekehrten Hohepriester des Amun. Vermutlich hatte es keiner besonders großen Anstrengung bedurft, um die Menschen glauben zu machen, daß sie es bei Castelli mit einer lebendigen Mumie zu tun hatten.

»Kein schöner Anblick, nicht wahr, Dr. Watson?« flüsterte Castelli mit einer heiseren Stimme, die genauso abstoßend klang wie sein Keuchen. »Dabei könnte ich Ihnen noch weit Schlimmeres zeigen. Wissen Sie, wie es sich anfühlt, wenn am ganzen Körper die Haut wegbrennt?«

»Nein.« Ich hielt dem haßerfüllten Blick stand, der mich aus seinen stechenden Augen traf. »Nein, das weiß ich nicht. Aber ich könnte mir vorstellen, daß es nur ein kleiner Vorgeschmack auf das war, was Sie in der Hölle erwartet, Monsignore Castelli!«

»Was soll das alles heißen?« mischte sich der Oberst ungehalten ein. »Vader, Sie haben mir nicht gesagt, daß Sie Watson kennen!«

»Nun, dann hat Castelli bestimmt auch vergessen, Ihnen von Mrs. Jones zu erzählen oder warum er sie auf das Schiff gebracht hat!«

»Mrs. Jones? Nein – und was soll überhaupt dieser Name: ›Castelli‹?«

»Das ist nicht sein richtiger Name, Oberst, sondern der eines Toten. Der echte Castelli war ein ehrwürdiger Pater aus Rom, und dieser Mann hier hat ihn ermorden lassen, um seinen Namen annehmen zu können.«

»Woher wollen Sie das wissen, Watson?«

»Sie hätten Kommissar von Stamm danach fragen können, Oberst. Nach dem Monsignore und auch nach den anderen Toten, die es damals in Köln gegeben hat. Der Pater war ja nicht das einzige Opfer von Castelli.«

Der Oberst erwiderte nichts. Er hatte die Augen zusammengekniffen und spielte nachdenklich mit seinem Monokel. Sehr überrascht oder gar erschüttert wirkte er nicht, und dafür gab es einen Grund.

»Vielleicht wußten Sie nichts von alldem«, fuhr ich fort, »aber daß Sie sich mit einem skrupellosen Mörder zusammengetan hatten, war Ihnen natürlich klar! Sie brauchten ja jemanden, der die Drecksarbeit erledigt. Etwas von dem Blut, das Castelli vergossen hat, klebt auch an Ihren Händen, Etzfeld!«

»Welch ein theatralischer Unsinn!«

»Es war Castelli, der heute nachmittag Kommissar von Stamm ermordet hat«, entgegnete ich ruhig, »und wir sollen nun die nächsten Opfer sein.«

Angespannte Stille breitete sich in der Kabine aus. Nur Castellis keuchende Atemzüge waren zu hören. Der Kapitän tauschte einen Blick mit seinem Offizier. Es war nicht zu übersehen, was er und seine Besatzung von ihrem Passagier hielten.

Etzfeld runzelte die Stirn und stemmte die Arme in die Seite. »Was sagen Sie da?« begann er langsam. »Vader soll etwas mit dem Tod des Kommissars zu tun haben?«

Er brach ab, als jetzt die Tür aufgerissen wurde. Unteroffizier Müller stürmte auf die Brücke und erstattete Meldung. »Wir haben ihn gefunden, Herr Oberst!« rief er und trat zur Seite, um für seinen Kameraden Platz zu machen, der mit angelegtem Gewehr einen Gefangenen vor sich hertrieb.

»Sehr gut!« Die Unterbrechung kam dem Oberst nicht ungelegen. »Führen Sie ihn herein!«

Bis auf eine blutende Platzwunde an der Stirn schien Holmes unverletzt zu sein. Mit steifen Schritten kam er näher. Seine Hände hatte man ihm auf dem Rücken zusammengebunden.

Den beiden Soldaten war ein Zivilist gefolgt, der offensichtlich zu Castelli gehörte und nun hinter mir Aufstellung nahm.

»Ah, Mr. Holmes – jetzt sind wir ja endlich vollzählig!« begrüßte ihn Etzfeld mit aufgesetzter Munterkeit. »Ich hoffe, Ihnen hat die Inspektion unseres Luftschiffs gefallen.« Lässig klemmte er sein Monokel ins Auge, allerdings klang sein Ton nicht ganz so ungezwungen und überlegen, wie er es wohl sollte.

Holmes schenkte ihm keinerlei Beachtung, genausowenig wie uns anderen. Er hatte nur Augen für Castelli. Holmes hielt sich sehr gerade, und auch Castelli hatte sich zu voller Größe aufgerichtet. Wortlos starrten sich die beiden an. Mir kam es so vor, als hielte jeder im Raum den Atem an. Etzfeld schien noch etwas sagen zu wollen, aber dann räusperte er sich nur und verstummte. Offenbar konnte auch er sich dem Bann nicht entziehen.

Ohne den Blick von Holmes zu lassen, begann Castelli nun, mit heiserer Stimme zu reden. »Sie haben recht, Dr. Watson, Castelli ist nicht mein richtiger Name, genausowenig wie Imhotep. Vader übrigens auch nicht. Aber Ihr Freund hier, Mr. Sherlock Holmes – er weiß, wie ich in Wahrheit heiße.«

Er ging nahe an Holmes heran und blieb dicht vor ihm stehen. Beide waren ungefähr gleich groß. Ihre Gesichter befanden sich auf einer Höhe, und nur wenige Zentimeter trennten sie voneinander. Holmes wirkte wie versteinert. Auf seinem bleichen, fast weißen Gesicht lag ein Ausdruck, den ich vorher noch nie bei ihm gesehen hatte. Trotzdem wich er keinen Millimeter zurück. Regungslos erwiderte er Castellis Blick.

»Nicht wahr, Holmes, Sie kennen meinen Namen?« flüsterte Castelli.

Holmes antwortete nicht sofort. Er schluckte schwer, und als er den Mund öffnete, schien es ihn unendliche Mühe zu kosten, auch nur ein einziges Wort herauszubringen. Mit tonloser Stimme nannte er schließlich einen Namen: »Moriarty.«

Castelli nickte langsam, während er Holmes nicht aus den Augen ließ. »Auf diesen Moment habe ich lange gewartet, Holmes, sehr lange.«

Holmes schwieg, offensichtlich tief erschüttert. Auch mir hatte es für einen Moment die Sprache verschlagen. »Moriarty?« fragte ich verblüfft. »Professor Moriarty?«

Niemand gab mir eine Antwort. Verständnislos sah ich von einem zum anderen. Castelli sollte Professor Moriarty sein? Das war unglaublich. Mehr noch, es war unmöglich. Soweit ich wußte, lebte Moriarty nicht mehr, Holmes selbst hatte ihn in einem erbitterten Zweikampf getötet. Jenen Mann, den Holmes einmal den »Napoleon des Verbrechens« genannt hatte, der einzige ihm ebenbürtige Gegner, auf den er je gestoßen war. Und der ihm in der Schweiz fast zum Verhängnis geworden wäre.

Ich selbst war Moriarty nie begegnet, aber nur zu gut konnte ich mich noch an jenen schmalen Pfad in den Alpen erinnern. Links die schroffe, senkrecht ansteigende Felswand, rechts der schwindelerregende Abgrund der Reichenbachschlucht. Deutlich sah ich jetzt wieder Holmes' Wanderstock vor mir, wie er verwaist an der Felswand lehnte. Gleich daneben hatte der mit seinem Zigarettenetui beschwerte Abschiedsbrief für mich gelegen. Sie waren alles, was ich noch von ihm angetroffen hatte. Ich war zu spät gekommen, viel zu spät, um noch eingreifen zu können. Weitere Spuren oder gar Lebenszeichen gab es nicht, weder von ihm noch von Moriarty. Beide Männer mußten die Schlucht hinunter in den tosenden Bergbach gestürzt sein. Ein schrecklicher Fall, der nur tödlich geendet haben konnte. Ihr letztes Aufeinandertreffen hatten Holmes und Moriarty beide mit dem Leben bezahlt.

Zumindest war ich damals in diesem Glauben zurückgeblieben. Drei volle Jahre lang hatte ich Holmes für tot gehalten, bis er dann plötzlich eines Abends wieder in London aufgetaucht war. Gehetzt zwar, aber durchaus lebendig. In den drei Jahren hatte er sich ständig verstecken müssen, immer auf der Flucht vor den Spießgesellen des Professors, einer Bande der gefährlichsten Verbrecher, die je in England und auf dem Kontinent herumgelaufen waren. Seit Moriartys Tod hatten sie unter der Führung von Oberst Sebastian Moran nur ein einziges Ziel verfolgt, nämlich ihren Meister zu rächen. Was ihnen auch beinahe gelungen wäre.

Wenn nun dieser Tote wieder leibhaftig vor uns stehen sollte, konnte es dafür nur eine Erklärung geben: Nicht nur Holmes selbst hatte den Sturz damals lebend überstanden, sondern auch Moriarty. Genau wie Holmes hatte auch der Professor diesen Umstand geheimgehalten und im Verborgenen eine neue Verbrecherorganisation aufgebaut. Unter diesen Umständen hatte es sich nur um eine Frage der Zeit handeln können, bis sich ihre Wege wieder kreuzen mußten. Daß dies ausgerechnet in Köln passiert war, als sich Holmes mit den verschwundenen Reliquien der Heiligen Drei Könige befaßt hatte, war natürlich ein reiner Zufall gewesen. Kein Zufall war es allerdings, daß diese neuerliche Begegnung wieder zu einem mörderischen Kampf zwischen ihnen geführt hatte.

Für Holmes mußte damals das unerwartete Wiedersehen einen furchtbaren Schock bedeutet haben. Jetzt verstand ich auch seine eigenartige Lähmung, von der er befallen gewesen war, als er in der Höhle mit Castelli auf Leben und Tod gerungen hatte. Seine lapidare Erklärung dafür lautete später immer, er habe einen Toten gesehen, eben Professor Moriarty. Natürlich konnte es sich dabei nur um eine Halluzination gehandelt haben, dessen war ich mir bis jetzt sicher gewesen. Eine Halluzination, hervorgerufen durch irgendeine Manipulation des Magiers Fausto, genau wie mein eigenes Drachenerlebnis und Jones' Rattenvision.

Holmes hatte mir nie ausdrücklich widersprochen, aber er mußte all die Jahre über daran gezweifelt haben. Seit den Vorfällen in Köln schien er mit dem bohrenden Verdacht gelebt zu haben, daß er in der Höhle vielleicht doch den echten Moriarty gesehen hatte. Das hätte erklärt, warum er nie darüber reden wollte und immer abwehrend reagierte hatte, wenn ich auf die Affaire des vierten Königs zu sprechen gekommen war.

»Moriarty lebt noch? Holmes, wie kann das möglich sein?« Zweifelnd betrachtete ich den Mann, der Moriarty sein sollte. Fest stand nur eins: Castelli mochte wie eine Mumie aussehen, aber er war weder tot noch eine bloße Halluzination.

Ohne den Blick von Castelli zu wenden, schüttelte Holmes langsam den Kopf. »Nein, Watson, Professor Moriarty ist tot«, sagte er ruhig. »Niemand überlebt einen Genickbruch.«

Mit einem Mal wirkte er deutlich verändert, als wäre eine zentnerschwere Last von ihm abgefallen. Seine Stimme hatte wieder ihre gewohnte Schärfe zurückgewonnen, und was eben noch nach Schreckensstarre ausgesehen hatte, war jetzt einer kaum verhüllten Anspannung gewichen. Er straffte seine Schultern und fixierte Castelli aus schmalen Augen. Sherlock Holmes war bereit, es mit seinem Gegner aufzunehmen, und schien nur noch auf den passenden Moment zu warten.

»Aber wer ist dann Castelli?« fragte ich.

»Moriarty hatte offensichtlich außer dem Colonel noch einen dritten Bruder, von dem ich bisher nichts wußte, Watson. Das ist die einzig mögliche Erklärung. Es gab zwei Moriartys. Castelli hier ist sein Zwillingsbruder.«

»Sehr richtig, Holmes, wir waren Zwillinge. Mein Bruder ist tot, und dafür werden Sie büßen.« Blanker Haß lag in Castellis Stimme. »Daß Sie ihn umgebracht haben, wird Ihnen noch leid tun!«

»Die Bestätigung seines Todes aus Ihrem eigenen Mund zu hören, ist äußerst beruhigend, Moriarty!« erwiderte Holmes kalt.

»Das allein reicht schon, um Sie zu töten!« zischte Castelli und griff in seine Manteltasche. »Aber es gibt noch einige andere Gründe.«

»Schluß jetzt!« Mit einem scharfen Kommando fuhr der Oberst dazwischen. »Es geht immerhin um Wichtigeres als nur um Ihre Privatfehden. Und vergessen Sie nicht, wo wir hier sind, Vader! – Dies ist ein Luftschiff der Deutschen Armee im Einsatz!«

Castelli würdigte ihn nicht einmal eines Blickes, die Deutsche Armee schien ihm nicht sonderlich zu imponieren. Aber er schwieg und behielt die Waffe in seiner Tasche, wenigstens vorläufig.

Etzfeld wandte sich an Holmes. »Ihr ungebetenes Erscheinen hier bringt mich in eine unangenehme Lage, Mr. Holmes. Sie wissen, wie man früher mit blinden Passagieren umgegangen ist, nicht wahr?«

»Ich glaube, Oberst, Sie haben immer noch keine richtige

Vorstellung davon, wie unangenehm Ihre Lage wirklich ist«, antwortete Holmes. »Wie wollen Sie denn mit Ihren anderen Passagieren verfahren, mit Mrs. Jones und ihrem Sohn? Etwa auch über Bord werfen? Von einem Armeeluftschiff?«

Der Kapitän und sein Offizier erstarrten. Ihre Reaktion schien auch Holmes nicht entgangen zu sein.

»Was wird die Besatzung dazu sagen?« fuhr er fort. »Und wie wollen Sie das alles später in Berlin rechtfertigen? Doch wohl kaum mit Spionage! Ein kleiner Junge als Spion einer ausländischen Macht exekutiert? Dem Kaiser wird das nicht gefallen.«

»Das soll nicht Ihre Sorge sein!« Der Oberst starrte Holmes einen Moment finster an, bevor er sich gereizt zu Castelli umdrehte. »Was fällt Ihnen ein, Vader, die Leute ohne meine Erlaubnis einfach an Bord zu bringen? Ich dachte, ich hätte mich klar genug ausgedrückt! Mrs. Jones und der Junge sollten auf dem Stützpunkt in Gewahrsam bleiben, bis wir Ägypten erreicht haben!«

»Damit sie später allen ihre Geschichte erzählt?« antwortete Castelli unbeeindruckt. »Das können wir nicht riskieren! Jetzt, wo Jones tot ist, ist sie die einzige Person, die eine Verbindung des Aufstands zu Ihnen und dem Luftschiff beweisen könnte. Wenn die Frau redet, wäre das ganze Unternehmen gefährdet. Deshalb mußten wie sie mitnehmen. Wir hatten keine andere Wahl.«

»Was sagen Sie da, Vader – es gibt noch einen Toten, von dem Sie mir nichts erzählt haben?«

»Nein, gibt es nicht«, warf ich ein, »Dr. Jones lebt noch. Castellis Leute haben schlampig gearbeitet. Jones ist zwar verletzt, schwebt aber nicht in Lebensgefahr. Also gibt es auf jeden Fall einen Zeugen, und dieser Zeuge wird reden, verlassen Sie sich darauf, Oberst!«

Etzfeld biß die Zähne aufeinander. Nur mit Mühe schien er sich noch beherrschen zu können. »Ist Ihnen eigentlich klar, was Sie da angerichtet haben, Vader?« fragte er wütend. »Sie bringen den Erfolg der gesamten Mission in Gefahr!«

Ehe Castelli etwas antworten konnte, sagte Luzia mit kalter Stimme: »Castelli hat uns nicht auf das Schiff geschleppt, um

Ihr wahnwitziges Unternehmen zu schützen, Oberst. Sehen Sie seine Narbe? Sie stammt von mir, und das ist der einzige Grund, warum wir hier sind. Dieser Mann will Rache, nichts weiter! Und er will sie um jeden Preis. Castelli will uns töten. Was mit Ihnen und Ihrer Mission passiert, ist ihm völlig gleichgültig.«

»Unsinn, halten Sie den Mund!« erwiderte Etzfeld barsch, aber sein Unbehagen war ihm deutlich anzumerken.

Der Kapitän räusperte sich und sprach ihn vorsichtig an. »Ist es wirklich wahr, Herr Oberst, daß die Passagiere –«

»Kümmern Sie sich um das Schiff, Kapitän, alles andere geht Sie nichts an!« unterbrach Etzfeld ihn brüsk. »Sorgen Sie lieber dafür, daß noch einmal alles gründlich überprüft wird! Unser Mr. Holmes hier war mir zu lange ohne Aufsicht an Bord.«

»Daran habe ich noch gar nicht gedacht!« Bestürzt schickte der Kapitän seinen Offizier auf Inspektion. Auf Anweisung des Oberst wurde er von den beiden Wachen begleitet.

»Und nun zu Ihnen, Holmes!« begann Etzfeld und stemmte seine Fäuste in die Seiten. »Glauben Sie ja nicht, daß – zum Donnerwetter, was gibt es denn jetzt schon wieder?«

Die Tür war aufgerissen worden, und ein noch sehr junger Soldat stürzte umstandslos in den Raum. »Herr Oberst!« rief er und fuchtelte mit einem Blatt Papier in der Luft herum. Vor lauter Aufregung brachte er kein weiteres Wort über die Lippen.

»Machen Sie gefälligst anständig Meldung, Mann!« fuhr ihn Etzfeld ärgerlich an.

»Verzeihung, Herr Oberst!« Der Junge nahm Haltung an und schlug die Hacken zusammen. »Ein Funktelegramm aus Berlin, Herr Oberst!«

Etzfeld versteifte sich. »Aus Berlin?« fragte er gedehnt. Damit schien er nicht gerechnet zu haben.

»Jawohl, Herr Oberst!«

»Geben Sie schon her!« Etzfeld nahm das Telegramm entgegen. Während er es durchlas, wurde er leichenblaß. Es schien keine erfreuliche Nachricht zu sein. Eine Weile blieb er stumm und regungslos stehen. Schließlich preßte er mühsam einen Namen zwischen den Zähnen hervor. »Oppenheim!«

Holmes erwiderte meinen fragenden Blick mit einem triumphierenden Nicken.

»Oppenheim!« wiederholte der Oberst noch einmal und starrte Holmes dabei haßerfüllt an. Einen Augenblick fürchtete ich, er würde ihm an die Gurgel springen, aber dann ging eine erstaunliche Verwandlung mit ihm vor. Alle Kraft und Energie schienen ihn zu verlassen, sein Körper erschlaffte, und es sah beinahe so aus, als könnte er jeden Moment in sich zusammensinken. Mit einem Schlag wirkte er um Jahrzehnte gealtert.

Auch der Kapitän hatte die Veränderung beobachtet. »Herr Oberst?« fragte er besorgt.

Er erhielt keine Antwort. Etzfeld starrte nur stumm ins Leere. Langsam ließ er die Hand mit dem Telegramm sinken und befahl mit müder Stimme: »Ändern Sie den Kurs, Kapitän. Wir kehren um.«

»Zurück zum Stützpunkt? Ist etwas passiert?«

»Ob etwas passiert ist?« Der Oberst verzog kurz die Lippen zu einem bitteren Lächeln. »Ja, das könnte man sagen.« Er drehte sich zum Fenster und sah hinaus in die Dunkelheit. »Wir brechen den Flug ab.«

Es gelang mir, einen Blick auf das Telegramm in seiner Hand zu werfen. Den Text konnte ich nicht lesen, wohl aber die Signatur. Sie bestand nur aus einem einzigen Wort: »Wilhelm«. Oppenheims Reise nach Berlin war also nicht vergeblich gewesen.

Unsicher musterte der Kapitän den Oberst von der Seite. Dessen seltsames Verhalten schien ihm nicht ganz geheuer zu sein. Erst zögerte er noch, dann zuckte er ergeben mit den Schultern. »Zu Befehl!« sagte er nur und gab dem Rudergänger ein Zeichen. »Seitenruder hart backbord!«

»Ruder hart backbord!« kam sofort das bestätigende Echo. Gleich darauf mußte ich mein Gewicht verlagern, als der Zeppelin in eine scharfe Kurve flog.

»Einen Moment!« Castelli trat zu Etzfeld hinüber. »Was soll das heißen, Oberst, den Flug abbrechen? Das können wir nicht!«

Etzfeld drehte sich langsam um und sah Castelli gleichgültig an. »Wir müssen, uns bleibt keine Wahl. Es ist ein Befehl.«

»Von wem?«

»Ein allerhöchster Befehl, vom Kaiser persönlich.« Mit einer müden Bewegung übergab er Castelli das Telegramm. »Der Kaiser weiß alles. Oppenheim ist bei ihm. Seine Majestät hat ihm geglaubt.« Schwerfällig schüttelte er den Kopf. »Tatsächlich geglaubt«, sagte er noch einmal leise und drehte sich wieder zum Fenster. »Ich habe Order, mich sofort in Berlin zu melden. Das Spiel ist aus.«

Wenn ich je einen gebrochenen Mann gesehen hatte, dann war es Etzfeld, der mit leerem Blick nach draußen starrte. Castelli überflog das Telegramm und ließ es achtlos fallen. »Ihr Spiel vielleicht, Oberst, aber nicht meines. Noch nicht.«

Er brauchte nicht lange, um eine Entscheidung zu treffen und zu handeln. Zwei schnelle Schritte, und er stand neben dem verdutzten Kapitän. »Wir werden nicht zurückfliegen, Kapitän! Gehen Sie wieder auf den alten Kurs!« Die gezogene Pistole verlieh seinem Kommando Nachdruck. »Und Sie bleiben stehen, Holmes!«

Auch sein Komplize hielt auf einmal eine Waffe in der Hand und zielte damit auf Holmes, der schon einen Schritt nach vorne gemacht hatte, nun aber stehenblieb. Weder der Kapitän noch die Rudergänger waren bewaffnet. Der Oberst trug zwar ein Pistolenhalfter, stellte aber im Augenblick keine große Gefahr dar. Castelli besaß die Oberhand.

Trotzdem flog der Zeppelin weiterhin eine Kurve. Ein Umstand, der auch Castelli nicht entging. »Sind Sie taub, Kapitän? Ändern Sie den Kurs!« Wütend stieß er ihm den Pistolenlauf in die Seite. »Sofort!«

Der Kapitän zuckte schmerzhaft zusammen, zeigte aber weiter keine Reaktion. »Ich habe meine Befehle!« verkündete er steif.

»Lassen Sie den Unsinn, Vader!« Der Oberst hatte sich umgedreht und ging einen Schritt auf Castelli zu. In seiner Stimme schwang wieder etwas von dem alten Kommandoton mit. »Nehmen Sie sofort die Waffe weg und –«

Weiter kam er nicht. Ohne mit der Wimper zu zucken, richtete Castelli die Pistole auf ihn und drückte zweimal ab. In dem relativ kleinen Raum verursachten die beiden Schüsse einen ohrenbetäubenden Krach. Getroffen taumelte der Oberst und stolperte zurück gegen die Kabinenwand. Stöhnend preßte er die Hände gegen seine Brust. Sein Gesicht nahm einen ungläubigen Ausdruck an, als er langsam zu Boden rutschte, den Rücken aufrecht gegen die Wand gelehnt. Blut quoll zwischen seinen Fingern hervor.

Auf so kurze Distanz mußten die Schüsse tödlich sein, selbst bei einem kleinen Kaliber. Etzfelds letzter, herumirrender Blick blieb an Holmes hängen. »Es war ein guter Plan!« sagte er mühsam, dann sackte sein Kinn schlaff auf die Brust, und seine Hände fielen seitlich auf den Boden.

Oberst von Etzfeld war tot. Castelli hatte ihn kaltblütig ermordet.

Einen Augenblick lang rührte sich niemand, dann durchbrach Castellis heiseres Flüstern die Stille. »Vielleicht sind Sie jetzt so freundlich, Kapitän?«

Der Kapitän stand da wie gelähmt, offenbar fiel es ihm schwer, seinen Blick von der Leiche abzuwenden. Langsam drehte er sich zu Castelli und starrte ihn an. »Wie konnten Sie das tun?« fragte er sichtlich erschüttert.

Castelli wischte die Frage mit einer Handbewegung beiseite. »Ab jetzt erhalten Sie Ihre Befehle ausschließlich von mir, und ich rate Ihnen, sie auch zu befolgen.« Drohend hob er den Lauf der Pistole. »Nun?«

Er würde ohne zu zögern schießen, dessen war ich mir sicher. Auch der Kapitän schien nicht daran zu zweifeln. Er ballte seine Fäuste, aber ihm blieb nichts anderes übrig, als seine Empörung hinunterzuschlucken, was ihn einige Anstrengung kostete. »Ruder hart steuerbord«, befahl er mit belegter Stimme. »Wir gehen zurück auf alten Kurs.«

Der Rudergänger führte den Befehl aus und lenkte den Zeppelin wieder in eine Kurve. »Alter Kurs liegt an«, verkündete er nach einiger Zeit. »Köln in Sicht.«

Weit voraus war nun tatsächlich eine Anzahl Lichter zu erkennen, die eine größere Stadt anzeigten, bei der es sich um Köln handeln mußte. Die Entfernung war nur schwer abzuschätzen, aber wegen der enormen Geschwindigkeit des Zeppelins, die sicher bei dreißig Knoten lag, näherten wir uns Köln sehr schnell. Während ich noch überschlug, wann wir die Stadt erreichen würden, schienen die Lichter auf einmal seitlich auszuwandern. Wir wichen vom Kurs ab

»Starker Seitenwind kommt auf, Herr Kapitän.«

»Das sehe ich. Fünf Strich backbord und den Kurs halten!«

Wir flogen nun in einem weiten Bogen auf Köln zu. An den Gedanken, daß wir dies in fünfhundert Metern Höhe taten, hatte ich mich inzwischen schon beinahe gewöhnt. Viel mehr Sorgen machte ich mir wegen Castelli. Er hatte sicher nicht vor, uns bis ans Ende der Reise mitzunehmen, zumindest nicht lebend. Etzfeld würde nicht der einzige Tote bleiben. Wir mußten etwas unternehmen, bevor es zu spät war. Warum Holmes so auffallend untätig blieb, war mir ein Rätsel.

Als hätte er meine Gedanken gelesen, fing Holmes nun an zu reden. »Ohne deutsche Hilfe werden Sie nicht allzuweit kommen, Moriarty. Den Oberst umzubringen, war ein schwerer Fehler.«

»Tatsächlich?«

»Ja, auch wenn Ihnen Etzfelds Vorhaben in Ägypten natürlich von Anfang an gleichgültig gewesen ist.«

»Zu dieser Schlußfolgerung sind Sie also auch schon gekommen, Holmes. Gratuliere!«

»Das war nicht weiter schwierig. Politische Motive, mögen sie auch noch so verblendet sein, passen nicht zu Ihnen, Moriarty. Nein, Ihr Interesse an einem Aufstand in Ägypten beschränkt sich auf den Inhalt einer gewissen Kiste hinten in Ihrer Kabine. Ich hatte vorhin keine Gelegenheit mehr, sie zu öffnen, aber sie dürfte Etzfelds wirksamste Waffe enthalten, nehme ich an.«

»Sehr richtig, Holmes – fünfhunderttausend Mark in Gold.«

»Mit denen der Aufstand finanziert werden sollte. Und für die jetzt nach Etzfelds Tod sicher eine andere Verwendung gefunden werden wird.«

»So ist es.« Castelli ging auf Holmes zu und blieb dicht vor ihm stehen. »Trotzdem bedeutet mir diese Summe nicht halb so viel wie das Vergnügen, Sie endlich sterben zu sehen, Holmes!« sagte er leise, und es lag dabei so viel Haß in seiner Stimme, daß ich ihm jedes Wort glaubte.

Holmes hielt dem Blick stand, ohne etwas zu erwidern. Eine beklemmende Stille senkte sich über den Raum. Unwillkürlich sah ich zum Oberst hinüber, der reglos und mit gebrochenem Blick auf dem Boden saß. Mittlerweile hatte sich seine Uniformjacke über der Brust dunkel verfärbt. Nur ein Toter konnte so einsam aussehen.

Der Rudergänger unterbrach meine Gedanken. »Herr Kapitän, das Seitenruder scheint wieder zu klemmen!« meldete er mit einem deutlich besorgten Unterton.

Castelli drehte sich um. »Was bedeutet das?« fragte er mißtrauisch.

»Das bedeutet, daß wir unseren Kurs nicht halten können und abtreiben.« Auch der Kapitän wirkte jetzt beunruhigt. »Wenn das Seitenruder nicht reagiert, läßt sich das Luftschiff nicht mehr steuern. Wir machen volle Fahrt bei starkem Seitenwind, vielleicht war der Druck auf das Ruder zu groß, und einige der Drähte sind gerissen. Das ist schon öfter vorgekommen.«

»Sie können das Ruder doch reparieren, oder?«

»Das werden wir wohl müssen«, antwortete der Kapitän kühl, »denn ohne Seitenruder haben wir kaum eine Chance, wieder heil zu landen.« Er nickte dem Rudergänger zu. »Meier, ich übernehme selbst das Ruder, Sie gehen nach hinten und kümmern sich um den Schaden! Nehmen Sie sich jeden Mann, den Sie bekommen können. Und beeilen Sie sich – ich will nicht steuerlos über Köln treiben!«

»Jawohl, Herr Kapitän!« Die Mahnung zur Eile war offensichtlich unnötig gewesen, hastig lief der Mann zur Tür.

Luzia räusperte sich leise und sah mich fragend an. Jetzt befanden sich auf der Brücke außer uns nur noch Castelli und sein Gefolgsmann sowie der Kapitän mit dem zweiten Rudergänger. Auf noch weniger Gegner durften wir kaum hoffen, und die restliche Mannschaft war vermutlich vollauf mit der Reparatur beschäftigt. Luzia hatte recht, es war eine Gelegenheit, die wir ausnutzen mußten. Trotzdem rührte sich Holmes nicht. Auch auf meinen auffordernden Blick reagierte er nicht. Er schien auf etwas zu warten. Bald erkannte ich auch, worauf.

An das permanente leise Brummen der Motoren hatte ich mich schon so gewöhnt, daß ich das Geräusch erst wieder bewußt wahrnahm, als es sich jetzt veränderte. Einer der Motoren stotterte und setzte mehrmals hintereinander kurz aus. Sofort wurden bei mir ungute Erinnerungen an den Flug mit Bylandts Maschine wach. Ich wollte mir gar nicht vorstellen, wie eine Bruchlandung mit einem Zeppelin aussähe.

Außen am rechten Kabinenfenster blitzte nun etwas rhythmisch auf. Ein Rückspiegel reflektierte Blinkzeichen aus der Motorengondel.

Auch der Rudergänger hatte das Blinken bemerkt. »Signal von Steuerbordgondel, Herr Kapitän: ›Motor läuft heiß. Bitte um Erlaubnis zum Abstellen‹«, meldete er.

Aus den Augenwinkeln sah ich zu Holmes hinüber, dessen Miene unbewegt blieb. Dennoch war ich mir sicher, daß er mit dieser Meldung gerechnet hatte.

»Zum Teufel, das hat uns gerade noch gefehlt!« fluchte der Kapitän. »Alle Motoren stop!«

»Alle Motoren stop«, wiederholte der Rudergänger und legte die Hebel des Maschinentelegraphen in die entsprechenden Positionen. Gleich darauf verstummten die Motoren. Lautlos schwebte der Zeppelin weiter auf Köln zu. Je näher wir der Stadt kamen, desto deutlicher ließen sich die einzelnen Lichter tief unter uns auseinanderhalten.

»Was soll das?« fragte Castelli barsch. »Warum stoppen wir?«

»Sie haben es doch selbst gehört. Der Steuerbordmotor muß gewartet werden, bevor er uns noch endgültig ausfällt.«

»Das meine ich nicht! Warum lassen Sie auch die anderen beiden Maschinen stoppen, Kapitän?«

»Solange das Ruder blockiert ist, hat es wenig Sinn, Fahrt zu machen. Wir kämen doch nur immer weiter vom Kurs ab.«

Castelli schwieg einen Moment finster, dann nickte er knapp. »Also gut.« Er stellte sich an das Seitenfenster und sah hinaus zur Gondel.

»Höhe vierhundertfünfzig«, meldete der Rudergänger

»Was ist da draußen eigentlich los?« fragte Castelli gereizt.

»Das weiß ich nicht.« Der Kapitän zeigte auf Holmes und mich. »Vielleicht sollten Sie unsere Gefangenen danach fragen. Meine Männer haben sie nämlich in der Gondel aufgegriffen. Es ist möglich, daß sie versucht haben, den Motor zu beschädigen.«

»Sabotage?«

»Ja, aber es besteht keine große Gefahr. Sobald das Ruder wieder flott ist, sind wir auch mit zwei Motoren noch ausreichend manövrierfähig, um wieder sicher auf dem Stützpunkt landen zu können.«

»Wir landen in Ägypten, Kapitän!«

»Nicht ohne den Steuerbordmotor! Das ist unmöglich.«

»Dann rate ich Ihnen dringend, den Motor zu reparieren!« fauchte Castelli, und die Drohung in seiner Stimme war nicht zu überhören.

»Das dürfte ihm schwerfallen«, sagte jetzt Holmes ruhig.

Castelli drehte sich zu ihm. Er erwiderte nichts, sondern legte nur den Kopf schief und starrte Holmes aus schmalen Augen an. Dessen Sicherheit schien sein Mißtrauen geweckt zu haben.

»Höhe vierhundert«, verkündete der Rudergänger monoton. »Weiter fallend.«

»Danke«, antwortete der Kapitän, »erstatten Sie laufend Meldung!«

»Sie haben verloren, Moriarty!« fuhr Holmes fort. »Dieses Luftschiff wird Deutschland nicht verlassen. Genausowenig wie Ihre Kiste mit den fünfhunderttausend Goldmark.«

»Was sagen Sie da?« Langsam ging Castelli auf Holmes zu.

»Höhe dreihundertachtzig, weiter fallend.«

Castelli blieb stehen und wandte sich an den Kapitän. »Heißt das, wir sinken?«

»Ja, aber das hat nichts zu bedeuten.«

»Nichts zu bedeuten? Wie meinen Sie das?«

»Ohne Fahrt fehlt uns der dynamische Auftrieb, deshalb sinken wir ein Stück. Das ist ganz normal.«

»Sind Sie da sicher, Kapitän?« fragte Holmes, und ich wunderte mich über seinen ausgesprochen höhnischen Ton, der gar nicht zu ihm paßte.

»Höhe dreihundertfünfzig, weiter fallend.«

Der Kapitän runzelte die Stirn und sah Holmes argwöhnisch an. Mit einem Mal schien er doch beunruhigt zu sein. »Das ist zu schnell«, sagte er leise, »viel zu schnell!« Er griff nach dem Hörer eines Telephonapparates, der neben dem Maschinentelegraphen stand. »Ballast abwerfen, vorn und achtern!« befahl er. »Leutnant Overkamp soll sich auf der Brücke melden!« Dann fragte er gespannt: »Höhe?«

»Dreihundertdreißig, immer noch fallend.«

»Es ist vorbei, Moriarty«, ließ sich Holmes wieder vernehmen. »Sie haben keine Chance mehr!«

Castelli stellte sich dicht vor ihn. »Was haben Sie gemacht, Holmes?« fragte er langsam.

»Dafür gesorgt, daß es für Sie nur ein kurzer Flug wird!«

»Höhe dreihundert. Schiff fällt weiter.«

»Achter- und Backbordmotor halbe Kraft!« befahl der Kapitän und bedachte Holmes mit einem wütenden Blick. »Ich kann Ihnen sagen, was er gemacht hat: Wir haben irgendwo ein Leck, und das verdanken wir ihm!«

Der Rudergänger gab den Befehl über den Maschinentelegraphen weiter. Die Motoren wurden gezündet, wir nahmen wieder Fahrt auf. Mittlerweile hatten wir Köln fast erreicht. Schon ließen sich die beleuchteten großen Straßen unterscheiden. Die Rheinbrücke querab wirkte wie eine langgezogene Lichterschnur.

»Höhenruder zehn!« kommandierte der Kapitän und nahm noch einmal den Hörer. »Mehr Ballast abwerfen!«

Der Zeppelin reagierte auf das Ruder, indem er seinen Bug anhob. Ich mußte mein Gewicht verlagern, als sich nun der Boden unserer Kabine leicht nach achtern neigte. Ob wir auch tatsächlich an Höhe gewannen, konnte ich allerdings nicht erkennen.

Plötzlich wurde die Tür aufgerissen, der Leutnant kehrte von seiner Inspektion zurück. »Sabotage, Herr Kapitän!« rief er empört und kam mit schnellen Schritten auf uns zu. Als er den toten Oberst bemerkte, blieb er wie angewurzelt stehen. »Um Gottes willen, was ist denn hier passiert?«

»Das erkläre ich Ihnen später, Overkamp!« winkte der Kapitän ungeduldig ab. »Wir verlieren Gas! Das Schiff muß ein Leck haben!«

»Kein Leck, Herr Kapitän«, antwortete der Leutnant zögernd, dann riß er sich vom Anblick der Leiche los und erstattete Meldung. »Es liegt an den Ventilen! Vier von ihnen sind beschädigt. An einem wird schon gearbeitet, und der Zeugmeister glaubt, es wieder abdichten zu können – aber die anderen drei fallen aus! Sie müssen komplett ersetzt werden.«

Der Kapitän zog scharf den Atem ein. »Drei Ventile!« murmelte er.

»Höhe zweihundertfünfzig, weiter fallend.«

»Zweihundertfünfzig!« wiederholte der Leutnant erschrocken und schluckte. »Das könnte knapp werden, Herr Kapitän!«

»Ich weiß, aber versuchen Sie es trotzdem! Vielleicht reicht ein neues Ventil schon aus, um das Schiff wenigstens stabilisieren zu können. Also vorwärts – worauf warten Sie noch, Overkamp?«

»Jawohl, Herr Kapitän!« Der Leutnant salutierte knapp und hastete zurück ins Schiff. Für die Leiche hatte er jetzt nur noch einen flüchtigen Blick übrig. Der Tod von Oberst Etzfeld schien auf einmal zweitrangig geworden zu sein.

»Achter- und Backbordmotor volle Kraft!« befahl der Kapitän. »Höhenruder fünfzehn!«

Weder Holmes noch Castelli hatten sich gerührt. Wortlos standen sie sich gegenüber und starrten sich an. Castellis bodenloser Haß war beinahe mit Händen zu greifen, aber noch beherrschte er sich, so schwer es ihm auch zu fallen schien. Holmes' undurchdringlicher Miene war nicht anzumerken, was in ihm vorging.

Ich sah zu Luzia hinüber, die den kleinen Henry an den Schultern gepackt hielt und an sich drückte. Auf meinen besorgten Blick antwortete sie mit einem angedeuteten Nicken. Offenbar schätzte sie unsere Situation genauso ein wie ich. Die unverhüllte Nervosität der beiden Offiziere ließ ja auch nur einen Schluß zu: Das Schiff mußte sich in ernsthafter Gefahr befinden.

Vielleicht hatte Holmes ja zu gut gearbeitet und den »Imperator« so schwer beschädigt, daß eine Katastrophe nicht mehr zu vermeiden war. Einen Absturz des Zeppelins würde vermutlich niemand von uns überleben. Castelli und die Besatzung waren also nicht unser einziges Problem, unter Umständen nicht einmal das dringendste. Wir mußten das Schiff verlassen, und dafür blieb uns offenbar nicht mehr viel Zeit, egal, was Castelli noch mit uns vorhaben mochte.

Das Geräusch der Motoren war inzwischen wesentlich lauter geworden. Ihr dröhnendes Brummen zeigte an, daß sie jetzt mit äußerster Kraft liefen. Auch die Neigung des Decks nach achtern hatte sich verstärkt. Niemand sprach ein Wort, wir warteten alle auf die nächste Meldung des Rudergängers.

»Höhe zweihundertvierzig.«

Also fielen wir immer noch. Etwas langsamer zwar als vorhin, aber wir verloren weiter an Höhe. Anscheinend ließ sich der Gasverlust auch durch höhere Geschwindigkeit nicht mehr kompensieren. Der Zeppelin sank.

»Glauben Sie mir jetzt, daß es für Sie kein Entkommen mehr gibt, Moriarty?« fragte Holmes ungerührt. Die sichere Aussicht auf eine Bruchlandung schien ihn kaltzulassen.

Castelli verlor die Beherrschung. Mit einem wütenden, beinahe tierisch klingenden Knurren holte er aus. Sein Schwinger traf Holmes' Kinn und riß dessen Kopf zur Seite. Holmes stolperte zwei Schritte zurück, fiel aber nicht. Mit der Schulter wischte er Blut von seiner aufgeplatzten Lippe und sah Castelli verächtlich an.

»Ich nehme doch an, das sollte ›ja‹ bedeuten.«

Außer sich vor Wut war Castelli ihm gefolgt und schlug noch einmal zu. Diesmal stürzte Holmes. Er fiel nach hinten gegen Luzia und Henry, die ihn auffingen und ihm wieder auf die Beine halfen. Den halben Weg zu Castelli hatte ich schon hinter mir, als neben mir der Posten auftauchte und mir den Lauf seiner Pistole schmerzhaft in die Seite rammte. Mein Eingreifen wäre auch nicht mehr nötig gewesen, Castelli schien sich wieder unter Kontrolle zu haben.

Ohne mich im geringsten zu beachten, ging er zurück zum Kapitän, der die Szene beobachtet hatte und angewidert den

Mund verzog. Gelassen säuberte Castelli mit einem Taschentuch seine Fingerknöchel von Holmes' Blut.

»Sie führen doch wohl genügend Reserveventile mit sich, nicht wahr, Kapitän?«

»Natürlich, Ventile sind an Bord, aber ob wir sie rechtzeitig genug einbauen können, ist fraglich. Sie alle auszutauschen, dauert mindestens eine Viertelstunde. Ich weiß nicht, ob uns noch so viel Zeit bleibt. Wir sind jetzt schon fast auf zweihundert Meter gesunken und haben kaum noch Ballast. Den Rest brauchen wir, um überhaupt noch eine Chance zu haben, heil herunterzukommen. Sobald wir Köln passiert haben, werde ich sofort eine Notlandung einleiten.«

»Das werden Sie nicht. Auf keinen Fall!«

»Ja, begreifen Sie denn nicht, Mann? Wir sind dabei, abzustürzen!«

»Sie halten das Schiff in der Luft, Kapitän – egal, was passiert! Ihre Leute müssen sich eben mit der Reparatur der Ventile beeilen.« Castelli warf das Taschentuch auf den Boden. »Außerdem haben wir noch Ballast.«

Er gab dem Posten ein Zeichen. Der Mann packte die Leiche des Oberst und schleifte sie zur Kabinentür. Sein Vorhaben war offensichtlich.

»Nein!« protestierte der Kapitän ungläubig. »Das können Sie nicht tun, Vader!«

»Werden Sie jetzt nur nicht sentimental, Kapitän!« antwortete Castelli lapidar und nickte dem Posten zu. Wir mußten alle mit ansehen, wie der Mann die Tür aufzog, die Leiche in die Öffnung hineinzerrte und sie mit einem Fußtritt nach draußen beförderte. Als wäre der Tote nicht mehr als ein Stück Abfall.

»Damit werden Sie den Zeppelin auch nicht in der Luft halten können, Moriarty!« sagte Holmes kalt.

»Das wird sich ja zeigen, Holmes!« Castelli verzog das Gesicht zu einer höhnischen Grimasse. »Aber wie immer die Reise ausgeht, an Ihrem Schicksal wird das nichts mehr ändern! Und anders als der Oberst werden Sie und Ihre Freunde das Vergnügen haben, Ihren Flug bis zum letzten Augenblick auskosten zu dürfen!«

Was Castelli damit meinte, war uns allen klar.

Langsam ging er auf Henry zu. »Mit dir werden wir anfangen, mein Kleiner!«

»Sie Scheusal!« zischte Luzia ihm entgegen und stellte sich schützend vor Henry. »Wagen Sie es ja nicht, ihn anzurühren!«

Der Kapitän machte einen Schritt in Castellis Richtung. »Sie sind ja wahnsinnig!« rief er. »Das lasse ich nicht zu!«

Castelli fuhr herum, riß den Arm mit der Pistole hoch und zielte auf ihn. »Halten Sie den Mund, Kapitän, und bleiben Sie, wo Sie sind!«

Aus den Augenwinkeln heraus nahm ich neben mir eine Bewegung wahr. Mit einem Ruck hatte Holmes seine auf den Rücken gebundenen Arme befreit und schleuderte jetzt etwas auf Castelli. Es ging alles sehr schnell, trotzdem hatte ich Henrys Klappmesser erkannt. Der Junge mußte es ihm zugesteckt haben, als er ihm aufgeholfen hatte. Jetzt verstand ich auch, warum Holmes Castelli vorhin derart provoziert hatte. Es war die einzige Möglichkeit gewesen, um unauffällig an Henry und sein Messer heranzukommen.

Castelli versuchte noch, auf den Wurf zu reagieren, aber es war zu spät. Das Messer bohrte sich in seinen ausgestreckten Arm. Ein Schuß löste sich aus der Pistole, bevor sie Castelli aus der Hand fiel. Die Kugel verfehlte den Kapitän und traf stattdessen den Rudergänger. Mit einem Aufschrei sackte der Mann nach vorne gegen das Höhenruder. Der Zeppelin reagierte sofort, sein Bug kippte zum Steilflug nach unten.

Holmes hechtete auf Castelli zu und riß ihn mit sich zu Boden. Gleichzeitig sprang der Kapitän ans Ruder. Es gelang ihm, das Schiff wieder in Steigfahrt zu bringen. Aber durch das ruckartige Fahrtmanöver des Zeppelins war der Posten in einer für ihn unglücklichen Lage überrascht worden. Die Kabinentür stand ja immer noch offen. Um nicht hinausgeschleudert zu werden, mußte er sich mit beiden Händen am Rahmen festklammern. Dabei ließ er seine Pistole los, die nun durch die Gondel schlitterte.

Die Gelegenheit war günstig, ich mußte es wenigstens probieren. Mit zwei Schritten war ich in Reichweite, fand aber auf dem abschüssigen Deck keinen sicheren Halt, und mein Versuch, den Mann mit einem Tritt außer Gefecht zu setzen, scheiterte. Vielleicht war ich auch nur zu langsam. Er blockte den Tritt ab, packte meinen Fuß und stieß mich nach hinten zu Boden. Behindert durch meine Fesseln, stürzte ich hart auf den Rücken. Ohne zu zögern, ging mein Gegner selbst zum Angriff über. Er ließ sich mit den Knien auf meine Brust fallen, und ich fühlte, wie sich seine Finger um meinen Hals schlossen. Seine Daumen drückten mit aller Gewalt gegen meinen Kehlkopf. Blanke Mordlust stand in seinen Augen. Die routinierte Sicherheit, mit der er den tödlichen Würgegriff angesetzt hatte, verriet deutlich, daß ich nicht sein erstes Opfer war.

Unbeholfen versuchte ich, mich zu befreien, konnte aber mit meinen gefesselten Armen nicht viel ausrichten. Der Mann drückte nur noch fester zu. Kurz bevor ich das Bewußtsein verlor, sah ich plötzlich zwei Hände, die von hinten seinen Kopf packten und ihn mit einem scharfen Ruck seitlich verdrehten. Es gab ein nicht besonders lautes, aber fürchterliches Knacken, als sein Genick brach. Der Körper über mir erschlaffte, und der würgende Griff seiner Finger löste sich von meiner Kehle. Ich schnappte nach Luft, dann wälzte ich den Toten von mir herunter und begegnete dem besorgten Blick Luzias. Ihr angespanntes, bleiches Gesicht strahlte tödlichen Ernst aus. Nur ihrem entschlossenen Eingreifen verdankte ich mein Leben.

»Danke!« krächzte ich mühsam.

Luzia nickte nur und schnürte meine Fesseln auf. Ich rieb meinen schmerzenden Hals, während ich aufstand und mich umsah. Castelli lag reglos am Boden, Holmes verschloß die Kabinentür wieder. Er zeigte auf den Rudergänger, der mit schmerzverzerrtem Gesicht beide Arme gegen seine Seite gepreßt hielt.

»Ich glaube, Ihre Hilfe wird benötigt, Watson!«

Der Mann stöhnte leise, als ich nach seiner Wunde sah. Zum Glück hatte Castelli ihn nicht richtig getroffen. »Es ist nichts Ernstes«, beruhigte ich ihn, »die Kugel hat nur die Rippen gestreift.«

»Na, Gott sei Dank!« Der Kapitän atmete erleichtert aus.

»Eigentlich war die Kugel ja für mich bestimmt«, sagte er und sah Holmes dabei mit zusammengezogenen Brauen an. »Hoffentlich erwarten Sie jetzt nicht von mir, daß ich Ihnen dafür auch noch danke! Sie haben mein Schiff auf dem Gewissen!«

»Das tut mir leid, Kapitän, aber mir blieb keine andere Wahl.«

»Steht es wirklich so schlimm?« fragte ich.

»Schlimm?« Der Kapitän bedachte mich mit einem bösen Blick. »Lange kann ich das Schiff nicht mehr oben halten. Das Seitenruder reagiert nicht. Wir sind schon fast auf hundertdreißig gefallen und sinken weiter, weil wir Gas verlieren, zu viel und zu schnell. Mit einem Wort: Wir stürzen ab! Es sei denn, uns gelingt vorher noch eine Notlandung, was unter diesen Umständen aber mehr als unwahrscheinlich ist. – Klingt das schlimm genug für Sie?«

Eine Antwort war unnötig. Mittlerweile hatten wir Köln erreicht. Ich sah hinunter auf die erleuchteten Häuser und Straßen, die gar nicht mehr so weit unter uns lagen. »Aber hier können wir nirgendwo landen! Wir sind schon mitten über der Stadt!«

»Richtig. Erst müssen wir Köln überqueren. Vielleicht haben wir ja Glück und schaffen es noch. Ich werde versuchen, irgendwo hinter der Stadt auf den Feldern oder den Rheinwiesen herunterzugehen. Ohne Seitenruder, ohne Ballast, dafür mit defekten Ventilen. Außerdem müssen wir direkt auf dem Boden aufsetzen.«

Es klang wirklich nach einem riskanten Manöver.

Holmes zeigte nach vorne. »Ich fürchte, die Landung ist nicht unser einziges Problem, Kapitän!«

Es dauerte einen Moment, dann sah ich es auch. Bisher hatte ich immer nur auf die Lichter in der Tiefe geachtet, nicht auf den Himmel über uns. Inzwischen war der Mond aufgegangen, und sein milchiges Licht ließ erkennen, was Holmes gemeint hatte. Nicht allzuweit vor uns ragte die dunkle Masse des Kölner Doms auf. Beklommen starrte ich auf das riesige Gebäude, dem wir uns jetzt schnell näherten. Schwarz und bedrohlich zeichnete es sich gegen den grauen Nachthimmel ab.

»Großer Gott, Holmes, wir fliegen direkt darauf zu!«

»Es sieht ganz danach aus, Watson.«

Der Zeppelin ließ sich nicht mehr steuern. Ausweichen konnten wir dem Hindernis also nicht mehr, dazu fehlte uns das Seitenruder. Genausowenig konnten wir die Fahrt einfach anhalten, denn dazu fehlte uns das für den Auftrieb nötige Gas, und mitten in der Stadt zu landen, war unmöglich.

»Wie hoch mögen die Türme sein?« fragte der Kapitän und kniff abschätzend die Augen zusammen.

»Hundertsiebenundfünfzig Meter«, antwortete Luzia ruhig. Niemand schien sich über die exakte Auskunft zu wundern.

Der Dom übertraf selbst die Pyramiden von Giseh an Höhe, erinnerte ich mich. Aber das spielte jetzt keine große Rolle. Wichtig war im Moment nur eins: Die Spitzen seiner beiden Türme lagen offensichtlich weit über unserer eigenen Flughöhe. Da wir den Kurs nicht ändern konnten, schien eine Kollision mit ihnen unvermeidlich.

»Höhe hundertvierzig«, meldete der Rudergänger gepreßt. Trotz seiner Verwundung hatte er wieder seinen alten Posten übernommen und beobachtete den Höhenmesser.

»Also gut! Uns bleibt nur noch eine Möglichkeit, wir brauchen mehr Geschwindigkeit für den Auftrieb.« Der Kapitän schob auch den rechten Hebel des Maschinentelegraphen nach vorne. »Wir müssen es riskieren!« Wie die beiden anderen Hebel zeigte er nun auf »volle Kraft«.

Der Steuerbordmotor zündete und lief an. Wenigstens klang das Geräusch normal, vielleicht war es den Technikern inzwischen gelungen, seinen Defekt zu beheben. Die zusätzliche Kraft des dritten Motors zeigte bald Wirkung, wir gingen tatsächlich in die Steigfahrt über. Die Lichter unter uns fielen zurück. Je mehr wir an Geschwindigkeit zulegten, um so deutlicher hob sich der Bug des Zeppelins. Aber es gab auch einen Nachteil, wir näherten uns jetzt immer schneller dem Dom.

»Höhe hundertfünfzig.«

Zum ersten Mal hatten wir wieder an Höhe gewonnen. Die Steinmassen des Doms, nun beinahe schon zum Greifen nah, wanderten weiter nach unten, aber die gewaltigen Türme lagen genau auf unserem Kurs, und ihre Spitzen, die sogenannten Helme mit den abschließenden Kreuzblumen aus schwerem Stein, befanden sich immer noch ein Stück über uns.

Plötzlich fing der Steuerbordmotor an zu stottern. Gleichzeitig klingelte der Maschinentelegraph, was der Kapitän genauso ignorierte wie die hektischen Lichtsignale aus der Gondel. Unbeirrt zog er am Höhenruder.

»Höhe hundertfünfundfünfzig.«

Ich starrte auf die Turmspitzen, die auf einmal rasend schnell näher kamen. Schon hatte der Bug die Helme passiert, jetzt kam die Gondel an die Reihe. »Festhalten!« schrie der Kapitän, doch das Krachen blieb aus, auch die Gondel schaffte es ohne Berührung über das Hindernis hinweg.

»Höhe hundertsechzig.«

Aber noch war die Gefahr nicht vorüber. Das Luftschiff war sehr lang, und sein Heck hing viel zu tief. Der Kapitän stieß das Höhenruder nach vorne. Augenblicklich sackte der Bug nach unten, dadurch wurde das Heck nach oben geschleudert. Weit genug, um über die Turmspitzen wippen zu können. Das waghalsige Kippmanöver des Kapitäns gelang. In seiner ganzen Länge überflog der Zeppelin die Westtürme des Doms, auch wenn wahrscheinlich kaum mehr als eine Handbreit zwischen der Schiffshaut und den Kreuzblumen frei geblieben war. Wir hatten es geschafft.

Sobald der Dom hinter uns lag, brachte der Kapitän den »Imperator« wieder in den Steigflug. Wir gewannen jetzt schnell an Höhe. Vermutlich war es der Besatzung gelungen, den Gasverlust wenigstens einzudämmen. Unsere Chancen, Köln heil zu überqueren, verbesserten sich. Vielleicht war sogar an eine halbwegs sichere Landung hinter der Stadt zu denken. Eine Hoffnung, die sich allerdings sehr bald zerschlug.

Wieder stotterte der Steuerbordmotor und setzte aus. Diesmal reagierte der Kapitän auf die Blinksignale und gab Befehl, den Motor abzustellen. Sein Kommando kam zu spät. Wir hörten das Geräusch einer Explosion, dann schlugen Flammen aus der Gondel. Auf den ersten Blick wußte ich, daß die Gondelbesatzung das Feuer nicht mehr löschen konnte. Es war nur eine

Frage der Zeit, bis die Flammen auf den Zeppelin übergreifen würden. Eine Landung war jetzt illusorisch geworden.

Erschüttert starrte der Kapitän auf die brennende Gondel. »Das Schiff ist verloren«, sagte er mit nahezu tonloser Stimme, dann gab er sich einen Ruck. »Wir müssen herunter vom Schiff, bevor es explodiert!«

Holmes war schon nach hinten gerannt, um die Fallschirme zu holen, die an der Rückwand der Kabine aufbewahrt wurden. Ich folgte ihm. Der Gedanke an einen Absprung gefiel mir immer noch nicht, aber es gab keine Alternative. Die Fallschirme waren unsere einzige Chance.

Der Kapitän hatte den Hörer des Telephonapparates in die Hand genommen. Ihm war anzusehen, wie schwer es ihm fiel, seinen letzten Befehl zu geben. »Hier spricht der Kapitän. Das Schiff ist nicht mehr zu retten. Alle Mann von Bord!« Langsam legte er den Hörer wieder zurück auf die Gabel. »Viel Glück!« murmelte er.

»Ich nehme nicht an, daß es hier noch mehr Fallschirme gibt, Kapitän?« fragte Holmes jetzt auffallend ruhig, und etwas in seinem Ton klang falsch. Alarmiert merkte ich auf und begriff, was er meinte. Darauf hatte ich noch gar nicht geachtet, aber es stimmte. Es gab nicht genügend Schirme für uns alle.

»Nein«, antwortete der Kapitän gedehnt, »auf so viele Passagiere waren wir nicht eingestellt.«

»Ich könnte mit Henry gemeinsam springen«, schlug Luzia vor, »dann brauchen wir nur einen Schirm.«

Holmes nickte. »Wenn wir Sie beide zusammenbinden, müßte es gehen. Ihr Gewicht hält der Schirm sicherlich aus. Watson wird Ihnen helfen!«

»Selbstverständlich, Holmes.« Ich griff nach den Fesseln, die heute schon reichlich Verwendung gefunden hatten. »Trotzdem fehlt immer noch ein Fallschirm!«

»Richtig, Watson.« Holmes Stimme klang betont beiläufig. Seine scharfen Gesichtszüge waren zu einer ausdruckslosen Maske erstarrt. »Einer von uns muß an Bord bleiben.«

»Einen Moment!« Der Kapitän kniff die Augen zusammen. »Das könnte Ihnen so passen!« fuhr er Holmes grimmig an.

»Das ist immer noch mein Schiff, hören Sie: mein Schiff! Und ein Kapitän geht als letzter von Bord, oder er geht gar nicht! Wenn also jemand hier bleibt, dann bin ich das!« Seine Empörung war nicht gespielt, er meinte es ernst.

Holmes erwiderte seinen Blick, dann nickte er knapp. »Sie haben recht, Herr Kapitän! Es ist Ihr Schiff. Außerdem muß jemand den Zeppelin in der Luft halten, solange es geht. Er darf auf keinen Fall über Köln abstürzen!«

»Dafür sorge ich schon. Kümmern Sie sich lieber um meinen verletzten Rudergänger!«

Aus den Motorengondeln sprangen bereits die ersten Mannschaften ab. Auch wir hatten keine Zeit mehr zu verlieren. Holmes nahm einen der Schirme und half dem Verwundeten dabei, ihn anzulegen. Der Mann biß die Zähne zusammen, konnte aber ein schmerzhaftes Stöhnen nicht völlig unterdrücken. Er hielt sich beschämend tapfer. Im Vergleich zu ihm würde für uns andere der Sprung geradezu ein Kinderspiel werden, mußte ich mir eingestehen. Viel half es nicht.

Luzia hatte sich ihren Fallschirm über die Schulter geworfen und schnallte ihn nun mit schnellen, routinierten Handbewegungen fest. Sie wirkte alles andere als panisch, nur sehr ernst und konzentriert. Offenbar vollzog sie diese Prozedur nicht zum ersten Mal. Als sie meine Überraschung bemerkte, lächelte sie kurz.

»Wundern Sie sich nicht, Dr. Watson, Sie kennen doch meinen Vetter! Otto hat damals keine Ruhe gegeben. Also blieb mir nichts anderes übrig, als von ihm das Springen zu lernen. Ich hätte nicht gedacht, daß ich ihm dafür noch einmal dankbar sein würde!«

Auch der Junge bewahrte eine verblüffende Ruhe. Ich band ihn fest mit seiner Mutter zusammen. Holmes hatte recht, wegen des Gewichts der beiden brauchten wir uns keine Sorgen zu machen, und mit dem Absprung selbst würde Luzia schon zurechtkommen. Vermutlich wesentlich besser als ich.

Sie überprüfte noch einmal den Sitz des Fallschirms, zog Henry eng an sich und trat in die offene Tür. »Ich warte am Boden auf Sie, Dr. Watson!«

»Kommen Sie heil unten an!«

Ein Schritt, und die beiden waren in der Luft und stürzten nach unten. Es dauerte ein, zwei Sekunden, dann öffnete sich der Schirm über ihnen, und ihr Fall verlangsamte sich. Erleichtert sah ich, wie der kleine Ballon ruhig nach unten schwebte. Jetzt konnte nicht mehr viel passieren, glaubte ich schon, als ich die neue Gefahr bemerkte.

Unter uns war das silberne Band des Rheins aufgetaucht, dem wir uns in einer flachen Kurve näherten. Die Flugbahn des Luftschiffs mußte uns über den Fluß führen, und zwar schon sehr bald. Der Vorstellung, sich aus dem brennenden Zeppelin zu retten, nur um dann im Rhein zu ertrinken, haftete eine furchtbare Ironie an. Es sah aber so aus, als würden zumindest Henry und Luzia noch sicher auf den Uferwiesen landen können.

Ich griff nach meinem eigenen Schirm und band ihn mir auf den Rücken. Er fühlte sich wie ein nicht allzu schwerer Rucksack an. Holmes brachte den verletzten Rudergänger zur Kabinentür. Dort nahm der Mann Haltung an und salutierte ein letztes Mal vor seinem Kapitän, bevor er in die Tiefe sprang. Auch sein Schirm öffnete sich.

»Vorwärts, Watson, Sie sind an der Reihe! Sie sollten sich beeilen, sonst werden Sie noch über den Rhein getrieben!«

Ich kontrollierte noch einmal die Verschlüsse. »Malen Sie nicht den Teufel an die Wand, Holmes.«

Der Kapitän hatte seine Hand an die Mütze gelegt. Stumm grüßte ich zurück. Der Mann opferte sich für uns, und ich kannte nicht einmal seinen Namen. Dann trat ich in die offene Tür und sah hinunter in die gähnende Leere. »Bleiben Sie nicht zu lange, Holmes!« versuchte ich mich in Galgenhumor.

»Das habe ich auch nicht vor, Watson. Viel Glück!«

»Danke, das werde ich brauchen!«

Ich holte tief Luft. Gerade als ich abspringen wollte, fiel hinter unserem Rücken ein Schuß. Erschrocken fuhr ich herum. Auf der gegenüberliegenden Seite der Kabine stand Castelli. An ihn hatte ich überhaupt nicht mehr gedacht. Blut lief ihm über das verzerrte Gesicht, aber tot war er eindeutig nicht. Er hatte die zweite Tür geöffnet – und er trug einen Fallschirm umgeschnallt. Den letzten, der für Holmes bestimmt gewesen war. In der Hand hielt er eine Pistole, die auf den Kapitän gerichtet war, ihm hatte der Schuß gegolten. Jetzt bewegte Castelli den Arm und zielte mit der Waffe auf uns. »Fahren Sie zur Hölle, Holmes!« zischte er und drückte ab.

In diesem Augenblick warf sich der sterbende Kapitän nach vorne gegen das Höhenruder. Mit einem Ruck kippte der Bug nach unten und brachte uns alle aus dem Gleichgewicht. Castellis Schuß verfehlte Holmes um wenige Zentimeter und durchschlug eine Scheibe neben seinem Kopf. Der Kapitän sackte zu Boden, hielt aber das Ruder an sich geklammert. Sofort richtete sich der Bug wieder steil auf. Castelli stand in der Tür und ruderte wild mit den Armen. Zu einem zweiten Schuß kam er nicht mehr. Das war auch gar nicht nötig.

»Diesen Flug werden Sie trotzdem nicht überleben, Holmes!« rief er triumphierend und ließ sich nach draußen fallen.

Unfähig, mich zu rühren, starrte ich auf die leere Kabinentür. Castelli hatte Holmes' Fallschirm mitgenommen.

»Springen Sie, Watson!« schrie Holmes.

»Auf keinen Fall, nicht ohne Sie!«

»Zu schwer!«

Bevor ich es verhindern konnte, gab Holmes mir einen kräftigen Stoß, der mich zur Tür hinausbeförderte. Ich stürzte mit dem Rücken voran nach unten und sah im Fallen entsetzt zurück hinauf auf den Zeppelin. Es war vermutlich der schlimmste Moment in meinem Leben.

Im nachhinein weiß ich selbstverständlich, daß sich alles Folgende nur in Sekunden, ja Bruchteilen davon abgespielt haben muß, aber damals kam es mir so vor, als würde die Zeit langsamer verlaufen, als würde das gedrängt Gleichzeitige in ein Nacheinander gedehnt werden, damit ich es besser aufnehmen konnte. Noch heute steht mir das schockierende Bild der Ereignisse überdeutlich vor Augen, und selbst in der bloßen Erinnerung daran beschleunigt sich mein Puls.

In der rasch kleiner werdenden Kabinentür stand Holmes. Mein Freund, der nun das Schicksal des Kapitäns teilen würde, weil er mein Leben hatte retten wollen. Nie werde ich diesen Anblick vergessen. Da geschah das Ungeheuerliche: Holmes sprang kopfüber in die Tiefe!

Hinter ihm gab es eine Explosion, das Feuer aus der Gondel hatte auf das Schiff übergegriffen. Der brennende Zeppelin kippte und drehte seitlich nach unten ab. Mein Fallschirm öffnete sich plötzlich mit einem Ruck, der mir den Atem nahm. In rasendem Fall schoß Holmes an mir vorbei nach unten, und ich konnte kaum glauben, was ich da sah. Was ich erst für einen verzweifelten Sprung in den Tod gehalten hatte, wirkte jetzt ganz anders.

Denn Holmes stürzte nicht etwa hilflos nach unten, im Gegenteil! Sein Körper war lang gestreckt, die Beine leicht gespreizt. Beide Arme hielt er seitlich nach hinten ausgebreitet, offenbar benutzte er sie und seine Handflächen als Seiten- und Höhenruder – und es schien zu funktionieren, Holmes steuerte seine Bewegung.

Er fiel nicht einfach, Sherlock Holmes flog!

Natürlich, für ihn galten ja die gleichen physikalischen Gesetze wie für einen Zeppelin oder Bylandts Flugapparat. Der Luftwiderstand ließ sich zur Steuerung gebrauchen. Man mußte nur schnell genug sein, und das war Holmes.

Der leicht pendelnde Schirm bremste meine Fallgeschwindigkeit stark ab. Zwar war sie immer noch zu hoch für meinen Geschmack, aber an die bevorstehende Landung dachte ich im Moment gar nicht. Ich hatte nur Augen für Holmes, über dessen Ziel ich mir nun im klaren war. Pfeilschnell raste er mit dem Kopf voran auf Castelli zu.

Mittlerweile brannte der Zeppelin lichterloh, hielt sich aber immer noch in der Luft und machte auch noch Fahrt. Wie eine riesige brennende Fackel hing er am Himmel und beleuchtete die Szenerie. In seinem Licht konnte ich deutlich Castelli erkennen, der ein Stück unter mir an seinem Schirm schwebte. Noch schien er nichts von der drohenden Gefahr bemerkt zu haben. Ein Angriff von Holmes war sicher das letzte, womit er jetzt noch rechnete. Niemand würde das.

Aber noch stand auch nicht fest, ob Holmes mit seiner aberwitzigen Attacke überhaupt Erfolg haben würde. Wenn er Castelli verfehlte, sei es auch nur um eine Handbreit, wäre er unrettbar verloren. Holmes hatte alles auf eine Karte setzen müssen, eine zweite Chance gab es nicht für ihn, und niemand konnte ihm helfen.

Machtlos hing ich in meinem Geschirr und verfolgte mit angehaltenem Atem Holmes' Flugbahn. Wie er es anstellte, war mir ein Rätsel, aber er steuerte trotz seiner enormen Geschwindigkeit exakt auf Castelli zu. – Und dann passierte das schier Unglaubliche, er traf mit Castelli in der Luft zusammen und hielt sich an ihm fest! Holmes hatte es tatsächlich geschafft! Es war ihm gelungen, seinen freien Fall zu stoppen!

Vorerst wenigstens, denn die Gefahr war noch nicht vorüber. Heftig pendelten die beiden zusammengeklammerten Körper hin und her. Die Wucht von Holmes' Aufprall mußte enorm gewesen sein. Jeden Augenblick konnte Castellis Schirm deshalb und wegen des doppelten Gewichts reißen. Noch schien der Stoff zu halten. Zwar sank der Schirm jetzt schneller als vorhin, aber er hielt. Es bestand wieder Hoffnung, daß Holmes mit dem Leben davonkam.

Vorausgesetzt, es gelang ihm, sich weiterhin an Castelli festzuklammern, was sein Gegner natürlich mit allen Mitteln verhindern wollte. Ich konnte mir den Schock und die Wut gut vorstellen, die Castelli jetzt empfinden mußte. Den Schreck über das unvermutete Wiedersehen mit Holmes schien er jedoch schnell verkraftet zu haben. Erbittert versuchte er nun, Holmes doch noch in den Tod zu stürzen. Zwischen den beiden Männern tobte ein mörderischer Kampf. Dabei war Holmes im Nachteil, da er sich an Castelli festhalten mußte, was ihm aber gelang, und jede Sekunde länger war schon ein kleiner Sieg.

Unterdessen hatten Luzia und Henry bereits den Boden erreicht und waren auf der Uferwiese gelandet. Offenbar war alles gutgegangen, denn Henry winkte zu mir hoch, und Luzia lief zu dem verwundeten Rudergänger hinüber, der ebenfalls in der Nähe niedergegangen war. In die Erleichterung über ihre glückliche Landung mischte sich Sorge. Der Rhein kam näher, und ich war immer noch hoch in der Luft. Oben im Zeppelin hatte ich mir über die Windstärke und ihre Wirkung auf die Fallschirme keine Gedanken gemacht. Jetzt war es zu spät. Der starke Westwind würde mich über den Fluß treiben.

Genau wie Holmes und Castelli, die inzwischen das Ufer überflogen hatten und über dem Rhein schwebten. Obwohl sie nun schnell an Höhe verloren, hörten sie nicht auf, miteinander zu kämpfen, selbst nicht in dem Augenblick, als sie aufschlugen und untertauchten. Ihr Fallschirm legte sich wie eine große Decke auf das Wasser und nahm mir die Sicht auf die Absturzstelle. Ich wußte nicht, ob Holmes den Aufprall überlebt hatte. Auch als ich die Stelle überflog, konnte ich nicht erkennen, ob er wieder aufgetaucht war.

Allerdings blieb mir auch nicht mehr viel Zeit, um nach ihm Ausschau zu halten. Ich hatte genug mit meiner eigenen Landung zu tun. Auf den letzten Metern kam mir die dunkle Oberfläche des Rheins erschreckend schnell entgegen. Dem harten Aufschlag folgte der Schock des eiskalten Wassers. Durch meine Fallgeschwindigkeit wurde ich tief nach unten gedrückt, und dann zerrte auch noch der Fallschirm an mir. In Todesangst kämpfte ich mich nach oben, konnte aber nur kurz Luft holen, bevor mich der schwere, vollgesogene Schirm und die starke Strömung wieder unter Wasser zogen.

Blind tastete ich nach den Verschlüssen des Schirms und löste eine Schnalle nach der anderen. Endlich hatte ich mich von dem Ballast befreit und arbeitete mich zurück an die Oberfläche. Keinen Augenblick zu früh. Keuchend schnappte ich nach Luft. Dann schwamm ich zum Ufer, das zum Glück nicht mehr so weit entfernt war. Mein Absprung hatte mich fast über die gesamte Breite des Rheins getrieben, aber ich hatte ihn überlebt.

Der brennende Zeppelin hatte mittlerweile ebenfalls an Höhe verloren. Ohne Fahrt schwebte er über dem Rhein und sank nun langsam auf den Fluß herunter. In all seiner Schrecklichkeit war es doch ein majestätisches Bild. Selbst im Untergang machte der »Imperator« seinem Namen noch alle Ehre.

Ich riß mich von seinem Anblick los und lief stromabwärts. Vergeblich suchte ich die Wasserfläche und den Uferstreifen nach Holmes ab. Trotz des hellen Feuerscheins konnte ich weder von ihm noch von Castelli irgendein Zeichen entdecken. Auch meine Rufe blieben unbeantwortet.

Immer noch brennend war das Luftschiff inzwischen auf den Fluß niedergegangen. Trotzdem dauerte es noch lange, bis der »Imperator« seinen Kampf aufgab und endgültig im Rhein versank. Erst als auch die letzten Flammen erloschen waren und sich die Dunkelheit wieder über das Wasser gelegt hatte, gab ich meine Suche auf. Erschöpft und frierend ließ ich mich auf einem der weit in den Fluß hineinreichenden Wellenbrecher nieder. Ich mußte an den verbissenen Kampf der beiden Männer denken, an den halsbrecherischen Sturz, die starke Strömung und den behindernden Fallschirm – all das würde schon für sich allein ausreichen, um jede Hoffnung zu ersticken.

Niedergeschlagen starrte ich auf den Fluß hinaus. Ich mußte der Wahrheit ins Auge sehen. Der Wahrheit, daß Sherlock Holmes in den Fluten des Rheins seinen Tod gefunden hatte.

Abschied

Wie lange ich dort auf den Steinen gesessen habe, weiß ich nicht mehr. Irgendwann wurde das Klappern meiner Zähne laut genug, um mich aus meiner Lethargie zu wecken. Das Geräusch rief den Arzt in mir auf den Plan. Hier konnte ich nichts mehr tun, und wenn ich nicht bald aus meinen nassen Kleidern käme, dann würde am Ende eine Lungenentzündung doch noch vollenden, was Castelli und Etzfeld nicht geschafft hatten. Schwerfällig stand ich auf und ging über die Uferwiese auf den Deich zu.

Erst jetzt nahm ich bewußt wahr, daß ich mich längst nicht mehr allein hier draußen befand. Die dramatische Überfahrt des »Imperators« und seine Beinahe-Kollision mit dem Dom waren in der Stadt natürlich nicht unbemerkt geblieben. Genausowenig wie der anschließende Untergang des brennenden Luftschiffs im Rhein. Sensationslust und Hilfsbereitschaft der Menschen waren offenbar eine spontane Verbindung eingegangen, denn auf beiden Flußufern tauchten immer mehr Lichter auf, die sich langsam in meine Richtung bewegten. Viele Kölner hatten sich mit Laternen ausgerüstet und waren zu der Absturzstelle aufgebrochen. Schon konnte ich leise vereinzelte Rufe hören.

Oben auf dem Deichweg kam mir als erstes eine Polizeidroschke im flotten Trab entgegen. Als die Beamten meinen Zustand bemerkten und erfuhren, daß ich einer der Passagiere des abgestürzten Zeppelins war, reagierten sie ausgesprochen vernünftig. Sie wickelten mich in eine Decke und machten sofort kehrt, um mich zurück nach Köln auf das Polizeirevier zu bringen. Unterwegs bestürmten sie mich mit neugierigen Fragen, auf die ich so ausweichend wie möglich antwortete. Es war nicht meine Aufgabe, zu entscheiden, in welchem Ausmaß die Affaire öffentlich bekannt gemacht werden sollte. Zum Glück erinnerte ich mich an den Namen des Inspektors, der uns in Ahrenfels als Wache zugeteilt gewesen war, und bat, erst zu ihm geführt zu werden, da er bereits mit dem Fall vertraut wäre.

Im Büro des Inspektors brannte ein altmodischer Ofen, der den kleinen Raum regelrecht aufheizte. Inspektor Peters war überrascht, mich so schnell wiederzusehen, noch dazu in einer Angelegenheit, die vermeintlich nichts mit dem Tod seines Kommissars zu tun hatte. Zunächst einmal sorgte er dafür, daß mir trockene Kleidung gebracht wurde. Als wir allein waren, zog er die unterste Schublade seines Schreibtischs auf und holte etwas heraus, das ich in einer preußischen Amtsstube nicht unbedingt erwartet hätte, nämlich eine noch fast volle Flasche Cognac. Das erste Glas leerte ich in einem Zug. Als der Alkohol meine Kehle hinunterlief, brannte er wie Feuer. Eine bessere Medizin hätte ich mir nicht wünschen können. Dankbar hielt ich dem Inspektor das leere Glas hin. Eingezwängt in eine zwar enge, dafür warme und trockene Polizeiuniform, saß ich nun mit dem zweiten Glas in der Hand vor dem Ofen und fing an zu berichten.

Schon nach wenigen Sätzen unterbrach mich der Inspektor, um seinen Vorgesetzten zu holen, der sich meine ungeheuerliche Aussage ebenfalls anhören sollte. Ich begann von vorne, kam aber wieder nicht weit. Diesmal wurde sogar der Polizeipräsident höchstpersönlich hinzugebeten, und bei seinem Eintritt verschwanden Flasche und Glas wie durch Zauberei. Daß Seine Exzellenz sich trotz nachtschlafender Zeit im Präsidium aufhielt, wunderte mich nicht weiter. Vermutlich war halb Köln noch auf den Beinen, dafür durfte das Spektakel am Himmel über der Stadt wohl gesorgt haben.

Der Präsident, ein stämmiger, grauhaariger Herr in den Sechzigern mit einem martialischen Kaiser-Wilhelm-Bart, betrachtete mich mißtrauisch. Es lag nicht an meiner Uniform, sondern an dem, was ich zu berichten hatte, und das konnte ich ihm nicht verdenken. Ihm war anzusehen, daß er sich große Mühe geben mußte, meine Geschichte zu glauben. Trotzdem hielt er sich zurück. Der Name Sherlock Holmes verfehlte seine Wirkung nicht. Eine Zwischenbemerkung ließ darauf schließen, daß Kommissar von Stamm seinen Chef bereits über Holmes' Aufenthalt in Ahrenfels informiert hatte.

Dem Präsidenten war natürlich bewußt, daß seine Stadt vorhin nur knapp einer Katastrophe entgangen war. Nicht aber, wie knapp es tatsächlich gewesen war, und erst recht nicht, wie es überhaupt dazu hatte kommen können. Mit wachsender Bestürzung hörte er mir zu. Ihm gefiel ganz und gar nicht, daß der Absturz des Luftschiffs von Holmes absichtlich herbeigeführt worden war, nur um den Weiterflug nach Ägypten zu verhindern.

»Ägypten?« Ratlos wechselte der Präsident einen ungläubigen Blick mit seinen Untergegebenen. Inspektor Peters nickte nachdenklich, er hatte die Cobra in der Wohnung von Stamms nicht vergessen.

Ich berichtete, was Holmes über Imhotep-Castelli und seine Verbindung zu Oberst von Etzfeld herausgefunden hatte. Über die Aktivitäten der Amun-Sekte und ihren geplanten Aufstand in Ägypten. Einen Aufstand, den Etzfeld und seine Clique völlig eigenmächtig vorbereitet hatten mit dem einzigen Ziel, eine internationale Krise zwischen den europäischen Großmächten zu provozieren. Auf die Eröffnung, daß Mitglieder des Deutschen Generalstabs etwas mit der Ermordung des Kommissars zu tun hatten, reagierten die Polizeibeamten schockiert.

Als ich das Telegramm aus Berlin erwähnte, wurde es sehr still in dem Büro. Daß der Kaiser von Oppenheim über die Hintergründe der Affaire unterrichtet worden war und daraufhin sogar persönlich interveniert hatte, schien dem Präsidenten zu denken zu geben. Er zwirbelte die Enden seines Schnurrbarts und sah mich finster an. Seine Gedanken zu erraten, fiel mir nicht allzu schwer. Vermutlich erkannte er jetzt erst die volle Brisanz der Angelegenheit, und ihm dämmerte, wie schnell er selbst dabei in Teufels Küche kommen konnte. Hier ging es offensichtlich um große Politik. Um eine Verschwörung in höchsten Militärkreisen, vielleicht um Hoch- und Landesverrat. Auf jeden Fall um etwas, das die maßgeblichen Stellen sowohl in der Regierung als auch in der Armee vermutlich lieber nicht in der Öffentlichkeit diskutiert sehen wollten. Unbedingt sogar. Wenn die Geheimhaltung noch gelingen sollte, mußte also schnell gehandelt werden. Nicht auszudenken, was alles geschehen konnte, sollte die Presse erst von den wahren Hintergründen erfahren. Dann konnte sich aus einem tragischen Unglück wie dem Absturz eines Luftschiffs, bei dem durch glückliche Fügung die große Katastrophe ja letztlich doch noch ausgeblieben war, leicht ein politischer Skandal mit unabsehbaren Folgen entwickeln. Und Seine Exzellenz war ganz bestimmt nicht der Mann, der dafür seinen Kopf hinhalten würde.

Er gab sofort den Befehl, alle Mitglieder der Besatzung, denen der Absprung aus dem Zeppelin noch gelungen war, aufzusammeln und ins Präsidium zu bringen. Dort sollten sie vor allem vor der Presse abgeschirmt werden, aber darüber hinaus war ihnen auch grundsätzlich jeglicher Kontakt mit Zivilpersonen untersagt.

Nach einem kurzen Moment des Zögerns verzichtete er darauf, auch mich unter Hausarrest zu stellen, verpflichtete mich aber ebenfalls zum Stillschweigen. Das schien ihm wesentlich wichtiger zu sein, als meine und auch Holmes' noch zu klärende Rolle in der ganzen Geschichte zu untersuchen. Angefangen beim unbefugten Eindringen in einen Stützpunkt der preußischen Armee bis hin zur Sabotage eines Militärluftschiffs. Darum würden sich andere Stellen kümmern. Fürs erste wurde ich entlassen, sollte mich aber für weitere und eingehendere Vernehmungen zur Verfügung halten.

Kaum hatte der Präsident das Büro verlassen, als Luzia und Henry hereingeführt wurden und mich erleichtert begrüßten. Als ich vorhin über sie hinweggeflogen war, hatte ich mich nicht getäuscht, beide waren sie wohlbehalten gelandet. Sogar der Rudergänger hatte den Sprung wenigstens lebend überstanden, erfuhr ich nun. Auf ein Wiedersehen mit mir hatte sie kaum noch zu hoffen gewagt, gestand Luzia. Statt dessen hatte sie mit dem Schlimmsten gerechnet, nachdem sie mich über dem Wasser niedergehen gesehen und dann aus den Augen verloren hatte.

Also mußte sie auch den gemeinsamen Aufschlag von Holmes und Castelli beobachtet haben. Luzia schwieg einen Augenblick und sah mich bedrückt an. Ich beantwortete ihre unausgesprochene Frage und berichtete ihr von der dramatischen Szene, die sich unmittelbar vor meinem Absprung im Luftschiff abgespielt hatte. Und von Holmes' wahnwitzigem Sprung, der ihn am Ende doch nur zusammen mit Castelli in den Tod gerissen hatte.

Erschüttert hörte Luzia mir zu, wollte aber die Hoffnung noch nicht aufgeben. Vielleicht hatte Holmes den Aufprall doch überleben können, und womöglich lag er jetzt verletzt und hilflos irgendwo am Ufer des Rheins.

Der Inspektor beruhigte sie. Suchmannschaften waren schon dabei, die Flußufer gründlich zu durchkämmen. Falls Holmes noch lebte, würden die Polizisten ihn finden. Mehr konnte man im Augenblick nicht tun. Er hatte recht, wir mußten den Tag abwarten.

Peters ließ eine Polizeidroschke vorfahren, die uns zum Domhotel brachte, wo wir für die Nacht Quartier nahmen.

Es war bereits später Vormittag, als ich aufwachte. Mit dem Kaffee brachte mir der Zimmerkellner auch eine Nachricht von Luzia. Die Sorge um den verletzten Jones hatte ihr keine Ruhe mehr gelassen. Deshalb war sie schon am frühen Morgen zusammen mit Henry nach Ahrenfels aufgebrochen, um möglichst schnell wieder bei ihrem Mann zu sein.

Die Erinnerung an die Ereignisse ließ mich nicht los. Immer wieder stand mir der zum letzten entschlossene Gesichtsausdruck vor Augen, mit dem Holmes sich in die Tiefe gestürzt hatte. Während ich noch trübsinnig mit der Tasse in der Hand aus dem Fenster starrte, wurde der Inspektor gemeldet.

Peters kam nicht allein, er brachte Besuch mit. Überrascht begrüßte ich Baron Oppenheim, den noch zwei Herren begleiteten. Oppenheim sah bleich und angestrengt aus. Er gehörte entschieden ins Krankenbett, und genauso entschieden wollte er davon nichts wissen. Trotz seiner Schußwunde war er noch in der Nacht mit dem Zug aus Berlin zurückgekehrt, um uns hier im Kampf gegen Etzfeld zu unterstützen. Zu diesem Zweck hatte er seine beiden Begleiter aus der Hauptstadt mitgebracht. Es überraschte mich nicht, als er sie nun als hochrangige Beamte aus dem Polizei- und Kriegsministerium vorstellte, die von höchster Stelle mit der Untersuchung der Vorfälle beauftragt worden waren. Offenbar hatte der Baron in Berlin ganze Arbeit geleistet.

Meine erste Frage galt Holmes, allerdings machte ich mir keine Illusionen. Die ernsten Mienen der Männer verhießen nichts Gutes.

Der Inspektor räusperte sich. »Wir haben den Fallschirm gefunden«, sagte er, »nicht weit hinter Zons ist er an Land geschwemmt worden. Sonst gibt es noch keine Spuren von ihnen, weder von Mr. Holmes noch von diesem Castelli. Unsere Männer suchen selbstverständlich weiter, aber ...« Peters zögerte. »Offen gesagt, Dr. Watson, gibt es kaum noch Hoffnung, mehr als eine Leiche zu finden.«

»Ich verstehe, Inspektor.«

»Mein Beileid, Watson«, sagte Oppenheim ernst. »Holmes' Tod ist ein großer Verlust für uns alle! Vielleicht hilft Ihnen ja der Gedanke, daß er nicht umsonst gestorben ist. Im Gegenteil, nur durch seinen Einsatz konnte eine ernste Krise zwischen England und Deutschland abgewendet werden! Und ich rede jetzt nicht etwa von rein diplomatischen Spannungen.«

»Vielen Dank, Baron.« Ich mußte ihm recht geben, aber Holmes' Erfolg tröstete nicht über die Vorstellung hinweg, daß seine Leiche jetzt irgendwo den Rhein hinuntertrieb.

»Dank Holmes ist Etzfelds Verschwörung aufgedeckt«, fuhr Oppenheim fort, »und die beiden Drahtzieher sind ausgeschaltet. Ich glaube nicht, daß es ohne Imhotep jetzt noch zu einem nennenswerten Aufstand in Ägypten kommen wird.«

»Zumindest werden seine Anhänger dort noch lange auf ein Zeichen am Himmel warten müssen!«

Der Zeppelin schien das Stichwort für Oppenheims Begleiter gewesen zu sein. Vom Baron waren sie bereits über die Hintergründe der Verschwörung und Etzfelds Rolle darin informiert worden, nun wollten sie von mir einen ausführlichen Bericht über die Ereignisse hören, die sich auf dem Stützpunkt und nachher auf dem Luftschiff abgespielt hatten. Ich kam ihrem Wunsch nach und beantwortete ihre Fragen. Es wurde ein längeres Verhör. Zwei Stunden später verabschiedeten sich die Beamten sehr höflich und kehrten mit dem Inspektor zurück ins Präsidium.

Oppenheim blieb noch und bot an, mich nach Ahrenfels zu fahren. Mit einem verlegenen Lächeln gestand er, daß er gewissermaßen den amtlichen Auftrag hatte, mich möglichst weit fortzubringen, weg aus Köln und vor allem weg von neugierigen Reportern. Ich stimmte zu unter der Bedingung, laufend über die Suche nach Holmes informiert zu werden. Und daß Oppenheim sich in seinem Zustand nicht selbst ans Steuer setzte. Mein Bedarf an Katastrophen war vorläufig gedeckt. Der Baron beruhigte mich, sein Fahrer saß bereits unten im Wagen vor dem Hotel.

In Ahrenfels wartete eine sinnvolle Aufgabe auf mich. Es gab zwei Patienten, um die ich mich kümmern mußte. Erleichtert stellte ich fest, daß ich mich in meiner Diagnose bei Dr. Jones nicht geirrt hatte. Er war mit einer schweren Gehirnerschütterung noch einmal glücklich davongekommen. Lebensgefahr bestand für ihn nicht mehr, und einige Wochen strenger Bettruhe würden ihn wieder völlig genesen lassen.

Auch Bylandt hatte Glück gehabt, seine Schulter schien nicht gebrochen, sondern nur stark geprellt zu sein. Ein Bauer hatte ihn gestern kurz nach unserer Bruchlandung gefunden und in den nächsten Ort zu einem Arzt gebracht. Trotz seiner Verletzung war er anschließend weiter nach Ahrenfels gefahren. An Bettruhe war bei ihm nicht zu denken. Eine dickbandagierte Schulter konnte ihn noch lange nicht vom Besuch seiner Werkstatt abhalten. Als ich eintraf, saß er schon wieder über Konstruktionsplänen für seinen neuen, verbesserten Flugapparat Nummer fünfzehn. Von mir wollte er alles über den Zeppelin erfahren.

Ich unternahm längere Wanderungen durch die umliegenden Wälder und Felder, auf denen mich manchmal Luzia oder Pater Hieronymus begleiteten. Trotzdem war es Bylandt, der mich von einer drückenden Last befreite. Als ich ihm erzählte, daß Holmes mich aus dem Zeppelin gestoßen hatte, weil der Fallschirm nicht unser gemeinsames Gewicht tragen konnte, schüttelte er den Kopf.

»Das glaube ich nicht, Watson«, sagte er verwundert, »der Schirm hätte gehalten. Natürlich wäre die Landung etwas ungemütlicher geworden, aber gehalten hätte der Schirm, und Holmes muß das auch gewußt haben! Wenn er also nicht mit Ihnen abgesprungen ist, dann nicht, weil er dachte, nur so Ihr Leben retten zu können, Watson! Es muß einen anderen Grund gegeben haben.«

»Wenn Sie recht haben, Baron, dann kann es nur einen Grund geben: Castelli!«

»Genau!« Bylandt nickte ernst. »Holmes ist ihm nachgesprungen, weil er es auf ihn abgesehen hatte! Lieber ist er selbst mit in den Tod gegangen, als Castelli noch einmal entkommen zu lassen.«

Oppenheim hielt sein Versprechen und kam regelmäßig in Ahrenfels vorbei, um uns über den Stand der Nachforschungen zu unterrichten. Das Zeppelinwrack war aus dem Rhein geborgen worden, aber von Holmes hatte man immer noch keine Spur gefunden. Mittlerweile gab es keine Hoffnung mehr.

In den Zeitungen war natürlich kaum von etwas anderem die Rede, aber offensichtlich erwiesen sich die Bemühungen der Behörden um Geheimhaltung als recht effektiv. Die Blätter verstiegen sich zwar zu gewagten Vermutungen, doch selbst die wildesten Spekulationen reichten nicht entfernt an die Wahrheit heran.

Schließlich verkündete Oppenheim die offizielle Version, die dann auch am nächsten Tag in der Presse verbreitet wurde. Demnach war der »Imperator« der geheime Prototyp eines neuen Militärluftschiffes gewesen, der unmittelbar vor seinem Jungfernflug für die Öffentlichkeit gestanden hatte. Einer Gruppe von ausländischen Agitatoren und Anarchisten war es durch arglistige Täuschung gelungen, das Schiff in ihre Gewalt zu bringen. Ihre selbstmörderische Absicht, damit den Kölner Dom zu zerstören, hatte aber durch den heroischen Einsatz der Luftschiffer in letzter Sekunde noch verhindert werden können. Dabei hatten der Kapitän und noch einige andere Mitglieder seiner Besatzung den Heldentod für das Vaterland gefunden. Zu den Toten zählte auch Oberst von Etzfeld, der den Flug beaufsichtigt hatte. Für sie alle sollte in Köln ein Staatsbegräbnis ausgerichtet werden.

Auch die bestialische Ermordung des Kommissars von Stamm ging auf das Konto der ausländischen Schurken. Und diese niederträchtige Tat zeigte einmal mehr, wozu der blinde Haß auf die Obrigkeit Menschen treiben konnte.

Wie es hieß, hatte sogar der Kaiser seine persönliche Teilnahme an der feierlichen Bestattungszeremonie für die toten Helden des »Imperators« angekündigt.

Über Sherlock Holmes' maßgebliche Rolle bei den Vorfällen erfuhr man nichts, sein Name wurde nicht einmal erwähnt. Kein Wort über Imhotep und seinen vorbereiteten Aufstand in Ägypten, und erst recht kein Wort über eine Verschwörung im Generalstab. Daß alles vertuscht wurde, soweit es irgend ging – damit war ja zu rechnen gewesen. Aber daß Etzfeld jetzt nachträglich zum unschuldigen Opfer und sogar zum Helden stilisiert werden sollte, war schlicht empörend.

Im Vertrauen teilte Oppenheim mir mit, daß die Armeeführung diese Version durchgesetzt hatte. Die Regierung war ihr erst nach längerem Zögern gefolgt. Am Ende hatte die Furcht vor den unkalkulierbaren politischen Folgen, die ein Bekanntwerden der ganzen Wahrheit nach sich ziehen könnte, den Ausschlag gegeben. Immerhin hatten im Generalstab einige Köpfe rollen müssen, wenn auch getarnt als ehrenvolle Abschiede. Und man hatte sich diskret mit den britischen und ägyptischen Stellen in Verbindung gesetzt.

»Ein paar ehrenvolle Abschiede – das ist schon alles, mehr ist nicht passiert?«

»So geht es nun mal in der Politik zu, Dr. Watson.« Oppenheim zuckte mit den Schultern. »Außerdem sind die getroffenen Maßnahmen offenbar recht erfolgreich, denn bisher wenigstens habe ich noch nichts von bewaffneten Unruhen in Ägypten gehört. Und das ist letzten Endes die Hauptsache, nicht wahr?«

Die einzige Nachricht aus Cairo war eine Meldung in der Zeitung, daß sich der Deutsche Militärattaché Major von Heckendorff erschossen hatte. Angeblich hatte er seine Spielschulden nicht mehr bezahlen können.

Als zwei Tage später Holmes' Leiche immer noch nicht gefunden worden war, brach man die Suche ab. Für mich gab es nun keinen Grund mehr, noch länger in Ahrenfels zu bleiben. Ich wollte nur noch Kommissar von Stamm die letzte Ehre erweisen, bevor ich nach London aufbrach. Es wurde ein trauriger Abschied. Uns allen war bewußt, daß wir uns wohl zum letzten Mal sahen. Daran änderte auch Bylandts dringende Bitte nichts, ihm doch bei seinem nächsten Flugversuch wieder zu assistieren.

Nach dem Begräbnis nahm mich Oppenheim in seinem Wagen mit. Verwundert merkte ich unterwegs, daß er nicht die Richtung nach Köln einschlug. Den Zug könnte ich genausogut in Bonn nehmen, erläuterte er. Auf dem Weg dorthin kämen wir am Familiensitz Ramersdorf vorbei, wo ein Gast zu Besuch weilte, der darum gebeten hätte, mich persönlich kennenzulernen. Mehr wollte er nicht sagen.

Der Familiensitz der Oppenheims entpuppte sich als weitläufiges Schloß. In der Einfahrt standen mehrere schwere Automobile. Oppenheim fuhr direkt zum Eingang vor und sprang aus dem Wagen. Ein livrierter Butler empfing uns. »Die Herrschaften warten in der Bibliothek, Herr Baron.«

»Kommen Sie, Watson, wir sind spät dran!«

Ohne weitere Erklärung eilte Oppenheim durch eine langgestreckte Zimmerflucht auf eine große Tür zu, deren beide Flügel geschlossen waren. Aus einem Sessel davor hatte sich ein Offizier in eleganter Uniform erhoben und sah uns mit höflichem Lächeln entgegen. Als wir ihn erreichten, nahm er auf verbindliche Art Haltung an.

»Baron Oppenheim, Dr. Watson – bitte hier entlang, Seine Majestät erwartet Sie bereits!«

Drei Wochen später hatte mich der Londoner Alltag längst wieder eingeholt. Beinahe jedenfalls, die Erinnerung an die Ereignisse schwang ständig in meinem Bewußtsein mit, und mir war klar, daß es noch lange dauern würde, bis ich mich mit dem Tod von Sherlock Holmes abgefunden hätte.

Sein mutmaßliches Schicksal war bisher der Öffentlichkeit noch vorenthalten worden. Es gab auch keine offizielle Todeserklärung, was mir ganz recht war, denn so hatte ich eine gute Entschuldigung dafür, eine traurige Pflicht immer weiter hinauszuschieben. Von seinem Bruder Mycroft wußte ich, daß Holmes mich schon vor längerer Zeit zum Alleinerben bestimmt hatte. Aber es fiel mir schwer, das Erbe auch wirklich anzutreten. Die Miete für die Wohnung in der Baker Street war auf Monate im voraus bezahlt. Wenigstens so lange wollte ich mit der Räumung noch warten. Die bekümmerte Mrs. Hudson war damit einverstanden, und ich hatte mir angewöhnt, abends nach meinen Patientenbesuchen noch einmal in 221 B vorbeizuschauen. Auch heute war ich auf dem Weg dorthin.

Zum ersten Mal hatte am Morgen etwas über Ägypten in der »Times« gestanden, weit hinten unter den vermischten Nachrichten. Ägyptischen und britischen Polizeikräften war es nach einem heftigen Feuergefecht gelungen, eine religiöse Verschwörerbande auszuschalten. Dabei wurde auch ein umfangreiches Waffenlager ausgehoben. Ich hatte keinen Zweifel daran, daß sich diese Meldung auf die Amun-Sekte bezog. Alle Informationen, die Holmes gesammelt hatte, waren von Mycroft an den Hochkommissar weitergegeben worden, und nur dank ihrer Hilfe hatte die Polizei ihren vernichtenden Schlag gegen die Verschwörer führen können. Es war ein posthumer Erfolg von Holmes.

Auf dem Weg zur Baker Street wurde ich von einem grummelnden Dienstmann begleitet, der ein Paket für mich trug. In einem fort beschwerte er sich halblaut über dessen Größe und Gewicht, natürlich in der Hoffnung, dadurch das Trinkgeld zu erhöhen. Einen anderen Grund für sein permanentes Lamentieren konnte es schwerlich geben, denn das Paket enthielt nichts weiter als ein Bild. Noch in Luxor hatte ich von Howard Carter eine kolorierte Zeichnung des Tempels von Karnak gekauft und sie hier in einem Geschäft ganz in der Nähe rahmen lassen. Ursprünglich als Geschenk für Holmes gedacht, brachte ich es jetzt nicht übers Herz, das Bild so einfach mit zu mir nach Hause zu nehmen, sondern wollte es wenigstens eine Zeitlang in der Baker Street aufstellen. Anders als Holmes war ich nicht gegen Sentimentalitäten gefeit.

In der Wohnung wies ich den Träger an, das Bild auszupacken. Ich selbst räumte den Kaminsims frei, was mir nicht leicht fiel. Zu viele Erinnerungen an Holmes und seine alten Fälle hingen an den dort aufgereihten Gegenständen. Noch immer diente der preußische Adlerorden als Briefbeschwerer. Langsam nahm ich ihn in die Hand und sah auf ihn herunter. Ich mußte an die Bismarck-Affaire denken, für deren erfolgreiche und vor allem diskrete Bereinigung Holmes seinerzeit mit diesem hohen Orden ausgezeichnet worden war. Eine wohlbekannte Stimme hinter mir weckte mich abrupt aus meinen Träumereien.

»Gratuliere, Watson! Wie ich hörte, gehören Sie jetzt auch zu den Trägern des Adlerordens. Das haben Sie wirklich mehr als verdient, alter Freund!«

Ich ließ den Orden fallen und fuhr herum. Vermutlich stand mein Mund weit offen, als ich den Dienstmann anstarrte, der sich nun zu voller Größe aufrichtete, seine Mütze abnahm und mit einem Ruck den falschen Bart herunterriß.

»Holmes! – Sie!« Mehr brachte ich nicht heraus.

»Jawohl, Watson, ich freue mich auch, Sie wiederzusehen.« Ungerührt zog Holmes, denn er war es wirklich, seinen Mantel aus.

»Sie leben!« krächzte ich, immer noch fassungslos.

Holmes nickte anerkennend. »Bemerkenswert, wie Sie aus der Tatsache, daß ich Ihnen zwei Straßen weit ein Paket getragen habe, auf Anhieb den richtigen Schluß ziehen!«

»Wie konnten Sie mir das antun, Holmes?« Endlich hatte ich meine Sprache wiedergefunden.

»Sie meinen die kleine Maskerade vorhin?« fragte er harmlos.

»Ach was! Zum Teufel, Holmes – ich mußte doch annehmen, daß Sie den Sturz nicht überlebt hatten! Wir haben tagelang den Fluß nach Ihnen abgesucht, besser gesagt: nach Ihrer Leiche. Sie hätten mir doch wenigstens eine Nachricht zukommen lassen können!«

»Tut mir leid, Watson, aber das war unmöglich!« erwiderte er ernst, und sein Gesichtsausdruck kam dem eines schlechten Gewissens so nahe, wie das bei Holmes überhaupt nur möglich war. »Niemand durfte davon erfahren. Dazu stand die Sache zu sehr auf des Messers Schneide. Wenn Sie erst die näheren Umstände erfahren haben, werden Sie es verstehen.«

»Wie Sie meinen, Holmes.«

»Sie nehmen es mir doch hoffentlich nicht übel, Watson, daß ich Sie aus dem Zeppelin gestoßen habe«, begann er, »es mußte sein. Wäre ich gemeinsam mit Ihnen abgesprungen, dann wäre Moriarty mit Sicherheit entkommen, und das konnte ich nicht zulassen, auf keinen Fall. Ich hatte keine Wahl.«

Holmes berichtete von dem erbitterten Kampf, den er sich mit Moriarty in der Luft geliefert hatte. Dabei war es seinem Gegner zwar nicht gelungen, ihn von sich weg in die Tiefe zu stürzen, aber die Landung zu zweit war auch so schon hart genug gewesen. Halb betäubt war Holmes durch den Aufschlag tief unter Wasser gedrückt worden. Nur mit letzter Kraft und mehr tot als lebendig hatte er wieder auftauchen können. Der Aufprall hätte wirklich leicht sein Ende bedeuten können. Daß er ihn überlebt hatte, war reines Glück gewesen. Genau wie der Umstand, daß Moriarty seine Schwäche nicht ausnutzen konnte, weil er sich zuerst von dem Fallschirm befreien mußte. Auch danach hatte er sich nicht weiter um Holmes gekümmert, wofür es nur eine Erklärung geben konnte. Offenbar war Holmes so lange unter Wasser geblieben, daß Moriarty hatte glauben müssen, er wäre ertrunken.

Als Holmes wieder aufgetaucht war, hatte ihn die Strömung schon weit abgetrieben. Moriarty war an Land geschwommen, und Holmes mußte hilflos zusehen, wie er über die Uferwiesen auf den Deich zulief. Holmes erreichte das Ufer erst, als Moriarty schon verschwunden war, und nahm sofort die Verfolgung auf. Vermutlich hätte er jede andere Person schnell und ohne große Probleme eingeholt, aber nicht Moriarty.

So knapp dessen Vorsprung auch war, es gelang Holmes lange Zeit nicht, ihm näher zu kommen. Die Verfolgungsjagd führte ihn durch halb Europa, und immer blieb Moriarty ihm einen

Schritt voraus. Wenn Moriarty gewußt hätte, daß Holmes ihm auf den Fersen war, wäre er sicher entkommen und vielleicht für immer untergetaucht.

Deshalb hatte sich Holmes auch nicht gemeldet, weder bei mir noch bei sonst jemandem, abgesehen von seinem Bruder Mycroft. Niemand durfte erfahren, daß Holmes den Absturz überlebt hatte. In gewisser Weise war sein Tod der einzige Trumpf, den er Moriarty gegenüber ausspielen konnte. Die Verfolgung endete schließlich da, wo alles begonnen hatte, am Nil.

»Was ist passiert?« fragte ich, als er verstummte und mir sein Schweigen zu lange dauerte. »Sie haben Moriarty doch gestellt, oder?«

Holmes antwortete nicht sofort, auf einmal wirkte er sehr verschlossen. Schließlich nickte er langsam. »Ja, wir sind uns ein letztes Mal begegnet«, sagte er ausdruckslos. »Uns beiden war natürlich klar, wie dieses Treffen enden mußte. Nur einer von uns würde es überleben. Und so ist es auch gekommen.«

Wieder schwieg er. Nur das Ticken der Uhr war zu hören. Ich kannte Holmes gut genug, um zu wissen, daß es keinen Zweck hatte, jetzt weiter in ihn zu dringen. Irgendwann würde er mir schon von seinem letzten Kampf mit Moriarty erzählen. Einem Kampf, über dessen Ausgang wenigstens kein Zweifel bestehen konnte.

»Es hat dann noch einige Zeit gedauert, bis ich zusammen mit den ägyptischen Behörden auch den Rest der Amun-Sekte unschädlich machen konnte«, fuhr er nach einer Pause fort. »Bei dieser Gelegenheit haben wir auch die versteckten Waffen gefunden.«

»Davon habe ich heute in der ›Times‹ gelesen, Holmes.«

»Dann wissen Sie vermutlich auch schon, daß der deutsche Militär-Attaché in Cairo ebenfalls zu den Verschwörern gehörte und Etzfelds Verbindungsmann zu Imhotep und der Sekte war.«

»Oppenheim hat so etwas erwähnt.«

»Leider hat sich Heckendorff eine Kugel in den Kopf gejagt, bevor ich es verhindern konnte.«

»Was ist mit den anderen geschehen, mit den Mitgliedern von Blunts Grabungsexpedition? Mit Dr. Santer und dem dubiosen Finanzier, der mit seiner Yacht vor Luxor lag?«

»Van Buren, meinen Sie?« Holmes lehnte sich zurück und legte die Fingerspitzen gegeneinander. »Nun, es hat ein Feuer gegeben. Seine Yacht ist durch den Brand zerstört worden und gesunken. Mr. Van Buren hat sich nur mit dem, was er auf dem Leib trug, retten können und dürfte jetzt auf dem Weg zurück nach Amerika sein. Ich glaube aber nicht, daß in seinem Metier als Geheimagent noch eine große Zukunft vor ihm liegt. Mycroft wird ihn im Auge behalten.«

»Und Santer?«

»Zufällig hat sich auch Dr. Santer während des Brandes an Bord der Yacht aufgehalten. Allerdings hatte er weniger Glück als van Buren, retten konnte er sich nicht mehr. Santer ist mit der ›Sorbek‹ untergegangen.«

»Mit anderen Worten, Etzfelds Unternehmen ist auf der ganzen Linie gescheitert!«

Holmes nickte. »Es ist vorbei, endgültig.«

Eine Weile blieb es still. Holmes hielt den Blick auf Carters Bild gerichtet. Es schien ihm zu gefallen.

»Der junge Mann hat wirklich Talent, nicht nur als Archäologe. Dabei fällt mir ein, daß ich Ihnen auch etwas aus Ägypten mitgebracht habe, Watson.« Er zog einen kleinen Gegenstand aus der Jackentasche und überreichte ihn mir.

»Das Amulett, Holmes!«

»Ja. Bei Ihnen ist es in guten Händen, denke ich. Und Santer dürfte keine Verwendung mehr dafür haben.«

»Vermutlich nicht. Das Amulett des Tutenchamun! – Ob sein Grab jemals gefunden werden wird, jetzt, wo die Unterlagen des Professors vernichtet sind?«

»Professor Blunt war offensichtlich der Meinung, daß man es schon gefunden hat, nur ohne es zu wissen.«

»Wie kommen Sie darauf, Holmes?«

Verwundert zog er eine Braue hoch. »Der Band von Poe in seiner Truhe war doch geradezu ein Wink mit dem Zaunpfahl.«

»Inwiefern?«

»Denken Sie an den ›Verschwundenen Brief‹, Blunts Lieblingsgeschichte von Poe. In einem Punkt hat Ihr Kollege nämlich recht, Watson. Das sicherste Versteck ist eines, an dem man gar nicht erst sucht. Jedenfalls nicht nach Tutenchamun.«

»Ich verstehe nicht, worauf Sie hinauswollen, Holmes.«

»Auf ein Grab, Watson – nichts anderes besagt der Hinweis auf Poe. Im Grunde ist es eine elementare Kombination. Wo könnte man ein Grab wohl besser verstecken als in einem anderen Grab?«

Endlich begriff ich, was er meinte. »Also deshalb hat der Professor die schon bekannten Gräber noch einmal untersucht und vermessen!«

»Richtig.«

Mit gemischten Gefühlen sah ich auf das Amulett in meiner Hand herunter. Ich mußte daran denken, daß Imhotep über Leichen gegangen war, um es in seinen Besitz zu bringen. Langsam fuhr ich mit den Fingern die geheimnisvollen Hieroglyphen entlang, die einen so schrecklichen Fluch über denjenigen heraufbeschworen, der es wagen sollte, die Totenruhe des Pharaos zu stören.

»Wissen Sie, Holmes, nach allem, was mit den Grabungsteilnehmern passiert ist, könnte man beinahe an die Wirksamkeit eines alten Fluchs glauben, der auf dem Grab liegt. Und dabei ist es noch nicht einmal geöffnet worden!«

»Jetzt klingen Sie fast schon so wie Dr. Jones, Watson.«

»Das stimmt allerdings«, mußte ich zugeben, »die nähere Bekanntschaft mit ihm wirkt offenbar ansteckend.« Trotzdem hatte ich das unbestimmte Gefühl, das Grab des Tutenchamun bliebe besser unberührt, was ich aber für mich behielt.

»Auf die Reaktion Ihrer Patienten bin ich gespannt, wenn Sie erst einmal anfangen, als Ursache von Beschwerden altägyptische Flüche zu diagnostizieren. Es könnte interessant werden.«

»Ich werde Sie auf dem laufenden halten, Holmes!« versprach ich und wechselte das Thema. »Übrigens können Sie von Glück reden, daß ich Ihre Wohnung noch nicht habe räumen lassen.«

»Vielen Dank, ich weiß Ihre Pietät zu schätzen, Watson, aber ich hatte ohnehin vor, die Wohnung aufzugeben.«

Ich fiel aus allen Wolken. »Aufgeben? Sie wollen aus der Baker Street ausziehen?« Seine Räume in 221 B gehörten für mich so untrennbar zu Holmes wie seine Pfeife oder seine alte Jagdmütze. Ich konnte ihn mir nur schwer in einer anderen Umgebung vorstellen.

»Nicht nur aus der Baker Street, sondern überhaupt aus London«, antwortete er seelenruhig.

Entgeistert sah ich ihn an. »Sie wollen London verlassen?«

»Ja, so ist es. Ich habe schon ein Cottage in den Downs ausfindig gemacht. Es ist nicht gerade ein Palast, aber für meine Bedürfnisse mehr als ausreichend.«

»Ihre Fälle, Holmes! Was soll denn aus Ihrer Arbeit werden, wenn Sie aus London fortgehen?«

»Meine Zeit ist um, Watson. Nach Moriartys Tod gibt es für mich nichts mehr zu tun. Außerdem hat die Polizei inzwischen dazugelernt, ich bin sicher, daß sie im neuen Jahrhundert auch ohne meine Hilfe auskommt. Mein Entschluß steht fest, ich werde mich aufs Land zurückziehen und mich dort zur Ruhe setzen.« Gelassen begann er, seine Pfeife zu stopfen. »Selbstverständlich hoffe ich auf Ihren Besuch, alter Freund!«

Es fiel mir schwer zu glauben, aber Holmes schien es tatsächlich ernst zu meinen. »Was wollen Sie denn da draußen machen, auf dem Land? Etwa Teepartys für die Landjunker geben oder Rosen züchten?«

»Rosen züchten? Wirklich, Watson, eine reichlich absurde Vorstellung!«

»Eben, Holmes, davon rede ich ja gerade! Was könnten Sie denn sonst noch tun in Ihrem Cottage, außer Rosen zu züchten?«

»Ich habe natürlich an Bienen gedacht.«

»Bienen?«

»Genau. Die Bienenzucht ist eine faszinierende Wissenschaft, Watson, und die Beschäftigung damit scheint mir eine angemessene Art zu sein, wie ein Gentleman seinen Tag verbringen kann. Abends am Kaminfeuer werde ich dann endlich die Zeit finden, um die neuesten literarischen Werke aus Ihrer Feder mit der Aufmerksamkeit lesen zu können, die sie verdienen.«

Erleichtert atmete ich auf. Jetzt hatte er zu dick aufgetragen. Das Ganze war also doch nur ein Scherz. »Sie machen sich über mich lustig, Holmes!«

»Aber nein, keineswegs!« Sein Blick, als er mich nun um Feuer bat, hätte unschuldiger nicht sein können. »Das würde ich mir nie erlauben, Watson!«

Anhang

Nicht alle Figuren, die in diesem Roman eine Rolle spielen, sind frei erfunden. Einige haben tatsächlich gelebt, Howard Carter und Baron Oppenheim etwa. Ihre Verwicklung in die Amun-Verschwörung und die Begegnung mit Sherlock Holmes sind natürlich rein fiktiv – ein Umstand, den Oppenheim vermutlich bedauert hätte. Wenn eine historische Person wie er in einem Roman auftritt, wird sie zwangsläufig zur fiktiven Figur. Aber auch sein wirkliches Leben war abenteuerlich genug, um Stoff für Romane zu liefern. Bezeichnend für ihn ist der prägende Einfluß, den ein frühes Lese-Erlebnis ausgeübt hat: Die Lektüre von »Tausendundeiner Nacht« wurde zum Auslöser einer lebenslangen Liebe zum Orient und der Arabischen Welt.

Baron Max von Oppenheim wurde 1860 in Köln geboren. Er entstammte einer angesehenen Kölner Bankiersfamilie, deren Bankhaus heute noch existiert. Bereits als Student bereiste er Nordafrika und hielt sich längere Zeit in Cairo auf, um sich dem Studium des Islam und der Arabischen Sprache zu widmen.

Das Auswärtige Amt berief ihn 1896 als Attaché an das Kaiserliche Generalkonsulat in Cairo; ein Posten, den er bis 1910 bekleidete. Schnell avancierte Oppenheim zum prominenten Mitglied der Cairoer Gesellschaft, suchte sich aber ein Quartier außerhalb des europäischen Viertels und führte ein arabisches Haus. Wegen seiner jüdischen Herkunft wurde ihm eine Aufnahme in den eigentlichen Diplomatischen Dienst verwehrt, seine Stellung am Konsulat blieb undurchsichtig. Wohl auch deshalb machten bei den Briten und Franzosen immer wieder Gerüchte über eine Spionagetätigkeit Oppenheims die Runde. Tatsächlich hat Oppenheim während des Krieges den Nachrichtendienst an der Deutschen Botschaft in Konstantinopel geleitet.

Während seiner Cairoer Zeit unternahm er ausgedehnte Forschungsreisen in den Orient. Eine von ihnen führte ihn nach Nordsyrien, und dort entdeckte Oppenheim 1899 auf dem Tell Halaf antike Steinbilder. 1910 quittierte er den Dienst, rüstete privat eine Expedition aus und begann mit großangelegten Ausgrabungen am Tell Halaf. Zur gleichen Zeit war ganz in der Nähe, in Karkemish, ein junger englischer Archäologe namens T.E. Lawrence tätig, der später als »Lawrence von Arabien« weltberühmt werden sollte.

Mit kriegsbedingten Unterbrechungen zog sich Oppenheims Grabung bis in die zwanziger Jahre hinein und verschlang sein beträchtliches Vermögen. Aber sie verlief auch äußerst erfolgreich, unter seiner Leitung wurde ein aramäischer Königspalast aus der Zeit um 1000 vor Christus freigelegt. Um seine Funde der Öffentlichkeit zu präsentieren, richtete Oppenheim in Berlin ein privates Museum ein, das 1943 durch Bombenangriffe zerstört wurde. Die Überreste der Sammlung befinden sich heute im Vorderasiatischen Museum in Berlin.

1946 starb Max von Oppenheim über der Niederschrift seiner Memoiren. Unter seinen zahlreichen Veröffentlichungen finden sich Reisebeschreibungen, umfangreiche archäologische Abhandlungen und ein mehrbändiges Standardwerk über Beduinen-Stämme.

Über Leben und Werk Max von Oppenheims gibt der von Gabriele Teichmann und Gisela Völger herausgegebene Sammelband Auskunft: »Faszination Orient, Max von Oppenheim. Forscher, Sammler, Diplomat«. Köln 2001, Dumont.

Trotzdem ist Oppenheim für die größere Öffentlichkeit bis heute ein weitgehend Unbekannter geblieben. Von einer anderen Figur läßt sich das nicht behaupten, von Howard Carter. Ihm glückte der vielleicht wichtigste und sicher berühmteste archäologische Fund des zwanzigsten Jahrhunderts. Nach jahrelanger Suche entdeckte Carter 1922 im Tal der Könige das erste und bisher einzige noch unversehrte Grab eines Pharaos, das Grab des Tutenchamun. Die Nachricht des sensationellen Fundes ging um die Welt. Ebenfalls Schlagzeilen machte eine Reihe von seltsamen Todesfällen, die mit der Grabung in Zusammenhang gebracht wurden. Angefangen hatte es mit dem Tod von Carters Finanzier, Lord Carnarvon, der kurz nach der Öffnung des Grabes von einem rätselhaften Fieber befallen wurde und daran starb. Seitdem gehört der »Fluch des Pharaos« zu den festen Bestandteilen der populären Kultur.

Am 17. Dezember 1903, also nur wenige Wochen nach den im Roman geschilderten Ereignissen, gelang den amerikanischen Brüdern Orville und Wilbur Wright der erste bemannte Motorflug in der Geschichte der Menschheit. Er dauerte 59 Sekunden. Bylandts Flugmaschine muß dem »Flyer« der Wrights in der Konstruktion also deutlich überlegen gewesen sein. Ein vergleichbarer Flug fand erst 1908 statt, als ein französischer Flieger den ersten Überlandflug absolvierte und dabei in 20 Minuten 27 Kilometer weit flog. Nur ein halbes Jahr später überquerte Blériot bereits in einem Eindecker den Ärmelkanal und brauchte dafür 37 Minuten.

Auch der »Imperator« war seiner Zeit voraus, was bei einem militärischen Geheimprojekt nicht überrascht. Luftschiffe seiner Größe und Kapazität wurden erst ungefähr zehn Jahre später gebaut. Daß mit ihm ein Flug nach Ägypten durchaus möglich gewesen wäre, zeigt die Afrika-Fahrt des Marineluftschiffs »L 59«, das 1917 ohne Zwischenlandung in 96 Stunden eine Strecke von 6.755 Kilometern zurücklegte.

Stefan Winges
DER VIERTE KÖNIG
Historischer Kriminalroman
Broschur, 256 Seiten
ISBN 3-89705-201-6

»Ein lustvolles, auf genauer lokaler und historischer Recherche fußendes Spiel mit Literatur- und Filmzitaten, voller Witz und Intelligenz, mit einem offenen Hintertürchen für eine eventuelle Fortsetzung.«
Lexikon der Kriminalliteratur

»Hervorragend gelungen.«
Badische Neueste Nachrichten

www.emons-verlag.de